BIBLIOTHÈQUE HISPANO-AMÉRICAINE

HÉRÉTIQUES

DU MÊME AUTEUR

CHEZ LE MÊME ÉDITEUR

Mort d'un Chinois à La Havane, 2001

Le Palmier et l'Étoile, 2003

Adios Hemingway, 2005

Les Brumes du passé, 2006
Prix Brigada 21 du meilleur roman noir 2006

L'Homme qui aimait les chiens, 2011
Prix Roger Caillois 2011
Prix des Libraires Initiales 2011
Prix Carbet de la Caraïbe 2011
Élu Meilleur Roman historique 2011 par le magazine *Lire*

Cycle “Les Quatre Saisons”

1. *Passé parfait*, 2001
Prix des Amériques insulaires 2002

2. *Vents de carême*, 2004

3. *Électre à La Havane*, 1998
Prix Café Gijón 1995
Prix Hammett 1997

4. *L'Automne à Cuba*, 2000
Prix Hammett 1998
Prix du Livre insulaire de Ouessant 2000

Leonardo PADURA

HÉRÉTIQUES

Traduit de l'espagnol (Cuba)
par Elena Zayas

Éditions Métailié
20, rue des Grands Augustins, 75006 Paris
www.editions-metailie.com
2014

Titre original : *Herejes*

First published in Spanish language by Tusquets Editores, Barcelona, 2013

ISBN : 978-2-86424-961-0
ISBN : 0291-0154

Note de l'auteur

De nombreux épisodes de ce livre s'appuient sur une recherche historique exhaustive et s'inspirent même parfois de documents de première main, comme dans le cas de *Yewen Metsoulah* (*Le Fond de l'abîme*), de N.N. Hannover, un impressionnant et vigoureux témoignage sur les horreurs du massacre des juifs de Pologne entre 1648 et 1653, écrit d'une façon si poignante que j'ai décidé de le reprendre dans le roman, avec les coupures et les retouches nécessaires, en l'entourant de personnages fictifs. Dès que j'ai lu ce texte, j'ai su que je ne serais pas capable de mieux décrire cette explosion d'horreur, et encore moins d'imaginer les degrés de sadisme et de perversion atteints dans la réalité, constatée et décrite par le chroniqueur, peu après les faits.

Mais comme il s'agit d'un roman, certains événements historiques ont été soumis aux exigences d'un développement dramatique, dans l'intérêt de leur utilisation, je le répète, romanesque. Le passage où je me livre à cet exercice avec le plus d'insistance concerne certains événements de la décennie de 1640 qui sont en réalité la somme des faits propres à ce moment, mêlés à d'autres de la décennie suivante, comme la condamnation de Baruch Spinoza, l'errance du supposé messie Sabbataï Tsevi, ou le voyage de Menasseh Ben Israël à Londres en 1655, par lequel il persuada Cromwell et le Parlement anglais d'approuver tacitement la présence de juifs en Angleterre, processus qui s'amorça bientôt.

Dans les passages postérieurs, la stricte chronologie historique est respectée, avec quelques petites altérations dans la biographie de certains personnages empruntés à la réalité. Parce que l'histoire, la réalité et le roman fonctionnent avec des moteurs différents.

De nouveau pour Lucía, la chef de la tribu

Certains artistes se sentent sûrs d'eux quand ils jouissent de la liberté, mais d'autres ne peuvent respirer librement que lorsqu'ils se sentent sûrs d'eux-mêmes.

Arnold Hauser

Tout est entre les mains de Dieu, hormis la crainte de Dieu.

Le Talmud

Quiconque a réfléchi à ces quatre choses aurait mieux fait de ne pas venir au monde : qu'y a-t-il là-haut ? Qu'y a-t-il ici-bas ? Qu'y a-t-il eu avant ? Qu'y aura-t-il après ?

Maxime rabbinique

HÉRÉTIQUE. Du grec αἱρετικός – *hairétikós*, adjectif dérivé du substantif αἵρεσις – *haíresis*, "division, choix", provenant du verbe αἱρεῖσθαι – *haireisthai*, "**choisir, diviser, préférer**", utilisé à l'origine pour définir des personnes appartenant à d'autres écoles de pensée, c'est-à-dire qui ont certaines "préférences" dans ce domaine. Le terme est associé pour la première fois aux chrétiens dissidents de l'Église primitive dans le traité d'Irénée de Lyon *Contre les hérésies* (fin du IIe siècle), spécialement contre les gnostiques. Il est probablement dérivé de la racine indo-européenne "être" dans le sens de "prendre, s'approprier". En hittite on trouve le mot *šaru* et en gallois *herw*, tous deux avec le sens de "butin".

Selon le *Dictionnaire de l'Académie royale de la Langue espagnole* : HÉRÉTIQUE (du provençal *eretge*). 1. Personne qui refuse un des dogmes établis par une religion. 2. Personne qui rejette ou s'éloigne de la ligne officielle d'une opinion admise par une institution, une organisation, une académie, etc. (…) Fam. : **Cuba. Se dit d'une situation : "être hérétique". Être très difficile, spécialement sur le plan politique ou économique.**

LIVRE DE DANIEL

1.
La Havane, 1939

Daniel Kaminsky mettrait plusieurs années à s'accoutumer aux bruits jubilatoires d'une ville ancrée dans le vacarme le plus insolent. Il avait très vite découvert que tout y était traité et réglé à grands cris, tout grinçait sous l'effet de l'oxydation et de l'humidité, les voitures avançaient au milieu des explosions, du ronflement des moteurs ou des longs beuglements des klaxons, les chiens aboyaient avec ou sans raison, et les coqs chantaient, même à minuit, tandis que chaque vendeur de rue utilisait pour s'annoncer un sifflet, une clochette, une trompette, un sifflement, une crécelle, un pipeau, un couplet bien timbré ou un simple hurlement. Il avait échoué dans une ville où, pire encore, chaque soir, à neuf heures précises, un coup de canon résonnait sans qu'il y ait de guerre déclarée ou de forteresse à fermer et où toujours, invariablement, dans les époques prospères comme dans les moments critiques, quelqu'un écoutait de la musique et, en plus, la chantait.

Dans les premiers temps de son séjour havanais et pour autant que le lui permettait son esprit à peine peuplé de souvenirs, l'enfant tenterait souvent d'évoquer les silences pâteux du quartier des bourgeois juifs de Cracovie où il était né et avait passé ses premières années. Par pure intuition de déraciné, il s'accrochait à ce territoire magenta et froid de son passé comme à une planche de salut capable de le sauver du naufrage qu'était devenue sa vie, mais quand ses souvenirs, vécus ou imaginés, abordaient la terre ferme de la réalité, il réagissait immédiatement et tentait de s'en échapper, car dans la silencieuse et sombre Cracovie de son enfance, une clameur excessive ne pouvait signifier que deux choses : ou c'était jour de marché ou un danger allait fondre sur eux. Au cours des dernières années de son existence polonaise, le danger était devenu plus fréquent que les cris des marchands. Et la peur, une compagne assidue.

Comme il fallait s'y attendre, après avoir atterri dans la ville assourdissante, Daniel Kaminsky subirait pendant longtemps les assauts de ce niveau sonore explosif comme une rafale de signaux d'alarmes qui le faisaient sursauter, jusqu'au jour où il comprit, les années passant, que dans ce nouveau monde le silence précédait généralement le plus grand danger. Une fois cette étape surmontée, quand enfin il arriva à vivre dans le bruit sans écouter les bruits, comme on respire l'air sans avoir conscience de chaque inspiration, le jeune Daniel découvrit qu'il avait perdu sa capacité d'apprécier les qualités bénéfiques du silence. Mais il serait surtout fier d'avoir su se réconcilier avec le vacarme de La Havane, car en même temps il atteindrait le but qu'il s'était obstinément fixé, sentir qu'il appartenait à cette ville turbulente où l'avait précipité, par chance pour lui, la force d'une malédiction historique ou divine – jusqu'à la fin de ses jours, il hésiterait quant à la plus juste de ces deux attributions.

Le jour où Daniel Kaminsky commença à endurer le pire cauchemar de sa vie et, en même temps, à identifier les premiers signes de son destin privilégié, l'odeur pénétrante de la mer et un silence intempestif, presque solide, s'abattaient sur l'aube havanaise. Son oncle Joseph l'avait réveillé beaucoup plus tôt que d'habitude, quand il l'envoyait au collège hébreu du Centre israélite où, en plus d'une éducation académique et religieuse, l'enfant recevait les indispensables cours de langue espagnole dont dépendait son insertion dans le monde bigarré et multiracial où il allait vivre, Dieu seul savait pour combien de temps. Mais le jour s'avéra bien différent quand, après lui avoir donné la bénédiction du shabbat et souhaité une bonne fête de Chavouot, l'oncle sortit de sa réserve habituelle et déposa un baiser sur le front du garçon.

L'oncle Joseph, également Kaminsky et bien entendu polonais, que ses connaissances appelaient déjà Pepe Cartera – Jo Portefeuille – à cause de la maestria avec laquelle il exerçait son métier de fabricant de sacs, de portefeuilles et de cartables, entre autres articles de cuir, avait toujours respecté et respecterait avec ferveur jusqu'à sa mort les préceptes de la foi judaïque. Aussi, avant de l'autoriser à goûter à son petit-déjeuner anticipé, déjà disposé sur la table, rappela-t-il à l'enfant qu'ils ne devaient pas se limiter aux ablutions et aux prières habituelles de ce matin très spécial, car par la grâce du Seigneur, bénit soit-Il, la grande fête millénaire de Chavouot, célébrée en souvenir de la remise des Dix Commandements au patriarche Moïse et de l'enthousiaste acceptation de la Torah par les fondateurs de la nation, tombait le jour du shabbat. Ce matin-là, comme le lui rappela son oncle dans son discours, ils devaient aussi adresser bien d'autres prières à leur Seigneur pour que sa divine intercession les aide à résoudre au mieux ce qui, pour l'instant, semblait s'être compliqué de la pire des façons. Toutefois, les complications ne les concerneraient peut-être pas, ajouta-t-il en souriant avec malice.

Au bout de presque une heure de prières durant laquelle Daniel crut défaillir de faim et de sommeil, Joseph Kaminsky lui indiqua enfin qu'il pouvait attaquer l'abondant petit-déjeuner où le lait de chèvre tiède (comme c'était samedi, l'Italienne María Perupatto, apostolique et romaine, choisie de ce fait par l'oncle comme "goy du shabbat", l'avait chauffé sur les charbons ardents de leur réchaud) fut suivi de galettes carrées de pain azyme, de confitures de fruits et même d'une bonne part de baklava débordant de miel, un banquet qui amena l'enfant à se demander d'où son oncle avait sorti l'argent pour de tels luxes : car de ces années Daniel Kaminsky se rappellerait, pour le restant de sa longue présence sur terre, non seulement les tortures que lui infligeaient les bruits ambiants et l'horrible semaine qu'il vivrait à partir de cet instant-là, mais aussi la faim insatiable, d'ailleurs jamais rassasiée, qui le poursuivait inlassablement comme le chien le plus fidèle.

Après ce petit-déjeuner aussi inhabituel que somptueux, le garçon profita du long séjour de son oncle, toujours constipé, dans les toilettes collectives du phalanstère* où ils habitaient, pour grimper sur le toit en terrasse de l'immeuble. Les dalles y étaient encore fraîches à cette heure, juste avant le lever du soleil. Bravant les interdictions, il osa se pencher sur l'auvent

* Employé ici pour évoquer le *solar*, une construction ancienne et délabrée où logent plusieurs familles disposant généralement d'une seule pièce et devant partager l'usage des sanitaires. (*Toutes les notes sont de la traductrice.*)

pour contempler le panorama des rues Compostela et Acosta, où s'était installé le cœur de la juiverie havanaise qui ne cessait de s'accroître. L'immeuble du ministère de l'Intérieur, un ancien couvent catholique de l'époque coloniale, toujours bondé, demeurait hermétiquement fermé comme s'il était mort. Sous l'arche contiguë, appelée l'Arche de Bethléem, passait la rue Acosta où rien ni personne ne circulait. Le cinéma *Ideal*, la boulangerie des Allemands, la quincaillerie des Polonais, le restaurant *Moshé Pipik* que l'appétit de l'enfant voyait toujours comme la plus grande tentation possible en ce bas monde maintenaient les rideaux baissés et les vitrines éteintes. Même si de nombreux juifs habitaient dans les environs et si la majorité des commerces leur appartenaient et fermaient le samedi dans certains cas, le calme ambiant n'était pas seulement dû à l'heure matinale ou à la fête de Chavouot, jour de shabbat et de la synagogue, car à cet instant, tandis que les Cubains dormaient sur leurs deux oreilles en ce jour férié de Pâques, la plupart des ashkénazes et des séfarades du quartier choisissaient leurs plus beaux vêtements et s'apprêtaient à sortir, animés de la même intention que les Kaminsky.

En réalité, le silence de l'aube, le baiser de l'oncle, le petit-déjeuner inespéré et même l'heureuse coïncidence de la fête de Chavouot tombée un samedi, étaient seulement venus confirmer l'attente de l'enfant quant au prévisible caractère exceptionnel de cette journée. Car la cause de son réveil anticipé était l'arrivée prévue à l'aube, dans le port de La Havane, du paquebot *S.S. Saint Louis*, parti de Hambourg quinze jours auparavant, avec neuf cent trente-sept juifs à son bord, autorisés à émigrer par le gouvernement national-socialiste allemand. Parmi les passagers du *Saint Louis* se trouvaient le médecin Isaías Kaminsky, son épouse Esther Kellerstein et leur fille, Judith, soit le père, la mère et la sœur du petit Daniel Kaminsky.

2.
La Havane, 2007

Dès l'instant où il ouvrit les yeux, avant même de réussir à confronter sa conscience détraquée, encore imbibée de mauvais rhum, au fait qu'il avait passé la nuit chez Tamara et que c'était bien elle, comme il ne pouvait quasiment plus en être autrement, la femme qui dormait à ses côtés, Mario Conde éprouva, comme une estocade sibylline, l'insidieuse sensation de défaite qui l'accompagnait depuis trop longtemps déjà. À quoi bon se lever ? Qu'allait-il faire de sa journée ? La sensation persistante le harcelait. Et il ne sut que répondre. Accablé par cette incapacité, il sortit du lit en prenant bien soin de ne pas altérer le sommeil placide de la femme, dont la bouche entrouverte laissait échapper un filet de salive argentée et un ronflement presque musical que la sécrétion rendait peut-être plus aigu.

Assis à la table de la cuisine, après avoir bu une tasse de café tout frais et fumé sa première cigarette, qui l'aidaient tellement à récupérer sa douteuse condition d'être humain rationnel, il regarda par la porte du patio où s'installaient peu à peu les premières lueurs de ce qui menaçait d'être une nouvelle journée étouffante de septembre. À cet instant, l'absence d'expectatives était si agressive qu'il décida de l'affronter de la meilleure manière qu'il connaissait et de l'unique façon possible : en faisant face, prêt à se battre.

Une heure et demie plus tard, transpirant de tous les pores de sa peau, ce même Mario Conde parcourait les rues du quartier du Cerro en annonçant à grands cris, comme un marchand médiéval, son objectif désespéré :

– J'achète les vieux livres ! Allez, vendez vos vieux livres !

Cela faisait presque vingt ans que Conde avait quitté la police et depuis, en guise de planche de salut, il s'était consacré à l'achat et à la vente de livres d'occasion, activité très délicate mais encore juteuse à l'époque, qu'il avait pratiquée sous toutes ses formes possibles : de la méthode primitive – annoncer en vociférant dans les rues sa proposition commerciale (méthode qui, au début, blessait tellement son orgueil) – à la recherche spécifique de bibliothèques signalées par un informateur ou un ancien client, en passant par la technique consistant à frapper aux portes des maisons du Vedado et de Miramar dont une certaine caractéristique, imperceptible pour d'autres (un jardin mal entretenu, un carreau cassé à une fenêtre), pouvait lui suggérer la possible existence de livres et, surtout, le besoin qu'avaient les propriétaires de les vendre. Par chance, quand il fit, un peu plus tard, la connaissance de Yoyi el Palomo, un jeune homme doué d'un instinct commercial démesuré, et qu'il commença à travailler avec lui, uniquement à la recherche de bibliographies sélectes pour lesquelles Yoyi avait toujours des acheteurs bien précis, Conde avait connu une période de prospérité économique qui avait duré plusieurs années et lui avait permis d'exercer, parfois avec un certain excès, les activités qui le satisfaisaient le plus dans la vie : lire de bons livres mais aussi manger, boire, écouter de la musique et philosopher (en clair, dire des conneries) avec ses amis les plus vieux et les plus tenaces.

Mais son activité commerciale n'était pas un puits sans fond. Depuis trois ou quatre ans, peu après sa découverte de la fabuleuse bibliothèque de la famille Montes de Oca, protégée et fermée cinquante ans durant par le zèle d'Amalia Ferrero et de son frère*, il n'avait jamais retrouvé un filon aussi prodigieux et, pour honorer chaque commande passée par les exigeants acheteurs de Yoyi, de grands efforts étaient désormais nécessaires. Le terrain, de plus en plus épuisé, était tout craquelé, comme les terres soumises à de longues sécheresses, et le Conde avait vécu des périodes où il y avait plus de bas que de hauts, ce qui l'avait obligé à revenir plus fréquemment à la technique épuisante et misérable de l'achat au fil des rues.

Une heure et demie plus tard, après avoir traversé une partie du Cerro et fait entendre ses cris jusqu'au quartier voisin de Palatino sans obtenir le moindre résultat, la faim, l'ennui et le soleil brutal de septembre l'obligèrent à fermer boutique et à monter dans un bus sorti de nulle part qui

---

* *Les Brumes du passé*, Métailié, Paris, 2006.

s'arrêta miraculeusement devant lui et le déposa non loin de la maison de son associé.

Yoyi el Palomo, à la différence de Conde, était un homme d'affaires visionnaire qui avait diversifié ses activités. Les livres rares, de grande valeur, n'étaient qu'un de ses hobbies, assurait-il, car il ne s'intéressait véritablement qu'à des domaines plus productifs : achat et vente de maisons, de voitures, de bijoux et d'objets de valeur. Ce jeune ingénieur, qui n'avait jamais touché à une vis ni mis les pieds sur un chantier, avait découvert depuis longtemps, avec une lucidité qui sidérait Conde, que le pays dans lequel ils vivaient était bien loin du paradis dépeint par les journaux et les discours officiels, et il avait décidé de tirer profit de la misère, comme les plus habiles le font toujours. Ses qualités et son intelligence lui avaient permis d'ouvrir sur plusieurs fronts, en marge de la légalité mais pas trop loin de la limite, des affaires dont il tirait des revenus grâce auxquels il vivait comme un prince : cela allait des vêtements de marque et des bijoux en or aux multiples restaurants où il se rendait, toujours accompagné de jolies femmes, au volant de sa Chevrolet Bel Air décapotable de 1957, cette voiture considérée par tous les connaisseurs comme l'automobile la plus parfaite, durable, élégante et confortable jamais sortie d'une usine nord-américaine, que le jeune homme avait payée une fortune, du moins en termes cubains. Yoyi était, sous tous rapports, un formidable spécimen de l'Homme Nouveau sécrété par la réalité de l'environnement : insensible à la politique, shooté au plaisir ostentatoire de vivre, porteur d'une morale utilitaire.

– Putain, *man*, t'as vraiment une gueule à chier, dit le jeune homme en voyant arriver Conde, en sueur, avec cette tête qu'il qualifiait avec tant de précision sémantique et scatologique.

– Merci, se limita à dire le nouveau venu qui se laissa tomber sur le canapé moelleux où Yoyi, qui sortait de sa douche après deux heures passées dans un gymnase privé, regardait un match de base-ball des grandes ligues nord-américaines sur son écran plasma de cinquante-deux pouces.

Comme cela arrivait souvent, Yoyi l'invita à déjeuner. L'employée qui faisait la cuisine pour le jeune homme avait préparé ce jour-là de la morue à la basquaise, du riz aux haricots noirs, des bananes caramélisées et une salade composée que le Conde, affamé, avala traîtreusement, aidé par une bouteille de vin rouge, un Pesquera "*reserva*" que Yoyi sortit d'une armoire réfrigérée où il conservait ses vins à la température qu'exigeaient les vapeurs tropicales. Alors qu'ils prenaient le café sur la terrasse, Conde ressentit de nouveau cette oppression lancinante et frustrante qui ne le lâchait pas.

– Ça marche plus, Yoyi. Les gens n'ont même plus de vieux journaux...

– On découvre toujours quelque chose, *man.* Faut pas t'affoler, dit l'autre en tripotant l'énorme médaille en or à l'effigie de la Vierge, suspendue à une grosse chaîne du même métal, qui tombait sur la protubérance pectorale à laquelle il devait son surnom car elle faisait penser à un jabot de pigeon.

– Et si je ne m'affole pas, qu'est-ce que je fais, bordel ?

– Mon flair me dit qu'on va dégoter une grosse commande, dit Yoyi, qui alla jusqu'à humer l'air chaud de septembre. Et tu vas t'en mettre plein les poches...

Conde savait où menaient les prémonitions olfactives de Yoyi et il avait honte car il savait qu'il passait chez le jeune homme pour les provoquer. Mais il subsistait si peu de choses de son vieil orgueil que, lorsque la corde se resserrait trop sur son cou, il atterrissait là avec ses lamentations. À cinquante-quatre ans révolus, Conde savait qu'il était un élément paradigmatique de ce que, quelques années auparavant, lui et ses amis avaient qualifié de génération cachée, ces êtres vieillissants et vaincus qui sans pouvoir sortir de leur tanière avaient évolué (régressé, en réalité) pour devenir la génération la plus désenchantée et la plus mal en point du nouveau pays qui prenait forme. Ils n'avaient plus l'âge ni la force de se reconvertir en vendeurs d'art, gérants d'entreprises étrangères, ou au moins en plombiers ou en confiseurs, ils n'avaient d'autre choix que de résister comme des survivants. Ainsi, tandis que certains subsistaient grâce aux dollars envoyés par leurs enfants qui avaient fichu le camp pour se fixer n'importe où dans le monde, d'autres tentaient de se débrouiller d'une façon ou d'une autre pour ne pas tomber dans le dénuement absolu ou risquer la prison : ils devenaient professeurs particuliers, chauffeurs qui louaient leurs voitures déglinguées, vétérinaires ou masseurs à leur compte, acceptant tout ce qui se présentait. Mais la décision d'assurer sa subsistance vaille que vaille n'était pas simple et entraînait une fatigue sidérale, une sensation d'incertitude constante et de défaite irréversible qui tenaillait fréquemment l'ex-policier et l'envoyait, à coups de pied aux fesses, en dépit de sa volonté et de ses désirs, marcher dans les rues à la recherche de livres anciens qui lui permettent de gagner au moins quelques pesos pour survivre.

Après avoir bu son café, fumé quelques cigarettes et parlé des choses de la vie, Yoyi s'abandonna à un bâillement qui ébranla toute sa carcasse et dit au Conde que la sieste était la seule activité décente à laquelle un Havanais digne de ce nom pouvait se consacrer à cette heure-là et avec cette chaleur.

– T'en fais pas, j'allais partir…

– Pas question, *man*, dit-il en insistant le plus possible sur son inséparable tic de langage. Va chercher le matelas qui est dans le garage et mets-le dans la chambre. J'ai fait allumer l'air conditionné il y a un moment… La sieste, c'est sacré… Ensuite je dois sortir, je te déposerai chez toi.

Conde, qui n'avait rien de mieux à faire, obéit au Palomo. Bien qu'il ait une vingtaine d'années de plus que le jeune homme, il faisait généralement confiance à sa sagesse vitale. Et pour sûr, après cette morue et le Pesquera, la sieste s'imposait comme une obligation dictée par le fatalisme géographique tropical et le meilleur de l'héritage ibérique.

Trois heures plus tard, à bord de l'étincelante Chevrolet décapotable que Yoyi conduisait fièrement par les rues défoncées de La Havane, les deux hommes se dirigèrent vers le quartier du Conde. Peu avant d'arriver chez lui, il demanda à Yoyi de s'arrêter.

– Laisse-moi là, au coin, j'ai quelque chose à faire…

Yoyi el Palomo sourit et commença à se garer.

– Devant le *Bar des désespérés* ? demanda-t-il, connaisseur des points faibles et des besoins matériels et spirituels de Conde.

– Plus ou moins.

– Il te reste de l'argent ?

– Plus ou moins. Le fonds pour l'achat des livres. – Conde répéta la formule et, avant de descendre, il tendit la main au jeune homme qui la lui serra avec force. – Merci pour le déjeuner, la sieste et les encouragements.

– Écoute, *man*, de toute façon, prends ça en attendant. – Derrière le volant de la Chevrolet, Yoyi compta plusieurs billets de la liasse qu'il avait sortie de sa poche et en donna une partie à Conde. – Juste une petite avance sur la bonne affaire que je sens venir.

Conde le regarda et prit l'argent sans trop réfléchir. Ce n'était pas la première fois que ce genre de choses se produisait et, dès que le jeune homme s'était mis à parler du pressentiment d'une bonne affaire, Conde avait su qu'ils se sépareraient ainsi. Il savait aussi que, même si leur relation était née d'une entreprise commerciale à laquelle chacun consacrait ses compétences personnelles, Yoyi avait pour lui une estime sincère. Pour cette raison, son orgueil ne se sentit pas plus écorné qu'il ne l'était déjà par quelques billets qui allaient lui permettre de souffler un peu.

– Tu veux que je te dise, Yoyi ? Tu es le fils de pute le plus gentil de Cuba !

Yoyi sourit tout en caressant l'énorme médaille d'or sur son sternum protubérant.

– Va pas crier ça sur les toits, *man*... si on apprend qu'en plus je suis gentil, je vais perdre mon prestige. À plus !

Et il démarra la silencieuse Bel Air qui avança comme si la Calzada lui appartenait. Ou le monde.

Mario Conde contempla le panorama désolant qui s'offrait à lui et sentit clairement que ce spectacle entraînait son état d'esprit, déjà lamentable, vers un douloureux niveau de délabrement. Ce coin de rue, ancien nombril de son quartier, faisait maintenant penser à un bouton purulent. Submergé par une nostalgie perverse, il se souvint que dans son enfance, à l'époque où son grand-père Rufino lui enseignait l'art et les secrets de la préparation des coqs de combat et s'efforçait de le doter de l'éducation sentimentale nécessaire à sa survie dans un monde qui ressemblait beaucoup à une arène, juste de cet endroit où il se trouvait ce soir-là, on pouvait observer l'activité incessante de la fameuse gare routière où son père avait travaillé des années. Mais elle était maintenant désaffectée et les installations se dégradaient comme un parking délabré de véhicules agonisants. Pendant ce temps, le bistrot de

Conchita, la *guarapera** de Porfirio, les baraques de frites de Pancho le Menteur et de l'Albinos, la droguerie de Nenita, les boutiques des coiffeurs Wildo et Chilo, la cafétéria du terminus, la boutique de Miguel, le marchand de volailles, l'épicerie de Nardo et Manolo, la cafétéria d'Izquierdo, l'échoppe des Chinois, le magasin de meubles, la quincaillerie, les deux stations-services avec leurs ateliers de réparation de pneus et leurs installations de lavage de voitures, le billard, la boulangerie *La Ceiba* qui sentait la vie... tout cela avait disparu, comme dévoré par un tsunami ou quelque chose de pire encore, et leur image survivait à grand-peine dans les mémoires obstinées de types comme Mario Conde. Maintenant bordé de rues pleines de nids-de-poule et de trottoirs défoncés, le local de l'une des stations-services s'était transformé en cafétéria mais vendait sa mangeaille en CUC**, la fuyante devise cubaine si convoitée. Dans l'autre il n'y avait rien. À la place de l'ancienne épicerie de Nardo et Manolo, bien des fois refaite pour recycler et enlaidir le local d'origine, un bar minuscule s'ouvrait sur la Calzada, protégé des possibles attaques des corsaires et des pirates par une grille de barres d'acier crénelé, et faisait office de centre de distribution d'alcool et de nicotine, baptisé par le Conde "le *Bar des désespérés*". C'était là, et non à la cafétéria, qui se faisait payer en CUC, qu'à n'importe quelle heure du jour ou de la nuit les poivrots du quartier buvaient leur mauvais rhum sans même la caresse d'un glaçon, debout ou assis sur le sol crasseux, disputant le territoire aux nombreux chiens errants.

Conde esquiva quelques flaques d'eau sombre et traversa la Calzada. Il s'approcha de la grille carcérale installée sur le comptoir de ce bar d'un nouveau genre. Ce soir-là, sa soif éthylique n'était pas une des pires mais il cherchait un soulagement. Et le bistrotier Gandinga, Gandi pour les habitués, était là pour le lui offrir.

Deux bons verres et deux longues heures plus tard, tout juste douché et même parfumé avec l'eau de Cologne

---

* *Guarapera* : étal ou baraque où on peut boire du *guarapo*, boisson à base de vesou (sucre de canne).

** CUC : peso convertible indexé sur le dollar.

allemande cadeau d'Aymara, la sœur jumelle de Tamara, Conde ressortit dans la rue. Dans un bol, près de la chatière ouverte dans la porte de la cuisine, il avait déposé son repas à Basura II qui, malgré ses dix ans, continuait à pratiquer son activité favorite de chien errant à laquelle n'avait jamais renoncé son père, le digne et désormais défunt Basura I. En revanche, le Conde ne s'était rien préparé : comme presque tous les soirs, Josefina, la mère de son ami Carlos, l'avait invité à dîner et, dans pareil cas, le mieux était de garder disponible le plus de place possible dans son estomac. Avec les deux bouteilles de rhum qu'il avait pu acheter au *Bar des désespérés* grâce à la générosité de Yoyi, il monta dans le bus et, malgré la chaleur, la promiscuité, la violence auditive et morale d'un *reggaeton* et la sensation d'oppression qui y régnait, la perspective d'une soirée plus agréable l'amena à reconnaître qu'il était de nouveau acceptablement apaisé, presque en dehors d'un monde dans lequel il se sentait si insatisfait et qui lui infligeait tant d'agressions.

Passer la soirée avec ses vieux amis chez le Flaco Carlos* qui n'était plus maigre depuis si longtemps était pour Mario Conde la meilleure façon de terminer la journée. L'autre meilleure façon, c'était lorsque Tamara et lui décidaient de passer la soirée ensemble à regarder un des films préférés de Conde – du genre *Chinatown*, *Cinema Paradiso* ou *Le Faucon maltais* ou le toujours aussi fragile et émouvant *Nous nous sommes tant aimés* d'Ettore Scola avec une Stefania Sandrelli capable d'éveiller des instincts cannibales – avant de finir par une scène d'amour, de moins en moins fébrile, plus lente (de part et d'autre) mais toujours très satisfaisante. Ces petites activités résumaient le meilleur de ce qui lui restait d'une vie qui, avec les années et l'accumulation des mauvais coups, lui avait fait perdre toutes ses attentes sauf celles qui concernaient la plus vulgaire survie. Au nombre des pertes, il comptait même le rêve d'écrire un jour un roman où il raconterait une histoire, bien entendu fragile et émouvante, comme celles qu'écrivait ce salopiaud de Salinger qui risquait de mourir

* Conde et ses amis ont tous un surnom : el Conde – le Comte, Yoyi el Palomo – le Pigeon, el Flaco – le Maigre, el Conejo – le Lapin, Candito dit aussi el Rojo – le Rouge.

d'un moment à l'autre, certainement sans avoir de nouveau publié ne serait-ce qu'une malheureuse petite nouvelle.

Ce n'est que dans les territoires de ces mondes, maintenus avec acharnement en marge du temps réel, et autour desquels Conde et ses amis avaient érigé les plus hauts remparts possibles pour se protéger des invasions barbares, qu'existaient des univers bienveillants et stables auxquels aucun d'entre eux, malgré les changements personnels physiques et mentaux, ne voulait ni ne prétendait renoncer : les mondes auxquels ils s'identifiaient et où ils se sentaient, telles des statues de cire, presque à l'abri des désastres et des perversions de leur environnement.

Le Flaco Carlos, le Conejo et Candito el Rojo bavardaient déjà sur la terrasse couverte devant la maison. Depuis quelques mois, Carlos était installé dans un de ces nouveaux fauteuils roulants électriques munis d'une batterie. L'engin avait été apporté de l'au-delà par la toujours fidèle et prévenante Dulcita, l'ex-fiancée la plus assidue du Flaco, d'autant plus assidue que depuis un an, devenue veuve, elle quittait fréquemment Miami et allongeait la durée de ses séjours sur l'île, pour une raison évidente, toutefois non révélée publiquement.

– T'as vu l'heure qu'il est, espèce de sauvage ? fut le salut du Flaco, tandis qu'il mettait en marche son fauteuil autopropulsé pour s'approcher du Conde et lui faucher le sac où, comme il le savait, se trouvait la dose de combustible capable d'animer la soirée.

– Déconne pas, vieux, il n'est que huit heures et demie... Comment va, Conejo ? En forme, Rojo ? dit-il en leur tendant la main.

– Foutu mais content, répondit le Conejo.

– Idem, dit Candito en faisant un signe du menton vers le Conejo, mais je ne me plains pas. Parce que, quand j'ai envie de me plaindre, je prie un peu.

Conde sourit. Depuis que Candito avait abandonné les activités mouvementées auxquelles il s'était consacré durant pas mal d'années – patron d'un bar clandestin, fabricant de chaussures avec des matériaux volés, gérant d'une pompe à essence clandestine – pour se convertir au christianisme protestant, Conde ne savait pas très bien sous laquelle de ces dénominations ce mulâtre aux cheveux safran, maintenant blanchis par les neiges du temps – façon de parler –, arrivait à résoudre ses problèmes en se recommandant à Dieu.

– Un de ces jours, je vais te demander de me baptiser, Rojo, dit Conde. Le problème, c'est que je suis tellement dans la merde que je vais devoir passer mes journées à prier.

Carlos revint dans l'entrée avec son fauteuil autopropulsé et un plateau sur ses jambes inertes où tintaient trois verres pleins de rhum et un autre de citronnade. Tout en distribuant les boissons – la citronnade était bien sûr pour Candito – il expliqua :

– La mère finit de préparer le repas.

– Qu'est-ce que Josefina va nous donner à nous mettre sous la dent, ce soir ? voulut savoir le Conejo.

– Elle dit que la chose s'annonce mal et qu'en plus, elle a manqué d'inspiration.

– Cramponnez-vous, avertit le Conde, imaginant ce qui allait suivre.

– Comme il fait tellement chaud, commença Carlos, on va d'abord attaquer un plat de pois chiches avec du chorizo, du boudin, quelques morceaux de porc et des pommes de terre… Comme plat principal elle nous prépare un pagre au four, mais pas très gros, environ dix livres*. Et, bien entendu, du riz, mais avec des légumes : d'après elle, ça facilite la digestion. La salade d'avocats, haricots verts, radis et tomates est déjà prête.

– Et en dessert ?

Le Conejo salivait comme un chien enragé.

– Comme d'habitude : des morceaux de goyave avec du fromage blanc… Vous voyez bien qu'elle a manqué d'inspiration ?

– Merde ! Flaco, cette femme est magicienne ? demanda Candito, qui apparemment avait senti que sa grande capacité à croire, même à l'intangible, se voyait dépassée.

– Parce que tu ne le savais pas ? s'écria le Conde avant de descendre la moitié de son verre de rhum. Joue pas les innocents, Candito, tu vas pas me la faire… !

* Livre cubaine = 0,453 kg.

– Mario Conde ?

À peine entendit-il la question du mastodonte aux cheveux noués en queue de cheval que Conde se mit à récapituler : depuis des années, il ne faisait porter des cornes à personne, ses affaires de livres étaient aussi propres que possible, il ne devait de l'argent qu'à Yoyi… et il y avait trop longtemps qu'il n'était plus policier pour qu'il s'agisse d'une histoire de vendetta. Quand il confronta ses réticences à l'intonation de la question, plus enjouée qu'agressive, et qu'il y ajouta l'expression de l'homme, il fut un peu plus convaincu que l'inconnu n'avait pas l'intention de le tuer ou de le rouer de coups.

– Oui, je vous écoute…

L'homme s'était levé de l'un des vieux fauteuils à la peinture écaillée que le Conde avait disposés sur la terrasse devant sa maison et, malgré leur état lamentable, il les avait enchaînés entre eux et à un pilier pour décourager toute intention de leur faire quitter les lieux. Dans la pénombre, seulement percée par l'éclairage public – la dernière ampoule placée par le Conde sur sa terrasse avait été emportée vers une lampe inconnue, une nuit où, trop saoul pour penser aux ampoules, il avait oublié de la retirer –, il put faire un premier portrait de l'inconnu. L'homme était grand, il devait mesurer un mètre quatre-vingt-dix, il avait dépassé la quarantaine, tout comme le nombre des kilos qui correspondaient normalement à sa stature. Ses cheveux étaient plutôt clairsemés dans la zone frontale, ce qu'il compensait par une queue de cheval nouée sur la nuque qui, de plus, équilibrait son nez protubérant. Lorsque le Conde s'approcha de lui et parvint à distinguer la pâleur rosée de sa peau et la qualité de ses vêtements au look *casual*, il estima que l'homme venait d'au-delà des mers. N'importe laquelle des sept mers.

– Enchanté, Elías Kaminsky, dit l'étranger, il esquissa un sourire et tendit sa main droite à Conde.

Convaincu par la chaleur et la douceur de cette grosse main enveloppante qu'il ne s'agissait pas d'un possible agresseur, l'ancien policier mit en marche son grinçant ordinateur mental pour essayer d'imaginer la raison pour laquelle cet étranger l'attendait chez lui, à presque minuit, sur cette terrasse obscure. Yoyi avait-il raison ? Se trouvait-il en présence d'un amateur de livres rares ? Il en avait l'air, conclut-il, et il fit mine de n'être intéressé par aucune affaire, comme le lui avait recommandé la sagesse mercantile du Palomo.

– Votre nom, c'est… ?

Conde tenta de s'éclaircir les idées, par chance pour lui pas trop brouillées par l'alcool grâce au choc alimentaire asséné par la vieille Josefina.

– Elías, Elías Kaminsky… Excusez-moi de vous avoir attendu ici… à une heure pareille… Écoutez… – L'homme s'exprimait dans un espagnol très neutre, il tenta un sourire, apparemment embarrassé par la situation, et décida que le plus intelligent serait d'abattre immédiatement sa meilleure carte. – Je suis un ami de votre ami Andrés, le médecin, celui qui vit à Miami…

À ces mots les dernières tensions de Conde cédèrent comme par enchantement. C'était sûrement un amateur de livres anciens envoyé par son ami. Était-ce parce qu'il était au courant que Yoyi avait fait mine d'avoir des pressentiments ?

– Oui, je vois, bien sûr, il m'en a parlé… mentit Conde qui, depuis deux ou trois mois, n'avait eu aucune communication avec Andrés.

– Heureusement. Eh bien, votre ami vous envoie son bon souvenir et… – il fouilla dans la poche également *casual* de sa chemise (de la marque Guess, identifia Conde) – il vous a écrit cette lettre.

Conde prit l'enveloppe. Il y avait des années qu'il ne recevait aucune lettre d'Andrés et il se sentit impatient de la lire. Si son ami avait pris le temps de lui écrire, il devait avoir une raison extraordinaire, car depuis qu'il s'était installé à Miami, en guise de traitement prophylactique contre les attaques sournoises d'une nostalgie toujours à l'affût, le médecin avait décidé de maintenir une relation prudente avec ce passé trop attachant, et de ce fait pernicieux pour la santé du présent. Il ne rompait le silence que deux fois par an et se laissait alors terrasser par la mélancolie : la nuit de l'anniversaire de Carlos et celle du 31 décembre, lorsqu'il appelait chez le Flaco, sachant que ses amis y seraient réunis pour boire du rhum et faire le décompte des pertes, dont la sienne, concrétisée vingt ans plus tôt quand, comme dans le boléro, Andrés était parti pour ne plus revenir. Mais lui, il leur avait fait ses adieux.

– Votre ami Andrés travaille dans la maison de retraite où mes parents ont vécu plusieurs années, jusqu'à leur mort, reprit l'homme lorsqu'il vit Conde plier l'enveloppe et la glisser dans sa poche. Il avait établi une relation privilégiée avec eux. Ma mère, qui est décédée il y a quelques mois…

– Mes condoléances.

– Merci… Ma mère était cubaine et mon père polonais, mais il avait vécu à Cuba une vingtaine d'années, jusqu'à leur départ en 1958. – Quelque chose dans la mémoire affective d'Elías Kaminsky le fit légèrement sourire. – Bien qu'il n'ait passé à Cuba que ces vingt années, il disait qu'il était juif par son origine, germano-polonais par ses parents et sa naissance, légalement citoyen nord-américain et, pour tout le reste, cubain. Car, en réalité, il était plus cubain qu'autre chose. Il disait toujours qu'il était du parti des mangeurs de haricots noirs et de yucca en sauce…

– Alors c'était vraiment un des miens… On s'assied ?

Conde désigna les fauteuils et, avec une de ses clés, ouvrit le cadenas qui les unissait comme un couple obligé à cohabiter, puis s'arrangea pour les disposer d'une façon plus propice à la conversation. La curiosité qu'éveillait son désir de connaître la raison pour laquelle cet homme voulait le voir avait eu raison du découragement qui ne le lâchait plus depuis des semaines.

– Merci, dit Elías Kaminsky en s'installant, mais je ne vais pas vous embêter longtemps, à cette heure…

– Pourquoi êtes-vous venu me voir ?

Kaminsky sortit un paquet de Camel et offrit une cigarette à Conde qui la refusa poliment. Il ne fumerait une de ces merdes parfumées et douceâtres qu'en cas de catastrophe nucléaire ou de danger de mort. Conde, en plus d'être affilié au Parti des Mangeurs de Haricots Noirs, était un patriote nicotinique, ce qu'il démontra en allumant une de ses dévastatrices Criollos, brunes et sans filtre.

– Je suppose qu'Andrés vous l'explique dans sa lettre… Je suis peintre, je suis né à Miami et j'habite maintenant New York. Mes parents ne supportaient pas le froid, c'est pourquoi j'ai dû les laisser en Floride. Ils avaient un appartement dans une résidence pour personnes âgées où ils firent la connaissance d'Andrés. Malgré leur origine, c'est la première fois que je viens à Cuba mais... vous savez, l'histoire est un peu longue. Accepteriez-vous que je vous invite à prendre le petit-déjeuner à mon hôtel, demain, pour que nous en parlions ? Andrés m'a dit que vous êtes la personne la plus indiquée pour m'aider à en savoir plus sur une histoire qui concerne mes parents... Ah, bien entendu, je vous payerais votre travail, c'est la moindre des choses...

Tandis qu'Elías Kaminsky parlait, Conde sentit que ses warnings, en veilleuse jusqu'à cet instant, se mettaient à chauffer. Si Andrés se risquait à lui envoyer cet homme qui, à première vue, ne cherchait pas de livres rares, il devait y avoir une bonne raison. Avant de prendre un café avec cet inconnu et de lui dire qu'il n'avait ni le temps ni l'envie de se mêler de son histoire, il y avait des choses qu'il devait savoir... Mais... le type avait dit qu'il allait le payer, non ? Combien ? L'indigence qui le poursuivait ces derniers mois assimila goulûment l'information. En tout cas, comme toujours, le mieux était de commencer par le début.

– Vous permettez que je lise la lettre ?

– Bien entendu. À votre place, j'aurais une envie folle de la lire.

Conde sourit. Il ouvrit la porte de sa maison et la première chose qu'il vit fut Basura II, couché sur le canapé, juste dans l'unique espace resté libre entre plusieurs piles de livres. Le chien, endormi, indifférent, ne remua même pas la queue lorsque Conde alluma la lumière et déchira l'enveloppe.

"Miami, le 2 septembre 2007

Vieux pirate,

Le coup de fil de fin d'année est encore bien loin, mais ça ne peut pas attendre. Je sais par Dulcita, qui est rentrée il y a quelques jours de Cuba, que vous allez tous bien, avec quelques cheveux en moins et quelques kilos en plus. Le porteur de cette lettre n'est PAS mon ami. Ses parents l'ont PRESQUE été, deux petits vieux super, surtout lui, le Cubano-Polonais. Ce monsieur est peintre, il vend pas mal, semble-t-il, et il a hérité certaines choses ($) de ses parents. Je CROIS que c'est quelqu'un de bien. Pas autant que toi ou moi, mais dans ce style.

Ce qu'il va te demander est compliqué, je crois que même toi, tu ne pourras pas résoudre la chose, mais essaie, parce que moi aussi cette affaire m'intrigue. En plus, c'est le genre d'histoires qui te plaît, tu vas voir...

Bien entendu, je lui ai dit que tu prenais cent dollars par jour pour ton travail, sans compter les frais. Ça, je l'ai appris dans un roman de Chandler que tu m'as prêté il y a sacrément longtemps. C'est celui où il y avait un type qui parlait comme les personnages d'Hemingway, tu vois lequel c'est ?

Je vous embrasse TOUS. Je sais que la semaine prochaine c'est l'anniversaire du Conejo. Félicite-le pour moi. Elías apporte en plus un petit cadeau de ma part et aussi les médicaments dont Josefina a besoin.

Avec amour et fragilité, ton pote de TOUJOURS,

Andrés.

P.S. Ah ! Dis à Elías qu'il faut absolument qu'il te raconte l'histoire de la photo d'Orestes Miñoso..."

Il sentit ses yeux s'embuer malgré lui. La fatigue et les frustrations accumulées, en plus de cette chaleur et de l'humidité ambiante, ça vous irrite les yeux, se mentit Conde sans pudeur. Dans cette lettre où il ne disait presque rien, Andrés disait tout, avec ses silences et son insistance bien à lui, typographiquement majuscule. Le fait qu'il se souvienne de l'anniversaire du Conejo plusieurs jours à l'avance le trahissait : s'il n'écrivait pas, c'était parce qu'il ne voulait pas et ne pouvait pas, parce qu'il préférait ne pas courir le risque de s'effondrer. Andrés, malgré la distance physique, était encore trop proche et, apparemment, il le serait toujours. La tribu à laquelle il appartenait depuis toutes ces années était inaliénable, *PER SAECULA SAECULORUM*, en majuscules.

Il posa la lettre sur le défunt poste de télévision russe qu'il ne se décidait pas à jeter et, sentant le poids de la nostalgie ajouté à celui de ses frustrations les plus criantes et les plus tenaces, il se dit que le meilleur moyen de supporter cette conversation inattendue était de l'arroser d'alcool. Il versa dans les deux verres une bonne dose de la bouteille de rhum qu'il avait gardée en réserve. Alors seulement il prit conscience de la situation : cet homme allait le payer cent dollars par jour pour qu'il l'aide à découvrir quelque chose ? Il se sentit au bord de l'évanouissement. Dans le monde délabré et appauvri où il vivait, cent dollars, c'était une fortune. Et s'il travaillait cinq jours ? Le malaise s'accentua et, pour le surmonter, il but un coup, directement au goulot de la bouteille. Les verres à la main et l'esprit débordant de projets financiers, il revint sur la terrasse.

– Vous vous y risquez ? demanda-t-il à Elías Kaminsky en lui tendant le verre que l'autre accepta en murmurant un merci. C'est du rhum bon marché... celui que je bois.

– Pas mal, dit l'étranger après l'avoir goûté avec prudence. Il vient d'Haïti ? demanda-t-il en prenant des airs de dégustateur, puis il s'empressa de sortir une autre Camel qu'il alluma.

Le Conde s'envoya une longue rasade et fit mine de savourer ce tord-boyaux dévastateur.

– Oui, ça doit être du rhum haïtien... Bon, si vous voulez nous parlerons demain à votre hôtel et vous me raconterez les détails... commença Conde, essayant de dissimuler sa hâte de savoir, mais pour l'instant dites-moi ce que, selon vous, je peux vous aider à découvrir.

– Je vous l'ai dit, c'est une longue histoire. Elle a beaucoup à voir avec la vie de mon père, Daniel Kaminsky... Disons, pour commencer, que je cherche à retrouver la piste d'un tableau, un Rembrandt, d'après toutes les informations dont je dispose.

Conde ne put réprimer un sourire. Un Rembrandt, ici, à Cuba ? Des années plus tôt, alors qu'il était encore policier, l'existence d'un Matisse l'avait conduit à se fourrer dans une douloureuse histoire de passion et de haine. Et, en fin de compte, le Matisse s'était avéré aussi faux que le serment d'une putain... ou d'un flic*. Mais l'évocation d'un possible tableau du maître hollandais était un aimant trop puissant pour la curiosité de Conde de plus en plus exacerbée, peut-être par la combustion de ce rhum si horrible qu'il semblait haïtien et par la promesse d'une rémunération fracassante.

---

* *L'Automne à Cuba*, Métailié, Paris, 2000.

– Alors comme ça, un Rembrandt… De quoi parle cette histoire et qu'a-t-elle à voir avec votre père ? – Il poussait l'étranger à parler et ajouta des arguments pour le convaincre. – À cette heure-ci, on ne sent presque plus la chaleur… et il reste du rhum dans la bouteille.

Kaminsky vida son verre et le tendit à Conde.

– Vous mettrez le rhum sur la note de frais…

– Ce que je vais mettre, c'est une ampoule dans la lampe. Ce serait quand même mieux si on voyait nos visages, n'est-ce pas ?

Pendant qu'il cherchait une ampoule, une chaise pour grimper dessus, qu'il vissait le culot dans la douille et qu'enfin la lumière jaillissait, Conde pensa qu'il était décidément indécrottable. Pourquoi diable encourageait-il cet homme à lui raconter son récit filial s'il était plus que probable qu'il ne pourrait pas l'aider à découvrir quoi que ce soit ? Seulement parce que, s'il acceptait, il serait payé ? "Tu en es vraiment arrivé là, Mario Conde ?" se demanda-t-il, et il préféra momentanément ne pas essayer de répondre.

Quand il revint s'asseoir, Elías Kaminsky sortit une photo de la prodigieuse poche de sa chemise *casual* et la lui tendit.

– La clé de toute l'histoire pourrait bien être cette photo.

Il s'agissait d'une copie récente d'un tirage ancien. La couleur sépia de la photographie était devenue grise et on pouvait observer les bords irréguliers du papier de l'original. On y voyait une femme, entre vingt et trente ans, vêtue d'une robe sombre, assise dans un fauteuil à haut dossier recouvert de brocart. Auprès d'elle, un petit garçon d'environ cinq ans, une main posée sur les genoux de sa mère, fixait l'objectif. À en juger par les vêtements et les coiffures, Conde supposa que la photo avait été prise dans les années 1920 ou 1930. Averti du sujet, après avoir observé les personnages, il se concentra sur un petit tableau accroché derrière eux, au-dessus d'un guéridon où se trouvait un bouquet de fleurs pâles dans un grand vase. Le tableau devait mesurer quelque quarante centimètres sur vingt-cinq, par comparaison avec la tête de la femme. Conde inclina la photo pour chercher le meilleur éclairage afin d'étudier le personnage dans le cadre : il s'agissait du buste d'un homme avec une barbe clairsemée et peu soignée dont les cheveux, coiffés avec une raie au milieu, tombaient jusqu'aux épaules. Cette image transmettait quelque chose d'indéfinissable, surtout par le regard, à la fois perdu et mélancolique, et Conde se demanda s'il s'agissait du portrait d'un homme ou d'une représentation du Christ, assez proche d'une reproduction qu'il devait avoir vue dans divers livres de peintures... Un Christ de Rembrandt chez des juifs ?

– Ce portrait est de Rembrandt ? demanda-t-il sans cesser de regarder la photo.

– La femme, c'est ma grand-mère et l'enfant, c'est mon père. Dans la maison où ils habitaient à Cracovie... et le tableau a été authentifié, c'est un Rembrandt. On le voit mieux à la loupe...

De la poche *casual* sortit alors la loupe dont Conde se servit pour observer la toile, tout en demandant :

– Qu'est-ce que ce Rembrandt a à voir avec Cuba ?

– Il était à Cuba. Puis il en est parti. Et, il y a quatre mois, il a fait son apparition dans une salle des ventes à Londres... La mise à prix était d'un million deux cent mille dollars, car plus qu'une œuvre achevée, il semble que ce soit plutôt quelque chose comme une étude, une de celles que fit Rembrandt pour ses grandes représentations du Christ quand il travaillait sur *Les Pèlerins d'Emmaüs*, la version de 1648. Vous vous y connaissez ?

Conde termina son rhum et contempla de nouveau la photo à travers la loupe, sans pouvoir éviter de se demander : combien de problèmes de la vie de Rembrandt – une foutue vie, d'après ce qu'il avait lu – auraient pu être résolus avec ce million de dollars ?

– Je ne m'y connais pas beaucoup... reconnut-il. J'ai vu des reproductions de ce tableau... Mais, si je me souviens bien, dans les *Pèlerins*, le Christ regarde vers le haut, non ?

– En effet... Il semblerait que ce portrait du Christ soit arrivé dans la famille de mon père en 1648. Mes grands-parents, des juifs qui fuyaient les nazis, l'ont apporté à Cuba en 1939... C'était pour eux une sorte d'assurance vie... Le tableau est resté à Cuba. Mais pas eux. Quelqu'un s'est emparé du Rembrandt... Et, il y a quelques mois, une autre personne a essayé de le vendre, croyant peut-être que le moment était venu. Ce vendeur est en contact avec la salle des ventes par l'intermédiaire d'une boîte postale de Los Angeles.

Il a un certificat d'authentification daté de 1928 à Berlin et un autre, d'achat, certifié par un notaire, daté de 1940, ici à La Havane... au moment où mes grands-parents et ma tante se trouvaient déjà dans un camp de concentration en Hollande. Mais grâce à cette photo que mon père a conservée toute sa vie, j'ai pu bloquer la vente aux enchères, car les œuvres d'art volées aux juifs avant et pendant la guerre sont un sujet très sensible. Je ne vous mens pas si je vous dis que cela ne m'intéresse pas de récupérer le tableau pour la valeur qu'il peut atteindre, bien que ce ne soit pas rien... Ce que je veux vraiment savoir, et c'est pour ça que je suis ici en train de vous parler, c'est ce qui est arrivé à ce tableau qui était une relique pour ma famille, et à la personne qui l'avait ici à Cuba. Où était-il fourré jusqu'à maintenant... Au point où nous en sommes, je ne sais pas s'il sera possible de découvrir quelque chose, mais je veux essayer... et, pour ça, j'ai besoin de votre aide.

Conde avait cessé de regarder la photo et observait le nouveau venu, fasciné par ses paroles. Avait-il mal entendu ou l'homme se disait-il vraiment peu intéressé par le million et quelques que valait la peinture ? Son esprit, déjà emballé, s'était mis à chercher des voies possibles pour approcher cette histoire apparemment extraordinaire qui croisait son chemin. Mais à cet instant, aucune idée ne lui vint à l'esprit : il avait seulement besoin d'en savoir plus.

– Et que vous a raconté votre père sur l'arrivée de ce tableau à Cuba ?

– Sur ce point, il ne m'a pas dit grand-chose, tout ce qu'il savait c'est que ses parents l'avaient avec eux sur le *Saint Louis*.

– Ce fameux bateau qui est arrivé à La Havane avec des juifs à son bord ?

– Celui-là, oui... Mon père m'a beaucoup parlé du tableau. De la personne qui le détenait ici à Cuba, beaucoup moins...

Conde sourit. La fatigue, le rhum ou son mauvais moral le rendaient plus obtus ou s'agissait-il de son état naturel ?

– En fait, je ne comprends pas très bien... ou plutôt pas du tout... admit-il en tendant la loupe à son interlocuteur.

– Ce que je veux, c'est que vous m'aidiez à découvrir la vérité pour que je puisse comprendre moi aussi... Écoutez, là, maintenant, je suis épuisé et j'aimerais avoir l'esprit plus clair pour vous parler de cette histoire. Mais pour vous convaincre de m'écouter demain, si toutefois nous pouvons nous retrouver demain, je vais vous confier seulement une chose… Mes parents ont quitté Cuba en 1958. Pas en 1959, ni en 1960, à l'époque où presque tous les juifs et les gens qui avaient de l'argent sont partis pour fuir ce qui serait, ils le savaient, un régime communiste. Je suis certain que ce départ de mes parents en 1958, plutôt précipité, a un rapport avec ce Rembrandt. Et depuis que le tableau a fait sa réapparition dans une vente aux enchères, je ne suppose plus, je suis convaincu qu'il existe un lien entre mon père, ce tableau et son départ de Cuba, et que cela a dû être très compliqué…

– Pourquoi très compliqué ? demanda Conde, persuadé de souffrir d'anémie mentale.

– Parce que, s'il est arrivé ce que je pense, mon père a peut-être commis une chose très grave.

Conde sentit qu'il était sur le point d'exploser. Le dénommé Elías Kaminsky était le pire conteur d'histoires qui ait jamais existé ou alors le roi des cons. Malgré sa peinture, ses cent dollars journaliers et ses vêtements *casual.*

– Allez-vous me dire enfin ce qui s'est passé et la vérité qui vous tracasse ?

Le mastodonte reprit son verre et but le fond de rhum servi par Conde. Il regarda son interlocuteur et finit par dire :

– C'est que… voilà, ce n'est pas facile de dire que l'on pense que son père, qu'on a toujours vu comme ça, comme un père… est peut-être aussi la personne qui a tranché la gorge d'un autre homme.

3.
Cracovie, 1648 – La Havane, 1939

Deux ans avant ce matin spectaculairement silencieux où Daniel Kaminsky et son oncle Joseph s'apprêtaient à se rendre au port de La Havane pour assister à l'accostage tant attendu du *Saint Louis*, la situation de plus en plus tendue des juifs européens empirait à un rythme accéléré, laissant présager l'imminence de nouveaux grands malheurs. C'est alors que les parents de Daniel avaient décidé que mieux valait se trouver au centre de la tourmente et profiter de la force de ses vents pour être propulsés vers leur salut. Dans ce but, se prévalant du fait qu'Esther Kellerstein était née en Allemagne où ses parents vivaient encore, Isaías Kaminsky, son épouse et leurs enfants Daniel et Judith, après avoir acheté les autorisations à plusieurs fonctionnaires, parvinrent à quitter Cracovie pour se rendre à Leipzig. Le médecin espérait y trouver une issue satisfaisante avec les autres membres du clan Kellerstein, une des familles les plus en vue de la ville, fabricants reconnus de délicats instruments de musique dont le bois et les cordes avaient donné leur âme et leur sonorité à d'innombrables symphonies allemandes depuis l'époque de Bach et de Händel.

Une fois établis à Leipzig, en s'appuyant sur les relations et l'argent des Kellerstein, Isaías Kaminsky avait commencé l'évacuation des siens par l'achat très compliqué d'un permis de sortie du territoire et d'un visa de touriste pour son fils qui venait d'avoir huit ans. La destination initiale du garçon serait la lointaine île de Cuba où il devrait attendre le changement de statut de son visa pour se rendre aux États-Unis afin d'y rejoindre ses parents et sa sœur qui pensaient partir assez rapidement et, dans la mesure du possible, arriver directement en Amérique du Nord. Le choix de l'itinéraire de Daniel passant par La Havane était dû à la difficulté d'émigrer vers les États-Unis et à un élément favorable, car depuis quelques années, Joseph, frère aîné d'Isaías, y était établi, déjà rebaptisé Pepe Cartera par la spontanéité cubaine, et disposé à se présenter aux autorités de l'île comme soutien financier du garçon.

Pour les trois autres membres de la famille échoués à Leipzig, les choses se compliquèrent : d'un côté, les restrictions imposées par les autorités allemandes concernant l'émigration vers n'importe quel pays des juifs résidents sur leur territoire, à moins qu'ils ne disposent d'un capital et ne remettent jusqu'au dernier centime de leur patrimoine ; de l'autre, la croissante difficulté pour obtenir un visa, en particulier pour les États-Unis, point de mire d'Isaías qui considérait que ce pays était idéal pour les aspirations d'un homme de sa profession et de sa culture ; enfin, la confiance obstinée des patriarches de la famille Kellerstein, persuadés qu'ils jouiraient toujours du respect et d'une certaine considération grâce à leur position économique, ce qui était censé leur faciliter les choses, au moins, pour bien vendre leur affaire et leur permettre de monter une nouvelle entreprise, peut-être plus modeste, ailleurs dans le monde. Cette somme de rêves et de désirs, ajoutée à ce que Daniel Kaminsky jugerait comme un profond esprit de soumission et une paralysante incapacité à comprendre ce qui se passait, leur volerait de précieux mois pour tenter de fuir en empruntant une des solutions déjà utilisées par d'autres juifs de Leipzig qui, moins romantiques et moins intégrés que les Kellerstein, avaient compris que non seulement leurs affaires, leurs maisons et leurs relations étaient en jeu, mais surtout leurs vies, parce qu'ils étaient juifs dans un pays malade du nationalisme le plus agressif.

La solide confiance dans la gentillesse et la politesse allemandes avec lesquelles ils avaient vécu et progressé durant des générations ne sauva pas les Kellerstein de la ruine et de la mort. Alors que les juifs allemands, devenus des parias, déjà à cette époque, étaient déchus de tous leurs droits, un nouveau tour de vis convertissait leur condition religieuse et raciale en délit. Dans la nuit du 9 au 10 novembre 1938, six mois après le départ de Daniel pour Cuba, les Kellerstein perdirent pratiquement tout durant le sombre épisode de la Nuit de Cristal.

Décidés à obtenir un visa pour n'importe quelle destination du monde où, au moins, ils ne courraient plus de semblables dangers, les parents et la sœur de Daniel se rendirent à Berlin, accueillis par un médecin non juif, ex-camarade d'Isaías Kaminsky durant ses années d'études universitaires. Là, tandis qu'il courait d'un consulat à un autre, Isaías fut témoin des grandes marches nazies et put se faire une idée définitive de ce qui se préparait en Europe. Dans l'une des lettres qu'il écrivit alors à son frère Joseph, il s'efforçait d'expliquer, ou peut-être de s'expliquer à lui-même, ce qu'il éprouvait dans ces moments-là. La missive, que par la suite l'oncle Pepe donnerait à Daniel et que, des années plus tard, Daniel déposerait entre les mains de son fils Elías, était une éclatante démonstration de la façon dont la peur s'empare d'un individu lorsque les forces déchaînées et manipulées d'une société le désignent comme ennemi et le privent de toute possibilité de faire appel, seulement parce qu'il professe certaines idées que les autres, la majorité conditionnée par un pouvoir totalitaire, jugent pernicieuses pour le bien commun. Le désir de s'échapper de soi, de perdre sa singularité en se fondant dans la vulgarité homogène de la masse s'offrait comme alternative contre la peur et les manifestations les plus irrationnelles d'une haine déguisée en devoir patriotique et assimilée par une société altérée par une croyance messianique en son destin. Dans un des derniers paragraphes de sa lettre, Isaías affirmait : "Je rêve de devenir transparent." Cette phrase, résumé de sa tragique volonté d'évasion soumise, serait la source d'inspiration de bien des attitudes de son fils, car elle le pousserait, plus qu'à devenir transparent, à devenir quelqu'un d'autre.

Au moment le plus tendu de cette épreuve, se sentant au bord de l'asphyxie sous la pression nazie, le docteur Isaías Kaminsky reçut un télégramme de La Havane dans lequel Joseph lui annonçait l'ouverture d'une brèche inattendue vers le salut : une agence du gouvernement cubain allait ouvrir un bureau à l'ambassade de Berlin pour vendre des visas aux israélites souhaitant se rendre dans l'île en qualité de touristes. Le jour même où l'agence commença à fonctionner, Isaías Kaminsky se présenta à l'ambassade et parvint à acheter les trois visas. Avec l'aide des Kellerstein et de son collègue médecin, il paya la somme exigée par le gouvernement allemand pour accorder aux juifs le permis de sortie du territoire et, enfin, les billets de première classe sur un paquebot autorisé par la direction de l'Immigration à lever l'ancre dans le port de Hambourg à destination de La Havane : le *S.S. Saint Louis*, qui prit la mer le 13 mai 1939, prévoyant d'arriver à Cuba juste deux semaines plus tard, pour y déposer sa cargaison humaine de neuf cent trente-sept juifs que leur bonne fortune emplissait d'allégresse.

Lorsque Joseph Kaminsky et son neveu Daniel arrivèrent au port le matin du 27 mai 1939, le jour ne s'était pas encore levé. Mais, grâce aux projecteurs installés sur l'Alameda de Paula et le quai de Caballería, ils découvrirent avec joie que le luxueux paquebot était déjà ancré dans la baie, car il était arrivé plusieurs heures plus tôt que prévu, stimulé par la présence d'autres navires chargés de passagers juifs, également à la recherche d'un port américain disposé à les accepter. La première chose qui attira l'attention de Pepe Cartera fut que le navire avait dû jeter l'ancre loin des lieux où accostaient généralement les bateaux de passagers : soit le quai Casablanca où se trouvait le bureau de l'Immigration, soit celui de la ligne Hapag, la Hamburg-Amerikan Linen, à laquelle appartenait le *Saint Louis* et où débarquaient les touristes qui faisaient escale à La Havane.

Des centaines de personnes se massaient aux abords du port, en majorité des juifs, mais aussi de nombreux curieux, journalistes et policiers. Sur le coup de six heures trente, quand les lumières du pont s'allumèrent et que l'on entendit le mugissement de la sirène, ordonné par le capitaine du navire pour ouvrir les salons du petit-déjeuner, la plupart de ceux qui étaient réunis sur le quai sautèrent de joie, déclenchant un long brouhaha auquel se joignirent les passagers, car les uns et les autres pensèrent que c'était le signal du débarquement imminent.

Avec les années et grâce à l'information recueillie, Daniel Kaminsky arriva à comprendre que cette aventure, destinée à tracer le destin de sa famille, avait été faussée dès le début et de macabre façon. En réalité, tandis que le *Saint Louis* faisait route vers La Havane, tous les chapitres de la tragédie qui couronnerait cet épisode, l'un des plus honteux et lamentables de la politique de tout le XXe siècle, étaient déjà écrits. Mais les intérêts politiques, la propagande des nazis obstinés à montrer qu'ils permettaient aux juifs d'émigrer, les politiques migratoires strictes réclamées par diverses factions du gouvernement des États-Unis et le poids décisif des pressions exercées sur les dirigeants cubains croisèrent le destin des juifs, comme pour donner forme aux spirales d'un piège qui les conduirait au supplice. Pour couronner le tout, au poids de ces réalités et de ces manœuvres politiques s'ajouterait le plus grand fléau qui s'abattit sur Cuba dans ces années-là : la corruption.

Les indispensables permis de voyage accordés par l'agence cubaine installée à Berlin furent une pièce clé dans le jeu pervers qui impliquerait les parents de Daniel, sa sœur et la plupart des neuf cent trente-sept juifs embarqués sur le paquebot. On apprendrait vite que la vente des permis faisait partie d'une affaire montée par le sénateur et ex-colonel de l'armée Manuel Benítez González qui, grâce à son fils, proche du puissant général Batista, occupait à l'époque le poste de directeur des services d'Immigration… À travers son agence de voyages, Benítez parvint à vendre quatre mille permis d'entrée à Cuba, à cent cinquante pesos chacun, ce qui lui rapporta le gain fabuleux de six cent mille pesos de l'époque, une somme pour laquelle beaucoup de gens durent se mouiller, peut-être même Batista en personne, qui tira tous les fils du pays, depuis sa Rébellion des sergents de 1933 jusqu'à sa fuite honteuse au petit matin du 1er de l'an 1959.

Bien entendu, en apprenant ces manœuvres, Federico Laredo Bru, président de Cuba à l'époque, décida que l'heure était venue d'entrer dans la danse. Réagissant aux pressions de certains de ses ministres, il prétendit faire preuve d'autorité face au pouvoir de Batista, mais selon la coutume nationale il se disposa aussi à réclamer sa part du gâteau. La première mesure présidentielle approuva un décret selon lequel chaque réfugié désireux d'entrer à Cuba devait être porteur de la somme de cinq cents pesos pour prouver qu'il ne serait pas à la charge de l'État. Et, alors que les permis de Benítez et les billets du *Saint Louis* étaient déjà vendus, il promulgua une autre loi qui invalidait les visas de tourisme donnés antérieurement, pour exiger des passagers le paiement de presque un demi-million de dollars au gouvernement cubain s'ils voulaient entrer dans l'île en qualité de réfugiés.

Les personnes embarquées sur le paquebot ne pouvaient évidemment pas payer de telles sommes. En quittant le sol allemand, les présumés touristes avaient été autorisés à n'emporter qu'une valise de vêtements et dix marks, équivalant à quatre malheureux dollars. Mais, autre élément de ce jeu, Goebbels, le chef de la propagande allemande et démiurge de cet épisode, avait fait circuler le bruit que les réfugiés voyageaient avec de l'argent, des diamants, des bijoux qui représentaient une énorme fortune. Le président cubain et ses conseillers accordèrent au dignitaire nazi plus que le bénéfice du doute.

Quand le jour se leva, la foule qui se pressait sur le port dépassait les cinq ou six mille personnes. L'enfant Daniel Kaminsky ne comprenait rien, car les commentaires qui circulaient sans cesse étaient contradictoires : certains suscitaient l'espoir, d'autres la désolation. Les gens faisaient même des paris : je parie qu'ils vont débarquer ou je parie qu'ils ne vont pas débarquer, en justifiant leurs points de vue avec divers arguments. Au grand soulagement des passagers et de leurs parents, quelqu'un annonça que les démarches pour débarquer étaient seulement différées, car c'était la fin de la semaine et la majorité des fonctionnaires cubains ne travaillaient pas les jours fériés. Mais, du côté des familles, le plus grand motif de confiance provenait de la certitude qu'à Cuba tout pouvait s'acheter ou se vendre, et que pour cette raison des représentants du Comité pour la répartition des réfugiés juifs n'allaient pas tarder à arriver pour négocier les prix fixés par le gouvernement cubain…

En réalité, Joseph Kaminsky et son neveu Daniel avaient une puissante raison d'être plus optimistes que le reste des parents des voyageurs qui se pressaient sur le port de La Havane. L'oncle Pepe Cartera avait déjà confié au garçon, dans le plus grand secret, que ses parents et sa sœur possédaient un bien beaucoup plus précieux que les visas : ils avaient une clé susceptible d'ouvrir toutes grandes les portes de l'île aux trois Kaminsky embarqués sur le *Saint Louis.* Car la petite toile ancienne qui durant des années était restée accrochée au mur de la maison familiale voyageait avec eux, soustraite d'une façon ou d'une autre aux réquisitions nazies. Cette œuvre, portant la signature d'un célèbre peintre hollandais très coté, était susceptible d'atteindre une valeur qui, selon les suppositions de Joseph, dépasserait largement les exigences de n'importe quel fonctionnaire de la police ou du secrétariat cubain à l'Immigration dont les bontés, assurait-il, pouvaient généralement s'acheter pour beaucoup moins d'argent.

Durant presque trois siècles, le tableau qui représentait un visage aux classiques traits juifs, également très semblable à la non moins classique représentation iconographique du Jésus des chrétiens, était passé par divers stades dans sa relation avec la famille Kaminsky : un secret, une relique familiale et, finalement, un joyau sur lequel les derniers Kaminsky qui en furent les dépositaires misèrent leurs plus grands espoirs de salut.

Dans la maison de Cracovie où Daniel était né en 1930, même s'ils ne vivaient plus dans l'aisance économique des décennies précédentes, les Kaminsky connaissaient les commodités d'une typique famille juive de la petite bourgeoisie. Quelques photos sauvées du désastre le prouvaient. Des meubles de bois nobles, des miroirs allemands, de vieux vases en porcelaine de Delft apparaissaient sur les photos sépia. Et le plus révélateur était précisément cette photo de Daniel à quatre ou cinq ans, prise dans la grande pièce lumineuse qui faisait office de salle à manger. Sur cette image, on voyait, juste derrière l'enfant, au-dessus d'une table ornée d'un vase débordant de fleurs, le cadre d'ébène sculpté dans lequel Isaías avait fait monter, comme si c'était le blason du clan, la toile qui représentait un homme transcendant, aux traits juifs, le regard perdu à l'infini.

Quarante ans auparavant le négociant en fourrures Benjamin Kaminsky, père de Joseph, du défunt Israël et de Isaías, avait réussi à amasser une généreuse fortune et, décidé à assurer l'avenir de ses fils, il avait insisté pour leur léguer une chose dont personne ne pourrait les dépouiller : leurs études. Avant le début de la guerre de 1914, il avait envoyé l'aîné, Joseph, en Bohême, afin qu'il puisse y développer sa remarquable habileté manuelle et se former avec les meilleurs maîtres de la peausserie, très renommés dans cette région du monde. De la sorte, le jour où il hériterait de l'affaire familiale, cet apprentissage lui garantirait de rapides progrès. Ensuite, Benjamin avait poussé Israël à faire des études d'ingénieur à Paris, où le jeune homme décida très vite de s'installer, émerveillé par la ville et la culture française. Pour son malheur, dans son processus d'intégration en France, Israël finirait par s'engager dans l'armée française pour terminer ses jours près de Verdun dans une tranchée débordant de boue, de sang et d'excréments. Après la grande guerre, malgré l'instabilité politique et la crise qui anéantit tant de fortunes, le pelletier investit ce qui lui restait de ses disponibilités pour envoyer son benjamin, Isaías, étudier la médecine à Leipzig. C'est à cette époque que le jeune homme fit la connaissance d'Esther Kellerstein, fille d'une famille aisée et réputée de la ville, la belle jeune fille qu'il épousa avant de s'établir en 1928 à Cracovie, patrie ancestrale des Kaminsky.

Après la mort d'Israël à la guerre et une fois connues les intentions de Joseph, décidé à tenter sa chance dans le nouveau monde pour ne pas vivre dans la crainte constante d'un pogrom, le père d'Isaías avait confié à son plus jeune fils la garde de cette peinture ancienne qui durant des générations avait toujours été remise au fils aîné de la descendance. Pour la première fois, la future propriété de l'œuvre, dont ils connaissaient alors la valeur avec plus de certitude, reviendrait à deux frères, même si dès le début Joseph, toujours austère, avec une certaine vocation d'ermite et dépourvu de grandes ambitions, préféra la confier aux bons soins de son frère "intellectuel", comme il le disait souvent au médecin ; de plus, sa tendance à l'orthodoxie religieuse l'avait toujours empêché d'éprouver beaucoup de sympathie pour ce tableau. Bien au contraire. Grâce à tous ces éléments, des années plus tard, lorsque Joseph eut connaissance des difficultés économiques d'Isaías qui tentait de trouver un moyen de fuir l'Allemagne avec sa famille, il lui fut facile de prendre une résolution. Cet homme, habitué à compter chaque centime, qui maintenait son neveu Daniel – et lui-même – au bord de l'inanition pour ne pas faire de dépenses excessives pour des choses qui finalement, disait-il, se transformaient en merde (sa constipation chronique le ferait vivre jusqu'à sa mort obsédé par les excréments et tracassé par leur évacuation traumatisante), avait écrit à son frère pour lui confirmer qu'il pouvait disposer en toute liberté du tableau si à un moment donné sa vente pouvait garantir sa survie. Tel était peut-être le destin manifeste de ce joyau hérétique, si controversé, rocambolesquement obtenu par la famille quelque trois cents ans auparavant.

Personne ne savait avec certitude comment cette peinture, une toile plutôt petite, avait atterri dans les mains des lointains Kaminsky, comme tout semblait l'indiquer au milieu du XVIIe siècle, peu après avoir été exécutée. Cette époque, qui fut la plus terrible jamais vécue par la communauté juive, ne tarderait pourtant pas à être surpassée en cruauté et en nombre de victimes. Malgré tout le temps écoulé, tous les juifs du monde connaissaient très bien l'histoire de la persécution, du martyre et de la mort de plusieurs milliers d'Hébreux aux mains des hordes des cosaques et des Tartares, ivres de sadisme et de haine, une boucherie qui avait repoussé les limites de l'horreur de 1648 à 1653.

La chronique familiale au sujet du tableau que les Kaminsky possédaient depuis ces temps agités s'était élaborée à partir d'une fabuleuse et romantique histoire, fausse pour beaucoup d'entre eux, d'un rabbin qui, fuyant l'avancée des troupes cosaques, avait presque miraculeusement échappé au siège de la ville de Nemirov, puis à celui de Zamosc. Le mythique rabbin, disaient-ils, avait réussi à atteindre Cracovie où, pour son malheur, il avait été rattrapé par un autre ennemi aussi implacable que les cosaques : l'épidémie de peste qui, en un été, emporta vingt mille juifs seulement dans cette ville. De génération en génération, les membres du clan raconteraient que le médecin Moshé Kaminsky avait soigné le rabbin jusqu'à ses derniers moments, et que ce sage (dont la famille avait été massacrée par les cosaques du fameux Chemiel le persécuteur, un assassin pour les juifs et un héros justicier pour les Ukrainiens), comprenant quel serait le dénouement, avait remis des lettres et trois petites toiles au médecin. Il s'agissait du portrait d'un homme, juif sans aucun doute, qui dans un style très naturaliste se voulait une représentation du Jésus chrétien, mais avec l'intention évidente de paraître plus humain et plus terrestre que l'image établie par l'iconographie catholique de l'époque ; d'un petit paysage de la campagne hollandaise ; et du portrait d'une jeune fille vêtue selon les coutumes hollandaises d'alors. Personne ne sut ce que disaient les lettres, car elles étaient écrites dans une langue incompréhensible pour les juifs de l'Est et les Polonais et, à un moment donné, elles prirent une direction inconnue, du moins pour les descendants du médecin qui conservèrent et se transmirent l'histoire du rabbin et des peintures. Selon la légende familiale, le rabbin avait raconté au docteur Moshé Kaminsky que les lettres et les toiles lui avaient été remises par un jeune séfarade qui se disait peintre. Ledit séfarade lui avait assuré que le portrait de la jeune fille était son œuvre, que le paysage avait été peint par un de ses amis, tandis que le portrait du Christ, ou d'un jeune juif ressemblant au Jésus des Chrétiens, en réalité son propre portrait, était de la main de son maître, le plus grand portraitiste de tout le monde connu… Un Hollandais du nom de Rembrandt van Rijn, dont on pouvait lire les initiales sur le bord inférieur de la toile, à côté de la date de son exécution : 1647.

Depuis lors, la famille Kaminsky qui avait échappé, également par pur miracle, aux massacres et aux maladies de ces années ténébreuses, avait conservé les toiles et le récit assez invraisemblable écouté par le lointain médecin de la bouche du rabbin délirant qui avait survécu à plusieurs attaques des cosaques. Quel membre de la communauté juive polonaise du milieu du XVIIe siècle, exsangue, horrifiée par la violence génocidaire qui la décimait, pouvait croire cette histoire d'un juif séfarade, peintre qui plus est, perdu dans ces contrées ? Qui, parmi ces enfants d'Israël, fanatisés à cette époque jusqu'à l'exaltation par les aventures d'un certain Sabbataï Tsevi qui s'était proclamé l'authentique Messie capable d'obtenir leur rédemption, allait croire qu'à travers les campagnes de la Petite Russie pût voyager un séfarade, fixé à Amsterdam, qui, comble d'incongruité, se disait peintre ? Avait-on jamais vu un juif peintre ? Et comment cet incroyable juif peintre aurait-il pu et osé parcourir ces territoires avec trois peintures dont un portrait de lui trop semblable à celui du Christ ? N'était-il pas plus vraisemblable qu'au cours des attaques des cosaques et des Tartares, le supposé rabbin se soit approprié ces peintures, par Dieu sait quelles astuces ? Ou que le voleur soit le docteur Moshé Kaminsky en personne, auteur de la fable grossière du séfarade peintre et du rabbin mort, pour dissimuler derrière ces personnages quelque sombre méfait perpétré durant les années de la peste et du massacre ? Que l'histoire soit vraie ou pas, une chose était certaine : le médecin était entré en possession des œuvres et les avait gardées jusqu'à la fin de sa vie sans les montrer à personne, par crainte d'être considéré comme un adorateur d'images idolâtres. Par malheur, disaient les descendants qui avaient transmis durant des siècles la chronique et l'héritage, le petit paysage de la campagne hollandaise était parvenu très détérioré aux mains de Moshé Kaminsky, tandis qu'au fil des années le portrait de la jeune fille juive, peut-être à cause de la mauvaise qualité des pigments ou de la toile, s'était effacé et craquelé peu à peu jusqu'à disparaître, écaille par écaille. Mais pas le portrait du jeune juif. Comme il fallait s'y attendre, plusieurs générations de Kaminsky avaient tenu cette œuvre, peut-être de valeur, à l'abri des regards, en particulier de ceux des autres juifs polonais, de plus en plus orthodoxes et radicaux, car l'exposer pouvait être considéré comme une énorme violation de la Loi sacrée : non seulement il s'agissait d'une représentation humaine mais de l'image d'un juif qui incarnait le prétendu Messie.

Ce fut le père de Benjamin, le bisaïeul de Daniel Kaminsky, qui le premier du clan osa mettre cette peinture dans un endroit visible de sa maison. Il n'était pas à moitié athée pour rien, comme tout bon socialiste, et il était même devenu un dirigeant ouvrier plus ou moins important dans la Cracovie du milieu du XIXe siècle. Par la suite, la chronique familiale concernant le tableau fut enjolivée de détails spectaculaires, car un de ces socialistes juifs, compagnon de luttes du bisaïeul de Daniel Kaminsky, se trouva être un syndicaliste français qui s'enorgueillissait de ses connaissances en matière de peinture européenne et se disait ami intime de Camille Pissarro, celui-là vraiment juif et peintre. Dès le premier jour où le Français vit le portrait du jeune juif, il assura à son camarade Kaminsky qu'il avait, accroché à son mur, rien de moins qu'un tableau du Hollandais Rembrandt, un des artistes les plus admirés par les peintres parisiens de l'époque, dont son camarade Pissarro.

Mais finalement, Benjamin Kaminsky, le grand-père de Daniel, qui n'était pas socialiste mais qui, en revanche, s'intéressait beaucoup à tout ce qui rapportait de l'argent d'une façon ou d'une autre, porta un jour le tableau chez le meilleur spécialiste de Varsovie. L'homme de l'art lui certifia qu'il s'agissait bien d'une peinture hollandaise du XVIIe siècle, mais ne put lui garantir qu'elle était l'œuvre de Rembrandt, même si elle comportait beaucoup d'éléments de son style. La principale difficulté pour authentifier la toile tenait au fait que dans l'atelier de Rembrandt plusieurs portraits comme celui-là avaient été peints, plus ou moins achevés, au point que les experts étaient en pleine confusion quant à savoir quelles peintures étaient l'œuvre du maître ou des élèves qu'il faisait bien souvent travailler avec lui ou à partir de ses toiles. Parfois, s'il était satisfait du résultat, le maître allait jusqu'à les signer puis il les vendait comme siennes… C'est pourquoi le spécialiste polonais, s'en tenant à certaines conclusions sommaires, comme l'aspect inachevé de l'œuvre, penchait pour un tableau peint par un disciple de Rembrandt, dans l'atelier du maître, et il mentionna plusieurs auteurs possibles. Cependant, dit l'homme, il s'agissait sans aucun doute d'une toile importante (d'une valeur limitée, en termes financiers, si ce n'était pas une œuvre du Maître), mais il avertissait que son jugement ne devait pas être considéré comme définitif. Peut-être que les spécialistes hollandais ou les experts allemands si pointilleux…

Légèrement déçu par la plus que probable appartenance du tableau à un élève et non au maître hollandais de plus en plus coté, Benjamin Kaminsky ne réserva à la peinture que le destin d'un modeste cadre suspendu dans le salon de la maison familiale. Car, s'il avait été certain de sa valeur, il aurait sûrement converti la relique en argent, un argent qui, tout aussi sûrement, se serait changé en eau et en sel durant l'une des crises de ces années terribles, antérieures et postérieures à la Guerre mondiale.

Le docteur Isaías Kaminsky prendrait finalement la décision de soumettre le tableau à une expertise rigoureuse. Homme plus curieux et spirituel que son géniteur, il décida de mettre fin aux doutes et emporta la toile à Berlin lors de son voyage en Allemagne pour épouser la belle Esther

Kellerstein en 1928. Il prit alors rendez-vous avec deux spécialistes de la ville, grands connaisseurs de la peinture hollandaise de la période classique, et leur présenta le portrait du jeune juif semblable au Jésus de l'iconographie chrétienne et... tous deux certifièrent que, même si cela ressemblait plus à une étude qu'à une œuvre terminée, il s'agissait sans doute d'une peinture appartenant à la série des *tronies* (nom donné par les Hollandais aux représentations de bustes) peints dans les années 1640 dans l'atelier de Rembrandt, donnant une image très humaine du Christ. Mais ils ajoutèrent que cette toile tout particulièrement, presque de façon certaine, avait été peinte... par Rembrandt !

Quand il fut fixé sur l'origine et la valeur du tableau, Isaías Kaminsky le fit nettoyer et restaurer, et il écrivit aussitôt une longue lettre à son frère Joseph, déjà établi à La Havane et en voie de devenir Pepe Cartera, pour lui raconter les détails de la fabuleuse confirmation. Grâce à l'avis des spécialistes, Isaías pensait alors qu'il devait y avoir une grande part de vérité dans ce qu'avait dit, *supposément*, ce mythique juif séfarade hollandais, *supposément* peintre, quand il avait *supposément* remis la toile au rabbin – pourquoi ? Pourquoi la donner à quelqu'un alors que déjà à cette époque elle devait être de grande valeur ? – qui, après avoir échappé tant de fois aux épées et aux chevaux des cosaques, fut rattrapé par la peste noire qui dévastait la ville de Cracovie et alla agoniser dans les bras du docteur Moshé Kaminsky. Le généreux rabbin qui, avant de mourir, avait *supposément* offert au médecin trois peintures à l'huile, une poignée de lettres et cet extraordinaire récit de l'existence d'un séfarade hollandais passionné de peinture, perdu dans les immenses prairies de la Petite Russie. Une histoire que désormais, une fois l'origine du tableau confirmée, les Kaminsky avaient davantage de raisons de croire.

La zone du port ne tarderait pas à devenir une sorte de carnaval grotesque. Dès le matin du 27 mai, jour de l'arrivée du *Saint Louis*, les milliers de juifs établis à La Havane, qu'ils aient ou non de la famille sur le bateau, s'étaient installés sur les quais, entourés d'une foule de curieux, de journalistes, de prostituées, des habituels marins et de quelques policiers désireux de réprimer quelqu'un pour faire leur travail de policiers. Sur les trottoirs et les terrasses devant les maisons, aux portes des commerces, des étals étaient dressés pour vendre de la nourriture et des rafraîchissements, des ombrelles et des jumelles, des chapeaux et des chaises pliantes, des prières catholiques et des attributs afro-cubains, des éventails et des babouches, des remèdes contre l'insolation et des quotidiens avec les avant-dernières nouvelles sur les tractations qui devaient décider si les passagers resteraient ou s'en iraient avec armes et bagages, comme l'annonçait un des crieurs de journaux. L'activité la plus lucrative consistait sans doute à louer des canots à ceux qui avaient des parents à bord du paquebot, pour s'en approcher autant que le leur permettait le cordon formé par les vedettes de la police et de la marine, apercevoir leurs parents et, si leurs voix portaient suffisamment, leur transmettre un message d'encouragement.

Durant ces jours, Daniel Kaminsky remarqua très vite que ses sens étaient dépassés par une telle accumulation d'expériences et de découvertes qui lui semblaient hallucinantes. Si les mois vécus à La Havane lui avaient permis de s'étonner de la désinvolture et de la vitalité de la ville, le fait d'avoir passé le plus clair de son temps parmi ses coreligionnaires et son incapacité à comprendre l'élocution précipitée des Cubains lui avaient à peine donné la possibilité d'approcher la surface du pays. Mais ce tourbillon humain déclenché par le bateau chargé de réfugiés, que les gens s'obstinaient à appeler "les Polonais", deviendrait un ouragan de passions et d'intérêts qui, d'une certaine façon, impliquait un pauvre immigrant tel que lui et le président de la République. Cet épisode dramatique serait pour Daniel l'événement qui allait le propulser vers les entrailles d'un monde effervescent qu'il trouvait déjà magnétique : même perçue à travers son ignorance et son angoisse, cette capacité des Cubains à vivre chaque situation comme s'il s'agissait d'une fête lui semblait une façon beaucoup plus amène de passer sa vie sur terre et d'obtenir de ce transit éphémère le meilleur de ce qu'il pouvait offrir. Là, tout le monde riait, fumait, buvait de la bière, même durant les veillées funèbres ; les femmes, mariées, célibataires ou veuves, blanches ou noires, avaient une démarche cadencée et perverse et s'arrêtaient en pleine rue pour bavarder avec des connaissances ou des inconnus ; les Noirs gesticulaient comme s'ils dansaient et les Blancs s'habillaient comme des proxénètes. Tous, hommes et femmes, se regardaient dans les yeux. Et même quand les gens s'agitaient frénétiquement, en réalité personne ne semblait avoir une raison de se presser. Avec les années et le développement de sa capacité de compréhension, Daniel se rendit compte que ses impressions d'alors n'étaient pas toutes fondées, car les Cubains affrontaient aussi leurs propres drames, leurs misères et leurs douleurs, mais il découvrirait en même temps qu'ils le faisaient avec une légèreté et un pragmatisme dont il tomberait amoureux pour le restant de ses jours, avec cette même intensité qui entretiendrait sa liaison durable avec les plats de haricots noirs.

La semaine tendue où le bateau demeura ancré à La Havane fut un temps de folie ; jour après jour, même au cours d'une seule journée, et parfois à quelques minutes d'intervalle, les gens vécurent des instants d'euphorie suivis de moments de désenchantement et de frustration, parfois soulagés par un nouvel espoir qui ensuite s'évanouissait et renforçait finalement les doses de souffrance accumulées par les parents des réfugiés.

Les espérances des premiers instants s'appuyèrent toujours sur la possibilité d'une négociation financière avec le gouvernement cubain et, surtout, sur les pressions que les juifs établis en Amérique du Nord exerçaient, ou tentaient d'exercer sur le président Roosevelt pour qu'il modifie exceptionnellement le quota de réfugiés admissibles dans l'Union. Mais alors que ni les accords à La Havane ni les changements de la politique de Washington ne se concrétisaient, les jours qui passaient se chargèrent de dissiper les rêves.

Ce qui affecta le plus Daniel dans cette même Cuba, légère et festive, fut de voir la propagande antisémite atteindre des sommets imprévisibles dans un pays généralement si ouvert. Encouragée par les phalangistes espagnols, les articles anti-immigrants et antisémites du *Diario de la Marina*, les vociférations des membres du Parti nazi cubain, l'argent et les pressions des agents allemands établis dans l'île, cette manifestation de haine envahit alors trop de consciences. L'enfant Daniel Kaminsky eut l'occasion d'assister à une marche aux accents berlinois qui réunit quarante mille personnes proférant des insultes contre les juifs et les étrangers en général, et il en vint alors à sentir qu'à force d'imaginer un retour vers son monde perdu, ce monde était venu le rejoindre dans la lointaine capitale, musicale et colorée, de l'île de Cuba.

La campagne contre l'éventuel débarquement des réfugiés fut une explosion d'opportunismes et de bassesses. Les nazis cubains, peu nombreux mais très braillards, s'opposaient à toute immigration qui ne fût blanche et catholique, car non seulement ils exigeaient qu'on empêchât d'entrer les étrangers du moment, mais ils allaient jusqu'à réclamer l'expulsion des juifs déjà établis dans l'île et, au passage, des journaliers jamaïquains et haïtiens : il fallait blanchir la nation. De leur côté, les communistes se retrouvèrent les mains liées par leur combat pour que les emplois ne soient pas attribués à des étrangers ; or, admettre les nouveaux venus pouvait aller à l'encontre de cette politique. Parallèlement, plusieurs leaders de la communauté des plus riches commerçants espagnols, presque tous sympathisants phalangistes, réservèrent aux juifs le même rejet qu'ils manifestaient à l'égard de leurs compatriotes républicains en déroute, dont bon nombre désiraient aussi s'établir à Cuba. Cependant, il fut encore plus douloureux de constater comment les gens du commun, toujours si ouverts, répétaient souvent ce qu'on leur avait inculqué : les juifs sont sales, criminels, mauvais payeurs, avares, communistes, disaient-ils... Ce que Daniel Kaminsky, accablé par tant de découvertes, n'arriverait jamais à comprendre tout à fait, c'était que cela arrive dans un pays où, avant et après, les juifs s'intégrèrent en toute tranquillité, sans subir de discriminations particulières et sans aucune violence. Il semblait évident, il était évident, comme il parviendrait plus tard à le comprendre, que la propagande et l'argent nazi avaient atteint leur objectif, avec la collaboration prévisible du gouvernement des États-Unis et leur politique de quotas d'immigrants. Parallèlement, il était clair que le jeu politique cubain avait pris en otages les réfugiés ou que la somme dont disposaient les organisations juives pour acheter le débarquement des voyageurs ne serait pas suffisante pour les ambitions démesurées des hommes politiques. Il apprit aussi, pour toujours, que la libération des pires instincts de la masse manipulée est plus facile à exploiter qu'on ne le croit généralement. Même parmi les gentils Allemands si cultivés. Même parmi les joyeux Cubains si ouverts.

Dans l'île, on apprendrait très vite que le président Bru, sous la pression du Département d'État nord-américain, ne semblait pas disposé à prendre le risque d'affronter les foudres de son puissant voisin pour deux cent cinquante mille dollars, somme atteinte lors des négociations avec les envoyés du Comité pour la répartition des réfugiés qui devaient payer le débarquement des passagers du *Saint Louis*. Bru, espérant au moins se tirer de ce mauvais pas les poches bien pleines, insista pour que la somme exigée atteignît le demi-million. Mais n'obtenant pas cette somme et cédant à la pression nord-américaine, il finirait par faire le pire choix, pour lui et pour les passagers : il mettrait fin aux conversations avec les avocats du Comité en ordonnant au *Saint Louis* de sortir des eaux territoriales cubaines le 1er juin, six jours après son arrivée à La Havane.

La veille, Pepe Cartera, cédant aux supplications de son neveu et poussé par les rumeurs alarmantes, accepta de payer les deux pesos, au lieu des vingt-cinq centimes par personne du premier jour, que coûtait le parcours en barque jusqu'au paquebot. À la hauteur du quai de Caballería, Joseph et Daniel montèrent dans le canot et, quand ils se trouvèrent à la plus courte distance permise, l'oncle se mit à crier en yiddish durant quelques minutes jusqu'au moment où Isaías, Esther et Judith, jouant des coudes, purent atteindre le bastingage du pont inférieur. Daniel se rappellerait toujours, sans jamais se le pardonner, qu'à cet instant il fut incapable de dire quoi que ce soit à ses parents et à sa sœur : les sanglots étouffèrent sa voix. Mais, pour l'essentiel, le voyage avait eu pour eux beaucoup plus de valeur que le prix exorbitant payé par l'oncle Joseph qui put recevoir le message crypté mais formel de son frère : "Seule la cuillère sait ce qu'il y a dans la marmite." En d'autres termes, la vente de l'héritage du séfarade était déjà conclue…

Durant ces cinq jours de négociations où se jouait le sort des passagers, c'est à peine si un peu plus d'une vingtaine de juifs avaient pu descendre du bateau, leurs permis de touristes ayant été remplacés par ceux de réfugiés juste avant le départ de Hambourg. D'autres ensuite, fort peu, qui pour une raison ou une autre avaient obtenu le même échange, avaient fait naître une vague d'espoir. Les mauvaises langues cubaines racontèrent qu'un vieux couple, bénéficiaire du permis de séjour, était les parents d'une tenancière de bordel, spécialisée dans le soulagement des vapeurs des gros pontes locaux que, de toute évidence, elle tenait par les couilles... Aussi la confirmation qu'Isaías utilisait le tableau pour payer l'échange de leur statut de touristes contre celui de réfugiés agit-elle comme un baume qui soulagea la tension de Joseph et Daniel Kaminsky, au cours des quarante-huit heures suivantes.

À peine revenus à terre, l'oncle et le neveu s'acheminèrent vers la synagogue Adath Israël, dans la rue Jesús María, car la plus proche du quai, la Chevet Ahim, de la rue de l'Inquisiteur, était territoire séfarade et Pepe Cartera ne transigeait pas avec certaines choses de la foi même dans les cas d'extrême urgence. Une fois dans le temple, devant le rouleau de la Torah et la ménorah où depuis le samedi précédent toutes les bougies restaient allumées, ils firent ce qu'ils avaient de mieux à faire : prier Dieu en y mettant toute la foi de leur cœur et de leur intelligence pour le salut des leurs et pour solliciter la divine intercession afin qu'un fonctionnaire cubain succombe à son ambition.

En sortant de la synagogue, Pepe Cartera tomba presque nez à nez avec son patron d'alors, qui le resterait de nombreuses années, le très riche juif nord-américain Jacob Brandon, propriétaire, entre autres affaires, de l'atelier de maroquinerie où travaillait le Polonais et, de plus, président du Comité pour la répartition des réfugiés à Cuba. À cet instant Joseph Kaminsky mit en pratique l'essence de la sagesse israélite et, au passage, donna à son neveu une importante leçon : quand l'homme est confronté à un malheur, il doit prier comme si l'aide ne pouvait venir que de la Providence, mais en même temps il doit agir comme si de lui seul dépendait le remède au malheur. Dans ce but, s'adressant à son patron avec le plus grand respect, il lui expliqua que parmi les passagers du *Saint Louis* se trouvaient trois membres de sa famille et que toute marque d'intérêt de sa part serait la bienvenue. Jacob Brandon, qui avait déjà mis sa kippa pour entrer dans la synagogue, sortit un petit carnet de la poche de sa légère veste en lin et prit des notes sans dire un mot, puis, avant de s'éloigner, il ébouriffa les cheveux frisés du jeune Daniel et tapota l'épaule de Joseph.

Les Kaminsky retournèrent au quai avec un regain d'espoir. Leur mission consista à observer chacun des fonctionnaires du service d'immigration et les policiers qui embarquaient fréquemment sur une des vedettes officielles et montaient à bord du paquebot. Lequel d'entre eux serait porteur du permis de séjour pour Isaías, Esther et Judith ? L'oncle Joseph pariait sur tous à la fois, même s'il préférait ceux qui étaient en civil et portaient un chapeau de paille. Ces fonctionnaires, agents directs du gouvernement, avaient été choisis parmi les plus éloignés du directeur de l'Immigration, Manuel Benítez, maintenant limogé, auquel on avait même interdit de s'approcher des quais. Mais, comme tous les autres, ceux-là aussi avaient un prix et si un homme, parmi les neuf cents passagers du *Saint Louis*, pouvait les payer grassement, c'était bien Isaías Kaminsky, grâce à l'héritage laissé par le supposé peintre séfarade apparu, Dieu seul savait pourquoi, dans les plaines de la Petite Russie avec un portrait du Jésus chrétien dans sa besace.

Précisément en cette nuit du 31 mai au 1er juin, la décision présidentielle fut rendue publique : il n'y aurait pas de négociations avec le Comité pour la répartition des réfugiés et le paquebot devait sortir des eaux territoriales cubaines dans les prochaines vingt-quatre heures. La source de l'information devait être plus que fiable, car elle fut transmise aux familles par Louis Clasing en personne, représentant à la Havane de la compagnie Hapag à laquelle appartenait le *S.S. Saint Louis*, selon toutes les rumeurs, associé de Manuel Benítez lors de la vente des visas annulés par la suite, et bon ami du général Batista.

Daniel et Joseph Kaminsky décidèrent cependant de rester à proximité du port, se raccrochant à l'espoir que signifiait le pouvoir de persuasion du vieux tableau hollandais et à la possible influence de M. Brandon. Leur anxiété était à son comble et chaque fois qu'une embarcation traversait le cordon des bateaux de la police, ils se précipitaient vers l'embarcadère et se frayaient un passage en jouant des coudes parmi la foule qui, animée des mêmes intentions et du même espoir, se pressait pour voir qui naviguait vers la terre salvatrice, bien que jamais promise par qui que ce soit. L'esprit de Daniel ne put jamais se libérer du souvenir de ce spectacle tendu et déprimant : les vedettes de la police qui entouraient le paquebot avaient été munies de projecteurs destinés à empêcher la fuite désespérée de passagers ou les tentatives de suicide, et leur halo dissuasif créait une obscurité encore plus lugubre dans le reste de la baie qui ne permettait pas d'identifier ceux qui allaient débarquer avant leur arrivée à quai, renforçant encore l'inquiétude des gens, bouleversés par l'attente prolongée et l'imminence du départ ordonné par le gouvernement.

Sur une de ces vedettes, un journaliste était revenu du *Saint Louis*, porteur de deux nouvelles épouvantables : la première, que la police avait dû réprimer une révolte des femmes qui, en apprenant la décision présidentielle, avaient annoncé qu'elles étaient prêtes à se jeter par-dessus bord si une solution satisfaisante n'était pas apportée à leur demande d'asile ; selon la seconde information, un médecin avait tenté de se suicider avec sa famille en ingérant des comprimés. En écoutant cette dernière nouvelle, l'oncle Pepe Cartera eut un malaise qui fut sur le point de le terrasser. Par chance, Daniel n'arriva pas à comprendre le journaliste, car il était encore incapable de suivre le discours d'un Cubain vociférant et impatient. Mais quand, pressé par ceux qui l'entouraient, le journaliste chercha dans ses notes et lut le nom du suicidaire, Joseph Kaminsky sentit son âme regagner son corps et ce fut une des très rares occasions de sa vie où il eut un geste affectueux explicite pour son neveu : il l'attira contre lui et l'étreignit avec une telle force que Daniel sentit sur sa joue les battements accélérés du cœur de son parent.

Malgré la chaleur qui durant toutes ces journées avait accablé les personnes rassemblées sur le port, l'oncle Joseph s'y était toujours rendu vêtu de la veste qu'il ne portait que pour les grandes festivités, et cette nuit-là, quand il décida de rester sur le quai pour veiller, il l'utilisa pour installer son neveu sous le porche d'un magasin situé de l'autre côté de l'Alameda de Paula. À peine enveloppé dans la veste, Daniel succomba à la fatigue. Cette nuit, qui serait finalement trop brève, il rêva de l'unique chose que son esprit réclamait : il vit ses parents et sa sœur descendre d'une vedette sur le quai de la Hapag. Quand, à l'aube, il se réveilla alarmé par des clameurs, il lui fallut quelques instants pour reprendre conscience de sa situation et, à ce moment-là, son cœur s'emballa : il était allongé par terre près d'un homme qui ronflait ou agonisait. Ne sachant plus où il était, ni où son oncle pouvait bien être, ni qui était le personnage puant le vomi et l'alcool, le petit garçon eut envie de crier et de pleurer. Durant ces instants, un laps de temps minime de ce que serait la durée de sa vie, Daniel Kaminsky comprit dans toute sa dimension le sens du mot peur. Ses expériences antérieures avaient été trop vagues, plutôt provoquées par les craintes éprouvées et révélées par d'autres que liées à une peur ressentie dans sa propre chair, née consciemment de ses propres entrailles. Par chance, cet accès de terreur le paralysa et il resta pelotonné contre une marche du porche, couvert par la veste de son oncle et les journaux de la veille, observant les fourmis qui transportaient les restes de vomissure collés à la bouche de l'homme à terre. Quelques minutes plus tard, il respira de soulagement en apercevant son tuteur qui revenait, de plus avec une nouvelle encourageante : six juifs venaient de débarquer grâce à des visas accordés par le consulat cubain à New York. Comme toujours, l'argent était capable de résoudre bien des problèmes, même les plus difficiles en apparence. S'accrochant à son oncle, incapable de se dominer, Daniel s'était mis à pleurer : de peur et de joie.

Le 1er juin, vers midi, commença le compte à rebours des dernières dix-huit heures que le président Bru avait accordées au *Saint Louis*, sur la requête du capitaine, un délai concédé afin que le bateau puisse être ravitaillé en vue d'une traversée vers l'Europe. Pour tous les juifs confinés sur le bateau et pour ceux qui étaient retranchés à terre, il devint évident qu'il n'y aurait plus de délais supplémentaires. Comme une confirmation de la terrible évidence, ils purent observer l'arrivée de nouvelles vedettes militaires provenant des ports de Matanzas, Mariel et Bahía Honda, disposées à empêcher toute tentative de fuite des passagers et à forcer le bateau à partir si le capitaine n'exécutait pas l'ordre reçu. Ce même après-midi, de nouveau, Louis Clasing, l'homme de la Hapag, avait fait circuler le communiqué informant que, devant le refus de Cuba et des États-Unis d'accueillir les réfugiés, le navire repartirait vers Hambourg. Et le soir la bombe explosa : les représentants du Comité pour la répartition des réfugiés juifs quittaient l'île, la queue entre les jambes.

Les macabres manifestations de joie des nombreux partisans de l'expulsion des aspirants réfugiés couvrirent à chaque fois les cris de protestation, les sanglots, les hurlements et les prières des milliers de juifs qui, avec de la famille ou non à bord du navire, avaient espéré un dénouement heureux à cette intrigue ténébreuse, si cruelle qu'elle en était presque incroyable. Ce qu'en réalité pouvait signifier pour les passagers du *Sant Louis* ce voyage circulaire n'échappait ni à ceux qui se croyaient vainqueurs, ni à ceux qui se sentaient vaincus. Daniel Kaminsky, bien que trop jeune pour comprendre la gravité du problème dans toute son ampleur, éprouva à ce moment le désir incontrôlable de se jeter à la mer et de nager jusqu'au bateau où se trouvaient ses êtres chers pour y monter, se joindre à eux et partager leur destin. Mais, à cet instant, il se demanda aussi pourquoi ses parents et les autres centaines de juifs ne faisaient pas le contraire et ne se jetaient pas à la mer pour jouer ainsi leur dernière carte. Par peur de mourir ? Non, ce n'était pas la peur de la mort, car tous disaient que c'était elle qui les attendait très certainement à Hambourg, les bras ouverts. Mais alors qu'est-ce qui les arrêtait ? Quel espoir improbable ? Le garçon n'aurait une réponse satisfaisante que bien des années après, mais peut-être qu'en ce jour précis, à peine âgé de neuf ans, Daniel Kaminsky cessa d'être un enfant : il était encore loin d'être un homme, il lui faudrait beaucoup de temps pour acquérir la capacité de discernement et de décision qui vient avec les années, mais ce jour-là on lui avait volé la naïveté et la faculté de croire sans laquelle l'être humain perd l'innocence de l'enfance. Et, dans son cas, la candeur de la foi également.

À onze heures du matin, le 2 juin, les machines ébranlèrent la masse flottante du paquebot. Silencieux, vaincu, il avançait lentement vers l'étroite embouchure de la baie, toujours surveillé depuis les vieilles forteresses coloniales et entouré de toutes les embarcations de l'armée et de la police.

Des bastingages, les passagers criaient et agitaient des mouchoirs dans un adieu pathétique. Derrière les bateaux officiels, plusieurs barques avec des parents à bord suivaient le sillage du navire de croisière, pour rester jusqu'au dernier moment le plus près possible des leurs, comme si c'était bien le dernier moment. Sur le quai et tout le long de l'avenue du port se trouvaient encore les familles, les amis, les curieux et les partisans de l'expulsion. Plus de cinquante mille personnes. Le dramatisme de la scène prenait des proportions si gigantesques que même ceux qui avaient exigé le renvoi du navire et de sa cargaison s'écartèrent et gardèrent un silence embarrassé.

Daniel et son oncle, martyrisés par la fatigue d'une semaine de veille, d'incertitude et d'inquiétude, ne se lancèrent pas, comme d'autres juifs, dans une course impuissante le long de l'avenue du port. Assis sur un banc de l'Alameda de Paula – la vieille promenade havanaise où Daniel Kaminsky ne remettrait plus les pieds durant toutes ses années à Cuba – ils laissèrent la défaite écraser jusqu'à la dernière cellule de leurs corps. L'enfant pleurait en silence et l'homme grattait sa barbe de plusieurs jours, comme s'il voulait arracher la peau de sa joue. Quand le *Saint Louis* s'engagea dans le goulet de la baie, vira vers le nord et disparut derrière les rochers et les murailles du château d'El Morro, Daniel et Joseph Kaminsky se levèrent et, main dans la main, se dirigèrent vers la rue Acosta, pour regagner le phalanstère où ils vivaient. En chemin, ils passèrent tout près de la synagogue, mais ni le neveu ni l'oncle ne manifestèrent l'intention de s'en approcher.

Aucun des deux Kaminsky échoués à Cuba, peut-être à l'abri des menaces nazies, n'avait plus la moindre illusion quant à de possibles solutions futures. Les jours suivants leur donneraient raison. Le 4 juin, les États-Unis lancèrent leur ultimatum : ils n'accepteraient pas les réfugiés qui imploraient l'autorisation de débarquer devant les côtes de Miami. Le lendemain, le Canada, ultime espoir, notifiait aussi son refus. Le *Saint Louis* fit alors route vers l'Europe d'où il était parti, chargé de juifs et d'espoirs, à peine trois semaines auparavant.

Quand ils apprirent ces nouvelles qui tombaient comme la ratification d'une condamnation à mort annoncée, Daniel Kaminsky, se débattant dans les brumes de sa douleur, prit la ferme décision qu'à partir de cet instant, de par sa propre volonté et du fond de son cœur, il renierait sa condition de juif.

4.
La Havane, 2007

Une oppression physique pesait sur sa poitrine et un malaise étrange accompagnait son âme. De façon mécanique, le Conde fouilla dans son paquet de cigarettes pour vérifier qu'il les avait toutes fumées. Il fit un geste vers le paquet de Camel sur la petite table placée entre lui et Elías Kaminsky qui répondit par un signe d'assentiment. Il avait besoin de cette cigarette au point de renoncer à un des principes les plus sacrés de sa foi nicotinique. Cette histoire de bateau chargé de juifs, qu'il s'était juste soucié de connaître dans ses grandes lignes mais qu'il venait de découvrir de l'intérieur, l'avait ému au plus profond de lui-même, balayant le moindre vestige de son envie de dormir. Il se sentait anéanti, mais sous l'effet d'une fatigue plus nocive que l'épuisement physique ou même mental : il s'agissait d'une défaillance honteuse, viscérale, venue de son être le plus secret. Comme la décision de Daniel Kaminsky de s'écarter de sa tribu. Parce qu'à cet instant, Mario Conde avait honte d'être cubain. Bien qu'il n'ait rien à voir, ni alors ni maintenant, avec ce qui était arrivé durant ces abominables journées, le fait que, pour des intérêts politiques ou économiques, certains de ses compatriotes se soient en quelque sorte prêtés à aider les nazis dans l'exécution d'une partie de leurs crimes, minime certes, mais une partie tout de même, lui laissait un sentiment d'écœurement, une grande lassitude et un flagrant goût de merde dans la bouche, sensation que la Camel, avec ses fibres jaunâtres, ne fit qu'accentuer.

– Je vous ai prévenu que c'était une longue histoire, dit Elías Kaminsky, en se frottant les mains avec vigueur, comme s'il voulait se débarrasser d'une substance abrasive. Longue et terrible.

– Je suis désolé.

Conde lança cette excuse car il était vraiment désolé. Il n'arrivait pas à imaginer si l'étranger pourrait au moins deviner la raison de son malaise.

– Et ce n'est que le début. Disons le prologue… Écoutez, il est vraiment trop tard pour que nous prenions le petit-déjeuner dans un moment… J'ai besoin de dormir quelques heures, les préparatifs, le voyage… ce récit. Je suis crevé. Mais nous pourrions déjeuner ensemble. Je vous attends à une heure à mon hôtel et nous chercherons un endroit où manger ?

Conde vit qu'à cet instant son chien Basura II sortait par la porte de la maison avec son allure de souteneur de quartier et marchait en s'étirant à chaque pas pour sortir de sa torpeur, sans doute prêt à entreprendre son périple nocturne de rôdeur endurci. Conde se souvint alors qu'il avait rapporté un sac de déchets de chez le Flaco Carlos mais qu'il n'avait pas encore donné à manger à l'animal et il se sentit coupable.

– Hé, toi ! Reste ici ! dit-il à Basura II en lui tapotant le flanc. Puis il reporta son intérêt sur le visiteur. D'accord, on se retrouve à une heure. J'avais des choses à faire mais…

– Je ne voudrais pas vous déranger…

– Tu pourrais arrêter de me vouvoyer ?

– Je peux.

– C'est mieux comme ça, pour tous les deux… Comment vas-tu rentrer à cette heure-ci ? Il est presque trois heures du matin.

– La voiture que j'ai louée est garée au coin. Du moins, je l'espère…

– Et moi j'ai mille questions à te poser. Franchement, je me demande si je vais réussir à dormir, dit Conde en se levant. Mais avant que tu partes il faut que je te dise une chose… Ce qu'ont fait certains Cubains avec ces neuf cents personnes me fait honte et…

– Mon père a compris ce qui était arrivé et il a su faire une chose qui l'a aidé à vivre : il ne s'est pas laissé dominer par le ressentiment. Au contraire, je te l'ai dit. Il a préféré être cubain et oublier ces bassesses qui peuvent se produire n'importe où. Il y a eu tellement de pressions politiques, des Américains, de Batista… Moi-même je crois que cela a plus pesé que l'argent et la corruption, enfin il me semble…

– J'en suis heureux pour lui, dit Conde qui éprouvait sincèrement ce qu'il disait. Mais il y a autre chose que…

Elías Kaminsky sourit.

– Tu veux savoir ce qui est arrivé au Rembrandt ?

– C'est ça, reconnut Conde. Je meurs d'envie de savoir comment il est arrivé à Londres, dans cette salle des ventes, ajouta-t-il, disposé à écouter n'importe quelle histoire, même si elle devait être extravagante ou lamentable.

– Eh bien, je l'ignore. C'est aussi pour ça que tu me vois ici. Il manque encore un grand pan de cette histoire. Si mon père a fait ce que je crois, je n'arrive pas à comprendre pourquoi il n'a pas emporté le tableau. Avant qu'il apparaisse à Londres, j'ignorais où il était passé. Ce dont je suis presque certain maintenant, c'est que ce Rembrandt n'est jamais revenu entre les mains de mon père…

– Attends, je n'y comprends rien… Tu es en train de me dire que ton père a essayé de le récupérer ?

– Tu veux bien attendre un peu ? Si je ne te raconte pas l'histoire complète, tu ne pourras pas m'aider… Je t'attends à une heure ?

– À une heure, accepta Conde, comprenant qu'il n'avait pas le choix, et il serra la grande main que lui tendait Elías Kaminsky.

De sa perspective, Basura II les observait comme s'il comprenait ce que ces adieux impliquaient pour lui.

Presque tous les aspects des réminiscences fabriquées avec des mots s'étaient dégradés au point de montrer leurs entrailles les plus viles. Pour accentuer les pertes et les absences, quelque chose semblait avoir reçu la mission d'assurer son salut en sautant de côté pour laisser passer le désastre. Mais la majorité des références s'étaient évaporées, certaines sans laisser le moindre indice susceptible de les évoquer, comme si le vieux quartier juif et la zone où il s'était établi avaient été triturés sans pitié par le moulin du temps universel catalysé par l'histoire et l'indolence nationales. Par chance, provocateur, telle une planche de salut pour les mauvaises mémoires, l'incroyable Arche de Bethléem avait subsisté, ouverte dans les nobles murs du couvent colonial perforé par le passage de la rue Acosta qui se traînait, sale et agonisante, sous la vieille arcade ; les ruines méconnaissables de ce qui avait été la confiserie *La Fleur de Berlin* subsistaient aussi, tout comme les restes de la quincaillerie des Polonais Weiss. Mais surtout, le bruit était resté ancré là, ce bruit qui avait tant affecté Daniel Kaminsky. Reconnaissable, intact, belliqueux, exultant, havanais, le bruit courait par les rues comme s'il attendait depuis toujours l'imprévisible arrivée d'un certain Elías Kaminsky pour lui remettre sans tarder la clé capable d'ouvrir la porte du temps qui lui permettrait de remonter vers l'adolescence et la jeunesse de son père et peut-être de trouver le chemin menant à la compréhension qu'il venait chercher, lui, l'étranger.

Comme un aveugle obligé de mesurer chaque pas avec exactitude et prudence, le transpirant mastodonte aux cheveux noués se mit à gravir le sordide escalier d'une demeure du XIXe siècle de la rue Compostela, ancienne propriété de comtes apocryphes, où le nouveau venu Joseph Kaminsky avait installé un lit, une table, une machine à coudre et des couteaux demi-lune, et où vécut, presque quatorze ans, son neveu Daniel. Le petit palais, abandonné au début du XXe siècle par les descendants des premiers propriétaires, très vite recyclé en logements collectifs où les familles partageaient la cuisine et les toilettes, exhibait les marques de la négligence croissante et les effets d'un usage excessif depuis beaucoup trop longtemps. Au deuxième étage, là où avait habité la mulâtresse Caridad Sotolongo, cette femme douce qui, le temps passant, deviendrait l'éternelle et ultime amante de Joseph Kaminsky, la vie semblait s'être arrêtée dans la pauvreté douloureuse et tenace des gens sans espoir entassés là. En revanche, le troisième étage, à l'origine le plus noble de l'édifice, où se trouvaient les chambres des premiers habitants, occupées par la suite par les Polonais, six autres familles de Blancs et de Noirs cubains, et une de républicains catalans, avait perdu son toit, une partie des balcons, et annonçait le destin irréversible qui attendait le reste de l'immeuble. Dans un suprême effort, l'étranger essaya d'imaginer le petit garçon juif montant ces étages que lui-même venait de gravir, il s'obligea à le voir, au troisième étage, sur le toit, penché sur le mur aujourd'hui inexistant pour suivre, dans la cour intérieure de la ruche, un nouvel épisode de la bagarre mythique entre la Noire Petronila Pinilla et la Sicilienne María Perupatto, dans l'attente gourmande d'apercevoir un téton, deux ou même quatre lors des affrontements les plus acharnés, puis il s'efforça aussi de le voir grimper sur le toit en terrasse avec les jumeaux Pedro et Pablo, noirs comme du charbon, et Eloína, le garçon manqué, blonde avec des taches de rousseur, pour faire voler des cerfs-volants ou de simples *chiringas* faites avec des feuilles de vieux journaux. Ou pour d'autres besoins. Mais il n'y parvint pas.

Elías Kaminsky, secondé par le Conde, demanda à plusieurs voisins s'ils se souvenaient du Polonais Pepe Cartera, de la mulâtresse Caridad et de son fils Ricardito, celui qui avait le don d'improviser des vers, mais le souvenir du séjour prolongé de ces locataires dans l'immeuble semblait s'être volatilisé comme l'étage supérieur de l'édifice.

Ils redescendirent sur le trottoir pour s'apercevoir que le cinéma qui avait un jour fonctionné de l'autre côté de la rue, là où était née l'incurable passion de Daniel Kaminsky pour les westerns et les histoires de gangsters, n'était plus un cinéma, ni rien du tout d'ailleurs. Et *Moshé Pipik*, le restaurant kasher le plus célébré, le plus splendide et le plus fréquenté de la ville, ressemblait à tout sauf au palais des saveurs et des arômes ancestraux : dans son délabrement, il n'était plus qu'une structure de briques noircies par les moisissures, l'urine et les excréments, où quatre hommes jeunes, aux visages patibulaires et à l'odorat sans doute atrophié, jouaient sans enthousiasme aux dominos tout en buvant du rhum au goulot de leurs bouteilles, attendant peut-être que l'écroulement inéluctable mette fin à tout, y compris à l'interminable partie en cours. C'était là, à cet endroit qui dans leur souvenir était animé et bien éclairé, qu'après un repas, insolite pour elle et pour lui, rêvé depuis son arrivée dans l'île, que Marta Arnáez et Daniel Kaminsky, les futurs parents d'Elías, avaient entamé une relation amoureuse qui, au fond, ne s'achèverait qu'un soir d'avril 2006 quand elle ferma les yeux de Daniel d'une main tremblante et ridée.

– Ils avaient fait connaissance au lycée de La Havane ; mon père avait dix-sept ans et ma mère, fille d'Espagnols mais cubaine, venait d'avoir seize ans. Pour lui, ce ne fut pas facile de se décider à affronter les réticences de son oncle qui espérait bien entendu qu'il épouserait une jeune juive pour préserver le sang et la tradition. Et ce fut encore plus difficile d'oser défier l'opposition de mes grands-parents espagnols, qui s'en sortaient plutôt bien et qui, évidemment, ne trouvaient pas drôle du tout que leur fille s'intéresse à un juif polonais mort de faim. Mais quand elle tomba amoureuse de lui, il n'y eut rien à faire. Marta Arnáez était la douceur en personne, mais elle pouvait aussi être capable de résister à n'importe quoi quand elle se fixait un but, désirait quelque chose ou gardait un secret. Presque espagnole en fin de compte, non ?

5.
La Havane, 1940-1953

À partir de l'instant où le *Saint Louis* leva l'ancre pour sortir du port de La Havane, Daniel Kaminsky devrait attendre dix-neuf ans pour avoir des nouvelles de ce portrait d'un jeune juif réalisé par le plus grand maître hollandais, l'œuvre dans laquelle ses parents avaient placé tous leurs espoirs de salut. À cette époque, c'est à peine s'il se souvenait de l'existence du tableau et, surtout, de la supposée existence d'un dieu.

Les très rares fois où Daniel se souvenait de cette peinture, apparemment de valeur, qui finalement n'avait rapporté aucun bénéfice à la famille Kaminsky, il se sentait envahi par un sentiment de frustration et tentait d'imaginer à quel moment elle avait bien pu changer de mains, ou plutôt, pensait-il, être détruite par ses parents, une solution drastique et terrible que sa mémoire douloureuse trouvait plus juste.

Selon ce qu'il avait pu découvrir, le *Saint Louis*, repoussé par les gouvernements de Cuba, des États-Unis et du Canada, avait reçu l'autorisation de jeter l'ancre à Anvers, en Belgique. Plusieurs gouvernements européens, moins mesquins, décidèrent de se répartir les réfugiés : certains iraient en France, d'autres en Angleterre, d'autres encore demeureraient en Belgique et le reste, environ cent quatre-vingt-dix, seraient envoyés en Hollande. Après des années, Daniel Kaminsky apprendrait que sa famille s'était trouvée dans ce dernier groupe. La plupart d'entre eux avaient été confinés dans le camp de réfugiés de Westerbrock, un marécage entouré de barbelés, surveillés par des chiens de garde, où l'expéditive occupation allemande des Pays-Bas les surprit. Les envahisseurs se mirent immédiatement à nettoyer le territoire de ces juifs et décidèrent de les envoyer dans les camps de travail et d'extermination des territoires de l'Est. Apparemment, les Kaminsky, après presque deux ans passés dans un camp en

Tchécoslovaquie (la petite Judith avait-elle survécu à la faim, aux maladies, à l'horreur ?) furent envoyés en 1941 ou 1942 à Auschwitz, près de Cracovie, la ville qu'ils avaient justement quittée quelques années auparavant, cherchant à échapper à la terreur qui les guettait. C'était un saut en arrière, le retour au point de départ, la boucle macabre du voyage en enfer d'une famille et du portrait d'un juif sans nom était bouclée et conduirait certains des Kaminsky vers le crématoire où ils seraient réduits en cendres dispersées par le vent. Daniel se demanderait souvent si ce portrait d'un juif trop ressemblant à la plus populaire représentation du Christ diffusée dans l'Occident catholique avait fini entre les mains d'un *Standartenführer* ou de quelque haut gradé SS, ou si ses parents, devant ce possible destin, avaient détruit cette toile devenue inutile.

Cette funeste histoire, dont le moment le plus dramatique se joua dans le port de La Havane à peine trois mois avant l'invasion fasciste de la Pologne, et les nouvelles successives, en provenance d'Allemagne et des pays occupés par ses troupes, sur les événements affectant la communauté juive d'Europe, poussèrent l'adolescent Daniel Kaminsky sur le chemin qui ferait de lui un mécréant sceptique. Si depuis l'enfance certaines histoires de la relation de Dieu avec son peuple élu lui avaient semblé excessives (en particulier le sacrifice de son fils Isaac exigé par Yahvé de son favori Abraham), à partir de ce moment-là il osa se demander, de façon obsessionnelle, pourquoi le fait de croire en un Dieu et de suivre ses commandements de ne pas tuer, ni voler, ni convoiter, pouvait faire de l'histoire des juifs un enchaînement de martyres. Le comble de cette condamnation avait été, sans doute, l'épreuve du plus atroce des holocaustes, dans lequel, même sans avoir la certitude qu'il en eut plus tard, il était persuadé qu'avaient péri ses parents et sa sœur, la douce Judith dont il n'avait plus jamais eu de nouvelles.

Une fois engagé sur cette voie, le jeune Daniel, qui avait totalement perdu le Nord, commença à se poser des questions sur son identité et sur le poids asservissant qu'elle représentait. Qu'avait-il à voir lui, Daniel Kaminsky, avec tout ce qui se disait de ceux qui étaient nés israélites ? Parce qu'ils avaient le prépuce coupé, qu'ils mangeaient certains aliments et pas d'autres, qu'ils priaient Dieu dans une langue ancestrale, méritaient-ils pareil destin, sa sœur Judith aussi, *lui aussi* ? Comment était-il possible qu'un penseur juif en soit arrivé à dire que toute cette souffrance constituait une épreuve supplémentaire imposée au peuple de Dieu du fait de sa condition et de sa mission sur terre en tant que troupeau élu par le Saint des Saints ? Comme les réponses lui échappaient mais que les questions demeuraient, Daniel Kaminsky déciderait (bien avant que son oncle Joseph ne le présente à la synagogue pour la cérémonie initiatique de la bar-mitsvah pour en faire un être adulte et responsable) que, malgré les dizaines de leçons historiques et de raisons pratiques, et même si pour les autres il continuait à être juif, lui, il ne voulait pas vivre en tant que tel. Il refusait avant tout d'assumer cette appartenance culturelle parce qu'il avait perdu la foi en ce Dieu qui la représentait. En tous les dieux. Au-dessus des hommes ne flottaient que les nuages, l'air, les astres, avait conclu l'adolescent : car sur aucun plan cosmique et divin ne pouvait être écrit ou ordonné l'acharnement d'une telle affliction et d'une telle douleur comme prix du nécessaire passage par une amère vie terrestre, qui plus est, pleine d'interdits, une vie dans la peine qui obtiendrait seulement réparation à l'arrivée du Messie. Non, ce n'était pas possible. Il ne pouvait pas croire en un Dieu capable de permettre de tels excès. Et s'il avait un jour existé, il était évident que c'était un Dieu trop cruel. Ou plutôt que ce Dieu n'existait pas, ou qu'il était mort... Et il se demanda bien des fois : sans l'oppression de ce Dieu et sans sa tyrannie, que signifiait être juif ?

Ce furent des années difficiles et en même temps pleines de révélations pour Daniel. À la faim qui frappait souvent à sa porte et aux bruits de la ville obstinés à l'agresser vint s'ajouter le sentiment omniprésent et douloureux de l'incertitude. Lorsque le *Saint Louis* regagna l'Europe, la nouvelle que les réfugiés seraient accueillis par la Grande-Bretagne, la France, la Hollande et la Belgique fit renaître l'espoir dans son cœur et dans celui de l'oncle Joseph. Mais avec le début de la guerre, ils commencèrent à vivre dans cette angoisse, acharnée à gâcher l'existence de tous les juifs qui avaient de la famille en

Europe, et aussi à ceux qui n'en avaient pas, car personne ne savait où s'arrêterait cette avalanche de haine qui avançait et grossissait comme une ténébreuse boule de neige que personne ne semblait capable d'arrêter.

À l'affût des nouvelles, toujours confuses, de plus en plus terribles, ils lisaient toutes les informations qui leur tombaient sous la main avec la crainte de trouver le nom de Kaminsky sur une liste de prisonniers, transférés ou victimes, avec l'anxiété déchirante de ne pas savoir, plus perverse encore que la certitude de savoir. Le premier coup écrasant leur fut porté quand ils apprirent la facile occupation nazie de la Hollande puis le confinement et le transfert des juifs qui s'y trouvaient. Par la suite, quand arrivèrent les premières nouvelles des fusillades collectives de villages et de communautés entières en Pologne, en Ukraine, en Turquie et dans les Balkans, les détails de l'horreur, incroyable pour beaucoup, des camps d'extermination, auxquels s'ajoutaient ces invraisemblables trains remplis d'hommes, de femmes et d'enfants faméliques et ces camions conçus pour utiliser leurs propres gaz d'échappement afin d'asphyxier les prisonniers, un phénomène curieux mais explicable se produisit dans cette petite famille : tandis que Joseph Kaminsky se radicalisait, se rendait plus souvent à la synagogue, consacrait davantage d'heures aux prières et réclamait la venue du Messie et la fin des temps, Daniel, de plus en plus apte à analyser et à comprendre ce qui se passait, ce qu'avait été et ce que pourrait être sa vie, devenait plus sceptique, mécréant, irrespectueux, rebelle devant un supposé dessein divin si débordant de cruauté. Il devenait en même temps plus cubain et moins juif.

Il savait que pour proclamer sa libération et mener à bien n'importe quel projet, il avait besoin de temps et d'appui, et la seule personne au monde susceptible de les lui offrir était son oncle Joseph. Aussi, à dix-douze ans, l'enfant apprit-il l'art de vivre avec deux visages qui lui serait si utile tout au long de sa vie. Le visage utilisé à la maison et pour tout ce qui était en rapport avec son oncle était une caricature dessinée avec les traits indispensables pour satisfaire (ou du moins ne pas irriter) Pepe Cartera. En revanche, la face qu'il se mit à élaborer dans les rues de La Havane était pragmatique, sociable, essentiellement populaire et cubaine. Prétextant leurs difficultés économiques, il avait réussi à persuader son oncle de l'inscrire dans un lycée public cubain et de limiter l'apprentissage religieux aux leçons du service d'enseignement gratuit de la Torah Vaddat de la synagogue Adath Israël. Ce choix lui évita l'école du Centre israélite, lui permit de nouer des relations plus étroites avec les Cubains et de se faire des amitiés parmi les garçons de son âge, comme les jumeaux Pedro et Pablo, le garçon manqué Eloína, et même d'autres qui ne vivaient pas dans le *solar*. Deux camarades de classe deviendraient plus tard ses meilleurs amis : Antonio Rico un mulâtre "lavé", comme on disait de ceux qui semblaient blancs sans l'être, avec des yeux incroyables dont toutes les gamines tombaient amoureuses, et un rouquin hyperactif, le plus indiscipliné et intelligent de la classe, José Manuel Bermúdez, surnommé Calandraca, comme le ver de terre du même nom, à cause de sa couleur rougeâtre et de son agitation permanente.

Avec les jumeaux Pedro et Pablo, Daniel apprit à onze ans le plaisir de se frotter le zizi. Le lieu de l'initiation et de leurs plus fréquentes masturbations fut un pigeonnier construit par les jumeaux sur le toit du *solar*. De cette hauteur, tandis qu'ils fondaient sous le soleil, ils pouvaient contempler par une fenêtre ouverte les fesses roses, les seins prodigieux et les poils raides de la toison pubienne de la Russe Katerina qui étouffait toujours de chaleur et promenait, impassible, l'éclatante nudité de ses trente-cinq ans dans la pièce où elle habitait, de l'autre côté de la rue Acosta. Peu après, Pedro, Pablo et Daniel graviraient un échelon de plus dans leurs découvertes sexuelles quand la masculine Eloína, qui presque du jour au lendemain s'était vue dotée de petits seins pointus et excitants, leur démontra que, même si elle était meilleure au baseball que bien des garçons, ses penchants sexuels féminins étaient bien définis. Grâce à quoi, comme si ce n'était guère qu'une expédition de plus pour faire voler des cerfs-volants, dans le plus pur esprit de camaraderie, l'ex-garçon manqué les initia (elle aussi par la même occasion) au sexe partagé, à la condition toutefois que les pénétrations ne s'effectuent que par l'arrière-garde, car son Diamant rouge (ainsi appelait-elle son minou couvert de taches de rousseur et de boucles safranées) devait arriver sans la moindre fissure au mariage auquel elle aspirait, car, disait-elle, elle était "pauvre mais honnête".

En compagnie de ces garnements incorrigibles, Daniel apprit à parler havanais (il disait *negüe* pour les amis, *guaguas* pour les autobus, *jama* pour la nourriture et *singar* pour l'acte sexuel), à cracher du coin de la bouche, à danser le *danzón* puis le mambo et le cha-cha-cha, à lancer des compliments aux filles et, comme une libération dont il jouissait profondément et traîtreusement, à manger des rillons de porc, du pain avec des frites et tout ce qui pouvait calmer sa faim, sans vérifier si c'était kasher ou *trefa* du moment que c'était savoureux, abondant et pas cher.

De leur côté, Antonio et Calandraca lui permirent d'accéder aux révélations les plus importantes et les plus caractéristiques de La Havane, celles qu'il garderait toujours en mémoire comme des découvertes transcendantales, capables de le marquer pour le restant de ses jours. Avec eux, tous deux membres de l'équipe de base-ball de l'école, il apprit les infinis secrets de cet incroyable sport que les Cubains appellent *la pelota* – la balle –, une passion incurable dont il attrapa le virus quand il devint un supporter fanatique du club de Marianao, de la ligue professionnelle cubaine, peut-être motivé par le fait que ce club était un éternel perdant. Avec ces amis, il apprit à pêcher et à nager dans les eaux tièdes de la baie. Avec eux, il franchit bien des nuits l'imaginaire frontière sud de son quartier, marquée par les rues Ejido et Montserrate – la voie sur laquelle s'étaient élevés les remparts qui entouraient la vieille ville – pour arriver sous les longues arcades débordantes de lumières, d'enseignes lumineuses, de musique et de promeneurs du Paseo del Prado où la ville explosait, exultait, devenait riche et prétentieuse, et où il était possible, à chaque coin de rue, d'écouter les orchestres de femmes chargés de l'animation des cafés et des restaurants de cette avenue centrale, des lieux qui ne fermaient jamais leurs portes, si toutefois ils en avaient. (Toujours à voix basse, Daniel avouerait plus tard à son fils que, de ces spectacles musicaux féminins, il avait conservé une attraction magnétique pour toute femme soufflant dans une flûte ou un saxo, jouant de la contrebasse ou des cymbales. Une attraction fébrile s'il s'agissait d'une mulâtresse.) C'est aussi avec ces amis qu'il se réfugia des centaines de fois dans le cinéma *Ideal*, avec ses colonnes dignes du palais des rêves qu'il était en réalité, pour dévorer ses films préférés, presque toujours grâce à la générosité congénitale de Calandraca, dont le père, chauffeur de la ligne 4, avait un salaire fixe : Calandraca payait généralement les billets pour Daniel et Antonio, cinq centimes par tête, pour savourer un vrai banquet : deux films, un documentaire, un dessin animé et les actualités.

Tandis qu'il poussait les portes d'une ville animée, où il n'y avait pas ces lugubres zones d'ombre, physiques et mentales, qu'il se rappelait de Cracovie et Berlin, il avait l'impression de sortir de lui-même et d'habiter un autre Daniel Kaminsky qui vivait sans penser aux prières, aux interdictions, aux préceptes millénaires, mais surtout sans éprouver la peur pernicieuse qu'il avait apprise de ses parents (même s'il fut toujours littéralement terrorisé par le mulâtre Lazarito, le classique caïd de quartier, dont le mythique couteau à cran d'arrêt avait tailladé, disait-on, pas mal de fesses). Le garçon savait jouir de l'instant et il était capable de tout donner sur le terrain de base-ball, de nager comme un dauphin entre les rochers du Malecón, de sympathiser avec les héros de Hollywood et d'être amoureux du popotin d'une mulâtresse flûtiste aux lèvres prometteuses alors qu'il se masturbait en observant les poils raides du pubis de la Russe : la combinaison parfaite.

Si telle avait été sa vie, si tel avait été Daniel Kaminsky tout entier, il aurait peut-être pu dire, des années après, que malgré la pauvreté, la mauvaise alimentation et l'absence de ses parents qui marquèrent ces années, il avait eu une adolescence heureuse, presque pleine. Mais son autre moitié, qui abritait l'inquiétude de la guerre et le désir angoissé d'avoir des nouvelles de ses parents et de sa sœur, vivait dans un mensonge qui lui donnait l'impression de s'asphyxier. Son but était alors d'arriver à un âge suffisant pour proclamer son indépendance, même s'il savait qu'il devrait le faire de façon à ne pas blesser la sensibilité de l'oncle Joseph, auquel il devait tant et qu'il aimait comme un père, sans l'exprimer physiquement ou verbalement. Il achèterait sa liberté avec du temps et de l'argent.

Daniel, le Polonais, comme l'appelaient ses copains de classe et de vagabondages havanais, put s'inscrire au lycée d'enseignement secondaire de La Havane avec à peine un an de retard par rapport aux élèves les plus jeunes, comme sa future fiancée Marta Arnáez et son compagnon d'aventures, José Manuel "Calandraca". Il était alors déjà passé par la cérémonie de la bar-mitsvah ; la guerre était finie et il avait subi une épreuve douloureuse et libératrice en lisant sur une des listes des victimes de l'Holocauste obtenues par le Centre israélite de Cuba les noms de son père et de sa mère parmi les juifs qui au cours de ces années infâmes avaient été envoyés dans les camps et les crématoires dont les horreurs, enfin pleinement connues, avaient été bien mal condamnées au procès de Nuremberg. En revanche, le nom de sa sœur Judith n'apparut jamais, comme si la petite fille n'avait jamais existé, et durant des années Daniel nourrit l'espoir, timide mais persistant, que Judith avait survécu par miracle : adoptée, peut-être, par quelque officier soviétique ou encore sauvée par des partisans, ou même cachée dans un bois et recueillie par des paysans… mais vivante. Dans ses rêveries, Daniel en était venu à identifier sa sœur à l'héroïne à laquelle elle devait son nom et qui, selon un des livres considérés comme apocryphes par les compilateurs bibliques, avait coupé la tête du général Holopherne, envoyé par le puissant Nabuchodonosor pour soumettre les turbulents Israélites. Grâce au souvenir de l'un des nombreux livres de la maison de ses grands-parents Kellerstein, Daniel pouvait voir sa sœur Judith transmuée en cette jolie femme rebelle, peinte par Artemisia Gentileschi, la dague à la main, décapitant un général babylonien qui, dans son imagination, apparaissait comme un officier des terribles SS hitlériennes des griffes duquel elle s'échappait…

Si la fin de l'enfance de Daniel pouvait correspondre au matin où il avait vu le *Saint Louis* quitter le port de La Havane, le début véritable de son âge adulte se situa en octobre 1945, à l'âge de quinze ans, lorsqu'il sentit tomber sur ses épaules une sensation de solitude sidérale provoquée par la confirmation que ses parents avaient été massacrés par la haine la plus rationnelle et la plus intellectualisée. Quelques jours plus tard, il prendrait sa première décision d'adulte en refusant de satisfaire son brave oncle Pepe Cartera qui désirait le voir poursuivre ses études secondaires à l'institut Yavné, connu pour sa tendance orthodoxe.

Daniel Kaminsky se rappellerait toujours cette situation comme l'une des plus compliquées de son existence, pourtant si pléthorique de complications, passées et futures. Durant ces six sombres années de guerre, l'oncle Joseph lui avait plus que prouvé son infinie bonté car il l'avait accueilli, protégé, nourri (plus ou moins) et lui avait permis d'étudier, ce qui était un luxe pour la majorité des jeunes Cubains dont beaucoup terminaient à peine leurs études primaires, comme son ami Antonio Rico. Même si les choses n'avaient guère changé dans la vie quotidienne, les finances de Pepe Cartera devaient s'être beaucoup améliorées (supposait Daniel, ce qu'il vérifierait avec gratitude quelques années plus tard) depuis qu'il avait été promu coupeur principal et qu'il était devenu l'âme de l'atelier de confection d'articles de cuir de plus en plus florissant, propriété du magnat Jacob Brandon. Les affaires de ce juif nord-américain avaient énormément prospéré durant les années de guerre et de restrictions, grâce aux améliorations qu'il avait introduites dans tous ses négoces, y compris la sellerie, avec le réinvestissement des gains obtenus par la très productive contrebande de saindoux. La décision de l'oncle d'envoyer Daniel au lycée juif était pourtant vue comme un investissement, et c'était une pratique courante, y compris chez les israélites les plus pauvres de la communauté, conscients que seule une instruction de haut niveau pourrait ouvrir les nombreuses portes d'un pays où, depuis l'entrée en guerre des États-Unis contre l'Allemagne, la relation avec les juifs avait retrouvé son affabilité.

Conscient qu'il était évidemment incapable de subvenir à ses besoins, l'adolescent essaya, avec la plus grande délicatesse, d'annoncer à son tuteur sa décision de poursuivre ses études comme n'importe quel Cubain et de limiter ses relations avec la religion familiale au minimum possible, car il ne pouvait continuer à vivre en feignant ce qu'il n'éprouvait pas et encore moins s'agissant d'une question si sérieuse pour les juifs.

La réaction de Joseph Kaminsky fut violente, viscérale, prévisible : faisant appel au yiddish pour exprimer sa déception, il le qualifia d'hérétique, d'ingrat, d'insensible, et lui ordonna de quitter la maison. Avec un petit sac de cuir qui renfermait toutes ses affaires – quelques vêtements, deux ou trois livres et les photos de ses parents qui l'avaient accompagné depuis son départ de Cracovie –, Daniel sortit dans la rue Compostela pour prendre la rue Acosta et passer sous l'Arche de Bethléem qui, malgré lui, lui apparut en pensée comme la porte de sortie d'un paradis juif tapageur, installé dans la partie la plus vétuste de La Havane. Mais un paradis tout de même.

Le rêve de pouvoir poursuivre normalement ses études désormais brisé, Daniel eut la chance que son ami Calandraca obtienne de ses parents l'autorisation de le laisser dormir, pour quelques jours, sur des couvertures étendues à même le sol du minuscule salon de l'appartement de la rue Ejido où vivait la famille. Un énorme point d'interrogation se dressait devant l'adolescent sans métier et sans argent, car il savait que, même s'il réussissait à se faire embaucher pour un quelconque travail, il ne gagnerait jamais assez pour trouver où loger et se payer un repas quotidien.

Une semaine plus tard, un palliatif se présenta, au moins pour assurer sa subsistance alimentaire et en partie physique, lorsque le juif Sozna, propriétaire de la pâtisserie-boulangerie *La Fleur de Berlin*, lui proposa, de façon provisoire, le dur travail de nettoyage du soir. Le juif allemand lui confia la responsabilité de l'hygiène parfaite de tous les espaces de travail et de vente, du lavage des plateaux et des ustensiles, et même du transport des tonneaux de margarine et des sacs de farine et de sucre, pour que tout soit impeccablement propre, disposé dans l'ordre précis que le maître boulanger et ses aides devaient trouver, à une heure du matin, pour préparer leur première fournée. Grâce à ce travail d'esclave qu'il effectuait avec toute son application (parfois aidé par Calandraca, Antonio Rico et le jumeau Pedro, car Pablo, convaincu de plusieurs larcins, avait été interné à Torrens, une célèbre et sombre maison de redressement pour mineurs), il ne recevait pas seulement vingt-cinq centimes par jour, il pouvait aussi manger toutes les recoupes et les pièces défectueuses que les ouvriers (et même le propriétaire en personne qui n'était pas juif pour rien) n'avaient pas raflées, racler le fond des marmites de gelées et, insensible aux bruits de l'atelier, dormir quelques heures sur les montagnes de sacs de farine de Castille. Même si, tous les matins, il s'efforçait de surmonter sa fatigue pour aller en classe au lycée d'enseignement secondaire de La Havane, le pire de sa situation était que son avenir s'était soudain obscurci, car même s'il ignorait dans quelle voie il s'engagerait, il ne s'était jamais imaginé dans la peau d'un aide-pâtissier.

Le matin où il sortit de *La Fleur de Berlin* et tomba sur l'oncle Joseph assis sur le bord du trottoir d'en face, près d'une caisse en carton, il sut immédiatement que la lumière revenait. Non, l'oncle ne pouvait pas être porteur de mauvaises nouvelles car le quota en était épuisé jusqu'à la dernière molécule... Et il ne s'était pas trompé... Pepe Cartera venait le chercher pour qu'il revienne vivre avec lui dans la pièce du *solar* de la rue Compostela, afin qu'il puisse suivre comme un élève normal les cours du lycée qu'il avait choisi. Après avoir beaucoup réfléchi, l'homme avait pris la décision d'accueillir de nouveau son neveu, car il pensait comprendre les raisons de sa décision : il avoua alors, les yeux humides d'une peur transcendante ou d'une douleur liée aux pertes subies, qu'il avait plus d'une fois éprouvé, comme le garçon, le désir incontrôlable de tout envoyer promener, fatigué de porter un stigmate ancestral qu'il n'avait absolument rien fait pour perpétuer. Le prix payé par leur famille était déjà trop élevé pour l'alourdir encore avec des mésententes et des punitions, dit-il, et Daniel était suffisamment grand pour user du libre arbitre dont le Seigneur l'avait doté à sa naissance. De plus, ajouta l'oncle, il se sentait très seul car en vérité son neveu lui manquait. Au point de commettre un excès, dit l'homme en indiquant la boîte en carton, avant de demander à Daniel de l'ouvrir. Le garçon fut sur le point d'en tomber par terre, foudroyé de stupeur en pleine rue : l'oncle était devenu fou, il avait acheté un poste de radio !

La providentielle volte-face de son tuteur et la libération du poids d'une double vie firent du jeune Daniel Kaminsky, à seize ans, un homme accompli, qui profita alors des meilleures années de sa vie, d'autant plus que, grâce au superbe poste de radio, il eut le plaisir d'écouter les émissions musicales, les commentaires des matchs de base-ball et les aventures du détective chinois Chan Li Po. La paix et la concorde de la vie à Cuba, où être juif et cesser de l'être ne semblait guère avoir d'importance pour personne, où s'étaient retrouvés des gens venus de tous les confins, Polonais,

Allemands, Chinois, Italiens, Espagnols, Libanais, Catalans, Haïtiens, lui offrirent une plénitude que même en rêve aucun juif n'aurait pu imaginer depuis l'époque lointaine où les séfarades avaient été admis à Amsterdam. De plus, parmi les juifs de Cuba, il y avait des religieux et des sceptiques, des communistes et des sionistes, des riches et des pauvres, des ashkénazes et des séfarades, certains jours ils se querellaient, d'autres ils vivaient en harmonie, mais presque tous étaient disposés, et presque tout le temps, à obtenir de ce territoire propice deux aspirations nostalgiques : la tranquillité et l'argent. Ce qui irritait le plus Daniel chez cette communauté à laquelle il appartenait de moins en moins et alors qu'il s'éloignait toujours plus de son orthodoxie, c'était ce désir de s'isoler et de se refermer sur elle-même, justement là où on les accueillait en leur ouvrant les portes. L'esprit de ghetto s'était enraciné dans leurs âmes durant des siècles d'expérience et continuait à les poursuivre même quand ils jouissaient de liberté. Daniel trouvait absurde la continuelle volonté de vivre et de progresser dans une proximité endogamique, en faisant des affaires entre juifs, des mariages entre juifs, des cérémonies entre juifs, des repas pour les juifs (mais toujours en marquant la différence entre ashkénazes et séfarades, entre riches et pauvres), autant de pratiques que son esprit libéral et ouvert rejetait, même s'il savait que son attitude était jugée intégrationniste par les rabbins et par tout croyant en un destin transcendantal choisi selon un plan divin comme mission pour les enfants d'Israël. Par chance pour Daniel et à sa plus grande joie, malgré cet entêtement, les juifs installés à Cuba qui pensaient comme lui étaient de plus en plus nombreux et, mieux encore, ils vivaient en accord avec leurs décisions.

Il est certain que, dans ces années-là, la prospérité du pays et sa démocratie républicaine, qui permettaient aux israélites de progresser, devaient cohabiter avec la résurgence d'un des pires fléaux sociaux : la corruption. Le désir de s'enrichir au plus vite était si viscéral qu'il s'emparait des politiciens, des commerçants, des investisseurs, des chefs militaires mais aussi des policiers et des personnages plus ou moins publics, au point de provoquer assez fréquemment de violentes guerres entre factions, comme celles dont ceux qu'on appelait les "gangsters" cubains furent les acteurs. Mais, s'agissant d'un lycéen mort de faim comme Daniel, ces manigances le touchaient à peine, c'était du moins ce qu'il croyait dans son innocence d'alors, tandis qu'il jouissait de l'agréable sensation de vivre sans peur (sans aucune peur depuis que Lazarito était détenu à la prison du Castillo del Príncipe à force de jouer excessivement de son couteau à cran d'arrêt). Avec les années et l'accumulation des expériences de sa vie cubaine et en tant que Cubain, le jeune juif rectifierait même bon nombre de ses impressions initiales sur le caractère, la jovialité et la légèreté cubaine. Il apprendrait que, comme partie intégrante de la condition humaine, dans cette île bénie par le soleil, avec toutes les qualités physiques pour générer de la richesse, où se mélangeaient les cultures et les races, et où tout le monde chantait ou dansait, pouvaient aussi germer la haine et la cruauté la plus sadique, surgir l'arrivisme et les différences sociales et raciales toujours sordides, et surtout se manifester un mal qui semblait avoir gagné le cœur de bien des gens dans le pays : l'envie. Cette forme de jalousie permanente et mesquine était-elle une caractéristique héritée, ou au contraire un résultat intrinsèque et manifeste comme toutes ces mixtures qui constituaient le Cubain ? Bien des années plus tard, un ami lui offrirait une réponse plausible…

Malgré l'amélioration de sa situation, Daniel Kaminsky décida de poursuivre simultanément ses études au lycée et son travail de ménage à *La Fleur de Berlin* afin de disposer d'un peu d'argent pour satisfaire ses besoins croissants en vêtements et en matériel scolaire, ou s'offrir le luxe d'un goûter ou encore la possibilité de passer un après-midi au Grand Stade de La Havane pour voir jouer son équipe favorite, les Tigres de Marianao. La deuxième année, après avoir économisé durant plusieurs semaines, il eut juste assez pour inviter à déjeuner, chez *Moshé Pipik*, la petite Espagnole Marta Arnáez dont il était tombé amoureux fou. En allant dans le restaurant de ses rêves, Daniel voulait impressionner la jeune fille qui ne l'acceptait pas mais écoutait toujours ses déclarations d'amour, et en plus il voulait satisfaire son vieux désir persistant de s'asseoir à une des tables couvertes de nappes à petits carreaux blancs et rouges, au centre desquelles trônait le siphon bleu de l'eau de Seltz, pour déguster ces plats qui, s'il n'avait été sous le charme de sa (selon lui) presque fiancée, l'auraient peut-être ramené à son enfance polonaise par les secourables chemins qui vont des papilles à ce qu'on appelle la mémoire affective. Surtout si l'on emprunte ce sentier après un plat de Kneidlach où les boulettes d'œuf et de farine flottent sur un bouillon de poulet et se défont en bouche avec une agréable douceur, baignant tout de leur saveur exquise.

Il fallut à Daniel un an de cour assidue, amorcée par des regards, des sourires et de petits saluts de la tête, poursuivie par des déclarations amoureuses verbales et écrites, pour obtenir le oui de Marta Arnáez. Et ce n'était pas parce que ce Polonais aux cheveux frisés et rebelles, aux yeux plus étonnés que grands, maigre comme un clou avec toutefois des muscles bien dessinés, ne lui plaisait pas. Comme elle le raconta bien des fois à son fils Elías, assise sous une treille de bougainvilliers dans le patio de la maison de Miami Beach, ou plus tard sur un banc peint en blanc à l'ombre des acacias touffus de la très sélecte maison de retraite de Coral Gables, dès le début elle éprouva de la sympathie et, très vite, une attirance très marquée pour Daniel. Mais elle se croyait obligée de répondre à ses sollicitations amoureuses d'une phrase par laquelle elle ne le repoussait pas sans toutefois l'accepter : "Il faut que je réfléchisse", répéta-t-elle pendant des mois à son prétendant obstiné. "C'était comme ça, à l'époque..." expliquerait-elle, bien des années après, toujours en souriant, à son fils Elías Kaminsky.

Ils se fiancèrent à la fin du printemps 1947, alors qu'ils terminaient leur seconde et, dès lors, ils se mirent à marcher dans la rue en se tenant par la main, du moins jusqu'aux abords de la maison de Marta, au carrefour des rues Virtudes et San Nicolás tout près de la très populeuse rue Galiano. Ils se séparaient alors, sans même s'embrasser sur les joues, et elle marchait sans se retourner jusque chez elle tandis qu'il regagnait, tout fier, son quartier de La Vieille Havane, avec l'espoir que la Russe Katerina, aidée par la vodka, le rhum ou le gin, serait dans un de ses jours les plus chauds et, comme cela se produisait depuis un an, qu'elle lui ferait un signe de la main pour l'inviter à la rejoindre dans son appartement où elle lui offrirait une nouvelle leçon de son cours pratique et gratuit de débordements slaves.

Quelques semaines plus tard, ce furent les vacances d'été. Marta et ses parents partirent pour le lointain et, disait-on, florissant village d'Antilla, dans le nord de la partie orientale de l'île, où habitait et travaillait son oncle. L'Espagnol Arnáez revint au bout d'une semaine pour tenir son épicerie, spécialisée dans les denrées alimentaires et les liqueurs mais la mère et la jeune fille restèrent huit horribles semaines en ces contrées : les huit semaines les plus longues de la vie de Daniel Kaminsky qui se sentit devenir fou en comptant les jours et parfois même les heures qui le séparaient des retrouvailles, imaginant comment se rendre à Antilla pour enlever sa bien-aimée et l'emmener dans n'importe quel coin éloigné de l'île. Son désespoir était tel qu'il n'essaya même pas de susciter une invitation de la Russe et, à défaut d'autre chose, il revint même à la synagogue pour s'étourdir de prières et de lectures des passages de la Torah. Il consacra plus de temps à son travail dans la boulangerie de l'Allemand Sozna dans le but de réunir la somme nécessaire pour s'acheter le costume avec lequel, un jour ou l'autre, il devrait se présenter devant ses futurs beaux-parents pour officialiser leur relation amoureuse en demandant la main de sa fiancée.

Bien qu'aucun des deux jeunes gens ne le sache, le séjour prolongé des deux femmes dans la partie orientale de l'île faisait partie d'une stratégie destinée à provoquer la séparation et à encourager l'oubli, car la découverte que leur fille fréquentait un juif polonais loqueteux n'avait pas été une bonne nouvelle, ni pour Manolo Arnáez ni pour sa femme Adela Martínez. Mais les deux parents, qui savaient de quel bois se chauffait leur fille, préférèrent ruser subtilement plutôt que de provoquer un affrontement direct dont ils pressentaient qu'ils sortiraient vaincus. Parce que Martita était une vraie tête de mule, d'après son propre père, pourtant lui-même une forte tête, dans la plus pure tradition espagnole.

Le remède utilisé par les parents eut l'effet inverse. En revenant à La Havane et en reprenant ses études, Marta Arnáez, âgée de dix-sept ans, décida de permettre à son fiancé de faire un pas de plus dans ses manœuvres d'approche et ils s'embrassèrent enfin pour la première fois. Même si la passion leur sortait par tous les pores de la peau, dès lors ils eurent suffisamment de retenue pour limiter aux baisers et aux caresses légères ces désirs qui leur emplissaient la tête de très vilaines pensées. “Bien sûr, toujours l'époque… dirait un jour Marta à son fils. Et pour se soulager, ton père, ce salopiaud, allait gratis chez cette pute de Katerina, et moi… je n'avais que des petits baisers !”

De mauvaise grâce, les parents de la jeune fille acceptèrent de les fiancer officiellement alors qu'ils allaient terminer leur classe de première au lycée. Daniel s'était présenté vêtu de son costume bon marché de faux lin à carreaux acheté chez les Libanais de la rue Monte, avec une cravate bleue à rayures, cadeau du propriétaire de *La Fleur de Berlin*. Assis pour la première fois dans le salon de la maison de la rue Virtudes, après avoir fait part à ses éventuels beaux-parents de ses très sérieuses intentions, Manolo et Adela le prièrent de revenir le lendemain pour lui énoncer le verdict. Restés seuls avec Marta, ils lui demandèrent ce qu'elle pensait de cette demande : elle leur répondit d'une phrase qui déterminerait toute sa vie et sur un tel ton qu'il fut évident pour ses parents que le mieux était de lui laisser le champ libre : “Daniel est l'homme de ma vie”, telle fut la décision de la jeune fille, et elle la respecta jusqu'à la fin.

Alors qu'il sollicitait et obtenait enfin d'officialiser ses fiançailles, Daniel Kaminsky eut une profonde crise d'identité, si forte qu'elle ébranla toutes les convictions qu'il croyait bien assises. À la fin de l'année 1947, sur les terres de la Palestine était né le nouvel État d'Israël dont la venue au monde, chaotique et douloureuse, foisonnait d'espoirs. Comme presque tous les israélites dispersés dans le monde, les juifs havanais saluèrent l'événement avec joie, même si, comme cela se produisait à chaque occasion, cruciale ou banale, chaque faction l'accueillit dans sa propre optique : du sionisme militant au désintérêt flagrant pour cette histoire déjà si éloignée de leurs vies du moment. Mais entre les deux extrêmes, de nombreuses positions s'exprimaient, défendues par les communistes, sionistes, socialistes, orthodoxes, réformistes, modérés, libéraux, militaristes, pacifistes, séfarades, ashkénazes, athées et croyants aux tendances messianiques et tout le mélange d'opinions ou de subtilités identificatoires imaginables.

Daniel, qui se croyait si étranger à ces débats, sentit alors l'appel incontrôlable de la tradition, plus profond et plus dramatique qu'il aurait pu l'imaginer. Après plusieurs années d'éloignement volontaire et bénéfique du judaïsme, le destin d'Eretz Israël et ses éternels problèmes terrestres et célestes étaient revenus pour l'émouvoir. La naissance de l'État hébreu, si désirée et si nécessaire, était liée à la conviction que les israélites pourraient éviter l'horreur d'un autre Holocauste comme celui qu'ils venaient de subir et dont l'ampleur grandissait au fil des révélations quotidiennes, toujours plus terribles, uniquement s'ils avaient leur propre pays, sur les terres que Dieu leur avait promises. Pour obtenir ce refuge, les juifs déployèrent toutes leurs passions, leurs ruses pacifiques ou violentes et leurs capacités à exercer des pressions économiques et morales. Ils arrivèrent à compter non seulement sur l'appui des Nord-Américains qui, neuf ans plus tôt, avaient empêché le débarquement du *Saint Louis*, mais aussi sur celui de la puissante Union soviétique, intéressée par une amitié stratégique avec l'État hébreu. Bien que la reconnaissance d'Israël soit rejetée par le gouvernement cubain, tout ce processus qui éveilla l'intérêt international toucha Daniel Kaminsky d'une façon sibylline, comme pour lui rappeler que, finalement, ce n'était pas seulement un prépuce coupé qui l'identifiait à ces gens. Il était lié à eux par le sang et encore plus par la mort. Ce sentiment de proximité le hanta tellement que, quelques mois plus tard, lorsque le sort du jeune État d'Israël fut mis en péril par la réponse militaire de plusieurs armées arabes, il en vint à se demander si, comme d'autres jeunes de la communauté, essentiellement fils de séfarades turcs, aguerris et prolétaires, il ne devait pas lui aussi se porter volontaire pour aller défendre le pays des israélites, perdu depuis tant de siècles et maintenant ressuscité.

Le samedi matin où, après une longue absence, Daniel se rendit à la synagogue Adath Israël avec l'oncle Joseph, pour se mettre au courant des graves événements qui se déroulaient à l'autre bout du monde, les paroles du rabbin touchèrent les lointaines fibres sensibles de sa conscience qu'il croyait disparues. “Dieu a donné sa place à chaque nation, aux juifs, il a donné la Palestine”, dit l’officiant, debout près des rouleaux de la Torah. “Le *Galout*, l’exil dans lequel nous avons vécu durant tant de siècles, signifie que nous les juifs avions perdu notre lieu naturel. Et quiconque perd son lieu naturel perd son appui jusqu’au retour. Nous le savons bien. Puisque nous, juifs par la volonté du Seigneur, béni soit-Il, nous faisons preuve depuis les temps reculés des Patriarches d’une unité nationale, dans un sens plus élevé même que d’autres nations, nous devons retrouver notre état d’unité réelle, que seul peut nous assurer le contact avec la terre sacrée d’Eretz Israël, là où tout a commencé, une terre dont la propriété est confirmée par le Livre sacré et la parole divine.”

Ce fut peut-être le projet de vie que lui offrait l’officialisation de ses relations amoureuses qui influa le plus sur sa décision finale de ne pas céder à la tentation qui le hantait et à laquelle avaient succombé certains de ses voisins et de ses ex-camarades du Centre israélite, et de nombreux jeunes inscrits à l’institut Yavné. C’est du moins ce qu’il dit à son oncle Joseph lorsqu’ils abordèrent le sujet. Car en réalité, une fois la première commotion qui affecta ses instincts ancestraux passée, il se sentit trop éloigné de cet univers de juifs à la recherche d’une patrie pour risquer sa vie dans un affrontement militaire aux proportions imprévisibles. Plus que de l’égoïsme, dirait-il, ce qui joua dans son cas, ce fut sa totale absence de foi, d’identification avec une cause pénétrée de messianisme et sa révolte contre de vieux préceptes religieux contraignants, récupérés par ce pays qui venait de naître. Le tout renforcé par une obstination très rationnelle : son intention, poignante et presque infantile au début, de cesser d’être juif, et sa décision, désormais ferme, de partager sa vie avec une Cubaine qui – Daniel fut horrifié de l’apprendre – ne pourrait jamais être son épouse légitime dans un pays qui, avant d’exister, avait proclamé l’exclusion des gentils et interdit les mariages dits mixtes au nom de la loi divine. Définitivement insoumis, sans qu’il eût conscience de la profondeur du processus, ce sentiment défensif d’éloignement culturel avait pris plus d’ampleur qu’il ne le croyait lui-même, lui laissant toute latitude pour décider de n’être rien d’autre que Cubain, un désir mué en obsession capable de le dominer consciemment et même inconsciemment, au point qu'il semblait ne pas avoir laissé beaucoup de marge pour que les enthousiasmes hébreux prennent d'autres proportions.

Bien des années plus tard, Daniel Kaminsky reviendrait sur ce dilemme qui devait définir ce que serait sa vie, dans une lettre à son fils Elías, alors établi à New York où il tentait d'amorcer sa carrière de peintre. Vers la fin des années 1980, quelques mois après avoir subi l'opération réussie d'un cancer de la prostate, Daniel, poussé par cet avertissement de la mort et tout juste rétabli, surprit sa famille en prenant la décision de se rendre à Cracovie où il n'avait jamais voulu retourner. De plus, contre toute attente, Daniel Kaminsky choisit de faire ce voyage de retour aux sources, comme l'appelaient les juifs ashkénazes du monde entier, seul, sans sa femme ni son fils. À son retour de Pologne, où il passa une vingtaine de jours, l'homme, plutôt loquace en général, fit à peine quelques commentaires d'ordre général et très superficiels sur son périple vers son lieu de naissance : la beauté de la place médiévale de la ville et l'impressionnante mémoire vive de l'horreur synthétisée par Auschwitz-Birkenau, la visite du ghetto où les juifs avaient été confinés, l'impossibilité de retrouver la maison qui aurait pu être la sienne dans le quartier Kasimir, la visite de la Nouvelle Synagogue avec ses candélabres sans bougies, funèbre dans la solitude d'un pays encore dépeuplé de ses juifs et malade d'antisémitisme. Mais le choc des retrouvailles avec le cordon ombilical de son passé que pendant des années il avait tenté de couper, dont il semblait même avoir réussi à se libérer depuis longtemps, avait ébranlé les recoins les plus sombres de sa conscience. Quelques mois plus tard, il rédigea enfin cette confession inattendue.

Dans la lettre, il disait à son fils que, depuis son retour, il n'avait cessé de ressasser la certitude que, dans toute l'histoire juive, le point le plus regrettable, sur lequel il ne pourrait jamais être d'accord, avait un rapport avec ce qu'il considérait comme un profond sens de l'obéissance qui avait souvent évolué vers l'acceptation de la soumission comme stratégie de survie. Il parlait, bien sûr, de sa relation, toujours polémique, avec le Dieu d'Abraham, mais surtout de ces épisodes survenus durant l'Holocauste où tant de juifs avaient considéré que leur sort était inéluctable parce qu'ils y voyaient une malédiction divine ou une décision céleste. Il ne pouvait concevoir qu'une fois leur destin scellé, certains d'entre eux aient même collaboré avec leurs bourreaux, ou se soient préparés presque calmement à subir le châtiment ; qu'ils se soient dirigés sur leurs deux jambes, sans tenter le moindre geste de révolte, vers les fosses où ils seraient exécutés ; qu'ils soient montés dans les trains où ils mourraient de faim et de dysenterie, qu'ils se soient organisés pour vivre dans les camps où on finirait par les gazer. Et il parlait de la façon dont l'espoir de survivre poussait à la soumission. La combinaison des pouvoirs totalitaires d'un Dieu et d'un État avait anéanti la volonté de milliers de personnes, renforcé leur docilité jusqu'à éteindre leur désir de liberté qui était, pour lui, la condition essentielle de l'être humain. Tant de personnes, des millions, avaient accepté leur sort comme un commandement divin pour qu'enfin, parmi quelques milliers d'entre eux, il y eût des explosions de révolte : les partisans dans les guérillas antifascistes et les rébellions dans les ghettos comme l'insurrection de celui de Varsovie. “Bien que, disait-il à un moment dans sa lettre, il faille aussi tenir compte du fait que tant d'hommes et de femmes soumis en vinrent presque à envisager la mort avec joie, comparée à la vie de souffrances et de peur qui était la leur. Si tu adoptes ce point de vue, tu peux peut-être voir l'attitude de beaucoup d'entre eux sous un autre angle. Tu peux même, bon Dieu de merde, justifier la soumission, et moi je refuse de la justifier... Ou était-ce un mensonge quand on nous répétait durant les cours du Centre israélite ce que proclamaient les rabbins, les sionistes, les indépendantistes qui nous disaient tous que nous, les juifs d'aujourd'hui, étions les descendants de Josué le Conquérant et de ses indomptables paysans hébreux, du roi David, général victorieux, des princes asmonéens si belliqueux... ? Comment était-ce possible que la soumission nous ait dominés ?” Cette conviction, qui en 1948 ne projetait qu'une ombre informe sur sa conscience, fut peut-être ce qui avait obscurément pesé pour lui faire abandonner l'idée de s'embarquer pour Israël avec certains de ses amis afin de prendre part à la guerre d'indépendance, avouait-il à son fils. La blessure laissée par cette conduite résignée qu'avaient adoptée ses grands-parents, ses oncles et tantes Kellerstein, et peut-être même ses parents, l'avait tellement meurtri qu'il avait perdu non seulement la foi en la politique et en Dieu, mais aussi en l'esprit des hommes, c'est pourquoi il avait préféré rester en marge de cette rébellion tardive et se glisser dans sa peau de Cubain, de plus en plus chaude. Vivant selon ses choix, heureux en marge de la tribu, là, dans ce coin du monde où il avait trouvé la liberté.

Comme il fallait s'y attendre, à cette époque, les amis que le Polonais Daniel affectionnait le plus étaient tous cubains et catholiques à la façon hétérodoxe de l'île. Il restait très proche de son vieux copain José Manuel Bermúdez, que personne n'appelait plus Calandraca mais Pepe Manuel. Le garçon avait grandi et forci, tandis qu'il ne restait que quelques reflets de l'ancienne couleur safran de ses cheveux et que même ses taches de rousseur avaient disparu. Son intelligence naturelle, de mieux en mieux canalisée, avait fait de lui un des meilleurs étudiants du lycée et son caractère expansif et sa générosité de toujours en firent un leader étudiant. Un autre de ses amis, Roberto Fariñas, était la brebis galeuse d'une famille bourgeoise de La Havane, copropriétaire d'une petite distillerie de rhum et d'appartements dans des quartiers de la périphérie. Roberto avait refusé d'étudier dans un établissement privé et a fortiori chez les curés qu'il détestait, aussi s'était-il inscrit au lycée public comme les plus défavorisés. Grâce à ses moyens, Roberto était l'ami qui les invitait le plus fréquemment à déguster des glaces, des milk-shakes, des sandwichs et des frites dans les cafétérias du coin, surtout celle, très sophistiquée, qui venait d'ouvrir au rez-de-chaussée du nouveau bâtiment du cinéma *Payret*. Les fiancées de Pepe Manuel – Rita María Alcántara – et de Roberto – Isabel Kindelán – étaient aussi devenues les amies de Marta Arnáez et les six jeunes constituaient une espèce de confrérie, malgré la grande disparité de leurs origines, de leurs possibilités économiques et de leurs relations familiales. Car des choses plus importantes les unissaient : leur engouement pour la danse, leur passion du base-ball, l'amour de la mer et l'agrément de n'avoir pratiquement aucun secret les uns pour les autres, cette eau claire sur laquelle flotte la véritable amitié. Plus tard, ils partagèrent les mêmes centres d'intérêts ou, au moins (dans le cas de Daniel), les mêmes sympathies politiques.

Quand Roberto Fariñas eut dix-huit ans et put enfin avoir un permis de conduire, un de ses grands frères mit à sa disposition une Studebaker de 1944 qui devint le char d'assaut des amis pour partir en campagne. Avec l'autorisation des parents des jeunes filles, ils purent aller jusqu'à la plage de Guanabo et même s'aventurer pour la première fois jusqu'à Varadero pour découvrir les sables si fins de ce havre pratiquement inhabité. Des trois couples, seul celui de Roberto et Isabel avait franchi la frontière compliquée des relations sexuelles prématrimoniales. Pepe Manuel, si révolutionnaire en tout, s'avéra conservateur dans ce domaine spécifique, tandis que Daniel, même s'il mourait du désir de passer à la vitesse supérieure (désir exacerbé par la décision de Katerina d'aller s'installer dans le lointain quartier de La Lisa, comme concubine d'un camionneur noir), n'osa pas le demander à Marta qui, des années après, lui avoua qu'elle aurait accepté s'il le lui avait proposé car elle en mourait d'envie, sachant ce que faisaient Roberto et Isabel. "Cinq ans de fiançailles chastes, quelle idiotie !" dirait-elle un jour à son fils Elías.

Vivant dans cet aimable univers de fiancées, d'amis, d'études, de promenades, de travail pour se faire un peu d'argent, Daniel Kaminsky continua à naviguer dans la vie, s'éloignant de ses ancêtres et de leurs préoccupations, au point qu'il s'écarta tellement de la côte dont il était parti qu'un jour il crut même avoir oublié l'existence de cette référence. Ce fut alors que surgit le visage d'un jeune juif peint par Rembrandt, disposé à lui compliquer la vie et à l'avertir que certains renoncements sont impossibles.

Qu'était-il arrivé à ses parents, à bord du *Saint Louis*, durant les six jours où le paquebot était resté ancré dans la baie de La Havane ? Jusqu'à quel point avaient-ils rêvé de descendre à terre grâce aux négociations entamées autour de ces quelques centimètres carrés de toile tachés d'huile trois cents ans auparavant ? Comment et à qui avaient-ils confié le tableau ? À partir de l'instant où Daniel eut de nouveau la certitude pathétique et inattendue que la relique familiale était restée dans l'île depuis cette amère semaine de mai 1939, ces questions et bien d'autres frappèrent son esprit avec tant de force qu'il sentit sa raison vaciller.

Au terme de ses études au lycée de La Havane, son avenir était déjà tout tracé. Tandis que ses beaux-parents acceptaient d'aider Marta qui voulait étudier à l'École normale de La Havane pour devenir institutrice, Daniel chercherait un travail plus approprié et mieux rémunéré que celui de préposé au ménage dans une pâtisserie et, en même temps, il s'inscrirait aux cours de l'École de commerce pour devenir comptable. Ce programme incluait la célébration du mariage, fixée pour l'année suivante, et l'acceptation de l'Espagnol Arnáez de les accueillir chez lui jusqu'à ce que Daniel obtienne son diplôme et que le couple soit en mesure de proclamer son indépendance. Tout ce projet s'élaborait alors qu'une fois de plus le pays était en proie à des tensions aiguës depuis qu'en mars de cette année 1952, le général Fulgencio Batista avait fait descendre les militaires dans la rue et s'était emparé du pouvoir politique pour empêcher la tenue d'élections qui auraient très certainement assuré le triomphe du Parti orthodoxe du peuple de Cuba, malgré la mort de son leader, Eduardo Chibás, avec ses militants et sympathisants toujours plus nombreux, son programme et son slogan *Probité contre argent.*

Le coup d'État militaire avait polarisé la société cubaine et une majorité importante des jeunes étudiants, dont Pepe Manuel Bermúdez et Roberto Fariñas, militants du Parti orthodoxe depuis plusieurs années, et Daniel lui-même, sympathisant du parti, influencé par ses amis et par le charisme de son fondateur Eduardo Chibás, caressait l'espoir d'un renouveau politique du pays. Les trois amis, comme de très nombreux Cubains, perçurent l'action de Batista comme une agression contre une démocratie, certes imparfaite, mais une démocratie tout de même, que les orthodoxes auraient pu améliorer avec d'importants changements sociaux et la lutte frontale contre la corruption qu'avait prônée le défunt Chibás dans son programme prometteur de nettoyage civique et politique.

Tandis que Pepe Manuel et Roberto s'engageaient davantage dans le mouvement d'opposition au général, Daniel, suivant sa tendance vitale, se concentra sur son projet personnel. Au cours de la première des deux années d'études pour devenir comptable, juste le délai fixé pour la célébration du mariage, il entra dans une autre étape de sa vie. Grâce à l'amitié de Pepe Cartera avec le toujours plus puissant Jacob Brandon, maintenant copropriétaire des tout nouveaux supermarchés révolutionnaires baptisés *Minimax*, le jeune homme avait obtenu un travail à temps partiel de vendeur dans l'établissement moderne inauguré dans le Vedado où il tenait aussi la comptabilité journalière et se chargeait de gérer les commandes aux fournisseurs. Il gagnait déjà trente pesos par semaine, une somme plus que décente dans un pays où une livre de viande coûtait à peine dix centimes.

Cette démarche salvatrice de l'oncle Joseph, en mesure de demander un service à l'un des juifs les plus riches de Cuba, restait un mystère pour Daniel. Le jeune homme ne comprendrait les arcanes de la relation tissée entre le maroquinier et le magnat que bien plus tard, dans une circonstance très délicate, lorsque l'oncle le sauverait de nouveau en lui faisant un cadeau surprenant. Pepe Cartera, qui jusqu'à la réquisition révolutionnaire de 1960, officia comme coupeur et maître artisan de l'atelier de maroquinerie de Brandon, était devenu, en plus, le fabricant des chaussures spéciales qu'exigeaient les énormes oignons du commerçant, le créateur des ceintures qui enserraient son ventre comme les sangles d'un cheval, le couturier de ses très raffinés portefeuilles, valises, étuis à cigares, et même des gants pour ses voyages à New York et à Paris, toujours travaillés dans les peaux les meilleures et les plus appropriées pour chaque objet, avec ce génie si exquis de la coupe et de la couture qu'il avait acquis en Bohême, des années auparavant, auprès des hommes de l'art.

Avec le salaire que gagnait Joseph Kaminsky, n'importe qui aurait sans doute abandonné le *solar* de plus en plus sinistre, au carrefour des rues Compostela et Acosta, pour émigrer vers un appartement ou même une petite maison indépendante d'un quelconque quartier havanais, pensait et dirait son neveu. Mais Pepe Cartera vivait toujours au milieu des juifs, retranché dans la promiscuité du phalanstère, avec son éternelle rigueur financière. Daniel crut détecter une raison plus puissante pour expliquer l'insistance de son oncle à demeurer dans le *solar* lorsqu'il découvrit, avec joie, que ce Polonais quinquagénaire et conservateur avait trouvé un dérivatif à sa solitude grâce à Caridad Sotolongo, la mulâtresse qui, depuis un certain temps déjà, était locataire de l'immeuble délabré. La trentaine, une très jolie silhouette, concubine devenue veuve, Caridad était de plus la mère de Ricardo, un petit mulâtre plutôt turbulent, pour lequel l'oncle Joseph manifesta toujours une affection particulière, peut-être due à la capacité innée du gamin pour improviser des vers et les réciter à la vitesse d'une mitrailleuse.

L'histoire de Caridad fut bientôt connue des voisins. Son amant, un Blanc, père de Ricardito jamais reconnu légalement, était un des révolutionnaires des années 1930 ; frustré et déçu par le peu de bénéfice politique et financier tiré de ses combats, souvent violents, il s'était rapproché des bandes de malfaiteurs, comme certains de ses camarades qui, avec de moins en moins de vernis politique, cherchaient, le pistolet à la main, une récompense politique et financière qu'ils disaient mériter. L'homme était mort en 1947 au cours d'un affrontement entre les gangsters et les policiers tout aussi gangsters, et l'aisance relative dans laquelle vivait Caridad s'était volatilisée car elle n'avait été que la maîtresse du truand. À trente-six ans, presque analphabète mais encore très belle, elle dut abandonner, avec Ricardo, âgé de sept ans à l'époque, la petite maison de la rue Palatino, dont elle ne pouvait payer le loyer, pour atterrir dans le *solar* de Compostela et Acosta où elle se mit à laver et repasser le linge des habitants du quartier, un travail fort mal rémunéré.

Contrairement à la majorité des gens entassés dans l'immeuble, Caridad était discrète et silencieuse, de ce fait elle fut très vite cataloguée : mulâtresse prétentieuse, orgueilleuse, puis *capirra*, le nom que les Havanais donnent aux Noirs et aux mulâtres qui préfèrent épouser des Blancs. Grâce à quelques services échangés, à un moment donné, une certaine amitié s'établit entre la femme et Joseph Kaminsky qui venait alors d'entrer dans la cinquantaine. Daniel eut un éclair d'intuition de ce qui mijotait, le jour où Caridad leur apporta une soupière en faïence à moitié remplie de haricots noirs, épais, "endormis" comme on dit à Cuba, parfumés au cumin et au laurier, ces grains que Joseph Kaminsky n'avait jamais vus durant sa vie polonaise mais qui à Cuba étaient devenus son plat préféré… et pour lesquels son neveu Daniel se serait damné. Le regard échangé à cet instant entre le Polonais et la mulâtresse fut plus révélateur que mille mots. Les mots que l'oncle Pepe ne dirait à son neveu que bien des années après. Ces paroles inspirées par l'existence de Caridad et les sentiments que la jeune femme avait éveillés chez le maroquinier, et qui devaient avoir une grande influence sur le sort de Daniel Kaminsky.

Grâce à son salaire au supermarché de Brandon & Co., Daniel se lança dans les préparatifs du mariage, célébré durant l'été 1953 et finalement beaucoup plus fastueux que le jeune homme n'aurait pu se le permettre et même le souhaiter, étant donné sa discrétion naturelle. Mais les parents de Marta, d'abord réconciliés avec Daniel, puis attachés au jeune Polonais en pleine ascension sociale et financière, comblés de voir leur unique et très chère fille exulter de bonheur, lâchèrent les cordons de la bourse. L'exigence la plus complexe pour Daniel avait surgi au moment de discuter du type de cérémonie. Les parents de la promise en faisaient pratiquement une question d'honneur : après les formalités chez le notaire, l'union devait être conclue devant Dieu et bénie dans une église catholique. Daniel passa des semaines à discuter avec Marta des diverses options, en partant d'une position qui lui semblait juste et limpide : comme il était incapable de lui demander à elle de se marier devant un rabbin, elle ne devait pas exiger de lui qu'il le fasse devant un curé. Son argument était simple : il ne croyait ni au rabbin de ses ancêtres ni au prêtre des catholiques. Convaincre Marta ne fut pas trop difficile, car la jeune fille pouvait se passer de la cérémonie religieuse, même si elle reconnaissait qu'elle n'était pas insensible à son faste et qu'elle comptait parmi ses arguments le fait que même Pepe Manuel Bermúdez, de plus en plus rouge, d'après tous ses amis, avait accepté de se marier avec Rita María dans la très faussement gothique église de la rue Reina, au rythme de la marche nuptiale composée par un juif allemand… Elle comprenait les raisons de son fiancé. Il n'en serait pas de même pour ses parents, Manolo Arnáez et Adela Martínez, et sans leur appui le mariage ne pourrait avoir lieu ou se ferait différemment, lui dit-elle.

Daniel Kaminsky réfléchit beaucoup aux différentes possibilités. La plus simple et en même temps la plus compliquée consistait à partir avec Marta, l'épouser devant notaire et oublier les Arnáez. Pour quelqu'un qui avait vécu tant d'années dans un *solar* de La Vieille Havane sans jamais être vraiment rassasié et avec une paire de chemises bon marché, ce déballage de robes longues et de fêtes ostentatoires semblait aussi accessoire qu'inutile. Mais il trouvait cruel pour la jeune fille, et même pour ses parents, de les priver du plaisir de couronner leur réussite sociale à un moment crucial de leurs vies. La plus difficile, quoique la moins houleuse de ces possibilités, consistait à accepter la formalité du baptême catholique exigé pour le mariage célébré par un curé, car aucun des deux actes n'avait de sens pour lui. Bien des juifs croyants et pratiquants avaient dû accepter, au long des siècles, les sacrements catholiques dans diverses circonstances de leurs vies, tout en sachant qu'ils perdaient toute chance de salut après une telle défaillance, car Dieu avait même ordonné de mourir en sanctifiant Son nom. Pourquoi était-ce toujours si compliqué d'être juif ? s'était-il demandé bien des fois, avant d'entamer une discussion sur ce conflit pathétique avec son oncle Pepe Cartera. Durant ces jours, comme si c'était une anticipation de ce qui arriverait peu après, Daniel pensa à plusieurs reprises au portrait du jeune juif ressemblant à la représentation catholique du Christ, sous le regard duquel il avait vécu ses premières années, sans que cela signifie – pour lui ou pour ses parents – rien de plus que cela : le beau portrait d'un jeune juif dont le regard se perdait dans un angle du tableau.

Daniel se souviendrait toujours qu'il avait retardé pendant des semaines le moment d'aborder cette conversation, la plus épineuse de sa vie, lui semblait-il, car elle n'annoncerait pas seulement la rupture avec ses origines et la religion de ses ancêtres, elle solliciterait aussi la compréhension de son oncle ou serait la cause de la plus déchirante contrariété infligée à l'homme bon qui, sans exprimer son affection d'un geste ou d'un mot, lui avait permis d'avoir une vie digne dans la pauvreté, un soutien stable dont il obtiendrait bientôt des avantages financiers et même la respectabilité sociale. Depuis plusieurs années, à chaque fois qu'il le pouvait, l'oncle Pepe lui parlait, comme par hasard, de l'une des jeunes filles juives du quartier, essayant de susciter, intentionnellement mais avec le plus grand tact, l'intérêt du garçon pour une femme de son origine, afin de perpétuer par une telle union ce qu'ils étaient et ce que leurs enfants devraient être pour les siècles futurs.

"Vous savez que je suis athée, oncle Joseph", dit Daniel pour entamer la conversation. Il avait préféré avoir ce dialogue en espagnol, car pour les sujets subtils il ne faisait plus confiance à l'acuité de son polonais ou de son yiddish. Comme le soir de printemps était frais, à cause d'une épaisse couverture de nuages, il avait choisi de parler à son oncle dans la paix de la terrasse, sur le toit du petit palais délabré où il avait vécu depuis ce jour de 1938 où il venait de débarquer à La Havane, affolé par un brouhaha auquel il ne prêtait plus attention depuis longtemps. "Je ne comprends pas que l'on puisse être athée, mais si tu le dis... Dieu est plus grand que ta défiance." "Eh bien moi, il y a longtemps que j'ai cessé de croire. Vous savez bien pourquoi. Ce qui est important, c'est que je suis incapable de croire." "Tu n'es pas le premier qui pense ainsi. Ça te passera..." "Peut-être, mon oncle. Mais je ne crois pas." Daniel avait marqué une pause après cette affirmation par laquelle, il le savait, il agressait certains principes auxquels s'était raccroché l'oncle Joseph dans sa solitude d'émigrant pauvre et sans autre famille de sang que Daniel lui-même. "Et je dois prendre une décision qui n'est pas importante pour moi, mais qui l'est pour d'autres. Une décision étroitement liée à la foi. À la vôtre et à la leur", ajouta Daniel pour être plus explicite.

Pepe Cartera, en le regardant dans les yeux, s'était permis un léger sourire. Plus triste qu'heureux, en réalité. L'homme qui avait traversé tant de moments difficiles et connu l'horreur la plus incommensurable pouvait difficilement être surpris ou se sentir dépassé par quoi que ce soit. Ou du moins, c'était ce qu'il croyait, comme il le répétait à son neveu. "Je vois où tu veux en venir... Et je vais te faciliter les choses. Je veux seulement te dire que chaque homme doit résoudre tout seul ses problèmes avec Dieu. Pour les questions terrestres, une aide est toujours la bienvenue. Les problèmes de l'âme ne sont pas transférables. Tu n'as aucun engagement envers moi dans ce sens. Je t'ai donné ce que je pouvais te donner. Tu sais pourquoi Sozna t'a fait travailler et t'a hébergé à *La Fleur de Berlin* ? Je ne pouvais pas te laisser mourir de faim dans un coin... Prendre soin de toi était mon obligation morale, et aussi une obligation envers moi-même et ma tradition. Et le résultat n'est pas trop mauvais : tu es un homme honnête, tu as fait des études qui peuvent beaucoup t'aider, tu as un bon travail, une belle vie qui va encore s'améliorer. Tu seras même peut-être un jour un homme riche... Bien entendu, je déplore ton éloignement de Dieu et de nos coutumes, mais je suis capable de le comprendre. Tu ne seras pas le premier juif qui renonce à sa foi... Mon fils, fais ce que tu dois faire et ne te tracasse pas pour moi ni pour personne. Tout bien considéré, nous sommes tous libres par la volonté divine, libres même de ne pas croire en cette volonté."

En l'écoutant, Daniel se sentit peu à peu envahi par une sensation indéfinissable où se mêlaient la gratitude envers l'attitude compréhensive de son oncle, prodiguée comme une véritable libération, et l'impression lancinante de sa faiblesse qui risquait de le précipiter vers l'acceptation polie d'une chose que son esprit refusait. À cet instant, comme jamais au cours de sa vie, il se sentit pitoyable et médiocre, dépouillé de son âme, de son identité, de sa volonté de se battre. Si l'oncle Joseph avait vociféré, réclamé sa condamnation, comme le jour où, encore enfant, il avait refusé de s'inscrire à l'école juive, tout aurait peut-être été moins humiliant, car il aurait pu, lui aussi, crier ses arguments, s'entêter et même choisir de se montrer rebelle et offensé. Mais en lui révélant qu'il l'avait protégé, même à l'époque de sa révolte, en lui ôtant toute possibilité d'affrontement, Joseph l'avait pris par surprise, le laissant seul à seul avec son âme, avec ce vide que la vie et sa propre obstination avaient créé là où d'autres hommes, comme son oncle ou son futur beau-père, portaient en eux la consolation de se sentir accompagnés de Dieu, leur Dieu, n'importe quel Dieu. Le même Dieu ? demanderait-il un jour au fils né de ce douloureux conflit.

"Je vous remercie de votre compréhension, mon oncle. Pour moi c'est ce qui compte le plus", fut tout ce qu'il put articuler. Joseph Kaminsky ôta ses lunettes à monture ronde qu'il utilisait depuis quelques années et les nettoya avec le pan de sa chemise. "Remercie Cuba. Ici j'ai travaillé, enduré des pénuries, mais j'ai eu une autre vie et de bien des façons cela change un homme... Je ne suis plus le Polonais craintif et fanatique arrivé ici il y a plus de vingt ans. Ici j'ai vécu sans craindre le prochain pogrom, ce qui n'est déjà pas mal, et personne ne s'est préoccupé de savoir dans quelle langue je fais mes prières. Tu as beau avoir entendu beaucoup de choses, tu n'as pas idée de ce que ça signifie, parce que tu ne l'as pas vécu... Vouloir être invisible, comme ton père a fini par le penser..." "Alors vous ne m'en voulez pas ?" Pepe Cartera le regarda dans les yeux, sans répondre, comme si son esprit était ailleurs. "Au fait, finit-il par dire, sais-tu pourquoi je n'ai pas épousé Caridad ?" Daniel fut surpris par l'allusion subite à une question que son oncle n'avait jamais abordée, du moins avec lui, et que Daniel, par respect, n'avait jamais évoquée. "Parce qu'elle a ses croyances et que j'en ai d'autres. Je suis incapable de lui demander d'y renoncer. Je n'en ai pas le droit, ce ne serait pas juste, parce que cette foi est une des rares choses qui lui appartient vraiment et qui l'a le plus aidée à vivre. Et moi, je ne vais pas renoncer aux miennes. Elle est inculte mais c'est une femme bonne et intelligente, et elle m'a compris. Pour nous deux, ce qui compte maintenant c'est que nous nous sentons bien quand nous sommes ensemble, et ça nous aide à vivre. Et surtout on ne se sent plus seuls. Ça, c'est un cadeau de Dieu. Du sien ou du mien ? Je l'ignore mais c'est un don divin... Enfin, fais comme tu voudras. Tu as ma bénédiction. Façon de parler puisque tu ne crois pas aux bénédictions..."

Le ciel, envahi par des nuages lugubres venant de la mer du Sud, s'ouvrit alors dans un torrent de pluie traversé par les éclairs des décharges électriques qui, d'après le Polonais Pepe Cartera, n'étaient jamais aussi tonitruantes dans son lointain pays. Quand les deux hommes redescendirent dans la pièce du *solar*, Joseph Kaminsky alla chercher le petit coffre de bois qui l'avait accompagné depuis son départ de Cracovie, où il rangeait son passeport périmé, quelques photos et le *talith* que lui avait offert son père pour sa bar-mitsvah, célébrée dans la grande synagogue de la ville. Il l'ouvrit avec la clé qu'il portait toujours à son cou et en sortit une enveloppe qu'il remit à son neveu. "Qu'est-ce que c'est, mon oncle ?" "Mon cadeau de noces." "Ce n'est pas nécessaire..." "Mais si.

La dignité est plus que nécessaire. Si tes beaux-parents vous aident, il faut que tu apportes ta contribution. Comme ça tu seras plus libre." Sans bien comprendre les intentions de son parent, Daniel ouvrit l'enveloppe où il trouva un chèque. Il vit le montant et ne put en croire ses yeux. Il le relut. Son oncle faisait de lui le propriétaire de quatre mille pesos. "Mais, mon oncle..." "C'est presque toutes mes économies de ces dernières années. Tu en as plus besoin que moi maintenant... C'est surtout pour ça qu'il faut de l'argent : pour acheter la liberté." Daniel faisait non de la tête. "Mais avec ça, vous pouvez partir d'ici, habiter avec Caridad, aider Ricardito pour ses études..." "À partir de maintenant, tu ne dépends plus financièrement de moi et, j'espère, de personne. Avec ce que je gagne, je crois que Caridad et moi nous pourrons bientôt déménager. Et j'ai déjà mis une somme de côté pour les besoins de Ricardito. Tu sais, avec une assiette de riz, des haricots noirs et des boulettes de viande kasher, j'ai plus que ce dont j'ai besoin. Et maintenant je suis meilleur maroquinier que jamais, alors ne t'en fais pas, je ne vais pas manquer de travail, grâce à Dieu."

Daniel Kaminsky ne pouvait quitter des yeux un morceau de papier qui valait beaucoup plus qu'une fortune de quatre mille pesos. Cet argent était le fruit d'infinis renoncements, de privations, de pénuries que son oncle et lui-même avaient connus pendant des années. Il représentait aussi le passeport en cours de validité avec lequel Pepe Cartera pourrait égayer sa vie. Et Daniel le savait, cet argent avait été économisé pour féliciter son neveu le jour où, dans la synagogue et devant le rabbin, il scellerait son mariage selon la Loi juive.

Envahi par le reflux impérieux de son hérésie, Daniel Kaminsky s'était mis à pleurer : alors que l'oncle Joseph lui offrait sa compréhension et son argent, il lui volait la joie de le voir briser à coups de talon les verres de cristal, pour rappeler par cet acte la destruction du Temple, le commencement de l'interminable diaspora des Israélites et la nécessité de rester unis dans la tradition et la Loi écrites dans le Livre comme seule forme de survie d'une nation sans terre. Ce jour-là, sans pouvoir contenir ses larmes, pour la première fois depuis des années, Daniel étreignit son oncle et l'embrassa plusieurs fois sur les joues qui, comme toujours, auraient bien eu besoin d'un rasage plus radical.

Peut-être à cause du comportement libérateur de Joseph Kaminsky, deux mois plus tard, lorsque Daniel se rendit dans la petite église du Saint-Esprit pour y être baptisé et recevoir l'acte certifiant sa conversion qui lui permettait de prononcer ses vœux de mariage devant un curé, le jeune homme ne put éviter de sentir qu'il se livrait à un renoncement impudique, pour lequel, malgré toutes ses convictions et ses rejets, il n'était en réalité pas préparé. Accompagné de sa fiancée, de ses futurs beaux-parents et de ses témoins, Antonio Rico et Eloína, la Pecosa, Tache de Rousseur, celui qui était encore juif entra pour la première fois de sa vie dans une église catholique dans l'intention d'y faire plus que satisfaire sa curiosité. Il avait beau savoir ce qu'il y trouverait – toute cette statuaire exagérée avec des représentations puériles de martyrs et de supposés saints, des croix de différentes tailles, y compris l'indispensable Christ cloué dans le bois, perdant son sang –, il ne put éviter le choc ni se soustraire au désir, plus viscéral que rationnel, de partir en courant. Ce n'était pas son monde. Mais cette fuite, si elle se produisait, reviendrait à fuir le paradis terrestre où il voulait entrer, où il méritait d'entrer. Par la suite, il pensa que ce qui l'avait le plus aidé à freiner son impulsion fut la découverte inattendue de Caridad Sotolongo, humblement assise sur l'un des derniers bancs, au fond de la petite église, un foulard sur la tête, vêtue d'une robe blanche, sans doute la plus belle de sa garde-robe.

Devant le prêtre chargé de la cérémonie destinée à le faire changer de foi, Daniel Kaminsky parvint à s'évader de cette lamentable réalité en se concentrant sur l'évocation de la fable que son père lui avait racontée bien des fois dans son enfance, à Cracovie durant les jours encore paisibles, puis à Leipzig dans une atmosphère tendue et finalement à Berlin dans l'affolement. Le jeune homme se souvint de la nuit, veille de son départ pour La Havane, où son père, le médecin Isaías Kaminsky, avant de le border dans son lit, lui avait de nouveau raconté cette histoire mythique d'un certain Juda Abravanel, célèbre descendant de la branche prédestinée de la maison du roi David, la lignée chargée de la responsabilité d'engendrer le véritable Messie, encore attendu… Selon son père, et comme plus tard Daniel le transmettrait à son fils Elías au cours des soirées vaporeuses de Miami Beach, le personnage de Juda Abravanel, réel ou fictif, après son expulsion d'Espagne comme tous les séfarades qui avaient refusé le baptême chrétien, s'était réfugié au Portugal où, peu après, il se retrouva devant le terrible dilemme de devoir choisir entre le baptême ou la mort de ses enfants, de sa femme, de ses frères dont il partageait la foi et la destinée, et de la sienne. Dans cette cathédrale de Lisbonne où un roi mauvais avait confiné les juifs et les avait confrontés à l'alternative du Christ ou du bûcher, le sage séfarade, médecin, philosophe, poète et génie de la finance, avait décidé de donner l'exemple en acceptant la conversion qui condamnerait son âme mais préserverait sa vie et celle de la plupart des siens, et surtout celle des fruits de sa lignée prédestinée qui devait assurer le salut de son peuple. Juda Abravanel, à l'instant où il avait senti l'eau bénite couler sur sa tête – répétait Isaías Kaminsky –, avait peut-être pensé qu'il se submergeait dans le Jourdain pour purifier son corps avant de se diriger vers le Temple ressuscité de Salomon et de se prosterner devant l'Arche d'Alliance. Tandis que l'eau versée par le curé tombait sur sa tête, Daniel Kaminsky se réfugia dans l'évocation de son père. En proie à cet égarement protecteur, il fut de nouveau surpris par la vision de l'image familière du visage d'un jeune juif trop semblable à celui de Jésus de Nazareth et, il y pensait pour la première fois, du Juda Abravanel tel qu'il l'imaginait. L'étreinte et le baiser de Marta, débordant de bonheur devant ce cadeau que venait de lui faire l'homme de sa vie, sortit l'hérétique de son labyrinthe intérieur et le rendit à la réalité de l'Église catholique qui, même après la concrétisation de sa conversion, lui faisait toujours l'effet d'une mise en scène pour enfants fanatiques.

Daniel, encore étourdi mais se sentant libéré, accepta sans hésitation l'invitation à déjeuner de son beau-père, dans un restaurant proche, le *Puerto de Sagua* où, disait-on, on mangeait le poisson le plus frais et le meilleur de La Havane. Ce fut seulement en se dirigeant vers la sortie de l'église que Daniel découvrit que Caridad Sotolongo avait disparu. Avait-elle été présente ou l'avait-il imaginée ? se demanda-t-il. Dans quelle mesure l'influence de cette femme, qui croyait en des dieux noirs et tapageurs, avait-elle joué pour que cette cérémonie ne se transforme pas en un drame susceptible de l'éloigner à jamais de l'oncle Joseph, le maroquinier paisible et économe qui, bon gré mal gré, avait fait de lui l'homme qu'il était ? Daniel n'oserait jamais le demander mais, anticipant la réponse qu'il devinait, il éprouva pour cette femme une gratitude que ni les années ni l'éloignement ne purent altérer. Jusqu'à sa mort.

6.
La Havane, 2007

Comme seules quelques ruines nauséabondes avaient survécu, incapables d'évoquer pour quiconque le rayonnement du regretté *Moshé Pipik*, ce restaurant qui pendant des années avait titillé la faim de Daniel Kaminsky, Elías proposa à Conde de tenter leur chance au *Puerto de Sagua* où, d'après son père, le poisson était toujours excellent.

– *Était toujours*, dans ce cas, ça risque de se limiter à *était*, le prévint Conde : temps passé, imparfait, mais passé. Comme l'époque de *Moshé Pipik* et d'autres choses que tu as voulu voir... Mais tu as bien dit *titillé* ?

– Oui, affirma Elías Kaminsky, en fronçant les sourcils. Ça ne se dit pas ?

– Si, si, à mon avis...

– Ce mot, c'est ma mère qui l'employait. Cela fait des années que je parle anglais, mais quand je m'exprime en espagnol, instinctivement c'est sa façon de parler qui me revient. Ces mots sont comme des bijoux anciens. Tu les nettoies un peu et ils retrouvent leur éclat. Tiens, qu'est-ce que tu me dis de *loqueteux* ? Mon père était un juif maigre et loqueteux... Si ça se trouve, plus personne ne dit ça.

– C'est ce qu'on appelait un pauvre diable. Un pauvre hère... renchérit Conde.

Elías sourit.

– Putain ! Ça fait un siècle que je n'avais pas entendu ça. Mon père le disait aussi quand il parlait avec les Cubains de là-bas. Tu as tout d'un pauvre hère ! disait-il à un Cubain qui devint son copain à Miami...

Tandis qu'ils parcouraient les lieux de vie, la mémoire et les mots perdus du Polonais Daniel Kaminsky et de sa femme, Mario Conde avait eu l'agréable sensation de découvrir un monde à la fois proche et distant, flou depuis qu'il avait l'âge de raison. La vie de ces juifs à La Havane était un épisode terminé dont il restait à peine quelques traces et bien peu d'envie de les évoquer. Le pressentiment puis la rapide confirmation que la révolution des rebelles choisirait le système socialiste avaient entraîné le départ précipité et massif des israélites, ashkénazes et séfarades (pour une fois d'accord). Le changement avait poussé quatre-vingts pour cent de la communauté vers un nouvel exode, et beaucoup se verraient obligés de partir comme ils étaient arrivés : avec une valise de vêtements pour tout bagage. D'après ce que ces gens savaient du destin des juifs dans les immenses territoires soviétiques, bien peu de leurs coutumes, de leurs croyances et de leurs négoces sortiraient indemnes de ce heurt et, malgré l'expérience attachante vécue dans l'île, avec leur valise, leurs prières et leurs plats typiques, les juifs prirent la poudre d'escampette. Pour la majorité, y compris pour le converti Daniel Kaminsky et sa femme Marta Arnáez qui firent ce choix avec quelques mois d'avance, c'est à Miami Beach, où vivaient déjà d'autres juifs établis aux États-Unis, qu'ils prirent le parti de se construire une nouvelle vie et, avec l'expérience millénaire accumulée, d'établir une communauté, de nouveau très proche de l'incorrigible culture du ghetto. La plupart des juifs abandonnèrent l'île entre 1959 et 1961, mais Daniel Kaminsky et sa femme partirent en 1958, avec une avance et une précipitation qui trahissaient forcément d'autres urgences : cette inquiétante différence de dates nourrissait les doutes du peintre.

Lorsque Conde et Elías arrivèrent au restaurant, la vaste salle était presque vide. En lisant les prix sur la carte, Conde saisit les raisons de cette désertion. Un plat de langouste coûtait ce qu'un Cubain de base gagnait en un mois. Cet endroit était un autre ghetto : réservé aux étrangers comme Elías Kaminsky, aux tigres locaux comme Yoyi et à un veinard comme lui, Conde, engagé tous frais payés, apparemment dans le seul but d'écouter le roman de la vie d'un juif, acharné à cesser de l'être, qui, pour autant qu'il sache, avait un jour tué un homme.

L'atmosphère climatisée du restaurant sentait la bière et la mer. Les lumières tamisées furent un soulagement pour leurs pupilles agressées par le soleil de septembre. Les serveurs, un véritable escadron, profitaient de la quiétude de la salle pour bavarder, appuyés au long bar de bois poli, peut-être le même où cinquante-cinq ans auparavant s'étaient accoudés Daniel tout juste converti, sa fiancée, ses amis et ses parents, pour trinquer au mariage catholique auquel rien ne s'opposait désormais.

Elías choisit la langouste à l'américaine. Conde opta pour une bonne soupe de poisson-chien. Comme boisson, ils commandèrent les bières les plus froides de l'établissement.

– Mon père n'aurait jamais pu être un loup solitaire. Il avait besoin d'appartenir à un groupe, de nouer des liens. C'est pour ça que ses amis ont été si importants dans sa vie. Séparé des plus proches, on aurait dit qu'il perdait le nord... C'est aussi pour ça qu'il a décidé de redevenir juif. Même s'il ne pouvait pas croire en Dieu.

Elías sourit.

– Maintenant que tu en parles, il y a une chose que je ne t'ai pas demandée... – À la grande surprise du peintre, Conde alluma une cigarette, se foutant de façon aussi olympique que cubaine de la supposée interdiction annoncée par un panneau cerclé de rouge. – Tu pratiques le judaïsme ?

Elías Kaminsky haussa les épaules et imita Conde en allumant une Camel, après avoir bu d'un trait la moitié de son grand verre de bière Bucanero.

– En principe, on est juif par sa mère, et la mienne ne l'était pas de naissance. Mais dès que mes parents sont arrivés à Miami, les choses ont pris un tour différent et, entre autres changements, ma mère a fini par se convertir, alors je suis automatiquement devenu juif. Bien que je sois de ceux qui ne vont à la synagogue que le jour de Yom Kippour parce que c'est une belle fête et que je mange des travers de porc au barbecue. Mais, disons que oui, je le suis.

– Et qu'est-ce que ça signifie pour toi ?

– C'est compliqué, même très compliqué... Mon père avait raison quand il disait qu'être juif c'est délicat. Par exemple, l'identité juive a été un problème même pour les Allemands qui ont tué six millions des nôtres, dont mes grands-parents et ma tante... Récemment, j'ai lu un livre qui explique ça d'une façon qui m'a beaucoup impressionné. L'auteur disait que la décision d'anéantir les juifs était surtout une forme d'auto-anéantissement nécessaire pour les

Allemands eux-mêmes, ou du moins pour une partie de leur propre image dont ils voulaient se défaire pour être la race supérieure… Même s'ils ne le reconnaissaient pas, et de fait ils ne l'ont jamais reconnu, ce qu'ils prétendaient faire en éliminant les juifs jugés avares, lâches et ambitieux, était en réalité une tentative d'effacer des caractéristiques qui étaient propres aux Allemands eux-mêmes. Le plus dingue dans cette histoire, c'est que les juifs pratiquaient ces comportements à l'allemande parce qu'ils rêvaient de leur ressembler, parce que beaucoup voulaient être plus allemands que les Allemands eux-mêmes, car ils considéraient ces hommes parmi lesquels ils vivaient comme l'image parfaite de tout ce qu'il y a de beau et de bon dans le monde cultivé et policé de la bourgeoisie éclairée à laquelle ils souhaitaient appartenir pour cesser d'être différents et pour être meilleurs… Quelque chose de ce genre s'était déjà produit en Grèce quand beaucoup de juifs s'hellénisèrent, et plus tard dans la Hollande du XVIIe siècle… Ou alors, il est aussi possible que les juifs aient voulu ressembler aux Allemands pour se débarrasser de l'image du commerçant ventru, économe, mesquin, comptant ses sous, et être ainsi acceptés par les Allemands… Ce n'est pas un hasard si beaucoup de juifs se sont assimilés totalement, ou presque, et certains en sont même venus à détester le judaïsme, comme Marx, un juif qui haïssait les juifs… Ce qui est terrible, selon l'auteur de ces jugements si inquiétants, c'est que, pourtant, le rêve des Allemands était juste l'opposé : ressembler pour l'essentiel aux juifs, c'est-à-dire, être de sang et d'esprit purs comme les juifs disaient l'être, se sentir supérieurs, comme les juifs de par leur condition de peuple élu de Dieu, être fidèles à une Loi millénaire, être un peuple, un *Volk*, comme disaient les nationaux-socialistes et, en possédant toutes ces caractéristiques merveilleuses, devenir indestructibles, comme les juifs qui avaient toujours survécu, bien qu'ils n'aient pas de patrie et qu'ils aient mille fois été menacés d'extermination. En résumé : être différents, uniques, singuliers, grâce à la protection divine.

– Je ne comprends pas très bien, avoua le Conde, mais ça semble logique. Une logique perverse si on pense à tout ce qui est arrivé en Allemagne, en Europe…

– Mais ce n'est pas tout… Ce qui a conduit au désastre et à l'Holocauste, c'est qu'ils se sont tous trompés : les juifs en voulant être allemands sans cesser d'être juifs, et les Allemands en désirant suivre l'exemple de la prédestination et de la singularité des juifs. Quelque chose de ce genre, qui heureusement ne se termina pas en tragédie, s'était déjà produit à Amsterdam quand les Hollandais calvinistes et puritains trouvèrent, dans le Livre des juifs, matière à mythifier leur singularité pour expliquer l'histoire de leur mystique nationale de peuple élu et prospère. Ils découvrirent chez les juifs un parallèle glorieux pour leurs exodes et la fondation d'une patrie… et même la justification de l'enrichissement sans préjugés moraux ou religieux. C'est pour ça qu'ils acceptèrent les séfarades expulsés d'Espagne et du Portugal et les autorisèrent même à pratiquer leur religion et à construire un édifice aussi majestueux et impressionnant que la Synagogue portugaise, qui est une variante futuriste du Temple de Salomon, enchâssée en plein centre d'Amsterdam. Sinon pourquoi crois-tu que Rembrandt et les autres peintres de l'époque préféraient les scènes de l'Ancien Testament pour se chercher eux-mêmes… ? Tu sais, si être juif a pu avoir un sens, c'est justement celui d'être un autre, une façon d'être autre qui, même si bien des fois elle n'a pas fonctionné pour les juifs, a survécu à trois millénaires de harcèlement. Et c'est ce que les nationaux-socialistes allemands désiraient le plus : être autres et éternels, avoir un sentiment d'appartenance à une communauté aussi fort que celui des juifs… Et pour y parvenir, ils devaient les faire disparaître de la face de la terre.

– Ça devient sinistre.

– C'est possible, en fait ça l'est, admit Elías Kaminsky. Tout ce que je t'ai dit, ça se tient assez bien si on prend le temps d'y réfléchir un moment… non ? Tu sais, j'ai l'avantage d'être un juif de la périphérie, dans tous les sens du terme, j'appartiens à leur communauté sans en faire vraiment partie, je connais la Loi mais je ne la pratique pas, et cela me donne assez de distance pour mettre certaines choses en perspective. Ce que les Allemands ont fait à six millions de juifs, dont ceux qui auraient dû être mes grands-parents et ma tante, est impardonnable. Mais en même temps il faut bien une explication, la haine raciale et la mort de Jésus sur la croix ne peuvent pas tout expliquer dans un processus si profond et radical qui a impliqué tout un continent. C'est pour ça que cette explication me plaît et me convainc presque...

Les plats imposèrent une pause à cette conversation qui avait dérivé sur des chemins trop ardus pour la fatigue mentale de Mario Conde. D'après Elías la langouste était excellente ; pour Conde la soupe de poisson était une médiocre imitation de celle qu'il avait un jour goûtée dans une modeste auberge de Caibarién ou celle que préparait Josefina avec la parfaite simplicité tacite d'une combinaison, à la fois improvisée et fabuleuse, d'ingrédients élémentaires à la portée de pêcheurs pauvres qui mettent une marmite d'eau sur le feu pendant qu'ils écaillent un poisson-chien. Pour l'améliorer, l'ex-policier lui avait ajouté un filet d'huile piquante qui le fit transpirer, malgré l'atmosphère glaciale du restaurant.

– Quand je t'ai parlé du *Saint Louis* – Elías se versa une deuxième bière – et que tu m'as dit que tu avais eu honte en écoutant cette histoire... Eh bien, il y a quelques années les États-Unis ont présenté leurs excuses aux juifs, mais pas Cuba.

– Normal, dit Conde, et il s'arrêta un instant pour réfléchir à la suite de son commentaire. Nous sommes trop orgueilleux pour présenter des excuses. De plus, le passé c'est le passé et personne n'aurait maintenant l'idée de demander pardon pour une chose faite par d'autres, même si c'étaient aussi des Cubains... Moi, cette histoire me fait honte parce que je suis un con archi-diplômé en la matière.

Elías Kaminsky sourit pour dédramatiser la situation.

– Au fait, il faut absolument que je me rende au cimetière où l'oncle Joseph est enterré, dit Elías.

– C'est sans doute un des deux de Guanabacoa.

– Oui, un pour les ashkénazes et un pour les séfarades.

– Je ne m'y suis jamais rendu, avoua Conde.

– Chiche, on y va ?demanda Elías Kaminsky, recourant de nouveau au lexique de sa mère.

– Chiche ! Mais après le dessert et le café. C'est aussi compris dans les frais, dit-il, et il leva le bras dans l'espoir incertain qu'un des garçons désagréables daigne éventuellement leur prêter attention.

Mal renseignés par un passant pour lequel tous les juifs et tous les morts, c'était du pareil au même, Conde et Kaminsky tombèrent d'abord sur le cimetière des séfarades. Ce qu'ils y trouvèrent n'avait rien d'encourageant. Des dalles poussiéreuses, dont certaines brisées, des mauvaises herbes partout, un mur effondré, des tombes cannibalisées par les chercheurs d'ossements juifs pour compléter les attributs des *cazuelas* rituelles des adeptes de la *santería** cubaine. En effet, Conde savait très bien depuis son époque de policier qu'un os de Chinois ou de juif augmentait le pouvoir de la *prenda*, l'offrande religieuse des *santeros*, surtout si elle devait servir à faire le mal. Mais il ne fit aucun commentaire devant Elías Kaminsky.

Par chance, le cimetière ashkénaze se trouvait à quelques pâtés de maisons, et comme ils préférèrent s'y rendre à pied, Conde en profita pour continuer à satisfaire sa curiosité tourmentée.

– Tes parents sont partis mais l'oncle Pepe est resté. Comment ça se fait ?

– Après le mariage, mon père a emménagé chez mes grands-parents jusqu'à ce qu'il achète avec ma mère la petite maison de Santos Suárez. Mais l'oncle est resté dans le *solar* trois ou quatre ans de plus. Jusqu'au moment où il s'est marié devant notaire et où il est parti vivre avec Caridad et Ricardito dans un quartier qui s'appelle… là je ne m'en souviens plus. Quand mon père s'est installé à Miami, il a demandé à son oncle s'il voulait venir vivre avec eux, ainsi que Caridad et son fils. Il lui a répondu qu'à son âge, il n'avait plus la force de repartir à zéro. Il ne voulait plus aller nulle part et encore moins dans un pays où une Noire ne pouvait pas vivre comme une personne normale… Il restait à Luyanó. C'est possible que ce soit Luyanó ?

– Oui, oui, Luyanó.

---

* *Santería* : religion syncrétique provenant des Africains (surtout yoruba) et des catholiques espagnols. La *cazuela* est un récipient que possède chaque initié pour les offrandes rituelles aux divinités.

– Bon, donc il avait loué une petite maison avec deux chambres, une pour Caridad et lui, et l'autre pour Ricardito. Dans une cabane, derrière la maison, il avait installé sa machine à coudre et ses outils, mais il travaillait déjà presque seul dans l'atelier de Brandon, jusqu'à l'arrivée du communisme, la disparition de l'atelier, de Brandon et de presque tous les juifs… L'oncle est mort ici, en 1965, il n'avait pas soixante-dix ans. À la fin, il gagnait sa vie en réparant des chaussures…

– Et Caridad ?

– Mes parents ont continué à correspondre avec elle, jusqu'à sa mort, vers 1980. À chaque fois qu'il en avait l'occasion, mon père lui faisait parvenir un paquet avec des vêtements, des médicaments, de la nourriture. À cette époque-là, c'était très compliqué.

– Et Ricardito ?

– Pour autant que je sache, il est devenu médecin. Il a terminé ses études secondaires avant 1959, grâce à l'oncle Joseph. Après, c'est devenu plus facile, il a pu entrer à l'université. Mais, après son départ, mon père n'a plus jamais eu de contact direct avec Ricardito, il recevait seulement des nouvelles par Caridad. Elle avait expliqué à mon père que, Ricardito étant médecin, il valait mieux qu'il ne soit pas en rapport avec des Cubains établis à Miami.

– Je connais bien cette histoire, renchérit Conde pour appuyer l'affirmation de l'autre.

– Moi aussi. Ton ami Andrés m'en a parlé. Il est resté des années sans nouvelles de son père qui vivait aux États-Unis et lui à Cuba. Ça en faisait presque des ennemis… Quelle absurdité !

– L'Homme Nouveau ne pouvait avoir de relations fraternelles qu'avec ceux qui partageaient son idéologie. Un père aux États-Unis, c'était comme une maladie contagieuse. Il fallait tuer la mémoire du père, de la mère, du frère, s'ils ne résidaient pas à Cuba. Ce fut beaucoup plus qu'une absurdité… Et que sais-tu de Ricardito ?

– Rien… Je suppose qu'il vit toujours ici, non ?

Ils arrivèrent au cimetière des ashkénazes au moment où le concierge-fossoyeur s'apprêtait à fermer les grilles, mais un billet de cinq dollars leur ouvrit la porte, leur assura ses services comme guide, et, s'ils le lui avaient demandé et s'il avait pu, il aurait même récité des prières funéraires en hébreu classique ou en araméen. À peine avaient-ils franchi le seuil – Oh, vous qui entrez, abandonnez tout espoir ! – Conde constata qu'il y avait une grande disparité entre les deux cimetières, imposée non pas par des différences de doctrine mais par des abîmes économiques. Bien que l'état d'abandon soit similaire à celui qui régnait dans le cimetière séfarade, les sépulcres, marbres et attributs mortuaires encore debout indiquaient que ces morts ashkénazes étaient arrivés à l'ultime épreuve avec beaucoup plus d'argent que leurs coreligionnaires séfarades.

Comme dans l'autre nécropole, quelques tombes étaient couronnées de petites pierres disposées là par quelque parent ou ami. Mais les effets du temps et de l'abandon avaient presque tout rongé. Ces dernières demeures exprimaient mieux que n'importe quel autre témoignage le destin ultime d'une communauté qui, en son temps, avait été active et puissante. Même leurs tombes étaient mortes.

Conde remarqua la différence entre les noms de famille de l'un et l'autre cimetière, comme des empreintes sur les chemins parallèles que ces juifs avaient suivis pendant des siècles, certains en Espagne, la prospère Séfarade, et d'autres en exode, dispersés dans les vastes régions d'Europe orientale, ces territoires où chacune des branches du peuple élu avait même réussi à forger ses propres langues et à élaborer des noms de famille capables d'informer de leur appartenance aux deux cultures unies par le Livre. Mais la prospérité des ashkénazes venus de Pologne, d'Autriche et d'Allemagne contrastait avec la modestie des séfarades turcs, même après leur mort.

Le guide-fossoyeur les conduisit à la tombe de Joseph Kaminsky, couverte d'une dalle de granit bon marché sur laquelle on avait de la peine à lire : CRACOVIE 1898 – LA HAVANE 1965, et des lettres embrouillées en hébreu que l'oncle lui-même avait très probablement ordonné de graver comme un message pour la postérité, afin que l'on sache qui il avait été durant sa vie, si cela intéressait encore quelqu'un. L'efficace fossoyeur frotta la plaque de granit avec son mouchoir humide de sueur, jusqu'à ce qu'Elías parvienne à lire : JOSEPH KAMINSKY. IL EUT FOI EN DIEU. VIOLA LA LOI. MOURUT SANS ÉPROUVER DE REMORDS.

7.
La Havane 1953-1957

Durant la saison de base-ball de l'hiver 1953-1954, le grand Orestes Miñoso, "la Comète cubaine", l'âme de l'équipe de Marianao de la ligue professionnelle de l'île et aussi, à l'époque, des White Sox de Chicago dans les grandes ligues nord-américaines, frappa le plus long coup jamais réalisé dans le Grand Stade de La Havane, construit quelques années auparavant. Le lanceur de l'équipe adverse était l'Américain Glenn Elliott, au service, cette saison-là, du puissant club Almendares, et ce que Miñoso lui lâcha suivit une trajectoire extraordinaire, passa très au-dessus de la limite du champ centre, un coup de batte inhumain dans lequel ce Noir de cinq pieds dix pouces de muscles compacts avait mis toute sa force et son incroyable talent pour frapper la balle, avec la beauté et la perfection de ses *swings* terrifiants. Les arbitres de la ligue essayèrent de mesurer les dimensions de la connexion mais se lassèrent de compter en arrivant à cinq cents pieds du marbre. En souvenir de cette prouesse, à l'endroit survolé par la balle, un panneau fut placé indiquant : MIÑOSO EST PASSÉ PAR ICI. À partir de la saison suivante, quand la star de Marianao s'approchait de la boîte du frappeur, les haut-parleurs du plus grand sanctuaire du base-ball cubain diffusaient les accords du cha-cha-cha enregistré en son honneur par l'orchestre América dont le refrain le plus populaire disait : "Quand Miñoso frappe pour de bon, la balle danse le cha-cha-cha."

En ce jour historique, dont les amateurs de base-ball parleraient pendant des années, le Polonais Daniel Kaminsky et ses amis Pepe Manuel et Roberto étaient trois des dix-huit mille deux cent trente-six supporters qui occupaient les gradins du Grand Stade pour assister au match entre les redoutables Scorpions de l'Almendares et les Tigres de Marianao, modestes mais bien entraînés. Et comme presque tous ces heureux fanatiques, Daniel et ses amis se souviendraient pour le restant de leurs jours – nombreux pour certains ; bien peu, en vérité pour l'un d'entre eux – du coup de batte de cet ange noir, né à Matanzas, descendant d'esclaves amenés du Calabar nigérian.

Daniel avait attrapé dans la rue le virus incurable de la passion du base-ball qui enflammait les Cubains. Et, à cause de cette logique absurde qu'empruntent parfois les amours, sa préférence se porta dès le début sur le Marianao, une équipe modeste qui, en cinquante ans d'histoire réussit seulement à quatre reprises à remporter le trophée des champions de la Ligue d'Hiver. Deux ans avant l'arrivée de Daniel à Cuba, les Tigres avaient connu la gloire pour la deuxième fois. Ils n'y parviendraient plus jusqu'aux fabuleuses saisons de 1956-1957 et de 1957-1958 quand, galvanisés par la batte implacable de Miñoso et la joie qui habitait cet homme quand il entrait sur le terrain, ils l'emporteraient de façon écrasante. Daniel Kaminsky penserait toujours que son choix amoureux pour une équipe perdante faisait partie d'un projet compliqué de compensations, car après une très longue période de frustrations, au cours des deux dernières années qu'il passa à Cuba, en proie aux tensions définitives destinées à lui changer la vie, le Marianao gagna ces championnats et Orestes Miñoso, le héros que de sa vie il aima le plus, atteignit un des sommets de sa gloire, démontrant comme jamais que "Quand Miñoso frappe pour de bon, la balle danse le cha-cha-cha".

Même si le Marianao avait perdu saison après saison durant presque tout le séjour cubain de Daniel Kaminsky, le jeune homme qui, cet après-midi de 1953 était présent au stade de La Havane avait bien d'autres raisons de se sentir heureux. Qu'est-ce que le bonheur ? demanda-t-il un jour à son fils Elías, longtemps après, alors qu'il était déjà l'hôte de la très sélecte maison de retraite de Coral Gables et que, sur sa table de nuit, se trouvait en bonne place cette énorme photo sur laquelle le juif polonais et le joueur noir cubain se serraient la main, souriants, toutefois, le juif était déjà chauve et le Cubain avait quelques cheveux blancs. Elías réfléchit à une possible réponse, accumula des évidences, mais préféra garder le silence : en réalité l'idée qu'en avait son père l'intéressait plus que la sienne. "Dis-le-moi plutôt." "Le bonheur est un état fragile, parfois instantané, comme un éclair", avait commencé à dire Daniel à son fils, tout en dirigeant son regard vers la photo où il apparaissait avec le grand Miñoso, puis vers le visage de Marta Arnáez, couvert de rides et bien loin de la beauté qu'il avait reflétée durant des années. "Mais si tu as de la chance le bonheur peut être durable. J'ai eu cette chance. À l'âge où on se fait des amis pour toute la vie, j'ai rencontré ces amis. Et dès que j'ai connu ta mère, j'ai été un homme heureux, pour ce qui est des aspects essentiels de la vie. Mais, quand je me souviens de certaines choses, comme du privilège d'avoir été un des dix-huit mille habitants de cette terre présents, cet après-midi-là, dans le stade où j'ai pu apprécier le coup de batte de Miñoso, je sais qu'à certains moments j'ai été heureux... Pendant des années, j'ai même réussi à enterrer les douleurs du passé et à vivre en regardant vers l'avant, seulement vers l'avant. Ce qui est pénible, c'est qu'au moment où tu t'y attends le moins, même ces douleurs que tu croyais avoir surmontées sortent un jour de leur fosse et te touchent l'épaule. Alors tout peut foutre le camp, même le bonheur, et après ce n'est pas facile de le récupérer."

La maison de Santos Suárez que le jeune couple réussit à acheter en 1954 avec ses propres économies et les généreux dons des beaux-parents espagnols et de l'oncle juif était modeste mais confortable. Elle avait deux chambres, un salon, une salle à manger, une cuisine, et bien sûr une salle de bains tout équipée pour eux seuls, avec des murs brillants carrelés de noir, et des toilettes où on pouvait se soulager en privé, quand et autant qu'on le voulait. De plus, la maison disposait d'un petit patio et d'une terrasse couverte, un luxe, où on sentait la brise, même durant les jours les plus terribles de l'été. Elle avait été construite en 1940 par les propriétaires de la maison voisine, plus ostentatoire, moderne et vaste, dont le chef de famille avait connu une rapide réussite matérielle depuis que son ami Fulgencio Batista était arrivé au pouvoir et avait fait de lui un des chefs de la police havanaise, ce qui lui avait immédiatement permis, grâce aux nombreux pots-de-vin que lui assurait son poste, de faire construire cette demeure près de laquelle, en comparaison, la maison des Kaminsky semblait minuscule.

Une fois diplômé et devenu comptable du luxueux *Minimax* de Brandon et Hyman, le salaire de Daniel atteignit les deux cents pesos mensuels, d'autant plus rentables qu'il bénéficiait d'un rabais sur les magnifiques produits du supermarché. De son côté, Marta avait insisté pour exercer sa profession, même s'ils n'en avaient pas besoin pour vivre et, toujours grâce au coup de pouce de Brandon, elle avait obtenu un poste au collège Edison qui venait d'ouvrir à la Víbora, le quartier voisin. En 1955, le couple put s'offrir le luxe d'acheter une Chevrolet de l'année et, pour Noël, ils partirent en vacances à Mexico DF où ils allèrent écouter l'orchestre de Dámaso Pérez Prado et voir danser María Antonieta Pons, juste à l'époque où le mambo et les danseuses de rumba cubaines faisaient fureur dans le monde. La vie leur souriait et ils souriaient à la vie. Pour couronner la perfection rêvée, il suffisait que la nature leur donne le fils ou la fille qu'ils désiraient, ce à quoi ils travaillaient avec ardeur, assiduité et amour.

Pour améliorer son quotidien, l'oncle Pepe Cartera avait aussi introduit des changements dans sa vie. Toujours fidèle à lui-même, il avait cependant décidé de s'installer dans une petite maison modeste de la rue Zapotes, à Luyanó, un logement indépendant avec salle de bains et cuisine individuelles où, cadeau pour son déménagement, l'attendait le luxe blanc et brillant d'un réfrigérateur de marque Frigidaire acheté par Daniel et Marta… Bien avant la concrétisation du mariage et du déménagement, le maroquinier avait permis que sa relation amoureuse avec la mulâtresse Caridad Sotolongo fût rendue publique, même si pour des raisons d'espace chacun avait gardé sa pièce dans le *solar* d'Acosta et Compostela. Le Polonais quinquagénaire avait vaillamment assumé le poids des profonds préjugés raciaux des Cubains, aussi, dès que sa relation avec Caridad fut connue, ne s'était-il jamais laissé intimider par les regards indiscrets et même dédaigneux qui les prenaient comme point de mire méprisable quand, bras dessus bras dessous, le juif olivâtre et la mulâtresse pulpeuse allaient au cinéma, au théâtre Martí ou, à la grande surprise de tous ceux qui connaissaient le Polonais et son rapport à l'argent, dans les restaurants kasher du vieux quartier de Pepe Cartera.

La plus grande source d'inquiétude qui hantait la vie de Daniel Kaminsky était liée à ses amis Pepe Manuel Bermúdez et Roberto Fariñas. Pepe Manuel s'était inscrit à l'université de La Havane où il faisait son droit – qu'aurait-il pu étudier d'autre, disait toujours Daniel – et avait suivi sa vocation de leader estudiantin. Dès 1955, dans les rangs du Directoire universitaire, il était devenu un membre actif de l'opposition à Batista qui, de jour en jour, prenait de l'ampleur dans le pays. De son côté, Roberto, qui avait décidé de rentrer au bercail et travaillait dans les affaires familiales, militait dans un groupe clandestin de partisans orthodoxes, radicalisés après les événements de la caserne Moncada et disposés à renverser, y compris par la voie armée, le général et sa clique d'acolytes sans foi ni loi. Cependant, malgré leur militantisme, Pepe Manuel et Roberto ne s'opposèrent jamais à l'apolitisme pragmatique et permanent de Daniel, et la complicité entre les amis et leurs compagnes (à la surprise des autres, Pepe Manuel leur avait annoncé qu'il se séparait de Rita María, tandis qu'il s'efforçait de faire entrer dans la confrérie sa nouvelle fiancée, Olguita Salgado, qui arrivait dans le groupe avec sa réputation de communiste) demeura aussi forte qu'à l'époque du lycée ; chacun d'eux appréciait la compagnie des autres, les virées à la plage, les bals dans les clubs sociaux avec les nombreux et très bons orchestres de l'époque et les matchs l'après-midi ou en nocturne au Grand Stade de La Havane.

À travers les conversations avec ses amis et ce qu'il lui arrivait d'entendre dans la rue, Daniel sentit que l'ombre infâme de la peur, de plus en plus tangible et néfaste, altérait avec une rapidité macabre cet état de grâce dont il jouissait pleinement. Les tensions s'accentuaient à vue d'œil dans la vie politique du pays et les forces qui, suivant une voie ou une autre, avec des réponses pacifiques ou bellicistes, s'opposaient au gouvernement de facto du général Batista étaient de plus en plus nombreuses. Mais cet homme, qui dans les jours troubles de 1933 était subitement passé de sergent à général et qui, des tribunes publiques, de l'ombre et même de plus loin, avait décidé du destin de Cuba, prétendait rester à ce poste juteux à n'importe quel prix. Même si pour ce faire il devait employer les méthodes les plus extrêmes en matière de répression et de violence : comme tous les hommes assoiffés de pouvoir et de ses nombreux bénéfices, financiers ou spirituels. Bien entendu,

Batista avait amassé une prodigieuse fortune et créé un réseau d'affaires financières auquel s'était joint un groupe de chefs mafieux nord-américains, parmi lesquels le juif polonais Meyer Lansky dont la présence était devenue habituelle à La Havane. Toutefois, par chance, comme disait l'oncle Joseph, ce personnage, une honte pour les juifs, passait son temps dans les casinos, les cabarets, les conciliabules avec Batista et ses secrétaires, et pas à la synagogue.

Pour la première fois depuis son arrivée à Cuba, Daniel Kaminsky sentait qu'il y avait trop de silences, et pas seulement parce qu'il avait quitté le quartier prolétaire et trépidant de La Vieille Havane pour celui plus bourgeois et résidentiel de Santos Suárez. Comme il l'expliquerait un jour à son fils, c'était peut-être dû à une certaine capacité innée, une disposition génétique, l'expérience historique accumulée au fil des siècles par ses ascendants pour flairer le danger et la terreur à partir des signes les plus insolites et presque imperceptibles. Dans ce cas, le silence. C'est pourquoi, même s'il menait sa vie de la meilleure façon possible et se maintenait à distance de la politique, dans la mesure où on pouvait se tenir en marge d'une chose si omniprésente, il eut la sensation que l'atmosphère s'alourdissait très dangereusement. Les faits, d'abord isolés, puis quotidiens, lui donneraient raison. Cette explosion de peur allait se produire juste à l'époque où, grâce à Miñoso, les Tigres de Marianao connaîtraient leur plus grand moment de gloire. D'une façon en partie prévisible, l'onde de choc atteignit la vie de Daniel, induite par les actions et les besoins de son ami Pepe Manuel et guidée par son autre ami, Roberto Fariñas. Par une ruse parfaite du hasard, ces jeux politiques, compliqués et dangereux, allaient se charger de remettre Daniel Kaminsky en présence du portrait du jeune juif qui ressemblait trop à la représentation de Jésus dans l'iconographie chrétienne, ce même portrait imprimé sur la paisible photo de famille qui avait traversé l'Atlantique avec lui, presque vingt ans auparavant.

8.
La Havane, 1958-2007

Après s'être douché pour arracher à sa peau la désagréable sensation de côtoyer la mort que lui causaient les cimetières, Conde décida qu'avec les derniers pesos perdus au fin fond de ses poches, il devait acheter au moins une demi-bouteille de rhum au *Bar des désespérés* pour passer chez le Flaco Carlos avant de rejoindre Tamara. Toutefois, même la perspective de boire un ou deux verres dans le plus grand calme possible, de bavarder avec son ami et de retrouver ensuite la femme qui le supportait depuis tant d'années n'arriva pas à calmer l'appréhension qui s'était emparée de son esprit tandis qu'il écoutait les derniers épisodes de l'histoire que le fils de Daniel Kaminsky lui livrait en dosant l'information et avec tant de précision dans les détails. L'après-midi, en sortant du cimetière ashkénaze, lorsque Conde avait senti que le récit commençait à s'acheminer vers une possible compréhension où apparaîtrait enfin la conjoncture, cachée dans le passé, qu'il était théoriquement chargé d'élucider, le peintre avait décidé de rentrer à l'hôtel prétextant que la langouste du déjeuner lui était restée sur l'estomac. Conde fut alors certain que la visite au cimetière avait eu sur l'étranger un effet beaucoup plus profond que le simple rejet de la mort et de ses rites dont il souffrait lui-même. L'inquiétude s'était alors emparée de lui.

Comme c'était son habitude depuis les temps préhistoriques où il était policier, en arrivant chez Carlos, une fois les premiers verres remplis avec le rhum tord-boyaux, hirsute comme un Haïtien, Conde raconta à son ami invalide les détails connus de l'histoire dans laquelle Andrés l'avait embarqué, pour cent dollars par jour. Toute l'exaspération qu'il se sentait incapable d'exprimer à Elías Kaminsky, née de l'interminable entrée en matière qu'il lui avait infligée, éclata dans ce dialogue par lequel il cherchait un soulagement nécessaire.

– Je n'ai pas la moindre putain d'idée de ce que ça peut être... Mais il s'est passé quelque chose quand il a lu ces mots sur la tombe de son grand-oncle.

– Tu m'as dit que ça disait quoi, déjà ? demanda Carlos, complètement immergé dans l'histoire.

– "*Joseph Kaminsky. Il eut foi en Dieu. Viola la Loi. Mourut sans éprouver de remords.*" Oui, c'est ça...

– Quelle loi a-t-il violée ? Celle des juifs ou celle des tribunaux ?

Conde médita quelques secondes avant de répondre.

– Les juifs sont si compliqués qu'ils en ont fait un casse-tête et bien des fois les deux lois coïncident. Souviens-toi : tu ne tueras point, tu ne voleras pas... La religion comme éthique et comme loi, non ?... Mais je te jure sur la tête de Yahvé que je ne sais fichtrement pas ce qu'a bien pu faire cet homme et quelle loi il a violée. Serait-ce parce qu'il a laissé son neveu se convertir et se marier avec une non-juive ? Je ne sais pas encore très bien ce qu'a fait le père d'Elías, s'il a finalement tranché la gorge à un type, si c'est juste un soupçon ou quoi... Et je pige encore moins ce qu'Elías attend de moi. Que j'écoute sa foutue histoire ?...

L'autre réfléchit quelques instants.

– Oui, ça m'a l'air vachement compliqué... Mais prends la chose avec philosophie, mon pote. Joue au juif et calcule un peu : si le peintre aime faire l'intéressant et te raconter l'histoire petit à petit, et si pendant ce temps il te paie cent dollars... c'est tout bénef... Dans la situation merdique où nous sommes... Mais il veut sûrement quelque chose de plus. Personne ne se balade comme ça en distribuant son fric... et encore moins un juif... Pour moi ce qu'il cherche à vérifier doit pouvoir lui servir pour récupérer ce tableau qui vaut dans les deux millions... Putain ! – Le Flaco pressa ses tempes. – Je n'arrive pas à imaginer ce que c'est qu'un million ou même un demi ou un quart... Alors deux, tu vois un peu !

Conde acquiesça : oui, derrière tout ça il y avait le tableau, ce qu'il était devenu à Cuba et, bien sûr, sa récupération, alors, comme le lui suggérait Carlos, il devait prendre tout ça avec "philosophie". Laquelle ? Marxiste ? Peu importait. En fin de compte, il n'avait rien de mieux à faire, car il sentait qu'il n'avait ni la force ni l'envie de se remettre à arpenter la ville à la poursuite de quelques vieux bouquins pour en tirer, dans le meilleur des cas, deux ou trois cents pesos cubains. Et avec la chaleur de septembre, ce n'était pas rentable de passer des heures à user ses semelles dans des recherches hasardeuses. Il devait définitivement envisager un changement d'activité. Mais comment diable un incapable comme lui pouvait-il gagner sa vie d'une façon plus ou moins décente, si en plus il refusait de chercher un travail auquel il devrait consacrer huit heures par jour pour gagner à la fin du mois les quatre cents ou les cinq cents pesos insuffisants pour vivre ? L'horizon personnel de Conde était aussi sombre que l'horizon collectif du pays et il s'en inquiétait de plus en plus. L'étranger envoyé par Andrés, avec son emploi bien rétribué, lui était tombé du ciel au moment où il était sur le point de crever la bouche ouverte. Bon, il n'y avait plus qu'à prendre tout ça avec la plus matérialiste des philosophies. Alors, comme ça, le juif Marx éprouvait de l'aversion pour les juifs ?

– Le problème va se corser quand il m'aura tout dit et qu'il exigera que je lui trouve la réponse à quelque chose qui l'obsède depuis des années. Un truc qui a à voir avec le tableau, avec son père ou avec les deux. Et maintenant, avec l'oncle aussi, je crois, celui qui a violé la Loi et qui, malgré ça, est mort tranquille comme Baptiste. La vérité c'est que je ne suis pas certain que cette quête du peintre soit liée à la récupération du tableau de deux millions. Je crois que c'est autre chose…

– T'as toujours été naïf… et un peu con… Il s'agit de deux millions !

– Il y a certainement autre chose que l'argent. J'en suis certain…

– Bon, alors continue à l'écouter et, quand arrivera ce qui doit arriver, que ça arrive et merde pour la suite… Bois un coup et fonce…

Conde fit non de la tête. Il avait découvert qu'en réalité il n'éprouvait même pas le véritable désir de s'anesthésier à coups d'alcool. Tellement il se sentait bizarre. Devant la tiédeur éthylique de Conde, Carlos s'appropria le reste de rhum et vida son verre d'un seul trait.

– Conde, tu es insupportable... Écoute, emmène le juif où il veut, dis-lui les trois ou quatre choses qu'il a envie d'entendre et prends le fric. Puisque apparemment il ne sait pas quoi en faire... alors que toi...

– Putain, Flaco, lâche-moi. Les choses ne sont pas aussi simples, sauvage... Cet homme a besoin de savoir quelque chose qui lui en fait baver... Tu vois, vaut mieux que j'aille me faire voir ailleurs, hier je ne suis pas passé chez Tamara et je suis sûr qu'elle doit être en boule.

Pour se relaxer, Conde décida de ne plus penser aux Kaminsky en se rendant à pied chez Tamara, à huit pâtés de maisons. En arrivant, il la trouva dans le salon, devant la télévision, apparemment calme, agréablement concentrée sur un des épisodes de *Docteur House*, une série abominable et détestable selon Conde. À son avis, le docteur en question était le type le plus con, vaniteux, imbécile et salopard jamais sorti de l'imagination d'un scénariste et rien que d'entendre sa voix, son humeur en fut de nouveau altérée.

En le voyant entrer, la femme arrêta la projection et, après avoir reçu le baiser le plus affectueux que Conde conservait dans son répertoire de baisers coupables, elle garda le silence en l'observant.

– Tu ne vas pas en faire un foin, Tamara, protesta le Conde. Toi tu arraches des dents, moi j'achète et je revends des livres ou je cherche des histoires perdues. En ce moment, je suis justement sur une... Bon, peu importe, tu sais bien que j'étais en train de travailler.

– Ça va, ça va, ne le prends pas sur ce ton, je n'ai rien dit, assura-t-elle comme si elle s'excusait, bien que Conde pût sentir qu'une ironie pâteuse dégoulinait de ses paroles. – Mais le détective cubain avec un goût de rhum dans la bouche ne pouvait même pas passer un coup de fil ?

– Hier le détective cubain est rentré chez lui complètement vanné et le cerveau en ébullition. Aujourd'hui avant de venir ici, je suis passé voir le Flaco et... tu me connais...

– Des fois oui, des fois non... Alors, tu restes dormir ici ?

Avec une totale impudence, Conde s'empressa de répondre :

– Bien sûr que oui !

Le visage de la femme se détendit. Elle reprit la télécommande pour éteindre le lecteur de DVD et le téléviseur. Conde commença à se sentir mieux en voyant le visage de House disparaître de l'écran.

– Tu as dîné ?

– J'ai déjeuné tard et Josefina m'a donné du chou caraïbe à l'huile et à l'ail qu'elle avait mis de côté pour moi. Je suis repu, dit-il, la main sur l'estomac. Je n'ai plus qu'à me laver les dents pour commencer à manger autre chose. Mais que ce soit délicieux sans être mauvais pour le cholestérol…

Une demi-heure plus tard Conde et Tamara savouraient leur festin sexuel. Grâce à ce remède, juste celui dont il avait le plus besoin, il dormit comme un bébé. Avant le lever du jour, comme un braconnier, l'homme sortit du lit. Il prépara le café et sortit, non sans avoir laissé un mot. Ce matin-là, il avait une partie de chasse au programme.

Malgré l'athéisme qu'il professait alors (bien que de nouveau masqué) et qui serait définitif, la somme d'événements imprévisibles qui mirent Daniel Kaminsky sur la piste de la toile peinte par le maître hollandais lui apparut toujours comme l'authentique manifestation d'un plan cosmique.

Ce chemin avait peut-être commencé à se dessiner justement le 13 mars 1957, un mois seulement après la grandiose victoire du Marianao. C'était le jour choisi par un groupe de militants, les camarades de Pepe Manuel, appartenant au Directoire universitaire, pour prendre d'assaut le Palais présidentiel et résoudre les problèmes politiques cubains en exécutant révolutionnairement, comme ils le proclamèrent eux-mêmes, le dictateur Fulgencio Batista. L'échec de l'action, presque par pure malchance (ou par chance pour le tyran), déclencha une véritable chasse à l'homme qui se transforma en massacre. Pepe Manuel, convalescent d'une opération effectuée en urgence à cause d'un étranglement de l'appendice, n'avait pas participé directement à l'action. Mais le jeune homme connaissait le plan et ceux qui l'avaient conçu. Plus tard, Daniel et Roberto apprendraient même que, s'il n'en avait pas été empêché par son état, Pepe Manuel aurait participé activement aux attaques du palais et de radio Reloj d'où les étudiants lurent leur déclaration au peuple. Et ils pensèrent qu'il aurait bien pu finir massacré lui aussi par la police, comme beaucoup de membres du Directoire estudiantin engagés dans la tentative de tyrannicide.

À partir de cet instant, toutes les figures connues du groupe politique universitaire furent poursuivies de façon systématique, brutale, féroce. Par chance, Pepe Manuel avait réussi à s'échapper de chez lui et à se cacher dans un endroit inconnu, même de ses proches et des personnes de confiance : une petite propriété dans la région de Las Guásimas, non loin de La Havane, où il fut accueilli par son parrain, un Canarien éleveur de coqs de combat nommé Pedro Pérez. Les premiers mois, Pepe Manuel n'eut d'autre choix que de demeurer caché et pendant ce temps personne, pas même sa fiancée Olguita Salgado et ses deux meilleurs amis, Daniel et Roberto, ne surent où il se trouvait. Cette ignorance était, ils le savaient bien, la garantie que Pepe Manuel ne serait pas découvert. Mais, en même temps, c'était un très grand danger pour Olguita, Daniel et surtout pour Roberto, dont la proximité politique avec l'homme en fuite était notoire et, si la police décidait de les interroger, il ne faisait aucun doute qu'ils en subiraient les pires conséquences, d'autant plus qu'ils n'avaient même pas la terrible possibilité de la délation. À partir de ce jour, la peur ne lâcha plus Daniel Kaminsky : sa propre peur, tangible, endormie durant des années, qui certaines nuits devenait insupportable quand, se retournant dans son lit, en proie aux insomnies, il écoutait le son du silence et que son cœur s'emballait lorsqu'il croyait entendre des pas sur la terrasse de la maison de Santos Suárez, ruisselant de sueur dans l'attente des coups et du cri fatidique : "Police, ouvrez !"

Neuf mois après l'échec de l'attaque du Palais, quand le temps écoulé sans recevoir une convocation de la police avait aidé Daniel à apprivoiser sa peur, Roberto Fariñas l'invita à voir un match de base-ball de début de saison et passa le prendre chez lui. Comme c'était devenu une habitude, au coin où s'élevait désormais la luxueuse demeure des anciens propriétaires de la maison de Daniel, une patrouille d'agents en uniforme montait la garde en permanence pour assurer la protection du chef de la police. Comme toujours, en passant près d'eux, Roberto leur fit un signe de la main pour indiquer la maison voisine où il arrêta sa voiture pour prendre son ami.

Mais au lieu de se diriger vers le stade, les deux hommes prirent la direction du Vedado et s'installèrent à une table de la brasserie *Potin* fréquentée par les jeunes de la bourgeoisie. Roberto et Daniel considéraient que c'était l'endroit le plus sûr et le plus éloigné des soupçons pour avoir une conversation délicate à laquelle les femmes ne devaient pas participer.

Roberto expliqua au Polonais la situation de Pepe Manuel et lui révéla même où il se cachait. Après le massacre des assaillants du Palais présidentiel, surpris dans l'appartement de la rue Humboldt, leur ami en fuite n'avait eu que deux possibilités : prendre le maquis pour se joindre à l'une des guérillas en action ou, étant donné son incompétence militaire, quitter le pays pour aller aux États-Unis, au Mexique ou au Venezuela, où s'étaient réfugiés d'autres opposants poursuivis, chargés de solliciter des appuis moraux et financiers pour les combattants ou dans l'attente d'un débarquement à Cuba dont beaucoup parlaient. Daniel lui demanda alors pourquoi il lui racontait tout ça et Roberto lui répondit : "Parce que je crois que le mieux, c'est que Pepe quitte Cuba, mais pour ça il faut de l'argent."

Un ami du frère aîné de Roberto était le fils d'un certain Román Mejías, un haut fonctionnaire du service d'Immigration qui depuis des années nourrissait une forte animosité envers Batista. Avec suffisamment d'argent, ce fonctionnaire pourrait très certainement obtenir des papiers d'identité aussi légaux que possible qui permettraient à Pepe Manuel de monter en toute tranquillité sur le ferry pour Miami. Le prix ? Au point où en étaient les choses, selon le frère de Roberto, rien de moins que l'énormité de dix mille pesos. On en met cinq chacun ? lui demanda Roberto, et sans hésiter un instant Daniel accepta. Tout bien considéré, se dirait-il par la suite, même si cette saignée le renvoyait à la pauvreté, il devait à Pepe Manuel toutes les places de cinéma, au prix de cinq centimes chacune, dont il lui avait fait cadeau à l'époque lointaine où ils allaient ensemble au cinéma *Ideal*, ce palais des rêves, pour un banquet de films, de documentaires, d'actualités et même de quelques dessins animés.

Conde ne voulait pas sourire mais il ne put s'empêcher de le faire. Une fois de plus, il constatait que l'histoire et la vie étaient un enchevêtrement de fils dont on ne savait jamais où ils se croisaient, ni même où se nouaient certaines fibres pour donner forme aux destins des individus et aux histoires des pays. Lorsque Elías Kaminsky mentionna devant lui le nom de Pedro Pérez, le Canarien, éleveur de coqs de Las Guásimas, l'image de l'homme que tous connaissaient sous le nom de Perico Pérez prit forme dans sa mémoire. Ce personnage, apparu soudain dans une histoire si éloignée de lui, avait été un des meilleurs amis de son grand-père Rufino, grâce à leur passion partagée pour les coqs de combat. Le Conde se souvenait avec précision de la propriété de Perico Pérez, au bout d'une ruelle en terre battue à l'entrée du village. On accédait à la propriété par une simple barrière de barbelés, et le chemin qui conduisait à la maison était bordé de tamariniers aux troncs rugueux et très sombres dont les fruits étaient les plus sucrés que Conde ait jamais goûtés de sa vie. Derrière la maison, aux murs de briques et au toit de tuiles créoles, se trouvaient les étables des vaches, la petite écurie et un long hangar en forme de couloir, au toit de guano, sous lequel s'alignaient les cages des magnifiques animaux pour lesquels Perico Pérez demandait de petites fortunes aux éleveurs et aux amateurs de combats, parmi lesquels se trouvait, comme le savait Conde, Ernest Hemingway en personne. Au fond de la propriété, au-delà du puits avec sa pompe mécanique, se dressait l'enclos où le Canarien entraînait ses coqs et, vers la droite, avant les champs de yucca, de choux et de maïs, il y avait un *varaentierra*, la robuste construction de branches fichées en terre, inclinées à quarante-cinq degrés, attachées entre elles à leur extrémité supérieure et couvertes de feuilles de palmes qui servaient à la fois de murs et de toit : le *varaentierra* dont le Conde se souvenait très bien et où José Manuel Bermúdez était resté caché pendant onze mois, jusqu'à ce que ses amis Daniel Kaminsky et Roberto Fariñas lui obtiennent un passeport dans le but de le faire sortir de Cuba et de lui sauver provisoirement la vie.

Lorsque Conde expliqua à Elías Kaminsky cette extraordinaire coïncidence, ce dernier y vit un présage favorable.

– Si tu as déjà découvert où était caché Pepe Manuel, tu vas trouver ce qui est arrivé à mon père et au tableau de Rembrandt.

– Tu es superstitieux ?

– Non, c'est une prémonition, répondit Elías.

– L'homme des prémonitions, c'est moi, protesta Conde. Et je n'en ai encore eu aucune de bonne, de celles qui font mal ici.

Et il se toucha le sein gauche.

Conde avait attendu Elías Kaminsky chez lui, sur la terrasse devant sa porte, la cafetière déjà prête sur le feu. Assis dans les fauteuils de fer, ils avaient immédiatement bu le café, tout en appréciant, en cette matinée de septembre, une fraîcheur qui ne serait bientôt plus qu'un souvenir.

– En revanche, j'ai un tas de questions...

– Je m'en doute, dit le peintre, et Conde remarqua qu'à chaque fois qu'il cherchait une échappatoire ou qu'il se sentait décontenancé, il tirait doucement mais avec insistance sur ses cheveux attachés sur la nuque. Mais je préfère que tu me laisses terminer toute l'histoire, pour que j'essaie moi-même de mieux la comprendre et pour que tu connaisses la version la plus complète possible.

– Ça fait déjà trois jours que nous en parlons... Pour l'instant laisse-moi te poser une seule question.

– Pose-la toujours et après je décide, répliqua le peintre, cramponné à sa stratégie.

– Pourquoi cela t'a-t-il tellement affecté de lire l'épitaphe sur la tombe de Joseph Kaminsky ? À quelle loi se réfère-t-elle ? De quels remords s'agit-il ?

Elías sourit.

– Tu as tout d'une mitraillette. Tu dois être très impatient.

– Je le suis. En effet.

– Je vais essayer de te répondre... Voyons un peu... le plus facile. Pepe Cartera étant ce qu'il était, le plus certain c'est qu'il se référait à la Loi juive. Quant aux remords, j'ignore ce que cela signifie, du moins pour l'instant, mais j'ai mon idée. Et cela m'a affecté parce que j'ai soudain ressenti la solitude dans laquelle avait dû vivre cet homme qui, pour autant que je sache, fut bon et honnête. Heureusement Caridad l'a accompagné jusqu'à la fin... Mais pour tout le reste il était seul, et je sais très bien ce qu'est le désarroi du déracinement. Moi-même, j'ai parfois l'impression que je suis de nulle part ou alors de plusieurs endroits, je suis comme un puzzle qui risque toujours de se fragmenter. Je suppose que je suis nord-américain, fils d'un juif polonais qui s'est imposé, ici, d'être cubain, entre autres choses pour ne pas souffrir de ces déracinements et d'autres douleurs du même genre, et d'une Cubaine catholique, fille d'Espagnols, qui dans les moments décisifs a su assumer le pragmatisme de son mari quand il a décidé que mieux valait redevenir juif et qu'elle s'est convertie elle aussi. Je suis né à Miami quand Miami n'était rien : toutefois, ce à quoi elle ressemblait peut-être le plus, c'était à une mauvaise copie d'une Cuba qui n'existait plus. Je n'ai pas grandi parmi ces vrais Cubains-Cubains, mais parmi des juifs venus de Cuba et de je ne sais combien de régions du monde, une communauté où nous étions tous juifs, mais pas semblables – il fit avec ses doigts le geste qui symbolisait l'argent – et où nous ne nous sentions même pas égaux. Au moins, mes parents se sont toujours sentis cubains. Alors je sais très bien de quoi je te parle. Contrairement à mon père, l'oncle Joseph a voulu être à jamais ce qu'un jour il avait été, mais tout avait changé autour de lui : le pays où il vivait, la famille qui un jour avait été la sienne, la façon de pratiquer sa religion… À la fin, il n'y avait même pas un rabbin à Cuba et presque plus de juifs. Et même les haricots noirs se sont faits rares… Alors il a dû se sentir comme un naufragé. Non pas comme le navigateur qu'imaginait mon père quand il revenait à Cracovie en rêve… mais comme un vrai naufragé, sans boussole ni espoirs d'atteindre une quelconque terre, parce que cette terre s'était évaporée, en réalité, cela faisait des siècles qu'elle avait disparu, comme tous les juifs le savent. Tu imagines ce que c'est de vivre comme ça, pour toujours, jusqu'au bout ? Non seulement mon père n'a pas pu être présent au moment de sa mort mais quand il a appris la nouvelle, cela faisait un mois qu'il était enterré. Enfin, heureusement que Caridad était là…

– J'imagine cette sensation dont tu parles et je la comprends presque, dit Conde, avec une certaine bouffée de remords pour avoir obligé Elías Kaminsky à lui livrer toute cette analyse. Et malgré tout, tu veux voir la maison où ton père a cru un jour être heureux ?

Le peintre alluma une autre Camel et se perdit dans un long silence.

– Il faut que je le fasse, finit-il par dire. Je suis venu à Cuba pour comprendre quelque chose, comme mon père qui est retourné une fois à Cracovie pour se retrouver lui-même et découvrir finalement le pire de lui-même… Et même si c'est le pire, moi aussi j'ai besoin de le savoir, je dois savoir.

En suivant les indications de Conde, la voiture conduite par Elías quitta la toujours hostile Calzada du 10 Octobre pour pénétrer dans les entrailles du quartier de Santos Suárez par l'avenue Santa Catalina, plus agréable. Tandis qu'ils roulaient dans la rue bordée de vieux flamboyants encore en fleurs, Conde expliqua à l'étranger que ce quartier était un des territoires de sa vie et de ses nostalgies. Plusieurs de ses vieux et meilleurs amis habitaient très près de là (des amis d'Andrés aussi : avant de repartir, il fallait qu'Elías fasse leur connaissance) et la femme qui depuis presque vingt ans était en quelque sorte sa compagne.

En arrivant rue Mayía Rodríguez, Conde indiqua à Elías de tourner à droite et, un peu plus bas, de prendre à gauche pour s'arrêter devant la maison qui, d'après l'adresse, devait être celle où avaient vécu Daniel et Marta jusqu'en avril 1958. Conde, qui s'était détendu en parlant de ses amis et de ses amours, sentit à cet instant que quelque chose se mettait à grincer dans cette recherche.

– C'est ça la maison de mes parents ? demanda Elías, mi-stupéfait mi-accablé, mais Conde lui répondit par une question.

– Rappelle-moi qui habitait la grande maison au coin ?

– Un chef de la police de Batista.

– Mais qui ?

– Je ne me souviens pas du nom, dit le peintre en s'excusant presque, sans comprendre l'intérêt du Conde pour cette précision.

– C'est que… Gare-toi ici et prête-moi ton téléphone !

Le peintre avança et gara la voiture contre le trottoir, sous la frondaison rafraîchissante d'un calamboue au tronc abîmé, puis tendit son portable à Conde. Sans plus d'explications, l'ex-policier appuya sur les touches pour composer un numéro et appuya sur le bouton vert, espérant que c'était bien la manipulation nécessaire pour faire fonctionner cet appareil auquel il n'était ni ne prétendait être familiarisé.

– Conejo ? demanda-t-il avant de poursuivre. Oui, c'est moi… Bon, mais tais-toi et dis-moi un peu… À qui appartenait la belle maison au carrefour des rues Mayía et Buenavista qui te plaisait tant… ? Le propriétaire d'avant… – Conde écouta quelques secondes. – Bon, Tomás Sanabria… Et qu'est-ce qu'il était ? – Il écouta de nouveau. – Oui, oui… et avant ? Il fit une autre pause puis cria presque : je le savais, bien sûr que je le savais ! Non, rien, je te rappelle plus tard pour t'expliquer, dit-il. Il coupa la communication comme il put et rendit le téléphone à Elías qui, derrière le volant, n'avait cessé de le regarder, les yeux presque exorbités, essayant de comprendre ce qui était intelligible.

– Mais qu'est-ce qui t'a pris ?

– Celui qui habitait là, à côté, c'était Tomás Sanabria, le chef en second de la police de La Havane. C'était lui le voisin de tes parents qui avait toujours une voiture de police devant chez lui pour le protéger.

Elías Kaminsky écoutait et tentait d'assimiler l'information. Mais il semblait incapable de suivre le raisonnement de Conde.

– Cet homme, Tomás Sanabria, c'était un fils de pute, un assassin, un sadique… Tu sais s'il a eu quelque chose à voir avec ton père ou avec le tableau de ton père ?

Le peintre alluma une cigarette. Il réfléchissait.

– Non, pas que je sache. Il m'a parlé du policier qui habitait à côté de chez eux, mais là maintenant, je crois même qu'il ne m'a jamais dit son nom.

– Ce Sanabria était un ami intime du fils de Manuel Benítez, qui s'appelait comme son père, Manuel Benítez, dont certains disaient que c'était le meilleur ami de Batista… Tu sais, le vieux Benítez, celui qui avait vendu les faux visas aux passagers du *Saint Louis*.

L'étonnement manifeste d'Elías Kaminsky était total.

– Est-ce que tout ça pourrait être un hasard ? demanda Conde, à haute voix, mais il se parlait à lui-même. Un chef de police ami du fils de Benítez habitant à côté du fils de juifs que Benítez avait arnaqués avec de faux visas ? Tous ces gens, ou du moins certains n'auraient-ils pas un lien avec le tableau de Rembrandt ?

– Je n'en sais rien, dit Elías qui semblait non seulement sincère mais abasourdi. Cette réponse ne parvint pas à arrêter la progression accélérée de la prémonition qui s'emparait de l'anatomie tout entière et de la conscience de Mario Conde. Plus d'un chemin pouvaient se croiser au fond de cette histoire.

Le petit palais que Tomás Sanabria s'était fait construire, maintenant aux mains de quelqu'un disposant de suffisamment de pouvoir politique et économique pour y avoir accédé, avait traversé triomphalement et bien maquillé le passage des décennies. En revanche, la maison voisine, plus modeste, où Daniel Kaminsky et sa femme avaient vécu quatre ans, n'avait pas connu le même sort. À première vue, ce n'était pas dû à la qualité des matériaux, car les colonnes, les architraves et la toiture avaient l'air encore solides malgré le poids des ans. Sous l'effet des intempéries, les portes et les fenêtres avaient subi de multiples outrages, les murs semblaient avoir été mordus par des fourmis géantes et repeints pour la dernière fois à l'époque où le club de Marianao existait encore comme équipe de la ligue professionnelle cubaine, avant d'être socialistement limogée ; plusieurs dalles de la terrasse couverte, devant l'entrée, étaient cassées, tandis que le petit mur qui la séparait de la rue avait perdu tout son crépi, une partie des grilles et même quelques briques. Quant à ce qui avait été un jardin, il avait régressé à l'état de simple terrain broussailleux qui cachait mal de sérieuses aspirations à devenir une décharge. Même le tronc du calamboue du massif semblait rongé par la haine et la traîtrise…

– Tu es sûr qu'il s'agit de la maison de mes parents ? dut demander Elías, appuyé à la voiture pour ne pas tomber à la renverse tandis qu'il comparait l'amère réalité du présent à l'image mentale élaborée à partir de quelques photos et des évocations paternelles d'un passé heureux, soudain terni.

– Ça ne peut être que celle-ci…

Conde ne pouvait éviter de mettre le doigt dans la plaie.

– Je voulais entrer... hasarda Elías Kaminsky, et le Conde profita de la pause.

– Mieux vaut ne pas essayer. Ce que tu cherches n'est plus ici. Cette ruine n'est plus la maison de tes parents.

– Heureusement qu'ils ne sont jamais revenus, se consola l'homme.

– Cela aurait été pareil que le retour à Cracovie après la Seconde Guerre mondiale, du moins je crois... Non, ça ne peut pas être le fruit du hasard que Tomás Sanabria ait habité là.

Le peintre n'avait pas l'air de beaucoup s'intéresser au propriétaire originel de la maison voisine, traumatisé par celle qui avait un rapport avec son passé, en réalité avec celui de ses parents.

– Qu'est-il arrivé quand ils sont partis en 1958 ?

Conde tenta d'orienter la conversation dans le sens qui l'intéressait.

– Mes grands-parents espagnols ont réussi à vendre cette maison peu après. Mon père, qui s'était retrouvé à court d'argent après avoir donné les cinq mille pesos pour acheter le passeport de Pepe Manuel, a utilisé l'argent de la vente pour payer le premier versement de la petite maison de Miami Beach et pour donner un peu d'argent à l'oncle Joseph. L'université était fermée mais l'oncle Pepe économisait pour les études du fils de Caridad... Il était comme ça. Comme il cachait l'argent sous son matelas, par la suite il a presque tout perdu quand le changement de monnaie a été décrété et que la banque n'échangeait que deux cents pesos par personne...

Conde acquiesça, il connaissait l'histoire. Un jalon dans le processus de paupérisation généralisée.

– À t'entendre, on dirait que tes parents n'ont même pas eu le temps de vendre la maison. Ai-je raison de penser qu'à cause du problème de Pepe Manuel Bermúdez, ils ont dû s'enfuir eux aussi ?

– Non, Pepe Manuel n'est pas la cause de leur départ. Même si cela a eu beaucoup à voir avec cette histoire. Comme je te l'ai dit, en essayant d'arranger le départ de son ami, mon père est de nouveau tombé sur le tableau de Rembrandt.

– Comment s'est-il retrouvé en présence du tableau ?

– Parce qu'il était chez ce fonctionnaire de l'Immigration, un certain Mejías, que Roberto et mon père sont allés voir pour lui acheter le passeport destiné à Pepe Manuel.

– Et Mejías n'avait rien à voir avec Sanabria ?

– Pas que je sache… Du moins d'après ce que mon père m'a raconté…

À ce moment, Conde sentit comment la rencontre de mondes jusque-là parallèles, ou du moins inconnus l'un de l'autre, habités par des éleveurs de coqs qui finalement n'en faisaient qu'un, par des chefs de police et des révolutionnaires poursuivis par ces mêmes policiers, par des juifs, renégats ou pas, produisait une trombe qui entrait en collision avec son esprit pour en faire jaillir une étincelle. La même, ou du moins assez semblable à celles qui l'avaient tellement aidé à se tirer d'affaire à l'époque où il était policier enquêteur.

– Dis-moi une chose avant de poursuivre cette histoire interminable et pour que je puisse m'y retrouver… – Il se mit à parler à Elías avec toute l'amabilité dont il était capable, mais il ne put éviter de sauter à l'exigence la plus dure. – Ce que tu veux découvrir va te servir pour récupérer le tableau de Rembrandt ?

Elías tira un peu sur sa queue de cheval. Il réfléchissait.

– Peut-être mais pas forcément. Enfin il me semble.

– On parle de plus d'un million de dollars… Alors, c'est quoi, bordel, ce que tu veux que je t'aide à découvrir ? C'est bien ce que j'imagine ?

Elías Kaminsky n'avait pas perdu son calme. Presque sans réfléchir, il parla car de toute évidence l'autre connaissait déjà la réponse.

– Oui, je crois que tu t'en doutes déjà. Même si c'est dur, je veux absolument savoir si c'est mon père qui a tué Román Mejías. L'homme a été retrouvé mort en mars 1958, assassiné d'une façon horrible, et mes parents ont pris le large à peine un mois plus tard… Mais je veux surtout savoir pourquoi mon père n'a pas récupéré le tableau qui lui appartenait, encore plus s'il a vraiment fait ce qu'il semble avoir fait. Et aussi, où diable était fourré ce tableau durant toutes ces années…

9.
La Havane, 1958

Daniel Kaminsky sentit que le monde cessait de tourner sous l'effet d'un spectaculaire coup de frein planétaire, capable de tout projeter au loin, de tout envoyer rouler ou voler dans les airs, extirpant chaque chose du coin où elle s'était installée ou réfugiée. Une fois l'inertie vaincue, le globe s'était remis à tourner, mais le jeune homme éprouva la sensation vertigineuse qu'il le faisait en sens inverse, rembobinant ses dix-neuf dernières années comme s'il cherchait à revenir aux derniers jours de mai 1939, à cette semaine précise du passé, oubliée par beaucoup, douloureusement vécue par lui, car il s'était vu imposer l'affligeante conviction qu'il avait cessé d'être un enfant. Le but de ce retour en arrière était le moment génésique où le portrait d'un jeune juif, trop semblable à la représentation de l'iconographie chrétienne, cette même toile qui avait accompagné la famille Kaminsky durant trois siècles, avait cessé d'être sous la garde de ses parents qui, par ce geste désespéré, entendaient faciliter l'acte suprême qui devait donner la vie à trois réfugiés juifs : ces trois juifs, repoussés par les gouvernements cubain et nord-américain, qui seraient peu après dévorés par l'Holocauste, mais seulement, seulement, seulement après que le tableau fût sorti de sa cachette accueillante pour tomber entre des mains qui l'avaient en quelque sorte porté jusqu'à ce mur où maintenant il était orgueilleusement suspendu, en toute impunité.

Roberto Fariñas ne manqua pas de remarquer que quelque chose de plus profond que l'anxiété ou même la peur qu'ils avaient éprouvée en arrivant là secouait son ami. À voix basse, il lui demanda ce qu'il avait mais Daniel Kaminsky hocha à peine la tête, incapable de parler, de penser, de savoir.

La bonne de la maison, une luxueuse construction sur la Septième Avenue de Miramar, les avait priés de s'asseoir sur les sofas bien rembourrés tendus de velours bleu, assortis à la fastueuse décoration du salon dont l'élément le plus raffiné était l'ensemble des tableaux suspendus aux murs, reproductions de toiles célèbres de l'âge d'or de la peinture hollandaise. Parmi ces œuvres, placé sur le meilleur mur du salon comme pour faire ressortir le rôle primordial que lui conférait son authenticité avérée et sa captivante beauté, le visage d'un jeune juif, signé des initiales de Rembrandt van Rijn, clamait sa présence à un Daniel Kaminsky frappé de stupeur. La contemplation obsessionnelle du tableau à laquelle se livrait le jeune homme attira l'attention de Roberto. "Il a quelque chose d'étrange ce tableau, non ? C'est le portrait d'un homme ou l'image de Jésus-Christ ?" Daniel ne répondit pas.

Román Mejías se présenta quelques minutes plus tard. L'homme avait la soixantaine et portait un brillant costume de drill, comme s'il se disposait à sortir. Daniel fit ses calculs : cet homme devait avoir dans les quarante ans au moment de l'épisode du *Saint Louis*, alors il pouvait très bien être un de ces hommes qui montaient et descendaient du bateau du fait de leur condition de fonctionnaire du service d'Immigration.

Le Polonais écouta à peine le dialogue entre Mejías et Roberto. Il essayait de regarder la petite peinture sans laisser transparaître un intérêt trop évident et ne revint à la réalité que lorsque son ami lui demanda l'enveloppe avec l'argent qui se trouvait dans la poche intérieure de sa veste. Il la tendit à Mejías, en paiement de la première partie de leur accord : cinq mille pesos pour commencer, autant à la remise du passeport. Mejías rangea l'enveloppe sans recompter l'argent tout en leur expliquant qu'à partir de la remise du faux document, le bénéficiaire ne disposait que d'une semaine pour quitter Cuba. Il s'engageait à ce que le passeport soit prêt dans les dix jours. Roberto lui tendit les photos de Pepe Manuel, maintenant avec une moustache et des lunettes de myope, et Mejías demanda s'ils avaient une préférence pour un nom en particulier. Roberto regarda Daniel, et de quelque recoin de la mémoire du Polonais sortit un nom : "Antonio Rico Mangual", dit-il, car quelques mois auparavant il avait appris que son vieux copain Antonio, le mulâtre clair aux beaux yeux, compagnon de ses aventures initiatiques dans La Vieille Havane, était mort de tuberculose dans un sanatorium des faubourgs. Mais un éclair dans son esprit lui fit ajouter, à la grande surprise de Roberto :

– C'est mon nom. Je n'ai pas de passeport et en plus je ne pense pas voyager, alors vous pouvez l'utiliser sans problème.

– Très bien. Je me charge d'obtenir l'acte de naissance, dit l'homme avant de lancer : Marché conclu.

Mejías tendit la main à ses visiteurs. Roberto la lui serra, mais Daniel prit un air distrait pour éviter le contact.

– À dans dix jours, ici, ajouta l'homme. De votre discrétion dépend la vie de votre ami, la vôtre et la mienne. Batista a juré de tuer tous ces garçons. Et il s'acharnera tant qu'il n'y sera pas parvenu.

Alors que Daniel et Roberto se disposaient à sortir, une force supérieure à toutes ses réticences poussa l'ex-juif.

– Monsieur Mejías, ce tableau, là... – Il indiqua le portrait sur la toile. – C'est d'un peintre connu ?

Mejías se retourna pour contempler l'œuvre, comme un père orgueilleux de la beauté de sa fille.

– Les autres, bien sûr, sont des reproductions. Mais celui-ci, vous n'allez pas le croire, c'est un authentique tableau de Rembrandt, un peintre plus que célèbre.

La vie de Daniel Kaminsky, déjà blessée par ses propres tensions et par la peur perceptible dans l'air ambiant, tomba dès cet instant dans un sombre labyrinthe. Sans même parler à Marta ou à l'oncle Joseph de sa terrible découverte, il passa plusieurs jours à envisager les diverses alternatives possibles. Une conviction s'était cependant ancrée dans son esprit : cet homme, ou quelqu'un en rapport avec lui, avait escroqué ses parents. Mejías ou quelle que soit la personne qui lui avait donné ou vendu le tableau avait une grande part de responsabilité dans la mort de sa famille. Et, de toute façon, il était dans l'obligation de récupérer la peinture, propriété des Kaminsky depuis les jours anciens où un rabbin moribond l'avait remise au médecin Moshé Kaminsky dans la lointaine Cracovie dévastée par la violence et la peste.

Avec toute la discrétion qu'exigeait la situation, Daniel commença à enquêter sur la vie de Román Mejías. Il fallait redoubler de précautions, c'est ainsi qu'il le raconta à son fils

Elías : même s'il ne s'agissait pas d'un homme proche du cercle des favoris et amis de Batista, c'était un fonctionnaire du gouvernement, donc un homme du régime et, comme tous ces gens, Mejías était en permanence sur le qui-vive. De plus, l'homme s'était engagé à fournir un passeport pour Pepe Manuel, ce qui était la priorité du moment.

En utilisant des arguments triviaux pour poser des questions, en lisant les journaux anciens, Daniel put reconstituer peu à peu l'existence du personnage. Une donnée semblait essentielle : Mejías était bien un des fonctionnaires choisis par le secrétaire du gouvernement du président Laredo Bru pour remplacer les acolytes du colonel Manuel Benítez à la direction de l'Immigration, après leur querelle dans l'affaire des visas vendus à Berlin. L'éventualité qu'il soit un de ceux qui avaient géré l'histoire du *Saint Louis* était plus que probable et il en eut la preuve en consultant un exemplaire du journal *El País* du 31 mai 1939 qui avait publié une photo où Mejías apparaissait vingt ans plus jeune. Sur le cliché, il était accompagné de deux autres fonctionnaires, au moment où, de retour sur le quai, après s'être rendus sur le paquebot, ils refusaient de communiquer à la presse les informations concernant la décision du gouvernement d'exiger le double de la somme proposée par le Comité pour la répartition des réfugiés juifs. Mais n'était-il pas possible qu'un de ses collègues se soit emparé du tableau qui, pour une quelconque raison, était ensuite parvenu aux mains de Mejías ? Bien que peu probable, cette possibilité existait et pouvait même éventuellement blanchir Mejías.

La première personne à qui Daniel dut fournir une explication fut Roberto Fariñas. Quatre jours après avoir fait affaire avec Mejías, quand ils se retrouvèrent, Roberto le questionna au sujet de son prétendu nom, Antonio Rico Mangual, de son étrange attitude durant tout le temps qu'avait duré la négociation et de son intérêt pour ce tableau dont il dit qu'il voulait bien être pendu si c'était un authentique Rembrandt, comme les autres tableaux de ce salon n'étaient pas non plus de Vermeer ou de Ruysdael. D'après ce qu'il connaissait de la peinture, pas grand-chose mais un peu toute de même, renchérit Roberto, il manquait à cette œuvre quelque chose de la maestria qui émanait de tous les Rembrandt, qu'il s'agisse des plus importants, des mineurs ou même des inutiles, conclut-il. Alors, Daniel Kaminsky, qui avait l'impression que le poids de la révélation et du doute l'asphyxiait, décida de lâcher du lest et de confier l'histoire à son ami ainsi que sa décision de récupérer ce qui lui appartenait. Car cette peinture, en dépit du jugement de Roberto, même si ce n'était qu'une étude, était un authentique Rembrandt, en toutes lettres et avec toutes ses couleurs, et il était bien placé pour le savoir, ajouta-t-il en montrant à son ami la photo du salon familial de Cracovie. Tout en l'écoutant Roberto avait du mal à croire son récit et il eut même l'idée puérile que, dès qu'ils obtiendraient le passeport, quelqu'un, peut-être l'oncle Joseph en personne, avec l'accord du puissant Brandon, porterait plainte contre le fonctionnaire corrompu. Le jeune homme comprit tout de suite l'improbable succès de son idée, car dans la pratique des types comme Mejías arrivaient toujours à se défiler devant la justice d'un pays qui était devenu une gigantesque foire d'empoigne. Mais, comme il fallait s'y attendre, il se mit à la disposition de son ami quelle que soit l'action à entreprendre, n'importe laquelle, insista-t-il. Tel était et tel serait toujours Roberto Fariñas, dirait Daniel Kaminsky à son fils Elías. Il en fut ainsi, même à l'époque où la police s'était chargée de mettre toutes les distances imaginables entre les anciens copains et d'emplir de rancœurs toutes les divergences. À ce moment-là, Daniel demanda seulement à Roberto la plus grande discrétion, du moins jusqu'à ce qu'ils puissent sortir Pepe Manuel de Cuba. Après, ils verraient bien.

Une idée lumineuse vint alors à son secours. La veille du jour convenu pour la remise du passeport, Daniel sortit du supermarché, monta dans sa Chevrolet et se rendit dans son ancien quartier de la juiverie havanaise. Dans la rue Bernaza, entre les rues Obispo et Obrapía, depuis les années 1920, il y avait un studio de photographe, un des plus renommés de la ville, le *Photographie Rembrandt*. Son propriétaire originel, déjà vieux mais encore lucide, était le juif Aladar Hajdú dont la passion fanatique pour l'œuvre du maître hollandais était si notoire que ses connaissances et ses clients l'appelaient "Rembrandt". Ce n'était pas du tout un hasard s'il avait choisi le nom de l'artiste pour baptiser le prospère négoce où il exposait non seulement les photos de clients célèbres, mais aussi quelques œuvre de peintres cubains et plusieurs reproductions de Rembrandt, à commencer par une copie du tableau *Le Festin de Balthazar*, placée de telle façon que le personnage biblique, du geste théâtral qui le caractérisait dans toute l'abondante histoire de l'art, indiquait le fond de la pièce intérieure où était installé l'équipement pour les photos en studio.

Daniel demanda à voir Hajdú et se présenta. Par chance, le vieil homme connaissait Pepe Cartera et même son étroite relation avec le potentat Brandon. Daniel n'eut aucun mal à faire accepter au vieux juif avec son éternelle cigarette allumée à la bouche une invitation à prendre une bière dans le bar du coin, car il désirait lui parler. Une fois assis à une table, entourés de tous les bruits possibles que produisait le centre névralgique et écrasant de la ville, Daniel lui demanda de garder la conversation secrète, pour des raisons qu'il pourrait peut-être un jour lui expliquer. Hajdú, mi-curieux mi-inquiet, répondit qu'il ne promettrait rien avant de savoir de quoi il retournait.

– J'ai besoin d'un renseignement, peut-être très facile à connaître pour quelqu'un comme vous, commença Daniel, jouant le tout pour le tout. Est-ce que quelqu'un possède un Rembrandt, ici, à Cuba ?

Hajdú sourit, et souffla la fumée, comme s'il brûlait de l'intérieur.

– Pourquoi veux-tu le savoir ?

– Ça, c'est moi qui ne peux pas vous le dire. Je peux seulement vous assurer que moi j'en ai vu un.

Le vieux juif mordit à l'hameçon.

– Román Mejías. Il y a des années, cet homme est venu me voir pour savoir si le portrait du Christ qu'il possédait était un authentique Rembrandt. Et pour autant que je sache, il m'a semblé qu'en effet il l'était. Un des portraits du Christ peints par Rembrandt.

– Et quand est-il venu vous consulter ?

– Oh ! Ça fait une vingtaine d'années, répondit Hajdú en allumant une autre cigarette, avant d'ajouter : Il m'a précisé que c'était un héritage familial. Il m'a aussi montré les certificats d'authentification de l'œuvre, mais ils étaient en allemand et je ne connais pas cette langue. Ce dont je me souviens, en revanche, c'est qu'ils avaient été établis à Berlin, en 1928.

C'était la confirmation que Daniel cherchait : il s'agissait des documents obtenus par son père et le tableau que détenait Méjías était celui de sa famille.

– Et maintenant pouvez-vous garder le secret sur cette conversation ?

Hajdú le regarda avec une telle intensité que Daniel eut l'impression qu'il était capable de le mettre à nu.

– Oui... mais avec un avertissement que je te donne gratis, mon garçon : Román Mejías est un type dangereux... Quel que soit ton problème, fais attention. Bien évidemment, je ne te connais pas et je ne t'ai jamais parlé. Merci pour la bière, dit-il. Il souffla la fumée de sa cigarette et se leva pour se diriger vers son studio.

Ce même après-midi, le jeune homme se rendit en voiture dans le quartier de Luyanó, car le moment était venu d'avoir une conversation avec l'oncle Joseph, à qui cette histoire appartenait aussi. Caridad le reçut avec son affabilité habituelle, lui offrit un siège et lui dit que son oncle était aux toilettes depuis une demi-heure. "Tu sais ce qu'il y fait. Il doit être sur le point de sortir." Daniel supporta comme il put la conversation banale de la femme, très inquiète pour l'avenir de son fils depuis la fermeture, pour un temps indéfini, de l'université où il voulait entrer. Quand l'oncle sortit des toilettes avec l'air contrarié qui accompagnait toujours son soulagement laborieux, Caridad alla faire du café et Daniel proposa à Joseph de sortir un moment. Ils se dirigèrent vers le square tout proche de la rue Reyes, et en chemin, le neveu se mit à lui raconter la dramatique découverte qu'il avait faite quelques jours auparavant. Assis sur un banc, profitant de la lumière d'un réverbère qui venait de s'allumer, Daniel termina l'histoire. Durant tout le récit, l'oncle Joseph avait gardé le silence, sans même poser une question, mais il sembla sortir d'un rêve quand le jeune homme lui révéla l'indubitable relation de Mejías avec le tableau depuis l'époque de l'arrivée du *Saint Louis*, ce que confirmait la précision de Hajdú sur les certificats datés et établis à Berlin.

– Que vas-tu faire ? fut la première question de Pepe Cartera.

– Pour l'instant, sortir Pepe Manuel de Cuba. Après, je ne sais pas.

– Ce type est un fils de pute, lança l'homme avant d'ajouter, avec une détermination qui convainquit Daniel de tout ce que cette douloureuse découverte avait réveillé chez son oncle : Et en tant que tel, il doit payer pour ce qu'il a fait.

Le matin du dixième jour, fin du délai exigé par Román Mejías, Daniel se rendit à l'embarquement des ferrys de la ligne Miami-Havane-Miami et acheta un billet pour celui qui partirait le surlendemain au matin. Comme le quai était proche de celui où accostaient les bateaux de la Hapag où auraient dû débarquer les passagers du *Saint Louis*, pour la première fois en dix-huit ans Daniel Kaminsky osa revenir à l'endroit où, avec son oncle Joseph, il s'était glissé dans la foule pour voir ceux qui étaient à bord des canots, de retour du paquebot. Il se souvint que son oncle avait parié qu'un fonctionnaire, protégé par son chapeau, serait celui que choisirait le destin pour négocier avec son frère Isaías l'héritage séfarade qui les sauverait, *la cuillère qui connaissait les secrets cachés dans la marmite*... Daniel essaya de récupérer l'intensité de ces moments, de retrouver au fond de sa mémoire les visages des hommes que, dans son affolement, il prenait pour la part visible des pouvoirs susceptibles de décider du salut de sa famille. Mais le visage actuel de Román Mejías s'obstina à occuper la place des silhouettes évoquées ou créées par son imagination.

Le soir, Daniel et Roberto se présentèrent chez Mejías et entrèrent pour conclure l'affaire. Cette fois le fonctionnaire les attendait dans la salle à manger où se trouvait aussi, assise dans un fauteuil roulant, une femme d'une cinquantaine d'années qui s'écarta discrètement à l'arrivée des visiteurs. "Ma sœur, elle a toute ma confiance", précisa Mejías, dès qu'ils échangèrent les salutations. Il se dirigea vers un petit buffet d'où il sortit le passeport qu'il remit à Roberto. Le jeune homme vérifia le document qui lui sembla authentique. "C'est un vrai, confirma Mejías. Aussi vrai que ce dont vous avez besoin." Daniel restait silencieux, s'efforçant de se concentrer sur l'étude des lieux, les entrées et les sorties possibles, ce qu'on apercevait par les fenêtres. Quand Roberto lui donna un coup de coude, il sortit l'enveloppe et la remit à l'homme qui sourit en la prenant. Au moment où il la glissa dans la poche intérieure de sa veste, Daniel put voir qu'il portait une arme à la ceinture. "Dans la première enveloppe, il manquait vingt pesos, dit Mejías, mais ne vous en faites pas." Sans un mot, Daniel mit la main dans sa poche et en sortit deux billets de vingt qu'il tendit à l'homme. "Pour ce qui manquait la première fois et pour le cas où nous nous serions trompés de nouveau", dit-il. Mejías sourit et prit les billets. À cet instant, Daniel Kaminsky eut l'absolue certitude que ce misérable, et personne d'autre, était le fonctionnaire qui avait escroqué ses parents et les avait envoyés sur le chemin de la mort la plus épouvantable. Román Mejías méritait un châtiment.

Les préparatifs pour le départ de Pepe Manuel furent rapides et précis. Le lendemain matin, Roberto et Daniel se rendirent avec Olguita à Las Guásimas. Les retrouvailles, après presque un an, furent aussi joyeuses et pleines d'espoir qu'on pouvait s'y attendre entre ces êtres perturbés et dans de telles circonstances. Mais elles furent aussi très brèves. Roberto et Daniel décidèrent de revenir le lendemain matin à six heures, car Pepe Manuel devait prendre le ferry à neuf heures, et ils laissèrent Olguita avec une valise de vêtements pour le voyageur. Le couple disposait du temps d'une journée et de l'espace d'un rustique *varaentierra* pour se faire leurs adieux.

Le lendemain matin, alors qu'ils roulaient vers le centre-ville dans la Chevrolet de Daniel, le jour se leva sur La Havane. Durant le trajet, pour éviter de prendre davantage de risques, Pepe Manuel exigea qu'ils le déposent près du Parc central où il prendrait un taxi pour aller jusqu'au quai du ferry. Roberto et Daniel lui répétèrent à plusieurs reprises de prendre toutes les précautions possibles, tout en sachant que Pepe Manuel, depuis qu'il n'était plus le turbulent Calandraca de son enfance, était un homme profondément responsable. Daniel conduisait, les épaules crispées par la tension due à la situation qu'ils partageaient, mais surtout à la demande qu'il devait faire à son ami avant leur séparation. Il fut sans doute reconnaissant à Pepe Manuel de tenter d'apaiser un peu sa pesante anxiété quand il le félicita pour la nouvelle victoire des Tigres de Marianao, champions de la Ligue professionnelle cubaine pour la deuxième année consécutive. "Pourtant Miñoso n'a pas tout donné" : il se souviendrait toujours de cette réponse faite à son ami, de ces mêmes paroles qu'il dirait à son fils Elías, trente ans plus tard, lorsqu'ils assistèrent au gala en hommage à la Comète cubaine, célébré à Miami, et que le juif put enfin réaliser un des rêves de sa vie : serrer la main de ce Noir mythique, responsable de certains de ses meilleurs souvenirs, et emporter une balle signée par l'incommensurable Miñoso bien que dédicacée "A l'ami Jose Manuel Bermudez", tel quel, sans les accents.

Peu avant d'arriver à destination, Daniel, toujours au volant, regarda son vieil et cher ami dans le rétroviseur.

– Pepe Manuel, lui dit-il enfin, surmontant toutes ses craintes, j'ai besoin de ton revolver.

Les paroles du jeune homme résonnèrent dans l'habitacle et forcèrent l'attention des trois autres qui, à cet instant, en oublièrent leurs préoccupations. Daniel insista :

– Tu l'as sur toi ?

– Bien sûr que non, Polonais, il faudrait être fou.

– À qui l'as-tu donné ?

Pepe Manuel regarda Roberto et Daniel n'eut pas besoin de la réponse.

Il arrêta la voiture au carrefour du Prado et de Neptune, le coin le plus animé de La Havane où ils supposaient tous qu'un homme disparaîtrait facilement dans la foule. Par-dessus le siège de la voiture, Pepe Manuel étreignit ses amis et les remercia encore de leur fidélité. Puis il se retourna pour embrasser Olguita, un baiser peut-être trop pudique à cause de la présence des autres. Il chaussa alors les lunettes transparentes à monture d'écaille, serra l'épaule de Daniel et dit : "Hé, le Polonais, fais pas de conneries !"

Vêtu d'un complet gris clair, une petite valise à la main, l'homme moustachu à lunettes qu'était devenu le rouquin Calandraca descendit de la voiture et traversa l'avenue du Prado sans se retourner, pour se diriger vers la station de taxis du Parc central. De la Chevrolet, Olguita, Roberto et Daniel le virent monter dans une des voitures noir et orange qui descendit immédiatement le Prado vers la mer. Même s'ils étaient tous les trois conscients de l'incertitude qui planait sur cette aventure, ils faisaient confiance à la qualité du passeport et au sang-froid de Pepe Manuel pour couronner de succès cette épreuve. C'est pourquoi, malgré les risques, aucun d'entre eux ne put imaginer à cet instant qu'ils voyaient Pepe Manuel Bermúdez pour la dernière fois, lui, le meilleur des hommes qu'avaient connus et que connaîtraient, malgré leurs longues existences, le croyant Roberto Fariñas et le mécréant Daniel Kaminsky.

À partir de ce jour de février 1958 où il fit ses adieux à José Manuel Bermúdez, Daniel Kaminsky entra dans une des étapes de sa vie qu'il aurait voulu gommer de sa mémoire opiniâtre. Mais ce n'était pas le genre de souvenir facile à effacer. Pour l'atténuer, il ne connaissait et ne connaîtrait pas d'autres remèdes que le passage du temps, avec son lot de préoccupations nouvelles qui reléguaient momentanément son évocation au second plan et apportaient un soulagement, jamais une guérison définitive. Si à une autre époque la décision radicale et complexe d'arracher de son âme sa condition de juif lui avait fourni un stratagème pour s'éloigner d'une histoire trop douloureuse et lui avait permis en même temps de découvrir une étrange mais bien réelle sensation de liberté qui l'aidait à mieux respirer, à regarder le ciel et à voir des nuages et des étoiles comme des nuages et des étoiles, certain qu'au-delà il n'y avait que l'infini, à partir du moment où il fit ses adieux à son ami, Daniel Kaminsky lia son destin à une chose qu'il n'avait jamais pensé posséder et qui finirait par être une tache indélébile. Sa soudaine détermination n'était pas motivée par les actions de quelqu'un d'autre, ou de beaucoup d'autres, mais par sa propre et souveraine volonté. Parce qu'à cet instant, il ratifia pour lui-même la décision de tuer l'homme qui l'avait dépouillé de ce qu'il avait de plus cher au monde. Il devait tuer, non, en réalité il *voulait* tuer cet homme.

À vingt-sept ans, le jeune homme né polonais et juif, converti au catholicisme, essentiellement et légalement cubain, avait déjà une relation traumatique avec la mort. Mais les visages concrets liés à cette blessure n'étaient que les plus chers : ceux de ses parents, de sa sœur, de ses grands-parents et de ses oncles et tantes Kellerstein, de *monsieur** Sarusky, son premier professeur de piano, là-bas, à Cracovie, et de la splendide épouse du maître, *madame** Ruth, dont Daniel tomba amoureux au point de sentir son cœur d'enfant s'emballer. Tous dévorés par l'Holocauste. Les bourreaux, en revanche, étaient généralement des ombres diffuses, des spectres démoniaques, auxquels cela ne valait même pas la peine de tenter de donner les traits des chefs nazis, coupables en première instance de leurs pertes. Car aux images nées de sa conscience et parfois même de son subconscient, il lui était impossible de substituer les traits connus des grands responsables du massacre à ceux de l'homme concret qui menaçait, frappait, insultait, souillait les juifs, jouissant de tout son pouvoir pour inspirer l'épouvante, cet homme aux traits flous qui, trop souvent dans ses évocations, appuyait sur la gâchette d'un pistolet posé sur la nuque. Mais maintenant, pour alimenter son abomination et ses douleurs, il disposait d'un visage réel, d'un regard vivant, du sourire mesquin d'un individu prenant deux billets de vingt pesos après en avoir empoché dix mille. Il avait aussi et surtout l'image de son propre visage au moment où il lui tirait deux-trois balles, dans la poitrine, dans la tête. Les gangsters ne disaient-ils pas dans les films que les plombs dans l'estomac provoquaient une mort plus lente et plus douloureuse ? C'était là un lien nouveau et inattendu avec la violence, la vengeance pour faire justice et la mort pour laquelle il ne s'était jamais préparé, pour laquelle il ne croyait pas être né. C'était là une application drastique de la loi barbare du Talion, dictée par ce même Dieu impitoyable qui, au temps de l'Exode, avait exigé d'Abraham l'atroce sacrifice de son fils. "*Mais si malheur arrive, tu paieras vie pour vie, œil pour œil, dent pour dent, main pour main, brûlure pour brûlure, meurtrissure pour meurtrissure, coup pour coup*", avait décrété la voix du ciel. "Vie pour vie", se répétait Daniel.

Ce soir-là, quand il se présenta chez Roberto Fariñas, son ami tenta de l'obliger à garder les pieds sur terre. Roberto

---

* Les mots en italique suivis d'un astérisque sont en français dans le texte.

connaissait depuis des années des pans de l'histoire de l'héritage séfarade et, après avoir été témoin de la découverte du tableau de Rembrandt chez Mejías, il n'eut aucun mal à faire les associations d'idées qui lui permettaient d'imaginer les intentions de Daniel Kaminsky. Pour commencer, argumenta Fariñas, le seul fait de se promener dans les rues de La Havane avec un pistolet garantissait au Polonais un passage assuré par les cellules d'un commissariat de police. Et si cela arrivait, le fait qu'il était voisin de Tomás Sanabria le mettrait sur la sellette : s'ils pensaient – et ils le penseraient – qu'il était armé parce qu'il allait tenter quelque chose contre ce ponte de la dictature, et s'ils faisaient le rapprochement avec José Manuel Bermúdez – et ils le feraient – il n'en sortirait pas vivant. Mais, même s'ils ne faisaient pas ces recoupements, par les temps qui couraient il subirait certainement les réactions violentes et lâches de flics de plus en plus sanguinaires, peut-être parce qu'ils pressentaient la fin prochaine de leur règne de terreur et la possible revanche qui s'ensuivrait. Pour finir, Roberto ne connaissait personne de plus mal préparé que Daniel Kaminsky pour affronter un requin de l'espèce de Román Mejías et en plus pour lui faire payer ce qu'il devait (Roberto préféra employer cet euphémisme). Mais le Polonais était décidé. Il affirma qu'il s'agissait d'un ordre plus puissant que sa propre capacité de raisonnement, d'un profond appel de la justice primaire qui était venu le chercher et l'avait trouvé alors qu'il s'y attendait le moins, pour le confronter à l'évidence que parfois les coupables, avec ou sans visage, doivent payer. Car cette nuit-là, comme il l'expliquerait plus tard à son fils, Daniel sentait frémir, enfouis dans les profondeurs de son âme, les mécanismes d'une origine primitive, ceux du juif irréductible qui se rebellait contre la soumission, le nomade du désert, vengeur, qui faisait fi de toute retenue et encore plus de l'incitation absurde à tendre l'autre joue, un principe qu'ignoraient ceux de sa lignée millénaire. Non, confronté à une chose pareille, non : Daniel se sentait plus proche de la juive Judith, la dague à la main, tranchant sans pitié la gorge d'Holopherne. Et Román Mejías était devenu son Holopherne.

Daniel Kaminsky se fit une idée précise du défi qu'il relevait quand ce même soir il rentra chez lui dans le quartier de

Santos Suárez, avec le Smith & Wesson calibre 45 de Pepe Manuel caché sous le siège avant de sa Chevrolet. En atteignant le carrefour où il tournait toujours vers sa maison, Daniel vit deux voitures de police, au lieu de l'unique véhicule officiel habituellement arrêté devant la demeure du chef de la police, et il fut sur le point de perdre le contrôle de son véhicule. La peur avait crispé ses muscles et il échappa à une rafale de mitraillette grâce au sergent qui commandait le groupe de gardes du corps et qui ce soir-là, reconnaissant sa voiture, l'identifia comme le voisin de Tomás Sanabria et arrêta le geste du soldat. "Mollo sur le Bacardi !" lui cria le sergent, et Daniel, cramponné à son volant, fit un geste qui se voulait une excuse.

La peur qui l'envahit fut tellement lamentable et viscérale qu'à peine arrivé chez lui, il dut courir aux toilettes pour évacuer une abondante diarrhée. Pendant qu'il reprenait ses esprits et séchait la sueur dont il était couvert, il se demanda quel serait le meilleur moment pour annoncer sa décision à sa femme, mais aucun ne lui sembla propice. C'était son problème et il devait le résoudre seul. Et les conséquences ? Ces actes ne pouvaient-ils pas dégénérer et provoquer une tragédie qui risquait d'atteindre Marta ? Il comprit qu'il n'avait pas le droit de confronter sa femme à cette possibilité sans au moins lui donner un argument et finalement il pensa avoir trouvé la solution.

Pendant qu'il prenait son café au lait matinal où il trempait des mouillettes de pain croustillant tartinées de beurre, il se risqua à dire à sa femme ce qu'il pensait devoir lui dire. Marta Arnáez connaissait l'histoire du tableau et à quel point il avait incarné un espoir de salut pour les parents et la sœur de son mari durant le séjour du *Saint Louis* à La Havane. De ce fait, il fut plus facile pour Daniel de seulement lui annoncer qu'il avait découvert que le tableau n'était pas reparti en Europe avec ses parents car il n'avait jamais quitté La Havane. Il savait maintenant dans quelles mains il se trouvait. En vérité, il pensait que ce serait compliqué, lui dit-il, mais il allait faire tout son possible pour le récupérer, car ce tableau appartenait à sa famille, massacrée par la haine la plus perverse. En apprenant la nouvelle, Marta, stupéfaite, posa les questions qu'il lui était impossible de ne pas poser, mais il lui répondit à peine, lui demandant de ne pas se tracasser. Il mentit en lui répétant que ce ne serait aucunement dangereux même si c'était compliqué, et se garda bien de lui révéler où il avait vu le tableau, encore moins le nom de la personne qui le détenait. Cependant, sous l'emprise d'un pressentiment et de sa connaissance de l'atmosphère cubaine, sa femme insista : "Daniel, fais attention, pour l'amour du ciel ! Nous vivons déjà bien et cela ira de mieux en mieux... Nous n'avons pas besoin de ce tableau pour être plus heureux... Pourquoi n'oublies-tu pas cette fichue peinture ?" "Ce n'est pas pour l'argent que le tableau pourrait nous rapporter, Marta. Si je l'avais, je ne pourrais jamais le vendre, car plus qu'à moi, il appartient à mon oncle Joseph. C'est une question de justice, simplement de justice", répondit-il, et la jeune femme n'eut pas besoin d'en entendre davantage : dès cet instant elle sut ce que pensait faire son mari et elle pria son Dieu d'user de son pouvoir pour l'en dissuader. Ou du moins pour qu'Il le protège.

Daniel tenta de préparer un plan. C'est ce qui se fait, non ? demanderait-il à plusieurs reprises à son fils quand il évoquerait le cyclone qui était sur le point de bouleverser la vie du couple.

À partir du moment où il eut connaissance de cette histoire, Elías Kaminsky se demanderait souvent ce qu'auraient été leurs destins si le portrait du jeune séfarade hollandais n'avait pas rattrapé son père. Car le départ de Marta et Daniel pour les États-Unis en avril 1958 ne fut peut-être qu'une anticipation de ce qui allait arriver de toute façon. Par une voie ou une autre, tel était le chemin tracé pour sa famille : comme huit juifs sur dix échoués à Cuba, ils auraient sans doute quitté l'île en 1959 ou en 1960, ou bien, comme son beau-père espagnol et beaucoup de gens de la classe moyenne, ils l'auraient fait en 1961, une fois convaincus que leurs intérêts et leur style de vie étaient non plus menacés mais condamnés à mort. À moins que Daniel le mécréant ne soit resté à La Havane comme son oncle Joseph qui croyait en son Dieu et sympathisait en même temps avec les idées des socialistes juifs ? Ou, comme son ami Roberto, qu'il se soit consacré avec ardeur au travail révolutionnaire pour bâtir la nouvelle société à laquelle ils rêvaient depuis l'époque où ils écoutaient, subjugués, les harangues radiophoniques et publiques d'Eddy Chibás ?... Tenant compte des aspirations de son père au succès matériel, Elías pensait que ces dernières éventualités semblaient les moins plausibles.

Après la brève surveillance, maladroite et angoissante, à laquelle il soumit Román Mejías, Daniel Kaminsky décida que pour mettre son projet à exécution le mieux était d'attendre l'homme très tôt le matin, devant chez lui, et de l'approcher au moment où il sortirait pour monter dans sa voiture, toujours garée sous le *carport* car dans le garage fermé dormait généralement l'étincelante Aston Martin de sa femme, peut-être acquise à coups de faux passeports. En plus de Mejías et de sa femme, leurs deux filles encore célibataires et la bonne habitaient la maison. Sa sœur, devenue invalide à la suite d'un accident de la circulation dans lequel son mari était mort, habitait dans le Vedado avec ses trois enfants – deux filles et un garçon – et si elle lui rendait souvent visite, elle ne restait jamais dormir chez lui.

Le jeune homme se sentit prêt à agir quand il se représenta ses actions comme s'il était devant un écran de cinéma. Mejías, avec sa tête de fieffé cynique, sa mallette dans une main, les clés de sa voiture dans l'autre, ouvrait la porte. Les lumières des réverbères de la rue viendraient de s'éteindre, mais le soleil de mars ne serait pas encore levé. À part la bonne et Mejías, le reste des habitants de la maison dormiraient encore. Après avoir garé sa voiture dans la rue derrière la maison, Daniel attendrait sur le trottoir d'en face, dissimulé par un flamboyant. Le moment venu, il traverserait l'avenue, protégé par la pénombre, juste au moment où il distinguerait, derrière le verre dépoli de la porte, la silhouette de l'homme, dans son costume sombre, prêt à sortir. En quelques secondes, Mejías serait dehors, la porte pas encore refermée et Daniel ouvrirait la grille, à six ou sept mètres de l'homme. Sans rien dire, il s'approcherait de Mejías qui, en le voyant et très probablement en le reconnaissant, l'attendrait sur le pas de la porte, pensant qu'il revenait le voir pour une nouvelle affaire. Daniel avancerait vers lui et, quand il ne serait plus qu'à deux mètres, il sortirait son revolver et lui dirait peut-être le motif de sa visite. À cet instant, il ferait feu (il ne savait pas encore où il viserait, il voulait le faire souffrir et en même temps être efficace, sans laisser la moindre chance à ce cafard répugnant) et, mettant le foulard qu'il portait au cou sur son visage, il s'emparerait du tableau et sortirait en courant, sans risque d'être reconnu par la bonne au cas où elle arriverait dans le salon, alarmée par les détonations. À cette heure matinale – 6 h 45 – dans ce quartier résidentiel et peu peuplé, les rues seraient désertes. De toute façon, pour éviter d'être éventuellement reconnu en sortant de la maison, il abaisserait son foulard mais il enfoncerait jusqu'aux sourcils sa casquette de base-ball du Marianao. S'il le fallait, il courrait, monterait dans sa voiture et s'enfuirait immédiatement. Au cas où les choses se compliqueraient trop, il emporterait son passeport, car il pourrait toujours démonter le cadre et cacher la toile. Il achèterait un billet d'avion et partirait par le premier vol vers n'importe quelle destination : Miami, Caracas, Mexico, Madrid, Panamá… À la fin prévisible de ce film maladroit et monté à la hâte, il se voyait assis dans l'avion, à l'instant où, déjà en vol, il quittait Cuba et commençait à flotter au-dessus de la mer vers la liberté et la paix de son esprit.

Huit jours après avoir reçu le revolver de son ami Pepe Manuel, Daniel Kaminsky sortit de son lit à quatre heures six minutes et il éteignit son réveil, programmé pour sonner une heure plus tard. C'était le 16 mars 1958. Comme il l'avait imaginé, il avait à peine pu dormir, rongé par l'anxiété, la tension et la peur. Il se leva en s'efforçant de ne pas réveiller Marta et alla faire du café à la cuisine. L'aube était fraîche mais pas froide et il sortit dans le petit patio de la maison pour boire son café et attendre.

Quarante minutes plus tard, devançant l'horaire prévu, il s'habilla en essayant de n'oublier aucun détail. Il avait acheté une combinaison en jean bleu, avec un plastron et des bretelles et une chemise du même tissu et de couleur identique. Derrière le plastron il plaça le revolver et vérifia une fois de plus qu'il pouvait facilement le sortir. Ainsi habillé, il voulait qu'on le prenne pour un peintre ou un mécanicien, dans une tenue neuve. Il se refit du café et retourna dans le patio où il ferma les yeux pour se repasser, pour la énième fois, le film tourné dans sa tête ; il pensa qu'il ne devait pas y apporter la moindre correction, seulement changer la fin : il ne pouvait pas s'enfuir en avion, avoir la vie sauve et laisser Marta derrière lui, exposée à toutes les représailles possibles. Il devait affronter dans ses moindres conséquences l'acte qu'il allait réaliser et, si c'était nécessaire et possible, s'enfuir, mais en emmenant sa femme avec lui.

À six heures pile, exactement comme il l'avait planifié, sur le pas de la porte de sa chambre, il observa un instant la jeune femme encore endormie. Malgré son projet, pas un seul instant il ne pensa à la possibilité qu'il la voyait peut-être pour la dernière fois. Il ne réfléchit pas non plus à ce que pourrait être sa vie après l'exécution de l'infâme Mejías. Il prit le sac en papier où il avait mis un costume, une cravate et une chemise blanche, sa tenue de travail au *Minimax*, et sortit dans la rue pour monter dans la Chevrolet.

Il conduisit prudemment, en respectant tous les feux et les panneaux. À six heures trente-deux, il verrouilla sa voiture, qu'il avait garée dans la Cinquième Avenue presque déserte, à environ cent cinquante mètres de chez Mejías. Il avait huit minutes pour arriver à la Septième Avenue et occuper son poste derrière le flamboyant. Ensuite, tout devait se dérouler en à peine dix minutes. À cet instant, se dissimulant la partie la plus compliquée de son action, il ne pensait qu'à revenir à sa voiture avec le tableau. À partir de là, le scénario prévoyait différentes variantes qui dans bien des cas ne dépendaient pas de lui. Mais il fallait d'abord qu'il arrive à sa Chevrolet avec le tableau de Rembrandt, après avoir exécuté le salaud qui avait escroqué sa famille et les avait condamnés à retourner en Europe pour y mourir, de l'une des terribles façons dont ils avaient dû mourir : de faim, de peur, la tête pleine de poux, les yeux voilés de chassies et les jambes dégoulinantes de merde. "Il paiera vie pour vie", se répéta-t-il à lui-même pour se donner plus d'arguments et, pour la première fois en tant d'années, il invoqua le Seigneur : "Donne-moi assez de force, oh, Seigneur", dit-il à voix basse.

L'idée qu'il valait mieux ne pas laisser la voiture fermée à clé le fit revenir sur ses pas. Il actionna la serrure et respira profondément plusieurs fois pour libérer la tension.

Il vérifia de nouveau qu'il avait bien la casquette noire dans sa poche et qu'il pouvait relever facilement le foulard attaché à son cou pour couvrir son visage. Enfin, il avança à grands pas le long du trottoir et, quand il tourna au coin pour se diriger vers la maison de Román Mejías, les reflets des lumières rouges et bleues provenant de la Septième Avenue le congelèrent sur place. Ces flashs circulaires ne pouvaient provenir que des gyrophares d'une voiture de police. Daniel Kaminsky sentit alors que la peur la plus profonde et la plus douloureuse de sa vie s'emparait de lui : une peur paralysante, lamentable, totale. Il ne sut ni ne put faire autrement que de revenir à sa Chevrolet, il cacha ensuite le revolver sous le siège et réussit à démarrer et à avancer en faisant des bonds, jusqu'au moment où il arriva à stabiliser sa vitesse et à continuer par la rue Cinquième D pour prendre l'Avenue 70 et s'éloigner.

Un mélange de peur et de frustration lui voila la vue. Depuis le soir du 31 mai 1939 où, à bord d'une barque, il avait vu pour la dernière fois ses parents et sa sœur Judith, penchés sur le bastingage du *Saint Louis*, Daniel Kaminsky n'avait plus jamais pleuré. En ce jour terrible, il était encore enfant et ses pleurs l'avaient empêché de parler à ses parents, à sa petite sœur, et depuis, cette incapacité verbale pesait sur lui comme une faute. Il pleurait maintenant parce que sa peur était en réalité plus forte que tous ses désirs de justice et parce qu'il se sentait soulagé, car ce jour-là un événement s'était produit qui l'avait empêché de tuer l'homme responsable de la mort de ses êtres chers, dont il connaissait désormais le visage. S'éloigner du danger et pleurer était tout ce que Daniel Kaminsky pouvait faire à cet instant.

10.
La Havane, 2007

Elías Kaminsky pleura aussi. Deux grosses larmes impossibles à retenir coulèrent sur les joues du mastodonte aux cheveux noués avant qu'il ait le temps de leur barrer la route pour éviter que d'autres les suivent. Il y parvint pourtant en s'aidant d'une profonde inspiration de fumée chargée de nicotine.

Mario Conde sut freiner son désir de savoir et observa un silence poli. Ce square de Santos Suárez, à mi-chemin entre la maison de Tamara et celle qu'avaient occupée quelques années Marta Arnáez et Daniel Kaminsky, était miraculeusement bien éclairé pour une ville où les squares comme les rues étaient plongés dans les ténèbres. Conde l'avait choisi comme lieu propice à la conversation, car face à l'un de ses angles se trouvait le lycée où, pendant ses études, Marta Arnáez avait effectué ses stages d'enseignante pour obtenir le diplôme de l'École normale d'instituteurs. Mais c'était aussi parce qu'il aimait cet endroit qui lui rappelait beaucoup d'histoires plaisantes du passé, une époque lointaine où parfois, assis sur ce même banc de ce même square, il avait traversé des années marquées par les amours et les désamours, les fêtes et les matchs de base-ball, l'espoir d'écrire et les désillusions traumatisantes, toujours en compagnie de ses vieux copains, y compris Andrés, l'absent, qui de l'au-delà géographique lui avait envoyé l'homme qui s'efforçait de ne pas pleurer en évoquant les moments les plus scabreux de la vie cubaine de son père, l'ex-juif polonais Daniel Kaminsky, contraint à tuer un homme.

Quand Elías sembla se reprendre, Conde n'attendit pas davantage et se lança à l'attaque.

– Tu dois te douter que je n'y comprends fichtrement rien… Finalement, il l'a tué ou pas ?

Du coup, Elías essaya même de sourire.

– Excuse-moi, j'ai la larme facile... Cette foutue histoire... Bon, c'est pour ça que je suis ici.

– Tu n'as aucune raison de t'excuser.

Le peintre s'efforça de reprendre haleine. Quand il sentit que c'était possible, il poursuivit.

– Il m'a dit que non, qu'il ne l'avait pas tué. En s'enfuyant, sans savoir encore ce qui s'était passé, il avait tellement peur qu'il a jeté le pistolet de Pepe Manuel dans une rivière... L'Almendares, bien sûr, comme l'équipe de base-ball. À ce moment-là, il savait qu'il ne pourrait jamais tuer ce type, m'a-t-il dit. Il se détestait parce qu'il se sentait lâche...

– Mais qu'est-ce qui est arrivé à Mejías ?

Elías fixa Conde mais garda le silence pendant de longues secondes.

– Ce matin-là, il avait été assassiné... dit-il enfin. Les lumières que mon père avait aperçues étaient bien celles d'une voiture de police, parce qu'une heure plus tôt la bonne avait découvert le cadavre de Román Mejías dans le salon...

Conde secoua la tête, refusant une chose à la fois secrète et évidente qu'il eut besoin de confirmer par des mots.

– Non, c'est pas possible...

– C'est aussi ce que je pense... ce que j'ai pensé, rectifia Elías. Tout comme Roberto Fariñas. Et ma mère... Qui peut croire que justement le jour où il avait prévu de tuer ce fils de pute, une heure avant lui quelqu'un était venu assassiner Mejías et voler le tableau de Rembrandt ? Difficile à avaler, non ?

– Oui, ça passe mal...

– Il y a quelque chose qui ne colle pas et qui me fait toujours douter, commença Elías. Pour le revolver de Pepe Manuel, c'est vrai. Ma mère l'a vu. Il l'avait... Si tu as un pistolet ou un revolver, n'est-ce pas plus facile de tuer un type en tirant une ou deux balles plutôt que de lui sauter dessus et de l'immobiliser pour ensuite lui trancher la gorge avec un couteau ? Un type qui en plus pouvait être armé ?

Les questions heurtèrent Conde qui s'était installé dans la logique de l'histoire, après avoir vu lui-même le film projeté en pensée par Daniel Kaminsky à travers les paroles de son fils.

– Il a été égorgé ?

– Oui, c'est comme ça qu'il a été tué. On l'a égorgé au point qu'il a presque eu la tête tranchée… Il y avait du sang partout…

– Comme Judith tuant Holopherne ?

Elías tourna la tête avant de répondre.

– Oui, comme mon père imaginait la révolte israélite de Judith, comme il voyait en imagination sa sœur se sauver, Judith, elle aussi…

Conde secoua la tête avec véhémence.

– Maintenant je n'y comprends plus rien… mais alors rien de rien !

Le Conde en rajouta pour insister sur son manque de discernement. Bien sûr, il comprenait qu'un fils dresse les obstacles les plus invraisemblables pour s'interdire de croire que son père avait pu assassiner un homme, même pour des raisons plus que justifiées. Ce qui ne collait absolument pas, c'était que ce même fils vienne du bout du monde, de son plein gré, remuer la merde devant un inconnu, seulement pour chercher un soutien dont, de toute évidence, il n'avait pas besoin car il croyait ou voulait croire son père. Et en plus, il le payait pour ce soutien inutile. Non, son numéro ne figurait pas sur la liste des gagnants de cette partie où, pour bien compliquer le tout, entraient en scène, dans la réalité, des fragments de mythes bibliques, la peinture baroque et, en plus, le supposé désintérêt pour les deux millions de dollars que pouvait impliquer la récupération du tableau, cette pomme de discorde.

– Allez, explique-moi bien ce qui s'est passé… Je crois que j'ai le cerveau qui se ramollit.

– Mejías avait les mains attachées dans le dos, un mouchoir dans la bouche et on l'avait déshabillé. Il est mort d'une terrible entaille au cou… Mais, avant, il avait reçu des coups de couteau sur les bras, l'estomac, plus bas… Il paraît que c'était terrible, un tel acharnement… Dans un premier temps, Mejías étant fonctionnaire du gouvernement, on a dit que c'était les révolutionnaires. Mais cette façon de le tuer… Ça faisait plutôt penser à un voleur surpris dans la maison qui l'avait d'abord attaché et torturé pour l'obliger à dire quelque chose, où il cachait son argent par exemple, et qui l'avait finalement achevé pour pouvoir s'enfuir ou par peur que Mejías le reconnaisse. Beaucoup de voleurs n'ont pas l'intention de tuer qui que ce soit, ils ne le font que quand ils n'ont plus le choix. Bien que, dans le cas de Mejías, c'était trop... même le pénis... Bien entendu, ça arrangeait plus le gouvernement et la police que ça passe pour une vengeance politique, ça prouvait de quoi étaient capables ces révolutionnaires aux abois, totalement dépourvus de scrupules. Et, comme pour une raison ou une autre, il ne fut presque pas question du tableau volé, ce fut la théorie la plus diffusée...

– Il faut que je demande au Conejo s'il connaît cette histoire. Moi, je n'en avais jamais entendu parler...

– Si mon père n'a pas tué Mejías, poursuivit Elías, en revanche, il savait bien que ça n'avait aucun rapport avec les combattants clandestins qui se trouvaient en ville. S'ils devaient tuer des gens, il y en avait bien d'autres à éliminer avant Mejías qui leur avait même été utile, comme dans le cas de Pepe Manuel. À moins qu'il n'ait roulé quelqu'un, non ? En tout cas, il n'y avait aucune empreinte et pas d'autres pistes, et on n'a jamais su qui avait tué Mejías. Mon père m'a dit qu'à son avis l'assassin était un voleur, surpris par Mejías...

– Oui, tout ça c'est très bien. Mais, pour l'instant, franchement, je n'y crois pas.

– Il semble que Roberto Fariñas n'y a jamais cru non plus. Je te l'ai dit, il savait, lui aussi, que les révolutionnaires n'étaient pas dans le coup. Parce qu'il était l'un des leurs, n'est-ce pas ? Deux mois plus tard, il entrait dans une cellule de combattants clandestins, ceux qui faisaient de "l'action et du sabotage", comme ils disaient.

– Oui, je sais... Et ta mère ?

– Qu'est-ce que tu voulais qu'elle dise ? Elle soutenait qu'elle était persuadée que des voleurs avaient fait le coup. Il fallait bien qu'elle ait l'air d'en être être convaincue... même si, au fond, elle ne l'était pas.

– Et toi, qu'en penses-tu ? S'il te plaît, dis-moi la vérité...

Conde avait besoin de toucher le fond, de trouver un point d'appui avant de se remettre à nager.

– Je n'ai pas la lucidité nécessaire pour m'y retrouver dans cette affaire. Je ne connais que cette histoire, celle que mon père m'a racontée... Tout gosse, j'ai commencé à sentir qu'il y avait quelque chose d'obscur dans le passé de mon père, ici à Cuba, mais je n'avais aucune idée de ce que ça pouvait être. Jusqu'au jour où, il y a une vingtaine d'années, il m'a enfin raconté cette histoire. Et il l'a fait parce qu'il l'a voulu. Ou alors parce qu'il a pris peur, avec le cancer de la prostate… Au fond, il y a toujours eu quelque chose de bizarre dans le fait que mes parents soient partis de Cuba en 1958, en réalité je n'aurais vraiment pas eu l'idée de venir ici et de demander à Roberto Fariñas s'il savait quelque chose du passé de mon père… pendant des années, j'ai pensé que son départ avait un rapport avec Pepe Manuel.

– Et qu'est-ce qui est arrivé à Pepe Manuel ?

Le peintre regarda Conde comme s'il voulait le préparer à la réponse :

– Le jour même où Mejías a été assassiné, Pepe Manuel s'est tué à Miami…

Conde sentit que son esprit reculait de deux pas pour assimiler le coup de massue.

– Il s'est tué ? Il s'est suicidé ?

– Non, non, un accident, en chargeant un revolver. Ou du moins on suppose que c'est ça. Il s'est tiré une balle dans le cou.

– Le même jour… ?

– Le même jour, confirma Elías Kaminsky. Au lever du jour… presque à la même heure.

Conde, qui en avait oublié de fumer, alluma une de ses cigarettes. Il se sentait dépassé par l'accumulation de coïncidences, d'incongruités, de solutions fortuites ou exagérées qui apparaissaient dans le récit. C'est tout juste s'il ne sentait pas le jus de ses élucubrations couler de son pauvre cerveau liquéfié et vieilli.

– Et le fameux tableau ? demanda Conde, profitant de ses derniers éclairs de lucidité.

– Eh bien, je n'en sais rien et c'est ça le plus grand mystère dans ce sac de nœuds. Écoute un peu : si mon père avait tué Mejías et s'il avait emporté le tableau… où diable était-il fourré jusqu'à maintenant ? Comment quelqu'un d'autre a-t-il pu l'emporter à Londres pour le vendre ? Comment expliquer que cette ou ces personnes étaient en possession des certificats que mon grand-père avait obtenus en 1928 à Berlin et qui sont sans doute arrivés ici avec lui sur le *Saint Louis* ?

– Tu dis qu'on n'a pas parlé du vol du tableau ? Pour que ça fasse penser à une vengeance politique ?

– Mon père m'a dit qu'il n'avait pratiquement pas été question du vol. Oui, peut-être pour alimenter la théorie de la vengeance politique. J'ai épluché les journaux de 1958 où il est question de l'assassinat de Mejías et c'est vrai : le premier jour il y a une allusion à un tableau disparu, mais sans dire que c'était un Rembrandt. Et un Rembrandt volé, c'est toujours du sérieux...

– Donc on ignore si l'assassin a volé le tableau ?

– Je dirais que non... Qu'il n'a pas emporté le Rembrandt.

Conde sourit, vaincu par une tempête de contradictions.

– Elías, le moment est venu de reprendre ta voiture ; tu me déposes chez moi et tu me laisses pour que je puisse réfléchir. Tu te rends compte que l'histoire de ton père est terriblement embrouillée ? Et telle que tu me la racontes, elle n'a ni queue ni tête !

– N'oublie pas que, tant bien que mal, je suis juif... Je ne vais pas t'offrir cent dollars par jour pour que tu m'écoutes débiter des bêtises. C'est justement parce qu'elle est embrouillée que j'ai besoin de ton aide.

– Oui, bien sûr... Mais, je te le redemande : qu'est-ce que tu veux savoir exactement ? Excuse-moi si je reviens là-dessus : ce que tu veux savoir va t'aider à récupérer le tableau qui vaut maintenant plus d'un million deux cent mille dollars ?

Elías Kaminsky dirigea son regard vers les limites du square, à travers les troncs rugueux des casuarines et le feuillage des faux lauriers. Même là, la chaleur de septembre se faisait sentir comme une vapeur enveloppante et Conde découvrit que le peintre avait le front humide de sueur.

– Je veux savoir si mon père m'a trompé en me disant qu'il n'avait pas tué cet homme alors qu'en réalité il l'avait fait, ce que je comprendrais. Je sais que ce n'est pas facile d'avouer qu'on a tué un homme, même s'il s'agit d'un salaud comme ce Mejías. Mais je sais que ma mère est morte en pensant que oui, qu'il avait tué cet homme. Elle me l'a finalement avoué à l'enterrement de mon père... Et d'après ce que je sais, son ami Roberto Fariñas le pensait également. Mais je préfère douter. Ou plutôt non, je veux le croire. Car si mon père avait tué cet homme, avec toutes les raisons qui justifiaient cet acte, il aurait dû emporter le tableau. Il ne pouvait pas ne pas le faire... C'était la mémoire de sa famille, non ? C'était faire justice... Mais quelqu'un d'autre s'est emparé du tableau et maintenant je ne crois pas que l'assassin de Mejías, quel qu'il soit, ait volé ce jour-là l'original de Rembrandt... Toutefois, après y avoir beaucoup réfléchi, je tends à croire que la peinture qui se trouvait dans le salon a bel et bien été emportée...

– On l'a emportée ou on l'a pas emportée ? s'écria Conde, qui regretta immédiatement sa brusquerie.

– Je veux dire que je crois que oui, quelqu'un s'en est emparé mais ce n'était pas l'original, comme Roberto s'en doutait. Toutes les peintures qui se trouvaient chez Mejías étaient de très bonnes copies mais celui qui a emporté le portrait du juif a pensé que c'était l'original. Le tableau authentique est sans doute resté chez Mejías, caché. Tu me suis maintenant ? Si c'est bien ce qui est arrivé, la famille de Mejías avait tout intérêt à ne pas parler du vol, à ne pas mentionner le Rembrandt et à laisser la police défendre la thèse de l'attentat politique. De plus, cela expliquerait peut-être ce qui est arrivé au Rembrandt authentique : à un moment donné, un des enfants de Mejías, ou un proche de la famille, l'a fait sortir de Cuba avec les certificats d'authenticité de mon grand-père. Ensuite, la personne l'a vendu, peut-être à celui qui, à son tour, voudrait maintenant le vendre aux enchères à Londres. Est-ce si étonnant qu'il fasse son apparition dans une salle des ventes après la mort de mes parents ? Il y a deux mois, quand je suis allé à Londres, j'ai vu les copies du certificat. Il ne fait aucun doute que c'est celui obtenu par mon grand-père Isaías à Berlin en 1928, le même certificat que Mejías avait montré au juif Hajdú, celui de *Photographie Rembrandt*... Enfin, Conde, ce que je veux savoir c'est la vérité sur mon père, quelle qu'elle soit. Je veux savoir qui s'est emparé du tableau qui aurait pu sauver ma famille et qui s'est enrichi ou veut s'enrichir grâce à lui. Et si c'est possible, je veux aussi faire justice et récupérer cette peinture qui pendant trois cents ans a appartenu aux Kaminsky. Je suis absolument certain que les clés de cette histoire se trouvent ici, à Cuba. Et je ne peux compter que sur toi pour y parvenir… Comme tu le vois, ce que je veux savoir ne va pas m'aider à récupérer le Rembrandt. Mais cela peut m'aider à récupérer la mémoire de mon père, peut-être à faire justice…

Conde écrasa son mégot sur la dalle en ciment. Il respira profondément et dirigea son regard ver la limite du square où s'étendait l'obscurité la plus impénétrable. À cet instant, il eut l'impression qu'en réalité, il regardait à l'intérieur de son crâne et qu'il n'y voyait qu'un chaos de fragments épars dansant dans les ténèbres.

– Pourquoi n'étais-tu jamais venu ici puisque tu es un peu cubain ?

Elías sourit pour la première fois depuis un bon moment.

– À cause de ça justement… Je suis un peu cubain et un peu trop de choses pour toutes les alimenter. Comme cela a toujours été compliqué de venir à Cuba, c'était le voyage le plus facile à remettre, dit-il. Puis, cette fois sans sourire, il ajouta : Et parce que jusqu'à présent j'ai préféré ne pas remuer l'histoire que mon père m'a racontée. Mais le coup des enchères…

– Ça, je le comprends, dit Conde. Maintenant aide-moi à y voir plus clair. Admettons que ton père n'a pas tué Mejías… D'accord ? Bon, alors pourquoi s'est-il enfui de Cuba un mois après ?

– Par peur… La même peur qui lui a fait jeter le revolver. Il m'a dit que quand il avait appris la mort de Mejías, il a frisé la folie. Par peur. Il s'est senti lâche… Il s'est alors mis à réfléchir à certaines choses auxquelles il n'avait pas pensé plus tôt. Par exemple que le vieux Hajdú avait pu parler de ses recherches sur le tableau. Ou que son ami Roberto, sachant ce qu'il savait, l'avait dénoncé… C'était des suppositions tellement absurdes que ma mère en est arrivée à croire qu'ils avaient fui parce qu'il avait vraiment tué cet homme.

– J'aurais pensé la même chose.

– Et pourquoi n'a-t-il pas emporté le tableau alors ?

Une idée traversa l'esprit de Conde dans un éclair et il s'empressa de la suivre.

– Et s'il avait tué Mejías, emporté le faux tableau pour le jeter ensuite quand il s'est rendu compte de la supercherie ?

– J'ai aussi beaucoup pensé à cette possibilité… Et pourquoi n'aurait-il pas utilisé son revolver au lieu de le tuer avec un couteau ?

– Œil pour œil, non ? Pour le faire souffrir… Pour agir comme Judith…

Conde évaluait les différentes possibilités.

– Et pourquoi m'aurait-il raconté cette histoire alors qu'il n'avait aucune raison de le faire, seulement pour me dire un mensonge ? Non, rien ne l'obligeait à m'expliquer tout ça.

Il avait beau être dans les cordes, Elías Kaminsky ne s'avouait pas vaincu. Conde décida de sonner la fin du round.

– Elías, tu veux que quelqu'un fouille un peu et te dise, pour ta tranquillité d'esprit, que ton père n'a ni mutilé ni tué un homme ?

Le peintre fit solennellement non de la tête.

– Non, Conde, tu te trompes. Je crois, je suis presque certain qu'il n'a pas tué Mejías. Mais je voudrais avoir une certitude définitive et aussi savoir ce qui est arrivé au tableau de Rembrandt. Je ne peux pas rester les bras croisés pendant que quelqu'un va devenir millionnaire avec ce qui a coûté la vie à trois de mes parents… Et si en cherchant cette vérité il apparaît que mon père a commis un crime, eh bien cela me servira aussi, pour ma tranquillité d'esprit, comme tu dis. Parce que je comprendrai ce qu'il a fait. Et pour ce qu'il pourrait avoir fait, je suis toujours disposé à lui pardonner, aussi terrible que ce soit. Ce que je ne lui pardonnerais pas, ce serait de nous avoir trompés, ma mère et moi.

Conde soupira.

– Tu m'as dit toi-même qu'il y a des choses qu'il vaut mieux ne pas remuer…

– Ou que l'on doit remuer. Si elles ne tombent pas, tant mieux. Et si elles tombent, eh bien… on les prend sur la gueule… Ce que je veux c'est la vérité, j'en ai besoin. Pour toutes les raisons que je t'ai données.

– La vérité ? Eh bien la vérité c'est que là, pour l'instant, je ne sais pas comment t'aider… Mais si nous arrivons à savoir quelque chose et qu'avec ça tu récupères le Rembrandt, qu'est-ce que tu vas en faire ?

Elías Kaminsky observa son interlocuteur.

– Si je le récupère, je crois que je le donnerai à un musée, je ne sais pas lequel, peut-être au musée de l'Holocauste qui se trouve à Berlin. En mémoire de mes grands-parents et de ma tante. Ou à la maison de Rembrandt, ou mieux, au musée juif d'Amsterdam, en mémoire de ce séfarade qui a emporté le tableau en Pologne et dont personne ne sait qui il était ni ce qu'il pouvait bien foutre en plein massacre des juifs… Je ne sais pas encore ce que je ferai parce qu'il est peu probable qu'il me revienne. Je ne veux pas de ce tableau pour moi, même si c'est un Rembrandt, et encore moins l'argent que je pourrais en tirer, aussi tentant que ce soit…

– C'est beau, dit Conde, si porté sur les solutions romantiques et inutiles, après avoir évalué quelques instants les rêves du peintre et les possibles destinations proposées pour ce portrait d'un jeune juif trop ressemblant à la représentation chrétienne du Messie. On va voir ce qu'on peut faire…

– Alors tu vas m'aider ?

– Tu veux connaître la vérité ?

– Sur mon père ?

– Oui, bien sûr, il y a la vérité sur ton père. Mais là, je parlais de ma vérité.

– Si tu veux me la dire…

– Eh bien, la moitié de ma vérité, commença Conde, c'est que je n'ai rien de mieux à faire pour perdre mon temps et que j'aime tenter de découvrir les tenants et les aboutissants de ce genre d'histoire. L'autre moitié de ma vérité, c'est que tu vas me payer cher pour le faire, et dans l'état où nous sommes, ce pays et moi, on ne peut pas refuser de l'argent comme ça. Et la troisième moitié de la vérité, c'est que je te trouve sympa. Avec toutes ces moitiés, on peut bâtir une vérité plutôt grande et bonne. Et elle s'améliore encore avec le pressentiment que cela va nous mener quelque part… Même si avant, il va falloir pas mal se fatiguer, non ? Au fait, puisque nous allons continuer… tu pourrais me faire une petite avance sur ma paye ? C'est que je suis dans la dèche.

– La dèche ?

– L'indigence, la pauvreté, la gêne… Oui, dans la dèche. Comme Rembrandt quand on lui a pris sa maison avec tout ce qu'elle contenait…

Le matin du 14 juin 1642, Amsterdam jouissait d'une de ces splendides journées qui annoncent ses brefs étés à peine tempérés. La lumière argentée, toujours recherchée par ses peintres, nuancée par les reflets du soleil sur la mer et les canaux qui traversent et entourent la ville, semblait savourer sa rencontre avec les jardins, les parterres et les pots de fleurs où les orgueilleuses tulipes, si prisées depuis leur arrivée dans la ville la plus riche du monde, se déployaient dans la chaleur et la luminosité en se disputant le privilège d'arborer les tons les plus insolites de l'échelle chromatique.

Mais ce jour-là Rembrandt van Rijn, natif de Leyde, peintre et membre reconnu de la Guilde de Saint Luc d'Amsterdam depuis 1634, n'eut pas un regard pour apprécier ce prodigieux spectacle de lumière et de couleur. Vêtu d'un habit noir, portant de hautes bottes et un chapeau également sombre, il avait fait le trajet de sa maison, au numéro 4 de la Jodenbreestraat, la Grand'Rue des Juifs, jusqu'à l'église gothique Oude Kerk, derrière la petite place et le marché De Waag. Rembrandt suivait la progression funèbre du modeste corbillard qui emportait les restes de celle qui avait été son épouse et sa muse la plus sollicitée, Saskia van Uylenburgh. Aux côtés du peintre, comme si leur compagnie révélait l'essence de son caractère hétérodoxe, trois de ses meilleures amis se trouvaient en tête du cortège : l'un était Cornelius Anslo, prédicateur calviniste de la secte des mennonites ; l'autre, Menasseh Ben Israël, juif, ex-rabbin et expert cabaliste ; et le troisième, le catholique Philips Vingboons, l'architecte le plus sollicité et le plus reconnu de la ville.

Une fois récitées les prières des morts, pendant que les fossoyeurs déposaient le cadavre de Saskia van Uylenburgh dans l'ossuaire de la Oude Kerk, Rembrandt van Rijn, inconsolable, pleura. La maladie de la jeune femme avait été longue, dévastatrice et, bien qu'il sût que la phtisie avait atteint un stade incurable, il avait espéré durant de longs mois que quelque chose comme un miracle se produirait : Dieu et la jeunesse de Saskia pourraient peut-être obtenir la guérison inopinée. Mais deux jours plus tôt tout s'était terminé, même les rêves et la foi dans les miracles, et l'homme ne pouvait rien faire d'autre que pleurer.

Ce même soir, dans la solitude de son atelier, en observant le gigantesque et insolite portrait de groupe de *La Compagnie du capitaine Cocq*, qui n'attendait que quelques retouches pour rejoindre les luxueux salons du Kloveniersdoelen, siège de la très exclusive société des mousquetaires, le peintre se jura de ne plus jamais pleurer. Sous aucun prétexte. Car une seule raison pourrait faire de nouveau couler ses larmes : la mort de Titus, le seul survivant des quatre enfants que Saskia lui avait donnés. Et Titus ne mourrait pas, du moins pas avant lui, comme l'exigeait la loi de la vie. Et si la vie l'obligeait à voir mourir Titus, au lieu de pleurer il maudirait Dieu.

Cet homme touché par le génie, doté d'un esprit éternellement non conformiste, infatigable dans sa quête de la liberté humaine et artistique, bien que frappé par plus d'échecs et de frustrations que ne le méritait son passage sur terre, réussit pendant des années à tenir sa promesse, jusqu'au jour où la vie l'ébranla de nouveau, avec une force mesquine qui semblait s'obstiner à l'abattre. Alors, Rembrandt van Rijn, épuisé, n'eut pas la force d'honorer le serment qu'il s'était fait à lui-même. Avant de mourir il devrait encore pleurer quatre fois.

Parce qu'il pleura le soir de 1656 où, vaincu par le harcèlement de ses créanciers, il dut se déclarer en banqueroute et abandonner sa chère maison du numéro 4 de la Jodenbreestraat, tandis que les membres du tribunal des Insolvabilités patrimoniales faisaient l'inventaire de tous ses biens, œuvres, objets, souvenirs accumulés au fil des ans, pour les vendre aux enchères publiques et distribuer les bénéfices aux créanciers.

Il pleurerait encore une nuit de 1661, quand les dignitaires de la mairie d'Amsterdam, sans payer un centime pour l'œuvre commandée, refusèrent, le considérant impropre, sévère, inachevé même, son tableau *La Conspiration des bataves sous Claudius Civilis*, ce chef-d'œuvre destiné à célébrer la naissance mythique du pays au temps de l'Empire romain et capable, à lui seul, de révolutionner et de faire avancer de deux siècles la peinture du XVIIe. La pénurie de commandes à laquelle on l'avait condamné, considérant qu'il était un artiste passé de mode dont les réalisations étaient dépourvues de raffinement, était telle que les cinq dernières années il n'en avait reçu que deux : *La Leçon d'anatomie du docteur Deyman* (une mauvaise imitation de celle consacrée au docteur Tulp) et *Le Syndic de la guilde des drapiers.* Aussi, poussé à tirer d'urgence quelque argent de l'œuvre refusée, le peintre prit-il la terrible décision de couper la merveilleuse toile pour tenter de vendre au moins le fragment où apparaissent, derrière un verre de cristal, trois personnages fantasmagoriques, aux orbites sombres, comme vides : la partie de l'œuvre destinée à survivre qui, à elle seule, aurait suffi à immortaliser le peintre. N'importe quel peintre.

L'homme pleurerait de nouveau le 24 juillet 1663, à l'enterrement, dans une tombe de la Westerkerk, de la dépouille de Hendrickje Stoffels, la femme qui fut sa compagne pendant près de vingt ans ; elle lui avait donné son amour, une fille, lui avait servi de modèle pour certains de ses tableaux les plus beaux et les plus osés, et surtout elle avait réalisé le miracle de le faire rire de nouveau et beaucoup plus souvent qu'il n'aurait pu l'imaginer.

Enfin, alors qu'il ne lui restait même plus assez de force pour maudire Dieu, il devrait encore pleurer le 7 septembre 1667, lorsque, contrairement aux lois de la nature, il vit mourir son fils Titus, quinze jours avant ses vingt-sept ans. Il pleura tant cette mort qu'il en mourut moins d'un an plus tard, en déplorant le macabre retard du Créateur. Car si la justice divine existait, elle aurait dû l'emporter quelques années plus tôt pour au moins lui éviter les deux dernières causes de ses larmes.

Si les événements les plus dévastateurs qui le feraient pleurer après sa promesse de 1642 furent la mort de la douce Hendrickje et de son bien-aimé Titus, le plus pathétique dut être la mutilation de la toile qui semble avoir été la plus explosive et audacieuse de ses créations, plus, beaucoup plus même que *La Compagnie du capitaine Cocq* qui deviendrait une des œuvres les plus célèbres de l'histoire de l'art mondial sous le titre inapproprié de *La Ronde de nuit.* Ce jour-là, Rembrandt avait également pleuré la mort de la liberté.

En revanche, la cause la plus vulgaire, mesquine, agressive et lamentable de ses pleurs fut l'expulsion de sa maison pour impayés et l'amputation de sa mémoire à travers la perte des multiples petits trésors dont il s'était fait accompagner au cours de sa vie : objets exotiques venus des quatre coins du monde connu, pierres, coquillages, cartes et souvenirs dont lui seul connaissait la raison pour laquelle ils étaient arrivés chez lui et y étaient demeurés. Il dut aussi livrer aux enchères la collection de gravures et d'eaux-fortes d'Andrea Mantegna, des Carracci, de Guido Reni et de José de Ribera, les gravures et les xylographies de Martin Schongauer, Lucas Cranach "le Vieux", Albert Dürer, Lucas de Leyde, Hendrick Goltzius, Maerten van Heemskerck et des Flamands contemporains comme Rubens, Anton van Dyck et Jacob Jordaens ; il perdit les xylographies réalisées à partir du Titien et trois livres de lithographies de Raphaël, ainsi que divers albums estampés par les graveurs nordiques les plus célèbres. Rembrandt dut même remettre aux charognards du tribunal des Insolvabilités ses propres *tafelet*, ces cahiers d'ébauches devenus si populaires et si utilisés par les artistes du pays.

– Les biographes de Rembrandt disent que, portant une capuche pour ne pas être reconnu, il assista à la première séance d'enchères publiques de ses biens. Ils assurent que dans un coin du salon principal de l'hôtel Keizerskroon, dans la Kalverstraat, tandis qu'il observait les enchères démoralisantes des objets qui faisaient partie de sa vie, même s'il avait toutes les raisons de pleurer, cette fois Rembrandt parvint à se retenir… Le pauvre homme était dans l'indigence, dans la dèche… Le plus terrible, c'est que rien qu'avec le prix actuel de son *tafelet*, il aurait pu s'acheter cinq maisons comme celle qu'il avait perdue.

Elías Kaminsky tira une ou deux fois sur ses cheveux et démarra enfin la voiture qui roula dans les rues obscures de La Havane, la ville où son père avait été le plus heureux et le plus malheureux.

La dernière fois qu'ils s'étaient assis pour prendre un whisky dans l'ancien bureau du père de Tamara, le docteur Valdemira, ils avaient terminé, entre autres, le fond d'une bouteille de Ballantine's de dix ans d'âge que leur avait laissée en héritage, sans qu'ils le sachent encore, Rafael Morín, alors présumé vivant, et donc époux officiel de Tamara. Ces gorgées aux senteurs boisées, d'une intense couleur dorée, les avaient aidés, elle, à balayer ses dernières inhibitions, lui, ses réticences de policier, et à stimuler leurs ardeurs humaines les plus enracinées et leurs désirs les plus instinctifs. Le goût du Ballantine's sur les lèvres, ils s'étaient dirigés vers le lit pour qu'il réalise son rêve érotique le plus vieux et le plus persistant et pour qu'elle en finisse avec cette dépendance maritale sur le point de l'asphyxier. Tous deux avaient senti que leur accouplement, trop nerveux malgré l'alcool, supposait beaucoup plus qu'un accomplissement physique. Il impliquait, il impliqua, toute une libération spirituelle que la révélation de la mort de Rafael Morín acheva de sceller*.

Dès lors, leurs vies avaient évolué dans plusieurs sens : une libération en amena une autre et, tandis qu'elle se trouvait enfin elle-même et devenait un être à part entière, capable d'exercer son libre arbitre sans être poursuivie par l'ombre oppressante de Rafael Morín, Conde avait commencé à s'éloigner de ce qu'il avait été durant trop d'années et, neuf mois plus tard exactement, il renaîtrait en quittant la police et tout ce que signifiait cette appartenance.

Depuis cette époque, le pays où ils vivaient avait changé lui aussi, et même beaucoup. L'espoir d'un avenir stable s'envola après la chute de murs et même d'États amis et frères, puis vinrent aussitôt ces années sombres et sordides, au début des années 1990, lorsque les aspirations se limitèrent à assurer la plus vulgaire subsistance. Le dénuement collectif, la dèche nationale… Avec le scabreux rétablissement ultérieur, le pays ne put jamais redevenir celui qu'il avait prétendu être. Il en fut de même pour eux. Le pays se fit plus réel et plus dur, eux, plus désenchantés et cyniques. Ils vieillirent aussi et se sentirent plus fatigués. Mais, surtout, deux perceptions s'étaient altérées : celle que le pays avait d'eux, et celle qu'ils avaient de leur pays. Ils comprirent de bien des façons que le ciel protecteur auquel on leur avait fait croire, pour lequel ils avaient travaillé et supporté carences et interdictions au nom d'un avenir meilleur, s'était tellement effondré qu'il ne pouvait même plus les protéger comme on le leur avait promis ; ils prirent alors leurs distances avec un territoire disloqué et impropre pour prendre soin (façon de parler) de leurs sorts, de leurs propres vies et de celles de leurs êtres les plus chers. Ce processus, à première vue traumatisant et douloureux, fut, en réalité et en essence, libérateur pour les deux parties. De leur côté naquit la certitude que

* *Passé parfait*, Métailié, Paris, 2001.

finalement ils se retrouvaient beaucoup plus seuls, mais avec l'avantage de sentir qu'ils étaient à la fois plus libres et maîtres d'eux-mêmes. De leurs carences aussi. De leur manque d'expectatives face à un avenir dont ils savaient, pour noircir encore le tableau, qu'il serait pire.

La lutte pour la survie dans laquelle ils s'étaient engagés tout au long de ces années-là, presque vingt, fut si viscérale que bien souvent ils n'aspirèrent qu'à glisser le mieux possible sur la trouble écume des jours. Pour arriver au lendemain. Et recommencer, toujours à zéro. Dans cette guerre, à la vie ou à la mort, ils s'endurcirent et durent oublier les codes, les gentillesses et les rituels. Il n'y eut ni le temps, ni l'espace, ni les occasions pour les raffinements de la nostalgie, il fallait seulement surmonter la Crise que Conde évoquait toujours comme ça, avec une majuscule. Mais lorsque l'oubli se crut vainqueur, bien des fois la mémoire, avec son inconcevable capacité de résistance, refit surface en agitant un mouchoir blanc.

Avant d'arriver chez Tamara, Conde avait fait une escale importante, dans le but, longtemps caressé, de fêter cette capacité de résistance de la mémoire et de répéter un rite fondateur. Avec l'argent gagné, il avait acheté une bouteille de whisky carrée avec une sobre étiquette noire. Cette bouteille dans une main, le plateau avec les plus beaux verres et la glace dans l'autre, Conde avait ouvert la marche vers l'ancien bureau du père de Tamara, où l'air conditionné fonctionnait déjà à fond avec son ronronnement paisible, satisfait de sa victoire sur la chaleur de la nuit de septembre.

Assis dans les profonds fauteuils en cuir craquelé par l'usage, près d'une cheminée qui n'avait jamais vu brûler le moindre feu, Mario Conde et Tamara Valdemira burent une première gorgée, comme si vingt ans ne s'étaient pas écoulés depuis la dernière fois qu'ils avaient bu du whisky dans cette pièce, mais conscients de tout le temps passé depuis cette lointaine nuit libératrice. Et ils s'estimèrent heureux, car malgré tout ils étaient encore là et se tenaient compagnie.

Dehors, une pluie traversée d'éclairs se mit à tomber. À l'abri des intempéries, ils burent en silence, comme s'ils n'avaient rien à se dire, bien qu'en réalité ils n'aient pas besoin de parler car ils s'étaient déjà tout dit. Les années et les coups durs leur avaient appris à jouir pleinement des instants où le plaisir était possible, pour ensuite, comme des avares, laisser tomber cette éphémère sensation, ce plaisir de vivre, dans la tirelire des gains indélébiles, un récipient translucide comme la mémoire qu'on pouvait toujours briser si des temps plus sombres s'annonçaient où les raisons de pleurer ne manqueraient pas. Car ils savaient aussi que cette éventualité les guettait en permanence. Mais pour l'heure ils étaient là, tenaces et épanouis, un verre à la main, volontairement enfermés entre les murailles qu'ils avaient dressées pour protéger le meilleur de leurs vies, leurs uniques biens inaliénables.

Après le deuxième verre, ils se regardèrent intensément dans les yeux, comme s'ils voulaient y voir une chose tapie au-delà des pupilles de l'autre, dans quelque lointain repli de leurs consciences. Comme si tout ce qu'ils représentaient l'un pour l'autre se trouvait dans leurs yeux. Laissant de côté les montagnes de frustrations, les océans de désillusions, les déserts de renoncements, Conde découvrit au fond de ces yeux la douce oasis protectrice d'un amour qui s'était offert à lui sans les exigences d'un engagement. Tamara y rencontra peut-être la gratitude de l'homme, avec son invincible étonnement devant la certitude que quelque chose d'immensément précieux lui appartenait et le complétait.

En se tenant par la main, comme dix-neuf ans auparavant, ils montèrent l'escalier, entrèrent dans la chambre et, avec moins de hâte et plus de pauses qu'autrefois, ils se réfugièrent dans la sécurité de l'amour.

Dehors, le monde se désagrégeait au milieu des décharges électriques, du chaos et de l'incertitude qui annonce toujours l'arrivée de l'Apocalypse. Ou peut-être d'un messie.

11.
Miami, 1958-1989

Daniel Kaminsky dut attendre jusqu'au mois d'avril 1988 pour que le rêve qu'il avait le plus caressé de sa vie devienne une réalité, immortalisée sur une photo.

Il était clair pourtant que Daniel n'avait jamais été le genre d'homme que l'on pouvait considérer comme un rêveur. Son propre fils, Elías, avait toujours pensé qu'il était tout le contraire : un homme essentiellement pragmatique, disposé à prendre les décisions concrètes que chaque situation exigeait de lui, doué d'une proverbiale faculté d'adaptation, une capacité qui lui servit pour vivre à Cuba comme monsieur tout le monde, puis pour récupérer à Miami sa condition de juif, sans jamais renoncer à son identité cubaine, et sauver ainsi du naufrage du déracinement les deux moitiés toujours conflictuelles de son âme, même si elle resta toujours plongée dans l'insurmontable nostalgie du monde exubérant qu'il avait perdu.

Cependant, ce même homme capable de se programmer avec des doses égales de froideur et de passion avait vécu presque quarante ans habité par ce rêve romantique qu'il laissa palpiter durant tout ce temps, le dotant de nuances, de couleurs, de mots, totalement convaincu qu'il se matérialiserait avant l'appel de la mort, de la faucheuse, comme il disait quand il parlait cubain avec son fils Elías et qu'il lui racontait, avant et après la prise de la photo, et toujours comme si c'était la première fois, les avatars d'un vieux souhait conservé dans le meilleur coin de son coffre aux espoirs. C'est pourquoi, le soir d'avril 1988 qui verrait enfin la concrétisation de son rêve, Daniel Kaminsky s'était préparé avec le soin que lui conférait l'expérience des multiples fois où il l'avait imaginé. Il se coiffa de la vieille casquette noire, pas mal décolorée, avec le M jaune effiloché, celle-là même qu'il avait achetée en 1949 dans une petite boutique du Grand Stade de La Havane, ouvert au public depuis peu. Dans la poche supérieure de sa *guayabera* blanche, il glissa la carte postale conservée dans un étui en nylon. Et pour finir, après avoir caressé un instant la balle au cuir fendillé par l'usure du temps, il la mit dans la poche droite de son large pantalon de lin rayé, d'où il pouvait habilement la sortir, avec la même rapidité et la même adresse que les cow-boys qui dégainaient leur colt 45 dans les poussiéreuses prairies du Vieil Ouest, dans les films qu'il avait vus au cinéma *Ideal*, ce palais des illusions du quartier de La Vieille Havane,

Son excitation était telle qu'à plusieurs reprises il demanda à son fils Elías et à sa femme Marta de se presser. Vingt minutes avant l'heure prévue pour le départ, il était déjà prêt, assis à la place du copilote dans la Ford 1986 que deux ans plus tôt il avait offerte à son fils pour la fin de ses études de dessin d'art à la Florida International University. De sa place dans la voiture, garée le long d'un des côtés du jardin, il observa la maison à deux étages, le porche avec ses arcades espagnoles et ses frises Art déco qui se détachaient en blanc sur un fond plus foncé, une construction dotée d'un certain air de famille avec l'immeuble du quartier havanais de Santos Suárez où il avait vécu quelques années, les meilleures de sa vie, selon lui. Il avait habité cette même maison au coin de la 14e Rue et de West Avenue, depuis qu'il était arrivé de Cuba en mai 1958, décidé à s'établir à Miami Beach, guidé par son flair prémonitoire et sa sensibilité, sur les traces des vieux juifs venus principalement des États du nord de l'Union pour vivre en Floride, en quête de soleil et de prix plus abordables pour les loyers et les dépenses courantes. C'était la maison où son fils était né en 1963 et c'était là qu'il avait enduré tous les tracas liés au processus de reconstruction de sa vie, intempestivement déviée de son orbite. Il était souvent sorti de cette maison pour longer le front de mer par la West Avenue, alors presque déserte, traînant sa solitude et se sentant plus vulnérable que jamais, afin de méditer sur les moyens possibles de se faire une place dans une ville qui ressemblait à un campement provisoire et où son esprit grégaire n'aurait pas, pendant des mois, la consolation de pouvoir compter ne serait-ce que sur un ami. Et jamais plus sur la chaleur et la complicité d'amis comme ceux qu'il avait eus à Cuba. C'est aussi dans cette maison, assis en face de Marta Arnáez, qu'il avait pesé ses différentes possibilités et pris la troisième décision la plus transcendantale de sa vie : celle de rentrer au bercail et de vivre de nouveau en tant que juif, s'efforçant, par ce retour à une condition à laquelle il avait renoncé vingt ans auparavant, de trouver une solution, non plus aux conflits de son âme mais aux exigences pressantes de son corps. Daniel Kaminsky se devait d'assurer, à sa famille comme à lui-même, un toit pour s'abriter, un lit où se reposer et deux repas par jour pour pouvoir s'en sortir. Être entouré de sa tribu lui apparut comme la meilleure, la plus astucieuse mais aussi la plus naturelle des alternatives possibles.

Évidemment, c'était aussi dans cette maison, construite en 1950, avec de nombreux éléments du style typique de l'architecture de Miami Beach, qu'il s'était le plus souvent réfugié dans son invincible rêve, né à Cuba, plus de trente ans auparavant, sur le point, ce soir-là, de devenir enfin une réalité : serrer la main du grand Orestes "Minnie" Miñoso et lui demander de signer une carte postale avec sa photo, imprimée par les Chicago White Sox pour la fabuleuse saison de 1957 de la Comète cubaine (vingt et un coups de circuit. Et huit points produits) et aussi la balle qui, dans sa jeunesse, avec sa peau lisse et brillante, avait été envoyée en dehors des limites du Grand Stade de La Havane par la frappe du joueur, durant un match du club Marianao contre les Lions de La Havane, au cours de l'hiver 1958, balle que ce jour-là Daniel avait eu la chance de pouvoir acheter pour deux pesos au gamin qui l'avait poursuivie avec le plus d'acharnement et qui avait réussi à s'en emparer.

Le jeune Elías Kaminsky, qui avait déjà décidé de tenter sa chance en entrant dans une école d'art à New York pour achever sa formation technique et intellectuelle, se sentit récompensé par la pirouette du destin qui lui permettrait d'être témoin de la mémorable réception. Dès qu'il avait appris que la ville se préparait à rendre hommage à Orestes Miñoso qui annonçait la fin de sa très longue carrière sportive brillamment débutée à Cuba, continuée aux États-Unis et achevée à un âge plus qu'avancé sur les terrains mexicains, le jeune homme avait décidé que ce serait la meilleure occasion pour que son père réalise le rêve dont il lui avait si souvent parlé. Elías avait immédiatement réservé les trois couverts qui leur garantissaient une place au banquet et il s'était empressé d'annoncer la bonne nouvelle à son père.

Quand les Kaminsky arrivèrent au salon-restaurant du club *Big Five*, lieu préféré des Cubains de Miami, de plus en plus aisés, pour leurs festivités sociales, le mythique Miñoso n'avait pas encore fait acte de présence. "Ça vaut mieux", murmura Daniel, et il se posta près de la porte après avoir vérifié pour la énième fois que sa casquette noire du Marianao était bien mise, que la photo était dans la poche de sa *guayabera* et la précieuse balle dans son pantalon.

Pour contribuer à l'ambiance nostalgique recherchée bien que manifeste, la sono du salon diffusait une prodigieuse sélection de cha-cha-cha, mambos, *sones*, boléros et *danzones* célèbres dans la Cuba des années 1950. Régulièrement, le cha-cha-cha de Miñoso ("Quand Miñoso frappe pour de bon, la balle danse le cha-cha-cha") envahissait l'espace, interprété depuis l'éternité par l'Orchestre América, mais chaque nouveau morceau était immédiatement identifié par la nostalgie agressive de Daniel Kaminsky qui chuchotait à son fils le nom de l'interprète : Benny Moré et son orchestre, Pérez Prado, Arcaño et ses Merveilles, le Groupe d'Arsenio, Barbarito Díez, la Aragón, la Sonora Matancera d'autrefois, la vraie, avec Daniel Santos ou Celia Cruz au micro…

Quinze minutes après l'heure annoncée pour le début de la soirée, l'interminable Impala noire de 1959 dans laquelle se déplaçait le joueur de base-ball s'arrêta devant le local, rempli de vieux Cubains submergés par les souvenirs agréables ou féroces d'une vie perdue qui (malgré le succès matériel de la plupart des émigrés) leur semblait meilleure et n'avait jamais cessé d'exciter leurs regrets ou d'alimenter leur rancœur. Sans y réfléchir à deux fois, Daniel Kaminsky enfonça une fois de plus la casquette noire sur sa tête, sortit la photo d'une main, la balle de l'autre et, selon son impression ultérieure, avec une troisième main, il sortit le stylo Paper Mate en argent et fit un pas vers la réalisation de son rêve…

À peine quelques jours plus tard, le tirage sur papier, format 20 × 35 centimètres, de la photo prise par le Minolta d'Elías Kaminsky était encadrée. Le cliché choisi immortalisait l'instant où Orestes Miñoso, découvrant dans un sourire ses dents très blanches, héritées de ses ancêtres africains, serrait la main du juif polonais, presque chauve, plutôt ventru, avec son nez en bec d'aigle, qui jurait être son plus ancien et plus fervent admirateur. Comme la carte postale signée et la balle que Daniel lui avait demandé de dédicacer "*À l'ami José Manuel Bermúdez*", conservées toutes deux dans des petites urnes en verre fabriquées expressément, la photo ne quitterait plus la table de nuit de Daniel Kaminsky. À côté de son lit dans la maison de Miami Beach, puis dans l'appartement de la résidence pour personnes âgées de Coral Gables, elle lui tiendrait toujours compagnie, rendant plus supportables ses nostalgies, ses fautes et sa peur de la mort, jusqu'au jour du printemps 2006 où le vieil homme quitta ce monde pour aller en enfer dans un voyage sans escale. Car il le savait, et le répèterait à son fils : bien qu'il n'ait pas procédé à l'exécution de cet homme qu'il s'était disposé à tuer, son âme d'hérétique n'aurait pas même la consolation de faire un séjour dans le *shéol* où, disait-on, allaient les esprits des juifs pieux qui avaient toujours respecté la Loi.

Il ne pouvait en être autrement : en arrivant à Miami, après s'être installés dans un petit hôtel de la plage, la première visite de Daniel Kaminsky et Marta, encore Arnáez, fut pour le cimetière catholique de Flagler et de la 53e Rue, où à peine un mois auparavant avait été enterré leur ami José Manuel Bermúdez.

Au cours du trajet vers le North West, Marta avait demandé au chauffeur de taxi vénézuélien de s'arrêter chez un fleuriste où elle avait acheté un grand bouquet de roses rouges. Arrivés au cimetière, ils découvrirent que, derrière les murs, il n'y avait que des pierres tombales en marbre ou en granit placées directement sur les fosses creusées dans la terre et identifiées par un nom, parfois avec une croix. Lorsqu'ils trouvèrent la parcelle où reposait leur ami, il fut manifeste que le peu de moyens dont disposaient les compagnons de lutte de Pepe Manuel, chargés de payer la concession, n'avaient permis que l'achat de la tombe, d'une croix chrétienne et d'une petite dalle de granit aggloméré, presque vulgaire, portant son nom et ses dates de naissance et de mort inscrits à la peinture noire. La tombe d'un oublié enterré en terre étrangère. Sans pouvoir retenir ses larmes, Marta déposa les roses rouges sur la pierre tombale et s'éloigna de quelques mètres, comme pour fuir l'absurdité perverse de cette mort inconcevable. Daniel Kaminsky, seul devant la terre sablonneuse où des traces révélaient qu'elle avait été récemment remuée, fut alors assailli par la plus écrasante sensation de délaissement qu'il ait jamais endurée de sa vie pourtant si compliquée. Le vide laissé par la mort de cet homme bon s'abattait sur lui dans un moment de perte de repères, renforçant la pesante tristesse qui l'accompagnait déjà, et lui révélait la juste mesure de toutes les pertes accumulées à cet instant, en ce lieu, et de l'effort qu'il devrait fournir pour redessiner sa vie. Avec José Manuel Bermúdez, dit Pepe Manuel ou encore Calandraca, le Polonais, de nouveau exilé, n'avait pas seulement perdu un ami : cette mort prématurée était comme une lobotomie de la meilleure part de sa mémoire, car ainsi disparaissait le témoin et commentateur de milliers de souvenirs partagés, lambeaux de réminiscences communes qui s'évanouiraient. Ou, dans le meilleur des cas, ce ne serait plus jamais les mêmes si en les évoquant il ne pouvait demander à Pepe Manuel s'il se rappelait tel ou tel détail pour pénétrer de nouveau, avec cette réponse toujours affirmative, dans l'aimable demeure des vies partagées et de la complicité. Alors, sans savoir ni quand ni comment il pourrait le faire, il promit à l'image ressuscitée de son ami défunt l'achat d'une pierre tombale décente, sous laquelle cet homme de bien pourrait attendre la résurrection des justes qu'il méritait sans aucun doute.

Au cours des premiers jours, dans le petit hôtel de Miami Beach où ils avaient pris une chambre, Marta et Daniel ne firent qu'examiner leurs perspectives d'avenir. L'argent dont ils disposaient, presque entièrement fourni par l'Espagnol Arnáez, suffirait pour payer quelques mois de loyer et pour vivre en attendant de trouver du travail, ou jusqu'à ce que soient vendues la petite maison de Santos Suárez et la Chevrolet. Toutefois, le plus grand problème était de trouver les divers moyens de s'orienter dans cet univers qui leur était inconnu, aussi se mirent-ils à tâter le terrain, en commençant par les points d'appui les plus proches qui se profilaient à l'horizon : les Cubains et, du fait de la prédisposition génétique de Daniel, les nombreux juifs établis à Miami.

Ils découvriraient bien vite, et en seraient très déçus, qu'aucune de ces voies ne débouchait sur des perspectives encourageantes. La petite colonie de Cubains échouée dans la ville récente, très éparpillée, était en majorité composée de gens qui avaient préféré quitter l'île ou s'étaient vus dans l'obligation de le faire, poussés par la répression policière déclenchée par Batista et ses hommes de paille. Beaucoup de ces parias vivaient dans une précarité transitoire, n'attendant que la chute du régime que, de leur exil, ils appuyaient et désiraient ardemment. De son côté, la communauté juive constituait une sorte d'asile pour vieux retraités en excursion à la plage. Venus des États du Nord, attirés par la chaleur et les bas prix de l'immobilier dans cette ville lointaine, ils se déguisaient avec des chemises aux couleurs tropicales et des chapeaux de fibre végétale, car ils n'aspiraient qu'à vivre en paix les dernières années de leurs vies, sans souffrir du froid et sans trop dépenser. Cependant, pour mieux observer l'ambiance, Daniel et Marta se mirent à fréquenter les lieux de réunion des Cubains et des juifs, malgré les rares espoirs que ces gens leur offraient avec leurs préoccupations uniquement centrées sur la politique ou la santé de leurs comptes en banque.

En plus de la précarité financière et du manque de relations utiles, la connaissance limitée qu'ils avaient tous deux de l'anglais s'opposait à une réinsertion rapide et satisfaisante car, sans la langue, il leur était impossible de trouver un emploi dans leurs professions respectives de comptable et d'enseignante. Mais Daniel Kaminsky était un battant opiniâtre qui connaissait toutes les stratégies de survie. La première dépendait de sa volonté et de sa capacité d'adaptation au milieu afin de le connaître pour un jour y entrer. Dans ce but, une fois passé les semaines de stupeur initiale, il décida qu'ils s'inscriraient tous les deux à un cours pour approfondir et perfectionner leur connaissance de l'anglais. Parallèlement, avec l'argent qu'ils avaient reçu de la vente de la Chevrolet, ils quittèrent l'hôtel et louèrent la maison au coin de la 14e Rue et de West Avenue, propriété d'un juif new-yorkais qui leur dit être même disposé à leur vendre la maison s'ils payaient d'entrée cinquante pour cent du prix fixé.

Durant une cérémonie en souvenir des victimes de l'Holocauste et grâce à l'opportune invocation du nom de Brandon, mentionné devant le vieux juif ukrainien Bronstein, propriétaire du plus grand *grocery store* de la plage, Daniel obtiendrait leurs premiers emplois dans la ville : Marta comme emballeuse des marchandises vendues dans le magasin, et lui comme aide-manutentionnaire. Si pour Daniel ce travail, presque le même que douze ans plus tôt dans la pâtisserie havanaise de Sozna, signifiait un recul spectaculaire, pour Marta Arnáez, née avec une cuillère en argent dans la bouche grâce au travail d'esclave – ou presque – de son père espagnol, cette option était une douloureuse dégradation qu'elle affronta vaillamment, mais sa dignité en fut blessée. Le pire ne fut pas l'obligation de recourir à des emplois simples et mal payés pour gagner leur vie. Ils étaient convaincus que ce premier palier serait transitoire et qu'à un moment donné ils parviendraient à s'élever, d'autant plus que ce pays plein de possibilités était en pleine expansion. Le drame, surtout pour Marta, fut d'assimiler que du jour au lendemain, elle était devenue une citoyenne de seconde ou de troisième zone, par sa condition d'immigrante latine, prolétaire, pauvre et catholique, obligée de se mettre dans la peau d'une domestique obéissante, condamnée à passer la plupart de son temps à servir des bourgeois juifs qui prenaient plaisir à souligner l'infériorité sociale et financière de la belle Cubaine. Pour Daniel, en revanche, la principale difficulté fut d'essayer de redevenir lui-même dans un territoire rustique où il ne trouvait pas l'harmonie nécessaire à son esprit grégaire, forgé et alimenté par l'ambiance havanaise. Dans cette ville, les gens vivaient enfermés chez eux, ne pensaient qu'au travail ou à la pelouse du jardin, ne circulaient qu'en voiture, et il n'y avait pas de stade comme à La Havane où s'amuser et crier, pas de rues comme le Paseo del Prado débordantes de lumières, de monde, de musique et de luxure, il n'y avait même pas d'autobus dans les rues. Et le plus douloureux, c'était de n'avoir aucun ami. En outre, c'était une ville où régnait un silence vide de toute connotation, et où la peur naissait du risque terrible de manquer d'argent pour payer les *bills*.

Cette profonde altération de leurs vies engendrerait chez Daniel un déchirant sentiment de culpabilité. Le seul fait de voir Marta rentrer à la maison sur le coup de minuit, épuisée par sa journée de travail et par plusieurs heures consacrées à l'étude de l'anglais, l'obligeait à se rappeler les imprévisibles rencontres et les décisions qui les avaient entraînés dans cette situation accablante. Alors, comme le penserait par la suite son fils Elías, Daniel Kaminsky avait très certainement senti que son drame était d'autant plus lamentable qu'il était né d'une absurdité : il avait fui une intention, pas même un acte.

Durant les longues journées de travail au magasin, en transportant de grands fardeaux qui lui rappelaient les sacs de farine qu'il chargeait sur ses épaules à *La Fleur de Berlin*, Daniel Kaminsky s'employa, au fil des semaines, à réfléchir aux chemins à prendre pour se construire une nouvelle vie. Il eut beaucoup de mal à se faire à l'idée de devoir vivre dans une ville et un pays qui s'avéraient beaucoup plus distants et inhospitaliers que la chaude Havane de ses dramatiques années de nouveau venu, quand il avait senti s'abattre sur lui la solitude sidérale où le plongeait l'absence, peut-être définitive, de sa famille. Si les coups durs et l'ambiance propice de La Havane l'avaient poussé, à ce moment-là, à prendre la décision de cesser d'être juif et de se libérer du poids de cette condition et de ses lois, désormais, quand il évaluait et comparait ses difficiles possibilités d'ascension sociale, il s'était mis à envisager, avec beaucoup de sérieux, l'éventualité jadis inimaginable de rentrer au bercail : comme l'avait fait en son temps le mythique Juda Abravanel qui, après avoir accepté le baptême pour sauver sa vie et celle des siens, embrassa de nouveau la loi mosaïque au moment qu'il jugea sûr et opportun. En fin de compte, lui, Daniel Kaminsky, avait volontairement renoncé à sa religion : maintenant, tout aussi volontairement, il choisirait le retour. C'est à cela que servait le libre arbitre.

En janvier 1959, alors que le général Batista s'enfuyait car il venait d'être vaincu par les révolutionnaires qui le combattaient dans les montagnes et dans les villes, la petite communauté cubaine de Miami subit une transformation radicale qui compliqua encore plus l'adaptation des Kaminsky. Tandis que les exilés politiques rentraient au pays, les personnages les plus néfastes du régime de Batista, presque tous impliqués dans des affaires de corruption, de répression, de tortures et d'assassinats, arrivaient dans la ville du sud de la Floride. Daniel et Marta, qui avaient entretenu des relations cordiales bien qu'un peu distantes avec les exilés cubains, ne firent pas la moindre tentative pour se rapprocher des nouveaux réfugiés. Ils décidèrent, au contraire, de s'en tenir éloignés, persuadés même que le gouvernement expulserait certains de ces assassins qui disaient venir à Miami pour une seule saison car avant la fin de l'année ils reprendraient le pouvoir aux rebelles et rentreraient sur l'île.

Cette conjoncture qui avait radicalement changé le caractère de l'exil cubain donna à Daniel l'impulsion qui lui manquait pour accélérer son rapprochement des juifs de la ville. En juillet 1959, devant un rabbin qui fit le voyage de Tampa pour officier dans un salon de Miami Beach transformé pour l'occasion en synagogue, Daniel Kaminsky récupéra sa kippa, son *talith* et les principes de sa religion, du moins formellement et publiquement. De plus, comme lui-même l'avait fait à un moment décisif de sa vie où il avait accepté le baptême chrétien, il convainquit la catholique Marta Arnáez, désormais Kaminsky*, de se convertir au judaïsme. L'après-midi de 1960 où Daniel et Marta brisèrent les verres de cristal à coups de talon devant un rouleau de la Torah, le reconverti pensa à l'oncle Joseph qui aurait tant aimé assister à cette cérémonie. Est-ce que, pour lui, cela aurait beaucoup compté, que Marta fût une goy et non une des jeunes juives de sang pur avec laquelle, s'il s'était marié, il aurait intégralement conservé, corps et âme, la condition de ses éventuels rejetons ? Ou est-ce que tout cela n'avait plus d'importance pour le vieux et attachant Pepe Cartera, uni légalement à une Noire cubaine et père tout aussi légalement d'un petit mulâtre, poète improvisateur de rimes ? Étaient-ils tous des hérétiques irrémédiablement condamnés ?

L'arrivée tumultueuse à Miami Beach de dizaines, de centaines et bientôt de milliers de juifs en provenance de Cuba, poussés par leur crainte du régime communiste que leur flair aguerri avait nettement perçu dans l'atmosphère de

---

* Après son mariage, Marta conserve, à Cuba, son nom de jeune fille selon la pratique espagnole et latino-américaine, mais aux États-Unis elle doit prendre le nom de son mari.

La Havane, fut une bouffée d'oxygène pour Daniel et même pour Marta. Si durant le deuxième semestre de 1959 quelques-uns des membres les plus riches de la communauté juive havanaise avaient commencé à faire leur apparition (Brandon, du fait de sa fortune, s'installa directement à New York où il avait déjà des affaires), entre 1960 et 1961 tous les autres suivirent, la plupart pauvres ou soudain appauvris par les pertes subies en quittant l'île. Bien que juifs, plus ou moins pratiquants, presque aucun vraiment orthodoxe, les nouveaux venus étaient avant tout cubains, par chance d'une espèce différente des personnages proches de Batista arrivés dans les premiers temps, ces types louches qui, au grand soulagement des Kaminsky, avaient installé leurs pénates dans le South West et à Coral Gables.

Même si le couple commençait à caresser l'idée de rentrer à Cuba, les craintes de plus en plus grandes de l'Espagnol Arnáez face à un avenir encore flou et le silence de Roberto Fariñas devenu distant – dans les premiers temps, il avait plusieurs fois justifié son attitude en invoquant les occupations sans fin et les responsabilités assumées dans le processus de reconstruction des structures du pays – les firent pencher pour la prudence. En fin de compte, il serait toujours temps de rentrer, pensaient-ils.

Fin 1958, les Kaminsky avaient déjà commencé à payer l'achat de la maison au coin de la 14e Rue et de West Avenue avec l'argent de la vente aux enchères de leur propriété de Santos Suárez et un nouveau prêt de l'Espagnol Arnáez. Dans le même temps, Daniel était passé responsable des relations avec les fournisseurs du magasin, pour devenir bientôt le comptable du *grocery store* et l'homme de confiance de Bronstein. La chance leur vint alors en aide. Au milieu de l'année 1959, le vieil Ukrainien mourut d'une crise cardiaque et son fils unique qui travaillait pour le Parti démocrate à Washington avait envisagé de vendre l'affaire, mais il tomba d'accord avec Daniel pour faire une expérience dont lui, l'héritier, ne pouvait que sortir gagnant sans le moindre effort : étant donné l'afflux continuel de juifs venus du Nord et l'arrivée massive de juifs cubains qui accroissaient la population de Miami Beach, le moment semblait tout indiqué pour transformer le modeste *grocery store* de la Washington

Avenue en supermarché dans le style des *Minimax* de La Havane, dont l'ancien comptable connaissait si bien le fonctionnement. Pour gagner de l'espace, ils louèrent un local voisin qui donnait sur le carrefour le plus intéressant et le plus visible de la Lincoln Road et, comme variante par rapport au magasin havanais original, ils consacreraient une partie importante du magasin aux aliments kasher, réclamés par les juifs. Grâce à l'argent qui restait de la vente de la maison de Santos Suárez, Daniel prendrait une part de l'affaire, à hauteur de vingt pour cent du capital (qui servirait à la modernisation du local) et Bronstein Jr. mettrait le reste en investissant seulement l'héritage de son père. Le juif cubain se chargerait de l'administration de l'établissement qui lui rapporterait quinze pour cent supplémentaires sur les gains.

De son côté, Marta, qui avait fait de grands progrès et perfectionné son anglais, fut engagée comme professeure d'espagnol et d'anglais dans l'école judéo-cubaine récemment ouverte à Miami Beach, dont à peine deux ans plus tard elle deviendrait sous-directrice et actionnaire.

Tandis que s'ouvraient peu à peu les portes du bien-être économique, que la politique cubaine se radicalisait et que l'hostilité nord-américaine envers l'île devenait flagrante, l'idée du retour s'estompa, bien que ni Marta ni Daniel ne se soient remis – ils ne s'en remettraient jamais – de la sensation de perte qui les appelait depuis leur passé havanais. L'arrivée de l'Espagnol Arnáez et de sa femme fut alors un soulagement pour atténuer leur déracinement, alors que le refus de l'oncle Joseph Kaminsky de partir, où que ce soit, fut compris comme une réaction naturelle de cet entêté qui, de toute façon, vivait et continuerait à vivre à Cuba les meilleures années de sa vie qui par malchance furent trop brèves.

Après avoir récupéré son rôle de juif, Daniel décida de faire quelques pas de plus pour renforcer sa position et, comme il le répéterait souvent à son fils, pour réussir une intégration qui lui permettrait d'apaiser son désarroi spirituel. Pressentant que de cette façon il consoliderait beaucoup mieux son affaire déjà prospère, située juste dans le quartier qui devenait le cœur de la localité, il se lia à un groupe de juifs arrivés de Cuba qui voulaient absolument concrétiser un rêve : créer une communauté ou société cubano-israélite à Miami afin d'assurer l'avenir et de préserver l'identité forgée par le passé. En réalité, cette aspiration de ceux qui se faisaient appeler juifs cubains – nés pour la plupart en Pologne, en Allemagne, en Autriche ou en Turquie, mais cubanisés jusqu'à la moelle – était une réponse au mur, invisible mais plutôt infranchissable, dressé par les juifs nord-américains – originaires pour la plupart, eux ou leurs parents, des mêmes lieux que les israélites cubains, mais riches, possédant des propriétés et des prétendus droits d'ancienneté – dont l'attitude frisait parfois le mépris envers ces intrus récemment arrivés avec deux valises qui ne parlaient pas anglais et qui, lors de leurs fêtes au Flamingo Park, en plein Miami Beach, dansaient au rythme d'une musique interprétée par des orchestres cubains, avec le don surprenant de communiquer à leurs tailles et à leurs épaules des cadences africaines, comme n'importe quel mulâtre de La Havane.

Daniel fut l'un des treize juifs qui le 22 septembre 1961 donnèrent naissance à l'Association cubano-israélite de Miami dans un salon de l'hôtel *Lucerne.* Sous les drapeaux d'Israël, des États-Unis et de Cuba, les membres fondateurs discutèrent un premier projet de réglementation pour la société naissante. Daniel Kaminsky, qui préféra garder le silence devant la logorrhée des autres, presque tous spécialistes de la création de confréries et plus familiarisés avec les schémas de pensée et les exigences religieuses de leurs congénères, réfléchit alors à la façon dont les chemins de la vie peuvent conduire les hommes à des situations inimaginables, même dans leurs pires délires. Mais, se dit-il, comme il le confierait à son fils, si le prix du succès économique et le besoin de se sentir appartenir à un groupe passaient par ce salon d'hôtel, il était là pour acheter l'un et satisfaire l'autre. Toutefois, son cœur était toujours celui du même renégat qui, vingt-trois ans auparavant, rejetait un Dieu aux desseins trop cruels. La vie était la seule chose vraiment sacrée et il voulait se battre pour elle, pour la rendre meilleure. Parce qu'à trente ans, Daniel Kaminsky pouvait se considérer comme un spécialiste en pertes : il avait perdu non pas un mais deux pays, celui de sa naissance puis son pays d'adoption ; une famille ; la langue polonaise et le yiddish ; un Dieu, et avec lui une foi et l'engagement dans une tradition fondée sur cette foi et sa loi ;

il avait perdu une vie qu'il aimait et une culture acquise ; il avait perdu ses meilleurs et même ses pires amis, certains dans ce monde, d'autres comme Pepe Manuel et Antonio Rico, déjà installés au ciel ; il avait aussi échoué dans sa tentative d'exercer sa justice, même au risque d'en payer le prix, sans obtenir ne serait-ce que le soulagement du défoulement ou la satisfaction d'avoir exécuté le châtiment mérité. Il en avait assez des pertes et se disposait maintenant à obtenir des profits par l'unique moyen à sa portée. Du moment que sa conscience restait toujours libre.

Daniel Kaminsky garderait pendant des années l'habitude de flâner seul sur le front de mer de la West Avenue, moins attrayante et animée que le boulevard Ocean Drive qui longeait la plage. Grâce à ces promenades dans ce qui s'appelait l'intercôte, qu'il ne pouvait faire à certaines saisons que le samedi après les offices à la synagogue, retenu à son travail les autres jours par ses nombreuses obligations, au fil du temps Daniel fut le témoin des transformations de ce secteur de Miami Beach et des *cayes* de l'autre côté du canal, comme Star Island, où s'élevèrent des demeures qui, dans les années 1980, lorsque la drogue inonda la ville, se firent plus nombreuses, fastueuses, presque irréelles, rivalisant de luxe et d'éclat grâce à l'argent facile. Daniel, qui s'engageait sur le chemin qui ferait de lui un homme riche, trouvait grotesque tout ce gaspillage, car il habitait toujours dans la même petite maison Art déco à étage, avec deux chambres, où il s'était installé dès le début et même les mauvaise langues qui l'accusaient d'être vraiment très juif ne pourraient pas le faire changer d'opinion : il ne sombrerait pas dans l'ostentation uniquement pour satisfaire les attentes des autres.

Il aimait s'asseoir sur le petit ponton de la 16e Rue, d'où on apercevait les vieux ponts qui reliaient la plage à la terre ferme, l'îlot avec l'obélisque dressé à la mémoire de Joseph Flagler et, au loin, le port de Miami, devant lequel il ne pouvait éviter de penser que le *Saint Louis* avait attendu quarante-huit heures son dernier refus. Quand il n'était pas de bonne humeur, il s'empressait d'aller marcher en solitaire le long de l'intercôte pour sentir qu'il se cherchait lui-même, pour ne pas se perdre complètement, car il prévoyait qu'il allait trop s'éloigner de ce qu'il avait été. Depuis sa décision de rentrer au bercail du judaïsme, cet homme sentirait toujours qu'il vivait une vie apocryphe, l'âme et la conscience soumises à une sorte de clandestinité. Au cours de ses premières années havanaises, quand il avait choisi de s'éloigner des croyances et des traditions ancestrales, l'adolescent Daniel s'était vu obligé d'aller par le monde avec deux visages : un pour faire plaisir à son oncle et l'autre pour se satisfaire lui-même et se confondre dans la foule. Il avait dû assumer cette douloureuse dichotomie à laquelle l'obligeait sa dépendance financière et affective vis-à-vis de Joseph Kaminsky, comme l'unique voie vers la solution libératrice qu'il avait choisie.

Mais sa reconversion, qui faisait à nouveau de lui un homme masqué, lui apparaissait, en revanche, comme une perte des nombreux avantages d'une liberté dont il avait tant profité durant sa vie cubaine. Même si la communauté dans laquelle il s'était intégré s'avérait beaucoup moins restrictive que celle de son pays d'origine ou que la faction des orthodoxes new-yorkais, pour qui la Loi et la parole du rabbin exerçaient un pouvoir répressif, une évidente contrainte sociale obligeait les israélites de Miami à être respectueux des préceptes de la vie du groupe s'ils voulaient être acceptés. Contrairement à la religiosité décontractée de bien des juifs à La Havane, à Miami, le besoin de réaffirmation sociale pesait comme un fardeau supplémentaire sur leur vie quotidienne. Daniel savait que, comme lui, nombreux étaient ceux qui ne conservaient que quelques vestiges de la foi religieuse. Cependant, en public, ils se soumettaient presque tous aux règles pour rester intégrés et ne pas paraître trop différents, car le plus grand risque était l'expulsion, la marginalisation. On pouvait même être taxé de révolutionnaire, un vilain mot qui désignait le stade précédant celui d'hérétique.

Lorsqu'il se promenait seul, en respirant la douce brise du détroit de Floride, l'homme ouvrait les vannes de sa nostalgie pour le monde perdu. Il se tournait vers son passé et voyait un Daniel épanoui et satisfait, libre comme seul peut l'être un homme qui agit, vit et pense en accord avec sa conscience. L'hypocrite soumission maintenant acceptée lui semblait alors mesquine et lâche, même s'il savait bien qu'elle était nécessaire pour s'assurer le respect et même l'impunité qu'assure le pouvoir. Et, dans son cas, le pouvoir c'était l'argent.

Que ferait-il de cet argent avec lequel il n'avait pas l'intention de s'acheter un petit palais, pas plus qu'une voiture de luxe ou des bijoux – il n'en portait jamais –, pas même un bateau de promenade, car, comble de malchance, il avait le mal de mer à la moindre vague ? Daniel Kaminsky souriait, satisfait de ses choix : il achèterait la liberté. D'abord, la plus précieuse : celle de son fils Elías, puis la sienne, s'il lui restait la force et l'envie de le faire.

Avec ces projets en tête, Daniel éduquait son fils avec une rigueur parfois exagérée, selon Marta et ses critères de mère cubaine, et ceux du vieil Arnáez, grand-père espagnol ramolli par les années. Mais il était convaincu que le garçon devait apprendre que tout a un prix dans la vie et que, si on le paie soi-même grâce au fruit de son propre effort, on apprécie beaucoup plus la valeur de ce qu'on obtient. Cependant, contrairement à ce qui lui était arrivé, son fils aurait un avantage pour affronter les défis de la vie, car il pourrait étudier, s'approprier des connaissances, un bien dont on ne peut hériter mais qui constitue une richesse patente, comme aurait dit son grand-père polonais. Avec ces atouts en main, Elías pourrait choisir. Daniel lui garantirait la suprême liberté du choix, et dans ce but il le préparait en lui apprenant la tempérance.

Depuis son installation aux États-Unis, Daniel, qui avait découvert la littérature traditionnelle juive et s'était penché sur les penseurs les plus rationalistes, essayait de doter son fils des instruments qui lui permettraient de faire les meilleurs choix. Il avait transposé de ses lectures aux conseils paternels l'idée que les décisions humaines sont le résultat de l'équilibre (ou de l'absence d'équilibre) entre la conscience et l'audace, une relation dans laquelle la conscience doit conduire vers les meilleurs choix et les meilleurs résultats. Il accompagnait cette notion des extraordinaires affirmations de ce séfarade érudit qui l'avait tant ébloui, Menasseh Ben Israël, un hétérodoxe rêveur, auteur de nombreux livres mais surtout d'un opuscule intitulé *De Termino Vitae*, un curieux texte où le sage, juif hollandais bien que né au Portugal (ami de Rembrandt aux dires de tous), réfléchissait à une chose aussi transcendante que l'importance de savoir vivre la vie et d'apprendre à assumer la mort. Le peintre Elías Kaminsky, qui, des années après, lirait aussi Ben Israël et, à travers lui, Maïmonide et même le difficile Spinoza, se souviendrait toujours de son père lui citant le philosophe séfarade et ses conceptions de la mort comme un processus de perte des expectatives et des désirs éprouvés par les hommes tout au long de leur vie. La mort, lui répétait son père, n'est que l'épuisement de nos désirs, de nos espoirs, de nos aspirations et de notre besoin de liberté au cours de notre vie. Quant à l'autre mort, la mort physique, on ne peut en revenir que si on y arrive à la fin d'une existence accomplie, intelligemment employée, dans la mesure où la plénitude, la conscience et la dignité ont empli nos vies, en apparence si petites, mais en réalité si transcendantes et si uniques comme… comme une assiette de haricots noirs, disait l'homme.

Deux mois après la glorieuse rencontre avec Orestes Miñoso, au printemps 1988, Daniel Kaminsky apprit qu'il avait un cancer de la prostate. Il avait cinquante-huit ans, c'était un homme solide, peut-être en léger surpoids, actionnaire principal de trois supermarchés situés à Miami Beach, South West et Hialeah, père d'un fils universitaire avec des aspirations artistiques déjà définies et, malgré ses hétérodoxies publiques, considéré comme un des piliers de la communauté israélo-cubaine du sud de la Floride. Un gagnant que guettait maintenant la pire défaite, l'irréversible, contre laquelle il se battrait pourtant, comme toujours dans sa vie.

La révélation de la maladie, l'opération, les traitements anticancéreux ultérieurs et l'acceptation d'un dispositif nucléaire dans la zone affectée (auquel il se référa toujours en parlant d'une ogive atomique fourrée dans son postérieur) le conduisit à voir la vie sous un autre angle. Durant toutes ses années nord-américaines, le Polonais israélo-cubain avait supporté en silence, mais non sans douleur, le fardeau d'une faute qui n'était pas la sienne mais dont il ne pouvait se défaire. Toutefois, devant la perspective plus que probable de la mort, il décida enfin de la partager avec son fils.

Comme il le raconta à Elías, Daniel Kaminsky était certain que son brave oncle Joseph, mort depuis plus de vingt ans dans sa petite maison du quartier de Luyanó à La Havane, avait quitté ce monde convaincu que son neveu avait tué l'homme qui avait escroqué ses parents et les avait renvoyés dans l'enfer de l'Europe de 1939. Il savait que son vieil ami Roberto Fariñas s'était éloigné de lui, non pas à cause d'inexistantes divergences politiques ou de l'éloignement sidéral ouvert par la géopolitique sur le détroit de Floride, mais convaincu qu'il était un assassin sans pitié. Même sa chère Marta, qui avait pourtant décidé, accepté, voulu le croire, au fond de son cœur, ne l'avait jamais cru. Le diagnostic des cancérologues l'avait décidé à se confesser à son fils, pour se soulager de ce fardeau et, en même temps, pour parer à l'éventualité improbable mais pas impossible qu'Elías en hérite un jour, par une source moins appropriée.

– À l'hôpital, pendant qu'il se remettait de l'opération, il m'a raconté toute cette histoire… Ma mère passait ses journées auprès de lui. Moi, les nuits. Comme il ne pouvait pas s'asseoir, il restait allongé sur le côté, le visage très proche de moi qui occupait le fauteuil. Il m'a parlé cinq ou six nuits, je ne sais plus très bien. Il parlait jusqu'à l'épuisement. Dès le début, il a pris plaisir à cette révélation et je me rappelle comment s'est élaborée dans ma tête une image de la vie de mon père que je n'avais pas jusqu'alors. Comme un tableau auquel on donne des couleurs et dont les contours se dessinent peu à peu jusqu'à ce qu'ils prennent forme… Avant ces conversations, parfois par manque de temps, parfois à cause de mon désintérêt ou de ses peurs ou des années d'absence de communication entre nous, en réalité je ne connaissais pas les détails de sa vie et je n'avais pas vraiment envie d'apprendre des choses sur Cuba. Comme la majorité des enfants, non ? Il a commencé à me raconter ce qu'avait été la vie de notre famille à Cracovie et à Berlin, avant la guerre, à l'époque des pogroms et de la peur au ventre… son obsession concernant l'obéissance et la soumission, l'exercice du libre arbitre. Puis sa soudaine découverte de La Havane et sa vie misérable dans le *solar* d'Acosta et Compostela, les amis qu'il s'était faits peu à peu, la perte de sa foi. Tout cela était pour moi comme une tache sombre, parfois comme les pages d'un livre d'histoire, et soudain ça devenait une vie très proche de la mienne. L'histoire du *Saint Louis* et les premières années de mon père à Cuba qui allaient de la tragédie et de la douleur à la joie et aux découvertes. Les raisons de son renoncement au judaïsme et même à son identité juive... Sa découverte du sexe et son obsession érotique pour les mulâtresses joueuses de saxo dans les cafés de l'avenue du Prado... Il m'a confié tout ça. Et, à la fin, il m'a expliqué son plan et ce qui était arrivé le jour où il s'apprêtait à tuer Román Mejías. Tout ce que je t'ai raconté ces jours-ci, dit Elías Kaminsky, sans cesser de tirer légèrement mais à plusieurs reprises sur ses cheveux, comme à chaque fois qu'il abordait des sujets scabreux. Le peintre lâcha un moment sa queue de cheval et alluma une Camel dont il semblait avoir apporté une abondante provision, et ajouta : Tu as le droit de ne pas le croire. Tu as même des arguments, comme ceux de Roberto Fariñas, comme ceux de ma mère, comme l'oncle Joseph a pu en avoir. Mais moi j'ai une plus grande raison d'accepter ce qu'il m'a dit : s'il était possible qu'il meure du cancer et s'il m'avait volontairement raconté ce qu'il y avait de bon et de mauvais dans sa vie, ses peurs, ses décisions de renier tout ce qu'il avait été et de libérer son âme de ce qui l'opprimait, et aussi la décision assez hypocrite de revenir au bercail sans dévoiler sa conscience... pourquoi diable m'aurait-il menti au sujet de Mejías, alors que ce fils de pute méritait mille morts pour ce qu'il avait fait à sa famille et à Dieu sait combien d'autres personnes ?

12.
La Havane, 2007

De cette hauteur vertigineuse, la vue embrassait une étendue démesurée sur une mer tentatrice, striée de bandes incroyablement nettes, dont les couleurs et les nuances se modifiaient sous le fouet implacable du soleil d'été. Le serpent gris du Malecón, allongé sous les pieds des vigies improvisées, dessinait un arc précis, oppressant, dans un contraste saisissant, comme s'il accomplissait avec joie sa mission de rempart entre l'intérieur fermé et l'extérieur ouvert, entre le monde connu et le monde possible, entre le surpeuplement et le désert. Du haut de cette montagne d'acier et de ciment qui dévoilait une généreuse portion de l'océan, on ne voyait aucune embarcation, ce qui renforçait la sensation désolante de se trouver face à un espace interdit et hostile. Du côté de la mer, il aperçut des rochers submergés, très probablement amenés là par la main de l'homme, car ils formaient des croix noires, définitivement funèbres ; du côté de la ville, il contempla les toits en terrasse, les antennes, les pigeonniers délabrés, les véhicules qui se traînaient, happés par les nuages de leurs gaz mortifères, les arbres rongés par l'air marin, et les gens, lents, rapetissées par la distance capable d'effacer même les joies et les tragédies qui les faisaient avancer. Des vies écrasées par la perspective et peut-être par d'autres causes plus douloureuses et permanentes que Conde n'osait même pas envisager. Des gens comme lui, pensa-t-il.

Ils avaient été reçus par une femme d'une trentaine d'années, aux charmes bien dessinés, à l'apogée de sa splendeur, les yeux fendus en amande avec une perversion asiatique, très généreusement parfumée au Nº 5 de Chanel. Après leur avoir dit que papa – c'est ainsi qu'elle l'appela – ben là, il était sous la douche mais que ça serait pas long, elle avait laissé Conde et Elías Kaminsky, avec son parfum, l'écho de son indigence lexicale et le magnétisme de son apparition, dans le salon ouvert sur la terrasse où ils sortirent pour contempler la mer. L'ex-policier, toujours soupçonneux depuis ses année de sale boulot, se demanda quelle sorte de "papa" était Roberto Fariñas pour cette femme éminemment comestible : le père biologique ou l'heureux papa de possessions plus cachées mais pénétrables ?

Même s'il s'était disposé à assimiler toutes les commotions éventuelles, devant le paysage exultant qu'offraient la terrasse et la persistance de l'image de la femme, Mario Conde comprit toute la vanité de son aspiration : une vision fugace du désir et la considération du mystère insondable qui les attendait dans l'appartement de Roberto Fariñas l'avaient secoué, au point que ses prétendues capacités de découvreur de vérités se sentaient dépassées tandis qu'il voyait déborder l'inventaire de ses étonnements.

Conde s'était préparé psychologiquement, car il savait qu'il serait très certainement témoin d'un saut périllleux vers le passé, peut-être agrémenté de pirouettes imprévisibles. Il supposait que, sous l'effet de la chute, les révélations les plus inattendues pourraient surgir, imbriquées dans plusieurs vies, et capables de combler la parenthèse obscure d'une ou de plusieurs existences. Des espaces que, parfois, il valait mieux laisser vides.

Le spectaculaire *penthouse* où habitait Roberto Fariñas se trouvait au dixième étage d'un immeuble de la rue Línea, à quatre-vingts mètres seulement du Malecón. Au cours de la préparation de cette rencontre que Conde avait organisée sans grandes difficultés, et à laquelle Elías Kaminsky insistait pour qu'il fût présent, l'ancien policier avait réussi à savoir, avec l'aide indispensable du Conejo, que la propriété de l'appartement remontait à 1958, date de la construction de l'immeuble, et que le père de Fariñas en avait fait cadeau à son rejeton, turbulent et indiscipliné, en guise d'hameçon en or destiné à le sortir des eaux agitées des conspirations politiques. Mais, tandis que d'une main Roberto avait pris les clés du futuriste penthouse, de l'autre il continuait à appuyer sur la gâchette dans ses actions de combattant clandestin. Fariñas avait-il participé aux attentats commis à cette époque ? C'était là un autre vide historique, totalement cadenassé.

Après le triomphe du mouvement révolutionnaire, tandis que toute sa famille partait en exil, Roberto Fariñas se consacra fidèlement à sa cause politique et se mit à travailler dans divers domaines, redessinant le pays qui évoluerait bientôt vers un autre système social. Ses mérites pendant les dures années de lutte lui permirent de rester proche des sphères décisionnelles, surtout dans les secteurs économiques et productifs, mais après la débâcle de la récolte de canne à sucre de 1970 à laquelle tout le pays participa dans le but d'obtenir une récolte de dix millions de tonnes de sucre (les tonnes capables à elles seules de promouvoir le grand bond économique de l'île), la bonne étoile de l'homme avait commencé à pâlir, peut-être à cause d'une collision cosmique liée à ce fiasco et demeurée secrète, même pour les recherches du Conejo et de ses contacts spécialisés en potins historiques, avant de finir par s'éteindre d'obsolescence derrière le bureau d'un quelconque ministère où, quelques années auparavant, il avait fait valoir ses droits à la retraite. Depuis lors, Roberto Fariñas était parfois invité à une cérémonie en mémoire des martyrs héroïques et rien de plus.

Alors qu'ils observaient, de la terrasse, le calme trompeur de la mer, Conde énonça une question que depuis plusieurs jours il remettait à plus tard.

– C'est bien Fariñas, l'ami qui disait à ton père que la jalousie était un trait de caractère des Cubains ?

Elías sourit en allumant sa Camel.

– Non, non. C'est un homme qu'il avait connu à Miami Beach. Peut-être le seul ami qu'il s'était fait là-bas, bien que ça n'ait jamais été comme avec ceux d'ici. À Miami, même avec Olguita qui avait été la fiancée de Pepe Manuel, ce n'était plus pareil…

– La communiste ?

– C'est ce que lui demandait mon père à chaque fois qu'il la rencontrait. Dis-moi, Olguita… et toi, tu n'étais pas communiste ? Bon, ce personnage était un Cubain qui se faisait appeler Papito – Papounet. Leopoldo Rosado Arruebarruena. Le classique souteneur cubain, avec chaîne en or et chaussures bicolores jusqu'à sa mort, de vieillesse, il y a environ trois ans. Papito était parti de Cuba en 1961, il disait que c'était à cause de la loi qui avait ordonné la fermeture des bordels de La Havane... D'après lui, un pays sans putes, c'était comme un chien sans puces : tout ce qu'il y a de plus chiant au monde... Un type sympathique, bavard comme une pie, qui vivait au jour le jour et se foutait de la politique... Mon père adorait parler avec lui et il l'invitait à la maison pour un oui ou pour un non, lui et sa femme du moment, pour manger du riz au poulet... C'est Papito qui lui parlait de la jalousie comme d'une marque nationale cubaine.

– Qu'est-ce qu'il lui disait ?

– Papito pensait que les Cubains supportent tout, même la faim, mais pas la réussite d'un autre Cubain. Comme ils croient tous être les meilleurs du monde, et je ne fais que répéter ce qu'il disait, les plus sensationnels, les plus intelligents et les meilleurs danseurs, chaque Cubain porte en lui un gagnant, un être supérieur. Mais comme ils ne réussissent pas tous, ils compensent par la jalousie. D'après Papito, si celui qui a du succès est américain, français ou allemand, pas de problème, les Cubains se pâment d'admiration devant lui. Mais si c'est quelqu'un comme eux, un Latino-Américain, un Chinois, un Espagnol, ils trouvent que le type est un con de veinard et ils préfèrent l'ignorer... Maintenant, si c'est un autre Cubain, ils sont rongés par un petit ver, oui, un petit ver, disait Papito, une démangeaison dans le trou de balle qu'ils ne peuvent pas supporter... la jalousie leur sort par tous les pores de la peau, alors ils commencent à dire pis que pendre de celui qui a réussi. Je ne sais pas si c'est vrai mais...

– C'est vrai, confirma le Conde qui au long de sa vie avait assisté à pas mal d'explosions de jalousie cubaine envers d'autres Cubains.

– C'est ce que je pensais... Papito était tellement drôle quand il en parlait que...

– Tout ça c'est parce que nous vivons avec cette maudite circonstance de l'eau qui nous entoure de tous côtés, les interrompit une voix, citant le poète*, qui obligea les hommes, fascinés par le panorama et perdus dans leur discussion sur l'être national, à se retourner vers leur hôte qui sourit en observant Elías.

* Virgilio Piñera, premier vers du poème *"La isla en peso"*, 1943.

– Putain, mon gars, tu es le portrait craché de ton grand-père espagnol !

Avec plus de rapidité qu'il n'en fallait à Elías pour réagir, l'homme le serra dans ses bras. À soixante-dix-huit ans, Roberto Fariñas exhibait une apparence excessivement juvénile. Les muscles de ses bras étaient denses et travaillés, sa poitrine solide et son visage, soigneusement rasé, si dépourvu de rides que Conde envisagea deux pactes possibles : avec le diable ou avec le bistouri.

Fariñas serra énergiquement la main de Conde, comme s'il voulait prouver sa force physique (peut-être pour affirmer sa capacité à être le petit papa de la dame au parfum Chanel) et, en souriant, il jouit de la réaction de surprise et de douleur de son visiteur. De retour dans le salon aux vastes vitrages à l'épreuve des cyclones, ils trouvèrent la table préparée avec des tasses à café, des verres d'eau, un seau à glace et une bouteille de très vieux Jameson irlandais.

– Vous allez me goûter ça. C'est le nec plus ultra... vous savez combien m'a coûté cette bouteille ? Non, j'ai honte de le dire...

Malgré cette publicité, Elías Kaminsky choisit le café. Conde, faisant un suprême effort, accepta également le café et refusa de boire, surtout à l'idée qu'on ne lui en offrirait qu'un verre, alors quitte à rester sur sa soif, autant ne pas y goûter.

– Vous ne savez pas ce que vous perdez, les avertit leur hôte. Tu n'imagines pas comme je suis content de te voir... Tu es vraiment le portrait craché de ton grand-père...

Roberto Fariñas se concentra sur Elías Kaminsky et durant quelques minutes il ignora royalement Conde. Ce dernier accepta presque avec joie son rôle d'invité de pierre dans cette rencontre de deux inconnus qui, cependant, se connaissaient depuis bien avant que l'un d'eux ne vînt au monde. Sans cesser de les écouter, il put ainsi observer la concentration d'objets de valeur disposés dans le salon : un téléviseur à écran plat de quarante-huit pouces (estima-t-il) avec tout le système *home cinema*, des canapés recouverts de vrai cuir, un bar avec d'autres bouteilles aux étiquettes brillantes, en plus des candélabres, vases et autres objets d'origine raffinée. D'où le retraité Fariñas sortait-il l'argent pour entretenir tout ça ?

– Je ne sais pas pourquoi mais j'ai toujours été certain que ça arriverait un jour, commença Fariñas en s'adressant à Elías. Comme à un certain moment, j'ai su que je ne reverrais jamais ton père, en revanche j'étais persuadé que toi je te rencontrerais... Et je savais même pourquoi...

Une lumière s'alluma à cet instant dans le cerveau de Conde. Maintenant il comprenait soudain la raison pour laquelle Elías Kaminsky l'avait engagé et avait même exigé sa présence lors de cette rencontre : par peur. Le peintre, pensa Conde, en réalité n'aurait pas eu besoin de lui pour arriver jusqu'à ce pinacle havanais où se trouvaient très certainement quelques-unes des réponses à ses questions, peut-être les réponses les plus définitives. Un appel téléphonique aurait suffi pour le conduire là, devant l'homme qui avait assuré à son père qu'il pourrait toujours compter sur lui dans n'importe quelle circonstance, totalement conscient de ce que cette offre pouvait signifier. Mais la crainte d'Elías d'écouter la révélation qu'il ne désirait pas entendre, bien qu'il eût en même temps besoin de savoir, l'avait obligé à chercher une aide neutre, une présence sur laquelle s'appuyer si tout s'écroulait. La somme de quelques centaines de dollars représentait une fortune pour Conde, mais pour Elías, héritier de trois supermarchés opportunément vendus à de grandes chaînes nord-américaines, peintre assez coté, héritier présumé d'un Rembrandt, ce n'était qu'un investissement minime pour obtenir ce qu'il considérait comme un gain énorme : ne pas affronter seul la vérité, quelle qu'elle soit.

– Mon père parlait beaucoup de vous et de Pepe Manuel. Plus jamais il n'a eu des amis comme vous. Comment est-il possible qu'en plus de quarante ans vous ne vous soyez jamais parlé, même pas écrit une lettre ?

– Parce que la vie est une barque... comme disait très justement Calderón de la Merde*, lâcha le vieux jeune en riant de sa plaisanterie, aussi archaïque que lui, mais plus abîmée par l'usage. Décidément, il s'y entendait pour esquinter les citations littéraires. Pourtant j'avais des nouvelles de ta famille, j'en ai toujours eu.

* Jeu de mots sur le nom de l'écrivain espagnol Calderón de la Barca et le titre de son œuvre : *La Vie est un songe*.

– Comment… alors que vous n'aviez plus de contacts ?

– Avec ton père, non. Mais avec Marta, oui… Quand on nous a dit qu'être en relation ou avoir des contacts avec les Cubains qui vivaient hors du pays était presque un délit de trahison à la patrie, nous avons découvert un système pour communiquer. Ma marraine est restée à Cuba et ce qu'on pouvait dire d'elle lui était bien égal, elle écrivait à Marta les lettres que je lui dictais et les envoyait sous son nom. Et ta mère lui répondait. C'est comme ça que j'ai appris ta naissance, par exemple. C'est ainsi que j'ai reçu la photo de la tombe de marbre avec des incrustations de bronze que ton père avait achetée pour Pepe Manuel dans cet horrible cimetière de Miami. J'ai aussi été au courant pour le cancer, l'opération et l'ogive atomique placée dans le derrière du Polonais. Et elle était au courant de ma vie. Elle savait que je suis devenu veuf en 1974. Marta et Isabel, ma femme, s'aimaient beaucoup… Enfin, ce fut une relation intime, dans le dos de ton père et des talibans politiques d'ici.

Elías tenta de sourire et lança un regard à Conde. Les révélations arrivaient avec leur lot de surprises. Où sa mère avait-elle caché ces lettres ? Comment les avait-elle reçues pour que son père ignore cette longue et gentille infidélité ? Ou Daniel connaissait-il l'existence de ce lien ? Le lui avait-il caché ?

– Sa dernière lettre m'annonçait la mort du Polonais. Le silence qui s'ensuivit m'a fait deviner ce qui était arrivé à Marta jusqu'au jour où un ami me l'a confirmé. Les autres lettres, je ne vais pas te les donner mais la dernière je veux t'en faire cadeau. C'est une des plus belles lettres d'amour jamais écrites. Quand je l'ai lue, je savais que la vie de Marta était finie. Parce que sa vie, c'était Daniel Kaminsky. Toi, et excuse-moi de te le dire, elle t'aimait plus parce que tu étais la conséquence de son amour pour le Polonais que parce qu'elle t'avait mis au monde…

Là, le peintre ne sourit pas. Tandis qu'il tirait sur ses cheveux, des larmes potentielles voilèrent ses pupilles. Les paroles de Roberto ne lui apprenaient rien : il savait ce que leur relation avait signifié pour ses parents, les combats livrés pour la concrétiser, les sacrifices et les renoncements auxquels ils s'étaient soumis pour la consacrer et la préserver, les silences qu'ils avaient gardés pour ne pas l'entacher. Mais évoquée par le témoin survivant de l'époque où tout avait commencé comme une amourette juvénile, cette relation prenait les connotations accablantes qu'infligent soixante ans de constance, des années qui avaient changé tellement de choses, sauf la décision qui avait eu le plus d'incidence sur la vie du Polonais loqueteux et de la petite Espagnole presque riche, Marta Arnáez. Et sur la sienne aussi.

Du petit sac à dos qui l'accompagnait, Elías sortit alors une boîte en bois. Il l'ouvrit et en sortit, tel un magicien en pleine représentation, un cube de verre à l'intérieur duquel reposait une balle de base-ball, jaunie par le temps, marquée de lettres bleues.

– Je ne savais pas si j'allais te voir ou pas, dit Elías, mais j'ai tout de même apporté ça, parce que ça te revient plus qu'à moi. Tu vois, elle est dédicacée à Pepe Manuel, signée par Miñoso...

L'étranger tendit le cube de verre que Roberto Fariñas prit avec délicatesse, comme s'il avait peur de le casser.

– Putain, mon gars ! murmura-t-il, ému. Quelle époque, nom de Dieu ! Il fallait voir comment on vivait et à quelle vitesse, les choses qu'on faisait et à quel point on en jouissait... Et soudain tout a changé. Ton père en exil, Pepe Manuel mort d'une façon si absurde, moi, dirigeant socialiste sans jamais avoir voulu être socialiste ou communiste... Ça n'a plus jamais été pareil... Il y a quelque temps, j'ai lu un roman d'un Espagnol, qui écrit pas mal d'ailleurs, où un personnage cite Stendhal dont les mots sont une pure vérité : "Quiconque n'a pas vécu avant la Révolution ne peut pas dire qu'il a vécu..." Tu entends ça ? Eh bien, je te certifie que cette phrase est juste. C'est moi qui te le dis, moi qui suis un survivant... – Il se concentra sur ses souvenirs, sans doute les plus heureux, tout en observant la balle dans son urne de cristal. – J'étais avec Daniel le jour où Miñoso a lancé cette balle...

– Je connais cette histoire. Il y en a d'autres que j'ignore...

– Parfois, il n'est pas nécessaire de tout savoir.

– Oui, mais mon père a vécu jusqu'à la fin avec quelque chose dont il avait honte, commença Elías.

Roberto posa le cube de cristal sur la table basse et s'empressa de l'arrêter d'un geste de la main.

– Tu veux vraiment que je te parle de ton père ? Que je te dise, à toi, les choses que depuis cinquante ans j'aurais voulu lui dire à lui ?

Elías prit le temps de réfléchir bien qu'il n'ait pas d'autre alternative. Conde remarqua qu'il avait envie de le regarder mais n'osait pas.

– Oui, comme si j'étais lui.

– Alors il faut que je commence par le début… Ton père a vécu avec cette honte dont tu parles parce que c'était un fameux couillon. Un Polonais têtu qui a eu de la chance de ne pas se retrouver devant moi, parce que je lui aurais botté le train à l'en faire crever… Non pas pour ce qu'il a fait ou pas, mais parce qu'il n'a pas eu confiance en moi. Ça, je ne le lui ai jamais pardonné !

Elías accueillit cette bordée d'injures avec stoïcisme sans cesser de tirer sur sa queue de cheval, à tel point que Conde craignit à un moment donné qu'elle se détache de sa nuque. À la barre des témoins, Conde sentit que les insultes et les menaces étaient enrobées d'une tendresse qui avait résisté à toutes les intempéries, aux années pré- et post-révolutionnaires, aux incompréhensions et aux éloignements forcés ou voulus. Tout cela lui faisait l'effet de répliques apprises et peut-être même répétées.

– Un de ses problèmes, c'était que je puisse penser qu'il avait tué le fils de pute qui avait escroqué tes… oui, c'est ça, tes grands-parents et ta tante. Mais dès que j'ai appris comment Mejías avait été assassiné, j'ai su que ce n'était pas ton père. Et c'était facile de savoir pourquoi : Daniel n'aurait jamais liquidé un homme de cette façon-là. Même pas ce fils de pute… Ce qui a tout compliqué, c'est que, quand ils ont su que Pepe Manuel leur avait échappé, ils m'ont mis en taule pour presque trois semaines, avec des interrogatoires deux fois par jour et quelques baffes, malgré mon nom de famille et les relations de mes parents… Et comme j'étais détenu, je n'ai plus jamais pu parler au Polonais. Quand on m'a relâché, il était déjà parti. Par chance pour lui, car il aurait bien pu être le suivant qu'ils auraient arrêté.

Roberto Fariñas, si pétulant depuis le début, perdait de sa véhémence en parlant. Conde connaissait ce processus et il se préparait à la véritable révélation.

– L'autre problème, reprit-il après une pause durant laquelle il caressa nerveusement l'élégante montre en or attachée à son poignet, le véritable problème, c'est qu'il a pensé que tant que je serais détenu, je pouvais le dénoncer comme possible assassin de Mejías… C'est pour ça qu'il s'est tiré, pas parce qu'il avait peur d'être impliqué dans l'histoire de Pepe Manuel. Et c'est aussi pour ça que par la suite il ne m'a jamais écrit. La honte l'en empêchait. Il avait pensé de moi ce qu'il n'avait pas le droit de penser… C'est ça le véritable fardeau que ce couillon a traîné jusqu'à la fin et, comme il n'a pas pu s'en libérer, il l'a emporté avec lui dans la tombe.

Elías demeura silencieux, rattrapé par la honte qui lui arrivait par voie génétique, mais en même temps soulagé par la conviction de Roberto Fariñas que son père n'avait pas tué Mejías. Conde, dans son rôle de témoin silencieux, s'agita, gêné, aiguillonné par les questions qui le martyrisaient mais qu'en sa qualité d'auditeur, il devait contrôler. Il avait de plus en plus l'impression que quelque chose ne collait pas dans le récit de Fariñas.

Roberto poursuivit son monologue.

– Je comprends que Daniel ait pu avoir ces pensées. À l'époque, beaucoup de gens qui croyaient pouvoir tout supporter se sont effondrés. La peur et la torture traversent les siècles parce qu'elles ont démontré leur efficacité. Alors, il a eu raison d'avoir peur, et même peur de ma capacité de résistance… Parce que parfois, quand tout ce que tu désires c'est ne plus sentir la douleur et avoir un espoir de survivre, tu es capable de dire n'importe quoi pour cesser de souffrir. Mais si je suis fier d'une chose dans ma vie, c'est que cette fois-là, j'ai résisté. J'ai eu peur, très peur. Par chance, on ne m'a pas torturé à fond… J'ai reçu pas mal de coups, mais je me suis tout de suite rendu compte qu'ils prenaient des gants. Ces salauds essayaient de ne pas me laisser de marques. J'en ai déduit que s'ils me laissaient debout ou assis pendant des heures, sans me permettre de dormir, j'allais m'écrouler physiquement mais que je pouvais résister psychologiquement. Et je ne leur ai rien dit : ni comment Daniel et moi nous avions fait partir Pepe Manuel, et encore moins, bien sûr, ce que ton père comptait faire et qu'il n'avait pas fait.

– Je suis vraiment désolé. – Elías arriva enfin à formuler une excuse et il tenta de changer le cours de la conversation. – Et si ce n'est pas mon père, qui a bien pu tuer Mejías ?

– N'importe qui, conclut Roberto Fariñas. Depuis vingt ans Mejías baisait et escroquait bien des gens. Cela pouvait aussi être un homme de Batista s'ils avaient découvert ce qu'il trafiquait avec les passeports et les révolutionnaires.

– Mais tu as une idée ?

– J'en ai une mais c'est seulement un soupçon. Ce dont je suis certain, c'est que ce n'est pas ton père qui a fait ça.

Conde sentit que ses engrenages mentaux prenaient de la vitesse et supposa que le même phénomène se produisait dans le cerveau d'Elías Kaminsky. Un "soupçon", comme le qualifiait Fariñas, devait logiquement avoir un nom. Celui de quelqu'un qui presque sûrement était déjà mort, comme quasiment tous ceux qui étaient impliqués dans cette intrigue. Pourquoi Fariñas n'offrait-il pas ce soulagement à Elías ?

Au fond des cavernes de son intuition policière, poussiéreuse mais encore vivante, Conde sentit qu'une autre lumière s'était allumée, plus brillante ; ce qui ne collait pas dans le discours de Fariñas, pensa-t-il, devait être le mensonge à partir duquel il avait étalé des vérités : l'homme disait avoir un soupçon et en même temps ne rien vouloir révéler, ce qui était mesquin ou mensonger.

– Vous savez que le tableau de Rembrandt qui était chez Mejías s'est retrouvé dans une salle des ventes à Londres ? lui demanda Elías.

La stupeur de Fariñas fut authentique.

– Ce tableau, la pomme de discorde... murmura-t-il, apparemment déçu. Non, je l'ignorais...

– À ma connaissance, mon père ne l'a pas sorti de Cuba. Il ne l'a jamais récupéré parce qu'il n'a pas tué Mejías, comme vous le dites vous-même et, bien entendu, il n'a plus jamais remis les pieds chez cet homme. Presque toute la famille de Mejías a quitté Cuba en 1959... est-ce qu'ils l'ont emporté avec eux ?

– Quand Mejías a été tué, il y a bien eu un tableau volé. Dès le début, j'ai pensé que le tableau que nous avions vu chez Mejías pouvait être un faux, et j'en ai été convaincu quand j'ai constaté qu'on ne parlait presque pas du vol. Les proches de

Mejías, sa femme, son fils et deux ou trois filles, je crois, sont partis au tout début de la révolution, alors il est possible qu'ils aient emporté l'original, celui que tes grands-parents avaient apporté.

Fariñas essayait de trouver des variantes, et Conde, contraint au mutisme, fut persuadé que quelque chose grinçait de plus en plus fort. Mais il n'arrivait toujours pas à deviner quel enchaînement de l'intrigue provoquait ce frottement, jusqu'au moment où l'implosion de son esprit devint plus forte que son pacte de non-intervention. La solution était de détacher les vérités du tronc du mensonge. Il allait justifier son salaire.

– Pour ces gens, ce n'était pas facile de sortir un tableau de Cuba, intervint soudain le Conde, s'efforçant de contenir sa véhémence. Vous le savez bien. On les fouillait de la tête aux pieds... Ils l'ont peut-être confié à quelqu'un ? Il a pu être confisqué et ensuite volé par quelqu'un d'ici, non ?

Roberto Fariñas écoutait Conde mais fixait Elías.

– Tu avais vraiment besoin de le laisser se mêler de tes oignons ? demanda-t-il à Kaminsky en montrant du doigt le policier comme s'il s'agissait d'un insecte répugnant.

– Il m'aide...

– Ici, à Cuba, pour gagner une poignée de dollars, on te vend les clous de la Sainte Croix et deux tableaux de Rembrandt... Il t'aide à quoi, mon garçon ?

Même s'il savait qu'il outrepassait ses limites, Conde décida de répondre à l'attaque, pensant que cela pouvait le conduire à la vérité et parce qu'il se sentait blessé dans sa dignité. Il réfléchit un instant : il savait qu'il serait difficile de faire plier Fariñas, mais il devait y parvenir.

– Vous étiez un de ceux qui savaient que ce tableau, le vrai, valait beaucoup d'argent, non ?

– Oui, bien entendu... Mais putain, qu'est-ce que tu insinues ?

– Je n'insinue rien. J'affirme quelque chose. Vous le saviez... et qui d'autre ?

– Qu'est-ce que j'en sais ! Mejías était un bavard, n'importe qui pouvait le savoir. Il se vantait d'avoir un Rembrandt authentique et le tableau se trouvait dans son salon, à la vue de tous...

– Non, ce n'est qu'une supposition. Ce qui se trouvait là devait être une copie, comme vous l'avez dit vous-même. Comme les autres peintures. Parce que Mejías était peut-être bavard mais pas con. Et le mystère du silence au sujet du tableau volé s'explique parce que ce n'était pas l'œuvre authentique et que les héritiers n'avait pas intérêt à ce que l'on parle de ce tableau, ni du faux ni du vrai, puisqu'ils avaient le bon…

Fariñas se concentra un instant.

– Oui, d'accord, et alors ?

– Comment ça, alors ? – Conde réfléchit de nouveau. Avait-il le droit de poursuivre ? Il se dit que oui : le droit que donne le besoin de connaître la vérité. – Alors, ça fait vingt ans que vous être retraité. Il y a longtemps qu'on vous a viré de la sphère du pouvoir. Mais entretenir cette maison, acheter toutes ces merdes que vous avez, être le papounet de cette femme qui pourrait être votre petite-fille… Avec quel argent, Fariñas ? De plus, quelles relations avait votre famille pour que vous soyez revenu tout fringant de là où les autres révolutionnaires sortaient sans yeux, sans ongles… ou morts ? Le fils de Mejías était vraiment l'ami d'un de vos frères ? Il n'était pas plutôt son complice dans des magouilles comme la vente de passeports et autres choses du même genre ? Et là, maintenant… quelles relations avez-vous pour vous acheter tout ça ?

Le propriétaire du spectaculaire appartement, également bénéficiaire des faveurs de l'époustouflante fille Chanel, semblait avoir perdu l'usage de la parole sous le feu de ce mitraillage impie. Conde profita du mutisme qui maintenant affectait l'autre pour se lancer dans la démolition mesquine. De son côté, Elías Kaminsky ressemblait à une version contemporaine de la foutue femme de Loth.

– Daniel avait des raisons d'avoir peur de vous. Il savait que vous pourriez le dénoncer. C'est pour ça qu'il est parti et qu'il ne vous a jamais écrit. C'est pour ça qu'il n'est jamais revenu à Cuba, même après le départ de Batista et de ses sbires. S'il n'a jamais fait part de ses soupçons à Elías, c'est qu'il a préféré endosser la faute plutôt que de révéler qu'il doutait de vous et de votre amitié. C'est pour ça que je ne serais pas étonné si le tableau et vous aviez un certain rapport…

Roberto Fariñas parvint à reprendre son souffle, seulement pour protester.

– Mais bordel de merde, de quoi parle cet abruti ? dit-il en parlant de Conde mais en s'adressant à Elías.

Conde jeta un regard aux biceps de soixante-dix-huit ans de Fariñas, plus musclés que les siens de plusieurs centimètres, et décida de courir le risque.

– Je dis que vous avez quelque chose à voir avec le Rembrandt, peut-être avec le fait qu'il soit apparu à Londres dans une vente aux enchères juste après la mort de Daniel et Marta, et que, si ça se trouve, il y a aussi un rapport entre vous et la mort de Mejías… Parce que même Marta ignorait le jour où Daniel irait le tuer, et elle a toujours soupçonné qu'il pouvait l'avoir tué. Mais vous, vous saviez tout, au point d'être convaincu que Daniel n'est pas l'assassin… Et en même temps vous avez laissé Marta vivre jusqu'à la fin avec ce doute… Et la date de la mort de Pepe Manuel ? Il est vraiment mort accidentellement le jour de l'assassinat de Mejías ou la date est un montage de vous tous ? Ce ne serait pas plutôt José Manuel qui aurait pris les devants et tué Mejías avant de s'embarquer sur le ferry ? Ou vous, qui vous baladiez avec un revolver et vous intéressiez au tableau de Rembrandt ? En plus vous, vous aviez les couilles pour couper la gorge et la queue à un type, ou lui mettre deux balles dans la peau, comme vous l'avez presque certainement fait deux ou trois fois en 1958. De plus, c'est bien vous qui aviez dit à Daniel que vous étiez prêt à faire ce qu'il faudrait ?

Fariñas avait viré au rouge tant sa pression artérielle grimpait. Conde, frappant dans toutes les directions, avait réussi à le pousser dans le coin du ring, là où cela lui convenait. S'il restait quelque chose à Roberto Fariñas, c'était son amour pour sa propre image, physique et morale. Et maintenant il ne pouvait que la défendre devant l'homme qui était le fils d'un de ses meilleurs amis, le témoin par transfert de son passé. Il se rebiffa.

– Ça suffit, merde ! J'ignore tout de ce foutu tableau ! Ce que j'ai ici, y compris la femme qui est là, je l'ai et je l'entretiens avec les bijoux que ma famille m'a laissés et que je vends petit à petit depuis des années. Je ne fais pas partie de ces connards qui ont remis leurs bijoux au gouvernement parce qu'ils disaient que c'était révolutionnaire de le faire. J'avais assez donné, j'ai risqué ma peau, oui, un pistolet à la main, et j'ai tué deux salopards de tortionnaires, et j'ai posé des bombes sous le nez des flics… Et je vends ces bijoux parce que, avant de mourir, je vais tout dépenser à bien bouffer, à bien baiser, jusqu'à ce que le Viagra me fasse exploser comme un pétard… Toute cette merde sur Pepe Manuel, ça n'est que ça, de la merde et encore de la merde !

Le disque de Fariñas sembla s'enliser dans la merde et, pour l'en sortir, il regarda Elías, ignorant Conde et le laissant plus ou moins… dans la merde.

– Mon garçon, je n'aurais jamais dénoncé ton père. Et il le savait. Il est parti parce qu'il a pris peur. Il n'a pas eu peur pour lui, mais de lui-même…

Roberto Fariñas fit une pause et ouvrit l'angle de son regard pour en faire profiter Conde qui se prépara à écouter enfin la vérité cachée pendant cinquante ans, susceptible d'apporter un soulagement final à Elías Kaminsky.

– Il avait peur que, d'une façon ou d'une autre, on fasse le rapprochement avec Mejías, qu'on le jette en prison et qu'on le fasse avouer. Parce que lui, il savait qui avait tué cet homme. Et il savait évidemment que ce n'était pas Pepe Manuel, comme dit cet abruti, parce qu'il l'avait lui-même aidé à partir quelques jours avant et qu'il avait même son pistolet… C'est moi qui le lui avais donné. Il savait aussi que je n'étais pas l'assassin parce que après s'être enfui de la rue où habitait Mejías, il est venu me chercher et m'a trouvé encore endormi…

Alors, ce fut le visage joufflu d'Elías qui rougit. Il avait laissé ses cheveux en paix. L'évidence d'un soupçon toujours écarté commença à prendre forme, à prendre la bonne température. Le mastodonte eut besoin de s'éclaircir la gorge avant de demander à Fariñas :

– Mon père m'a menti ?

– J'en sais rien… mais il ne t'a sûrement pas dit toute la vérité.

– Il vous a dit qu'il savait qui avait assassiné Mejías ?

– Il me l'a dit, confirma Fariñas. Quelques jours avant qu'on m'arrête, il m'a parlé. Il était au trente-sixième dessous, il se culpabilisait parce que ce n'était pas lui qui avait liquidé ce fils de pute. Si on faisait le rapprochement entre lui et cet homme, il avait peur d'aller en prison et de ne pas tenir le coup. C'était une époque terrible... et ton père était très lâche... Alors c'est moi qui lui ai donné l'idée : si ça arrivait, on mettrait ça sur le dos de Pepe Manuel, qui leur avait déjà échappé... pour toujours.

Conde écoutait, de plus en plus convaincu que, parfois, il vaut mieux ne pas déterrer les vieilles vérités enfouies. L'épitaphe lue trois jours plus tôt prenait enfin tout son sens : "Joseph Kaminsky. Il eut foi en Dieu. Viola la Loi. Mourut sans éprouver de remords."

– La dernière fois que j'ai écrit à ton père – Roberto Fariñas se concentra de nouveau sur Elías –, c'était pour lui dire que le vieux Pepe Cartera était mort. Et il m'a demandé de lui rendre le service de commander une pierre tombale. Il m'a dit ce que je devais y faire graver... Il l'a écrit en hébreu... Je peux te montrer sa lettre...

– Et pourquoi mon père m'a-t-il raconté toute cette histoire sans me dire qu'il savait que l'oncle Joseph avait tué Mejías ? Pourquoi ne pas l'avoir dit à ma mère ?

– Ça, par contre, je l'ignore, Elías. Je suppose que c'était pour protéger la mémoire de son oncle au risque de foutre en l'air la sienne... Ou parce qu'il croyait que c'était lui qui aurait dû tuer Mejías. Je ne sais pas, ton père a toujours été un type compliqué. Comme tous les juifs, non ?

Elías Kaminsky lui avoua qu'il ne savait pas s'il se sentait mieux ou moins bien, soulagé ou accablé par la mauvaise conscience, à cause de ce qu'il en était arrivé à penser de son père et à cause des peurs et des secrets que celui-ci ne lui avait jamais avoués, pour protéger les autres et se protéger de lui-même et de ses sentiments de culpabilité. En revanche, ce qu'il savait, dit-il à Conde, c'est qu'il avait envie d'en finir avec cette plongée dans le passé, et même d'oublier le tableau qui n'avait apporté aucune satisfaction à Daniel Kaminsky et avait tout juste servi à bousiller sa vie à plusieurs reprises. Et tant pis si d'autres s'enrichissaient grâce à lui.

– Alors, ça t'est égal que les héritiers du coupable de ce qui est arrivé à tes grands-parents gardent le tableau ou l'argent du tableau… ? Pour ton père cela comptait, pour son oncle aussi…

– Eh bien moi, ça m'est égal, insista-t-il comme s'il hissait le drapeau blanc.

– Et tu n'as pas non plus envie de voir ton presque cousin, Ricardo Kaminsky ?

En sortant de chez Roberto Fariñas, Conde avait invité Elías à boire une bière au bar rustique d'où on voyait le Malecón. Le peintre avait besoin d'une pause pour digérer les révélations et sa première réaction avait été ce rejet total. Mais Conde, se sentant concerné, avide de connaître les ultimes vérités, l'emmenait vers le coin du ring, le laissait reprendre son souffle et le poussait déjà à continuer. En entendant la question, Elías avait réagi.

– Conde, que peut-il savoir, ce garçon ?

– Je n'en sais rien. Mais je suis certain qu'il est au courant de quelque chose. Depuis que j'ai entendu Fariñas, je le sens, là, juste là… – Il toucha sa poitrine sous le téton droit. – J'ai une prémonition qui me fait mal : il sait quelque chose d'important lié à toute cette histoire.

– Quoi ?

– Eh bien, je l'ignore. Mais on peut le voir ce soir… Et ce n'est plus un garçon. N'oublie pas qu'il est plus âgé que toi.

La veille au soir, après avoir pris rendez-vous avec Roberto Fariñas, Conde avait réussi à trouver le numéro de téléphone de Ricardo Kaminsky de la façon la plus élémentaire : en regardant dans l'annuaire. Dans la liste, il n'y avait qu'une seule personne de ce nom, il vivait dans la rue Zapotes, à Luyanó, et, bien sûr, il ne pouvait être que le rejeton de Caridad, la mulâtresse, le beau-fils de Joseph Kaminsky devenu légalement son fils, avec le nom juif en prime. Conde l'avait appelé de chez le Flaco Carlos pour lui expliquer que le fils du neveu de son père adoptif, oui, le fils de Daniel, Elías, était à Cuba et désirait le voir. Le docteur Ricardo Kaminsky, une fois la surprise passée, avait accepté la rencontre, pour lui si inattendue.

– Tu as pris rendez-vous ?

Le mastodonte semblait inquiet et gêné. Conde mit ça sur le compte de la conversation avec Fariñas.

– Oui, bien sûr. C'est pour ça que tu me paies, non ?

– Et pourquoi as-tu pensé que je voudrais lui parler ?

– D'abord, parce qu'il a connu ton père ici à Cuba et parce que c'est l'une des dernières personnes qui a dû voir ton oncle Joseph vivant. Mais maintenant je suis convaincu qu'il peut te révéler des choses qui t'intéressent... À moins que tu veuilles vraiment tout envoyer se faire foutre et monter dans le premier avion pour sortir d'ici sans savoir tout ce que tu voulais savoir.

Elías but une longue gorgée de bière puis chercha son mouchoir pour essuyer sa bouche et, au passage, la sueur de son front. Même dans ce troquet ouvert, à cent mètres de la mer, la chaleur déshydratait les corps. Elías secoua la tête, refusant une chose dont il était le seul à connaître la nature.

– Je t'ai dit que j'ai deux enfants ?

– Non, tu as passé ton temps à regarder en arrière...

Cette fois, Elías acquiesça.

– Un garçon de quatorze ans et une fille de onze. Actuellement, je ne les vois pas autant que je le voudrais. Leur mère et moi, nous avons divorcé il y a trois ans et ils sont partis vivre dans l'Oregon. Elle a obtenu un poste à l'Université d'Eugene. Tu ne seras pas surpris d'apprendre que mon ex-femme est devenue spécialiste de la peinture baroque de l'Europe du Nord. Y compris de Rembrandt... Mais ce que je voulais te dire, c'est... Au début de l'année dernière, quand l'état de mon père a commencé à empirer, j'ai emmené mes enfants à Miami. Nous y avons vécu trois mois, jusqu'à la mort de leur grand-père. Curieusement, ce ne furent pas des mois de deuil. Plutôt un temps pour mieux faire connaissance et se rapprocher. Mon père est resté conscient jusqu'à la fin. Les derniers jours il a même refusé les médicaments, il ne se plaignait pas, il demandait qu'on lui serve des haricots noirs... Ton ami Andrés l'a beaucoup aidé. Il se trouve que mes enfants ne rencontraient leurs grands-parents qu'à l'occasion des vacances d'été que nous passions à Miami. Mon fils avait treize ans et c'était un enfant de New York, ce qui veut dire à la fois beaucoup de choses et rien du tout. Personne n'est de New York, ou tout le monde peut l'être, je ne sais pas. Chaque fois qu'il le pouvait, mon père lui racontait beaucoup de choses sur sa vie. Il lui a fait connaître la Cracovie des juifs avant la guerre mondiale, le Berlin des nazis, la peur qui les poursuivait, l'histoire de ses arrière-grands-parents et du *Saint Louis*... Pour lui, c'était parfois comme des scénarios de film, des histoires à la Indiana Jones et, grâce à mon père, il a pu comprendre que c'est la réalité qui est macabre... Mais il lui a surtout expliqué sa vie à Cuba et comment et pourquoi il avait décidé ici d'abandonner la pratique du judaïsme et même voulu cesser d'être juif. Il lui a beaucoup parlé de la liberté. Du droit de chaque l'homme à faire ses choix en toute indépendance ; de croire ou non en Dieu ; d'être un honnête homme ou un salaud. Il lui a répété l'histoire de Juda Abravanel, qui pour moi est un conte juif... Je crois qu'il lui parlait de ce que l'on est et qu'on ne peut cesser d'être, parce qu'on ne peut jamais s'en libérer... Mais tu sais de quoi il lui a le plus parlé ?

Conde réfléchit. Il lança une pierre.

– Du tableau de Rembrandt ?

– Non... Enfin, il l'a mentionné parce que, sans cette peinture, il y a des choses importantes de notre vie à tous qui sont incompréhensibles. Mais il a surtout insisté sur sa relation avec l'oncle Joseph. Il disait à mon fils combien avait compté pour lui cet homme qui semblait si avare et revêche mais qui, dans les moments les plus durs de sa vie, l'avait épaulé et lui avait garanti cette possibilité de faire ses choix librement... Et il a révélé à Sammy, bon, mon fils s'appelle Samuel, une chose qu'il ne m'avait jamais dite à moi : qu'il n'aurait jamais pu s'acquitter de la dette de gratitude qu'il avait envers l'oncle Joseph, non pas parce qu'il l'avait recueilli ou pour l'argent qu'il lui avait donné, mais parce qu'il avait été capable de compromettre la paix de son âme pour le sauver, lui, son neveu. La fois où je l'ai entendu dire ça à Sammy, j'ai pensé que mon père se référait à des histoires de religion, des histoires de juifs compliqués, comme dit Roberto. Mais je comprends maintenant qu'il faisait allusion à des problèmes plus importants. Il parlait de la condamnation et du salut. De la vie et de la mort. Mon père se référait à sa propre vie et à la mort d'un homme.

On pouvait voir en Ricardo Kaminsky le plus imprévisible et à la fois le fidèle héritier d'une tradition qui remontait au docteur Moshé Kaminsky, juif de Cracovie. Comme le lointain ashkénaze polonais dont il n'avait pas le sang mais dont le nom lui avait été donné, le mulâtre havanais exerçait la médecine en qualité de professeur titulaire et néphrologue. Mais, pour le complet étonnement d'Elías, ce Kaminsky aux cheveux blancs, cubain, âgé de soixante-six ans, habitait encore, malgré ses mérites scientifiques et didactiques, dans la plus que modeste maisonnette du quartier de Luyanó construite dans les années 1930, héritée de ses parents, la mulâtresse Caridad et le Polonais Pepe Cartera.

Tandis qu'ils s'approchaient en voiture de l'adresse que Conde avait indiquée à Elías, le vieux quartier havanais leur révélait son éternel aspect sordide et son délabrement irréversible, de plus en plus flagrant et même blessant. Les maisons, dont la plupart ne bénéficiaient pas d'une terrasse sur le devant, avaient des portes crasseuses donnant directement sur des trottoirs sales. Les rues, pleines de profonds nids-de-poule d'ascendance historique, où croupissaient toutes les eaux possibles, semblaient avoir subi un bombardement méthodique. Les constructions, pour la plupart de matériaux peu nobles, qui avaient dépassé le cycle vital pour lequel elles avaient été programmées, exhalaient sans grâce leurs derniers soupirs. Pendant ce temps, les immeubles, qui avaient prétendu se démarquer de leurs voisins plus pauvres par leur qualité et leur taille, avaient bien souvent été victimes de la fragmentation : depuis des dizaines d'années, on les avait transformés en *solares* où les familles s'entassaient dans des espaces réduits et devaient encore, en plein XXIe siècle, utiliser ces toilettes collectives qui avaient tant martyrisé Pepe Cartera à son époque. Dans les rues, sur les trottoirs, aux carrefours, une humanité sans expectatives, en marge du temps ou, pire encore, détachée de lui, regardait passer la brillante Audi avec des regards qui allaient de l'indifférence à l'indignation : indifférence pour une vie possible qui, pas même en rêve (car ils ne rêvaient plus), ne serait jamais la leur, et indignation (leur dernier recours) par rejet viscéral de ce qui leur avait été refusé pendant des générations malgré d'infinis discours et d'infinies promesses. Des êtres dont l'existence, malgré l'obéissance et les sacrifices, s'était écoulée comme un passage transitoire entre le néant et le vide, entre l'oubli et la frustration.

– Regarde, dit le Conde, voici le square Reyes. C'est là que ton père et ton oncle sont venus discuter le jour où Daniel a découvert le tableau de Rembrandt chez Mejías.

Ce que Conde appelait "square" était un territoire indéfinissable. Plusieurs citernes débordant d'immondices ; des monceaux de débris jeunes, adultes et vieux ; des restes dont on pouvait penser, avec beaucoup d'imagination, qu'ils avaient un jour été des bancs et des jeux pour enfants ; des arbres blessés manifestant leur évident désir de mourir. Un abrégé du désastre.

– Et l'oncle Joseph a quitté le *solar* de la rue Compostela pour vivre ici ?

Elías Kaminsky ne comprenait pas.

– C'était un quartier de prolétaires. Mais enlève-lui cinquante ans de laisser-aller et de mauvais traitements et dix millions de tonnes de merde... Au moins, c'était une maison indépendante avec des toilettes qui laissaient tout loisir à sa constipation, non ?

– Il offrait une fortune à mon père mais continuait à vivre dans la mouise, telle fut la conclusion étonnée et douloureuse de l'étranger horrifié.

Conde donna les dernières instructions pour qu'Elías s'engage dans la rue Zapotes. Ils suivirent la numérotation jusqu'au numéro 61. Pour leur soulagement, la plaque, au lieu de pendre sur le trottoir, était fixée au mur de l'unique maison de tout le pâté avec une terrasse couverte donnant sur la rue. Petite, certes, mais une terrasse tout de même ! Devant la maison était garé un véhicule agonisant, une voiture soviétique dont ils ne tarderaient pas à apprendre qu'elle appartenait au médecin Ricardo Kaminsky, autorisé à l'acheter grâce à son statut professionnel, presque vingt-cinq ans auparavant.

De leur voiture, ils aperçurent le docteur. L'homme les attendait sur la terrasse, habillé comme pour une grande occasion : pantalon crème et chemise repassée avec soin. Celui qui avait été Ricardito, le petit mulâtre au teint clair, capable d'improviser des vers et qui, dans le sillage de sa mère, avait volé le cœur de Joseph Kaminsky, était de toute évidence impatient. Lorsqu'ils descendirent de la voiture rutilante qui faisait traîtreusement ressortir la décrépitude de celle du spécialiste et professeur de néphrologie, les yeux de l'homme ignorèrent immédiatement la silhouette de Conde, si secondaire dans cette quête, et se fixèrent sur le colosse aux cheveux noués en queue de cheval. Ce visage lui parlait de son propre passé. Et il le faisait à grands cris, comme Conde et Elías n'allaient pas tarder à le vérifier.

Après les salutations, le médecin, un peu nerveux, tint à présenter sa famille au fils de Daniel Kaminsky, le peintre sorti sans prévenir des brumes du passé. L'épouse, les deux filles, les gendres et les trois petits-enfants – deux garçons et une fille – surgirent de l'intérieur de la maison où ces êtres aux couleurs de peau les plus variées semblaient se tapir en attendant qu'on les appelle. La personne qui sortit en dernier éveilla la curiosité de Mario Conde mais pas celle d'Elías, sûrement habitué à ce genre d'allure : celle qui s'avéra être l'aînée des petits-enfants du médecin, une jeune fille à peine sortie de l'adolescence et plus blanche que le reste de sa famille, portait une tenue extravagante, pleine de clous et de pièces métalliques, les lèvres, les ongles et le bord des paupières maquillés de noir, une sorte de manchon de toile rayée couvrait l'un de ses bras, tandis qu'un anneau argenté brillait sur son nez et que d'autres, toute une collection, ornaient l'unique oreille que laissait voir la mèche de cheveu, tendue comme un pan de tissu sombre, qui couvrait la moitié de son visage. La jeune fille détonnait dans cette ambiance comme un chien au milieu d'une flopée de chats.

Ricardo Kaminsky procéda aux présentations suivant un cérémonial démodé, comme s'il plaçait les membres du clan devant un chaman ou une personne tout aussi extraordinaire. Les femmes, y compris la jeune gothique, embrassèrent Elías sur la joue et les hommes lui serrèrent la main, répétant tous la même phrase : "Enchanté, ravi de vous connaître." Une fois énoncés les noms, les liens de parentés et les formules de bienvenue, il s'adressa à eux, en désignant Elías.

– Comme vous le savez, ce monsieur est le petit-neveu de Pipo Pepe. Le fils de mon cousin Daniel. Ce monsieur, s'il m'autorise à le dire, est de ma famille, mon cousin, le seul que j'ai et, d'après ce que je sais, je suis son seul cousin Kaminsky, car sa famille paternelle a été assassinée par les nazis. Mais le plus important comme vous le savez tous, c'est que si votre grand-mère Caridad fut une femme heureuse, si je suis ce que je suis, et si vous êtes ce que vous êtes, c'est grâce à ce Polonais, le grand-oncle de ce monsieur, mon père, qui nous a donné, à ma mère et à moi, les trois choses les plus importantes que peut recevoir un être humain : l'amour, le respect et la dignité.

Joseph Kaminsky était Pipo Pepe ? Daniel Kaminsky, Cousin Daniel ? Des Kaminsky cubains, blancs, noirs, mulâtres, fiers de ce nom de famille extravagant qui les avait sortis de la mouise ? Elías Kaminsky venait d'être attaqué de nouveau par surprise et dans le dos. Il en perdit la voix et ne put retenir les larmes qui coulèrent sur ses joues. Il était venu chercher une vérité et, en récompense, il croulait sous les découvertes capables de perturber le fonctionnement de ses glandes lacrymales.

– Si vous voulez bien vous donner la peine, poursuivit le docteur Kaminsky en s'adressant aux visiteurs, nous voudrions vous inviter à dîner ici, à la maison. Ce n'est pas grand-chose, vous savez que je suis médecin, mais ce serait un honneur pour nous, je veux dire, une joie immense si vous acceptiez. Comme je ne sais pas si vous êtes juif pratiquant, reprit-il en s'adressant à Elías, nous n'avons préparé que des plats kasher, rien n'est *trefa*... Je les ai préparés moi-même, comme le faisait ma mère pour Pipo Pepe...

L'avalanche d'affection empêchait Elías Kaminsky de s'exprimer, il se contenta d'acquiescer.

– Très bien... mais asseyez-vous, s'il vous plaît. Ici sur la terrasse, il fait plus frais. Mirtica – Ricardo s'adressa à une de ses filles – la citronnade, s'il te plaît.

La famille du médecin demanda l'autorisation de se retirer et repartit vers son refuge secret. Elías et Conde s'installèrent dans les fauteuils et Ricardo finit par occuper le sien. Une minute après, la fille gothique (Yadine, Yamile, Yadira ?, Conde essaya de se souvenir du nom qui commençait par "Ya") et sa tante, à la peau plus claire que celle de sa sœur, mais avec une croupe africaine que le Conde ne manqua pas d'admirer, les servirent dans de hauts verres très fins avec une cruche embuée sous l'effet du liquide bien froid.

– Vous savez ? Ces verres, c'est M. Brandon qui les a offerts à Pipo Pepe et à maman quand ils se sont mariés. Nous ne les sortons que pour les grandes occasions.

Durant de longues minutes, les deux Kaminsky parlèrent de leurs vies pour mieux se situer mutuellement. Elías évoqua sa profession, sa famille, le décès de ses parents. Ricardo, son travail de néphrologue dans un hôpital, la joie de cette rencontre inespérée et aussi celle de sa famille.

– Vous vivez tous ensemble ? demanda le visiteur, sans doute en tenant compte de ce qu'il savait déjà, que la maison de Luyanó n'avait que deux chambres.

– Oui, tous ensemble, pas d'autre solution… Et heureusement que nous avons hérité de cette maison. Maintenant, ma fille Mirtica, qui est institutrice, occupe la première chambre avec son mari et ses deux fils. Mon autre fille Adelaida, qui a fait des études d'économie, avec son mari et leur fille Yadine, dans la seconde chambre. Ma femme et moi, nous installons notre lit pour la nuit dans le salon… Le problème, c'est la queue pour la salle de bains. Surtout quand Yadine l'occupe pour se déguiser… dit-il en souriant.

– Et vous ne pouvez rien faire… ?

Le peintre ne comprenait toujours pas.

– Non, la maison qui te revient, c'est soit celle que ta famille t'a léguée, soit celle que tu as réussi à construire si tu avais beaucoup d'argent, soit celle que, par une voie ou une autre, le gouvernement t'a attribuée. Moi je n'ai fait que mon travail et je n'ai gagné qu'un salaire… on ne m'a rien donné… – Ricardo Kaminsky se demanda un instant s'il devait poursuivre ou pas et il décida que oui. – Le problème, c'est que je suis catholique. Tu as bien entendu : ni juif ni *santero*, catholique. Alors, quand la direction faisait une distribution à l'hôpital, j'étais toujours écarté, parce que je suis croyant et que c'était très mal vu… C'est un miracle si on m'a laissé acheter la voiture, cette Moskovich. C'est drôle : maintenant comme le gouvernement ne donne plus rien, peu importe en quoi tu crois. À l'époque où il attribuait des gratifications, c'était crucial. Mais je ne pouvais pas cacher mes croyances. Et j'en ai payé le prix, sans regrets. Après tout, j'adore avoir ma famille près de moi…

Tout en écoutant l'histoire, pour lui bien connue, tellement courante et banale, de la promiscuité dans le logement du néphrologue Ricardo Kaminsky, Conde pensa à la distance incommensurable qui séparait l'univers du médecin de celui de Roberto Fariñas. C'était la même, en plus criante peut-être, que celle que Daniel Kaminsky avait découverte entre sa pauvreté et les moyens des juifs enrichis de La Havane en 1940 et de Miami en 1958. Il calcula que, même avec ses cinq ans d'études universitaires, le peintre n'allait pas saisir la complexité de ce panorama, il fallait avoir vécu là pour le comprendre – plus ou moins. Les existences de ces deux hommes, cousins légaux, avaient suivi des chemins si éloignés qu'on aurait dit des habitants de galaxies différentes. Mais, avec une fatalité mathématique, Conde découvrirait que dans un coin reculé de l'infini même les lignes parallèles finissent par se rejoindre.

– Je n'oublierai jamais, comment l'oublier, que c'est ton père qui m'a emmené pour la première fois voir un match de base-ball au stade du Cerro. Je devais avoir huit ou neuf ans, et j'étais fan du club Almendares, je passais ma vie à jouer au base-ball sur n'importe quelle petite place du quartier de La Vieille Havane. Daniel n'était pas encore marié et il n'avait pas déménagé mais il était déjà fiancé à Martica, et un samedi matin je descendais les escaliers du *solar* pour aller jouer quand il m'a appelé pour me demander si j'avais déjà assisté à un match de l'Almendares. Je lui ai répondu non, bien sûr. Alors il m'a dit que j'allais le voir dans l'après-midi mais avant je devais aller me laver et dire à ma mère de me préparer pour partir au stade à deux heures… Même si le Marianao de Daniel a battu l'Almendares, je crois que c'est le jour le plus heureux de mon enfance. Je le dois à un Kaminsky. Tu ne peux pas imaginer à quel point j'étais fier quand je suis revenu du stade avec cette casquette bleue de l'Almendares que Daniel m'avait achetée…

“Ma mère et moi, nous avons eu beaucoup de chance de nous trouver dans le même *solar* que ton oncle et ton père. Surtout ton oncle, bien sûr, qui a entamé une relation avec ma mère et lui a donné quelque chose qu'elle n'avait jamais connu : le respect. Et, à moi, il m'a offert ce qui, selon lui, ferait de moi un homme riche : la possibilité de faire des études. Avec les années, ma mère et Joseph se sont même mariés et j'ai cessé de m'appeler Ricardo Sotolongo, d'être ce qu'à cette époque on appelait un enfant naturel, pour avoir deux noms de famille comme tout le monde : Kaminsky Sotolongo. Mais déjà avant qu'il ne devienne mon père légal, je l'appelais Pipo Pepe. Et quand ton père me voyait, il me disait 'cousin'. Grâce à eux, j'ai senti que j'appartenais à une famille, ce que je n'avais jamais eu.

"Quand Daniel a quitté Cuba, Pipo Pepe a refusé de partir à cause de nous. Il n'a pas voulu s'en aller non plus en 1960, quand Brandon a proposé de lui ouvrir un atelier à New York en qualité d'associé. Il savait à quel point la vie aux États-Unis pouvait être dure pour des Noirs, alors il est resté ici avec nous. Toutefois, c'était aussi parce qu'il n'avait plus la force de tout recommencer. Quand il est tombé malade, et à sa mort, en 1965, ma mère et moi avons senti que nous avions perdu la personne la plus importante de notre vie. Alors ton père, Daniel, a écrit à ma mère que, si nous voulions, il pouvait nous faire venir en tant que veuve et fils d'un juif polonais pour que nous allions vivre avec lui et Martica. Mais je terminais l'université, ici c'était dur mais on vivait encore avec l'espoir que tout allait s'arranger, et ni elle ni moi ne voulions partir. De toute façon, nous avons été très reconnaissants à Daniel de s'être souvenu de nous, comme si nous étions sa famille... C'est pour ça que je me suis toujours tellement reproché de n'avoir pas communiqué davantage avec ton père et Martica, d'avoir été assez stupide pour accepter ce qu'on nous disait, que ceux qui partaient étaient des ennemis avec lesquels il ne fallait avoir aucun contact... Enfin... c'est fou ce qu'on peut vous obliger à faire ! Et on accepte... jusqu'au jour où on se secoue et où on décide de ne plus le faire, même au risque de se voir mis à l'écart de la tribu.

"Pas mal d'années plus tard c'est ma mère qui est tombée malade. Elle qui ne buvait jamais, même pas une bière, on lui a découvert une cirrhose foudroyante. Une nuit, dans les derniers jours, sentant sa fin proche, elle a insisté pour me raconter une histoire qu'il fallait que je sache... Et d'après ce que tu m'as dit, toi aussi tu mérites de la connaître... Parce qu'elle révèle le genre de personne qu'était Joseph Kaminsky et ce que son neveu Daniel représentait pour lui."

Le médecin respira profondément en frottant la paume de ses mains sur son pantalon crème, comme s'il avait besoin de les nettoyer. Conde observa qu'il avait les yeux plus humides et brillants, comme si une grande douleur le tenaillait. Elías Kaminsky, de son côté, remuait les lèvres, anxieux et affligé.

– Pipo Pepe a tué cet homme, Román Mejías. Il l'a fait pour éviter ça à ton père, pour qu'il n'ait pas à le faire. Il l'a tué avec le tranchet qu'il utilisait pour couper le cuir... Il a pris le risque d'être fusillé, de moisir en prison, d'être tué par Mejías, d'être mis en pièces par les hommes de Batista. Mais c'était surtout pour épargner tous ces dangers à Daniel. Selon ma mère, le vieil homme savait très bien ce qu'il faisait, car il ne s'exposait pas seulement à la justice et à la fureur des hommes, il perdait aussi le pardon de son Dieu qui, bien qu'il ait sacralisé la vengeance, avait placé au-dessus un commandement inviolable : tu ne tueras point. Moi qui l'ai connu et qui ai bénéficié de sa bonté, je ne m'imagine pas comment il a pu entrer chez cet homme, le frapper de son couteau à découper le cuir sur tout le corps et ensuite lui trancher la gorge, presque lui couper la tête. En revanche, je peux comprendre ses raisons. Plus que la haine qu'il pouvait éprouver pour un homme qui avait escroqué des membres de sa famille et les avait renvoyés en Europe vers le supplice et la mort, c'est l'amour de son neveu qui l'y a poussé. Il n'y a qu'un homme vraiment bon, un honnête homme, pour être capable, par un tel sacrifice, de perdre le plus sacré de sa vie spirituelle, alors que cette vie lui importe vraiment beaucoup. Il savait que son âme ne connaîtrait pas le salut, mais il est mort satisfait d'avoir tenu la parole qu'un jour il avait donnée à son frère, le père de Daniel : prendre soin de son fils dans n'importe quelle circonstance, comme si c'était le sien. Ce qu'il a fait.

Elías Kaminsky avait écouté le médecin, le regard rivé sur les dalles de la terrasse rongées par la pluie et le soleil. La confirmation définitive de l'innocence de son père était indissociable de cette épiphanie qui révélait la capacité de sacrifice d'un homme qui, par amour et par devoir, se transformait en assassin sans pitié et s'autocondamnait volontairement, en toute conscience. En observant l'attitude de ces deux êtres d'origines différentes, apparentés par l'infinie bonté – les termes étaient justes – de Pepe Cartera, Conde décida de risquer l'impertinence en essayant de découvrir le fin fond de cette histoire exemplaire.

– Docteur, dit-il. Il fit une pause puis se lança : Votre maman, Caridad, elle vous a dit quelque chose au sujet du tableau que Mejías avait volé au frère de Joseph ?

Ricardo Kaminsky acquiesça mais resta silencieux quelques secondes.

– Pipo Pepe l'a rapporté de chez Mejías. Il était dans un cadre et, avec l'instrument qui avait tué l'homme, il a coupé la toile et l'a mise dans sa chemise. Comme à ce moment-là il était le propriétaire de la peinture et que ce tableau était la seule chose qui pouvait relier les Kaminsky à Mejías, il a décidé qu'il n'en voulait pas et il l'a brûlé dans le bac à laver du patio. Cette œuvre pouvait valoir beaucoup d'argent, cela ne l'intéressait pas. Il ne voulait plus d'un argent qui n'avait pas servi à sauver sa famille au moment où il aurait pu le faire... Ma mère n'a pas osé lui dire que c'était une folie de brûler une chose si précieuse, elle n'a rien dit car il s'agissait du bien et de la décision de Pipo Pepe, et elle a pensé qu'elle devait la respecter. Elle savait que par cette action Pipo Pepe apportait un peu de paix à son âme...

Pendant que Ricardo expliquait les raisons et les actions extrêmes de son père adoptif, Elías avait relevé la tête et, en tirant compulsivement sur sa queue de cheval, il avait posé son regard sur Conde. L'ex-policier, de son côté, sentit son cœur s'emballer en entendant la révélation du médecin.

– Alors, il a brûlé la peinture de Rembrandt ?

– Oui, c'est ce que ma mère m'a raconté.

– En pensant que c'était un Rembrandt et qu'il avait beaucoup de valeur ?

– Il était de Rembrandt et il avait beaucoup de valeur, confirma le médecin, incapable de comprendre les raisons profondes de ces questions ou pensant que son interrogateur du moment souffrait d'un durcissement du cortex cérébral provoqué par une grave infection urinaire.

– Comment le savait-il ? insista Conde.

– Il le savait, c'est tout, d'après moi… ! C'était le portrait d'un juif qui ressemblait au Christ. Il l'avait toujours vu chez lui à Cracovie.

– Et, bien entendu, avant de le brûler il ne l'a montré à aucun spécialiste ?

Ricardo Kaminsky perçut les effets de l'affolement qui s'emparait de Conde.

– Bien sûr que non, je ne sais pas… Comment aurait-il… ? Mais qu'y a-t-il ?

Conde regarda Elías Kaminsky et le peintre comprit que c'était à lui de fournir les explications.

– C'est que l'original de ce tableau de Rembrandt se trouve maintenant à Londres et que quelqu'un tente de le vendre. Vérifié et authentifié, évidemment… L'oncle Joseph a cru qu'il avait emporté l'original et qu'il l'avait brûlé, mais c'était une copie.

Ricardo hochait la tête, sa capacité de compréhension et d'étonnement semblait dépassée par ces révélations.

– Le plus terrible, poursuivit Elías, c'est que l'oncle a cru détruire un original, un tableau de très grande valeur, et cela lui était égal. Il voulait avant tout protéger sa famille.

Les bières et le vin apportés par Elías Kaminsky avaient grandement contribué à atténuer la retenue de ses parents cubains, serrés autour de la table qui occupait toute la salle à manger de la maison de Luyanó. À la surprise du peintre, les plats servis étaient des recréations cubanisées de vieilles recettes juives et polonaises, avec toutefois les indispensables haricots noirs que tous les Kaminsky réunis là, de sang ou de nom, considéraient comme leur plat préféré.

Le vieux Frigidaire, solide mais terni, ronronnait encore dans un coin de la salle à manger. Daniel et Marta l'avaient offert à Joseph Kaminsky en 1955, quand il avait acheté la maison. Près de l'appareil se trouvait la vitrine où étaient rangés les assiettes et les verres en cristal fin de Bohême, cadeaux du potentat Brandon. Au-dessus du meuble, Elías découvrit un crucifix de bois et la *hanoukia*, le chandelier à huit branches, apporté de Cracovie par Joseph Kaminsky, avec lequel, d'après son père, l'oncle célébrait tous les ans la fête de Hanouka, en allumant une bougie par jour, à la mémoire de la grande geste des Macchabées pour reconquérir le Temple. En parlant de ce chandelier et du crucifix, Conde apprit qu'à l'issue de ses conversations avec son grand-père Daniel, Samuel, le fils d'Elías, avait demandé à son père de devenir juif par la cérémonie de circoncision rituelle et la célébration de sa bar-mitsvah dans une synagogue de New York. Un retour au bercail exécuté, de son plein gré, par le petit-fils d'un homme que les coups du sort avaient convaincu de ne plus jamais croire en l'existence de Dieu. D'aucun dieu.

– Et que faut-il faire pour devenir juif ? voulut savoir Yadine (elle s'appelait bien Yadine) qui présentait apparemment une addiction aux bizarreries.

– C'est très compliqué, laisse tomber, intervint son grand-père.

– Et pour être détective privé à Cuba ? poursuivit la jeune gothique, en regardant Conde.

– C'est encore plus difficile que de devenir juif, répondit l'intéressé, et la réponse fit rire les autres, excepté Yadine. Conde se sentit alors obligé de clarifier : Je ne suis pas détective. J'ai été flic… Et maintenant je ne suis rien.

Sur le coup de minuit, après toutes ces heures partagées dans une ambiance de plus en plus désinhibée, les adieux furent joyeux et touchants : on se jura de garder le contact et Elías promit de revenir dans l'île avec ses enfants Samuel et Esther pour qu'ils fassent la connaissance de leurs parents cubains et qu'ils aient le plaisir d'aller assister tous ensemble à un match de base-ball au stade de La Havane où bien des années auparavant avait brillé Orestes Miñoso.

Dans la voiture louée par le peintre, tandis qu'ils se dirigeaient vers la maison de Tamara, Elías Kaminsky annonça à Conde sa décision de rentrer aux États-Unis dès le lendemain.

– Je vais engager des avocats pour qu'ils fassent le nécessaire pour récupérer le tableau de Rembrandt. Maintenant je suis bien décidé : je ne peux pas laisser d'autres gens s'enrichir avec cette peinture. Des gens qui ont détruit la vie de ma famille…

– Et si tu le récupères, tu vas le donner au musée juif ou à un de ceux dont tu m'as parlé ?

– Bien sûr. Maintenant plus que jamais, dit Elías, avec emphase, apparemment quelque peu grisé par ce qu'il avait bu.

– C'est bien joli... même glorieux et digne de ton ascendance. Mais tu permets que je te dise une chose ?

Elías sortit d'une main une Camel du paquet qu'il avait dans la poche de sa chemise *casual* de Guess. Combien de paquets tenaient dans cette sacrée poche ? Était-ce la chemise du premier jour ou en avait-il plusieurs identiques ? Puis il chercha son briquet et alluma sa cigarette. La fumée sortit par la fenêtre, ouverte à la vapeur de la nuit.

– Allez, vas-y, dit-il enfin.

– Qui disait que lorsqu'on est dans le malheur, on doit prier comme si l'aide ne pouvait venir que de la Providence, mais qu'en même temps il faut agir comme si on était le seul à pouvoir trouver la solution de notre malheur ?

– L'oncle Joseph disait ça à mon père...

– L'oncle Joseph, le plus juif de vous tous, était un fameux pragmatique... ! Écoute Elías, tu ne crois pas qu'une donation, cet acte glorieux et si symbolique, c'est ce qu'on appelle à Cuba une connerie monumentale ? Dans ce musée, il serait très bien, en souvenir des morts et de la mémoire d'une famille juive victime de l'Holocauste. Mais, putain, mon vieux, et les vivants alors ? Tu imagines ce que pourrait être la vie de ces gens que nous venons de quitter, avec une petite partie de cet argent ? Oui, tu l'imagines... Mais... je peux continuer ?

– Continue, continue, dit l'autre, en conduisant le regard rivé sur la chaussée.

– Ce tableau appartient à Ricardo Kaminsky autant qu'à toi. Légalement il est le fils de Joseph Kaminsky. Je crois même qu'il lui appartient plus qu'à toi, même s'il ne lui viendrait jamais à l'idée de te le réclamer parce que c'est un honnête homme et parce que la gratitude qu'il éprouve pour vous ne le lui permettrait pas... Mais tu crois que parce que le sang des Kaminsky coule dans tes veines, tu es le seul à pouvoir décider ? Après ce que tu as entendu aujourd'hui, tu aurais le culot d'être aussi égoïste ?

Elías lança la cigarette à demi fumée dans la rue. Il hocha la tête.

– Il faut vraiment que tout le monde me tombe dessus à bras raccourcis dans ce pays ?

– Si ça se trouve, c'était ta destinée… Venir ici, recevoir des coups et repartir mal en point mais plus entier.

– Oui… Et le destin de Ricardito est d'être encore plus couillon, comme tu dis, que l'oncle Joseph. Tu crois qu'il acceptera l'argent du tableau alors qu'il n'a pas voulu prendre les deux cents dollars que je lui ai proposés ?

– C'est qu'entre la charité et le bon droit, il y a un grand pas. Ricardo Kaminsky n'a que sa dignité et son orgueil.

– Alors, tu crois que… ?

– Je t'ai dit ce que j'en pense. Le reste, la seule chose qui compte vraiment, c'est ce que toi tu en penses.

Assis à la terrasse de l'hôtel, ils commandèrent deux cafés et deux verres de vieux rhum avant de se séparer. Mario Conde, plongé tous ces derniers jours dans les histoires embrouillées d'une famille juive, pleines de fautes et d'expiations, commençait à sentir que la découverte de la vérité lui avait juste servi à avoir six cents dollars en poche et une sensation de vide dans l'âme.

– J'ai apporté cette lettre, dit-il à Elías en lui tendant une enveloppe. C'est pour Andrés.

– Tu ne lui écris pas par mail ?

– Qu'est-ce que c'est que ça ? demanda Conde. Elías rit de la supposée plaisanterie qui n'en était pas une. Définitivement, Elías Kaminsky demeurait un étranger.

– Je la lui porterai dès mon arrivée… Il faut aussi que je le remercie pour son aide, pour ton aide.

– Je n'ai rien fait. Tout au plus t'écouter et t'éclaircir les idées. Au fait, je sais presque tout de toi, sauf le plus important.

– Le plus important ?

– Oui… tu ne m'as pas parlé de ta peinture. Qu'est-ce que tu peux bien peindre ? Ne me dis pas que tu peins à la manière de Rembrandt…

Elías Kaminsky sourit.

– Non… je peins des paysages urbains. Immeubles, rues, murs, escaliers, recoins… Toujours sans aucune présence humaine. C'est comme des villes après un holocauste total.

– Tu ne peins pas d'êtres humains parce que c'est interdit aux juifs ?

– Non, non, ça n'a plus guère d'importance pour personne… C'est parce que je veux représenter la solitude du monde contemporain. En réalité, dans ces paysages, il y a des individus, mais ils sont invisibles, ils se sont rendus invisibles. La ville elle-même les a avalés, leur a enlevé leur individualité et même leur corporéité. La ville est la prison de l'individu moderne, non ?

Conde acquiesçait tout en goûtant son rhum.

– Et où les invisibles trouvent-ils la liberté ?

– En eux-mêmes. Dans ce lieu qui ne se voit pas mais qui existe. Dans l'âme de chacun.

– Intéressant… dit Conde, intrigué mais pas très convaincu. Pris par cette conversation, une question qu'il avait remise à plus tard lui revint alors à l'esprit. Et le juif séfarade qui se baladait en Pologne en disant qu'il était peintre, tu sais ce qu'il peignait ? Qu'est-ce qu'il pouvait bien foutre en Pologne au moment où on y massacrait les juifs ?

– Aucune idée… on ne sait même pas son nom. Mais… tu lis le français ?

– Je lisais beaucoup quand j'étais à Paris… Je prenais toujours mon petit-déjeuner au *Café de Flore*, j'achetais *Le Figaro*, je me baignais dans la Seine et je parcourais la ville en long et en large, bras dessus bras dessous avec Sartre et Camus…

– Va te faire foutre ! dit Elías quand il se rendit compte de l'énormité qu'inventait l'autre. Eh bien, il y a un livre écrit en hébreu mais traduit en français, *Le Fond de l'abîme*. Ce sont les mémoires d'un rabbin, un certain Hannover, qui fut témoin des massacres des juifs en Pologne entre 1648 et 1653… Un truc dément, comme vous dites. Si tu le lis, tu peux en déduire comment a fini ce juif séfarade perdu en Pologne. Je vais t'envoyer ce livre…

– Et qu'est-ce qu'il peignait ?

– S'il avait vraiment étudié avec Rembrandt et s'il a laissé à Moshé Kaminsky un portrait d'une jeune fille juive, oui, je peux imaginer ce qu'il peignait et comment il le faisait.

– Explique-moi...

– Rembrandt était fascinant, commença Elías. Il tyrannisait un peu ses élèves. Il les obligeait à peindre selon ses critères, qui parfois semblent assez clairs et d'autres fois sont plutôt des expérimentations, à en juger par ce que l'on voit dans son travail. Rembrandt était un chercheur, il a passé sa vie à chercher, jusqu'à la fin, quand il était dans la dèche et qu'il a osé peindre des hommes sans yeux dans *La Conspiration des Bataves*... Ce qu'il voyait très clairement, c'était la relation entre l'être humain et sa représentation en peinture. Il la voyait comme un dialogue entre l'artiste, la figure qu'il représentait et le modèle. Et aussi comme la captation d'un instant fugitif qui exigeait une fixation dans le présent. Toute la puissance de ses portraits se trouve dans les yeux, dans les regards. Mais il est parfois allé bien au-delà... il en est même arrivé à peindre des personnages sans yeux, ce qui donnait plus de force au tableau. Mais le regard, c'est ce qui fait que cette étude du portrait d'un jeune juif, qui a peut-être été son disciple, est remarquable. Ce petit morceau de toile est un chef-d'œuvre. Plus que les yeux, dans ce portrait, comme dans celui de son ami Jan Six et dans certains des autoportraits, Rembrandt cherchait l'âme de l'homme, ce qu'il y avait de permanent, et il l'a trouvé... C'est peut-être ce que ce juif hérétique avait appris de son maître et s'efforçait de faire en peignant... À mon avis.

– C'est parce qu'il peignait qu'il était hérétique ? voulut préciser Conde.

– Oui, cet homme violait une loi très rigide à l'époque... Toutefois, il est peut-être mort comme mon oncle, sans éprouver de remords... Personne ne peut t'obliger à peindre. Et s'il l'a fait, il est clair que c'était l'expression de son libre arbitre. En plus, il travaillait aux côtés de Rembrandt, rien que ça ! C'est du moins ce que j'imagine...

Conde acquiesça, but son café et alluma une cigarette.

– Ce juif risquait d'être condamné pour avoir représenté des êtres humains. Et toi, qui n'es presque pas juif et qui n'en as rien à foutre des condamnations, ça ne t'intéresse pas de peindre les gens. C'est dingue tout ça…

– On ne sait pas pourquoi on est peintre ou pourquoi on ne l'est pas. Pas plus qu'on ne sait pourquoi on finit par peindre d'une façon ou d'une autre, malgré toutes les explications que tu peux donner à cette question… Ma mère aimait ma peinture. Pas mon père. Pour lui, les gens étaient toujours ce qu'il y avait de plus important.

– Ton père était vraiment un des miens. Les gens, l'agitation, les copains, le base-ball, les haricots noirs, les femmes avec une flûte ou un saxo…

– Tu ne serais pas juif par hasard ? demanda Elías en souriant.

– Va savoir… et avec mon esprit juif, il faut finalement que je te demande ce que tu vas faire si tu récupères le tableau ?

Elías Kaminsky regarda dans les yeux le vendeur de vieux livres. Il leva son verre et le vida d'un trait.

– Avant d'y arriver, il y a encore beaucoup de chemin à faire. Mais je te promets une chose : quoi que je fasse, tu seras le premier à le savoir.

– Bien, dit le Conde. Pourvu que tu ne fasses pas une connerie…

L'idée avait travaillé plusieurs jours le Flaco Carlos qui n'attendait que l'occasion propice pour s'employer à la mettre en pratique. En apprenant que Conde avait terminé ses activités juives, désireux qu'il le mette au courant des dernières péripéties de ses recherches, il laissa libre cours à ses dons d'organisateur et, à cinq heures de l'après-midi, les amis arrivaient à la plage de Santa María del Mar à bord de la spacieuse Chevrolet Bel Air de Yoyi el Palomo et de la voiture louée par Dulcita, la très ancienne ex-fiancée du Flaco, tout juste arrivée de Miami.

Pour Carlos, passer les dernières heures de la journée devant la mer, sur cette plage, d'où on pouvait assister aux spectaculaires plongeons du soleil dans l'horizon marin signifiait beaucoup plus qu'un caprice ou un désir : c'était une façon de retrouver le jeune homme qu'il avait un jour été, avec deux jambes qui lui servaient à quelque chose comme à la majorité des hommes, capable de jouer au squash sur les terrains proches, de courir sur le sable, de nager dans la mer. C'est pourquoi tous les amis acceptèrent la proposition de cette soirée de plage avec enthousiasme, après avoir fait l'indispensable provision des éléments liquides nécessaires.

Le soleil de septembre tapait encore quand ils arrivèrent. Conde, Candito et Yoyi portèrent le Flaco, qui maintenant pesait terriblement lourd, et l'amenèrent sur son indispensable trône jusqu'au bord de l'eau où ils arrivèrent épuisés et couverts de sueur. Tamara et Dulcita se chargèrent de porter les boissons dans un grand sac plastique isotherme puis elles étendirent une bâche sur le sable.

Pendant que Conde racontait les avatars de son enquête, le soleil entamait la phase finale de sa descente journalière et les rares personnes encore sur la plage se décidèrent à partir, leur offrant l'usufruit exclusif du territoire. Dans la solitude du lieu, pris par l'histoire de mort et d'amour, la sensation de temps arrêté, et même inversé, s'empara à nouveau de l'esprit de la tribu. Ces conciles de pratiquants fondamentalistes de l'amitié, de la nostalgie et des complicités exerçaient un effet bienfaisant en gommant les douleurs, les pertes, les frustrations du présent pour les propulser sur le territoire invincible de leurs souvenirs les plus sensibles et les plus attachants.

L'alcool remplissait sa mission de catalyseur du processus. Frustrés, ni Dulcita, avec ses scrupules de chauffeur nord-américain, ni Yoyi, conscient de posséder un bijou sur roues, ni Candito, du fait de ses accords avec l'au-delà, ni Tamara qui n'était pas en état d'affronter ces rhums quasiment haïtiens, ne succombèrent à la tentation éthylique à laquelle Conde, le Flaco et le Conejo s'abandonnèrent outrageusement jusqu'à atteindre l'état parfait : prendre son pied en disant des conneries. Comme on pouvait s'y attendre ce soir-là, le sujet de conversation tourna autour des possibilités que pourraient leur offrir la possession et la vente d'un tableau de Rembrandt. À combien ? Deux millions ?

– Si on en tire cinq, c'est pas mal, mais sept ce serait mieux, remarqua Carlos.

– Sept ? Pourquoi tant d'argent ? demanda le Conejo.

– Ce n'est jamais trop, *man*, jamais, intervint Yoyi, le plus obsédé d'économie du groupe.

– Sept, parce que comme ça, il y a un million pour chacun de nous, non ?

– Sept, Ok, sept millions, concéda Conde. Mais pas un dollar de plus, merde ! Ces richards sont insatiables...

– Conde, voulut savoir Candito, tu as vraiment dit au peintre que son idée de léguer le tableau au musée de l'Holocauste juif était une connerie ?

– Bien sûr que je le lui ai dit, Rojo. Putain, comment voulais-tu que je me taise ! Après tout ce qui est arrivé à sa famille à cause de ce tableau, et ce qui se passe encore, quelqu'un doit bien en tirer quelque chose de bon, tu crois pas ?

– Moi, je trouve très bien qu'il donne une belle somme au médecin et à sa famille, intervint Tamara, animée d'un esprit corporatif.

– Des millionnaires cubains ! Avec la moitié de cet argent, ils se payent tout le quartier de Luyanó, dit Yoyi avant de rectifier : non, mieux vaut ne pas acheter de la merde...

– Ce que je n'ai toujours pas compris, commenta Dulcita, c'est où était fourré ce tableau pendant toutes ces années...

– Quelqu'un de la famille Mejías... supposa Conde.

– Ce serait bien de le savoir, remarqua Tamara.

– Tout ça c'est bien joli, mais... Pour en revenir à l'argent, moi, en ce qui me concerne, je ne répartirais rien, dit le Conejo en secouant le sable de ses mains. Je garderais tout, je m'achèterais une île, j'y construirais un château, j'achèterais un yacht et... je vous emmènerais tous là-bas... avec la famille du médecin. Avec le docteur Kaminsky et Tamara, la santé publique serait gratuite ; avec la fille du professeur, on aurait l'université populaire et Conde serait le bibliothécaire ; avec la Kaminsky économiste, une planification centralisée et on prendrait Yoyi comme administrateur... Le Flaco serait le prince de l'île, Dulcita la princesse, Candito l'évêque et moi, le roi... Et le premier qui ne file pas droit, je le fous dehors !

– Où que ce soit, il faut toujours que surgisse un tyran, assura Dulcita. Mais j'aime bien mon travail sur l'île au trésor.

– Et toi, Conde ? Qu'est-ce que tu ferais avec sept millions ? demanda Tamara.

Conde la fixa intensément. Il se leva et tangua. Aussi théâtralement que possible, il promena son regard sur le public médusé.

– Putain, comment voulez-vous que je le sache ? Écoutez… – Il glissa la main dans sa poche et en sortit les six cents dollars qu'il venait de gagner. – Je ne sais même pas ce que je vais faire de ça.

Et immédiatement il distribua un billet de cent dollars à chacun de ses amis.

– Un petit cadeau de fin d'année, dit-il.

– En septembre ?

Dulcita essaya de trouver une logique à cette absurdité.

– Bon, pour l'anniversaire du Conejo dans quelques jours…

– Laisse tomber, ma fille, il est fou à lier, dit Yoyi.

– Non, finalement il est encore plus con que le peintre, rectifia Carlos qui, dans son brouillard éthylique, un billet de cent dollars à la main, eut un éclair de lucidité. Merde, regardez là-bas, le soleil va disparaître !

À l'horizon, le soleil était sur le point de toucher la surface brunie de la mer.

– Dis donc, tapette, cria le Conde au soleil. On est venus te voir et t'allais partir sans prévenir ?

Utilisant un pied puis l'autre, Conde réussit à se déchausser et, en équilibre instable, les fesses appuyées sur le corps de Carlos, il enleva ses chaussettes. Puis il déboutonna sa chemise et la laissa tomber sur le sable. Les autres le regardaient faire, intrigués. La sagesse de Candito les avertit cependant des intentions de Conde.

– Écoute, Conde, t'es un peu vieux pour ce genre de chose… intervint-il, mais l'autre baissait déjà son pantalon et exhibait son caleçon, sans prêter attention à Candito, puis il retira sa montre qui atterrit près de la chemise. Il fit quelques pas vers la mer et fit glisser son caleçon, découvrant au public des fesses maigrichonnes, à peine plus claires que le reste de son corps.

– Quel vilain cul ! fit le Conejo.

– 'ttends un peu ! cria Conde en direction du soleil, et après avoir laissé tomber son dernier vêtement, il reprit sa marche vers l'océan et le sillage doré qui partait de la dernière courbe visible de la planète pour venir mourir au bord de la plage des rêves, des souvenirs et des nostalgies. Du cœur de l'ouragan éthylique qui faisait rage dans son esprit lui parvenaient, juste à cet instant, et par des connexions mentales imprévisibles, les paroles d'un moribond du futur : "J'ai vu des choses que vous, humains, ne pourriez croire. J'ai vu des vaisseaux en flammes sur le baudrier d'Orion. J'ai vu des rayons cosmiques scintiller près de la Porte de Tannhäuser. Mais tous ces moments se perdront dans le temps comme les larmes sous la pluie*." L'homme nu entra dans la mer, sans cesser de regarder le soleil, disposé à interrompre sa descente, la fin du jour, l'arrivée des ténèbres. Obstiné à arrêter le temps pour empêcher que toutes leurs pertes ne viennent les dévaster.

* Monologue de fin du film *Blade Runner*.

LIVRE D'ELÍAS

1.
Nouvelle Jérusalem, an 5403 de la création du monde, 1643 de l'ère commune.

Elías Ambrosius Montalbo de Ávila résistait aux aiguillons du vent humide qui filaient furieusement sur le Zwanenburgwal en direction de la mer du Nord et piquaient ses lèvres et la peau de ses joues, uniques parties de son anatomie exposées aux intempéries agressives de la ville. De la neige jusqu'aux chevilles, endurant une crampe qui engourdissait ses doigts, le garçon poursuivait sa surveillance obstinée pour le cinquième matin consécutif et cherchait quelque soulagement en se remémorant la dramatique histoire et les enseignements de son grand-père Benjamín ainsi que les leçons de son turbulent professeur, le *haham* Ben Israël. Car Elías Ambrosius avait plus que jamais besoin de ces soutiens pour oser franchir le pas qui l'obsédait et commencer ainsi à se battre pour la vie qu'il voulait mener, disposé à assumer les conséquences de son impérieux désir d'exercer son libre arbitre. Un exercice qui, s'il le réalisait, changerait assurément sa vie et peut-être même sa mort.

Le garçon avait tant de fois écouté le récit de la fuite du grand-père Benjamín et de sa joie en arrivant à Amsterdam, qu'il se croyait capable d'imaginer chaque détail de l'aventure, vécue avec la grand-mère Sara (déguisée en homme, bien qu'elle fût enceinte de six mois de la tante Ana) et le père d'Elías, Abraham, alors âgé de sept ans (enveloppé dans un ballot comme s'il s'agissait d'une marchandise). Ils avaient fui quarante ans auparavant, embarqués dans la cale immonde d'un navire anglais ("Ça puait le goudron et le poisson salé, la sueur, la merde et la douleur des Africains réduits à l'état d'esclaves") ancré dans l'estuaire de Lisbonne, en transit vers la Nouvelle Jérusalem où les transfuges désiraient revenir à la foi ancestrale de leurs aînés. Cet épisode, survenu à une époque où le vieux Benjamín Montalbo ne rêvait même pas d'être le grand-père de qui que ce fût, constituait un jalon décisif pour le destin d'une famille qui savait obtenir ce qu'elle voulait ici-bas, surmonter l'adversité et comprendre que Dieu se réjouit davantage d'aider le battant plutôt que l'indolent.

Mais c'est à Benjamín Montalbo de Ávila que le garçon devait surtout ce qu'il considérait comme le principe le plus précieux de la vie. L'aïeul, homme érudit malgré son existence errante, enclin à énoncer des maximes, lui avait maintes fois répété que l'homme peut être l'outil le mieux forgé et le plus résistant de la Création si sa foi en Dieu est assez grande, mais surtout, s'il a une confiance inébranlable en lui-même et l'ambition nécessaire pour atteindre les objectifs les plus ardus et les plus élevés. Car, affirmait généralement le grand-père en conclusion des longs monologues dans lesquels il aimait s'engager tous les vendredis soir, dans l'attente familiale et joyeuse de sa majesté le Shabbat – "*Shabbat Shalom !*" –, sans son Dieu, l'homme ne peut presque rien et le Créateur ne peut rien du tout, en matière de questions terrestres, sans la volonté et le raisonnement de sa créature la plus insoumise… Grâce à cette conviction, soutenait Benjamín, rompu aux choses de la vie, trois générations de la lignée des Montalbo de Ávila avaient pu surmonter les humiliations infligées par les pouvoirs temporels les plus oppresseurs, bien décidés à les dépouiller de leur foi et même de leur propre identité ("mais d'abord de nos richesses, ne l'oublie jamais mon petit, et après, seulement après, de nos croyances"). Armé de sa seule persévérance, soulignait-il, lui, né et baptisé chrétien sous le nom de Joao Monte, lui – et il pointait du doigt sa poitrine pour éviter toute ambiguïté – il avait réussi à franchir les plus hautes barrières dressées par l'intolérance pour partir un jour en quête de sa liberté et, en même temps, de son Dieu et de la vie qu'il désirait mener en communion avec l'Éternel. Alors, à trente-trois ans, l'homme qu'il aurait toujours dû être, Benjamín Montalbo de Ávila, avait pu renaître.

En revanche, grâce à son précepteur, le *haham* Menasseh Ben Israël, le plus savant des nombreux juifs alors établis à Amsterdam, Elías Ambrosius adopta l'idée que chaque acte de la vie d'un individu a des connotations cosmiques. Une fois, en l'entendant aborder ce thème dans un de ses cours, il osa demander, alors qu'il était encore tout enfant, "Et manger un pain, *haham* ?" "Oui, manger un pain aussi… Pense seulement à l'infinité de causes et de conséquences qu'il y a avant et après cet acte : pour toi et pour le pain", avait répondu l'érudit. De plus, le *haham* lui avait transmis la douce conviction que les jours de la vie sont une sorte de cadeau extraordinaire dont il faut jouir goutte à goutte, car la mort de la substance physique, comme il l'affirmait souvent de sa chaire, ne signifie que l'extinction des attentes qui ont déjà disparu de nos vies. "La mort ne signifie pas la fin, disait le professeur. Ce qui conduit à la mort, c'est l'épuisement de nos désirs et de nos émois. Et cette mort s'avère vraiment définitive, car qui meurt ainsi ne peut aspirer au retour le jour du Jugement dernier… La vie après la mort se construit ici-bas. Entre un état et l'autre, il n'existe qu'un seul lien : selon que nous avons vécu dans la plénitude, la conscience et la dignité notre existence, en apparence si petite, bien qu'en réalité si transcendante et unique comme… comme un pain."

Mais durant ces jours ce n'était pas seulement pour oublier le froid et se donner du courage qu'Elías Ambrosius pensait et repensait aux convictions de son grand-père paternel et aux enseignements de son professeur, hétérodoxe invétéré : en réalité, il le faisait parce que, malgré sa détermination, il avait peur.

Cherchant l'abri qu'offraient les avant-toits et les murs de la maisonnette du gardien d'écluse, supportant l'odeur fétide arrachée par le vent aux eaux sombres du canal, le garçon, tout à sa recherche d'arguments susceptibles de le soutenir, ne cessait pas un instant d'observer la maison qui se dressait de l'autre côté de la rue, en particulier la porte de bois peinte en vert et les mouvements à peine visibles derrière les fenêtres aux croisillons de plomb, embuées par l'écart de températures. Elías observait et calculait que si le Maître n'était pas sorti de sa demeure au cours des cinq derniers jours, il devrait sûrement le faire ce matin-là, ou le lendemain. Ou encore le jour suivant. S'il était vrai, comme le disait le *haham* Ben Israël, qu'il s'était remis au travail ("Il peint les œuvres qu'on lui a commandées et aussi un nouveau portrait de sa défunte épouse"), les provisions d'huile et de pigments qu'il utilisait en grandes quantités s'épuiseraient et, selon son habitude, il se rendrait chez ses commerçants de la voisine Meijerplein et des alentours du marché de De Waag pour y acheter ses fournitures. Profitant d'une de ses haltes, si la situation lui semblait propice, Elías Ambrosius l'aborderait enfin et lui exposerait, dans un discours déjà mémorisé, ses aspirations et ses rêves qui, sans alternative possible, étaient entre les mains du Maître.

Plusieurs mois s'étaient déjà écoulés depuis que le garçon suivait secrètement le propriétaire de la maison à la porte verte. Au début, ce fut comme le jeu d'un enfant émerveillé qui satisfait sa curiosité en guettant une idole ou un mystère magnétique. Mais les semaines et les mois passant, les filatures devinrent une pratique fréquente, quotidienne les derniers temps, qui incluait même les heures libres du samedi, le jour sacré. Son obsession croissante avait été plus que récompensée par une heureuse coïncidence : il fut témoin de la sortie de l'énorme tableau (protégé par de vieilles toiles tachées durant l'opération dirigée par le Maître en personne, criant et invectivant ses élèves choisis pour faire office de débardeurs), l'œuvre qui, tel un séisme, devait bouleverser le garçon le jour où il put enfin la contempler dans le salon principal de la Société des arquebusiers, arbalétriers et archers du Kloveniersburgwal. Mais sa vigilance lui avait aussi valu le sombre privilège d'assister (cette fois parmi un groupe de curieux, attirés par le spectacle de la mort) au départ du cortège qui conduisit vers la Oude Kerk les restes de la jeune épouse du Maître. De la petite place que formait la Sint Anthonisbreestraat en traversant le pont à écluse où le canal se ramifiait pour rejoindre la mer, à l'endroit où la rue avait changé de nom depuis que tout le monde s'était mis à l'appeler Jodenbreestraat, la Grand'Rue des Juifs, Elías avait suivi le corbillard dans lequel reposait le corps, couvert d'un simple linceul comme l'exigeait le précepte d'humilité de Calvin. Accompagnant la défunte, il avait vu passer son *haham*, l'ancien rabbin Ben Israël, le prédicateur Cornelius Anslo, le célèbre architecte Vingboons, le riche Isaac Pinto et, bien sûr, le Maître, en grand deuil pour l'occasion. Et il avait aperçu – du moins le croyait-il – les larmes qui embuaient les yeux de cet homme, aussi choyé par le succès et le destin que harcelé par la mort qui lui avait déjà arraché trois de ses enfants.

C'était également grâce à ces surveillances, transformées en promenades certains jours de chance, que le garçon avait reçu ce qu'il considérait, dans son indigence intellectuelle, comme de précieuses leçons, car il avait découvert que le Maître s'obstinait à ne pas déléguer à ses disciples l'achat des toiles sur châssis. Il avait aussi assimilé la préférence du peintre pour les toiles déjà enduites d'une première couche d'apprêt, de couleur éteinte, apte à leur conférer un ton mat, précis et malléable dont le travail de préparation serait poursuivi ou sur lequel il appliquerait même directement la peinture. De plus, Elías savait déjà que, pour ses gravures et ses eaux-fortes, le Maître achetait généralement les délicats papiers importés du lointain pays des Japonais et qu'il ne confiait à personne la sélection méticuleuse (marchandage compris) des poudres, pierres et émulsions nécessaires pour obtenir les couleurs et les tons que son imagination lui réclamait à chaque instant. En écoutant furtivement les conversations du Maître avec le sieur Daniel Rulandts, propriétaire de la boutique la plus courue de la ville en matière de fournitures pour peintres ou avec le tudesque arrivé quelques mois auparavant, importateur de puissants pigments minéraux provenant des mines germaniques, saxonnes et magyares, ou encore avec le Frison rouquin, vendeur des plus divers trésors de l'Orient (dont l'huile noire si convoitée – connue sous le nom de bitume de Judée –, le papier du Japon et les mèches de poils de chameau, si prisées, dont les disciples faisaient des pinceaux de divers calibres), Elías avait commencé à pénétrer au cœur de la pratique de cet art, interdit par le deuxième commandement de la Loi sacrée à ceux de sa race et de sa religion, cet univers d'images, de couleurs, de textures et de senteurs, pour lequel le garçon éprouvait l'attraction galopante et irrésistible de celui qui est prédestiné. Telle était la raison pour laquelle il était là, sur le Zwanenburgwal transi de peur et de froid.

Depuis l'époque où, écolier, il suivait les cours dans la cave de la synagogue ouverte aux membres de la *Naçao*, contiguë à la maison où vivaient alors les Montalbo de Ávila, Elías avait éprouvé cette empathie, d'abord diffuse, puis de plus en plus péremptoire et finalement tyrannique. Cette attirance était peut-être née du contact avec les livres illustrés et enluminés, l'unique bien matériel qui avait voyagé avec le grand-père Benjamín, sa femme enceinte et l'aîné de ses enfants, des terres de l'idolâtrie à la terre de la liberté. Ou alors la séduction avait peut-être opéré en écoutant les histoires si imagées des pérégrinations et des voyages vers des contrées lointaines entrepris par ses plus vieux ancêtres, ces récits que le loquace *haham* Ben Israël avait pour habitude de raconter à ses élèves, autant de péripéties capables d'enfiévrer l'imagination et de nourrir l'esprit. Bien des après-midi, durant plusieurs années, au lieu d'aller jouer avec ses camarades de classe et son frère Amos dans les terrains vagues ou entre les pilotis sur lesquels s'érigeraient les prodigieuses constructions que l'on bâtissait à un rythme effréné en bordure des nouveaux canaux, Elías avait passé son temps à parcourir les nombreux marchés d'une ville qui en regorgeait – la Place du Dam, le Marché aux Fleurs, la petite place Spui, l'esplanade de De Waag avec Le Nouveau Marché, le Botermarkt – où, parmi les étalages, les balances et les ballots de marchandises fraîchement débarquées, les arômes des épices orientales et du tabac des Indes, la puanteur des harengs, des morues nordiques et des tonneaux d'huile de baleine, parmi les très coûteuses fourrures de la Moscovie, les délicates pièces de céramique de la toute proche Delft ou de la lointaine Chine, et les oignons duveteux, chrysalides des futures tulipes aux couleurs imprévisibles, il y avait toujours une place pour la vente des œuvres des innombrables peintres établis dans la ville et réunis dans la confrérie de Saint Luc. La nuit le surprenait généralement sur l'une de ces esplanades, aux cris des dernières enchères d'eaux-fortes et de dessins, au moment où on rangeait les toiles et démontait les chevalets d'exposition, alors qu'il avait passé plusieurs heures perdu dans la contemplation de paysages toujours agrémentés d'un moulin ou d'un cours d'eau, de natures mortes qui s'empruntaient mutuellement leurs représentations et leurs abondances, de typiques scènes de rue ou d'intérieur, d'obscures recréations bibliques apparentées par la chaleur de l'influence italienne à la mode dans le monde entier, d'images dessinées ou imprimées sur du tissu, du bois ou de fins cartons par des hommes dotés de la merveilleuse capacité de capter sur une surface vierge un fragment de la vie réelle ou imaginée. Et de les fixer à jamais par cet acte conscient : créer de la beauté.

En cachette, avec des fusains et du papier récupéré dans les déchets de l'imprimerie où travaillait son père et où il apprenait le métier depuis l'âge de dix ans, Elías s'était adonné à la pratique de sa passion interdite. Il avait dessiné (comme il supposait que le faisaient les peintres qui vendaient leurs œuvres sur le marché) ses chats et ses chiens ou, à la lumière d'une bougie qui en reflétait capricieusement les contours, une pomme qu'il mangerait ensuite, ou son grand-père, de plus en plus usé, méditatif et biblique, observé par l'espace infime d'une porte entrebâillée. Il essayait de reproduire la délicatesse des tulipes d'un balcon voisin, le panorama du canal avec ou sans barcasses, la rue vue à travers les vitres de la mansarde de la maison familiale de la Bethanienstraat. Il avait même donné une silhouette, un visage et un décor à ses fantaisies forgées par les histoires de son professeur et par les chroniques des conquêtes de mondes fabuleux qui affirmaient l'existence de l'Éden et de l'Eldorado, relatées dans les volumes que son grand-père faisait venir d'Espagne depuis quelques années. Bien entendu, il s'était également nourri des lectures de la Torah, le livre sacré où, d'une façon précise qui ne prêtait à aucune confusion cette pratique consistant à représenter des hommes, des animaux et des objets du ciel, de la mer ou de la terre, était justement frappée d'anathème, car le Plus Grand Créateur de Toutes Choses, selon le message transmis par Moïse aux tribus réunies dans le désert, l'avait considérée nocive pour son peuple élu parce qu'elle était source d'idolâtries. Pour cette raison biblique, Elías Ambrosius, petit-fils de Benjamín Montalbo de Ávila, le crypto-juif arrivé sur les terres de la liberté en 1606, en réclamant la circoncision et le retour à la foi de ses ancêtres, se voyait obligé d'exercer sa passion en cachette, même de son frère Amos, et avant de s'étendre sur son lit, il devait se livrer à la destruction minutieuse et affligeante des feuilles marquées à la pointe de son fusain.

Le poids même de ces interdictions suscita peut-être chez Elías un amour toujours plus fervent pour les couleurs et les formes : c'était la source d'où émanait l'énergie qui lui permettait, tout le temps pris sur ses obligations, d'endurer comme un damné ses surveillances sur la placette du canal de la Sint Anthonisbreestraat. Le terrible choix, qui violait une *mitzva* et qui, s'il était révélé publiquement, pouvait lui coûter un *niddui* et même la condamnation suprême d'un *hérem* prononcé par le conseil rabbinique, de plus en plus intransigeant (un châtiment qui pouvait l'exclure de sa famille, de la communauté et de ses bénéfices par une excommunication), s'était mué en décision irrévocable, d'une façon brutale mais prévisible, quand un après-midi du dernier automne, juste après les célébrations de *Souccoth* et une fois reprises les activités de l'imprimerie, son père, qui souffrait de douleurs lombaires l'obligeant à se déplacer comme s'il s'était soulagé dans ses chausses, lui avait délégué la responsabilité de livrer des rames d'imprimés, sentant encore l'encre, au Kloveniersdoelen, le nouveau et impressionnant siège de la société des milices de la ville.

Dès qu'il comprit le caractère de sa mission, et tout en savourant une explosion de joie, contenue à grand-peine, Elías Ambrosius pensa que les chemins de la vie tracés par le Créateur étaient souvent énigmatiques : ces imprimés seraient le sauf-conduit qui lui permettrait de pénétrer, lui, le plus pauvre des juifs de la ville, dans l'édifice le plus fermé et le plus élégant d'Amsterdam et, d'une façon ou d'une autre, de pouvoir observer l'œuvre du Maître destinée à décorer la grande salle de réunions, ce tableau gigantesque que, quelques mois auparavant, il avait vu sortir de la maison de la Grand'Rue des Juifs couvert de toiles sales et dont parlaient (en bien ou en mal mais ils en parlaient) tous ceux qui avaient à voir avec cet art, que ce fût par intérêt, par goût ou par vocation, dans la ville du monde qui comptait le plus de peintres et où on peignait et vendait le plus de tableaux.

Chargé du lourd paquet, le garçon s'était élancé dans les rues qui menaient au siège de la compagnie des arquebusiers. Il ne voyait ni n'entendait rien de ce qui l'entourait, imaginant uniquement comment serait en réalité la peinture qui avait provoqué tant de débats et animé tant de conversations, au point qu'on en parlait sur les places, dans les églises et les tavernes, et presque autant que des affaires, de l'argent et des marchandises. Le gardien de l'édifice, prévenu de la livraison du colis, lui indiqua l'étage supérieur, après avoir appelé le préposé à la réception des imprimés, chargé de conduire le garçon devant le trésorier payeur. Elías Ambrosius monta quatre à quatre les marches de marbre de Carrare de l'imposant escalier et trouva, ouvertes devant lui, les portes du *groote sael*, le grand salon où se tenaient les réunions et les fêtes les plus importantes de la ville. Alors, à la faveur de la lumière des hautes fenêtres qui donnaient sur les digues de la rivière Amstel, il découvrit la toile, brillante de vernis, appuyée contre le mur où elle serait bientôt accrochée. Elías Ambrosius, déjà capable de reconnaître d'un simple coup d'œil les œuvres des artistes les plus importants de la ville, mais surtout les tableaux nés sous le pinceau du Maître (même si plus d'une fois, il reconnaissait s'être trompé en confondant son travail avec celui de quelque disciple de talent, comme le déjà célèbre Ferdinand Bol), n'eut pas besoin de s'informer pour savoir que ce tableau extraordinaire de plus de quatre mètres de large et trois de haut était l'œuvre qui ébranlait la ville.

Devant le garçon, plus de vingt personnages, avec à leur tête le très connu et plus que fortuné Frans Banning Cocq, seigneur de Pumerland, capitaine de la compagnie des arquebusiers de la ville, et son lieutenant, M. de Vaardingen, se mettaient en marche pour faire leur ronde matinale vers une immortalité dont le point de départ serait juste cet instant où le seigneur Cocq achèverait le pas commencé et poserait son pied gauche sur les dalles en damier du *groote sael* où reposait encore le tableau et, sans trop d'égards pour Elías, lui demanderait de s'écarter de son chemin… Tiré de sa fascination paralysante par la voix du préposé, le garçon s'était acquitté de la livraison et avait reçu des mains du trésorier deux florins et dix pièces d'argent d'un quart de réal, en paiement du travail exécuté. Sans même prendre la peine de recompter la somme devant le trésorier-payeur, en dépit des recommandations de son père, il lui avait demandé l'autorisation de contempler à nouveau le tableau, sans comprendre à cet instant la réaction de dédain que sa demande avait provoquée chez l'homme.

Revenu devant l'énorme portrait collectif exhalant encore des odeurs d'huile de lin et de vernis, emporté par une émotion extraordinairement forte, Elías Ambrosius se livra avec délice à l'observation des détails. Il s'appliqua à chercher les sources de lumière, imprécises mais fulgurantes, et suivit la vertigineuse sensation de mouvement qui se dégageait de la peinture grâce à des gestes comme celui du capitaine Cocq, au tout premier plan, dont le bras à moitié levé et la bouche légèrement ouverte indiquaient que l'ordre de se mettre en marche était l'étincelle destinée à dynamiser l'action. L'injonction du capitaine semblait surprendre le porte-étendard au moment où il allait saisir la hampe, et avertissait d'autres personnages dont plusieurs étaient en pleine conversation. L'un d'entre eux (n'était-ce pas le sieur Van der Velt, entrepreneur et aussi client de l'imprimerie ?) tendait le bras dans la direction indiquée par le capitaine et, par ce geste, il couvrait la moitié du visage d'un homme qu'Elías parvint à identifier comme le trésorier avec lequel il venait de conclure le marché et il n'eut aucun mal à comprendre la réaction de l'homme quand il lui avait demandé la permission de regarder le tableau. Sur la gauche, vers l'endroit où Frans Banning Cocq se proposait de conduire la milice, l'action s'accélérait avec la course d'un enfant (ou était-ce un de ces bouffons nains ?) portant une corne à poudre et une salade trop grande pour lui ; mais, marchant en sens inverse, comme une explosion de lumière, une petite fille en or (que faisait-elle là avec une poule attachée à la ceinture de sa jupe ?) jouissait d'un espace privilégié et, avec une évidente malice d'adulte, elle observait la scène ou peut-être le spectateur, comme si sa présence téméraire se moquait de la pantomime organisée autour d'elle. Tandis qu'au centre, derrière la plume blanche du chapeau du lieutenant auquel était destiné l'ordre du capitaine, un coup de feu lumineux, instantané plus qu'audacieux, s'échappait d'une arquebuse. Le lieutenant, en uniforme d'un jaune de Naples éclatant sur lequel la main levée du capitaine projetait une ombre, n'avait pas encore transmis l'ordre du sieur Banning Cocq au reste des hommes : Elías comprit alors que toute la représentation était le début de quelque chose de vivant qui résonnait comme le coup de feu tiré, un mystère tourné vers un avenir situé au-delà du pont de pierre sur lequel les commandants se disposaient à s'engager, une mobilité chaotique destinée à briser les inerties. Quelque chose qui explosait dans toutes les directions, mais toujours vers le futur.

Bouleversé par la puissance éclatante de cette peinture aux forces déchaînées, appliquées à défier toute les logiques et les préceptes les plus élémentaires déjà appris (comment était-il possible que le capitaine Cocq, vêtu de noir, mais la poitrine barrée d'une éclatante bande rouge orangée, donnât l'impression de dominer le spectateur devant le lieutenant habillé de jaune brillant, quand tout le monde sait que les couleurs claires rapprochent et que les couleurs sombres donnent une impression de profondeur ?), Elías Ambrosius ne regarda guère les six autres tableaux chargés de décorer le *groote sael*, tous déjà accrochés à leurs places respectives. Il s'agissait de portraits de groupe (le tableau du Maître en était-il un ?) respectueux des lois établies, parfaits à leur manière. Mais au voisinage de ce tourbillon spectaculaire, plein d'effets d'optique invraisemblables qui transmettaient cependant une évidente sensation de réalité et de vie, le garçon sentit que les autres peintures ressemblaient à un jeu de cartes espagnoles : des personnages que, dans leur volontaire et parfaite uniformité, la peinture du maître rendait, en comparaison, rigides, élémentaires, dépourvus de souffle…

La voix du gardien, lui rappelant la fermeture imminente du salon, parvint à peine à soustraire Elías Ambrosius à l'envoûtement auquel il avait succombé : à partir de ce jour où sa décision d'être peintre devint irréversible, il connaîtrait le tourment des angoisses car, par ce choix souverain ou inévitable (Dieu seul devait savoir quel était l'adjectif adéquat), il plaça son destin au cœur d'une tornade dont découleraient les plus grands plaisirs et les malheurs irrémédiables qui marqueraient les jours de sa vie.

Rien n'arriva ce matin-là. Pas plus que les deux jours suivants. Mais alors que le garçon envisageait de suspendre pour quelque temps sa surveillance glacée dans l'attente de températures moins rudes, ses expectatives furent récompensées par le bruit des verrous de la porte verte qui s'ouvrit sur le Maître vêtu de son long manteau. Dès qu'il le vit, Elías Ambrosius se sentit submergé par une vague de satisfaction, au point d'en oublier le froid, ses craintes et même la faim qui le tenaillait.

Une heure avant, un peu plus tôt que d'habitude, il avait vu entrer dans la maison le jeune Samuel von Hoogstraten et, peu après, son voisin de la Bethanienstraat, le Danois Bernhard Keil, accompagné des frères Fabritius, tous heureux élèves du Maître, et il se félicita car il eut l'espoir qu'ils arrivaient en avance, très certainement pour aller ensuite faire des courses, ce qui lui permettrait enfin de rompre la monotonie glaciale de ses attentes.

Par le Danois Keil en personne, logé dans une mansarde proche de chez lui et doué d'une loquacité exacerbée qui s'épanouissait avec une invitation à boire une bière, Elías Ambrosius avait eu connaissance (en plus des routines de la maison et de l'atelier) des conditions décourageantes qu'imposait le Maître pour accepter de nouveaux élèves et assistants. Même si les apprentis lui assuraient une remarquable source de revenus (l'inscription seule atteignait déjà la centaine de florins, sans compter les autres bénéfices pratiques et mercantiles qu'ils lui rapportaient), le Maître exigeait des candidats qu'ils arrivent à son atelier avec une réelle préparation et pas seulement avec leur enthousiasme ou les connaissances élémentaires de cet art. Lui, répétait-il, il ne se chargeait pas de leur apprendre à peindre, mais de les obliger à bien peindre. ("Ma maison n'est pas une académie, c'est un atelier", disait le Danois en citant le Maître et en essayant même de lui voler l'expression revêche qu'il devait prendre en abordant ce sujet.) À elle seule, cette exigence fermait à Elías la porte verte qui lui permettrait de satisfaire ses aspirations : la première raison était sa condition de juif qui l'avait empêché de mettre ses parents au courant de ses ambitions afin qu'ils envisagent ne serait-ce que l'éventualité de briser les conventions implicites en l'envoyant se former auprès d'un maître. La seconde cause, non moins importante, était qu'à ce moment-là, il lui était presque impossible de trouver un professeur, de surcroît discret, pas cher, et habile, capable de l'aider à acquérir les rudiments indispensables pour ensuite prétendre à une place dans l'atelier de ses rêves. Mais les bonnes relations du Maître avec ses voisins du quartier juif et la connaissance de ses méthodes si personnelles (depuis plusieurs mois, Elías avait bien étudié toutes les toiles du Maître exposées dans certains lieux publics et même privés de la ville) étaient un pôle magnétique vers lequel s'orientaient toutes les attentes du garçon, décuplées et gravées au fer rouge le jour où il avait contemplé le départ de la compagnie du capitaine Cocq. S'il prenait tant de risques pour sa passion, s'il vivait et devrait vivre une partie de sa vie dans une sorte de clandestinité, il le ferait le mieux possible. Pour Elías Ambrosius le chemin qui menait à cette obsession avait un seul nom et débouchait sur une seule façon de concevoir l'art de la figuration : ceux du Maître. Sinon il renoncerait. Et le garçon savait bien que c'était en vérité le plus probable...

Pour toutes ces raisons incontournables, dans l'attente d'une solution pour satisfaire ses aspirations, le garçon avait dû se résigner à écouter les analyses du grand-père Benjamín sur l'importance d'une relation directe entre l'homme et son Créateur, et à rêver de ses futures œuvres lorsqu'il dessinait, la nuit, sur ses modestes feuilles de papier. Mais il s'était aussi obstiné à rechercher une discrète proximité physique avec le Maître en le suivant dans les rues et sur les marchés, essayant de saisir au vol quelques-unes de ses paroles pour réaliser ainsi l'apprentissage, dont il pensait qu'il serait un jour utile, des préférences du peintre en matière de pigments, d'huiles, de cartons, de toiles, découvrant le plaisir obsessionnel que l'homme prenait à acheter des objets ordinaires ou extraordinaires (cela allait d'un coquillage marin à des sagaies africaines) et les contemplations extatiques auxquelles il se livrait parfois, devant des bâtiments, des rues, des femmes et des hommes, vulgaires ou singuliers, dans cette ville bigarrée où avaient convergé toutes les races et toutes les cultures du monde.

Bien qu'Elías fût surpris de le voir sortir seul en enfilant ses gants en peau de veau, il le fut plus encore lorsque le peintre traversa la rue comme s'il se dirigeait tout droit vers l'endroit où il était posté. Son sang ne fit qu'un tour et il se mit à imaginer de possibles réponses si l'homme le sommait d'expliquer sa présence insistante en face de sa demeure, avant de se décider, dans un éclair, pour la vérité. Mais le Maître contourna un tas de neige et une flaque de boue, s'efforçant de ne pas maculer sa tenue, et, sans prêter la moindre attention au jeunot, il se dirigea vers la maison d'Isaías Montalto, le très prospère séfarade qui, comme tous ceux qui avaient des raisons justifiant ce genre d'orgueil, aimait tant vanter l'ascendance noble et espagnole de sa famille, auréolée du prestige de son père, le docteur Josué Montalto, médecin à la cour de Marie de Médicis, reine mère de France. Cet Isaías Montalto avait fait l'acquisition de la première maison, une des plus luxueuses de la rue que les gens comme lui appelaient la Grand'Rue des Juifs et avait amassé une fortune si considérable depuis son arrivée à Amsterdam qu'il avait déjà fait construire une demeure plus vaste dans la zone des nouveaux canaux où le yard de terre volé aux marécages atteignait des prix vertigineux. Nul n'ignorait que depuis plusieurs années, le juif entretenait une étroite relation avec l'homme qui fit tinter la cloche puis pénétra dans la maison d'où il ressortit à peine cinq minutes plus tard, portant à son cou un de ces petits sacs parfumés, en lin de couleur verte, remplis d'herbes aromatiques, spécialement confectionnés pour Isaías Montalto et tenant à la main un autre sac en papier marron dans lequel on enveloppait le dernier caprice de la ville : des feuilles de tabac venues du Nouveau Monde dont Montalto se fournissait auprès du converti Federico Ginebra qui les faisait venir des plantations de Cibao, dans la lointaine Hispaniola.

Au lieu de retrouver ses disciples et de se diriger vers la Meijerplein, d'où partait généralement la tournée de ses achats, le Maître s'en alla en sens inverse, passa presque devant Elías (dont l'odorat perçut les effluves fugaces de lavande et de genévrier émanant du petit sac parfumé), traversa le pont de l'écluse et, après avoir craché un bonbon en sucre par-dessus le garde-fou, s'engagea dans la Sint Anthonisbreestraat comme pour se rendre dans le centre de la ville. Il dépassa la luxueuse maison de son ami Isaac Pinto et celle où habitait et tenait boutique le marchand d'art Hendrick Uylenburg, parent de sa défunte épouse, lieu où il avait résidé en s'installant dans la ville. Puis, en arrivant près de l'arche décorée de deux têtes de mort qui s'ouvrait en direction de l'esplanade de la Zuiderkerk, l'homme s'arrêta et se découvrit malgré le froid. Elías savait que dans l'atrium de la vieille église reposaient les restes de ses trois premiers enfants, tous morts quelques semaines après leur naissance, et à cet instant, seulement à cet instant, il se demanda pour quelle raison l'homme avait décidé d'enterrer la mère de ses enfants dans la Oude Kerk et non à cet endroit déjà marqué par sa douleur.

Le Maître reprit sa marche, passa devant la maison où avait vécu des années son professeur, le défunt Pieter Lastman (le meilleur d'Amsterdam à son époque, le maître qui avait fait de lui le Maître), entra dans le Marché Neuf installé sur l'esplanade toujours aussi bruyante de De Waag où à peine un siècle et demi plus tôt se trouvait la Sint Anthonispoort, la porte qui délimitait à l'ouest la métropole aujourd'hui si étendue. À la frénétique activité des commerçants et des importateurs qui certifiaient là le poids de leurs marchandises sur la balance municipale, aux cris des fournisseurs et des acheteurs de produits présents et futurs, envoyés de tous les confins de l'univers, s'ajoutait à cet instant le bruit métallique des pelles de l'équipe des nécessiteux engagés par la mairie pour ramasser la neige et la charger sur des charrettes qui iraient la déverser dans le canal le plus proche. Le nettoyage était peut-être dû au fait qu'avant midi une des fréquentes exécutions pouvait avoir lieu sur la place, une sentence qui serait appliquée avec la plus grande célérité pour ne pas faire perdre de précieuses minutes aux activités du marché. En passant dans le coin où étaient exposées quelques toiles à vendre, réalisées pour satisfaire le goût le plus répandu, le Maître les effleura à peine du regard, et Elías pensa qu'il les dédaignait. Presque toutes le méritaient, se dit le garçon, faisant siens les supposés critères de l'homme.

Le Maître traversa le canal Archerburg par la Monnikenstraat et Elías se demanda si ses pas ne le conduisaient pas vers la Oude kerk, toute proche, l'église construite par les chrétiens et devenue quelques décennies auparavant un temple calviniste. Mais en atteignant l'Oudezijds Voorburgwal, il tourna à gauche, s'éloigna du monument aux clochers gothiques où il avait enterré son épouse quelques mois auparavant et entra dans la première taverne parmi celles qui occupaient le bord du canal. Le garçon, pourtant au fait du goût du Maître pour la boisson fermentée, s'étonna de l'heure si matinale à laquelle il venait la consommer.

Redoublant de précautions, Elías s'approcha du local, sûrement plein de soldats mercenaires arrivés d'Angleterre, de France et même des royaumes de l'Est pour se battre contre l'Espagne, attirés par les soldes avantageuses que payait la République. Fruit d'une mode récente, une énorme vitre translucide avait été posée sur la porte du local, à travers laquelle le garçon regarda à l'intérieur. Il n'eut guère besoin de chercher mais il s'empressa d'écarter son visage : le Maître, tournant le dos à la rue, s'installait à la table déjà occupée par son ancien professeur, le *haham* Menasseh Ben Israël. À cet instant l'ex-rabbin, toujours gourmand des plaisirs terrestres, plongeait son nez dans le sac en papier marron empli d'aromatiques feuilles américaines pour respirer leur chaud parfum de terres lointaines.

Durant des mois, Elías Ambrosius avait ressassé l'idée téméraire d'aller trouver son vieux professeur pour lui avouer ses ambitions. Mais ce jour-là seulement, en le voyant boire, fumer et tapoter à plusieurs reprises l'épaule du Maître, il prit sa décision. Il pesa ses chances et en conclut que cet homme était à la fois la pire et la meilleure option pour servir ses projets : de toute évidence, c'était la seule à sa portée.

Le *haham* Ben Israël habitait une maison de bois, plus délabrée que modeste, à Nieuwe Houtmarkt, dans l'île du nom de Vlooienburg, sur les rives de l'Amstel Binnen, très près de l'endroit où avaient vécu le Maître et sa défunte épouse. Plus fréquemment que ne pouvait le justifier la simple nostalgie de ses années d'écolier, Elías se rendait chez son professeur de religion, de rhétorique et d'hébreu, peut-être parce qu'on y respirait l'atmosphère la plus authentique de la communauté juive d'Amsterdam : un mélange de messianisme et de sens des réalités, de prédestination divine et d'attachement aux choses matérielles, de culture ouverte au monde et aux idées novatrices et de pragmatisme hébraïque millénaire. C'était aussi dans cette maison qu'il pouvait entrer en contact avec l'esprit du Maître.

Les conditions matérielles de la maison du *haham* étaient en flagrante contradiction avec le fait que son épouse, mère de ses trois enfants, appartenait à la famille Abravanel, jadis riche et puissante en Espagne comme au Portugal et présentement de nouveau riche et puissante à Venise, Alexandrie et finalement à Amsterdam. Les Abravanel étaient arrivés dans cette ville plus tard que son grand-père Montalbo, mais, contrairement à lui, comme passagers d'un navire marchand, chargés de sacs de monnaies d'or, de petits coffres de diamants et surtout avec des contacts politiques, sociaux, familiaux et commerciaux qui valaient tout autant de milliers de florins. Dynastie de conseillers, de banquiers et de fonctionnaires royaux des couronnes ibériques avant la funeste année 1492, pépinière de commerçants, de médecins et même de poètes reconnus, célèbres dans tout l'Occident, les Abravanel semblaient prédestinés dès leur naissance à la richesse, au pouvoir et à l'intelligence. Mais la maison du *haham* n'avait rien à voir avec les deux premières de ces caractéristiques ; la précarité de la construction de bois vermoulu révélait, au contraire, que la capacité mercantile du maître des lieux n'était pas son fort (il avait créé plusieurs entreprises, dont la première imprimerie juive de la ville, bientôt vaincue par la concurrence et vendue à un autre séfarade), mais surtout que ses relations avec les fortunés Abravanel ne devaient pas être des plus cordiales. La meilleure preuve de cette distance entre le savant et ses parents fut l'événement qui infléchit le destin de Ben Israël, car s'il avait eu l'appui du puissant clan, sa ténacité pour conserver la condition si convoitée de rabbin l'aurait emporté.

L'âpre débat avait eu lieu quelques années auparavant, lorsque les séfarades, de plus en plus nombreux et prospères, décidèrent de donner vie au Talmud-Torah, l'assemblée religieuse et communautaire dans laquelle se réunirent les trois congrégations de la ville ; comme conséquence de cette fusion, il fut décidé que la communauté se passerait de plusieurs des rabbins qu'elle rémunérait. Parmi ceux qui furent écartés se trouvait le gênant Menasseh Ben Israël. Malgré sa renommée d'écrivain, de kabbaliste et de divulgateur de la pensée hébraïque, l'érudit dut alors se contenter de la condition, plutôt mal rétribuée, de *haham*, professeur de rhétorique et de religion, mais on lui permit toutefois de conserver un siège au conseil rabbinique de la ville. En dépit de ce fiasco, le lettré s'enorgueillissait en public de ses liens de sang avec la fameuse lignée, car, comme plusieurs membres de la famille et lui-même s'étaient chargés de le proclamer, il existait des preuves dignes de foi selon lesquelles les Abravanel descendaient en droite ligne de la maison du roi David. En conséquence, le futur Messie (dont la venue, d'après les experts kabbalistes de l'Ouest et les mystiques de l'Est, semblait de plus en plus proche) porterait ce nom... le Sauveur pourrait bien être un des fils de l'ex-rabbin, engendrés dans le ventre d'une Abravanel.

Bien qu'il dût vivre avec les rares centimes qui tombaient au compte-goutte dans ses poches, malgré sa scandaleuse dégradation rabbinique et son penchant constant et tout portugais pour le vin, Menasseh Ben Israël demeurait un des hommes les plus influents de la communauté et depuis trois ans, il occupait à juste titre la direction de Nossa Academia, l'école fondée par les également puissants Abraham et Moshé Pereira. Dans sa jeunesse, pour pouvoir imprimer et faire circuler ses écrits, il avait créé la première imprimerie juive d'Amsterdam, une décision éclairée, même si ce fut un échec financier, car elle servit de tremplin pour diffuser ses idées et faire connaître de nombreux classiques de la littérature hébraïque. Ses propres livres, écrits en espagnol, en hébreu, en latin, en portugais et en anglais (il pouvait aussi s'exprimer en cinq autres langues, y compris bien sûr, le néerlandais), circulèrent à travers le monde et eurent des lecteurs, non seulement parmi les juifs de l'Ouest et de l'Est (son *Nishmat Haïm* était déjà considéré comme un des commentaires kabbalistiques les plus profonds), mais aussi parmi les catholiques et les chrétiens. Ces derniers avaient trouvé dans ses œuvres, en particulier dans *Le Conciliateur*, un curieux regard hébraïque sur les Saintes Écritures, une perspective fédératrice où apparaissaient les convergences entre la lecture catholique et chrétienne du texte et celle qu'en avaient fait les enfants d'Israël durant trois mille ans. Mais de ses œuvres – qu'il avait toutes lues, encouragé par son grand-père – Elías préférait encore le petit livre *De Termino Vitae*, bientôt devenu un succès à scandale (dont il avait composé l'original à l'imprimerie), car il lui transmettait une vision de la vie et de ses exigences, de la mort et de ses anticipations qui le satisfaisait pleinement comme conception de l'existence humaine, ici et maintenant.

Peut-être à cause de son hétérodoxie si particulière, implanté dans une toute jeune communauté turbulente qui devait recourir à l'orthodoxie la plus stricte pour se renforcer,

Ben Israël avait eu une carrière très fertile en succès et en faux pas. Mais ses liens avec le reste de la société protestante d'Amsterdam se firent plus étroits et plus fluides, sans doute parce que cet iconoclaste était capable de propager les idées les plus aventureuses (par leur nouveauté ou leur conservatisme) et d'avoir une vie publique à la limite du tolérable pour les préceptes judaïques. Et s'il fallait une preuve visible pour montrer jusqu'où allait cette communication, le petit salon de sa très modeste demeure pouvait en témoigner : là, provocateur, était accroché son portrait, fait par le Maître quelques années auparavant, alors qu'il était déjà le Maître et le peintre le plus connu et le plus sollicité de la ville. Ce dessin, où le rabbin d'alors exhibait un chapeau à larges bords, une barbe taillée et des moustaches dans le style des bourgeois de la ville, distillait la vie grâce à un impressionnant travail sur les yeux d'où jaillissait le regard de vautour intelligent qui caractérisait le modèle et que le Maître avait si bien su refléter. L'œuvre agissait comme un aimant sur Elías Ambrosius Montalbo de Ávila qui la contemplait à l'en user à chacune de ses visites, et elle fut une raison supplémentaire qui insuffla au garçon le croissant désir d'approcher le Maître et de l'imiter.

La relation d'amitié et de complicité entre un peintre critique du calvinisme dogmatique, affilié à la secte mennonite de son ami Cornélius Anslo, et un érudit juif polémique se renforça peut-être du fait qu'aucun d'eux ne prônait l'exclusion des autres et qu'ils ne pouvaient se limiter aux possibilités intellectuelles que l'époque leur offrait. Tous deux avaient échoué dans leurs aspirations d'ascension sociale et ils avaient fini par se révéler incapables d'accepter bien des comportements jugés satisfaisants (pour un peintre hollandais à succès et pour un juif éminent), tous ces canons et ces préférences établis parfois par des traditions ancestrales ou maintenus dans l'intérêt des maîtres de l'argent et du pouvoir, ces hommes dont les capitaux faisaient vivre, ne leur en déplaise, le peintre et le spécialiste des textes sacrés.

Par son ancien précepteur, Elías était au courant des longues conversations échangées dans l'atelier de l'artiste, chez le *haham* ou dans les brasseries d'Amsterdam où les deux hommes adoraient se retrouver pour s'adonner à des libations et se lancer dans des discussions où ces esprits contradictoires s'entendaient pour évoquer leurs désaccords et leurs conceptions. Leur façon de se comporter en public, souvent insolente, avait aussi contribué à attirer sur eux l'attention d'une communauté bouillonnante pour laquelle la jouissance de la liberté des idées et des credo avait été établie comme le bien le plus précieux auquel avaient droit tous les habitants de la ville, y compris les enfants d'Israël : les juifs avaient de bonnes raisons, non seulement de voir en elle une Nouvelle Jérusalem, mais de l'appeler *Makom*, "le bon lieu" où ils avaient trouvé l'acceptation de leurs coutumes et de leur foi et, avec elle, la paix nécessaire pour vivre leur vie, une paix perdue presque partout ailleurs dans le monde connu.

Ce matin-là, lorsque Raquel Abravanel, mal lunée et encore plus mal peignée (comme toujours) reçut Elías, elle lui lança tout net que son mari cuvait encore ses excès éthyliques de la veille, avant de lui fermer la porte au nez. Assis dans le petit escalier qui menait à la maison, le dos appuyé près de la *mezouzah*, le cylindre contenant des fragments de la Torah destiné à rappeler à ceux qui entraient ou sortaient que la demeure de Dieu est partout, le garçon préféra attendre que son professeur eût retrouvé ses esprits, car il était bien décidé à avoir cette conversation difficile avec l'homme susceptible de l'aider ou de l'anéantir. Une heure plus tard, trop légèrement vêtu pour le froid matinal, avec ses culottes tachées et le manteau élimé qu'il portait souvent pour se promener en ville afin de bien montrer son manque d'intérêt pour les biens matériels et l'opinion des gens, l'hôte s'installa sur la même marche que le garçon et lui offrit une tasse, identique à la sienne, d'un vin tiède coupé d'eau, sucré au miel et aromatisé à la cannelle.

Elías lui demanda comment il se sentait. "Vivant", fut la réponse du *haham* qui, chose étrange, ne semblait pas avoir envie de se perdre dans ses divagations habituelles. Pourquoi voulait-il le voir ? Pourquoi tant de hâte ? N'avait-il pas froid ? Que devenait cet ingrat d'Amos ? Le garçon décida de commencer par ce qui lui semblait le plus facile, même si en réalité cela ne l'était pas, car son frère Amos, lui aussi ancien élève de Ben Israël, avait eu une crise mystique avant de devenir un des fidèles du rabbin polonais Breslau, le plus récalcitrant défenseur local de la pureté religieuse du judaïsme et, comme il fallait s'y attendre, ennemi public de Ben Israël et de ses façons de penser. Aussi donna-t-il la réponse la plus politique et à la fois la plus explicite qui lui vint à l'esprit : "Amos doit être en train de lire la Torah dans la synagogue tudesque", dit-il. Il but une gorgée du vin déjà froid et, sans plus réfléchir, aborda le sujet qui l'intéressait : "Cher *haham*, je veux que votre ami le Maître m'accepte dans son atelier. Je veux apprendre à peindre. Mais je veux le faire avec lui." Le professeur continua à vider sa tasse, comme si les paroles de son ancien élève étaient un commentaire anodin sur le temps qu'il faisait ou le prix du blé. Elías savait cependant que l'esprit de l'érudit devait être en train de digérer ces paroles porteuses de complications et de les mettre dans la balance, équilibrée par les contrepoids de ce qui était logique, possible, admissible et intolérable.

Peu d'hommes à Amsterdam savaient mieux que Menasseh ce qu'il en coûtait de vivre en gardant un secret et de se glisser dans la peau d'un personnage : durant son enfance lusitaine, alors qu'il s'appelait encore Manoel Dias Sáiros, on l'avait arraché à sa famille et enfermé dans un couvent où plusieurs années durant, des frères franciscains, fort peu miséricordieux, l'avaient éduqué comme un chrétien et lui avaient enseigné (à la baguette) les raisons pour lesquelles il devait mépriser et réprimer ceux qui pratiquaient la religion de ses ancêtres, responsables directs de la mort du Christ, auteurs de sacrifices rituels d'enfants, puant le soufre et avares par nature, entre autres nombreux péchés et stigmates. Son estomac, obligé à digérer de la viande de porc, des boudins au sang et tout aliment *trefa* que les curés jugeaient bon de servir, s'affaiblit au point d'entraîner une maladie chronique dont il souffrait encore et qui lui provoquait de douloureux et violents vomissements. Mais il avait aussi appris à survivre dans l'adversité, à garder le silence, à savoir se fondre dans la masse pour n'être ni vu ni entendu et, par-dessus tout, à retenir de ce milieu hostile les enseignements qui pouvaient lui être utiles dans les circonstances les plus variées. Il avait assimilé, grâce à ses censeurs théologiques, que l'être humain est une créature trop complexe pour que quelqu'un ("Hormis Dieu, bien entendu", disait-il à ses élèves, comme Elías se le rappelait toujours) puisse se croire capable de le connaître et de le juger, mais que la liberté de choix devait être le premier droit de l'homme, car il lui avait été accordé par le Créateur : depuis l'origine des temps, pour son salut ou sa perdition, mais toujours pour qu'il en fît usage.

Lorsqu'il abordait ce sujet devant ses élèves, Ben Israël ne manquait jamais de leur répéter son verset préféré du Deutéronome, "*Moi, Dieu, je t'ai donné la vie et la mort ; la bénédiction et la malédiction* : choisis *la vie*", en insistant sur la possibilité de choisir, plus que sur le choix final lui-même, et bien des fois, pour couronner le tout, il leur racontait l'extraordinaire histoire de l'un de ses parents par alliance, don Juda Abravanel, l'homme qui avait opté pour le renoncement public à sa foi et le reniement de toutes ses convictions pour sauver sa vie et celle de sa descendance. Selon le récit (Elías avait toujours cru à une invention du *haham* pour renforcer encore plus le destin messianique de sa famille) cet homme était le fils du puissant Isaac Abravanel qui avait tant appuyé et tant donné d'argent au Génois Christophe Colomb qui put ainsi prendre la mer avec ses navires et offrir gloire et pouvoir à la couronne d'Espagne. Cependant, il avait dû, lui aussi, fuir le pays où ses ancêtres avaient vécu et prospéré durant des siècles pour chercher refuge à Lisbonne, comme tant d'autres juifs persécutés par les évêques de cette même couronne espagnole (qui, avant de les expulser, avait confisqué leurs biens fort considérables, comme le rappelait toujours le grand-père Benjamín en évoquant ces persécutions et bien d'autres). Mais, d'après le récit du professeur, ce fut en l'année 1497 que Juda Abravanel vécut le moment le plus terrible de son existence : avec son épouse, leurs enfants et des dizaines de familles séfarades, ils se retrouvèrent enfermés dans la cathédrale de Lisbonne et confrontés, par décret royal, à la terrible alternative à laquelle les chrétiens limitaient le choix des pratiquants de la loi mosaïque : ou ils acceptaient le baptême catholique, ou ils seraient soumis à la torture et brûlés vifs. (Arrivé à ce point du récit, le *haham* faisait en général une pause théâtrale destinée à nourrir l'effroi de ses élèves, même s'il réservait son meilleur silence pour un passage ultérieur.) Parmi les centaines d'Hébreux prisonniers de la cathédrale, beaucoup décidèrent de mourir pour leur foi en sanctifiant le Nom de Dieu et pour ne pas se voir humiliés par le baptême, ils optèrent pour le sacrifice comme l'ordonnaient les Écritures, et se mirent à tuer leurs enfants et leurs femmes avant de se supprimer eux-mêmes : s'ils avaient des armes, ils les égorgeaient, leur coupaient les veines, les blessaient au cœur, sinon ils les étranglaient avec leurs ceintures et même de leurs propres mains, avant de s'immoler en se fracassant le crâne contre les colonnes de l'église dont il se disait que tout le sang absorbé par les pierres coulait encore goutte à goutte. Arrivé à ce tournant du récit, le *haham* s'écriait : mais Juda Abravanel, non ! Cette négation tombait comme un baume apaisant sur les adolescents terrorisés par l'histoire de cette souffrance infligée à d'autres juifs ; ils n'imaginaient pas qu'une telle épreuve pût être imposée à un être humain, eux qui avaient la chance de vivre à Amsterdam, la Nouvelle Jérusalem qui avait ouvert ses portes aux enfants d'Israël.

Juda Abravanel, dont l'ascendance – bien connue – remontait à la maison même du roi David, était médecin de profession et il deviendrait le poète qui, sous le nom de Léon l'Hébreu, écrirait les fameux *Dialoghi d'amore*, lus et relus par Ben Israël à ses disciples. Homme cultivé, pieux et riche, don Juda, happé par la plus douloureuse des épreuves, avait fait son choix : il avait pris sa femme et ses enfants par la main et, en pataugeant dans le sang juif versé dans le temple chrétien, il s'était dirigé vers l'autel en réclamant le baptême (là, le *haham* observait son plus long silence). Il choisissait la vie. Même si son cœur pleurait, conscient que sa décision brisait un des préceptes inviolables (“Savez-vous quels sont ces préceptes ?”), don Juda Abravanel s'avança, disposé à tout sacrifier, à perdre le salut de son âme, mais conscient de ce que sa vie et celle de ses enfants signifiaient ou pouvaient signifier pour l'histoire du monde selon les proportions cosmiques d'un rigoureux plan divin : ils étaient une voie ouverte sur le chemin du Messie... De plus, par son exemple, Juda Abravanel, considéré comme un pilier de la communauté, sauva la vie de nombreux juifs enfermés dans l'église qui décidèrent de l'imiter, influencés par son prestige et le poids de son ascendance...

Grâce à cet acte, pour sûr, disait le *haham*, déjà plus détendu, peut-être même avec une pointe d'ironie, Juda Abravanel vécut suffisamment longtemps pour fuir le Portugal avec les siens, s'établir en Italie, s'enrichir de nouveau dans une conjoncture favorable, et revenir à la foi dans laquelle il était né et à laquelle il se devait. En tous cas, don Juda, peut-être pardonné par l'infinie compréhension du Seigneur, béni soit-Il, avait légué un enseignement émouvant (et là tombait le dernier silence de l'habile narrateur) : à tout moment, l'homme sage doit agir au mieux en écoutant son intelligence, car le Créateur a donné cette capacité à l'être humain pour qu'il s'en serve. Le Seigneur a enseigné aux siens qu'aucun pouvoir, aucune humiliation, ni même la répression la plus enragée ou la fraternité dans la douleur et la peur, ne peuvent éteindre la flamme du désir de liberté qui brûle dans le cœur d'un homme prompt à lutter pour elle, disposé même à s'humilier pour l'obtenir et à faire confiance au Jugement dernier au terme de sa vie. Car le désir de liberté est indissociable de la singulière condition de l'homme, cette complexe création divine.

Après avoir écouté la déclaration d'Elías Ambrosius, le *haham* observa un silence aussi théâtral que ceux de ses récits. Si long que le garçon se demanda s'il n'allait pas mourir d'anxiété et de froid. Ben Israël, tout songeur, sortit la galette d'avoine cachée dans la poche de sa blouse, la trempa dans le reste de vin et mastiqua sans hâte avant de se décider enfin à parler. "Je ne vais pas te demander si tu comprends ce que tu me demandes car j'admets que tu dois le comprendre. J'admets aussi que tu sais ce que mon devoir est supposé me dicter, là, maintenant." "Oui, monsieur, essayer de me convaincre que c'est une folie. Ou me dénoncer au Mahamad. La première hypothèse est inutile : je suis décidé. Quant à la seconde, c'est à vous de juger en tant que membre de ce conseil." Ben Israël posa le bol vide sur une marche, en dessous de la *mezouzah*, s'essuya la bouche et se frotta les mains pour se débarrasser des dernières miettes et redonner en même temps un peu de chaleur à ses doigts. "Cela fait trente ans que je vis ici et le soleil du Portugal me manque toujours… Ce n'est pas étonnant que certains juifs refusent d'en partir et que d'autres ici meurent d'envie d'y retourner."

Sans plus d'explications, le professeur rentra dans la maison pour en ressortir avec un châle sur les épaules. Il reprit sa place, renifla bruyamment et regarda le garçon : "Pourquoi me demandes-tu de l'aide pour une chose aussi grave ?

Pourquoi t'adresses-tu à moi ?" "Parce que, *haham*, vous êtes le seul à pouvoir m'aider… Et parce que je sais que vous seriez même capable de le faire." L'homme sourit, peut-être fier de l'opinion d'Elías. "Tu me demandes de t'appuyer pour violer une *mitzva*, rien de moins que le deuxième commandement écrit sur les tables de la Loi." "Une *mitzva* que nous les Hébreux nous violons depuis deux mille ans. N'étaient-ils pas hébreux, d'après ce que j'ai appris dans vos leçons, ceux qui peignirent des scènes bibliques sur des panneaux de bois dans une synagogue au bord de l'Euphrate ? Et les mosaïques avec des représentations humaines et animales de la synagogue de Tibériade, sur la mer de Galilée, vous dites bien qu'elles ne sont pas tombées du ciel. Et les Saintes Écritures illustrées ? Et les monuments funéraires dans le cimetière de Beth Haïm, ici même, à Amsterdam, n'ont-ils pas de représentations d'animaux… ? Et les anges de l'Arche d'Alliance ? Et la fontaine du roi Salomon construite sur quatre éléphants sculptés… ? Pardonnez-moi, *haham*, mais ce que je vais vous dire est pertinent… avoir des tableaux sur les murs de sa maison, n'est-ce pas une violation de la Loi ?" "Oui, il y a de mauvais précédents et d'autres…", le sage sourit de nouveau, touché par l'estocade de son ancien élève qui lui rappelait le portrait que depuis plusieurs années il exposait chez lui comme un défi, "… et d'autres qui prêtent à confusion. Les chérubins qui décorent l'Arche furent une demande du Créateur lui-même, c'est certain. Bien qu'Il n'ait jamais incité à les adorer… Et je ne suis pas le seul juif peint par le sieur Van Rijn. Le docteur Bueno, un notable, possède aussi un excellent portrait de lui… Ce que je veux dire, c'est que rien de tout cela ne te dispense d'obéir et que cela n'écarte pas non plus le danger du châtiment…"

Elías Ambrosius joua alors la carte avec laquelle il pensait assurer sa victoire : "La Torah nous interdit d'adorer de fausses idoles, c'est même un des trois préceptes inviolables et c'est pourquoi elle condamne le fait de représenter des hommes et des animaux, ou de les adorer dans les temples ou dans les maisons… Mais elle ne parle pas de l'acte par lequel on apprend à le faire : et moi je veux juste que vous m'aidiez à apprendre avec le Maître. Ce que je ferai ensuite, j'en serai consciemment responsable… Allez-vous m'aider ou me dénoncer ?" Ben Israël finit par rire ouvertement. "Chaque fois qu'il devait bagarrer avec son peuple, Moïse se demandait pourquoi l'Éternel, béni soit son nom, avait choisi les Hébreux pour respecter ses commandements sur la terre et préparer l'arrivée d'un messie. Nous sommes la race la plus indocile de la création. Et nous en avons payé le prix, tu le sais… Le pire, ce n'est pas que nous nous interrogions sur tout, mais que nous rationalisions ces questionnements. Tu as raison… personne ne t'empêche d'étudier. Mais si tu veux savoir… Je me sens coupable quand je vois que tu as appris à penser de la sorte… De plus, la Loi est claire quant à la représentation de figures susceptibles d'être idolâtrées. L'interdiction se réfère surtout à la fabrication de fausses idoles ou de prétendues images du Seigneur… À mon avis, elle laisse toutefois toute latitude à l'acte créatif si cette activité ne conduit pas à l'idolâtrie… Et tu sais bien que chaque génération est dans l'obligation de respecter la Torah et ses lois, mais qu'elle doit aussi l'étudier car il faut interpréter les textes selon l'esprit des temps qui sont changeants… Maintenant, indépendamment de notre interprétation de la Loi, je te demande : seras-tu capable de t'arrêter au bord de la ligne ? Étudier et seulement apprendre, comme tu me le dis, pour le plaisir de le faire ?" Il marqua une de ses pauses, de nouveau si longue qu'Elías en vint à se demander s'il n'avait pas achevé son discours, quand finalement il se leva et ajouta : "Suis-moi, je veux te montrer quelque chose."

Le *haham* ramassa son bol et monta les deux marches pour accéder à la maison. Le garçon l'imita, intrigué par ce que l'homme pourrait bien lui montrer. Ils traversèrent le salon en désordre, alors désert, et entrèrent dans la petite pièce où l'érudit lisait et écrivait. Des montagnes de livres et de papiers, apparemment disposés n'importe comment, entouraient la petite table où se trouvaient plusieurs feuilles écrites en hébreu, des plumes d'oie et un flacon d'encre. Sans oublier un carafon de vin, luxe auquel le professeur ne pouvait renoncer. Ben Israël se retourna, regarda son ancien élève dans les yeux : "La discrétion est une vertu. Je te fais confiance comme tu me fais confiance", et, sans attendre la réaction du garçon, il se pencha sur le secrétaire et sortit d'un tiroir un rouleau de carton qu'il tendit au garçon. "Ouvre-le."

Dès qu'il éprouva la texture épaisse du papier, Elías sut qu'il s'agissait d'un carton fin pour gravures comme ceux que vendait Daniel Rulandts et, avec le plus grand soin, il se mit à le dérouler jusqu'à le voir apparaître devant ses yeux. La surface était gravée d'une eau-forte qui représentait le buste de Ben Israël lui-même, vêtu avec une élégante recherche, la barbe et les moustaches bien taillées, la tête couverte de sa kippa juive. La première chose qui lui vint à l'esprit se transforma en mots sur ses lèvres : "Mais ce n'est pas une œuvre du Maître !" "Je vois que tu le connais vraiment bien, reconnut le *haham*, c'est ce qui est intéressant dans cette gravure…" "Alors qui est… ?" "Salom Italia ? lut-il sur le bord inférieur où était également gravée la date d'exécution en chiffres romains : MDCXLII – 1642. Qui est Salom Italia ? Ne me dites pas que c'est un juif !" Ben Israël laissa affleurer un petit sourire sur ses lèvres. "Elías, contente-toi de le savoir, c'est déjà beaucoup : oui, c'est un juif, comme toi et moi." "Un juif ? Et vous saviez qu'il faisait ça ? Qu'il soit juif ou pas, ce Salom Italia n'est pas un apprenti… c'est un artiste." "Tu es sur la bonne voie…" Ben Israël jeta quelques livres par terre et s'assit sur sa chaise. "Ce n'est pas un apprenti bien qu'il n'ait presque pas reçu de leçons d'un maître. Mais il a un don. Et il n'a pas pu éviter de le développer… Ah, bien entendu, Salom Italia n'est pas son vrai nom…" "Et qu'allez-vous faire, *haham* ? Le dénoncer ?" "Après avoir posé pour lui ?…" Elías Ambrosius comprit qu'il se trouvait devant quelque chose de trop grave, de trop définitif, capable de conforter ses aspirations tout en attisant ses craintes. "Qu'allez-vous faire alors ?" "De cette gravure ? La garder. Du secret de Salom Italia ? La même chose. De toi ? T'aider… Après tout, c'est ton choix et tu en connais les risques… comme Salom Italia les connaissait. De plus, dans cette ville les secrets se multiplient : chaque juif visible en cache plusieurs… Oui, j'ai une idée… et j'espère que le Tout-Puissant, béni soit-Il, me comprendra et me pardonnera dans son infinie bonté."

Menasseh Ben Israël se leva et se frotta de nouveau les mains : "Nous manquons de bois et je n'ai pas un sou… Tu as vu, je n'ai pas même de quoi acheter du lait… Quand ce maudit hiver finira-t-il ? Va-t'en maintenant, je dois prier…

quoique… c'est un peu tard, non ? Tu as fait tes prières du matin ? Et après je vais réfléchir. En pensant à toi et à moi."

Quand enfin il se trouva devant la porte verte du numéro 4 de la Jodenbreestraat, Elías Ambrosius eut envie de partir en courant. Prendre une décision et la mettre à exécution sont deux choses bien différentes ; et s'il franchissait le seuil qu'il avait surveillé durant des mois, en rêvant toujours de cet instant, ce pas serait décisif. Machinalement, sans y penser, il passa en revue sa tenue, la plus présentable dont il disposait, mais fut rassuré par l'aspect négligé de son guide : on aurait presque dit que l'érudit Ben Israël était un de ces juifs frustes et malodorants qui dans les dernières années avaient migré de l'Est vers la Nouvelle Jérusalem et qui vivaient de la charité et des maigres cachets municipaux alloués pour des travaux tels que retirer les saletés et les cadavres d'animaux des canaux, ramasser la neige en hiver et balayer la poussière des rues le reste de l'année.

Geertje Dircx leur ouvrit la porte et, fidèle à son mutisme (déjà connu d'Elías) les fit passer dans le petit salon. Cette veuve de militaire, presque militaire elle-même, chargée de s'occuper de Titus, le petit garçon du Maître, déjà avant le décès de sa mère, était ensuite devenue une sorte de femme de charge avec les pleins pouvoirs. Ils n'attendirent que quelques minutes et le Maître apparut dans l'escalier qui menait à la cuisine, mastiquant encore une dernière bouchée, vêtu d'une grande blouse qui le couvrait jusqu'aux chevilles, tachée de toutes les couleurs existantes, serrée à la taille par une corde plus appropriée pour amarrer des barques que pour ce genre de fonction.

"Bonjour, mon ami, salua le *haham*, et le Maître lui répondit de même en lui serrant la main. Elías, que l'hôte n'avait pas même regardé, sentait tout son corps trembler, secoué par la présence toute proche de cet homme au nez en patate et au regard d'aigle, d'aspect si vulgaire qu'on avait peine à croire qu'il fût, ce dont personne ne doutait, le plus grand maître de la ville où pullulaient les peintres. Ben Israël lui fit part du motif de sa visite et, à cet instant seulement, l'homme sembla se souvenir d'Elías qu'il regarda du coin de l'œil. 'Ah, ton jeune élève... Montons à l'atelier', dit-il, et après avoir ordonné à Geertje de leur apporter une bouteille de vin et deux verres, il entreprit l'ascension du sinueux escalier en spirale."

Alors qu'ils montaient, le garçon, toujours aussi angoissé, essayait de faire coïncider ce qu'il voyait avec les images de ce lieu qu'il s'était fabriquées d'après les descriptions du *haham*, du Danois Keil et du commerçant Salvador Rodrigues, voisin du peintre et ami du père d'Elías. Sans presque oser jeter un regard sur les œuvres accrochées dans le salon, parmi lesquelles il reconnut cependant un paysage d'Adrian Brouwer et un portrait de la Vierge, sans doute venu d'Italie, en plus de deux œuvres du Maître, il les suivit jusqu'à l'étage où se trouvait l'atelier et, à travers la porte entrouverte de l'annexe de l'antichambre, il aperçut la presse où le peintre imprimait les copies de ses eaux-fortes si convoitées. En arrivant sur le palier du troisième étage, il put deviner dans la pièce du fond, à sa droite, le cabinet d'objets exotiques que le Maître aimait tellement acquérir dans les enchères et les brocantes de la ville et, à gauche, la porte qui s'ouvrait déjà et donnait accès à l'atelier. À l'instant où il s'effaçait pour laisser passer le rabbin, le Maître s'adressa pour la première fois à Elías Ambrosius. "Attends ici. Si tu veux, tu peux regarder ma collection. Mais ne t'avise pas de voler quelque chose." Et sans un mot de plus, il referma la porte du studio derrière lui.

Obéissant, Elías pénétra dans le cabinet où les plus inconcevables bizarreries étaient accumulées dans un ordre qui semblait plutôt chaotique. Bien que son état d'esprit ne fût pas propice à l'observation, il promena son regard sur cette collection de merveilles où se côtoyaient les *artificialia* et les *naturalia* les plus diverses dans une disposition hallucinante ou hallucinée. Placé dans un angle d'où il pouvait surveiller la porte de l'atelier, le garçon promena son regard sur la série de bustes de marbre et de plâtre (Auguste ? Marc Aurèle ? Homère ?), les caisses de coquillages, les lances asiatiques et africaines regroupées dans un coin, les livres (tous en néerlandais) placés sur une étagère, les animaux exotiques naturalisés, les casques militaires en fer, la collection de minéraux et de pièces de monnaie, les bols importés d'Extrême-Orient, deux mappemondes, plusieurs instruments de musique dont le juif ignorait totalement l'existence et la sonorité. Sur une table reposaient trois énormes cartons à dessins dont le garçon savait déjà qu'ils protégeaient des gravures, des eaux-fortes et des dessins de Michel-Ange, Raphaël, Le Titien, Rubens, Holbein, Lucas van Leyden, Mantegna !, Cranach l'Ancien !, Dürer !... Concentré sur l'observation des albums, frôlant du bout des doigts la rugosité des impressions, ayant perdu la notion du temps et délivré sans le vouloir de ses préoccupations, il fut surpris par le grincement de la porte qui s'ouvrait. "Viens, fils !" l'appela le *haham*, et le garçon fut repris de tremblements.

L'atelier du Maître occupait toute la partie de l'étage donnant sur la façade. Sur les deux fenêtres, si souvent observées de la petite place de la Sint Anthonisbreestraat, au bord de l'écluse du Zwanenburgwal, les rideaux disposés pour atténuer la lumière étaient baissés, mais le garçon put voir, derrière le Maître, sur le chevalet dressé très près d'un poêle en fer forgé, un panneau de taille moyenne dont la moitié supérieure, obscurcie, présentait une profondeur presque caverneuse où il était toutefois possible de découvrir une énorme colonne, quelque chose comme un autel décoré de filigranes d'or, et un rideau qui descendait depuis les ténèbres sur la gauche de la surface. Sur la moitié inférieure du panneau où la lumière se concentrait autour d'une femme agenouillée, vêtue de blanc, plusieurs personnages étaient réunis, juste esquissés sur un fond gris.

Le *haham* occupa l'autre tabouret libre et laissa Elías debout au centre de la pièce, dans une position embarrassante, car il pouvait voir son reflet de face et de profil dans les deux grands miroirs appuyés contre les cloisons frontale et latérale de l'atelier. Le garçon ne savait pas quoi faire de ses mains ni où diriger son regard, avide de capter chaque détail du lieu sacro-saint bien qu'incapable de mettre en pensées les images assimilées.

"Quel âge as-tu, mon garçon ?" Elías fut surpris par la question. "Dix-sept ans, monsieur. Je viens de les avoir." "Tu parais plus jeune." Elías acquiesça. "C'est que ma barbe ne pousse pas encore..." Le Maître sourit presque et poursuivit. "Mon ami Menasseh m'a parlé de tes aspirations. Et comme j'admire la témérité, je vais faire quelque chose pour toi." Elías sentit qu'il pourrait s'envoler de joie, mais il ne fit qu'acquiescer, sans quitter des yeux les mains du Maître dont les gestes ponctuaient les paroles. "Comme pour la santé de mon ami et pour la tienne, nous devons être discrets, et comme d'après ce que j'ai compris tu es un crève-la-faim ambitieux et têtu, ma seule proposition possible, c'est que les gens s'imaginent que tu viens travailler à l'atelier pour faire le ménage, je vais donc te réduire l'inscription à cinquante florins. Bien entendu, pour ce prix et pour que les autres croient que tu nettoies, tu vas vraiment le faire... Tu vas tout d'abord apprendre en regardant ce que nous faisons, les élèves et moi-même. Tu peux poser des questions mais pas trop, et ne m'adresse jamais la parole quand je suis en train de travailler... Jamais... Quand tu sauras tout ce qu'il faut savoir, comment disposer et mélanger les couleurs, moudre les pierres dans le mortier, préparer les toiles et les panneaux de bois, fabriquer les pinceaux, et que tu auras une idée de la façon de peindre un tableau en comprenant pourquoi on le fait de cette manière et pas d'une autre, alors je te redemanderai ce que tu décides. Si tu persévères, je te donnerai un pinceau. Si tu prends ce pinceau dans tes mains et si ce geste en vient à être plus ou moins connu publiquement, là, cela ne dépendra plus que de toi, et ce sera à toi d'en assumer les conséquences. J'ai trop d'amis juifs qui ne sont pas aussi fous que notre ami, dit-il en faisant un mouvement du menton vers Ben Israël, pour assombrir ma relation avec eux à cause d'un rêveur qui veut peindre et qui, si ça se trouve, n'est même pas bon à chauler les murs... Cela te convient-il ?"

Elías, abasourdi par le discours, regarda enfin le visage du Maître qui attendait une réponse, puis celui de son ancien précepteur qui semblait éméché et amusé par la situation, un splendide verre à moitié rempli de vin dans une main. "Oui, monsieur, j'accepte... mais je ne peux payer que trente florins." Le Maître le regarda comme s'il n'avait pas bien compris et interrogea Ben Israël du regard. "S'il vous plaît, monsieur, trente florins c'est plus que ce que j'ai", ajouta alors le garçon qui sentait le monde s'écrouler sous ses pieds en voyant que le Maître faisait non de la tête, à plusieurs reprises. Comme tous ceux qui connaissaient un peu la vie de cet homme, Elías savait que la célébrité ne suffisait pas pour faire face aux pressions financières que lui valaient ses excentricités. De plus, l'état de ses finances devait avoir beaucoup empiré depuis l'année précédente car plusieurs des membres de la Société des arquebusiers avaient répandu l'opinion que l'œuvre commandée était finalement une escroquerie, un tableau impertinent et de mauvais goût, sous prétexte qu'il ne ressemblait en rien aux portraits de groupe alors à la mode. Certains allèrent jusqu'à affirmer que le peintre n'en faisait qu'à sa tête, qu'il était capricieux et buté. ("Nous aurions mieux fait de commander le tableau à Frans Hals", avaient dit certains des hommes représentés sur le tableau, qui avaient payé chacun la somme considérable de cent florins) ; alors, comme s'il s'agissait presque d'un décret municipal, le Maître avait cessé de recevoir ce type de commandes, les plus rentables sur le marché de la peinture à Amsterdam. Aussi la réponse surprit-elle les deux juifs : "Tu n'as peut-être pas de barbe mais tu as un sacré courage ! Eh bien le balai est là. Commence par l'escalier. Je veux le voir briller. Quand tu auras fini, demande à Geertje Dircx ce que tu dois faire d'autre... Je crois que nous avons besoin de tourbe pour les poêles... Maintenant, laisse-nous, je désire poursuivre cette conversation avec mon ami. Et habille-toi comme ce que tu es, un serviteur. Allez, vas-y et ferme la porte."

Il avait conscience d'être un privilégié ; il sentait confusément qu'il assisterait à des événements merveilleux et il voulait avoir la possibilité de s'en souvenir pour le restant de ses jours et peut-être, dans un avenir imprévisible, de pouvoir les transmettre à d'autres. Deux semaines après avoir commencé à fréquenter l'atelier du Maître, Elías Ambrosius décida de tenir une sorte de journal de ses impressions auquel il livrerait ses émotions, ses découvertes, ses élucubrations et ses progrès à l'ombre du Maître et dans sa lumière. Mais aussi ses craintes et ses doutes. Il dut beaucoup réfléchir à l'endroit où cacher le cahier, car, s'il tombait entre les mains de quelqu'un – il pensa à son frère Amos, de plus en plus intransigeant en matière de religion, qui s'obstinait même à parler le rude jargon des juifs mal dégrossis de l'Est – toutes les précautions et les dissimulations deviendraient inutiles et la moindre tentative pour se défendre serait impossible. Il opta finalement pour une petite cache creusée sous le plancher de la mansarde, à l'abri des regards, sous un vieux coffre de bois et de cuir.

Sur la première page du cahier, assemblé et relié par lui à l'imprimerie, selon le modèle des *tafelet* dans lesquels les peintres faisaient leurs croquis, il écrivit en ladino, en grandes lettres, s'appliquant à soigner la beauté de la calligraphie gothique : *Nouvelle Jérusalem, an 5403 de la création du monde, 1643 de l'ère commune.* Pour commencer, il se mit à relater ce que signifiait pour lui la possibilité de partager l'univers du Maître, puis, dans plusieurs passages, remplis d'adjectifs et de points d'exclamation, il essaya d'exprimer la sensation de plénitude qu'il éprouvait en devenant le témoin de l'acte miraculeux qui permettait à cet homme, habité par le génie, de faire jaillir les personnages de la base de couleur éteinte enduite sur le panneau de chêne, de les habiller, de leur donner un visage et des expressions en quelques coups de pinceau. Il chercha à s'expliquer comment il arrivait à les éclairer par le jeu fabuleux, quasiment magique, des couleurs ocre, tandis qu'il les plaçait en demi-cercle autour de la femme agenouillée, vêtue de blanc, pour donner sa forme définitive au drame chrétien de Jésus octroyant son pardon à la femme adultère condamnée à mourir lapidée. Le travail s'était effectué comme un processus de pure création *ex nihilo*, dans lequel, jour après jour, le garçon avait vu s'inviter sur la toile des traits et des couleurs qui apparaissaient et prenaient corps pour être souvent dévorés par d'autres traits et d'autres couleurs plus aptes à parfaire les silhouettes, les ornements, les décors, les formes et les lumières (comment obtenait-il cette controverse d'ombres et de lumières ? se demandait-il souvent) pour atteindre, après bien des heures d'effort, la plus éclatante perfection.

Comme il en avait été décidé le jour de sa première visite, une fois terminé son labeur quotidien à l'imprimerie, Elías travaillait chez le Maître tous les après-midi et tous les soirs, du lundi au jeudi, et même le vendredi où il s'arrêtait deux heures avant le coucher du soleil. (“Quand le vendredi s'achève, tu dois respecter tes obligations en tant que juif. Le dimanche, je vais parfois à mon église et, si je peux l'éviter, je n'aime pas avoir du monde à la maison", lui avait dit le Maître.) Balai et serpillère en main, suivant les instructions de la femme Dircx, le garçon parcourait la maison où, à une époque, les joies, les fêtes et les conversations avaient empli les jours et les nuits, mais où régnait désormais la sombre atmosphère forgée par la présence de la mort qui avait tant de fois rôdé par là. Dans une telle ambiance, les seuls signes de vie et de normalité étaient les galopades, les rires et les pleurs du petit Titus, le fils survivant, et la présence des disciples, certains plus jeunes même qu'Elías, qui bien souvent ne pouvaient retenir un éclat de rire qui éclairait un moment l'atmosphère lugubre enfermée entre ces murs.

Elías exécutait toujours ses tâches rapidement mais consciencieusement, désireux de monter le plus tôt possible au dernier étage où les élèves travaillaient, chacun dans un petit espace. Si c'était possible, il essayait même d'accéder à l'atelier du Maître avant la tombée du soir, car malgré sa préférence pour les scènes nocturnes, il découvrirait que l'homme poursuivait très rarement son travail sur un tableau en utilisant la lumière des bougies ou un feu préparé par les assistants dans un grand chaudron de cuivre conçu à cet effet. Mais lorsque le printemps arriva et que le coucher du soleil se fit plus tardif, Elías put disposer de davantage de temps pour aller et venir dans l'atelier du peintre, toujours en silence, le balai et le seau à la main ; et lorsque ce dernier ne travaillait pas ou quand il le faisait mais tirait le verrou de la porte, Elías s'attardait parfois dans les salons du premier étage pour contempler les œuvres récentes du Maître (un délicat portrait de sa défunte épouse, parée comme une reine, arborant son dernier sourire ; une magnifique estampe de David et Jonathan, débordante de tendresse, pour laquelle le Maître avait prêté son propre visage au second de ces personnages) ; les peintures de ses amis et disciples les plus doués (Jan Lievens, Gerrit Dou, Ferdinand Bol, Govaert Flinck) et des toiles qu'il avait acquises, certaines pour les garder, d'autres pour les revendre et en tirer quelque profit. Parmi ces joyaux, Elías découvrit une Samaritaine de Giorgione, une recréation de Héro et Léandre de l'exubérant flamand Rubens, et ce visage de Vierge, entrevu le jour de sa première visite dans la maison, qui s'avéra être du grand Raphaël. La plupart du temps, bien entendu, il se rendait dans les réduits du dernier étage, délimités par des panneaux mobiles, où travaillaient les apprentis, parfois guidés par le Maître ou peignant leurs propres œuvres, selon leurs capacités déjà acquises. Avec le Danois Keil, Samuel von Hoogstraten, l'enfantin Aert de Gelder et, surtout, le très doué Carel Fabritius (ce n'était pas un hasard si le Maître l'appelait souvent pour l'aider à avancer une de ses œuvres), il commença son véritable apprentissage des mystères des compositions, des lumières et des formes ; avec tous, cependant, il eut soin de ne pas révéler ses véritables intentions, même s'il était conscient qu'aucun des disciples ou des apprentis n'aurait de mal à les deviner, mais il savait aussi que ces fils de commerçants et de bureaucrates aisés ne risquaient pas de s'intéresser aux éventuelles prétentions d'un insignifiant serviteur juif.

Au cours des premières semaines, le Maître lui adressa à peine la parole, sauf pour lui ordonner de nettoyer un endroit ou de lui apporter un objet déterminé. Ce traitement, très proche du dédain, éventuellement motivé par la faible rentabilité de sa présence, blessait l'orgueil du garçon mais ne l'abattait pas : en fin de compte, il était là où il l'avait voulu et il apprenait ce qu'il avait tant désiré apprendre. De plus, être invisible était son meilleur bouclier, aussi bien à l'intérieur qu'à l'extérieur de cette maison.

Elías se montrait particulièrement attentif aux labeurs exigés des élèves, car il savait bien qu'il s'agissait des règles de base du métier. Un jour, avec un peu de chance, lui aussi il recevrait ces ordres. Il s'appliqua tout spécialement à suivre le procédé confié aux apprentis qui consistait à passer les deuxième et troisième couches d'apprêt sur les toiles ; souvent ils appliquaient aussi un épais mélange, presque rêche, de quartz gris coloré d'un peu de marron ocre, plus ou moins atténué avec du blanc, le tout dilué dans de l'huile sèche, pour obtenir la rugosité maximale de la texture et la couleur éteinte exigée par le Maître ; il observa avec le plus grand intérêt l'art de préparer les couleurs, après avoir broyé au moulinet et réduit en poudre dans un mortier les pierres à pigments, il fallait ensuite les mélanger avec des quantités précises d'huile de lin en s'efforçant de lier suffisamment l'ensemble sans le rendre trop pâteux ; il étudia la façon de composer la palette du Maître (au nombre de couleurs incroyablement restreint) en fonction du degré d'élaboration de l'œuvre ou du fragment qu'il allait travailler. Toutes ces tâches répondaient à des ordres précis, et seulement dans certaines occasions elles donnaient lieu à l'explication plus ou moins didactique des intentions de l'artiste. Elías découvrit de plus que le peintre préparait généralement lui-même les couleurs jaunes, les ors, les cuivres et les terres de Sienne qu'il utilisait à profusion, comme s'il ne se fiait qu'à son habileté pour obtenir le ton précis qu'il avait en tête. Toutefois, ce fut en parlant avec le doux Aert de Gelder, l'élève qui pouvait reproduire avec la plus grande facilité les œuvres du Maître, comme s'il était habité par lui, qu'Elías Ambrosius acquit ses premières notions sur la façon de combiner les couleurs, pour obtenir ces impressionnants effets de lumière, et de les appliquer pour créer ces ombres si ténébreuses qui donnaient tant de dramatisme intérieur aux tableaux sortis de l'atelier.

Un après-midi d'avril – juste après Pessah, la Pâques juive, dont les rituels espacèrent les séjours d'Elías dans la maison – le garçon eut deux grandes satisfactions. La première, en entrant dans l'atelier, quand il vit le Maître assis devant une toile qu'il avait chargé Carel Fabritius de préparer quelques jours plus tôt. Au cours des journées où l'élève avait travaillé sur la toile, de presque un *ell* et demi de haut sur un *ell* de large, Elías put assister à l'origine la plus lointaine d'une œuvre qui, à cet instant-là, n'existait que dans la tête du Maître, frémissante comme un désir. Pendant que Fabritius préparait la toile, le maître était occupé à dessiner sur un petit panneau et il observait du coin de l'œil le travail d'apprêtage. Par deux fois, il exigea "encore !", et Fabritius dut ajouter à la pâte sombre de la poudre de terre de Cassel pour obtenir un ton légèrement plus profond en surface. Enfin, sur ce plan presque noir, adouci par un reflet marron, le Maître avait ensuite appliqué quelques traits éclatants d'un blanc de plomb ; Elías y découvrit la forme d'une tête, peut-être couverte d'un bonnet... comme celui que portait le peintre à cet instant. La disposition des miroirs, placés au-delà du chevalet, de façon à ce que l'artiste pût se voir de face et de trois quarts sous un angle où la lumière du soleil, filtrée par les fenêtres, faisait ressortir une des joues du modèle, lui révéla le sujet de l'œuvre.

Dès que Fabritius sortit de l'atelier, Elías Ambrosius, se déplaçant avec la plus grande discrétion, mit dans le seau une dizaine de pinceaux sales ramassés par terre, récupéra son compagnon, le balai, et s'apprêta à quitter la pièce : la première règle qu'il avait apprise en arrivant à l'atelier était que lorsque le Maître travaillait à un autoportrait il devait toujours être seul, sauf s'il sollicitait la présence de quelqu'un – soit pour utiliser ses vêtements comme modèle, soit pour retoucher certains fragments du tableau. Aussi fut-il stupéfait d'entendre la voix du Maître quand il s'adressa au reflet d'Elías dans le miroir : "Reste."

Elías appuya le balai contre le mur et posa le seau, mais il ne bougea pas. Le Maître retomba dans son mutisme et fixa ses propres traits dans le verre réfléchissant. Ce visage avait sans doute été le plus précieux objet de représentation sur lequel avait travaillé le peintre. Plusieurs dizaines de ses autoportraits, peints, dessinés, gravés, étaient sortis de ses mains et avaient même trouvé des acquéreurs sur le marché et des espaces sur les murs des maisons bourgeoises d'Amsterdam, où ils étaient presque toujours arrivés, non pas parce qu'ils étaient de belles représentations, mais simplement parce que quelques acheteurs téméraires les considéraient comme des valeurs sûres : comme l'or ou les diamants, comme tout ce que peignait cet homme, avant que son prestige ne fût affecté par le tableau du grand salon de Kloveniers. La quête d'expressions, de sentiments, d'états d'âme feints ou réels, avait peut-être poussé le Maître à se prendre comme modèle idéal et toujours disponible, évidemment. La recherche de solutions visuelles, utiles pour être appliquées aux nombreux autres portraits qu'il avait exécutés (avec une habileté reconnue), expliquait peut-être aussi cette insistance. Mais surtout, pensait Elías, après avoir entendu les commentaires des disciples et des apprentis à ce sujet, et en avoir parlé à son professeur Ben Israël, le Maître trouvait apparemment dans ses traits, fort peu nobles à l'évidence (avec son nez camard, ses boucles rebelles et libres – des cadenettes, comme les appelaient les Hollandais en utilisant un mot d'origine française –, sa bouche expressive quoique dure, aux dents de plus en plus noircies par les caries, et la profondeur toujours alerte de son regard), le reflet d'une vie bien connue, avec ses gains et ses pertes, ses bonheurs et ses désastres, dont il voulait ou prétendait laisser un vivant témoignage, convaincu (comme il le dirait un jour, longtemps après, à Elías Ambrosius) qu'*un* homme est *un* moment dans le temps ; et la vie d'un être, la conséquence de nombreux moments dans le temps plus ou moins longs, selon ce qu'il lui est donné de vivre. Un visage, non pas comme représentation mais comme résultat : l'homme qui est comme une émanation de l'homme qu'il *a été*.

Tous connaissaient cette habileté si singulière du Maître, sa capacité à lire dans les consciences et à les refléter dans l'intensité d'un regard qu'il entourait ensuite de quelques éléments significatifs. En ville, on racontait comment plusieurs années auparavant, alors qu'il arrivait à peine dans la métropole, en provenance de Leyde, sa ville natale plutôt conservatrice, les aptitudes du jeune homme obtinrent une confirmation scandaleusement déterminante : le très riche commerçant Nicolaes Ruts, le roi du commerce des fourrures, vendeur presque exclusif de martres sibériennes – plus chères que l'or, ou même que les bulbes des tulipes à cinq couleurs –, voulait un portrait fait par ce "garçon" dont on parlait tant et que l'on considérait déjà comme le nouvel espoir de la peinture du Nord. Ses débuts dans le cercle des puissants, que Dieu et son déjà visible talent de jeune peintre mirent sur son chemin, furent si spectaculaires qu'ils laissèrent bouche bée les marchands et les amateurs d'art de la ville. Car le portrait de Ruts constituait, malgré le peu de moyens utilisés, la meilleure représentation possible du négociant, puissant, sûr de lui, mais insensible par idéologie et par foi aux sirènes de l'ostentation. Si le Nicolaes Ruts du portrait avait revêtu un manteau de martre, dessiné poil par poil, comme une telle fourrure ne l'avait jamais été, dont la simple contemplation suffisait à transmettre, comme par magie, la douceur et la chaleur que la pelisse offrirait au toucher, c'était parce que personne mieux que Nicolaes Ruts ne portait un tel vêtement. De là, le regard assuré et tranquille que le commerçant, vêtu de la fourrure si convoitée, posait sur les personnes qui avaient un jour eu la chance de contempler la toile. Et ceux qui l'avaient vue étaient les autres nantis d'Amsterdam qui fréquentaient Ruts et portaient ses coûteuses houppelandes ; ils se chargeraient de faire de ce tableau une légende qui, durant dix ans, pousserait ces mêmes riches d'Amsterdam à solliciter l'art du jeune Maître pour se faire immortaliser par lui, ce qui dans la ville était reconnu comme la meilleure option possible.

Quelques minutes après avoir reçu l'ordre de rester dans l'atelier, Elías Ambrosius eut le privilège de pouvoir observer comment le Maître, après une minutieuse contemplation, prenait un pinceau fin et, sans presque cesser de se regarder dans un des miroirs, commençait à travailler à ce que seraient les yeux. "Si tu es capable de te peindre et de mettre dans tes yeux l'expression que tu désires, tu es un peintre, dit-il enfin, sans cesser de manier son pinceau, sans quitter le tableau du regard. Le reste, c'est du théâtre... des taches de couleur l'une à côté de l'autre... Mais la peinture c'est beaucoup plus, mon garçon... Ou du moins elle doit l'être... La plus révélatrice de toutes les histoires humaines, c'est celle que décrit le visage d'un homme... À ton avis, qu'est-ce que je vois ?" demanda-t-il, et devant le mutisme de l'apprenti en herbe, il se répondit à lui-même. "Un homme vieillissant qui a subi trop de pertes et qui aspire à une liberté qui ne cesse de lui échapper, même s'il ne va pas se rendre sans combattre..." Seulement à cet instant, le Maître bougea pour s'asseoir plus confortablement. "Regarde bien. Là, près du visage, du côté du spectateur, c'est là que tu dois placer le point lumineux. Tu évites de la sorte un contour trop précis de l'autre joue. Tu parviens à ce que le visage ne soit plus regardé en bloc, comme une unité. Ce qui importe, ce sont les traits, en particulier les yeux, où tu dois trouver l'esprit et le caractère. À partir de..."

Le Maître interrompit son monologue comme s'il avait oublié qu'il était en train de parler, car il travaillait maintenant avec du gris et du terre de Sienne et cherchait à donner forme à la paupière, plutôt épaisse et légèrement tombante. Trop tombante, sembla-t-il décider, et, après avoir passé un doigt sur la toile, il essaya de nouveau. "Les yeux se définissent par l'ombre, pas par la lumière... reprit-il, et pour la première fois il se retourna pour regarder le jeune juif. Le portrait est un événement temporel, un souvenir du présent que nous rendons visible et éternel. Je veux savoir demain comment je suis, ou comment j'étais aujourd'hui, voilà pourquoi je peins mon portrait... Quand tu fais celui de quelqu'un d'autre, c'est plus compliqué. Ce n'est plus un dialogue mais une conversation à trois : le peintre, le client et l'image de lui que réclame ce client, chargée de toutes les conventions sociales que la personne représentée prétend satisfaire... Mais quand tu te peins, personne d'autre que toi ne parle au spectateur. C'est comme se mettre à nu en public : tu n'as que ce qui se trouve devant toi..."

Le Maître tournait de nouveau le dos à Elías Ambrosius et il se regarda dans le miroir qui le reflétait de profil. "Et toi, que cherches-tu dans la peinture ?" demanda-t-il, et il posa sa main qui tenait le pinceau sur sa cuisse tout en cherchant des yeux le reflet d'Elías dans le miroir, comme s'il exigeait cette fois une réponse. "Je l'ignore", avoua Elías. Disposé à dire la vérité, il ajouta : "Je sais seulement que c'est ce que je désire." "Ça, j'en suis persuadé : un homme qui accepte d'être humilié, rudoyé et même marginalisé pour obtenir quelque chose ; qui paie trente florins pour balayer une maison, faire les commissions et jeter de la merde dans le canal parce qu'il espère apprendre quelque chose ; qui prend le risque d'encourir la fureur doctrinaire d'autres hommes, qui pour sûr est la pire fureur au monde, ne peut faire tout ça que pour une chose qu'il désire énormément. Mais désirer, c'est bon pour un amant ou un commerçant, pour un homme politique même. Pas pour un ministre d'une Église, comme mon ami Anslo, ou pour un fanatique du messianisme, comme mon autre ami Menasseh... Cela ne suffit pas non plus pour être peintre, non. Alors, quelle est l'autre raison ? La gloire ? La célébrité ? L'argent ?" Elías Ambrosius pensa que toutes ces choses étaient tentantes et que, bien sûr, il les désirait, mais il savait aussi qu'il ne les obtiendrait jamais avec un pinceau à la main. Si un maître comme Steen devait tenir une taverne où il vendait de la bière, si Van Goyen en était presque réduit à la mendicité, si Pieter Lastman était mort oublié, à quoi pouvait-il aspirer ? "Je veux être un bon juif, dit-il finalement, je ne veux pas importuner les miens, ni leur donner des raisons de se mettre en fureur ou de me condamner. Je crois que je veux peindre uniquement parce que j'aime ça. Je ne sais pas si j'ai un don, mais si Dieu me l'a donné, c'est sûrement pour quelque chose. Le reste dépend de ma volonté, qui est aussi un don de Dieu, le Seigneur m'a donné une Loi, mais aussi une intelligence et la possibilité de choisir." "Pense moins à Dieu et plus à toi et à ce choix" – le Maître sembla s'intéresser au sujet. Il posa le pinceau sur la palette et se retourna pour regarder le garçon : "Ici à Amsterdam, ils parlent tous de Dieu mais bien peu comptent sur Lui pour faire leur vie. Et je crois que c'est ce qui peut nous arriver de mieux. À nous de résoudre nous-mêmes nos problèmes d'hommes... Calvin, qui avait trop lu votre Bible à vous, les juifs, pensait aussi que faire ce que je fais est un péché. Mais si je pèche ou non, c'est mon problème, pas celui des autres calvinistes. Car au bout du compte je devrai le résoudre seul avec Dieu et, à la fin, ni les prédicateurs, ni les curés, ni les rabbins ne m'aideront... Pour un artiste, toutes les formes d'engagement sont une entrave : que ce soit pour son Église, dans un groupe politique et même pour son pays. Ils réduisent ton espace de liberté, et sans liberté il n'y a pas d'art..." Elías écoutait et, bien qu'il eût son opinion sur le sujet, il préféra garder le silence : il était là pour écouter, pour voir, éventuellement pour poser des questions et pour répondre si on l'exigeait de lui. "Sers-moi un verre de vin", demanda le Maître ; il le prit et but une gorgée sonore. "Les tiens ont beaucoup souffert, depuis trop de temps, et uniquement par la faute d'un même Dieu, que certains voient d'une façon et d'autres d'une manière différente... Si ici à Amsterdam les gens admettent que chacun croie en son Dieu et interprète différemment les mêmes paroles sacrées, tu dois profiter de cette occasion qui est unique dans l'histoire de l'homme, car cette situation ne va certainement pas durer et je doute qu'elle se répète avant longtemps, parce que ce n'est pas normal : il se trouvera toujours des illuminés disposés à s'approprier la vérité et à essayer de l'imposer aux autres... Je ne t'enjoins pas de faire quelque chose, je te demande seulement de réfléchir : la liberté est le plus grand bien de l'homme, ne pas s'en servir quand il est possible de le faire, c'est une chose que Dieu ne peut pas nous demander. En revanche, renoncer à la liberté est un terrible péché, presque une offense à Dieu. Mais tu dois déjà savoir que tout a un prix. Et celui de la liberté est généralement très élevé. Parce qu'il y aspire, même là où la liberté existe – ou là où on dit qu'elle existe, ce qui est le plus fréquent – l'homme prend le risque de beaucoup souffrir, car il se trouve toujours des individus pour comprendre la liberté différemment, comme cela arrive avec les idées sur Dieu, et le comble c'est qu'ils vont jusqu'à penser que leur conception est la seule correcte, et décident donc d'utiliser leur pouvoir pour que les autres pratiquent la liberté à leur façon… Ce qui signifie la fin de la liberté : car personne ne peut te dire comment tu dois en jouir…" "Les rabbins disent que nous avons de la chance parce que nous vivons sur les terres de la liberté." "Ils ont raison. Mais je crois que le mot liberté a perdu tout crédit… Ces rabbins sont justement ceux qui t'obligent à te comporter selon les lois de Dieu, mais aussi les lois qu'ils ont eux-mêmes dictées, persuadés qu'ils sont les interprètes de la volonté divine. Alors qu'ils vantent la liberté, ce sont eux qui te puniraient sans pitié s'ils savaient ce que tu fais ici… Même si c'est seulement parce que tu aimes la peinture et pas pour devenir un idolâtre…" Il posa son verre sur la table d'appoint où il disposait les pots de peinture. "Réfléchis, mon garçon, il doit y avoir quelque chose de plus qu'un désir pour que tu oses faire ce que tu as décidé de faire… Écoute-moi bien : si tu n'as pas cette finalité suprême, tu ferais mieux de garder tes trente florins… Ou dépense-les avec une de ces putains indonésiennes, si elles sont aussi appréciées, ce n'est certainement pas pour rien !" Le Maître tourna la tête de côté et, comme s'il en était surpris, il remarqua sa silhouette dans le miroir. "À ton âge c'est ce qu'on peut te recommander de mieux. Maintenant va-t'en." Il reprit son pinceau, tourna le dos, étudia les traits dessinés sur la toile et annonça : "Je veux continuer avec les yeux. Souviens-toi de ce que je t'ai dit : tout est dans les yeux." "Merci, Maître", murmura le garçon et il sortit de l'atelier.

Tout est dans les yeux, se dit-il en les observant à la surface du miroir qu'il avait acheté et monté dans la mansarde. Sur le chevalet improvisé où il avait fixé la feuille de papier, la surface blanche était immaculée. Pourquoi allait-il essayer ? Le Maître avait raison : il devait y avoir un motif, une origine profonde et furtive, aussi difficile à saisir qu'un regard convaincant sur une surface vierge. Toutefois cette raison avait beaucoup à voir avec la quête de ce qui demeurait insaisissable pour la majorité des hommes, de ce qui était possible uniquement pour les élus. En se regardant dans les yeux à travers la surface polie du miroir bon marché, Elías Ambrosius se posait ces questions car il savait qu'à cet instant précis il se trouvait au bord de la ligne et que, s'il la franchissait, il devait le faire avec une réponse en tête. Jusque-là, ses exercices au fusain sur des chutes de papier n'avaient été qu'un jeu d'adolescent, la manifestation d'un caprice innocent, le cours paisible d'un petit ruisseau qui abreuvait un penchant sans conséquence. Mais plus maintenant : dans sa main palpitait une possibilité raisonnée, intentionnelle, et finalement peu importait qu'elle fût publique ou non. En réalité, cela ne comptait que si elle se concrétisait sous les yeux de Celui qui Voit Tout. Cet acte ne serait transcendant que s'il impliquait son libre arbitre et, avec lui, le destin de son âme immortelle : l'obéissance ou l'irrévérence, la soumission au texte ancien d'une loi ou l'exercice d'une liberté de choix dont ce même Créateur l'avait doté. La soumission pouvait se révéler confortable et sûre mais amère cependant, son peuple ne le savait que trop ; la liberté, risquée et douloureuse mais plus douce ; la paix de son âme, une bénédiction mais aussi une prison. Pourquoi voulait-il peindre alors qu'il savait tout ce qu'il mettait dans la balance ? Ce Salom Italia, qui avait gravé sur une plaque de métal l'image du *haham* Ben Israël, avait-il eu les mêmes doutes ? Et quelles réponses s'était-il faites pour oser pénétrer la virginité de la plaque et en faire le support de l'image d'un torse, d'un visage, d'un regard humain ? Avait-il ressenti comme lui la peur qui le guettait et cette multitude de doutes ?

Elías était toujours émerveillé en pensant à l'enchaînement d'événements et de décisions qui l'avaient conduit jusqu'à cette mansarde d'une ville considérée par les expulsés de Séfarade comme la Nouvelle Jérusalem, et où ceux de sa race jouissaient d'une tolérance inhabituelle qui leur permettait de prier en paix le samedi, de se réunir à la lumière multiple de la ménorah, de lire les rouleaux de la Torah lors des fêtes ancestrales et de pratiquer sans crainte le rite de la *Brit Milah*, la circoncision, ou la bar-mitsvah, l'initiation à la vie d'adulte et, en même temps, de remplir leurs poches et leurs esprits, d'être respectés grâce à ces richesses en or et en idées, car ces idées et cet or rehaussaient aussi l'éclat de la ville accueillante. Le bon lieu, *Makom.* Amsterdam, une ville qui s'agrandissait sans cesse, où l'on entendait toujours le frottement d'une scie, les coups d'un marteau, le crissement des pelles. À peine deux siècles auparavant, cette même ville n'était guère plus qu'un marécage envahi par les joncs et les moustiques, mais elle s'enorgueillissait désormais d'être la capitale mondiale de l'argent et du commerce où, par conséquent, faire de l'argent était une vertu, jamais un péché... Pour que tout cela fût possible et qu'Elías se posât ces questions lancinantes, il avait fallu une guerre, qui se poursuivait, entre catholiques et chrétiens refusant l'autorité du souverain pontife de Rome, entre monarchiques et républicains, entre Espagnols et citoyens des Provinces-Unies, avant qu'Amsterdam n'ouvrît cette porte inespérée à la tolérance et à des juifs, expulsés au nom de Dieu par les monarques d'une terre qu'ils considéraient déjà comme la leur. Il avait aussi fallu une explosion de souffrance et d'humiliation, et le sang de nombreux enfants d'Israël avait coulé. Beaucoup d'autres juifs avaient dû renier leur foi, rejeter leurs coutumes, renoncer à leur culture en se convertissant et en adorant Jésus ou Allah pour sauver leurs vies (et leurs biens), tout cela pour qu'un homme comme Elías se trouvât là, jouissant de la liberté de se demander s'il devait ou non franchir une ligne, cet acte auquel ne l'incitaient que son esprit, sa volonté et une raison fuyante, encore imprécise. Il avait fallu l'existence de son grand-père, Benjamín Montalbo de Ávila, cet homme pieux qui avait rendu la famille à sa foi, et son expérience déchirante, contraint de se comporter plusieurs années comme un chrétien sans en être un, tenu de vivre masqué dans un milieu hostile, tenaillé par un secret que chaque vendredi, dès que brillait la première étoile du soir, son père lui murmurait à l'oreille, "*Shabbat Shalom !*"... Tout cela pour qu'Elías Ambrosius pût hériter, quasiment par la voie du sang, de la conviction qu'il y avait une chose plus essentielle que les manifestations d'appartenance à un groupe, la fréquentation de la synagogue ou l'obéissance aux préceptes des rabbins, et que c'était l'identification intime de l'homme à son Dieu : c'est-à-dire à lui-même et à ses idées...

Mais il avait surtout fallu la peur pour qu'il se trouvât là. Cette peur permanente, oppressante, infinie, également reçue en héritage, une peur que même Elías, né à Amsterdam, connaissait très bien. C'était cette crainte insurmontable que la situation propice prît fin à tout moment et que revînt la répression extérieure et intérieure. Ou qu'une expulsion fût décidée et qu'un matin, le garrot se remît à fonctionner et les brasiers à crépiter, comme cela s'était produit tant de fois au cours des siècles. Il avait fallu cette peur sordide et bien réelle pour qu'il eût peur lui aussi des excès auxquels pouvaient se livrer les hommes qui profitaient de leur pouvoir pour se dire purs et s'autoproclamer pasteurs des destins collectifs, là, à Amsterdam, où tous s'enorgueillissaient de l'existence d'une telle liberté.

Elías Ambrosius continua de se regarder dans le miroir, en observant ses yeux (lumière et ombre, vie et mystère), et il se dit qu'il ne pouvait pas se laisser vaincre par la peur. S'il était là, s'il était vraiment libre, porté par la force de ses dix-sept ans, il devait profiter de cet extraordinaire privilège qu'étaient sa naissance et sa vie dans une ville où un juif respirait une liberté, inimaginable durant des siècles pour ceux de son origine, qui dans son cas incluait l'avantage d'être proche d'un homme insoumis, peintre déjà prédestiné à devenir un des grands maîtres, un géant sur l'autel d'Apelle de Cos. Il savait que si le grand-père Benjamín en venait à connaître ses projets, il ne s'en réjouirait pas mais ne le condamnerait pas : pour ses croyances, l'ancien avait souffert dans sa propre chair toutes les vexations imaginables et, bien qu'il fût un juif dévot, c'était aussi un défenseur convaincu de la liberté et, par conséquent, du respect des opinions d'autrui. Elías Ambrosius pressentait de même que son père, Abraham Montalbo, souffrirait, se lamenterait, mais ne le renierait pas, car son esprit ouvert, grâce aux livres qu'il lisait (le grand-père et lui faisaient venir très discrètement leur littérature préférée d'Espagne et du Portugal) et à ceux qu'il imprimait et distribuait dans une bonne partie du monde, le rendait tolérant avec autrui, lui qui était "toléré" et qui en savait long sur l'intolérance. En revanche, Elías était convaincu que son frère Amos pouvait être une source de malheurs. Préservé des répressions ou du violent mépris grâce aux décisions et aux risques pris par ses aînés, peut-être même à cause de cela, il s'était laissé contaminer par les idées les plus orthodoxes. Comme ces perroquets venus du Surinam, Amos ne faisait que répéter les paroles de ceux qui défendaient l'idée que seule l'observance stricte de la Loi sacrée et l'entière obéissance aux lumineux préceptes talmudiques pouvaient sauver les enfants d'Israël dans un monde toujours dominé par les gentils : les paroles de ces mêmes hommes capables de condamner un garçon par un *niddui*, parce qu'il restait en relation avec son père qui vivait en Espagne ou au Portugal – toujours ces redoutables terres de l'idolâtrie dont tant de juifs rêvaient encore malgré tout, et avec lesquelles bon nombre de ces mêmes supposés orthodoxes, capables de condamner les autres, faisaient du commerce et s'enrichissaient. Elías savait que son propre frère pouvait bien en arriver à l'accuser devant le conseil du Mahamad, devenir son persécuteur, peut-être même son inquisiteur, persuadé que par son action il assumait ses responsabilités, en bon représentant de son peuple.

Les échos du procès d'expulsion d'Uriel da Costa résonnaient dans l'esprit d'Elías Ambrosius comme dans un tambour et flottaient encore sur toute la communauté juive d'Amsterdam. Le conseil rabbinique (dont le *haham* Ben Israël !) avait condamné Uriel da Costa à un *hérem* à vie qui impliquait l'interdiction de communiquer avec tous les membres de la communauté, une véritable mort civile. Da Costa avait été accusé d'avoir péché en proclamant publiquement que les préceptes des rabbins, réunis dans le Talmud et la Mishna, étant des considérations humaines, n'étaient pas des vérités suprêmes comme ils le proclamaient, car seul Dieu avait ce privilège. Da Costa avait réclamé une séparation entre les commandements religieux, civils et juridiques, et avait même osé proposer une relation individuelle entre le croyant et son Dieu (comme celle que défendait le grand-père Benjamín au sein de sa famille), une communication dans laquelle les autorités religieuses n'auraient qu'un rôle de passeurs et non de régulateurs. Il avait donc été accusé de disqualifier la *Halakha*, l'ancienne Loi religieuse, en tant que code destiné à régir non seulement la conduite religieuse, mais aussi la conduite privée et civique.

Cet homme si téméraire avait fait preuve de la plus grande naïveté lors du procès en excommunication qui s'ensuivit, en proclamant son espoir que ses frères, ces mêmes rabbins dont il attaquait le pouvoir ancestral, auraient "un cœur compréhensif" et seraient capables de "débattre sagement avec des opinions solides", comme des êtres pensants, fils d'un temps très différent de celui des patriarches primitifs et des prophètes, créatures surgies de l'obscurité des origines de la civilisation, nomades adorateurs d'idoles, errant dans les déserts. Le procès dramatique, au cours duquel Da Costa fut accusé d'être un agent du Vatican, humilié et vilipendé par le tribunal rabbinique, s'était achevé sur la lecture de ce *hérem* à vie par le rabbin Montera qui déclarait entre autres horreurs : "À l'aide du jugement des anges et de la sentence des saints, nous jetons l'anathème sur toi, nous exécrons, maudissons et excluons Uriel Da Costa, en formulant ce *hérem* comme Josué le formula à l'encontre de Jéricho. Nous le maudissons avec la malédiction d'Elie et avec toutes les malédictions que l'on trouve dans le livre de la Loi. Qu'il soit maudit le jour, qu'il soit maudit la nuit ; qu'il soit maudit pendant son sommeil et pendant qu'il veille. Qu'il soit maudit à son entrée, qu'il soit maudit à sa sortie. Que le Seigneur ne lui pardonne jamais ni ne le reconnaisse ! Veuille l'Éternel allumer contre cet homme toute sa colère et déverser sur lui tous les maux mentionnés dans le livre de la Loi : que son nom soit effacé de ce monde... En conséquence, nous avisons que personne ne doit avoir avec lui de communication orale ni écrite, qu'il ne lui soit rendu aucun service, que personne ne l'approche à moins de quatre coudées, que personne ne demeure sous le même toit que lui...".

Pendant que le rabbin Montera lisait l'excommunication inquisitoriale, Elías se souvenait fort bien que la synagogue, où se pressaient les membres de la *Naçao*, avait été envahie par le gémissement prolongé d'un grand cor qui se faisait entendre de loin en loin, de plus en plus assourdi et éteint. Avec ces mêmes yeux qu'il observait maintenant dans le miroir, l'adolescent Elías Ambrosius, cramponné à la main de son aïeul et tremblant de peur, avait vu comment les bougies des candélabres rituels, intenses au début de la cérémonie, s'éteignaient peu à peu jusqu'à l'extinction de la dernière au moment où le cor se taisait : avec le silence et la lumière agonisante s'éteignait aussi la vie spirituelle de l'hérétique condamné.

Le retentissant procès, intenté à Uriel Da Costa, mais de bien des façons à tous les frondeurs et hétérodoxes d'Amsterdam, avait voulu semer une nouvelle graine de peur chez ceux qui pourraient avoir la témérité de penser d'une façon différente de celle qu'avaient décrétée les puissants chefs de la communauté, détenteurs, selon la tradition, des uniques interprétations admises de la Loi. C'était bien sûr cette peur pernicieuse et omniprésente de subir un sort identique qui palpitait à cet instant dans la main du jeune Elías Ambrosius, armée d'un fusain, tandis qu'il observait ses yeux dans un miroir et qu'il contemplait le papier blanc tendu sur un chevalet rustique qui semblait le défier. Prendrait-il ce risque juste parce qu'il aimait peindre ? Le Maître le savait et maintenant Elías Ambrosius aussi : oui, il devait y avoir autre chose, il fallait bien qu'il y eût autre chose. Le *haham* Ben Israël saurait-il ce que cela pouvait être ? Salom Italia, qui avait traversé le miroir, avait-il découvert ce qu'était ce quelque chose de plus ? Dans un éclair, Elías Ambrosius entrevit le mystère lorsque sa main, obéissant à un ordre qui semblait provenir d'une source située bien au-delà de sa conscience et de ses peurs, dessina sur la surface immaculée le premier trait de ce qui serait l'œil. Parce que tout est dans les yeux. Les yeux d'un homme qui pleure.

Le mystère, il le sut à cet instant, s'appelait le pouvoir : le pouvoir de la Création, l'impulsion de la transcendance, la force de la beauté qu'aucune autorité ne pourrait vaincre.

2.
Nouvelle Jérusalem, an 5405 de la création du monde, 1645 de l'ère commune.

Le temps passait et, contrairement à ce qu'il avait imaginé ou prévu, Elías Ambrosius était loin d'être heureux. Parfois la sensation de malheur l'effleurait de façon sibylline, comme un accès de mauvaise conscience, et le garçon se posait de nouveau la question : cela en vaut-il la peine ? D'autres fois, elle le faisait avec animosité et l'obligeait à faire le bilan en termes pratiques : argent, temps, résultats, satisfactions, risques, peurs accumulées. Il comptait sur ses doigts, même si le plus souvent il tentait d'exclure l'argent pour que personne, pas même lui, ne pût l'accuser de réagir dans une perspective trop juive, même s'il était avéré qu'à Amsterdam les juifs n'étaient pas les seuls à vivre obsédés par l'argent. Un écrivain français, accueilli dans cette ville, l'avait fort bien dit, un certain René Descartes, également considéré comme un hérétique par ceux de sa foi, à qui on attribuait la phrase selon laquelle, à part lui, dans cette ville, tous s'employaient uniquement à faire de l'argent...

Certains jours désastreux, empreints de tristesse, alors qu'il pesait ses doutes et ses convictions, le garçon en arrivait même à prendre la décision : aussi grand Maître que fût le Maître, aussi sollicité qu'il eût été quelques années auparavant, et bien que lui, Elías Ambrosius, le crût le plus grand peintre de la ville et même du monde connu, deux années à cirer des parquets, balayer des immondices et transporter de la tourbe, en recevant plus d'ordres et de réprimandes de la toujours renfrognée Geertje Dircx que de conseils du Maître (au prix non négligeable de trente florins, eh bien oui, c'était pertinent d'inclure la question de l'argent, fermement réclamés quand il était en retard pour payer), en échange de quelques rares conversations que, lorsqu'il était de bonne humeur, le peintre pouvait accorder à n'importe quel visiteur ou acheteur, au total cela faisait plus de raisons qu'il n'en fallait pour envisager la possibilité de mettre fin à cette dangereuse aventure.

Elías Ambrosius ne pouvait nier que sa vie à l'ombre du Maître et de son univers où tout était pensé et exprimé avec une récurrence presque maladive en termes de peinture (techniquement, physiquement, philosophiquement et même économiquement) avait fait de lui un autre homme et, même si c'était pour vivre en se débattant dans son malheur, il ne serait plus jamais comme avant : il connaissait la grandeur, il avait reçu la lumière et la chaleur d'un génie, et il avait surtout appris que grandeur et génie, lorsqu'ils s'allient à une tendance au défi et à la volonté d'exercer sa liberté d'opinion, peuvent conduire (ou conduisent toujours ? hésitait-il) au désastre et à la frustration.

Mais à quoi lui servait ce savoir ? Le jeune juif méditait sur sa situation et pesait cette résolution drastique avec plus de détermination les nuits où, devant un morceau de toile ou de papier barbouillé avec maladresse, il se persuadait que, malgré ses efforts incessants pour assimiler tout ce qu'il voyait et écoutait, et malgré son enthousiasme et son opiniâtreté, il manquait encore entre son cerveau et cette surface provocante quelque chose comme une indéniable émanation de la grâce divine que lui, cela lui semblait évident, ne posséderait jamais : un vrai talent. Alors, pour être un médiocre toute sa vie, cela ne valait pas la peine de supporter les dépenses, les humiliations et le poids d'un secret qu'il ne pouvait même pas confier à ses meilleurs amis. Pour un peintre médiocre, se disait-il, les irrévérences et les peurs qu'il avait accumulées étaient déjà bien suffisantes.

Ce froid après-midi où sa vie subirait une imprévisible et encourageante secousse, l'idée obsédante du renoncement l'avait accompagné comme un chien têtu, alors qu'il se dirigeait vers la maison du Maître en marchant dans la neige fraîche. Mais une vague excitation, aussi intangible qu'une prémonition, l'empêchait de sauter le pas dont il savait (comme dans d'autres circonstances de sa courte vie) qu'il aurait un caractère définitif.

La nouvelle servante de la maison, la jeune Emely Kerk, lui ouvrit la porte et il s'approcha du poêle du salon contigu pour tenter de se débarrasser du froid accumulé durant sa marche. En voyant le feu crépiter et le panier métallique de la tourbe presque vide, il pensa de façon presque automatique qu'on l'enverrait dans l'après-midi au Nieuwemarkt pour prévenir le fournisseur qu'on avait besoin de lui au n° 4 de la Jodenbreestraat. Elías Ambrosius se disposait déjà à descendre à la cuisine pour enlever ses vêtements d'hiver, revêtir sa vieille tenue de travail et s'emparer de ses armes habituelles, le seau et le balai, lorsque le Maître sortit de sa chambre et, après avoir placé dans une de ses joues un de ces bâtonnets en sucre fondu qui lui avaient causé et lui causeraient tant de douleurs dentaires (bâtonnets dont il assurait être incapable de se passer), il le regarda et lui dit : "Ne te change pas, aujourd'hui c'est toi qui viens avec moi." À cet instant, sans pouvoir deviner encore ce qui l'attendait, Elías Ambrosius eut la certitude que ces paroles magiques – quelle qu'en soit la contingence – plaçaient d'un seul coup sa relation avec le Maître à un autre niveau de proximité. Il en oublia immédiatement la décision si ressassée, comme si elle n'avait jamais existé.

Tous savaient que le Maître préférait sortir le matin pour régler la question des achats. Toujours vers dix heures, il choisissait un ou deux disciples, selon ses intentions, et commençait à faire le tour des boutiques où l'on satisfaisait le mieux ses très particulières exigences. L'aventure se terminait sur le coup de midi et demi, en général à la gargote qu'un couple d'Indonésiens, parents de nombreux enfants, avait ouverte sur le port où, à côté des débardeurs noirs, des marins anglais et norvégiens, des mercenaires magyars et allemands et autres personnages extravagants (Indiens du Surinam vendeurs de perroquets ou sombres juifs d'Éthiopie portant des vêtements pré-chrétiens), le Maître observait les visages, les accoutrements et les gestes, tout en dévorant avec délectation les plats de viande accompagnés de légumes de saison, pleins de saveurs et d'arômes évocateurs des lointains mystères du monde, des mets délicieux préparés par ces deux êtres à la peau couleur de cendre et aux corps flexibles comme les roseaux du marais. Selon l'humeur du Maître, les disciples qui l'accompagnaient – depuis que le favori Carel Fabritius avait quitté l'atelier pour tenter sa chance artistique, il choisissait presque toujours son frère Barent, mauvais peintre mais bon porteur ; parfois il emmenait aussi le Danois Keil ou encore Samuel van Hoogstraten ou le nouveau venu Constantijn Renesse – soit ils s'asseyaient aux tables de bois brut des Indonésiens, soit il leur ordonnait de rentrer avec les matériaux achetés. En tout cas, les apprentis considéraient que c'était un privilège de participer à ces sorties ; au retour, ils montraient aux autres les nouvelles provisions et racontaient – si elles avaient eu lieu – les conversations du Maître avec ses fournisseurs ou avec la faune du port.

Sans jamais oublier la différence entre sa situation et celle des autres élèves admis comme tels (dont les plus anciens, une fois surmontés certains préjugés, le considéraient presque comme leur égal), Elías Ambrosius, toujours empêtré dans ses doutes et ses peurs, avait supplié Dieu, durant presque deux ans, de faire qu'il pût écouter un jour (ne serait-ce qu'un jour !) cet ordre qui au moins lui reconnaissait sa condition d'être humain unique. La raison pour laquelle le peintre n'était pas sorti ce matin-là était facile à deviner : du lever du jour à midi, une neige obstinée n'avait cessé de tomber. Toutefois, le garçon savait aussi que le Maître avait en même temps retrouvé le sourire et espacé ses sorties matinales depuis que, quelques mois auparavant, la jeune silhouette d'Emely Kerk avait commencé à papillonner dans la maison où elle était engagée à mi-temps comme nounou et préceptrice de Titus, une responsabilité impensable pour Geertje Dircx en raison de son peu de familiarité avec les lettres. Le plus important n'était pas le motif de la sortie mais le choix de l'accompagnateur, car très certainement, dans les réduits du dernier étage, quelques-uns des élèves, ceux qui payaient les cent florins requis, étaient encore en train de travailler : comme d'autres fois, l'ordre du Maître aurait pu envoyer Elías au dernier étage pour prévenir un ou plusieurs apprentis qu'il était prêt, sur le point de partir. Mais cet après-midi-là, l'élu c'était lui.

Quand son humeur changeait (parfois facilement, grâce à une conversation que le Maître lui consacrait, ou à la découverte de sa nouvelle capacité pour peindre une chose que jusqu'alors il n'avait pu saisir, ou à la perspective d'une rencontre avec Mariam Roca, la jeune fille qui depuis quelques mois l'attirait presque autant que la peinture), le garçon mettait dans la balance le fait qu'au long de ces deux années, certes pleines d'inquiétudes, de craintes et de désillusions, il avait aussi connu, pour un prix des plus modiques, les joies de l'apprentissage dans le plus prestigieux atelier d'Amsterdam et de la République. Dans cette épreuve, Elías reconnaissait qu'il avait parcouru le bout de chemin le plus aride qui allait de l'ignorance sidérale à la connaissance de tout ce qu'il devait apprendre s'il voulait convertir ses obsessions en tableaux et juger, avec les instruments nécessaires, les qualités de son éventuel talent (soudain remonté dans son estime quand, plus qu'une œuvre concrète, ce genre de situations emplissait son esprit d'une vague d'euphorie). Il avait assisté aux conversations du Maître avec les élèves qu'il approchait avec une curiosité discrète pour les interroger sans en avoir l'air ; il se nourrissait avec une voracité évidente des occasions où le peintre lui adressait la parole ; il avait aussi été témoin de la naissance, de la progression et de la conclusion de plusieurs œuvres de ce génie (le portrait d'Emely Kerk que le Maître avait fait poser comme si elle se tenait à la fenêtre, l'avait enthousiasmé ; et, par deux fois, il avait même préparé la palette pour le tableau auquel le peintre travaillait depuis plusieurs mois, une représentation très profane et domestique de la Sainte Famille chrétienne au moment de recevoir la visite des anges) ; chacune de ces conjonctures propices lui permit peu à peu d'arriver au seuil d'un monde beaucoup plus fabuleux qu'il ne l'avait imaginé et définitivement fascinant, en dépit de tous les tourments qu'il lui causait... C'est pour cela que, des papiers et du fusain de ses débuts, il s'était d'abord essayé à la gouache sur de fins cartons, dessinant avec les grands et simples traits caractéristiques du Maître, et depuis quelques mois il avait commencé à peindre sur des toiles – les moins chères, parfois même des chutes – sur lesquelles il s'exerçait dans une grande étable abandonnée, découverte au-delà du Prinsengracht, le lointain canal du Prince, car s'il travaillait dans sa mansarde, il craignait d'être trahi par les très reconnaissables effluves de l'huile de lin.

Il avait plusieurs fois dû mentir quand un ami ou quelqu'un de la maison le questionnait sur son travail dans l'atelier du Maître : le prétexte qu'il y faisait le ménage sur la demande de son ancien *haham* Ben Israël, grand ami du peintre, fut suffisant pour informer l'aïeul (tout ce qui venait de Ben Israël lui semblait correct), rassurer son père (bien qu'il ne comprît pas comment son fils, avec deux activités, était toujours à court d'argent) et, pour le moment, leurrer Amos et ses propres amis ou, du moins s'efforcer de le faire.

Cet après-midi jubilatoire, quand ils sortirent, la Jodenbreestraat lui sembla un voile blanc étendu pour les recevoir. Les déblayeurs de neige n'avaient pas commencé leur travail et le chemin était à peine marqué par les empreintes de quelque passant. En descendant la rue, quand le Maître prit à droite pour remonter vers la Meijerplein, Elías sut immédiatement que quelque chose était arrivé, un événement capable de mettre le peintre de bonne humeur : seule explication plausible à la loquacité de l'homme qui le surprit dès les premiers mètres du trajet. Tandis qu'ils marchaient, en s'enfonçant jusqu'à la tige de leurs bottes dans la neige encore molle, le Maître s'employa à raconter à Elías comment il avait fait la connaissance de chacun de ses voisins juifs, qui vivaient tous dans l'opulence – Salvador Rodrigues, les frères Pereira, Benito Osorio, Isaac Pinto et, bien sûr, Isaías Montalto – dont il admirait la capacité à garder la foi au milieu des plus grandes adversités et, évidemment, à multiplier les florins. Sans transition, il lui révéla sa théorie qu'il avait souvent discutée avec Ben Israël et certains de ses voisins séfarades, à savoir pourquoi les citoyens d'Amsterdam maintenaient cette relation de proximité plus que de tolérance avec les membres de la *Naçao* séfarade : "Ce n'est pas parce que notre ennemi commun est l'Espagne, ni parce que vous nous aidez à nous enrichir encore plus. L'Espagne ne manque pas d'ennemis et nous ne manquons pas d'associés en matière de commerce. Ce n'est pas non plus que nous soyons plus compréhensifs et tolérants, il ne faut pas rêver : c'est parce que nous, Hollandais, nous sommes aussi pragmatiques que vous, alors nous nous sommes identifiés à l'histoire des Hébreux pour améliorer et orner la nôtre, pour lui donner une dimension mystique, comme le dit si bien notre ami Ben Israël. En deux mots : pragmatisme protestant."

Elías Ambrosius savait que le Maître entretenait une relation difficile avec les créateurs des mythes de l'histoire des Provinces-Unies et avec les prédicateurs calvinistes les plus actifs et radicaux. Quelques années auparavant, la commande d'une peinture destinée à célébrer l'union de la République (encore plongée dans une guerre sans fin contre l'Espagne) s'était terminée sur un fiasco qui avait nui à la relation du peintre avec les autorités du pays. L'œuvre, qui aurait dû être exposée au palais royal de La Haye, ne fut jamais terminée, car les promoteurs de la commande, alertés par les ébauches, considérèrent que l'interprétation du Maître ne respectait ni leurs exigences ni la réalité historique telle qu'ils la concevaient, et encore moins l'esprit patriotique qu'elle devait exalter. D'autre part, personne n'ignorait son amitié avec le prédicateur Cornelius Anslo, si contesté, ni son militantisme dans la secte des mennonites, partisans d'un retour aux formes simplifiées et naturelles garanties par les Écritures. Son récent engouement pour les dissidents arminiens, défenseurs d'une adhésion à l'esprit originel de la Réforme protestante, beaucoup plus libéraux que les calvinistes purs, était également bien connu. Comme si cette multitude d'attitudes hétérodoxes ou orthodoxes ne suffisaient pas, le Maître se vantait de sa proximité vitale et spirituelle avec les juifs et même avec les catholiques : il était l'ami du peintre Steen qui professait cette foi, et de Philips Vingboons, l'architecte le plus sollicité de la ville, qui était aussi un visiteur assidu de la maison de la Jodenbreestraat. Tous ces défis avaient fait de lui un homme à la limite de ce que pouvaient tolérer les recteurs idéologiques de sa société qui observaient avec appréhension cet artiste par trop transgresseur des valeurs admises, toujours en conflit avec l'ordre établi.

En arrivant à la Meijerplein, Elías Ambrosius sut où aurait lieu le premier arrêt du trajet et, bientôt, la raison de l'euphorie du Maître. Dans un angle de la place, en face du terrain acheté par les juifs espagnols et portugais pour réaliser leur rêve de bâtir une synagogue, enfin conçue comme telle et pensée come une provocante version moderne du Temple de Salomon, se trouvait la boutique d'Herman Doomer, un Allemand, spécialisé dans la fabrication de durs cadres d'ébène, qui proposait aussi des supports de bois moins nobles et même de fanons de baleines noircis, un succédané plus économique. Le commerçant et le peintre entretenaient une amitié plus étroite depuis que le Maître avait réalisé le portrait de Doomer quelques années auparavant, à l'époque où son fils, Lambert, passait quelques mois comme apprenti dans l'atelier – apparemment sans beaucoup de succès. Au nom de cette amitié, l'Allemand lui faisait toujours les meilleurs prix et lui fournissait les plus beaux bois de son stock.

L'accueil d'un client et ami si cher fut aussi chaleureux qu'on pouvait s'y attendre de la part d'un Allemand, luthérien jusqu'à la moelle, et supposa, non pas l'invitation habituelle à boire une bière ou du vin, mais à déguster un verre de cette infusion qui commençait à être à la mode dans les Provinces-Unies : le café venu d'Éthiopie, un luxe que bien peu pouvaient s'offrir. Debout, à une distance respectueuse, savourant son verre de liquide noir édulcoré avec de la mélasse, Elías Ambrosius suivit le dialogue des deux hommes et comprit enfin les raisons de l'euphorie du Maître : le *stathouder* Frederik Hendrik de Nassau, premier magistrat de la République, lui avait commandé deux nouvelles œuvres et, bien entendu, pour de tels tableaux les cadres devaient être de la meilleure qualité (le prix était sans importance, puisque de toute façon il serait à la charge du puissant client).

Comme tous les connaisseurs des coulisses du monde de la peinture, le jeune juif était au courant des rumeurs qui prétendaient expliquer la fin, houleuse semblait-il, des relations commerciales mais aussi cordiales entre le Seigneur de La Haye et le Maître d'Amsterdam. Six ans auparavant, après avoir terminé une Résurrection, le troisième des tableaux commandés par le *stathouder* qui représentaient la Passion du Christ (avant, il avait livré une Ascension et, presque en même temps que le dernier, un Enterrement), le Maître avait écrit au prince en lui suggérant humblement mais en termes fort clairs qu'au lieu des six cents florins convenus, il lui en réglât mille pour chacune des deux dernières peintures – étant donné que selon lui sa cote n'avait cessé de grimper sur le marché au cours des deux ou trois dernières années et que la complexité et la qualité des œuvres le justifiaient. La réponse du *stathouder* arriva avec une lettre de change du montant convenu, et une réprimande pour le délai de livraison des tableaux, excessif à son avis… et elle fut scellée par un silence pernicieux comme unique réfutation des nouvelles lettres envoyées par le Maître. Avec cette *affaire** et le refus immédiat de son projet de tableau sur l'union de la République, l'artiste avait vu s'envoler ses rêves de devenir, comme ce Rubens, aimé et détesté, qu'il enviait tellement, un célèbre peintre de cour, propriétaire de domaines et de collections d'art.

Après le décès de son épouse qui affecta tellement son état d'âme, après la confusion et l'inquiétude que le tableau pour le *groote sael* de Klovenirsburgwal provoqua parmi les clients potentiels, mais surtout à partir de la scandaleuse bataille judiciaire à laquelle le contraignit Andries de Graeff, aussi riche que stupide, qui considérait que le portrait commandé au peintre, pour lequel il avait payé la somme exorbitante de cinq cents florins, était très loin de sembler terminé et même d'offrir une ressemblance acceptable avec sa personne, le niveau des commandes du Maître avait décliné de façon notoire. Les potentats d'Amsterdam ne se bousculaient plus pour être immortalisés par ce peintre toujours problématique qui n'en faisait qu'à sa tête, et leurs commandes étaient maintenant confiées aux mains d'artistes plus dociles, à la peinture plus lisse et lumineuse, or dans la ville ils étaient des dizaines parmi lesquels on pouvait choisir. À la suite de ces contretemps, le Maître avait perdu de son allant et pour n'importe quel connaisseur il était évident que ses plus récentes commandes (il avait eu recours plus que d'ordinaire à l'aide de Carel Fabritius et du jeune Aert de Gelder) étaient des œuvres élégantes, bien maîtrisées, mais peu personnelles et à peine dignes de son génie. Toutefois, il était également certain, comme pouvait en témoigner Elías Ambrosius, que sa peinture la moins influencée par le goût qui s'imposait, la moins désireuse de plaire, était peu à peu devenue plus profonde, plus libre et personnelle. Un autre portrait était là pour le prouver : celui d'Emely Kerk, jeune, simple, charnelle, appuyée à une fenêtre d'où elle offrait une sensation palpable de vérité. Son rêve d'accéder à la cour avait avorté et le Maître s'était enfin libéré du fardeau qui, plusieurs années durant, avait été le plus difficile à traîner : l'exemple mondain, la théâtralité picturale exacerbée et la peinture religieuse écrasante, quoique toujours complaisante avec le goût de ses patrons, du flamand Rubens. Le Maître était devenu plus libre.

Elías Ambrosius trembla en entendant le prix qu'atteindraient les cadres d'ébène, de presque un *ell* et demi de haut sur un de large, mais lorsqu'il apprit que les œuvres seraient vendues mille deux cents florins chacune, il mesura clairement que le prix des cadres les plus luxueux ne serait pas un problème pour le noble client et que le Maître, toujours capable de dilapider pour ses caprices davantage d'argent qu'il n'en gagnait par son travail, accorderait une trêve à ses tumultueuses finances qui le faisaient tant se quereller avec la femme Dircx au sujet des dépenses.

Lorsqu'ils ressortirent dans la rue, la pénombre véloce de l'hiver s'était abattue sur la petite place blanche, mais l'enthousiasme du Maître était intact, ou peut-être exalté par les deux tasses de la vivifiante infusion brune offertes par M. Doomer. L'homme regarda autour de lui, comme s'il se demandait seulement à cet instant vers où il allait diriger ses pas, et sembla prendre une décision : "Allons boire une bière, là, au coin… Ensuite nous irons rendre visite à Isaac Pinto. Mais avant, je veux finir de t'expliquer ce que j'étais en train de te dire."

Derrière le Maître, Elías entra, presque en se pavanant, dans la taverne de Meijerplein, à son grand regret beaucoup moins fréquentée que celles de De Waag, du Dam ou du port, toujours bondées : "Ne voyez-vous pas, messieurs ? Je bois une bière brune avec le grand Maître", pensa-t-il en observant les clients, trop éméchés pour la plupart à cette heure de la journée, pour remarquer ceux qui venaient d'entrer. Devant une bière servie dans une chope de laiton martelé et tout en dévorant un filet de hareng salé, le Maître reprit le fil de son discours antérieur pour expliquer à son presque disciple l'élaboration du destin mystique de son pays :

"Comme je te le disais…" Il avala le hareng, but la moitié de sa bière et enchaîna. "Il est certain que nous avons derrière nous un siècle d'exodes du Sud catholique vers le Nord calviniste et de guerres contre la plus grande puissance impériale qui ait jamais existé. Nous avons aussi cette relation avec cette terre pauvre que nous avons fait fleurir et, comme le pays est petit bien qu'ambitieux, nous éprouvons un très fort sentiment de prédestination. Il n'est donc pas étrange que nous nous considérions comme un peuple élu… peut-être par Dieu ou par l'Histoire, peut-être par nous, mais en tout cas par quelqu'un. Sinon, comment expliquer que cette Nouvelle

Jérusalem, comme vous l'appelez, soit devenue la ville la plus riche, la plus cosmopolite, la plus puissante du monde… ?" Il but d'un trait le reste de sa bière et leva sa chope pour en demander une autre. "Depuis que nous avons rompu avec Rome, notre mentalité calviniste a préféré comprendre la prédestination messianique de notre histoire à travers votre chronique à vous, les juifs, une nation à partir de laquelle le Tout-Puissant avait travaillé sa volonté sur la terre et dans l'Histoire… selon le livre que vous-mêmes avez écrit… Nous avons transformé notre exode en ce qu'il fut pour les juifs bibliques : la légitimation d'une grande rupture historique, une coupure avec le passé qui a rendu possible la construction rétrospective d'une nation. Toute une leçon de pragmatisme… Mais la vérité, oui, la vérité, insista le Maître, c'est que notre République est le résultat du mélange de l'incompétence et de la brutalité de la couronne espagnole avec ce pragmatisme calviniste, mais elle est surtout l'œuvre de fructueux négoces. Et une fois construite cette République que nous aimons tant et qui nous enrichit tellement, ces circonstances, les vraies, nous les avons enterrées sous la mythologie patriotique selon laquelle l'existence de ces provinces serait l'accomplissement d'une volonté divine… telle qu'elle s'accomplira à Jérusalem…"

Il attaqua plus calmement sa deuxième chope, tandis qu'Elías buvait la sienne à petites gorgées. "Sais-tu pourquoi je te parle de toute cette histoire d'équivoques bien manipulées… ? Eh bien, pour te dire quel est le thème des tableaux que m'a commandés le *stathouder*… Comme tu dois déjà t'en douter, il s'agit de deux scènes étroitement liées à vous les juifs, mais aussi à nous, à travers lesquelles nous pouvons nous reconnaître et communiquer : une adoration du Messie par les bergers que dans une perspective historique on ne peut qu'imaginer comme une scène juive, et une circoncision du Christ qui en fin de compte était juif, non ? Tout aussi juif et tout aussi circoncis que toi…"

Le Maître fouilla dans ses poches et posa trois pièces sur la table pour payer les boissons, puis il regarda son compagnon : "Maintenant, allons chez mon ami Isaac Pinto. Après ce que je t'ai dit, ce que tu vas y voir peut beaucoup t'aider." "M'aider ? À quoi, Maître ?" s'enquit le garçon qui découvrit le sourire ironique de l'autre, entaché par le tabac et les caries. "À te trouver toi-même, peut-être. Ou à comprendre pourquoi le peuple juif a survécu plus de trois mille ans. Allons-y !"

Au cours de ses dix-neuf ans d'existence il n'avait jamais franchi le seuil d'une maison luxueuse – et cela ne se reproduirait plus durant le peu d'années qu'il lui restait à vivre –, une maison d'un luxe si éclatant, avec un tel étalage de bois et d'argent étincelants, multiplié par des miroirs égrisés avec une telle perfection qu'ils ne pouvaient avoir été fabriqués qu'à Venise ou Nuremberg, et des sols polis comme seuls parviennent à l'être les marbres blancs venus de Carrare, les jaunes extraits des carrières de Naples et les noirs veinés de vert des Flandres voisines. Tout reluisait derrière des rideaux protecteurs, sans doute nés de mains et de laines persanes, comme si la demeure jouissait d'un embrasement de prospérité et de réussite. Hormis les tableaux, les siens et ceux des autres, accrochés aux murs, qui lui donnaient son propre lustre, la maison du Maître, comparée à celle d'Isaac Pinto, aurait fait penser à un campement militaire (auquel, en fait, elle ressemblait assez).

Ce juif arrivé à Amsterdam plus ou moins au même âge et tout aussi pauvre que son père Abraham Montalbo était la preuve vivante du succès remporté par le génie mercantile séfarade qu'avait encouragé la Nouvelle Jérusalem. Malgré les limitations imposées par les autorités de la ville pour que les israélites se consacrent aux activités traditionnelles de la région et intègrent les corporations les plus prisées, leur inventivité avait trouvé des espaces inexplorés pour exploiter, presque frénétiquement, des secteurs comme la production du chocolat, la taille de diamants et de lentilles ou la très prospère industrie du raffinement des miels américains. Grâce à leur science millénaire du commerce et à leur intime et efficace relation à l'argent, certains avaient bientôt amassé des fortunes. Cependant, celle d'Isaac Pinto avait eu une origine plus prévisible : le commerce avec le passé. Disposant déjà de contacts et de négociants sur les quatre continents – Europe, Afrique, Asie et Nouveau Monde – il opérait surtout sur les terres de l'idolâtrie – l'Espagne et le Portugal – où il était en affaires non seulement avec des parents et des amis de sa famille, convertis au christianisme et très bien placés dans l'échelle sociale de ces territoires, mais aussi avec de très catholiques agents des couronnes ibériques, sans que les autres recteurs de la communauté d'Amsterdam, dont beaucoup étaient des associés ou des bénéficiaires d'entreprises similaires, n'osent le condamner ou seulement le critiquer. Pour répondre aux exigences de son statut social, Isaac Pinto s'habillait, se chaussait, se coupait les cheveux et les moustaches comme les patriciens d'Amsterdam qu'il côtoyait d'égal à égal. Comme eux, il ornait sa maison des indispensables peintures d'artistes hollandais, parmi lesquels Elías Ambrosius reconnut un paysage avec des vaches d'Albert Cuyp, un moulin qui clamait son appartenance à Ruysdael, une nature morte aux faisans de Gerrit Dou, ancien disciple du Maître, et un délicat dessin du Maître lui-même qui évoquait plus un paysage de rêve qu'une campagne réelle de la marécageuse Hollande. Finalement, le succès d'Isaac Pinto – comme celui des Pereira ou d'Isaías Montalto – était le meilleur exemple de ce que pouvait réussir le pragmatisme hébreu dans des conditions moyennement favorables. Ou le pire exemple, même si personne, ni le rabbin Montera, ni le récalcitrant Polonais Breslau, n'aurait osé une telle formulation à propos du puissant Isaac Pinto.

Saisi par ce spectacle fastueux et attiré par la figure souriante du propriétaire de tant de richesses qui, tout en lui souhaitant la bienvenue en ladino, osait même donner l'accolade au célèbre peintre d'ordinaire si bourru, Elías Ambrosius Montalbo de Ávila comprit mieux le discours dont le Maître venait de le gratifier et, en même temps, il s'expliqua pourquoi Isaac Pinto commençait à se sentir à l'étroit dans la Grand'Rue des Juifs. Comme tous les membres de la *Naçao* en parlaient dans leurs cercles, le négociant se faisait construire un palais bourgeois dont les plans étaient ni plus ni moins que du très demandé Philips Vingboons, dans la zone des nouveaux et aristocratiques canaux vers lesquels émigraient, sans que leurs relations personnelles avec le ciel aient une quelconque importance, les protestants et les juifs, maîtres des routes commerciales du monde.

Lorsque le maître lui présenta son jeune compagnon, Isaac Pinto sourit et passa au néerlandais. "Comment va le sieur Benjamín ? Cela fait une éternité que je ne l'ai pas vu", dit-il en serrant la main d'Elías qui put à peine le remercier de son intérêt pour son grand-père, que Pinto se tournait déjà vers le Maître pour lui demander : "Ce n'est pas lui, je suppose ?" "Si, c'est lui", dit le peintre.

Elías Ambrosius perçut la réaction gênée de Pinto en apprenant qu'*il* était ce *lui*. Étonnement, contrariété ? Pourquoi était-il perplexe, lui, le puissant Isaac Pinto ? En découvrant cette attitude, le garçon se sentit envahi par la crainte, même si, pensa-t-il, le Maître serait incapable de le mettre en danger après l'avoir couvert durant presque deux ans. Mais il ne se sentit pas totalement rassuré même s'il savait que cet homme et ses nombreux agents commerciaux en Espagne étaient ceux qui se chargeaient, en cachette des rabbins, de fournir de la littérature suspecte, imprimée sur les terres de l'idolâtrie, à des personnes telles que son propre grand-père Benjamín Montalbo.

"Tu as ma garantie personnelle, Isaac", dit alors le Maître et, même si une légère moue révélait encore sa contrariété, le potentat admit : "Si tu le dis, il doit en être ainsi", et il leur fit signe de s'installer dans les fauteuils tapissés de brillante soie chinoise.

Elías Ambrosius savait que son rôle consistait à garder le silence et à attendre, et il s'efforça de le tenir parfaitement malgré son anxiété grandissante. À cet instant, une servante – juive tudesque, de toute évidence – entra dans l'éblouissant salon avec un plateau d'argent massif, tout aussi éblouissant, sur lequel elle maintenait en équilibre une bouteille verte et trois verres transparents. Elle le posa sur la table de marbre sombre, aux pieds d'ébène, puis se retira. "Tu vas me goûter ça !" dit Isaac Pinto au Maître. "Espagnol ?" "Non, de Bordeaux. Une année exceptionnelle !" précisa le juif, et il servit la boisson si prisée dans les trois verres. Au moment où l'hôte lui tendait le sien, Elías Ambrosius frotta la paume de ses mains sur les jambes de son pantalon, comme si elles n'étaient pas aptes à recevoir le verre vénitien. "Santé !" dit le Maître, et les deux hommes burent tandis que le garçon respirait le parfum extrêmement délicat, fruité mais ferme, de ce nectar qui arracha une exclamation au Maître : "Je ne suis pas un grand dégustateur de vin, mais celui-ci est le meilleur que j'ai bu en bien des années." "Eh bien j'en ai mis un carafon de côté pour toi."

Une fois les verres vides, Isaac Pinto se leva et regarda Elías Ambrosius qui se sentit rapetisser dans la profondeur moelleuse de son fauteuil. "Je suis au courant de ton secret, mon garçon..." Pinto fit un signe vers le Maître. "Mon cher ami me l'a révélé pour me convaincre de faire ce que nous allons faire maintenant. Mais écoute-moi bien, petit... Dans cette Amsterdam si libre, nous vivons tous avec un ou plusieurs secrets. Le tien n'est rien en comparaison de ce que je vais te montrer. Aussi, ton silence est-il une condition que tu ne peux violer. Si tu en parlais, je pourrais être obligé de donner quelques explications, mais pour toi ce serait la fin de tout. Et quand je dis tout, c'est tout. Allons-y. Que le Seigneur nous accompagne."

Elías Ambrosius sentit ses craintes monter en flèche devant cette supposée preuve de confiance qui lui parvenait assortie d'une menace évidente. Il se leva et suivit Pinto et le Maître vers l'escalier qui les conduisit au deuxième étage où une grosse porte de bois sombre ornait le mur de la grande salle. Pinto fouilla dans ses poches à la recherche de la clé permettant d'accéder à une pièce qu'Elías supposa être son bureau, le lieu d'où il dirigeait ses innombrables et fantastiques affaires. Le garçon ne s'était pas trompé : une table à tiroirs, des étagères avec quelques livres, des armoires pour ranger les documents, tous les meubles qui occupaient l'espace où ils pénétrèrent étaient l'œuvre des meilleurs ébénistes et vernisseurs de la ville. Il découvrit immédiatement, sur la table, un coffre en bois, sculpté avec soin, de façon assez similaire à l'un des Aron Kadesh, ces caisses où sont rangés les rouleaux de la Torah, mais encore plus luxueux que le plus luxueux de la synagogue. Le Maître regarda alors Elías et lui dit : "Ce que tu vas découvrir t'aidera à te sentir mieux... ou moins bien, je ne sais pas vraiment, mais dès que je l'ai découvert, j'ai pensé que toi aussi tu devais le voir." Pendant que le Maître parlait, Isaac Pinto s'employait à ouvrir avec une autre clé cette sorte de coffre rituel qui avait attiré l'attention du jeune homme. Sa première surprise fut de constater qu'il contenait bien un rouleau de parchemin rangé comme on le faisait avec la Torah, quoique moins volumineux. L'esprit d'Elías Ambrosius ne fut plus qu'un tourbillon de spéculations : si tout ce mystère entourait un rouleau contenant des passages bibliques, c'était sans doute parce que son texte renfermait quelque révélation, peut-être accablante ; mais, comme toute chose dans cette demeure, le parchemin était brillant et semblait de première qualité, ce qui éliminait une possible ancienneté chargée de troublants secrets. Bouleversé par ces expectatives, le garçon regarda Isaac Pinto qui sortait le rouleau avec le plus grand soin pour le poser sur la table. "Approche, déroule-le toi-même", dit-il à Elías qui obéit de façon quasiment mécanique. Lorsqu'il toucha le parchemin, il en éprouva la grande qualité. Il prit le manche de bois sur lequel s'enroulait le Livre, et à peine avait-il découvert une partie de sa surface qu'il eut enfin la certitude de se trouver devant quelque chose de plus stupéfiant et de plus spectaculaire qu'il n'aurait pu le supposer : sur l'image d'un paysage typiquement hollandais, dessiné suivant les critères hollandais, il put lire, en hébreu, qu'il s'agissait du livre de la reine Esther. Un épisode biblique, dans le même format que les rouleaux de la Torah, mais illustré comme une bible catholique ? Il continua à tirer sur le manche et découvrit le parchemin sur lequel étaient dessinés des animaux, des fleurs, des fruits, des paysages, des anges, avec une abondance et une qualité telles, dans les traits, les perspectives et la précision des représentations qu'il en eut le souffle coupé. Il leva enfin les yeux vers les deux hommes. Le Maître commenta en souriant : "Une merveille, n'est-ce pas ?" En revanche, Isaac Pinto ajouta sérieusement, avec orgueil : "Tu comprends pourquoi j'ai exigé ta discrétion ? Cela ne va-t-il pas au-delà de ce que tu pouvais imaginer ? N'est-ce pas plus que ce que nos rabbins voudraient bien admettre… ? Une merveilleuse hérésie."

Tandis qu'il acquiesçait en silence, Elías Ambrosius étudia plusieurs des estampes qui illustraient le passage biblique et soudain il éprouva avec force quelque chose qui ressemblait à une nouvelle révélation. "Puis-je savoir qui l'a dessiné ?" "Non", fut la réponse d'Isaac Pinto. "Il ne l'a pas signé ?" "Non", répéta l'hôte. "Parce qu'il est juif, n'est-ce pas ?"

"Peut-être. En effet… disons que oui", admit Pinto, et Elías entendit l'éclat de rire du Maître qui intervenait enfin : "Merde ! Ce que vous êtes compliqués !" Elías acquiesça : le Maître avait raison. Le garçon annonça alors : "Moi je sais comment cet homme se fait appeler", et il toucha le parchemin en disant : "Salom Italia."

Devant la mer, respirant l'odeur fétide des eaux sombres charriées par les canaux de drainage et les senteurs norvégiennes des bois travaillés sur le chantier naval (sapins à l'arôme pénétrant pour les mâts, chênes et hêtres au parfum délicat pour les coques), Elías Ambrosius Montalbo de Ávila semblait observer le vol des mouettes, occupées à tirer quelque nourriture des nappes formées par les têtes de harengs et les carapaces de crevettes et de gambas dévorées par la ville et emportées par les courants des canaux jusqu'à ce banc de pourriture. Mais, en réalité, l'esprit du garçon s'évertuait à examiner obstinément les stratégies possibles (et même impossibles) pour découvrir la véritable identité de ce Salom Italia qui décidément bouleversait son existence.

Même s'il savait qu'il violait sa promesse, la première de ses démarches l'avait conduit quelques semaines auparavant chez le *haham* Ben Israël, avec le faible espoir de lui soutirer quelque information susceptible de le mettre sur la piste qui lui dévoilerait l'identité de ce personnage omniprésent et insaisissable qui signait certaines de ses œuvres du nom de Salom Italia. À la surprise d'Elías, la première réaction du professeur fut de se vexer en apprenant que le peintre traitait avec les membres les plus riches de la communauté séfarade, sans même daigner lui laisser une chance d'acheter l'œuvre décrite avec tant de saisissement et d'admiration par son ancien élève : selon lui, l'ingrat Italia l'avait certainement considéré incapable de payer de tels prix. Toutefois, pas un instant il ne sembla s'inquiéter du fait que ce juif eût dessiné un rouleau, qui plus est comme illustration d'un livre si aimé de l'histoire sainte, mais seulement de l'opération mercantile réalisée dans son dos, comme si l'objet de discorde était l'œuvre d'un quelconque peintre parmi tous ceux d'Amsterdam. Mais même ainsi, il ne révéla rien et répéta ce qu'il avait déjà dit à Elías : Salom Italia était le *nom de plume** (ou de pinceau dans son cas ?) d'un juif dont il ne voulait absolument plus rien savoir, jamais plus... et il mit un point final au dialogue.

Se raccrochant à un faible espoir, Elías ouvrit un autre front et passa plusieurs jours à parcourir les marchés de la ville où l'on vendait des œuvres d'art, à la recherche d'un tableau qui correspondrait aux modes de représentation du peintre juif. Plusieurs après-midi, il effectua ces pérégrinations en compagnie de la jeune Mariam Roca avec laquelle il avançait pas à pas sur le chemin de ses aspirations amoureuses, mais, pensait-il, selon des stratégies nécessaires et sûres. Au cours de ces promenades, comme il n'osait pas avouer ses véritables intentions à la très belle jeune fille, Elías lui faisait croire que la fréquence de leurs visites sur les marchés de l'art, loin des simples flâneries d'amoureux, leur permettait aussi de profiter de la plus grande exposition au monde de peintures, de dessins et de gravures. Mais il eut beau étudier des paysages et des portraits (il éblouit Mariam par ses connaissances et lui dit que c'était le fruit du penchant, hérité de son grand-père reconverti, pour les belles représentations et pour la littérature des gentils), il fut incapable d'affirmer que l'un de ces tableaux signés par des inconnus pouvait être ou non l'œuvre de ce Salom Italia. Et s'il vendait ses œuvres sous un autre nom ? Ou sous celui d'un maître auquel il était lié, comme c'était courant dans les ateliers du pays ? Pour une personne aussi désinvolte, toutes les alternatives semblaient possibles, même celle, très répandue, de vivre sous deux noms : un pour les juifs (Luis Mercado, Miguel de los Ríos) et un autre (Louis van der Markt, Michel van der Riveren) pour la société hollandaise dans laquelle il s'était intégré.

En contemplant la mer d'argent bruni, Elías Ambrosius pensait qu'en réalité, malgré les échecs subis, il avait fait un pas considérable dans sa quête de ce personnage insaisissable. À son évidente condition de juif, il pouvait ajouter le fait irréfutable qu'il s'agissait d'un séfarade – en aucun cas d'un ashkénaze allemand ou polonais, si fanatique et rétrograde – car il était plus probable qu'un homme d'origine espagnole ou portugaise ait eu accès à la connaissance culturelle et à l'entraînement technique dont faisait preuve cet artiste, sans aucun doute excellent. Bien entendu, la culture et les finances de cet homme devaient être florissantes et ses relations très fluides pour arriver à évoluer dans des sphères si complexes et si distantes à la fois (tant sur le plan religieux que social et économique) que celles représentées par Isaac Pinto et Menasseh Ben Israël. Mais ce séfarade raffiné, peut-être fortuné et disposant sans doute de bonnes relations, laissait avec son travail et son nom d'autres traces visibles et à la fois confuses : avant tout, la certitude presque absolue que ce n'était pas un des juifs pauvres – la majorité de la communauté, établis pour la plupart aux alentours de Nieuwe Houtmarkt, dans l'île Vlooienburg où habitait le *haham* – car il était facile de remarquer que ses dons avaient été guidés par un maître et nourris par la fréquentation de l'art italien et des écoles hollandaises. Une telle condition sociale réduisait le nombre des candidats possibles. Suivant cette logique, le peintre devait être un séfarade italien ou avoir fait son apprentissage en Italie, car il n'avait pas choisi par hasard ce curieux pseudonyme (ou ce choix faisait-il partie de la dissimulation ?) si approprié pour un artiste de son style, et il vivait ou avait vécu des années à Amsterdam ou dans une ville voisine. Toutefois, en y réfléchissant davantage, il pouvait aussi s'agir d'un marrane, formé à la peinture durant la partie de sa vie passée, comme supposé converti, en Espagne ou au Portugal. Il pouvait même être un véritable converti, de ceux qui, une fois arrivés à Amsterdam en quête d'une ambiance moins dangereuse, se reconnaissaient juifs, n'ayant plus à cacher leur origine israélite, mais choisissaient cependant de rester en marge du judaïsme et de ses lourdes restrictions sociales et privées, autant d'entraves qu'ils ne désiraient plus supporter... En outre, ce devait être un homme d'un grand courage personnel, absolument convaincu de la justesse de ses raisonnements, pour être capable non seulement de réaliser ces œuvres débordantes d'hérésie mais pour le faire avec une visible maestria et de façon quasiment publique pour ensuite les offrir et les vendre dans les maisons les plus riches de l'Amsterdam juive et calviniste. Combien d'hommes semblables pouvait-on trouver dans cette ville ? Elías Ambrosius comprit qu'avec un peu d'obstination et d'intelligence, il arriverait peut-être à le connaître, car il était évident que dans la ville, et même dans le monde, il ne pouvait y avoir beaucoup d'hommes comme ce fantôme.

En se rendant chez le Maître où l'attendaient son balai et son seau, Elías Ambrosius traversa la place du Dam où les vendeurs de poissons disputaient l'espace aux blocs de pierre, aux montagnes de sable et aux bois destinés à donner forme aux échafaudages qui seraient utilisés pour donner au cœur de la ville la plus riche du monde l'éclat qu'elle méritait, de l'avis général. Après l'incendie de la Nieuwe Kerk, quelques mois auparavant, les calvinistes avaient décidé de reconstruire le temple en lui attribuant maintenant des proportions écrasantes ; le projet comprenait la construction du clocher le plus haut de la ville, qui s'élèverait au-dessus de la prétentieuse coupole du Stadhuis, car le pouvoir religieux devait s'imposer au pouvoir civil, du moins dans le domaine des proportions architecturales. Elías Ambrosius, toujours curieux d'en savoir plus sur les événements citadins, ne prêta cette fois que peu d'attention à l'activité des maîtres bâtisseurs de cathédrales, venus de Lutèce, détenteurs jaloux des secrets de leur profession (des secrets supplémentaires pour la ville) car il s'acharnait encore à chercher dans sa tête les chemins susceptibles de le conduire à cet homme en forme d'énigme. La grande question, avait-il conclu, n'était pas l'identité de l'homme, mais sa personnalité, une préoccupation qui obsédait tous les juifs d'une façon ou d'une autre. Quels arrangements le dénommé Salom Italia avait-il conclu avec son âme pour décider de se lancer dans cette voie ? Pensait-il, comme Elías, que l'exercice de son libre arbitre était d'autant plus sacré que c'était un don du Seigneur ? Se rendait-il malgré tout à la synagogue, comme lui, faisait-il les prières d'usage et respectait-il le samedi, comme lui, ainsi que toutes les lois, sauf une, comme lui ? Cet individu devait déjà s'être posé les questions sur la Loi et son obéissance que ressassait le jeune Elías et il était clair qu'il avait trouvé ses propres réponses. S'il se cachait derrière un pseudonyme et travaillait dans la clandestinité, sa décision de faire connaître son travail défiait ouvertement les préceptes millénaires et montrait qu'il optait clairement pour sa liberté de pensée et d'action.

L'après-midi où il lui avait montré le merveilleux rouleau illustré du livre de la reine Esther, Isaac Pinto, auquel sa fortune et ses contributions à la communauté donnaient le privilège de se montrer si libéral, avait rappelé au jeune Elías que l'origine des décisions de l'homme est fondée sur la relation entre sa conscience et son audace, toutes deux essences inaliénables de l'individu : "Tant que tu écouteras davantage ta conscience, avait dit Pinto, tu obtiendras les meilleurs résultats. Mais si tu te laisses guider par l'audace, les résultats ne seront pas bons. Suivre uniquement l'audace – il avait alors pris un exemple –, c'est comme le danger latent de tomber dans un trou quand tu marches dans l'obscurité, car il te manque la lumière de la conscience, celle qui éclaire le sentier." Ces paroles n'étaient-elles pas une variante de la relation entre la plénitude, la conscience et la dignité qui doivent diriger nos vies, sur laquelle le *haham* Ben Israël avait écrit en se référant à la mort et à l'intangible au-delà ? Ces hommes, si habiles pour faire de l'argent ou pour spéculer sur des idées, étaient-ils en train de pousser Elías à satisfaire ses ambitions de créateur d'images ?

Les paroles d'Isaac Pinto, sans doute en relation avec la pratique artistique de Salom Italia et avec celle d'Elías Ambrosius Montalbo de Ávila, devaient tendre vers une conception du libre arbitre qui était devenue un sujet de discussion parmi les juifs les plus savants de la ville. Le fait que, dans l'ambiance permissive d'Amsterdam, de plus en plus d'Hébreux se mettent à distinguer, ou à prétendre distinguer, les domaines de la religion de ceux de la vie privée était – au dire des orthodoxes – un gigantesque péché teinté des couleurs de l'hérésie : oui, le judaïsme était une religion, mais aussi une morale et une règle, il devait donc régir chaque acte de l'homme, aussi minime fût-il et en apparence aussi éloigné des préceptes religieux, car tous ces actes, d'une façon ou d'une autre, étaient réglementés par la Loi. Et quoi qu'en disent un hérétique avéré comme Uriel da Costa et d'autres du même tonneau, les actions humaines, d'une façon ou d'une autre, avaient une signification cosmique, car elles s'intégraient dans l'univers de la création, donnaient forme à l'Histoire et endossaient la lourde responsabilité d'avancer ou de retarder l'arrivée salvatrice du Messie, si longtemps attendue par le peuple d'Israël.

Elías Ambrosius se demandait fréquemment si, en réalité, il était possible qu'un être insignifiant comme lui pût déséquilibrer l'univers par sa décision et même retarder l'avènement de "l'Oint de Dieu", parce qu'il violait individuellement et en privé l'interprétation la plus tenace d'une loi qui en son temps lointain avait répondu à la nécessité de discipliner des tribus perdues dans un désert, sans patrie ni commandements. Le garçon pensait qu'il était injuste de lui faire porter ce fardeau : il jouait déjà le sort de son âme, ce qui suffisait amplement, sans qu'on lui fît aussi penser au destin de tous les juifs, et même à celui de l'univers créé. Pourquoi sa liberté de décider des orientations de sa vie individuelle et de ses préférences personnelles se voyait-elle associée au destin collectif de toute une race, de toute une nation ? Quelle réponse s'était donnée Salom Italia, confronté à ces alternatives ? Elías Ambrosius l'ignorait ; peut-être ne le saurait-il jamais. Mais il était au courant d'un fait : qui que fût Salom Italia, il avait continué à peindre. Clandestinement, masqué, mais il peignait... Pourquoi ne ferait-il pas de même ? Qu'est-ce qui poussait Elías vers sa décision : la conscience ou l'audace ? Ou encore le droit biblique de choisir la vie ? Pourquoi, oh Dieu, pourquoi pour un membre du peuple élu par toi tout devait-il être si difficile ?

La nouvelle tomba comme la foudre au cœur de l'Amsterdam juive : Antonio Montesinos, à peine débarqué du brigantin qui le ramenait du Nouveau Monde, se présenta à la synagogue, et après avoir demandé que l'on convoquât tous les membres de la communauté, il énonça l'effarante nouvelle. Lui, Antonio Montesinos, dit-il devant l'assemblée, avait des preuves dignes de foi, irréfutables, vérifiées de ses propres yeux, que les indigènes des terres américaines étaient les descendants, enfin retrouvés, des dix tribus perdues. Le marchand narra alors ses péripéties en terres du Brésil, du Surinam et de la Nouvelle Amsterdam du Nord, il montra des croquis faits de sa main, des mots transcrits, et affirma avoir pu démontrer que les mal nommés Indiens, en vertu de la confusion provoquée par Colomb, devaient être les frères égarés depuis les jours lointains de l'Exil à Babylone. Le fait qu'ils aient traversé la mer Océane en suivant une route inconnue durant des siècles (pressentie par les Grecs qui à leur époque parlèrent déjà d'une terre d'Atlantes au-delà des Colonnes d'Hercule) expliquait leur disparition. Leur physique, élégant et robuste, confirmait leur origine sémite. Leur langage, disait-il, en lisant sur ses notes des mots isolés, incompréhensibles, était une déformation de l'ancien araméen. Quelle autre preuve fallait-il ? Le plus important, clamait l'auteur de cette découverte colossale, c'était que la présence de ces frères aux confins de la Terre remplissait la condition fondamentale et nécessaire à l'arrivée tant attendue du Messie : l'existence d'Hébreux établis dans toutes les régions de l'univers, comme l'avaient prédit les prophètes qui considéraient leur dispersion planétaire comme une des exigences inaliénables pour l'Avènement du Messie.

Cette année-là, les jours sacrés de Pâques furent consacrés à la discussion de la découverte, qualifiée par certains de révélation presque aussi merveilleuse que celle reçue par Moïse sur le mont Sinaï. Éternellement divisée en plusieurs factions, la communauté se polarisa cette fois en deux clans : les messianistes, en réalité peu nombreux, qui adhérèrent à la conviction de Montesinos, et les sceptiques, menés par le *haham* Ben Israël, qui considéraient que la supposée découverte du voyageur n'était qu'une lamentable et même dangereuse supercherie. Le conseil rabbinique, plusieurs fois réuni depuis l'annonce de la nouvelle, débattit des arguments de Montesinos sans parvenir à se déterminer.

La commotion et la guerre des factions, si propre au caractère juif, permirent surtout à Elías Ambrosius de découvrir une réalité épineuse : les excès du fanatisme religieux de son frère Amos qui avait immédiatement rejoint le camp des messianistes les plus apocalyptiques, présidé par son guide spirituel, le rabbin polonais Breslau.

À la surprise de son grand-père Benjamín et de son père, Abraham Montalbo, plus que sceptiques, amusés par ce qu'ils considéraient comme un délire de ce Montesinos, le jeune Amos rentra un jour à la maison en annonçant qu'il s'enrôlait dans l'expédition qui irait à la rencontre des frères égarés pour les aider à retrouver la foi, les coutumes et l'obéissance à la Loi. Elías, qui écouta avec émotion la décision de son frère, ne fut pas surpris quand ses aînés tentèrent de l'en dissuader, en revanche il fut très alarmé et même effrayé par la réponse de son frère qui refusait de discuter sa décision et déplorait l'attitude hérétique de son père et de son grand-père face à un si grand événement, prélude à la révélation du Messie.

Averti, une fois de plus, qu'il vivait sous le même toit qu'un homme fanatisé au point d'oser menacer ses aînés de condamnations divines, Elías comprit pourquoi, même en terre de liberté, bien des juifs préféraient vivre masqués parmi les secrets, plutôt qu'à visage découvert parmi des vérités exposées. Il comprit, bien sûr, l'attitude d'un homme comme Salom Italia et sa décision de laisser sa passion dans l'ombre. Plus encore, il lui apparut qu'il devait à l'évidence enfermer son secret de la façon la plus hermétique possible s'il ne voulait pas courir un très grand risque.

Cette nuit-là, profitant de l'absence de son frère, comme s'il se livrait à un cambriolage, Elías Ambrosius sortit de la maison avec la plus grande prudence en emportant le cahier de notes, le carton à dessins et les petites toiles barbouillées de ses hésitations et de ses recherches d'apprenti peintre. Parmi les lieux possibles pour les mettre bien à l'abri, il choisit, pour l'heure, la mansarde du Danois Keil à qui il pensait pouvoir faire confiance. Bien que cela lui fût douloureux, il dut admettre qu'il se sentait plus protégé par un homme d'une autre foi que par beaucoup de ceux qui partageaient la sienne. Plus soutenu par un étranger tolérant que par un frère de sang gagné au fanatisme, à l'intransigeance et, il ne pouvait le qualifier autrement, plein de haine.

Le printemps s'offrait à Amsterdam tel un cadeau du Créateur. Tout revivait et s'ébrouait pour se libérer de l'engourdissement de la glace et de l'agressivité des vents de l'hiver qui, durant des mois, désolaient la ville et accablaient ses habitants, ses animaux, ses fleurs. Tandis que les températures montaient sans trop se presser et que la pluie faisait de fréquentes apparitions, les couleurs sortaient de leur torpeur pour dépouiller de leur monopole presque absolu le blanc de la neige sur les toits et le marron des flaques de boue qui envahissaient les rues où les légions de balayeurs municipaux n'étaient pas encore passées. Avec les coloris retrouvés, les bruits renaissaient aussi et les odeurs s'intensifiaient. Sur les marchés revenaient les vendeurs de chiens, avec leurs meutes de lévriers, de bergers allemands et de chiens de chasse braillards ; les bruyants marchands d'épices s'installaient en plein air avec leurs plantes aromatiques (origan, myrte, cannelle, clous de girofle, noix muscade) aussi délicates au toucher qu'à l'odorat, incapables de résister aux températures hivernales sans perdre la tiédeur parfumée de leurs âmes ; les tavernes ouvraient leurs portes, régalant l'odeur fermentée de la bière de malt et les rires des clients ; les fournisseurs d'oignons de tulipes revenaient à la ville avec la promesse d'une moisson de couleurs, vantée à grands cris, avant d'annoncer à voix basse les prix exorbitants, comme s'ils avaient honte – seulement comme si – d'exploiter la mode et de demander des sommes exagérées pour un bulbe poilu qui ne renfermait que la promesse de sa future beauté. Les cris des marchands, des charretiers, des pilotes de barcasses et des ivrognes agglutinés à chaque coin de rue (innombrables dans une ville où on ne buvait presque jamais d'eau, soi-disant pour éviter une dysenterie assurée), ajoutés aux bruits pénétrants des ateliers des fabricants d'armes ou de tambours et à la chanson monotone des scieries, formaient un brouhaha compact couvert, plusieurs fois par jour, par le tintement désordonné des innombrables cloches de la ville qui se dégourdissaient et semblaient accomplir leur mission en sonnant avec plus de véhémence pour annoncer n'importe quel événement. Les cloches solitaires, les clochers aux multiples bronzes et aux carillons musicaux apportés de Berne, sonnaient l'heure, la demie et le quart, signalaient l'ouverture et la fermeture des commerces, l'arrivée ou le départ des bateaux, la célébration des messes, des enterrements, des baptêmes et des mariages retardés par l'hiver, et les exécutions par pendaison dont les Hollandais étaient si friands, comme si le son de l'annonce métallique était indispensable pour que le fait qui en était la cause devienne réalité. Dans la Sint Anthonisbreestraat, sur le chemin de la maison du Maître, en face de l'édifice où habitait Isaac Pinto, Elías Ambrosius Montalbo de Ávila s'arrêta ce midi-là et partagea sa bonne humeur printanière avec le son (celui-ci vraiment harmonieux) des trente-cinq cloches, alignées comme des oiseaux sur une clôture, suspendues en haut de la tour du Hendrick de Keyser, sur la croix de la Zuiderkerk.

La bonne humeur du jeune homme avait beaucoup à voir avec la saison et avec le tour prometteur que prenaient ses rencontres avec Mariam Roca, qui étaient passées des simples promenades sans but précis par les rues et les marchés ou des conversations, de plus en plus chargées de sous-entendus appuyés, aux caresses sur les mains et aux murmures à l'oreille, capables de lui provoquer une telle fougue qu'elle exigeait le soulagement de l'autofrottement et, en conséquence, la demande de compréhension et de pardon adressée au Créateur. Mais plus que le printemps et les sensations que lui procuraient l'amour et le sexe, l'enthousiasme qui portait Elías Ambrosius était stimulé par la fonction incroyablement spéciale qu'il exerçait depuis une semaine dans l'atelier du Maître : il servait de modèle pour le très juif *mohel* à l'instant où celui-ci se disposait à réaliser la circoncision rituelle de l'enfant Jésus, la *Brit Milah* ordonnée par Yahvé pour distinguer tous les mâles du peuple élu.

Depuis l'après-midi où il l'avait emmené chez Isaac Pinto, les relations entre le peintre et l'apprenti avaient acquis une certaine chaleur – presque toute la chaleur dont était capable le caractère bourru du Maître avec ceux qui n'étaient pas ses amis les plus intimes – et Elías Ambrosius, sans s'être libéré du seau et du balai, non seulement était monté en grade dans ses fonctions pratiques à l'atelier – il triturait dans le lourd mortier les pierres à pigments et préparait les couleurs avec les proportions exactes d'huile de lin –, mais le Maître lui avait en outre consacré plusieurs conversations, plutôt des monologues, dans lesquels, suivant son humeur, il s'engageait parfois comme s'il perdait la notion du temps. Certains jours, il n'abordait que des sujets artistiques (d'après les notes d'Elías, toujours appliqué à consigner les nouveautés de son apprentissage pour ensuite les relire et les assimiler) comme ses idées sur la nécessité de briser la relation établie entre la beauté classique et le nu féminin qui, à son avis, ne devait pas être parfait pour être féminin et beau, car il aimait représenter des peaux plissées, des pieds crevassés, des cuisses flasques, en quête d'un sens manifeste de vraisemblance que les autres artistes de la ville n'égalaient pas. D'autres jours, il se mettait à justifier sa conception particulière de l'harmonie et de l'élégance, qualités qui dépendaient de l'œuvre et n'étaient pas des valeurs en soi comme les avaient comprises les praticiens de la peinture classique, y compris le Flamand Rubens. Non, non : ce sens plus profond de l'harmonie qu'il recherchait était le grand enseignement que, selon lui, le Caravage avait laissé au monde : non pas la perfection des obscurités caverneuses auxquelles s'étaient attachés ses épigones, incapables de voir au-delà de l'apparence, assurait-il, mais la révélation que la vérité et la sincérité devaient passer avant la beauté canonisée, la prétendue symétrie ou l'idéalisation du monde. "Les pieds sales, écorchés par le sable du désert, le Christ prêcha parmi les pauvres, les affamés et les tristes. La pauvreté, la faim, les larmes ne sont pas belles mais elles sont humaines", puis il concluait : "Il n'y a aucune raison de fuir la laideur", et illustrait ces analyses par l'étude d'une *Prédication du Christ*, dessinée sur papier, où l'orateur, chose curieuse, n'avait pas de traits définis.

Parfois, le Maître préférait au contraire s'engager sur la voie de sujets profanes, tels que son désintérêt pour la chose publique et surtout pour la politique qu'il considérait comme une dangereuse tentation pour l'artiste désireux de se montrer coopératif. D'autres jours, dominé par une de ses obsessions d'homme toujours à court d'argent, il parlait de l'importance et en même temps du fardeau qu'avait signifié pour les peintres des Provinces-Unies le fait d'être devenus les premiers artistes de l'Histoire qui ne travaillaient ni pour la cour ni pour l'Église, mais pour un genre de clients totalement différents par leurs exigences, leurs goûts et leurs besoins : les hommes enrichis par les bénéfices du commerce, de la spéculation, de la manufacture à grande échelle. Il assurait alors que ces individus, souvent d'origine plébéienne, toujours pragmatiques et visionnaires, s'intéressaient de moins en moins à l'histoire ou à la théologie mystique. Leurs aspirations s'exprimaient dans le désir de voir des tableaux où seraient représentées leurs propres créations matérielles : leur pays, leurs richesses, leurs coutumes, eux-mêmes avec leurs bijoux et leurs vêtements, enfin satisfaits de leur fortune dont ils se sentaient chaque jour plus orgueilleux. Cette attitude devait se matérialiser sur des toiles de dimensions raisonnables, conçues pour décorer le mur d'une accueillante maison familiale et non une église écrasante ou un palais royal. Et pour décorer, ils exigeaient ce qui, à leurs yeux, était beau, ce qui représentait leur univers.

"Nous avons créé une relation différente avec l'art", lui avait-il dit, un de ces après-midi où, après lui avoir ordonné de remettre à plus tard le ménage de l'atelier, il s'était montré plus loquace avec un Elías Ambrosius qui l'écoutait, presque hypnotisé par la facilité avec laquelle son Maître fignolait les traits, les volumes, le placement dans l'espace, les zones d'ombres de ce qui deviendrait la scène des bergers adorant l'enfant Jésus, commandée par le *stathouder* Frederik Hendrik de Nassau. "Dans cette ville où tout le monde fait du commerce, nous sommes en train d'inventer quelque chose : le commerce de la peinture. Nous travaillons pour vendre à de nouveaux clients avec des goûts nouveaux. Sais-tu qui est le meilleur acheteur des tableaux de Vermeer de Delft ? Eh bien, c'est un boulanger enrichi. Un mécène vendeur de gâteaux, et pas un évêque ou un comte... ! Et pour avoir l'argent de ceux qui se font appeler les bourgeois, qu'ils soient boulangers, banquiers, armateurs ou marchands de tulipes, la peinture a dû évoluer pour satisfaire les goûts d'hommes qui n'ont jamais mis un pied à l'université. C'est pour cela qu'est apparue la spécialisation : il y a ceux qui peignent des scènes champêtres et qui les vendent bien, alors va pour les scènes champêtres ; même chose pour ceux qui peignent des batailles, des marines, des natures mortes, des portraits... Nous avons inventé la représentation commerciale : chacun doit avoir la sienne et la cultiver pour en recueillir les fruits sur le marché comme n'importe quel commerçant. Mon problème, comme tu dois le savoir, c'est que je ne m'inscris pas dans ce genre de spécialisations, et que je ne cherche pas à ce que ma peinture soit brillante et harmonieuse comme ils le veulent maintenant... Ce qui m'intéresse, c'est d'interpréter la nature, y compris celle de l'homme, y compris celle de Dieu, et non pas de respecter les canons ; j'aime peindre ce que j'éprouve, comme je l'éprouve. À chaque fois que je le peux... parce qu'il faut bien vivre aussi." Et il montra du bout du pinceau la toile demandée par le seigneur de la Haye où apparaissait déjà la Sainte Famille et les bergers. "Je sais que je ne suis plus à la mode, que les riches ne me sollicitent plus pour faire leurs portraits, parce que ce sont eux qui font la mode et ces riches d'aujourd'hui n'ont pas les mêmes conceptions que leurs pères calvinistes : maintenant on veut exhiber l'opulence, la beauté, le pouvoir... car c'est bien pour cela qu'ils ont obtenu ces richesses. Ils se font construire des palais sur les nouveaux canaux et ils nous paient pour nos œuvres, puisque, par chance, ils estiment que nous sommes un moyen d'investir et, en même temps, que nos tableaux sont une bonne façon de décorer ces demeures et de montrer combien ils sont raffinés."

Toutefois, le Maître ne s'était pas montré communicatif du tout le jour où, sans lui révéler encore son intention de l'utiliser comme modèle, il avait ordonné à Elías Ambrosius de laisser de côté ses instruments de nettoyage et de monter à l'atelier où, ces deux dernières semaines, un ordre avait établi que seuls pouvaient y pénétrer le Maître, son élève Aert de Gelder et la jeune Emely Kerk. En entrant dans la salle de travail, Elías Ambrosius eut une surprise qui lui expliqua la raison de cette mesure : sur le mur du fond étaient disposés deux tableaux étrangement semblables mais essentiellement différents de la scène chrétienne si rebattue de l'adoration des bergers, cette représentation sur laquelle le peintre travaillait depuis trop longtemps. Sans lui laisser le temps d'observer les deux toiles, énigmatiques de par leur similitude, le Maître lui demanda de revêtir une lourde tunique marron foncé et le plaça devant un fragment de colonne grecque qui lui arrivait à la hauteur de la poitrine. Après l'avoir observé sous plusieurs angles, il le pria de prendre différentes poses, tandis qu'au fusain, à grands traits, il reproduisait les postures sur les feuilles rugueuses de son *tafelet*. Quelque chose de très secret, de très viscéral, devait occuper l'esprit du Maître qui observait et dessinait le jeune juif dans un mutisme que seules venaient briser les indications destinées à lui faire modifier ses attitudes. Le Maître, pensa Elías, semblait plus engagé dans une partie de chasse que dans une œuvre. Il avait alors eu la certitude d'assister à un apprentissage qui n'avait pas de prix.

Quelques semaines auparavant, lorsqu'il avait commencé à travailler une des versions de l'adoration des bergers, le peintre avait pris la prévisible décision d'utiliser de nouveau la jeune Emely Kerk, la préceptrice de son fils Titus, comme modèle pour le personnage de la Vierge Marie, comme il l'avait déjà fait pour la scène intitulée *La Sainte Famille avec des anges*. La peinture, terminée et livrée au début de l'année, avait fait naître une attirance quasi magnétique chez Elías Ambrosius qui avait eu le privilège d'assister au processus de création. Il avait passé de longues heures à la contempler, essayant de découvrir, car il s'en croyait déjà capable, les effets par lesquels cette scène familiale et magique parvenait à transmettre une émotion que, malgré son éducation et ses croyances juives, il lui était impossible de ne pas éprouver ; et un beau jour il trouva que la clé de la peinture n'était pas dans sa représentation d'un événement mystique, mais au contraire dans la manifestation de sa sérénité terrestre. Le Maître semblait s'éloigner de plus en plus de l'expression des sentiments évidents tels que la peur, la douleur, la surprise, le chagrin, la fureur, auxquels il s'était jadis consacré dans ses tableaux sur l'histoire de Samson ou dans ses travaux sur le sacrifice d'Abraham ou dans *Le Festin de Balthazar*, tous si théâtraux et si pleins de mouvement. Maintenant, en revanche, il avait opté pour l'intériorisation des sentiments et, dans cette scène, il avait été capable de concentrer toute l'émotion de la circonstance dans le geste attentionné d'une main. Celle de la jeune et belle Emely Kerk, transformée en Mère de Dieu, concentrait, comme une ultime émanation de son caractère, la perfection qui commençait avec l'ovale de son visage et la douceur de ses traits, se prolongeait dans l'arc paisible de ses épaules et descendait jusqu'à la délicatesse de cette extrémité qui s'approchait de l'enfant pour vérifier qu'il était endormi : ce n'était qu'un geste quotidien, léger, presque vulgairement maternel et terre à terre, mais il arrivait à donner au personnage de la Vierge une douceur qui proclamait, dans sa tendresse à la fois humaine et cosmique, qu'elle n'était pas une mère normale mais la Mère d'un Dieu. Le Maître avait fait exploser la magie de la beauté, et il avait été capable de transformer son propre désir charnel de la femme qui lui servait de modèle en une leçon d'amour universel et transcendant. Elías Ambrosius comprit que seuls les maîtres les plus doués pouvaient tant obtenir avec si peu. Pourrait-il un jour ne serait-ce qu'arriver au seuil de cette grandeur ?

Dans le tableau de l'adoration des bergers auquel le peintre s'était consacré ces deux derniers mois, la même Vierge apparaissait, mais elle faisait partie d'un groupe de personnages. Avec l'enfant Jésus allongé dans un petit moïse, ou plutôt un banal panier posé sur ses genoux, la Vierge montrait aux bergers étrangers l'enfant de Dieu nouveau-né. La mère et l'enfant, dès la première esquisse, recevaient l'unique lumière du tableau dont la source semblait jaillir des personnages divins eux-mêmes. Cependant, quelque chose dans ce tableau destiné au palais du *stathouder* ne semblait pas satisfaire le Maître et son achèvement avait déjà été repoussé de plusieurs semaines durant lesquelles l'homme, sans utiliser ses pinceaux, n'avait fait qu'observer la scène représentée ou vagabonder dans la ville, comme s'il avait complètement oublié la toile. Poussé par cette insatisfaction que lui inspirait l'œuvre, comme tous le sauraient ensuite dans l'atelier, le Maître avait pris une étrange décision : il avait demandé à Aert de Gelder, le plus doué de ses jeunes disciples, d'utiliser une toile de dimensions similaires à celle choisie par lui et de reproduire le corps central du tableau. De Gelder devait copier la scène avec la plus grande fidélité, mais pouvait toutefois prendre la liberté d'introduire les variations qu'il jugerait nécessaires. Aert de Gelder, qui était la plus stupéfiante mimesis picturale du Maître, avait relevé le défi et s'était mis au labeur avec plaisir, tout en sachant qu'il ne s'agissait pas d'un simple exercice de copie mais d'une expérience plus compliquée dont il ignorait le but ultime. Durant les jours où avait mijoté ce processus, l'entrée de l'atelier avait été interdite à tous les habitants et travailleurs de la maison. C'est pourquoi cet après-midi-là, Elías Ambrosius, après avoir reçu du Maître l'ordre de se tourner pour se retrouver face à lui, avait enfin eu l'opportunité de s'arrêter sur les deux œuvres qui avaient encore bien besoin de retouches et de finitions. Il fut surpris de constater que les peintures multipliaient la sensation de symétrie car elles semblaient se regarder l'une l'autre dans un miroir et le jeune juif supposa que, très certainement, De Gelder avait décidé de réaliser la copie de la scène existante en se servant d'instruments d'optique pour projeter l'image peinte par le Maître sur la toile où le disciple l'avait ensuite copiée. De ce fait, les personnages de la reproduction étaient inversés par rapport à l'original et les silhouettes un peu plus concentrées sur la source de lumière, transmettant toutefois le même sentiment de respectueuse introversion. Mais, pour qui ignorerait les antécédents, connus d'Elías et des autres élèves, la contemplation de ces œuvres jumelles aurait certainement suscité la question immédiate : quel est l'original et quelle est la copie ?

"Veux-tu savoir pourquoi je fais cela ?" avait finalement demandé le Maître sans avoir besoin de vérifier où Elías Ambrosius dirigeait son regard hypnotisé. "Avec tout mon respect", répondit le garçon, et le peintre tourna alors le dos à l'apprenti pour faire face aux deux tableaux. "C'est le prix de l'argent", dit-il, et il observa quelques instants de silence, comme le faisait le *haham* Ben Israël avant de se lancer dans ses discours. "Cette fois, je n'ai pas droit à l'erreur. Je dépends de l'argent du *stathouder* pour rembourser les sommes déjà échues du paiement de la maison. On ne me fait plus de commande comme celle-là, certains affirment que mes peintures semblent abandonnées plus que terminées, enfin… Il y a quelques années, ce même *stathouder* fut mon espoir de devenir un homme riche, célèbre, et de vivre dans un palais à La Haye…" "Comme le Flamand Rubens ?" osa demander Elías. Le Maître acquiesça : "Comme ce maudit Flamand de Rubens… Mais je ne suis pas et je n'aurais jamais pu être comme lui, même en faisant tout mon possible pour y arriver, même en lui volant ses sujets, ses compositions, ses couleurs… Je dois mon salut à ce qui, à un moment donné, sembla être mon malheur : le *stathouder* ne fit pas de moi le peintre de la cour et il me traita comme ce que je suis : un vulgaire homme disposé à vendre son travail… À ce moment-là, j'eus l'impression de couler à pic, je dus renoncer à vouloir vivre comme Rubens, à peindre comme Rubens. Mais je suis aussi devenu un homme un peu plus libre. Non, beaucoup plus libre… Cependant, écoute-moi bien, la liberté a toujours un prix. Et il est généralement trop élevé. Quand je me suis cru libre et que j'ai voulu peindre comme un artiste libre, j'ai rompu avec tout ce qui est considéré comme élégant et harmonieux, j'ai tué Rubens et j'ai lâché mes démons pour peindre *La Compagnie du capitaine Cocq* pour les murs du

Kloveniers. Et j'ai reçu le juste châtiment pour mon hérésie : plus de commandes de portraits collectifs, car le mien était un cri, une éructation, un crachat… C'était un chaos et une provocation, dirent-ils. Mais moi je sais, j'en suis même persuadé, que j'ai réussi cette combinaison insolite de désirs et de réalisations qu'est un chef-d'œuvre. Et si je me trompe et que ce tableau n'a rien d'un chef-d'œuvre, c'est celui que j'ai voulu faire et c'est tout ce qui compte. En réalité, le seul tableau que je pouvais peindre en ayant sous les yeux l'évidence vers laquelle nous conduit la vie… vers le néant. Ma femme se mourait, elle crachait ses poumons, elle s'éteignait un peu plus chaque jour, et moi je peignais une explosion, un carnaval d'hommes riches déguisés, jouant aux soldats, et je le faisais comme j'en avais envie… L'alternative était fort simple : ou je leur faisais plaisir ou je me faisais plaisir, ou je continuais à être un esclave ou je proclamais mon indépendance." Le peintre arrêta là sa diatribe comme s'il perdait soudain sa fougue, mais il reprit vite le fil de sa réflexion : "Bien que l'amère vérité c'est que, tant que je dépendrai de l'argent des autres, je ne serai pas complètement libre. Peu importe si c'est le *stathouder* qui paie et le Trésor de la République, l'Église, un roi ou un boulanger enrichi de Delft… Cela revient finalement au même. Je peux peindre Emely Kerk comme je veux la peindre, ou une Sainte Famille qui ressemble à une famille juive de ton quartier recevant la visite des anges comme si c'était la chose la plus normale au monde. Je peux aussi m'asseoir et attendre que se présente un généreux acheteur… ou qu'il ne se présente pas. Mais ce que tu vois là – il indiqua inutilement son tableau, le plus grand – cela ne m'appartient pas : c'est l'œuvre du *stathouder*. Il m'a expliqué ce qu'il voulait voir dans les moindres détails et il me paie pour satisfaire son désir… J'ai retenu la leçon. Je sais très bien que le *stathouder* ne veut pas exposer dans son palais des pieds sales ni des bergers déguenillés tout juste sortis du désert, comme cela a dû se passer dans la réalité. Il ne veut pas la vie : seulement une imitation qui soit belle. C'est pour cela que j'ai demandé à Aert de faire sa version pour ensuite retoucher la mienne avec les solutions qu'il pourrait trouver… J'ai choisi Aert parce que c'est un des meilleurs peintres que je connaisse, mais ce ne sera jamais un artiste. Et en voici la preuve : on dirait que cette peinture est de moi, n'est-ce pas ?

Regarde ces traits, regarde la profondeur de son clair-obscur, apprécie sa technique pour travailler la lumière. Observe et apprends... Mais il y a plus important, retiens-le : il manque quelque chose à ce tableau d'Aert... Il lui manque une âme, il n'a pas le mystère de l'art véritable... C'est seulement une œuvre de commande. Et je copie Aert parce qu'il faut peindre ainsi si on veut satisfaire le désir du pouvoir et gagner ces florins dont j'ai tant besoin." Il s'arrêta, concentré sur les deux tableaux, et hocha la tête en signe de dénégation avant de dire : "L'art, c'est autre chose... Allez, ça suffit pour aujourd'hui. Maintenant nettoie à fond cet atelier, on dirait une porcherie... À partir de demain, j'ai besoin de toi ici, avec moi. Dis à Geertje que tu ne l'aideras pas pendant quelque temps. Tu vas me servir de modèle pour le *mohel* du tableau de la circoncision de Jésus... Et quand nous en aurons fini avec cette commande, je te donnerai un pinceau. Je suis curieux de savoir si, en plus du courage, de la vocation, de l'opiniâtreté et peut-être même du talent, tu as une âme d'artiste."

Au premier plan, Emely Kerk était de nouveau la Vierge qui observait avec dévotion comment Joseph, son époux, soutenait dans ses mains l'enfant enveloppé dans des linges blancs, tandis qu'Elías Ambrosius, tournant presque le dos au spectateur, transfiguré en *mohel* vêtu comme un personnage de contes persans, la tête couverte dans le style des primitifs juifs orientaux qui pullulaient de plus en plus à Amsterdam, se disposait à pratiquer la chirurgie rituelle sur le descendant de la maison de David, venu sur Terre pour modifier le destin de la religion des Hébreux et même l'histoire du peuple d'Israël qui ne lui reconnut pas sa qualité de Messie. Derrière ces personnages, sur lesquels se concentrait la lumière, s'étendait une obscurité caverneuse où on entrevoyait d'autres silhouettes, toutes vêtues de tuniques d'un vermillon foncé, et, au fond, un rideau avec quelques reflets dorés et les colonnes du Temple de Zorobabel et d'Hérode le Grand, dernier vestige imposant de la gloire de la Judée qui, peu après, serait détruit par les légions romaines.

Pendant que le Maître travaillait à cette *Circoncision du Christ*, le *haham* Ben Israël se rendit plusieurs fois à l'atelier pour l'aider à interpréter la scène biblique, à laquelle seul Luc faisait référence, et à la représenter avec l'authenticité de la cérémonie millénaire. Grand connaisseur non seulement de la Torah et des livres des Prophètes, mais aussi du Nouveau Testament écrit par les disciples de l'homme que les chrétiens considéraient comme le Messie, Ben Israël était spécialiste en christologie. Tout en buvant le vin du Maître, il prenait plaisir à cette fonction de conseiller qu'il avait déjà remplie à plusieurs reprises, car même si le Maître connaissait les Écritures sur le bout du doigt – il ne lisait pratiquement pas d'autres livres –, leurs significations historiques plus profondes et leurs rapports avec l'imaginaire compliqué des Hébreux pouvaient toujours lui échapper, ce qu'il ne voulait pas risquer pour cette œuvre de commande. Plusieurs années auparavant, lors d'une mission similaire, c'était le *haham* qui, dans un jeu de significations cabalistiques dont le Maître ignorait la complexité, avait écrit sur un nuage divin le message qui traverse le mur du palais de Balthazar et annonce à l'Empereur babylonien la fin de son règne corrompu. Les lettres hébréo-araméennes, disposées en colonnes verticales, au lieu d'apparaître horizontalement et de droite à gauche, renfermaient dans l'avertissement crypté un sens ésotérique que seuls pouvaient comprendre les connaisseurs des mystères de la Kabbale et de ses projections cosmiques, comme c'était le cas de Ben Israël.

Durant ces conversations, presque toujours arrosées de plus de vin qu'il n'en fallait pour calmer la soif, dont Elías Ambrosius fut plusieurs fois témoin sur son estrade de modèle, le Maître et le *haham* parlèrent fréquemment du messianisme qu'ils comprenaient différemment selon les préceptes de leurs religions respectives. Elías découvrit que son ancien professeur n'était pas d'accord avec les conclusions des écoles de savants kabbalistes établis dans l'Orient méditerranéen – Salonique, Constantinople, Jérusalem, des lieux où ces maîtres ou leurs aïeux étaient arrivés juste après avoir quitté Séfarade – qui avaient propagé l'étrange théorie issue de leurs interprétations ésotériques des Écritures, selon laquelle la toute proche année 1648, soit l'an 5408 de la création du monde, était signalée dans le Livre comme celle de l'avènement du Messie. Les grands malheurs infligés aux juifs au cours des derniers siècles, le nouvel exode qu'avait signifié l'expulsion de Séfarade, l'hostilité qui les guettait de toutes parts ("Cette Nouvelle Jérusalem est une île", disait Ben Israël, avec des mots qu'il aurait bien pu voler au grand-père Benjamín), la perte de la foi de tant d'israélites convertis au christianisme, à l'islam ou, pire encore, livrés à l'incroyance (l'excommunié Uriel da Costa n'était pas le seul hérétique qui avait grandi parmi eux, et il mentionna les idées polémiques, presque dangereuses, d'un jeune homme trop intelligent et rebelle, nommé Baruch Spinoza, dont Elías entendait parler pour la première fois), constituaient selon ces kabbalistes les premières des grandes catastrophes. Elles n'étaient que le prologue prévisible des immenses malheurs qui fondraient prochainement sur eux, annoncés pour précéder la véritable arrivée de "l'Oint de Dieu", quand serait enfin célébré le jugement des justes et que commencerait l'ère de la reconnaissance universelle du Dieu d'Abraham et de Moïse. De plus, le *haham* n'admettait pas les élucubrations des sages orientaux pour une raison précise : les prophètes Daniel et Zacharie, disait-il, ont clairement indiqué que l'arrivée du Messie ne se produirait que lorsque les juifs seraient établis aux quatre coins du monde. Jamais avant.

Le jour où Ben Israël en arriva à ce point névralgique de ses analyses messianiques, le Maître posa la question susceptible de faire sortir l'érudit de ses gonds : "Et cet Antonio Montesinos qui raconte dans les tavernes et les synagogues qu'il a découvert au Nouveau Monde les descendants des dix tribus perdues ?" "Une affabulation ! Une supercherie ! Une tromperie qui plaît beaucoup au rabbin Montera parce qu'il s'en sert pour contrôler les gens... mais il n'y croit pas lui-même ! s'écria le professeur. Comment cet Antonio Montesinos peut-il affirmer que de vilains indigènes incultes sont les héritiers des dix tribus perdues ? Qui va croire qu'ils parlent un langage dérivé de l'araméen alors que les Indiens d'une tribu ne comprennent pas leurs voisins ?" "Mais si c'était vrai, cela signifierait que les juifs sont implantés dans le monde entier", répliqua le Maître. "Même le rabbin Breslau ne croit plus à la fable de Montesinos... Parce que le problème n'est pas le Nouveau Monde, où se sont déjà fixés des séfarades et même quelques-uns de ces ânes d'ashkénazes, y compris sur les territoires du roi d'Espagne, pour sûr... Le problème, c'est l'Angleterre, d'où nous avons été expulsés il y a trois siècles et demi. L'Angleterre est la clé pour que se produise l'arrivée du Messie... et je vais employer mes forces à ouvrir les portes d'Albion, rien de moins : si j'y parviens, j'aurai fait un grand pas pour que le royaume de Dieu, béni soit-Il, s'étende sur toute la Terre et que le monde soit prêt pour l'arrivée du véritable Messie et pour le retour à Jérusalem."

Un soir où le Maître libéra Elías Ambrosius au moment où Ben Israël prenait congé, le jeune homme en profita pour accompagner le *haham* jusqu'à sa maison de Nieuwe Houtmarkt. Il faisait déjà sombre mais la température restait agréable et ils décidèrent de marcher sur la rive gauche du Zwanenburgwal, jusqu'au moment où la puanteur mouvante des barcasses chargées de fumier les obligea à chercher une ruelle pour se rapprocher de l'Amstel Binnen. Chaque nuit, le chargement de déjections humaines et animales remontait les canaux vers les quais de l'Amstel, en direction de l'Ij, pour naviguer ensuite jusqu'aux champs de fraises d'Astsmeer et de carottes de Beverwijk qui, le moment venu, seraient présentées avec leurs couleurs éclatantes sur les marchés de la ville.

Assis dans son bureau hétéroclite, dont les fenêtres fermées empêchaient les mauvaises odeurs d'entrer, le savant prépara, avec les feuilles de tabac que lui offraient ses amis, la pipe qu'il aimait fumer pendant qu'il s'adonnait à la réflexion ou à la lecture. En baissant la voix, Elías Ambrosius lui annonça alors la décision du Maître de le faire peindre dans l'atelier. Cette merveilleuse opportunité de progresser dans son apprentissage signifiait, toutefois, que sa véritable relation avec le peintre deviendrait publique, au moins pour les autres élèves de l'atelier et même pour les serviteurs de la maison. Semblable révélation ne cessait de provoquer chez le garçon une crainte justifiée. Même si le *haham* n'était pas le seul qui pouvait se montrer compréhensif envers le goût pour la peinture d'un juif, par ailleurs respectueux des lois et des commandements de sa religion, Elías Ambrosius redoutait les réactions radicales, de plus en plus fréquentes dans la ville. Cela ne le consolait guère de savoir que des hommes comme Isaac Pinto, et certainement d'autres dans son cercle d'amis, se permettaient d'acheter non seulement des tableaux mais des toiles peintes par un juif établi parmi eux. Car il était évident pour tous les membres de la *Naçao* que le conseil rabbinique, devant la crainte de perdre le contrôle de la communauté, se montrait de plus en plus intransigeant quant à certaines attitudes jugées hétérodoxes. À chaque fois qu'ils se trouvaient devant un cas de désobéissance ou de laxisme demandant à être analysé ou jugé, les rabbins y allaient de leur couplet sur la prospérité et la tolérance de l'atmosphère qui poussaient toujours plus le troupeau au libertinage. Ce n'était pas un hasard si ces derniers temps voyaient pleuvoir les condamnations par *hérem* : pour avoir maintenu des relations avec des convertis établis en terres d'idolâtrie et même pour s'être rendu dans ces pays ; pour être resté éloigné de la synagogue, ne pas avoir respecté les jeûnes ou pour avoir violé les interdictions du shabbat en satisfaisant des besoins ou des exigences profanes ; ou dans le pire des cas, pour avoir exprimé des idées ou réalisé des actes considérés comme hérétiques. Que pouvait-il espérer si l'on découvrait ce qui constituait une violation flagrante de la Loi pour la majorité des juifs ? Salom Italia ne cachait-il pas son identité pour se soustraire au châtiment des rabbins ? Jusqu'à quand pourrait-il continuer à vivre parmi des peintres et travailler en cachette sans que ses véritables intentions ne soient découvertes par son frère qui, fanatisé comme il l'était, le dénoncerait au Mahamad ?

Le *haham* semblait plus amusé que tracassé par les craintes de son ancien élève. Un sourire presque imperceptible mais permanent inclinait la pipe vers la commissure gauche de sa bouche. "Mais en vérité, Elías, qui crains-tu, Dieu ou tes voisins ?" finit-il par demander dans la langue des séfarades castillans, après avoir posé la pipe sur son bureau. Elías fut surpris par sa difficulté à répondre à cette simple question. "Je sais ce que l'on peut attendre de Dieu… et de mes voisins aussi", fut tout ce qu'il trouva à dire, dans la même langue que celle du *haham* qui se contenta d'acquiescer, maintenant sans l'ombre d'un sourire sur son visage. Il poursuivit l'interrogatoire, "Pour toi qu'est-ce que le sacré ?" "Dieu, la Loi, le Livre…", énuméra le garçon mais il sut tout de suite qu'il faisait erreur, alors il ajouta : "Bien que la Loi et le Livre aient une composante humaine." "Oui, ils l'ont… et l'être humain fait par Lui à son image et à sa ressemblance, n'est-il pas sacré… ? Et l'amour ? L'amour n'est-il pas sacré ?" "Quel amour ?" "N'importe quel amour, tous les amours." Elías réfléchit un instant. Le professeur ne se référait pas à l'amour pour Dieu, ou pas seulement. Mais il répondit : "Oui, je crois que oui." "Nous sommes d'accord", dit Ben Israël après une pause, puis il ajouta : "Tu te souviens peut-être de cette histoire, car je vous en ai parlé à l'école. Comme tu le sais, le 6 août de l'an 70 de l'ère commune les armées de l'Empereur romain Titus prirent Jérusalem et détruisirent le Second Temple. Curieusement ce même jour de l'année 586 avant l'ère commune, le Premier Temple avait été détruit..." "Ticha Beav, le jour le plus triste de l'année pour Israël", l'interrompit Elías tout en se demandant pourquoi le *haham* lui répétait cette histoire que même les juifs les plus incultes connaissaient. "Si tu n'as pas envie de m'écouter, tu peux t'en aller." "Pardon, *haham*. Continuez..." "Je veux en arriver à te rappeler que depuis la destruction du Second Temple et les persécutions de l'Empereur Hadrien concernant toute pratique du judaïsme, l'histoire d'Israël comme nation a continué durant près de mille six cents ans. Pas sur une terre dont nous avons perdu les ultimes vestiges à cette époque, mais grâce à des livres écrits bien des siècles plus tôt par les membres d'un peuple qui n'eut jamais de grands artisans, ni de peintres ni d'architectes, mais en revanche de grands narrateurs qui firent de l'écriture une sorte d'obsession nationale... Notre race fut la première capable de trouver les mots, non seulement pour définir toute la complexité de la relation entre l'homme et le Mystère, mais aussi pour exprimer les plus profonds sentiments humains, y compris l'amour, bien entendu... Peu après la destruction du Temple, à l'époque des diverses persécutions d'Hadrien, une grande assemblée de rabbins et de docteurs se réunit et deux règles furent établies, fondamentales pour la survie de la foi des Hébreux, deux règles qui sont encore valables aujourd'hui... La première, c'est que l'étude est plus importante que l'observance des interdictions et des lois, car la connaissance de la Torah mène à l'obéissance de ses sages prescriptions, tandis que l'observance pure, sans la compréhension raisonnée de l'origine des lois, ne garantit pas une foi authentique, cette foi née de la raison. La seconde règle, tu dois t'en souvenir à cause de l'histoire de Juda Abravanel que je t'ai si souvent racontée, concerne la vie et la mort. Il y a plus de mille cinq cents ans, les sages se demandèrent 'Quand faut-il mourir plutôt que céder ?' et ils nous répondirent, à nous tous, seulement dans trois situations : si le juif se voit obligé d'adorer de fausses idoles, de commettre l'adultère ou de faire couler le sang d'un innocent. Mais toutes les autres lois peuvent être transgressées en cas de danger de mort, car la vie est ce qu'il y a de plus sacré", dit le professeur, et il tendit le bras comme s'il allait récupérer sa pipe, mais il se ravisa. "Tout cela pour te dire seulement deux choses, Elías Ambrosius Montalbo de Ávila... La première : que les lois doivent être raisonnées par l'homme, car c'est pour cela qu'il est doué d'intelligence, et que la foi doit être une réflexion plus qu'une acceptation. La seconde, que si tu ne violes aucune des grandes lois, tu n'offenses pas Dieu de façon irréversible. Et si tu n'offenses par le Seigneur, tu peux oublier tes voisins... Seulement, bien entendu, si tu es décidé à prendre le risque d'affronter la fureur des hommes qui est parfois plus terrible que celle des dieux."

Alors, la vie et l'amour sont sacrés ? Comment savoir exactement ce qui est sacré ? Cela se réfère-t-il uniquement à ce qui est divin et aux œuvres de Dieu ou aussi à ce que l'être humain vénère le plus ? La vie et l'amour n'étaient-ils pas un cadeau de Dieu à ses créatures, et de ce fait, sacrés ?

Elías Ambrosius ne pouvait éviter de se poser ces questions alors qu'il observait le visage empourpré de Mariam Roca, écoutait sa respiration profonde et sentait une joyeuse palpitation entre ses jambes, plus impérieuse que jamais.

Il n'avait pas dû beaucoup insister ce jour-là pour qu'au lieu de marcher dans la ville, ils aillent se promener dans les champs paisibles au-delà des nouveaux canaux. C'était un dimanche matin lumineux, avec un ciel ouvert comme une fleur à la chaleur de l'été, et ils s'amusèrent à regarder les petits palais du canal du Prince, les plus récents et les plus luxueux d'Amsterdam. "Tu aimerais qu'on vive dans une demeure de ce genre ?", demanda-t-il à la jeune fille en passant devant l'édifice presque achevé où habiterait bientôt Isaac Pinto, et les sous-entendus de la question la firent rougir. Ils prirent ensuite le sentier qui conduisait à la solitude de l'étable abandonnée où Elías disposait son chevalet et ses toiles pour peindre à l'huile. Tout en avançant entre les peupliers et les saules qui avaient poussé en bordure des marais, le garçon s'était demandé jusqu'où il pourrait aller ce jour-là dans sa relation avec Mariam et il pensa à toutes les possibilités que son esprit inexpérimenté était capable de lui suggérer. Mais une fois assis à côté d'elle, leurs dos appuyés aux planches vermoulues de la paroi à l'ombre, après avoir tenté, presque par instinct, une avancée vers de nouveaux territoires qu'elle ne repoussa pas (les caresses dans le cou avec le dos de la main, la bouche effleurée du bout du doigt), Elías largua les amarres. Il prit le visage de la jeune fille dans ses mains et posa ses lèvres sur les siennes pour ouvrir ces portes de leurs vies et provoquer de vigoureuses réactions qui furent incapables de contenir un flot de questions nées de la certitude que la magie de cet instant, la beauté de Mariam et ses frémissements, le durcissement de son membre et la sensation de puissance qui l'exaltait, étaient également sacrés. Ils devaient l'être, car ils conduisaient à l'essence même de la vie, à la communication la plus sublime avec le meilleur de ce que Dieu avait donné à ses créatures.

Depuis qu'il l'avait vue pour la première fois chez le *haham* Ben Israël, presque un an auparavant, Elías Ambrosius avait eu le pressentiment que cette fille d'à peine seize ans était destinée à entrer dans sa vie. Les parents et grands-parents de Mariam, anciens convertis portugais, avaient préféré s'établir plusieurs années à Leyde où son père, médecin de profession, diplômé de Porto, avait obtenu un poste discret comme assistant de la chaire de médecine de la fameuse université de la ville. Puis, ils s'étaient enfin fixés à Amsterdam quand le père fut sollicité pour travailler avec le célèbre docteur Ephraïm Bueno. Ce médecin mit en relation le père de Mariam et le sage Ben Israël (ami de tout ce que la ville comptait de médecins, qu'il consultait de façon compulsive au sujet de ses maladies réelles ou imaginaires) et les liens entre leurs aînés rapprochèrent les deux jeunes gens. Elías et Mariam firent leurs premières promenades sous prétexte que le garçon devait montrer à la nouvelle venue la ville où elle vivrait désormais ; il s'était ainsi retrouvé dans la situation privilégiée où il avait du temps et de l'espace pour alimenter une relation sentimentale dont l'évolution semblait acceptée de bon gré par la famille de la jeune fille, bien que le clan des Montalbo de Ávila fût très loin de figurer parmi les plus fortunés d'Amsterdam, même s'il était en revanche un des plus respectés pour sa culture et son ardeur au travail.

Ce matin inoubliable, alors qu'Elías se disposait à embrasser Mariam Roca pour la deuxième fois, son regard s'arrêta quelques secondes sur les yeux de la jeune fille : des yeux limpides, couleur de miel, où il put contempler les sources du désir et de la peur, des décisions et des hésitations de leur propriétaire. Il ne put s'empêcher de penser qu'un jour il devrait peindre ces yeux – car tout est dans les yeux. Et si ses pinceaux ou ses fusains réussissaient à capter la vie qui palpitait dans ce regard, cela signifierait qu'il avait acquis le pouvoir de saisir un soupçon tangible de quelque chose de sacré. Comme un dieu. Comme le Maître.

Les jours qui semblaient se précipiter vers l'automne passaient cependant avec lenteur sur les rares œuvres que le Maître travaillait à cette époque. Au cours de ces mois, deux des plus anciens élèves avaient quitté l'atelier, d'abord Barent Fabritius puis le gentil Danois Keil. Avant de regagner sa terre glaciale, il offrit à son ami juif, qui lui avait payé tant de bières, une petite toile sur laquelle il avait peint une marine, une œuvre qui dut rejoindre la cachette d'Elías, chez lui, dans sa mansarde, en compagnie de ses cartons et de ses cahiers. Peu après, pour occuper les postes vacants, d'autres apprentis arrivèrent à l'atelier, dont un certain Christoph Paudiss, venu de Hambourg avec la prétention formelle de devenir le plus grand peintre de son pays. De semaine en semaine, le visage de Geertje Dircx avait affiché une irritation croissante, causée par la présence juvénile d'Emely Kerk dont le rôle devenait prépondérant dans la maison… Tout bougeait, tournait, montait ou descendait, mais les semaines passaient et le pinceau annoncé n'arrivait toujours pas aux mains d'Elías Ambrosius, tenaillé par une anxiété que même ses amours bien partagées ne parvenaient à calmer. Une anxiété qui avait grandi quand, de façon inattendue, il eut la certitude d'avoir découvert la véritable identité de Salom Italia.

Plusieurs mois durant, chaque fois qu'il en avait l'occasion, poussé par son obsession, Elías Ambrosius avait consacré des heures à de nouvelles visites aux vendeurs de tableaux sur tous les marchés de la ville, sautant de la contemplation des œuvres à des questions sur un certain Salom Italia, graveur et dessinateur, presque certainement établi à Amsterdam. Les marchands de rue, si informés de tout ce qui circulait (et même de ce qui ne circulait pas) sur le marché de la peinture, affirmèrent qu'ils n'avaient jamais entendu ce nom qui, de toute évidence, devait être celui d'un juif. Et ils ajoutaient : un juif peintre ?, exprimant ainsi leur suspicion devant une chose inconcevable.

Tous les samedis, à la synagogue, le garçon s'était appliqué à observer l'assistance. Un jour, il se concentrait sur les fils des riches commerçants ; un autre, sur les artistes spécialisés dans la taille des diamants ; le suivant, sur les hommes arrivés au cours des dernières années, comme si l'observation de leur physique avait pu le conduire jusqu'au secret si bien caché par l'un des juifs présents. De plus, il était convaincu qu'Isaac Pinto et le *haham* Ben Israël n'étaient pas les seuls à avoir traité avec ce fantôme qui osait même décorer les rouleaux de la reine Esther. Si l'homme faisait des gravures, il y avait forcément plusieurs copies de chaque œuvre, et quelqu'un devait les avoir achetées ou au moins reçues. Le labeur réalisé sur un rouleau des Écritures ne devait pas être un effort unique, pensait-il, et personne mieux qu'un autre juif ne pouvait apprécier une œuvre comme celle qu'Isaac Pinto gardait comme un trésor.

Le dernier samedi du mois d'août, Elías Ambrosius trouva enfin, au moment où il ne la cherchait pas, la piste capable de lui dévoiler, comme il le sut immédiatement, l'identité de Salom Italia. Dans la synagogue, précisément durant l'une des dernières prières du matin (le *moussaf* qui rappelle aux juifs les sacrifices que l'on exécutait dans le Temple), Elías baissa les yeux et ce qu'il vit lui fit perdre le fil de l'oraison. De l'autre côté du couloir central, dans le même rang que celui où il priait, il voyait une botte sur laquelle brillait un point, d'un jaune éclatant, qui ne pouvait être qu'une goutte de peinture.

Lentement, sans cesser de remuer ses lèvres vides de mots, son regard remonta sur le corps de l'homme qui portait cette botte et finit par découvrir un visage qu'il ne connaissait pas. L'homme, un peu plus âgé que lui, portait la barbe et les moustaches taillées à la nouvelle mode et, sous le *talith* de prière, il était vêtu d'une chemise de tissu très fin, probablement coûteuse. Cet homme était tout sauf un pauvre barbouilleur de murs, propriétaire d'une seule paire de bottes. Cette tache devait être une éclaboussure de pigments dilués dans de l'huile…

La fin de la cérémonie matinale surprit Elías, tout excité par ce qu'il pressentait être une authentique découverte, susceptible de le conduire vers la résolution de ses doutes et de ses craintes. Sans attendre ses parents et son grand-père (depuis quelques mois, Amos assistait à la cérémonie qui réunissait les ennuyeux et austères tudesques dans une petite salle transformée en synagogue), sans un regard pour le balcon occupé par les femmes où se trouvait sa bien-aimée Mariam, le garçon sortit du temple en enlevant sa kippa et son *talith* et, avec une habileté déjà acquise, il se posta dans la rue, derrière l'étal des marchands de fruits et de légumes de saison, pour y attendre la sortie de l'homme à la botte tachée. Qui était ce personnage ? Pourquoi ne l'avait-il jamais vu ?

Avant la sortie de la majorité des fidèles, après avoir remplacé la kippa rituelle par un élégant chapeau de feutre couleur crème, l'inconnu s'éloigna de la synagogue et, de toute évidence pressé, entreprit de traverser la Visserplein pour se diriger vers la petite place Meijer. À une distance qu'il jugeait prudente pour ne pas être découvert mais suffisante pour ne pas laisser filer sa proie, Elías Ambrosius le suivit et emprunta derrière lui le nouveau et large pont de Blauwburg sur l'Amstel, puis, après avoir traversé le Botermarkt, il fut à peine surpris de voir que l'homme fouillait dans ses poches pour en sortir une clé avec laquelle il ouvrit la porte de l'une des maisons situées dans la Reliquierswarstraat, très près de la berge nord du Herengracht, le canal des Seigneurs.

Deux jours après, Elías Ambrosius avait déjà réuni toute l'information nécessaire qui lui confirma qu'une furtive goutte de peinture avait suffi pour récompenser ses efforts de plusieurs mois et lui révéler un des secrets les mieux gardés de la ville des secrets. L'habitant de la maison située à proximité du Herengracht disait s'appeler Davide da Mantova, et il était (assuraient ceux qui le connaissaient) l'arrière-arrière-petit-fils de juifs séfarades espagnols, bien que natif de Mantoue, au nord de l'Italie où il se rendait fréquemment pour de longs séjours. Dans cette ville, l'homme entretenait des relations commerciales avec la communauté juive vénitienne grâce à laquelle il exportait vers Amsterdam des miroirs, des vases et d'autres objets en verre de grande qualité, sortis des fameuses manufactures de la lagune de Venise, avec les généreux bénéfices que l'on pouvait deviner et surtout constater, à sa façon de s'habiller et à l'aspect de la maison qu'il habitait. Du fait de sa position économique et des particularités de son négoce, lorsqu'il était à Amsterdam, Davide da Mantova – comme l'imaginait déjà le jeune Elías – évoluait dans le cercle des séfarades enrichis et des puissants bourgeois locaux dont les portes étaient toujours ouvertes à ce pourvoyeur de merveilles exceptionnelles.

Les doutes d'Elías Ambrosius s'envolèrent : cet homme ne pouvait être que Salom Italia, et si jusqu'alors il n'avait pas réussi à le trouver, c'était parce que sa présence dans la ville était sporadique, car il passait le plus clair de son temps en Italie. Mais l'identification ne résolvait qu'une partie du problème alors que l'essentiel restait en suspens : comment le rencontrerait-il ? Lui révèlerait-il qu'il connaissait son secret et, surtout, comment le ferait-il parler de sa vocation cachée ? Les éventuels chemins qu'il connaissait pour approcher Davide da Mantova s'étaient déjà révélés impraticables : ni le *haham* Ben Israël, ni Isaac Pinto, ni le Maître ne trahiraient la confiance de l'homme et, en toute équité, il serait mesquin de leur demander une telle infidélité alors qu'il devait à ces mêmes personnes la préservation de son propre secret, si semblable à celui de Salom Italia.

En sentant qu'il se trouvait devant un mystère inaccessible qu'il lui était pourtant si indispensable de pénétrer pour calmer ses propres tourments, Elías sentit tout le poids de sa double vie, chargée de silences, de dissimulations et même de mensonges, derrière un masque qu'il portait depuis qu'il avait pris la décision de donner libre cours à sa vocation interdite. Alors qu'il suivait à travers la ville le présumé peintre juif, en se déplaçant comme une ombre d'un autre monde, il essaya plusieurs fois d'imaginer comment ce Davide da Mantova menait sa vie, toujours soucieux de ne pas soulever plus qu'il n'était recommandable le voile de son intimité, ne montrant aux autres que la moitié éclairée de son visage, réduisant ses satisfactions artistiques à un cercle de complices qui s'étaient engagés à garder le silence – peut-être le pire châtiment pour l'artiste. Il se demanda si ses parents, là-bas en Italie, ou sa femme, ici à Amsterdam, étaient parties prenantes dans cet accommodement ou si, comme son grand-père Benjamín, ses propres parents et sa bien-aimée Mariam, ils se posaient des questions sur le but et l'origine des étranges attitudes d'un être à la fois proche et inconnu, un petit-fils, un fils, un fiancé, dont ils ne savaient même pas qu'il passait chaque minute de son existence assailli par la crainte des hommes et le doute le plus transcendantal.

Ce fut alors qu'Elías Ambrosius en arriva à se demander si cela valait la peine de vivre dans ces conditions : si c'était le mieux pour ses êtres chers et pour lui, si la duplicité permanente représentait l'unique choix que son époque, sa race et sa vocation lui laissaient, ou s'il y avait une issue pour éviter le désastre. Il finit par penser que le mieux serait peut-être d'oublier ces égarements qui n'avaient finalement débouché sur rien, alors qu'il était encore en mesure de s'épargner de plus grands malheurs en se consacrant à une vie banale mais sans frayeur où il pourrait s'ouvrir aux autres, corps et âme, surtout avec son âme. De la sorte, il traverserait une existence sans peur (toujours cette maudite peur), bien que dénuée d'ambitions et de rêves, il glisserait sur le fracas de jours de plus en plus identiques, sans jamais plus éprouver le désir excitant, né du tréfonds le plus insondable de son être, de prendre un fusain ou un pinceau et d'affronter le défi suprême en tentant d'éterniser le regard de bonheur d'une jeune amante, la paix d'un doux paysage, la force de Samson ou la foi de Tobit, comme son imagination emballée les lui laissait souvent entrevoir, comme le Maître les avait fixés sur la toile. Une vie banale d'homme banal, qui pourrait même être meilleure.

Une nuit où le désir maladif de pénétrer le monde de l'homme qu'il poursuivait l'avait poussé à observer les fenêtres de la maison de la Reliquierswarstraat jusqu'à l'extinction de la dernière chandelle de la demeure, le garçon découvrit, en évaluant sa déchirante alternative, que le problème n'était pas de savoir comment pensait et vivait Salom Italia ou Davide da Mantova : le problème était de savoir comment voulait ou pouvait le faire Elías Ambrosius Montalbo de Ávila.

"Lâche-moi ce foutu balai ! Prends la palette carrée... attrape cette poignée de pinceaux... Allez, au travail !"

Elías Ambrosius sentit ses jambes flageoler, sa voix l'abandonner, son souffle s'échapper de son âme, le laissant inerte. Mais il découvrit aussi qu'une force surhumaine et inconnue venait à son secours pour lui permettre d'obéir à l'ordre qu'il avait attendu pendant près de trois ans : le Maître l'appelait pour peindre ! Où s'envolèrent à cet instant les doutes et même les certitudes de vouloir en finir avec son délire juvénile, qui l'avaient assailli durant les dernières semaines, consacrées à suivre les traces de l'énigmatique Salom Italia ? Il ne réussit même pas à se le demander, car la seule réponse qu'il pouvait faire à cet instant, la seule qu'en réalité il désirait faire, fut celle qui sortit enfin de ses lèvres : "Je suis prêt, Maître."

Le peintre, coiffé d'un bonnet blanc qui retenait ses cheveux frisés pendant le travail, s'installa sur un tabouret devant deux petites toiles apprêtées. De là, il observa le garçon avec sa palette et son pinceau à la main et sourit. Il posa sur le tabouret son propre pinceau et sa palette pour aller prendre un tablier accroché à un clou. "Viens ici", dit-il. Elías baissa alors la tête pour que le maître lui passe le tissu protecteur, taché de mille couleurs, d'un geste qui faisait penser à la remise d'une décoration militaire.

"Mets de l'ocre, du jaune, du vermillon, du blanc et du terre de Sienne sur ta palette. Avec ces couleurs Apelle de Cos put peindre Alexandre saisissant la foudre de sa main devant le temple d'Artémise. Avec ces couleurs, on peut tout peindre", ajouta le Maître, puis, après lui avoir indiqué les pots de porcelaine avec les pigments déjà dilués, il se tourna vers la toile et l'observa comme s'il l'interrogeait. En silence, Elías attendit un nouvel ordre et alors seulement, il eut suffisamment de lucidité pour surmonter le choc et se demander ce qu'ils allaient peindre. Il regarda autour de lui et comprit l'intention du Maître : la disposition des miroirs, celle des chevalets et l'angle dans lequel s'était placé le peintre par rapport à la lumière des fenêtres révélaient que l'objet du travail ne pouvait être autre que le Maître en personne.

"Je n'ai aucune commande en cours, murmura le peintre, sans cesser de fixer la toile. Et aujourd'hui, j'ai perdu mon meilleur modèle... j'ai dû mettre Emely Kerk à la porte car je l'ai surprise en train de forniquer avec un de mes élèves... tu dois savoir lequel. Et comme je ne peux pas me passer des florins que me paie le père de cet apprenti... Quelle pute tout de même !"

Elías Ambrosius eut enfin l'explication de l'amabilité insolite de Geertje Dircx quand elle l'avait reçu, quelques minutes plus tôt, alors qu'elle jouait avec le petit Titus dans la cuisine. La vieille lionne s'était débrouillée pour ôter de son chemin la jeune prétendante.

"Vraiment, tu es prêt ?" lui demanda le Maître, en lui indiquant du bout de son pinceau l'autre tabouret, disposé devant la seconde toile. Cette fois la réponse d'Elías ne se fit pas attendre : "Je crois que j'ai attendu ce moment toute ma vie, Maître." "Et sais-tu maintenant pourquoi tu es disposé à tout risquer et à t'essayer à peindre ?" "Oui, maintenant je le sais... parce que..." L'homme leva son pinceau, lui demandant de s'arrêter. "Cela n'a d'importance que pour toi... Et ne t'en fais pas si la réponse te semble trop simple. La mienne est on ne peut plus simple... Si j'avais poursuivi mes études de médecine à l'université, à cette heure je serais peut-être riche et je vivrais en paix... Aujourd'hui je croule sous les problèmes. Mais je ne regrette pas ma décision." Elías Ambrosius acquiesça : y a-t-il quelque chose de plus élémentaire que de vouloir peindre parce qu'on éprouve le besoin de le faire, un besoin incorruptible, assez fort pour affronter toutes les difficultés et tous les risques ? "Il y a quelques semaines, j'ai découvert qui est l'homme qui a peint le rouleau de la reine Esther", dit-il alors, également parce qu'il en éprouvait le besoin. "Je sais comment s'appelle ce Salom Italia, où il habite, ce qu'il fait..." "Tu n'as pas commis la bêtise de vouloir lui parler, au moins ?" "Non, je n'ai pas su comment l'aborder... Mais, pourquoi une bêtise ?" Le Maître soupira et observa la toile qui l'attendait comme un défi. "Parce que tu n'as pas le droit de violer son intimité, tout comme les autres n'ont pas le droit de violer la tienne. De plus, ce qu'il t'aurait dit aurait été sa réponse et non la tienne." "Vous avez raison... Après avoir suivi cet homme pendant plusieurs jours, j'ai pensé ne plus revenir à l'atelier, oublier tout ça", il fit un geste avec le pinceau pour indiquer tout ce qui l'entourait : un geste du Maître qu'il avait copié. "Mais je sais que c'est impossible... en tout cas en ce moment. Et encore moins maintenant."

Le Maître acquiesça, le regard toujours fixé sur la toile enduite d'un apprêt couleur de terre, placée devant lui. "Tu ne peux pas savoir combien je suis malheureux de ce qui s'est passé avec Emely... Mais tant mieux pour toi : aujourd'hui, grâce à elle tu vas peindre avec moi." "Je m'en réjouis, Maître", dit-il, et il eut immédiatement envie de mordre sa maudite langue. Mais l'homme ne sembla pas l'avoir entendu, sans doute absorbé par ses pensées. "Avant de tremper le pinceau dans la couleur tu dois avoir une idée de ce à quoi tu veux arriver, même si tu ne sais pas comment tu vas t'y prendre... Moi, aujourd'hui, je voudrais arriver à la tristesse qui envahit l'âme d'un homme de quarante ans. Je voudrais la découvrir, car c'est une tristesse nouvelle... La douleur et la tristesse sont très différentes, le savais-tu ? J'ai une grande expérience de la douleur, comme de la fureur, de la désillusion, de la frustration... et aussi de la jouissance de la réussite, même si les autres ne l'ont pas compris et m'abandonnent au bord du chemin... Ce qui n'est pas étonnant... Mais la tristesse est un sentiment profond, trop personnel. La joie et la douleur, la surprise et la colère sont exaltantes, elles changent le visage, le regard... mais la tristesse le marque de l'intérieur. Où crois-tu que je peux trouver la tristesse ?" Elías Ambrosius répondit immédiatement, satisfait de sa sagacité : "Dans les yeux. Tout est dans les yeux." Le Maître fit non de la tête. "Tu crois vraiment savoir quelque chose... ? Non, pas la tristesse. La tristesse est au-delà des yeux... Il faut arriver à la pensée, à l'âme de l'homme pour la voir, et parler avec ces profondeurs pour tenter de la refléter..." Le Maître trempa son pinceau dans le pigment jaune et se mit à tracer les lignes de ce qui ressembla bientôt à une tête. "C'est pour cela que très peu d'hommes ont réussi à peindre la tristesse... Un homme triste ne regarderait jamais le spectateur. Il chercherait quelque chose, au-delà de celui qui l'observe, une trace lointaine, perdue à l'horizon et en même temps à l'intérieur de lui-même. Il ne regarderait jamais vers le haut, en quête d'un espoir ; vers le bas non plus, comme un être honteux ou craintif. Il doit fixer l'insondable... Le visage légèrement incliné vers l'intérieur, la lumière pas trop brillante sur la joue qu'il présente au spectateur, les paupières bien visibles... Pour faire ressortir le visage, afin que tu puisses y concentrer toute la force, le mieux est toujours un fond marron foncé, jamais noir : la profondeur de l'atmosphère ferait écho à la profondeur des sentiments, comme une réitération qui tuerait le mystère... Dis-moi, mon garçon, te sens-tu capable de peindre ma tristesse ?" "Je vais essayer, si vous permettez..."

Elías trempa le pinceau dans le même jaune mat utilisé par le Maître et posa les poils humides sur la toile pour les faire descendre doucement en dessinant le premier contour d'un visage. Il regarda alors le miroir placé devant lui où se reflétaient, légèrement de côté, la tête et le buste du Maître. Il observa la forme si connue de son visage, ses traits distinctifs – le gros nez en pied de marmite, la bouche presque charnue, les angles fuyants du menton à peine incliné –, il évalua le poids du bonnet blanc et des boucles roussâtres sur les oreilles, et il s'arrêta aux yeux, à ce regard d'un homme si souvent porté aux nues, dont la renommée s'étendait à toutes les capitales d'Europe, devant lequel le *stathouder* de La Haye, après l'avoir offensé, avait fait marche arrière et accepté de lui payer une fortune pour deux œuvres que seul cet homme était capable de réussir avec la maestria désirée, ce même homme qui décidait à cet instant de faire son autoportrait et de se livrer à un élève pour qu'à eux deux, ils tentent de saisir sa tristesse d'avoir perdu une chose aussi profane et, pour quelqu'un dans sa position, aussi facile à remplacer qu'une jeune et belle maîtresse. À travers ces yeux, Elías Ambrosius Montalbo de Ávila allait s'engager sur le chemin de son paradis ou de son enfer, mais il le conduirait sûrement vers le lieu lumineux qu'il voulait atteindre, de toute son âme et en toute conscience.

“Oui, voilà ce qui est sacré”, se dit-il quand, après la brève résistance de l’hymen, il se sentit glisser dans le corps de Mariam Roca. Après la défloration, qui lui causa le désagrément d’une douleur dont on l’avait avertie, elle ouvrit les yeux et inspira profondément tandis qu’elle sentait pénétrer dans ses entrailles le pénis circoncis qui avait l’ambition d’occuper son espace accueillant de femme, donnant tout son sens à la vie. Le mouvement imprévu mais viscéral des hanches des amants novices trouva son rythme jusqu’à l’accord parfait, puis, comme lancé par un moulin emballé, il devint vertigineux, dévorant et plus vertigineux encore, et ensuite lent, très lent… jusqu’à l’instant où, éduqué par les lectures bibliques, Elías Ambrosius eut assez de lucidité pour exécuter la stratégie d’Onan et se retirer pour éjaculer sa semence en dehors du réceptacle de la jeune fille. Il savait qu’avant d’accéder à la jouissance pleine, il faudrait briser les verres qui rappelaient les cérémonies de mariage célébrées par leurs ancêtres dans le Temple détruit de Jérusalem. Pour le moment, il devait se contenter de jouir de cette révélation du sacré, sans prétendre l’éterniser par le miracle de la procréation.

3.

Nouvelle Jérusalem, an 5407 de la création du monde, 1647 de l'ère commune.

C'est écrit : l'immortalité est un privilège suprême dont ne jouiront que quelques élus. Armées de la patience du temps incommensurable, les âmes de ces bienheureux doivent séjourner dans le *shéol*, un territoire intangible, ondulant comme un filon rempli d'eau sous le monde des vivants. Ils reposeront là jusqu'à l'avènement du Messie et jusqu'au jour du Jugement dernier, lorsque se produira la probable, seulement probable, résurrection de leurs corps et de leurs âmes, décidée à la fin par la volonté divine. De tous les êtres qui un jour passèrent sur la face de la terre, les habitants du *shéol* seront les seuls choisis pour participer à cette ultime épreuve. Parmi eux, il y aura les hommes et les femmes qui furent pieux durant leur vie, les enfants morts dans l'innocence et ceux qui tombèrent au combat pour défendre les droits et la Loi du Seigneur et de son peuple élu. Elías Ambrosius conservait précieusement une image très personnelle de l'apothéose qui viendrait après le séjour des âmes dans le *shéol*. Son grand-père Benjamín Montalbo de Ávila, la lui avait offerte le jour de la cérémonie de son initiation à la vie adulte et à la responsabilité, célébrée dans la synagogue et officiée par Menasseh Ben Israël, encore rabbin à l'époque. "Je suis très heureux pour toi", lui avait dit le vieil homme, et, après avoir rectifié la position de la kippa sur sa tête, il l'avait embrassé sur les deux joues. "Tu as la chance d'être né à l'époque et dans le lieu les plus appropriés jamais rêvés par un juif depuis que nous avons abandonné notre terre pour partir en exil. Tu vas découvrir par toi-même que c'est un privilège de vivre dans cette ville, qu'Amsterdam est *Makom*, le bon lieu. Mais n'oublie jamais : il y a un endroit où l'on se sent beaucoup mieux. Seul le Messie pourra nous y conduire quand il convoquera les vivants et les morts et qu'il nous ouvrira les portes de

Jérusalem. C'est pour cela que par nos pensées et nos actes nous devons préparer la venue de 'l'Oint de Dieu', pour pouvoir jouir de ce monde merveilleux où il y a toujours de la lumière, où il ne fait jamais froid, où on n'éprouve ni faim ni douleur, et encore moins la peur, parce qu'à la fin il n'y aura rien à craindre. Mon fils, pour ce lieu où l'on est si bien, l'Éden que connut Adam avant la chute, nous devons nous battre tant que nous sommes en ce monde dont nous devons reconnaître, en ce qui concerne *Makom*, qu'il n'est pas mal du tout."

Les paroles du grand-père Benjamín et les douces images qu'elles évoquaient dans l'imagination d'Elías Ambrosius lui étaient revenues pour atténuer la douleur de l'instant où il s'était vu obligé de contempler le corps de l'aïeul – enveloppé dans le premier *talith* qu'il avait utilisé à son arrivée à Amsterdam pour être initié à la foi de ses ancêtres – qui s'enfonçait dans les profondeurs de la tombe pour se rapprocher du séjour des morts, le *shéol*, où devait aller de plein droit cet homme pieux et pugnace. Tandis que le *haham* Ben Israël récitait les prières rituelles qui appelaient à la résurrection, Elías ne pouvait s'empêcher de se demander, inquiet du sort de son grand-père, si les nouvelles arrivées des confins orientaux de la Méditerranée (auxquelles son scepticisme ne lui avait pas permis d'accorder trop d'attention jusqu'alors), se référant aux aventures dans ces contrées d'un Messie autoproclamé, faiseur de miracles, qui suscitait tant d'expectatives parmi les juifs du monde entier, avaient quelque fondement, si éventuellement elles lui permettraient les plus belles retrouvailles, dans le meilleur des lieux, avec cet homme au cœur compréhensif, la personne qu'il avait le plus aimée de sa vie jusqu'à ce que sa virilité soit conquise par Mariam Roca.

La mort du grand-père Benjamín les surprit, même s'il fallait s'y attendre. Le vieil homme, qui avait fêté ses soixante-dix-huit ans, avait vécu beaucoup plus que la majorité de ses contemporains ("Presque autant qu'un patriarche biblique", disait-il en souriant quand il parlait de son grand âge), mais ces derniers temps il avait dépéri à un rythme visible, bien que sans douleur ni perte d'intelligence. Le soir du vendredi où il les abandonnerait, il leur avait même demandé de l'aider à sa toilette avant d'aller s'asseoir dans le salon de la maison pour assister à la cérémonie de l'allumage des bougies du shabbat et souhaiter, en tant que patriarche du foyer, la bienvenue au jour heureux consacré à fêter le Seigneur et la liberté des hommes. Mais lorsque la table fut servie, les bougies allumées, et que les ombres de la nuit permirent de distinguer l'éclat des premières étoiles du firmament qui annonçaient l'arrivée victorieuse du jour attendu, le salut que devait prononcer Benjamín Montalbo de Ávila (*Shabbat Shalom*) ne parvint pas aux oreilles de ses enfants et petits-enfants. Exactement comme une étoile de l'orbite céleste : ainsi s'était éteinte la vie de l'aïeul.

Sur la petite table où le vieil homme, depuis l'époque où il était encore loin d'être âgé, écrivait, étudiait les textes sacrés et les livres qui l'enthousiasmaient tellement, son fils Abraham Montalbo trouva le document scellé où l'homme prévoyant avait rédigé ses dernières volontés quelques semaines auparavant. Dans la maison, personne ne s'étonna qu'il eût organisé chaque détail de ses funérailles, écrit même un conseil très cohérent pour chaque membre de la famille et décidé de léguer ses uniques biens matériels précieux, accumulés au long de sa vie, à son petit-fils Elías Ambrosius : car c'était à lui que revenaient le secrétaire et les livres. Ce ne fut qu'en apprenant la nouvelle de cet héritage que le garçon pût enfin laisser couler des larmes qui semblaient s'être taries. Plus tard, assis devant le beau meuble, tandis qu'il caressait le dos et la couverture de cuir des prodigieux livres qui lui appartenaient désormais, Elías découvrit que plusieurs volumes semblaient plus usés par la manipulation fréquente à laquelle leur propriétaire avait dû les soumettre. Parmi les plus défraîchis, il y avait, bien entendu, deux des œuvres de Maïmonide, le penseur favori de Benjamín Montalbo, et les *Dialoghi d'amore** de Léon l'Hébreu, mais aussi plusieurs auteurs modernes, sans aucun rapport avec la foi ou la religion, comme ce Miguel de Cervantès, auteur d'un volumineux roman intitulé *L'Ingénieux Hidalgo Don Quichotte de La Manche* et un certain Inca Garcilaso de la Vega (également traducteur des *Dialoghi d'amore* en castillan), auteur de *La*

* *Dialogues d'amour* (1541), de Juda Abravanel, dit Léon l'Hébreu.

*Florida del Inca**, chronique des échecs des tentatives de conquête de ce territoire du Nouveau Monde où, disait-on, avait été découverte la Source de l'Éternelle Jouvence. Le contact physique avec ces livres, destinés à maintenir l'aïeul en communication avec les terres de l'idolâtrie qu'il avait fuies pour récupérer sa foi, mais dont il aimait la langue et la culture qu'il considérait comme siennes, fit comprendre à Elías la véritable dimension du conflit vécu par cet être insondable : le constant litige intellectuel entre l'appartenance à une foi, une culture, des traditions millénaires auxquelles le rattachaient les liens du sang ; et ses affinités avec un paysage, une langue, une littérature, qui avaient été ceux de plusieurs générations de ses ancêtres arrivés en un temps reculé, avec les Berbères du désert, dans la péninsule Ibérique où lui-même avait passé les trente-trois premières années de sa vie ; aussi n'avait-il jamais pu ni voulu renoncer aux effluves de ce pays (pas plus qu'il n'avait renoncé aux pois chiches, au riz et, à chaque fois qu'il le pouvait, au luxe de tremper son pain dans de l'huile d'olive). Non, jamais il ne put ni ne voulut renoncer à cette appartenance, pas même en vivant à *Makom* et en connaissant les préceptes des rabbins, décidés à en finir avec tous ces dangereux liens avec le passé qui, selon eux, risquaient d'encourager l'idolâtrie.

Pendant les sept jours d'observance de la *shiva*, confiné chez lui avec ses parents et son frère, comme le stipulait la cérémonie, Elías Ambrosius en viendrait à se convaincre qu'il avait commis une terrible lâcheté en ne partageant pas ses inquiétudes et ses décisions avec son grand-père. Plus que personne au monde, Benjamín Montalbo aurait été apte à le comprendre : parce qu'il était son grand-père et qu'il l'aimait, parce qu'il s'y connaissait en matière de secrets et parce qu'il avait vécu tant d'années l'âme divisée. Peut-être même qu'il se serait émerveillé des progrès du garçon et lui aurait demandé une des toiles, maintenant cachées, pliées ou enroulées dans un coffre chez le Maître. Le grand-père l'aurait peut-être exposée là, face à la table où il prenait plaisir à écrire avec sa

* *La Florida del Inca* (1605), Inca Garcilaso de la Vega. Édition française : *Histoire de la Floride*, 1670.

plume, ce coin d'où il voyageait avec ses livres et où, en entendant l'appel de la mort, il avait laissé son testament.

Durant les deux dernières années, vécues par Elías dans un tourbillon vertigineux de sensations incontrôlables, d'apprentissages et de réalisations de moins en moins maladroites, le garçon avait bien des fois réfléchi à la possibilité d'ouvrir au vieil homme sa boîte à secrets physique et mentale. C'était, bien sûr, le seul de ses parents auquel il avait parlé de la beauté que le Maître était capable de créer et de la réaction obtuse des acheteurs de tableaux qui le voyaient comme un violeur de préceptes et non comme un défricheur de chemins inexplorés. C'était aussi la première personne à qui il avait annoncé sa décision de s'engager de façon officielle avec Mariam Roca, et il avait alors entendu la réponse la plus logique et la plus sincère : "Mon garçon, tu me fais mourir d'envie !" En revanche, il n'avait jamais eu le courage de franchir la frontière de ses peurs et de lui parler de ses goûts d'apprenti peintre, de ses moments d'euphorie vécus avec le pinceau que lui avait donné le Maître : des moments comme celui où il avait peint sur une toile le buste de son cher aïeul.

Car, au cours de ces deux années, Elías Ambrosius avait eu d'autres occasions de mettre en pratique ses supposés dons, en suivant les orientations et les ordres du Maître qui lui étaient personnellement destinés, ou obtenus comme bénéfice collectif durant la réalisation d'un travail d'ensemble avec les autres élèves. En plus de la responsabilité d'apprêter les toiles pour se familiariser avec la création des fonds terreux que l'artiste utilisait tant, Elías s'entraîna à peindre quelques-uns des objets ou des œuvres collectés par le Maître – un coquillage marin avec ses spirales, un buste d'empereur romain, une main sculptée dans le marbre, en plus de la copie de dessins d'autres peintres et d'autres thématiques – qui, comme plusieurs modèles vivants, y compris des nus, avaient servi d'exercices didactiques à travers lesquels les conseils du Maître révélèrent et affirmèrent les indéniables capacités du garçon. Parallèlement, chez lui, dans sa mansarde, et dans l'étable à la campagne, Elías Ambrosius tenta de mettre en pratique ces connaissances et il réalisa plusieurs autoportraits, dessina des paysages, copia des objets (en écoutant toujours en pensée les paroles du peintre) et, dans un élan de témérité, il prit la décision de révéler son brûlant secret à Mariam Roca car, plus que tout au monde, il désirait faire un portrait d'après nature de sa fiancée et amante.

La surprise de la jeune fille en écoutant l'aveu d'Elías fut aussi manifeste qu'elle pouvait et devait l'être. Ils en parlèrent pendant plusieurs jours et le garçon dut s'armer des nombreux arguments accumulés au fil des années pour justifier un acte que beaucoup auraient qualifié d'hérétique. Lorsque la discussion se bloquait et que le garçon perdait l'espoir de pouvoir convaincre Mariam qu'en tant qu'individu, faire ce qu'il faisait était son droit, il craignait même qu'elle pût le dénoncer, mais il se consolait en pensant que, tôt ou tard, il aurait bien fallu faire cette révélation – et s'exposer aux risques implicites – à la personne avec laquelle il comptait partager tous les jours de sa vie. Alors, quand Mariam, apparemment plus accoutumée à l'idée, avait accepté de lui servir de modèle, à condition que sa décision fût également secrète, Elías sut qu'il avait remporté une importante victoire, mais il préféra ne pas demander à la jeune fille si son acceptation se limitait à sa fonction de modèle ou si elle impliquait aussi l'exercice de la peinture par son fiancé.

Le premier portrait de Mariam, accoudée à la fenêtre de l'étable, tournée vers le spectateur, fut en réalité un douloureux exercice de copie du merveilleux portrait que le Maître avait réalisé, quelques mois plus tôt, de la belle Emely Kerk, dans une composition similaire. Les difficultés que pouvaient présenter la lumière, l'anatomie ou les proportions furent surmontées avec une certaine facilité par le garçon qui avait déjà beaucoup appris dans ces domaines. Il lui fut presque facile d'utiliser des couleurs pour créer la chair et les cheveux qui se détachaient sur la profondeur de l'arrière-plan, après avoir vu peindre tant de chair et tant de fond, après les avoir même peints à deux mains avec ses compagnons ou encore avec le Maître. Ce fut plus compliqué d'obtenir une ressemblance raisonnable, de rendre la beauté de la femme, même si, à un moment, dans un grand effort, il crut y être parvenu et Mariam le lui confirma en se regardant dans un miroir. Mais ce qu'il recherchait le plus, et qui, cependant, restait fuyant et insaisissable pour ses capacités de portraitiste, c'était l'âme de la jeune fille. Si physiquement et amoureusement il avait pu entrer en possession de chaque sentiment et de chaque pensée de Mariam, en essayant de refléter son esprit sur une petite toile, il découvrait son impéritie et son manque de souffle pour reproduire l'expression de ce visage où il pouvait voir la vitalité et l'inquiétude, le doute et l'amour, le plaisir du risque et la crainte qu'elle en avait. Mais il ne parvenait pas à les saisir. Ébranlé par cet échec, Elías reconsidéra ses objectifs. Il commença alors un deuxième portrait, une œuvre qui serait sienne en tout point. Il plaça Mariam de profil, dans une pose compliquée ; le visage tourné faisait une délicate diagonale descendante avec la ligne du cou, tandis que les yeux, visibles, fixaient un point imprécis placé sur le bord inférieur de la toile. À cet instant il comprit – comme le Maître le lui avait dit un jour, et il ne pouvait en être autrement – que toute l'humanité de cette transposition résidait dans le défi des yeux. Il comprit alors que sa première tentative avait échoué parce qu'il avait voulu représenter la jeune fille regardant de face, avec une expression directe, explicite, qui primait sur le reste. Mais ce qu'exigeait en fait la meilleure représentation de Mariam, c'était le mystère. Il demanda alors à la jeune fille de lui parler avec les yeux, mais sans le regarder, comme si elle lui murmurait quelque chose à l'oreille... Avec application, au cours de plusieurs séances de travail, il dessina les sourcils, les paupières, les pupilles et l'iris de ce regard, tout en esquivant l'évidence pour chercher l'insondable. Et quand il crut avoir reflété le regard, il laissa le pinceau dialoguer librement avec le reste des détails du visage, pour rendre vraisemblable le miracle de la compréhension d'une suggestion... Le dimanche après-midi où il fit cette découverte et où il se plongea dans le combat pour la représenter fut l'un des moments de plus grande plénitude de sa vie car, de nouveau, il eut la sensation de découvrir le sens de la dimension sacrée. Il y avait là, palpitante, sur une petite surface de toile tachée de pigments, une femme qui, de sa quiétude forcée, offrait l'illusion de la vie.

Comment était-il possible que ses craintes l'aient empêché de montrer à son grand-père Benjamín Montalbo ce petit portrait où il avait réussi à capturer quelque chose d'évanescent et à pousser les lourdes portes de la création ? Le vieil homme – maintenant qu'il était mort Elías en était convaincu – l'aurait non seulement compris mais encouragé : car avant tout, cet homme avait été sensible au désir et à la volonté humaine d'atteindre un but, envers et contre tout. Et sur cette toile il y avait l'ambition d'un homme et la volonté de parvenir à ses fins dont le Créateur l'avait doté…

Elías finirait par se consoler à l'idée que s'il était finalement vrai que le Messie annonçait son avènement sur les terres des Turcs, des Persans et des Égyptiens (il semblait errer dans toutes ces régions à la fois, à en juger par les multiples échos de son périple en terres lointaines et de ses miracles qui parvenaient à Amsterdam), peut-être pourrait-il sous peu, lui, Elías Ambrosius Montalbo de Ávila, s'approcher du grand-père et en pleine apothéose du Jugement dernier, lui demander pardon pour son manque de confiance. Car tel était le véritable péché dont il devait se repentir, aux yeux de Dieu mais aussi devant la mémoire et l'esprit d'un homme pieux. Il espérait obtenir ce double pardon.

Amsterdam était en ébullition, tout comme le cœur d'Elías Ambrosius. Quelques semaines après l'enterrement du grand-père Benjamín, la nouvelle du décès à La Haye du *stathouder* Frédéric-Henri de Nassau, auquel succèderait son fils Guillaume, fit grandir l'expectative dans laquelle vivaient les habitants de la ville concernant la signature, jusqu'alors imminente disait-on, d'un traité de paix entre le défunt *stathouder* et la couronne d'Espagne. Cette paix, qui pourrait mettre fin à un siècle de guerres et viendrait consolider l'indépendance de la République des Provinces-Unies du Nord, arriverait comme une récompense méritée de la résistance farouche des habitants du pays, mais surtout comme le résultat de sa réussite économique qui faisait un si grand contraste avec l'état critique des finances de l'Empire espagnol, désormais incapable, comme tout le monde le savait, d'entretenir plus longtemps ses armées dans un conflit perdu sur mer et insoutenable l'hiver dans les marécages de ce territoire inhospitalier. Mais l'allégresse que suscitait le dénouement politique et militaire attendu commença à se dissiper, balayée par le danger majeur de l'accession à la fonction de *stathouder* de Guillaume de Nassau dont les aspirations monarchiques étaient plus que connues, tout comme son opposition au système républicain et fédéral auquel les citoyens attribuaient la réussite de leur gestion commerciale, politique, sociale et même militaire. Grâce à sa prospérité économique, la République avait pu financer les armées de terre, composées dans leur immense majorité non pas de bourgeois d'Amsterdam, de nobles de La Haye ou de savants de Leyde, mais surtout de mercenaires et de seigneurs de guerre venus de toute l'Europe se battre pour une bonne quantité de ces florins salutaires. Seul le régime républicain, pensaient-ils et disaient-ils, avait permis d'assurer la réussite financière d'une grande masse de marchands, générateurs de richesses, encouragés dans leurs entreprises parce que le pays s'était libéré du fardeau d'une cour, d'une noblesse et d'une bureaucratie parasites comme celles qui saignaient l'Espagne. Et maintenant, alors qu'ils semblaient si près de la victoire militaire et politique, Guillaume de Nassau pouvait anéantir cet équilibre social qui avait permis à beaucoup de citoyens d'accéder à une vie meilleure, avec les plaisants bénéfices de la liberté qui bientôt – cerise sur le gâteau – serait aussi politique si le nouveau *stathouder* signait la paix avec les Espagnols.

Si Elías Ambrosius était si au fait des mécanismes internes de la chose publique de son pays, il ne le devait pas à sa sagacité mais à la situation privilégiée de ses oreilles et de son esprit qui, étant donné les responsabilités et les facultés dont il jouissait maintenant dans l'atelier et dans la maison du Maître, lui permettait d'être témoin (muet dans son cas) de certaines conversations passionnées entre le peintre et bon nombre de ses amis, en particulier le jeune bourgeois Jan Six.

Depuis l'année précédente, lorsqu'il s'était présenté chez le Maître pour négocier la réalisation d'un portrait, Jan Six avait entamé avec le peintre une relation qui dépassa vite les limites fugaces et pragmatiques d'une commande picturale. Un courant de sympathie réciproque, qui pour Six passait par ses aspirations artistiques, car il se présentait comme poète et dramaturge, et pour le Maître par sa vocation mercantile et son éternel besoin d'argent, avait lié ces deux hommes, séparés par une différence d'âge de dix ans, par la fortune de l'un et les pressants besoins d'argent de l'autre. De plus, ce courant d'affinité était alimenté par la passion partagée du collectionnisme, qui ferait de Six, acheteur d'art compulsif, un admirateur émerveillé des tableaux, livres de gravures et nombreux objets insolites accumulés par le Maître.

Malgré sa jeunesse, Jan Six pouvait déjà s'enorgueillir d'avoir été nommé bourgmestre auxiliaire ; il exerçait comme magistrat de la ville, grâce à son appartenance à l'une des familles les plus aisées d'Amsterdam. Les Six étaient propriétaires d'une demeure dans l'élégante Kloveniersburgwal, appelée la Maison de l'Aigle bleu, voisine de la Maison de Cristal, propriété du très riche fabricant de miroirs et de lentilles Floris Soop, et à deux pas du luxueux édifice des milices de la ville où était exposée la grande œuvre du Maître qui avait profondément ébranlé le jeune Six, comme Elías Ambrosius, et suscité en lui une admiration sans faille pour son créateur.

Pour diverses raisons, dès les premiers essais et études du possible portrait de Jan Six, le jeune juif se trouva aux côtés du Maître et suivit l'étrange processus créatif qui, deux ans après, n'avait pas encore donné le grand portrait que dans un premier temps Six avait désiré pour alimenter son ego et sa collection, et que le Maître voulait réaliser pour d'évidentes raisons monétaires mais aussi pour revaloriser son travail dans le milieu des grands bourgeois de la ville. Parfois, comme un disciple parmi les autres, d'autre fois pour seconder le peintre, Elías avait assisté à l'élaboration de deux merveilleux dessins, réalisés comme des esquisses, qui permettraient au Maître de définir les goûts du client pour les satisfaire pleinement et ainsi éviter des moments désagréables, comme avec Andries de Graeff qui, s'ils se répétaient, seraient dévastateurs pour son prestige de portraitiste déjà contesté.

Le bourgmestre avait accueilli une des ébauches avec le plus grand enthousiasme. Non pas celle qui faisait ressortir sa condition d'homme d'action et de politicien, mais celle où il apparaissait comme un beau et jeune écrivain, devant un manuscrit sur lequel il concentrait son attention, le corps incliné face à une fenêtre par où entrait la lumière destinée à éclairer le visage, le manuscrit et une partie de la pièce, avant de tomber sur le fauteuil où se trouvaient d'autres livres. Ce dessin renvoyait à Jan Six l'image de lui-même qu'il désirait le plus donner aux autres. Il en était tellement satisfait qu'il demanderait au Maître une chose inhabituelle : qu'au lieu d'une peinture à l'huile, il en fît une eau-forte, pour disposer ainsi de plusieurs copies auxquelles il donnerait diverses destinations. Et il paierait l'eau-forte au prix auquel on évaluait généralement une peinture à l'huile.

D'abord comme généreux client, puis comme admirateur comblé et très vite comme ami, Jan Six devint ainsi un habitué de la maison et de l'atelier du Maître, à une époque où le peintre vivait un de ses moments d'extase, car quelques mois auparavant il avait réussi à embaucher, comme préceptrice de son fils Titus, la jeune Hendrickje Stoffels, moins belle quoique de toute évidence plus intelligente qu'Emely Kerk, de famille humble comme la précédente, et qu'il avait bien vite mise dans son lit. Il avait tellement savouré ce réveil de sa passion d'homme mûr qu'il avait peint sur bois un tableau, beau et provocant, qu'il avait simplement intitulé, *Hendrickje Stoffels au lit*, où la jeune fille, à demi dévêtue, sans autre ornement qu'un petit ruban doré dans les cheveux, soulevait de sa main gauche le rideau du lit et se penchait vers le spectateur, les seins couverts d'un drap, étendue sur un édredon moelleux… dans le lit du Maître.

La présence bénéfique de Jan Six et de Hendrickje Stoffels avait beaucoup amélioré l'état d'esprit de l'artiste qui redevenait – comme le pensa Elías – l'homme qu'il était sans doute quelques années plus tôt, avant la mort de son épouse. Peut-être même plus enthousiaste, car il affirmait qu'il se sentait maintenant libéré des conditionnements artistiques et même sociaux, comme le prouvait ce tableau d'Hendrickje qui annonçait publiquement, et avec orgueil, sa relation amoureuse avec une servante. Le sentiment d'autosatisfaction rayonnait sur tous ceux qui l'entouraient, y compris ses disciples – exception faite, bien entendu, de Geertje Dircx avec laquelle il vivait une guerre permanente. La relation avec Elías Ambrosius s'était renforcée au point de devenir chaleureuse, ce qui permit au garçon d'assister aux conversations avec Jan Six qui lui en apprirent tellement sur la situation politique de la République. Parallèlement, cette situation le conduirait aussi à devenir (aidé par sa barbe qui avait enfin poussé, certes un peu clairsemée, mais c'était tout de même une barbe !) le principal modèle pour le grand tableau auquel le Maître allait s'attaquer, armé de tout son talent et de toutes ses révoltes : une représentation de la cène du Christ ressuscité après sa rencontre avec ses disciples sur le chemin d'Emmaüs.

Ses responsabilités de plus en plus visibles et importantes dans l'atelier du Maître (comme Carel Fabritius avant lui, c'était maintenant Elías qui l'accompagnait toujours faire la tournée des boutiques et c'était à lui qu'il recourait le plus pour apprêter les toiles), ses propres progrès comme peintre, la déclaration officielle de son engagement matrimonial avec Mariam Roca et sa promotion à la catégorie d'ouvrier dans l'imprimerie dirigée par son père éclairaient de vives lumières chaque seconde de sa vie, tout en le confrontant à la dangereuse éventualité que son secret, de plus en plus exposé, pût être découvert par des personnes capables de lui compliquer grandement la vie.

Par chance pour lui, les gens concentraient leur attention sur les grands conflits politiques en cours qui pouvaient avoir des conséquences imprévisibles pour les membres de la *Naçao* et sur des événements plus attrayants, comme la publication d'un scandaleux opuscule sur la relation de l'Homme avec la Divinité, écrit et distribué par le jeune Baruch, fils de Miguel Spinoza ; ou sur les problèmes matériels d'assimilation que posait l'arrivée de juifs de l'Est extrêmement pauvres et de plus en plus nombreux, un véritable fléau ; ou sur les commentaires (chargés d'espoir commerciaux et familiaux pour beaucoup) d'une possible ouverture des ports espagnols et portugais au commerce avec Amsterdam. Mais la part la plus active et militante de la communauté israélite était surtout fascinée par les nouvelles toujours plus inquiétantes des agissements du Messie autoproclamé qui semblait maintenant se trouver en Palestine, sur le chemin de Jérusalem ni plus ni moins, où il annonçait l'imminence du Jugement dernier pour l'année toute proche de 1648. Il était donc difficile qu'à Amsterdam, quelqu'un fît preuve d'un intérêt particulier pour la relation entre un peintre et un juif, ce qui permettait à Elías Ambrosius de profiter de plages d'ombre où son cœur jouissait d'un espace de paix.

Le jeune Elías vivait véritablement dans l'extase depuis que le Maître l'avait choisi pour travailler avec lui ce tableau qui, avant le premier coup de pinceau, portait le seul titre qui pouvait lui convenir, déjà utilisé précédemment par le peintre si sensible à ses obsessions, si complaisant avec elles : *Les Pèlerins d'Emmaüs.* "Ce n'est pas le côté mystique du récit qui m'intéresse, mais sa dimension humaine qui est inépuisable. C'est pour cela que je reviens toujours à ce passage afin de parvenir à le domestiquer, à sentir qu'il est définitivement à moi", avait expliqué le peintre, l'après-midi où, alors que l'apprenti venait à peine d'arriver, il lui avait déjà annoncé sa décision. "Cette scène m'obsède depuis près de vingt ans. La première fois que je l'ai peinte, j'ai fait du Christ un spectre mystérieux et du disciple qui le reconnaît un homme frappé de stupeur… Maintenant je veux peindre des hommes ordinaires qui ont le privilège de voir le fils de Dieu ressuscité pendant qu'il exécute la plus commune et la plus symbolique des actions : rompre le pain, un simple pain, pas le symbole cosmique dont parle ton *haham* Ben Israël, insista-t-il. Des hommcs ordinaires, habités par la peur des persécutions qu'ils subissent, à l'instant où leur foi est dépassée par le plus grand des miracles : le retour du monde des morts. Mais je veux avant tout peindre un Christ de chair et de sang, un Jésus qui est revenu de l'au-delà et a marché comme un être vivant, avec ses disciples, vers Emmaüs, et il faut qu'il semble plus humain et plus proche qu'il ne l'a jamais été sur aucun tableau. Plus vivant que celui du grand Caravage… Mais en même temps maître d'un pouvoir. Et ce Jésus que je vais reproduire comme un homme vivant aura ton visage et ta silhouette…"

Pour commencer à cerner son objectif, le Maître avait alors proposé à un Elías encore sous le choc de faire une expérience : il peindrait à l'huile un *tronie* du jeune juif – ces portraits en buste avaient été la première spécialité du Maître, dans ses jours lointains de tâtonnement, à Leyde, sa ville natale – car ce qui l'intéressait le plus, c'était d'obtenir une flagrante expression d'humanité sur le visage divin. Mais là, sa proposition prit un tour inattendu : ils le feraient à deux mains. Tandis qu'il peindrait le portrait d'Elías, le garçon réaliserait son autoportrait, et à eux deux ils chercheraient les profondeurs charnelles de l'homme marqué par la condition transcendante d'être revenu du royaume de la mort pour un bref séjour terrestre, humain, avant d'aller occuper sa place au côté de son Père.

Elías pensa immédiatement à l'inconvénient majeur de ce projet si tentant qui le ferait travailler coude à coude avec le plus grand peintre de la ville et peut-être du monde connu, car le retentissement public de ce tableau, du fait qu'il était l'œuvre du Maître, laissait prévoir la réaction qu'il provoquerait parmi les chefs religieux de la communauté quand ils verraient que non seulement Elías acceptait de servir de modèle mais qu'il l'avait fait pour une représentation de la plus grande des hérésies. Or les patriarches, de plus en plus intransigeants envers les réactions profanes d'une communauté dont ils ne voulaient pas perdre le contrôle, semblaient ne plus supporter les hérésies, réelles ou jugées comme telles.

Comme toujours, son ancien professeur fut l'homme tout désigné pour clarifier ses raisonnements. Le soir où il se présenta chez lui, Raquel Abravanel, mal peignée et grincheuse comme d'habitude, lui dit que son époux assistait à une réunion du Mahamad, le conseil rabbinique, et que, s'il voulait l'attendre, il n'avait qu'à s'asseoir dans les escaliers, sous la *mezouzah*. Puis elle referma la porte, comme d'habitude.

La nuit de printemps était plus douce qu'à l'accoutumée et Elías ne s'attarda pas sur la grossière offense de dame Abravanel qui depuis longtemps avait cessé de répéter le vieux proverbe séfarade : "*Haham i merkader, alegria de la muzer**." Comme précepteur mais aussi comme entrepreneur créateur de richesses, son mari s'était avéré une absolue calamité et Raquel Abravanel l'accusait d'être responsable de toutes les pénuries qu'ils enduraient.

Bien que la puanteur des barcasses d'excréments qui, comme chaque soir, traversaient l'Amstel Binnen, fût sur le point de le faire fuir, l'allégresse et la crainte dans lesquelles vivait le garçon depuis l'après-midi se renforcèrent encore. Il y avait de quoi : sa personne et son visage, par chance enfin barbu, feraient l'objet d'une création du Maître, ce qui le hisserait au niveau de l'immortalité terrestre la plus

* Proverbe ladino (en vieil espagnol des juifs d'Espagne) : "*Précepteur et entrepreneur, bonheur de l'épouse.*"

sublime, une destinée pour laquelle les plus riches citoyens d'Amsterdam, y compris Jan Six, devaient payer plusieurs centaines de florins.

Il était presque neuf heures d'une nuit qui s'était refroidie en quelques minutes lorsque le *haham* arriva. Dès les salutations et les premiers mots échangés, le garçon comprit que l'humeur de l'érudit n'était pas des meilleures. Une fois assis dans le chaotique bureau de Ben Israël qui servait les premiers verres de vin, Elías écouta le résumé des événements qui affectaient l'homme. “Pour faire peur aux gens, ces rabbins sont capables de tout. Maintenant ils veulent la tête de Baruch, le fils de Miguel Spinoza. Et le comble, c'est que plusieurs d'entre eux, Breslau et Montera en tête, disent être convaincus que les signes en provenance du Caire et de Jérusalem doivent être pris en compte. Que ce fou qui se balade par là-bas pourrait bien être le Messie !”

Un deuxième verre de vin à la main, le *haham* Ben Israël lui raconta finalement les dernières aventures de cet illuminé qui se présentait comme le Messie. Tout avait commencé à Smyrne où le dénommé Sabbataï Tsevi était né et, très précoce, avait étudié à fond les livres de la Kabbale. C'était là que, ivre de mysticisme ou de folie – selon les termes de Ben Israël – il s'était lancé sur le plus dangereux des chemins menant à l'hérésie, prêt à défier tous les préceptes : devant l'arche de la synagogue, il avait prononcé le nom secret et interdit de Dieu, celui qui s'écrit mais ne se dit pas... La réaction des rabbins de Smyrne fut immédiate et logique : ils l'excommunièrent comme il le méritait. Mais Sabbataï avait plus d'un tour dans son sac : il quitta sa ville et se rendit à Salonique où il commença à prêcher, puis, dans une réunion de kabbalistes, il imita la cérémonie de son mariage avec un rouleau de la Torah et se proclama Messie. Il fut aussi expulsé à coups de pied de Salonique, comme on pouvait s'y attendre... Mais ce fou (il se disait qu'il était beau, grand, avec une chevelure couleur de miel, des yeux changeant de nuances comme la peau des lézards et qu'il avait une voix enjôleuse) était arrivé au Caire et un riche commerçant l'avait accueilli dans sa maison où se retrouvaient les kabbalistes de la ville. Là, Dieu seul sait comment il convainquit par ses discours les sages et les potentats de la ville qui lui offrirent leur soutien et même de l'argent. Il prêcha ensuite dans Jérusalem, où il était arrivé précédé de la gloire de ses agissements et s'était mis à distribuer des aumônes, à pratiquer la charité et, disait-on, à faire des miracles. Toute cette effervescence, pensait le *haham*, assez semblable à celles que suscitèrent d'autres "messies" que nous avons subis ("l'un d'entre eux eut beaucoup de succès, tu sais bien de qui je veux parler..."), entra dans sa phase la plus dangereuse lorsqu'un certain Nathan de Gaza, un jeune kabbaliste dont on disait qu'il avait des dons prophétiques, annonça que la fantastique vérité lui avait été révélée : Sabbataï Tsevi était la réincarnation du prophète Élie, attendu depuis toujours, et son arrivée, qui coïncidait avec tous les malheurs endurés par les enfants d'Israël au cours des derniers siècles ("comme si c'était nouveau pour nous !"), constituait l'annonce définitive du futur Jugement dernier, prévu pour 1648, année où se produiraient des catastrophes inimaginables pour les enfants du peuple élu, les calamités ultimes, apocalyptiques, préalables à l'arrivée de la rédemption. En ce moment, ce comédien parcourt la Palestine, suivi de ce Nathan de Gaza et de centaines de juifs assez désespérés pour croire à ses prédications, et il appelle tout le monde à se réunir dans Jérusalem et à pénétrer dans le Saint des Saints, dit-il.

Elías Ambrosius, dont les révoltes et la rationalité n'avaient jamais réussi à étouffer le fort sentiment messianique que lui avait inculqué son grand-père Benjamín, sentit qu'il y avait quelque chose de nouveau, bien que difficile à préciser, dans l'histoire de Sabbataï et peut-être pas seulement les folies d'un déséquilibré. L'interdit rabbinique de "pénétrer dans le Saint des Saints" et l'appel à franchir les murailles de Jérusalem pour y rassembler de nouveau les descendants d'Abraham, d'Isaac et de Moïse étaient un vrai défi auquel ne s'était risqué aucun autre illuminé. Depuis le temps des conciles rabbiniques fondateurs qui avaient servi à établir les lois et les préceptes regroupés dans le Talmud et la Mishna, tous les juifs du monde savaient bien que prétendre à un retour massif en Terre sainte était considéré comme une façon très précise de solliciter l'arrivée du salut et c'était donc formellement interdit, car l'exil faisait partie du destin de ce peuple tant que le véritable Messie en disposerait ainsi.

"Sauf votre respect, *haham*... pourquoi Sabbataï ne pourrait-il pas être le Messie ? Tant d'indices, une telle audace..." "Il ne l'est pas pour de multiples raisons que je me suis chargé de rappeler à ces fanatiques que nous côtoyons et qui profitent de tout pour entretenir la peur des gens et les dominer ainsi à leur guise", affirma l'érudit, en criant presque, comme s'il perdait patience. "Parce que le prophète Élie a prévenu lui-même que 'l'Oint de Dieu' n'arriverait que lorsque les juifs vivraient partout sur la terre, ce qui n'est pas encore le cas." "Parce que les indigènes d'Amérique ne sont pas les descendants des dix tribus perdues ?" "Oui, pour commencer... et pour continuer, parce que en Angleterre, comme tu le sais, comme je l'ai répété mille fois, cela fait trois cent cinquante ans qu'il n'y a plus de juifs... Parce que le Messie sera un guerrier. Parce que son arrivée sera précédée de grands cataclysmes... Mais réfléchis, petit, réfléchis : d'où est sorti ce Sabbataï de Smyrne ? Peut-il attester qu'il est un descendant de la lignée de David ?" Avec cette révélation, Elías Ambrosius finit par comprendre la position du *haham* : accepter ne serait-ce que l'éventualité du messianisme de Sabbataï signifierait qu'il ne pourrait plus porter le flambeau de son combat pour faire admettre les juifs en Angleterre et, surtout, que les Abravanel devraient renoncer à des aspirations que lui, membre du clan, soutenait tellement. "Peu importe ce que disent les autres membres du Conseil ; tout comme le fait que certains des plus riches séfarades d'Amsterdam vendent leurs fortunes aux enchères pour s'embarquer, avec bon nombre des pauvres de la ville, sur des bateaux qui lèveront l'ancre à destination de Jérusalem où ils se joindront tous au cortège du fou. Tout ce qui m'importe désormais, c'est l'œuvre de ma vie : ouvrir aux juifs les portes de l'Angleterre, créer le pont nécessaire pour préparer l'arrivée du vrai Messie et pas de ce nouvel illuminé qui, si tu veux savoir, ne nous apportera que des malheurs, comme si nous n'en avions pas déjà assez. Il faut voir ça pour le croire..."

Elías, qui n'avait pas réussi à exprimer le motif de sa visite à son ancien précepteur, prit congé sur le coup de minuit, chargé de ses merveilleuses inquiétudes et de nouveaux doutes. Les révélations sur l'histoire et les aventures de Sabbataï Tsevi avaient réussi à le perturber et à le faire réfléchir. Le fait que des juifs croient qu'il était le Messie et que d'autres le rejettent n'était en rien une attitude inédite dans la chronique d'Israël, où la crédulité et le doute allaient toujours de pair. Depuis l'époque de Salomon, le plus grand et le plus illustre des sages de sa race, un temps fertile en prophètes et en grands événements (la création des royaumes de Judée et d'Israël, la construction du Temple, les grandes guerres et l'exil décisif à Babylone de presque toute la population israélite, y compris les dix tribus perdues depuis lors), l'Ecclésiaste avait manifesté un doute, franc et libre, au sujet des dogmes de l'orthodoxie, comme le reflétait chacun des chapitres de son livre considéré malgré tout comme sacré. Car le scepticisme de l'Ecclésiaste n'était pas une hérésie, il faisait partie de la pensée juive, et il démontrait combien il était difficile de présenter des preuves susceptibles de satisfaire la tendance à la remise en question de tout ou partie d'un peuple aux dispositions critiques si accentuées. En réalité, pensait Elías, un peuple plus incrédule que porté à croire. Le peuple qui – quel paradoxe ! – à travers les révélations du Seigneur, avait jeté les bases d'une foi religieuse capable d'imprégner les âmes de tout le monde civilisé.

Et dans cette ambiance qui laissait présager des orages de toute nature, des luttes dans lesquelles tout le superflu serait lancé par-dessus bord, allait-il, lui, assumer le défi de poser comme modèle du prétendu Messie qui s'était présenté comme Jésus, le Christ ? Cet homme était celui qui avait le plus profondément divisé les juifs et qui avait fait des dissidents d'alors les ancêtres des futurs répresseurs de leurs propres frères, les fondateurs et pratiquants de l'antisémitisme qui, des chaires de la nouvelle religion proposée par Jésus, avaient causé tant de souffrance, de douleur, d'appropriations abusives de biens et, pour sûr, tant de morts parmi leurs anciens coreligionnaires, seulement parce qu'ils s'étaient retranchés derrière la foi originelle et ses lois… Elías sentit son âme se briser en méditant les histoires passées et présentes des messianismes, chaque morceau flottait de son côté, sans qu'il pût les attraper et tenter de les réconcilier. Si Sabbataï Tsevi était "l'Oint de Dieu" et que son appel à franchir les murailles de Jérusalem était un ordre divin, eh bien il n'y aurait rien à faire, à part attendre la prodigieuse célébration du Jugement dernier (et il caressait de nouveau l'idée de retrouver son grand-père). S'il ne l'était pas, comme l'affirmait son cher *haham* et comme lui-même, du fond de son intelligence, se sentait tenté de le penser, le monde poursuivrait son chemin plein de souffrances jusqu'à l'avènement réel du Messie et du salut. Alors, comme le disait Ben Israël lui-même, il n'y avait aucune raison de livrer à la mort les espoirs, les passions et les rêves, en végétant toute une vie jusqu'à l'inévitable fin de la chair. Bien que son attitude comportât des risques, et en dépit des éternels orthodoxes qui pourraient aller jusqu'à l'accuser de trahir ceux de sa race, et même si la peur ne le laissait pas vivre en paix, il choisirait la vie... Il eut alors un éclair de soulagement en comprenant que si chaque homme pouvait aider à l'Avènement par ses actes, pour l'essentiel, cela dépendait de la volonté de Dieu dont les décisions étaient prises depuis l'éternité. Les actions individuelles participaient certes au grand équilibre cosmique mais elles ne le déterminaient pas. Il disposait, lui, comme être mortel, d'un territoire qui lui avait été donné (par le Créateur) et pour une seule fois : l'espace de sa vie. Il pouvait remplir cet espace par ses actes d'homme, d'autant mieux que sa conscience, l'instance la plus importante des décisions, lui disait que par ces actions il ne violait pas l'essence de la Loi. Il recommençait à sentir que son problème dépendait de lui et non de ses voisins... Le sort de l'âme du Maître (qui refusait toute intromission d'autrui dans sa vie privée et surtout religieuse) relevait de la responsabilité du Maître qui savait bien ce qu'il voulait en faire. Le sort d'Elías, bien que lié à une tradition et à des règles, demeurait son problème à lui. À lui et à son Dieu, c'est-à-dire à lui et à son âme.

Quand Elías Ambrosius entra dans l'atelier, il découvrit que le Maître, emporté par ses impulsions débridées, avait travaillé, peut-être avec l'aide d'un disciple, pour obtenir l'œuvre qui le hantait. Comme la première fois qu'ils avaient peint ensemble, il avait disposé deux chevalets, avec leurs tabourets respectifs, et orienté les miroirs de façon que le support et le siège de droite, les plus éloignés de la fenêtre, fussent reflétés sous trois angles différents sur les surfaces de mercure. La glace placée juste derrière le chevalet donnerait l'image frontale et les deux autres, disposées de chaque côté, un demi-profil et un profil complet, ce dernier n'étant visible qu'à travers le miroir qui révélait le demi-profil. C'était le lieu où se tiendrait celui qui peindrait l'autoportrait, cela semblait évident. L'autre tabouret, avec son chevalet, avait été placé de manière à recevoir toute la lumière des fenêtres et, en même temps, le peintre verrait de face celui qui s'installerait sur le siège entouré par les miroirs. Le garçon fut surpris de découvrir que les petits supports sur lesquels ils allaient travailler, aux dimensions inhabituelles quoique semblables (environs trois quarts de *ell* de large sur un peu plus de haut), étaient des matériaux différents : celui du portraitiste, une toile ; celui du modèle, un panneau de bois déjà recouvert d'un apprêt gris mat, acheté quelques mois auparavant par le Maître puis abandonné dans un coin de l'atelier, peut-être à cause de ses dimensions inhabituelles.

Pour laisser le temps au Maître de finir sa sieste – avec les années, il avait pris l'habitude de ce repos pour reprendre des forces, d'autant plus qu'il passait souvent des nuits blanches à cause des fréquentes douleurs que lui infligeaient les dents qui avaient survécu aux visites chez le chirurgien – Elías Ambrosius décida de tromper son appréhension. Avec le professionnalisme acquis, il se mit à préparer les couleurs avec lesquelles ils travailleraient, choisies antérieurement par le Maître et sans grandes surprises : le blanc plomb et les couleurs de terre. Il y avait l'ocre rouge (pour la tunique qu'il avait demandé à Elías de revêtir pour les séances de travail), le terre de Sienne, l'ocre jaune et un rouge orangé dont l'usage et la place dans l'œuvre intriguaient encore le garçon.

Une fois préparées les quantités requises pour environ trois heures de travail, Elías s'installa sur le tabouret et étudia les images de son visage que lui renvoyaient les miroirs. Depuis qu'il avait commencé à peindre son portrait dans la solitude de la mansarde, quelques années auparavant, ses traits avaient beaucoup changé, passant des disproportions propres à l'adolescence à l'affirmation des traits de l'adulte de vingt et un ans qu'il était devenu. Ses cheveux, toujours peignés avec une raie au milieu, tombant librement sur ses épaules, étaient légèrement plus foncés même s'ils conservaient un éclat auburn, et sa bouche semblait plus ferme, peut-être plus dure. La barbe, qui couvrait maintenant ses joues et son menton, et la moustache sur sa lèvre supérieure, étaient clairsemées, avec des poils épais ; ceux de sa barbe, plus sombres que ses cheveux, tirebouchonnaient. Mais ses traits révélaient aussi d'autres changements moins perceptibles car soigneusement cachés, fruit des expériences vécues ces dernières années au cours desquelles il avait découvert, savouré ou enduré de profondes sensations : la douleur de la mort d'un être cher, l'allégresse de l'amour et sa consommation physique, le poids de vivre avec un secret, en proie à la peur, et surtout les certitudes et les incertitudes d'un apprentissage débordant de responsabilités, de tensions déchirantes et de fabuleuses découvertes. Son visage était maintenant celui d'un homme, aguerri par les expériences indispensables, qui se sentait même capable de les transformer en matière pour comprendre d'autres vies et les exprimer à travers le merveilleux exercice de l'art.

Il éprouva une pulsion irrépressible et, sans attendre l'arrivée du Maître, il osa préparer sa palette puis revint à son tabouret et à la contemplation de son visage. Sans le savoir, à cet instant, il découvrait enfin pourquoi il avait décidé de brûler ses vaisseaux et de se lancer dans la peinture : pas pour l'argent, ni pour la gloire, ni pour satisfaire un caprice. Ce qui l'animait et soutenait maintenant sa main, tandis qu'il traçait les lignes destinées à cerner son propre visage, c'était la certitude qu'avec un pinceau, des pigments et une surface adaptée, il jouissait du pouvoir de créer de la vie, une vie invisible pour bien des gens mais que désormais, grâce aux armes dont le Maître l'avait pourvu, il était capable de voir et de refléter avec passion, émotion et beauté. À cet instant précis, même s'il s'exposait à une réprimande du peintre qui avait toujours le premier et le dernier mot dans son atelier, il sut vraiment qu'il était un homme épanoui et heureux. Autant qu'il l'était quand il s'unissait à Mariam, autant que le jour de son initiation, lorsque son grand-père l'avait emmené à la synagogue et l'avait embrassé sur les deux joues après lui avoir arrangé sa kippa, autant que dans les meilleurs moments de sa vie, parce qu'il était en train de faire ce pour quoi le Seigneur l'avait créé, il n'en doutait plus. Tout en donnant forme à son visage, en se cherchant lui-même à travers un regard direct, pur, il avait enfin trouvé cette réponse évanescente que le Maître avait exigée de lui quatre ans plus tôt en ce même lieu, et qui s'imposait irrésistiblement à lui seulement à cet instant. Elías Ambrosius voulait être peintre, pour avoir précisément ce pouvoir. Celui de créer, plus beau et plus invincible que les pouvoirs avec lesquels certains hommes gouvernent et asservissent presque toujours d'autres hommes.

L'été d'Amsterdam est une fête lumineuse et chaude qui réchauffe l'humeur de ses habitants car, même s'ils jouissent pleinement de cette saison, ils n'arrivent jamais à oublier tout à fait que c'est un bonheur passager, entre deux longs hivers enneigés, fouettés par les bourrasques et les pluies trop fréquentes dont l'humidité s'acharne à vous pénétrer jusqu'à la moelle des os. La lumière, toujours filtrée par les vapeurs de toute cette eau, devient dense, presque compacte, mais elle brille de nombreuses heures par jour dans ce territoire septentrional. Elías Ambrosius, également en proie à l'euphorie de la saison, vécut ces journées porté par une vague de satisfactions et de plaisir, en revanche elles furent peu agréables pour Mariam Roca qui dut assumer avec stoïcisme les absences physiques et mentales de son bien-aimé, car lorsqu'il la rejoignait enfin, il se perdait dans des divagations sur la qualité de la lumière ou la vitesse de séchage de certains pigments (rapide pour la terre de Cassel, lente pour le souple bitume de Judée, capricieuse pour le jaune de Naples) ; de plus, il était sujet à de brusques changements d'humeur.

Il est vrai que le Maître avait commencé la séance de travail par un de ses pénibles affronts habituels, plus prévisibles et fréquents quand il venait de finir sa sieste ou qu'il avait mal aux dents : il avait obligé Elías à recouvrir d'une couche grise sa première tentative destinée à affirmer son indépendance artistique et à en user, car le tableau que le Maître avait en tête était celui qu'il exigeait, et pas le premier qui venait à l'esprit d'un apprenti. Il voulait, nécessitait, recherchait sur le visage d'Elías-Christ des expressions très convaincantes qui respirent l'humanité, et seulement l'humanité d'un être, malgré son origine, sa mission sur terre, et même sa résurrection dans cette terrible conjoncture où il se retrouvait parmi les mortels et les pécheurs. Ce soir-là, dans son carnet de notes – caché chez le Maître, depuis plusieurs mois, avec son carton à dessins et ses archives de peinture –, Elías s'efforça de consigner les paroles de cet homme, ses obsessions et sa véhémence : "Ce ne peut être le Christ de Leonardo, humble et détaché, trop saint, trop divin face à ses disciples... toutefois nous allons lui mettre la tunique rouge de *La Dernière Cène*. Il ne doit pas être non plus comme celui de la première *Cène à Emmaüs* du Caravage : trop beau et théâtral, presque féminin... qui porte aussi une tunique rouge. Il doit ressembler davantage à la deuxième représentation du Caravage, où il est plus homme, plus humain, même s'il est finalement très dramatique et parfait, comme il ne pouvait en être autrement s'agissant du Caravage. Mon Christ doit être un homme qui, devant d'autres hommes, révèle son essence à travers un geste que nous faisons tous les jours mais qui, chez Lui, devient le symbole de l'eucharistie. Le pain sera un pain très courant, tout comme le geste de le partager en morceaux avant de commencer la cène... Sans mysticisme, sans théâtralité... De l'humanité, c'est cela que je veux, de l'humanité, avait insisté le Maître, presque furibond, avant d'ajouter : et toi, tu dois me donner ce visage et nous devons réussir à le représenter d'après nature."

L'idée du Maître, avec les deux versions, était qu'Elías travaillerait sur le bois, plus ductile avec les pigments, et lui offrirait le visage du Christ légèrement de profil, la tête inclinée avec douceur, créant une ligne de fuite qui partirait du menton et parcourrait le nez pour rejoindre, à travers la raie dans les cheveux, l'angle supérieur droit du tableau. De la sorte, la joue du côté du spectateur et le contour complet de l'autre devenaient visibles, et en même temps, il ouvrait une perspective infinie à partir d'un geste quotidien. Dans cette pose, le regard, à peine incliné vers le bas, devait exprimer l'introspection. Il fallait une lumière uniforme, pleine, et c'est pour cela qu'il avait relevé les rideaux, pour laisser passer librement l'abondante luminosité estivale vers l'intérieur de l'atelier : il ne s'intéressait à cet instant qu'au visage et seulement au visage d'un homme. Pour concrétiser sa volonté de la meilleure façon possible, le Maître traça sur le panneau apprêté, de nouveau couvert du même gris mat uniforme, la forme de la tête et la position des épaules jusqu'à la hauteur où arriveraient les cheveux. Tandis que son propre *tronie* d'Elías-Christ, qu'il peindrait sur la toile, regarderait presque de face, et il déciderait en cours d'exécution du niveau de son regard même s'il supposait déjà qu'il aurait une orientation différente, mais il devait aussi être dirigé au-delà du champ terrestre. Il chercherait le regard de quelqu'un qui, de son humanité, voit déjà le paradis annoncé, dont il a été privé durant trente-trois ans, pendant lesquels il a dû supporter, comme un homme, toutes les douleurs et les frustrations, y compris la trahison, l'humiliation et la mort. "Comme un homme… l'Homme qui sur la croix avait demandé à son Père pourquoi il lui faisait subir ces épreuves."

Elías, conscient de ce qui était en jeu, s'appliqua à son travail. En suivant les indications du Maître, il finit de dessiner le visage, les cheveux, la courbe descendante des épaules, et laissa en attente la place des traits du visage. Il travailla alors ce qui serait le fond, couvert de ce rouge orangé, atténué par des apports d'ocre, qui l'avait tant intrigué car le Maître ne l'utilisait généralement pas à cet effet. Il découvrit finalement l'intention du peintre : enlever de la profondeur au tableau, lui donner son propre éclairage sans travailler les sources de lumière et aider à faire ressortir le visage. Plutôt que marquer les contours, le faire émerger de la toile vers le spectateur.

Tandis que le Maître avançait dans son étude, exigeant fréquemment du modèle qu'il le regardât dans les yeux, le menton droit ou levé, la création d'Elías traînait un peu en longueur. Les cheveux furent le plus facile à fixer. De là, il descendit à la partie inférieure où se trouverait le buste, couvert par la tunique d'un rouge terreux, avec des plis d'un marron profond. "Ferme le col de la tunique, lui demanda le Maître à un moment. Ne détourne pas l'intérêt vers d'autres détails : l'objectif c'est le visage." "Puis-je voir votre peinture, Maître ?" "Non, pas encore. C'est moi qui veux voir la tienne terminée. Allez, continue !"

Le jour où il s'employa enfin à fixer le visage que désirait voir le Maître, Elías comprit combien il avait appris et tout ce qu'il lui restait à apprendre. Il devait obtenir le visage d'un homme illuminé par la lumière intérieure de sa condition divine. Il travailla la barbe, dessina le menton et se concentra sur la bouche, dont la lèvre supérieure lui présenta le défi de la moustache, clairsemée mais visible. Son propre nez lui sembla alors inconnu : comme s'il découvrait pour la première fois cette protubérance qui l'avait toujours accompagné, dessinée bien des fois mais soudain si étrangère. Il observa le nez du Maître, en pied de marmite, de plus en plus charnu, et il désira en avoir un identique. Celui que le miroir lui découvrait était trop anonyme, vulgairement parfait, clairement juif. Avec soin et délicatesse, il reporta sur le bois l'image renvoyée par le miroir et en fut presque satisfait. Le front et l'arc des yeux, surmontés par les sourcils, furent moins problématiques, et avec quelques conseils du Maître il réussit à les peindre. Il comprit qu'il en était arrivé au grand défi : les yeux et le regard.

À ce moment-là, le Maître avait déjà terminé le plus gros de son œuvre, qu'il décida de laisser reposer avant de procéder aux ultimes retouches pour lesquelles il n'avait pas besoin d'Elías mais uniquement des exigences de son art, de sa vision personnelle du modèle et de sa propre conception du Christ qu'il cherchait à travers le visage vivant du garçon. Elías put enfin voir la petite toile travaillée par le peintre et il en fut ébloui : ce visage était le sien, ou pas, en réalité il s'avérait être plus que le sien, c'est pour cette raison qu'en même temps il ne l'était pas. Le regard dirigé vers le haut lui donnait l'air de scruter au loin, nulle part, ou peut-être un endroit qui pour les autres hommes pouvait être ce nulle part, et pour cette raison il s'en dégageait une puissante sensation de transcendance, de rupture des limites humaines pour accéder à l'infini, à l'inconnu. Sans aucun doute, il s'agissait de lui, Elías Ambrosius Montalbo de Ávila, né une seconde fois, divinisé de son vivant, aurait-on dit, grâce au pinceau du Maître.

Honteux, il observa son autre visage, peint sur le bois mais encore aveugle, et il se dit qu'il n'arriverait jamais aux niveaux célestes où évoluait la création artistique du Maître. Toutefois, il se reprocha aussitôt sa vanité exagérée : bien peu d'hommes au monde avaient atteint ces sommets, et les contemporains de Véronèse, De Vinci, le Titien, Raphaël, le Tintoret, Caravage, Rubens et Vélasquez n'avaient pas cessé pour autant de peindre, chacun à son niveau mais avec soin et beauté. Ici même, à Amsterdam, des centaines d'hommes prenaient chaque jour leurs pinceaux en pensant ou pas à se mesurer au dramatisme et à la force de ce génie ou à la douceur et à la délicatesse de Vermeer de Delft, ou au raffinement détailliste de Frans Hals, mais en se concentrant sur leurs œuvres.

"Je te laisse pour que rien ne puisse te distraire, lui dit le Maître en enlevant son tablier, un soir, à la fin août. Tu es sur la bonne voie. Maintenant travaille jusqu'à ce que tu capitules. Quand tu n'en pourras plus, appelle-moi et je t'aiderai. Mais avant, il faut que je te dise deux choses : primo, je ne veux pas du regard d'un dieu ; deuzio, nous cherchons ce que personne n'a trouvé : Dieu vivant... Et, au fait, je voulais aussi te dire que ça y est, tu es un peintre et je suis fier de toi", et, sans donner au garçon le temps de réagir, il lança son tablier dans un coin et sortit de l'atelier.

Lorsque le Maître se décida à faire les dernières retouches sur le bois et la toile, les œuvres atteignirent leur perfection picturale définitive et la chaleur tangible d'une inquiétante qualité, à la fois terrestre et transcendantale. Les deux Christs, différents bien qu'unis par un air de famille évident, débordaient finalement de cette humanité recherchée par l'exercice qui les coupait de la réalité tout en leur laissant leur condition charnelle. Dans la phase finale, le peintre avait réaffirmé son intention de leur conférer l'exact équilibre, seulement connu de lui, que devaient offrir leurs regards : le Christ d'Elías, tourné vers l'intérieur, contemplait son propre monde insondable, et le sien, vers l'extérieur, tentait d'observer l'infini inaccessible. Elías ne fut pas surpris que le Maître décide, une fois les peintures terminées, de n'utiliser aucun des deux portraits comme référence pour la représentation du Christ qui, derrière une table, romprait le pain devant les pèlerins d'Emmaüs. "J'ai quelque chose de différent en tête", annonça-t-il, comme si c'était tout ce qu'il y avait de plus normal. Mais pour alimenter la joie incommensurable qu'éprouvait le garçon, le Maître prit une décision qui dépassa ses attentes : selon la coutume de l'atelier, si le travail d'un disciple le méritait, il signerait comme s'il était le sien le Christ peint par Elías et le destinerait à la vente. En revanche, il signerait seulement de ses initiales celui qu'il avait représenté sur la toile et en ferait cadeau à l'apprenti pour récompenser ses efforts au cours de cette recherche, mais surtout, en reconnaissance de ses progrès qui avaient fait du jeune juif arrivé chez lui quatre ans auparavant, avec son enthousiasme pour seul bagage, un peintre capable d'être mis sur le marché avec un tableau arborant la signature du Maître.

Surpris et ému par cette reconnaissance et par ce geste si peu habituel du Maître offrant une de ses œuvres à un apprenti, Elías attendit patiemment jusqu'à la fin de la journée ; il la passa à laver et à ranger les pinceaux, à déplacer les chevalets, à faire de l'espace pour installer la toile qu'il devait apprêter le lendemain en compagnie du tudesque Christoph Paudiss, le plus doué des disciples accueillis à l'atelier à cette époque. Il s'agissait de la toile sur laquelle le Maître commencerait à travailler sa nouvelle version des *Pèlerins d'Emmaüs* qui pour une raison non avouée l'obsédait depuis plusieurs mois (autant que la jeune Hendrickje Stoffels qui, jour après jour, s'emparait des territoires où Geertje Dircx avait régné pendant des années).

À peine le Maître eut-il décidé que le travail était terminé pour la journée qu'Elías sortit en courant dans la Jodenbreestraat, remonta la rue Sint Anthonis, passa fièrement devant les maisons où avaient vécu d'autres peintres (Pieter Lastman, Paulus Potter), plus célèbres, mais peintres comme lui, et celle du marchand Hendrick Uylenburg (il faudrait un jour qu'il entre lui parler), pour rejoindre De Waag, et de là, arriver chez Mariam Roca. Il tenait dans sa main la petite toile enroulée, signée d'un R allongé, et d'un petit V, la toile qui, après tant de tourments, venait couronner son succès et qui serait bientôt source de malheurs infinis.

Tout en traversant avec sa fiancée la petite place de Spui, pour se diriger vers les bords du Singel et l'air frais qui soufflait toujours sur ce canal, Elías lui raconta les derniers événements, si prodigieux pour lui. Mariam, plus inquiète que joyeuse, l'écoutait en silence, évaluant peut-être l'ampleur des responsabilités et des actions dans lesquelles le jeune homme s'était engagé. Une fois assis sur un de ces énormes troncs d'arbre qui seraient bientôt transportés vers la place du Dam pour être utilisés dans les travaux que l'on y exécutait à marche forcée, Elías Ambrosius, profitant de la lumière finissante de ce soir d'août, ne put résister plus longtemps à une bouffée d'orgueil et de vanité et osa dérouler, en pleine rue, la petite toile qui était son plus grand trésor.

Lorsque Mariam Rocca découvrit le visage de son amant reproduit sur la toile, elle sursauta légèrement : ce personnage était son Elías Ambrosius mais aussi, sans le moindre doute, l'image établie par les chrétiens de l'homme qu'ils considéraient comme le Messie. "C'est très beau, Elías, dit-elle. Mais c'est une hérésie", ajouta-t-elle avant de lui demander d'enrouler de nouveau la toile. "Que vas-tu en faire ?" "Pour l'instant, la ranger." "Alors, range-la bien... N'as-tu pas été trop loin, Elías ?" "C'est un portrait, Mariam", répondit-il en essayant de minimiser son importance, et il ajouta : "Un portrait fait par le Maître comme ceux que possèdent le *haham* Ben Israël ou le docteur Bueno, le grand ami de ton père." Elle hocha la tête, en signe de dénégation. "Tu sais bien que non, c'est beaucoup plus... Et que vas-tu faire maintenant ?" Elías regarda le paisible courant des eaux sombres du canal où tombaient les derniers reflets du soir d'Amsterdam, le bon lieu, le foyer de la liberté. "Je ne sais pas. À partir de maintenant, j'ignore pour combien de temps le Maître continuera à m'accepter comme élève... Mais je n'imagine pas ma vie comme simple imprimeur, ni même comme propriétaire d'une imprimerie. J'aurai beau gagner ma vie à actionner des presses et à emballer des imprimés, je ne pourrai pas être autre chose que peintre." "Jusqu'à quand, Elías ? Crois-tu que ton secret est invulnérable ? Ne sais-tu pas que les gens parlent de toi parce que tu es proche du Maître ?" "Et ils ne parlent pas de Ben Israël et des autres juifs qui sont ses amis, boivent du vin et fument des feuilles de tabac avec lui ?" "Si, bien sûr qu'ils parlent... mais c'est autre chose. Je veux seulement te dire de faire attention. Tu m'as parlé un jour d'une ligne... Mais il y a longtemps que tu l'as franchie... Maintenant rentrons, on m'attend à la maison pour dîner." Lorsque Elías voulut lui prendre la main, Mariam la retira. En silence, ils regagnèrent la maison de la jeune fille et Elías Ambrosius comprit à quel point il avait transgressé la limite que sa religion et son époque lui avaient imposée.

De sa position derrière une table, revêtu d'une tunique grise, les cheveux tombant sur ses épaules, Elías regardait le Maître travailler. Le jeune juif et l'apprenti allemand Paudiss avaient passé deux semaines à enduire la toile puis à remplir les espaces prévus par le Maître en appliquant un ocre verdâtre et un châtain qui virait au noir au centre, pour ensuite travailler avec un gris mat les colonnes, les murs et l'arche, également dessinés par le peintre, qui occuperaient le fond de l'œuvre. Le labeur des aides avait laissé intacts le centre et la partie inférieure de l'espace, là où le Maître plaçait maintenant la silhouette du jeune homme derrière la table de la cène qui reproduirait l'épisode d'Emmaüs.

Même si la relation avec Mariam retrouvait sa chaleur habituelle, Elías Ambrosius consacrait plus de temps que jamais à réfléchir, non plus à l'acte qu'il désirait faire, mais aux façons d'accomplir sa vocation tout en préservant l'équilibre, précaire mais agréable, dans lequel sa vie s'était déroulée grâce au secret qui lui avait permis de préserver son audace. Ces derniers jours, il évaluait à sa juste mesure une aventure qui, à son origine, relevait beaucoup du caprice et de la curiosité, du jeu risqué et du plaisir innocent, mais qui avait atteint avec le temps une température de plus en plus dangereuse dans une atmosphère définitivement altérée par les nouvelles toujours alarmantes des aventures en Palestine, de Sabbataï Tsevi, hérétique pour beaucoup, fou selon d'autres, messie pour un nombre croissant d'Hébreux du monde entier, pleins d'espoir, qui parlaient d'avènements, de retours en Terre sainte et d'apocalypses imminentes.

Le conseil rabbinique d'Amsterdam vivait en concile permanent, dans la tension des opinions opposées. L'exaltation des rabbins et des chefs de la communauté reflétait le danger que Tsevi et sa campagne réussie représentaient pour la situation avantageuse des juifs accueillis à Amsterdam. Comme mille six cents ans auparavant, toutes les autorités – juives, chrétiennes, calvinistes, mahométanes, rois, princes, émirs et sultans –, voyaient avec appréhension l'arrivée d'un supposé messie, car les messages du prédicateur impliquaient des altérations de l'ordre, la rupture des statuts, la révolution, le chaos. Les membres du Mahamad représentaient les deux tendances qui s'affrontaient dans la communauté : celle qui appelait à la sagesse et à la préservation du bien-être acquis, et celle qui penchait pour tout abandonner et se mettre aux ordres du Sauveur. À l'exception peut-être de l'opiniâtre Ben Israël qui dénonçait aux quatre vents la supercherie de ce suppôt de Satan envoyé pour exterminer le judaïsme, tous abritaient la crainte grandissante de l'insondable possibilité : et si Tsevi était en réalité "Celui qui est oint" et qu'ils l'ignoraient, comme des siècles auparavant ils avaient ignoré le Nazaréen ? Cette dramatique tension interne avait atteint son paroxysme depuis les conclaves du conseil, et les défenseurs comme les détracteurs de Sabbataï exprimaient leur frustration en châtiant ceux qui passaient à leur portée. Les *niddui* et les *hérem* s'étaient mis à pleuvoir sur Amsterdam, distribuant les excommunications, les morts civiles et divers châtiments et pénitences pour n'importe quel acte défiant l'orthodoxie. Les écrits du jeune Baruch Spinoza étaient décortiqués par les sages et on parlait déjà d'une condamnation exemplaire de l'écrivain hérétique qui remettait en cause jusqu'aux principes les plus sacrés de la foi juive et l'origine divine du Livre. Au milieu de cette explosion de rage, d'intransigeance, de peur et d'insécurité, la révélation des agissements d'Elías pouvait être une bouchée trop facile à dévorer. Presque une tentation.

Perdu dans ces réflexions, le garçon revint à la réalité de l'atelier en entendant les coups frappés à la porte. Sa profonde connaissance des habitudes de la maison lui indiqua qu'il ne pouvait s'agir que d'une des personnes très proches (ou très gâtées : le petit Titus et la diligente Hendrickje Stoffels) auxquelles le Maître concédait le privilège de pouvoir l'interrompre pendant son travail. Aussi ne fut-il pas surpris de découvrir en ouvrant la porte, tenant son chapeau d'une main et de l'autre un cruchon de vin, l'épée à la ceinture, une chemise en papier sous le bras, l'élégantissime Jan Six, un des élus. Mais son cœur fit un bond dans sa poitrine quand il aperçut, derrière le magistrat poète, la silhouette de celui qu'il pensait le moins rencontrer là : Davide da Mantova.

Le départ du juif pour l'Italie avait beaucoup contribué à calmer la fascination que cet homme avait exercée sur lui. Convaincu, de plus, que tout rapprochement avec celui qui portait aussi le nom de Salom Italia pouvait être très imprudent, friser l'insolence et, en même temps, s'avérer peu profitable étant donné les convictions qui étaient maintenant les siennes, il avait senti s'émousser peu à peu son désir de connaître les motivations de l'homme. Et soudain, comme une apparition de l'au-delà, le peintre entrait dans la pièce où Elías posait pour le Christ d'Emmaüs.

La deuxième sensation qui submergea le garçon, en présence de Salom Italia, fut un mélange de colère et de frustration, en constatant que le Maître, après avoir salué affectueusement Jan Six, serrait la main de l'autre en souriant, content de le savoir de retour en ville, révélant ainsi l'existence de liens antérieurs, peut-être même étroits. La troisième réaction fut un vrai choc. “Davide, dit le Maître, tout en finissant de sécher ses mains sur son tablier, je tiens à te présenter ton compatriote et collègue Elías Ambrosius Montalbo… et prends garde, il pourrait devenir ton rival.”

Même le compliment, première reconnaissance publique de son travail, ne suffit pas pour apaiser Elías. Toutefois, il comprit immédiatement que, s'il y avait bien des raisons de penser qu'il pourrait tirer profit de cette rencontre, il n'y en avait aucune de se tracasser. Si le Maître connaissait Salom Italia depuis un certain temps (le connaissait-il déjà quand il l'avait emmené voir le rouleau d'Isaac Pinto, deux ou trois ans auparavant ?) et que, même à lui, impliqué dans le même secret, il n'avait pas révélé l'identité de l'homme, il pouvait être tranquille, la sienne était sous bonne garde entre les mains du Maître : pour tout le monde, il continuerait à être un serviteur, un juif de plus parmi tous ceux que fréquentait le peintre.

Jan Six ouvrit le cruchon et Elías s'empressa d'obéir à l'ordre de son patron en allant chercher quatre verres propres. “Les vénitiens”, précisa-t-il quand Elías se retirait. Mais ce fut seulement en revenant dans l'atelier avec les quatre verres de cristal taillé qu'il comprit que le Maître avait déjà décidé qu'il resterait avec eux. Elías disposa les verres sur une table basse où reposait le cruchon (du vin de Toscane, des meilleurs vignobles d'Artimino, précisa Davide da Mantova) et il essaya de saisir le fil de la conversation, consacrée aux possibles thèmes de l'illustration que le Maître avait promis à son ami Six pour l'édition de son drame *Médée*, maintenant prêt à être confié aux imprimeurs. Salom Italia, mondain, élégant, détendu, proposait des idées qui pouvaient porter leurs fruits dans l'œuvre sollicitée et s'offrait pour apporter au Maître un ensemble de gravures avec des recréations d'estampes classiques qu'il s'était récemment procurées à Venise.

Debout, Elías Ambrosius ne quittait pas des yeux le juif qui semblait jouir, en toute insouciance, de la discussion et du vin. Comme cela ne pouvait manquer d'arriver, à un moment, la conversation dériva sur le tableau en cours, visible sur le chevalet, et le Maître expliqua à l'Italien ce qu'il se proposait de faire en revisitant un thème sur lequel il avait déjà travaillé plusieurs fois. "Mais puisque je t'ai présenté ce collègue, dit alors le Maître, je vais te montrer ce qu'il est capable de faire... Ne va pas t'imaginer que tu es le seul juif qui sait peindre", poursuivit-il en allant au fond de la pièce où, après avoir retiré le tissu taché qui la couvrait, il prit la peinture sur bois d'Elías. Le garçon, qui ne pouvait éviter de sursauter en entendant ces interventions qui se passaient de son avis, attendit, anxieux, le jugement de l'autre peintre, mais il dut d'abord écouter celui de Six. "Ton disciple a du talent..." affirma-t-il avant de se tourner vers l'Italien pour connaître son appréciation : "Du talent et des testicules !" estima-t-il, et, pour la première fois il s'adressa à Elías : "Cette peinture est belle mais compromettante." "Pas plus qu'un rouleau illustré de la reine Esther !" contre-attaqua Elías, avec une audace et une rapidité dont il s'étonna lui-même. L'Italien sourit. Jan Six acquiesça. Le Maître, contrairement à son habitude dans ce genre de moments critiques, garda le silence, apparemment prêt à savourer la controverse israélite. "Il y a des degrés, même dans l'hérésie, mon ami, commença Salom Italia, la mienne est téméraire, la tienne est frontale : tu aurais beau répéter qu'il s'agit de ton autoportrait, nos soupçonneux compatriotes diraient que tu as peint une idole, la plus interdite de toutes, celle qui est adorée dans les églises catholiques." "Et si j'entendais ce jugement, je leur demanderais qui, parmi eux, a vu cet hérétique, qui peut assurer comment était le faux messie... ? Et, s'il avait quelque ressemblance avec le visage peint sur ce tableau, eh bien c'est parce qu'il était juif, comme moi – et il tourna la tête vers le Maître, avant de conclure –, et ça, personne n'en doute !" Salom Italia leva son verre pour trinquer avec Elías et celui-ci le fit avec toute la délicatesse qu'exigeait le coûteux cristal vénitien (cadeau de Davide da Mantova au Maître ?), et il but. "Sais-tu qu'il y a plusieurs convertis ici à Amsterdam qui se consacrent à cet art ? poursuivit Salom Italia. Et aussi un juif, mais il semble qu'il soit si mauvais comme peintre que lui-même ne se prend pas au sérieux." "Je suis au courant pour les convertis mais pas pour cet autre juif… mais même s'il n'est pas bon, je trouve que c'est important qu'il peigne… et que vous le fassiez aussi." "Je ne suis qu'un amateur… et en voyant ton travail, je te tire mon chapeau… Sais-tu combien de peintres dans cette ville se feraient couper la main pour qu'une de leurs œuvres mérite d'être signée par ton maître… ? Je serais le premier… si je voulais être peintre. Mais c'est là ton problème majeur, mon ami : si cela – il fit un geste vers le visage d'Elías sur le tableau – … si cela n'est pas seulement un de ces miracles qui se produisent parfois et que tu réussis à peindre d'autres œuvres aussi bonnes, tu ne pourras pas rester dans l'ombre, ce sera impossible. Quelqu'un te révèlera au grand jour ou ta vanité l'emportera sur tes peurs et tu t'exposeras toi-même." Elías regarda le Maître, cherchant un appui pour assimiler ces paroles qui avaient un parfum évident de vérité. "Il peut en peindre beaucoup d'autres", affirma le Maître, et Elías se sentit libéré, il ne sut pas à cet instant de quoi, mais libéré. "Et serait-il possible de voir quelques-unes de ces œuvres ?" intervint Jan Six. "Là, tout de suite, non", répondit Elías, regrettant sa décision d'avoir remporté chez lui ses cahiers de dessin, ses petites toiles et ses carnets de notes, cachés maintenant dans la partie haute, fermée à clé, du meuble hérité de son grand-père. "Et toi, que ferais-tu, Davide ?" enchaîna le Maître. Elías fixa de nouveau son attention sur le dialogue. Il remarqua que cette fois l'Italien, jusqu'à cet instant si sûr de lui et si caustique, ne souriait pas. Il posa son verre à moitié rempli de l'aristocratique vin d'Artimino (dont les vignes, d'après ce qu'il avait dit à un moment, fournissaient rien de moins que les caves du Pontife de Rome) et finit par répondre : "Si seulement j'étais doué d'un tel talent, mais ce n'est pas le cas, et cela change beaucoup la façon de voir les choses… mais si le Seigneur m'avait baigné de cette lumière, je n'y renoncerais pas. Si je ne renonce pas à une lumière plus pâle, croyez-vous que je fermerais la porte à cette splendeur… ? Mon ami, dit-il en fixant son attention sur Elías, les hommes ne te le pardonneront pas. Parce que l'Histoire nous enseigne qu'ils prennent plus de plaisir à punir qu'à accepter, à blesser plutôt qu'à soulager les douleurs des autres, à accuser au lieu de comprendre… et encore plus s'ils ont quelque pouvoir. Mais Dieu, c'est autre chose : il incarne la miséricorde. Et ton problème, comme le mien, concerne Dieu, pas les rabbins… N'oublie pas que Dieu est aussi en nous, surtout en nous, souligna-t-il avant de poursuivre : c'est pour cette raison que je suis venu liquider mes affaires à Amsterdam et chercher ma femme pour l'emmener avec moi. Parce que le Messie est peut-être arrivé. Je n'en suis pas certain, personne ne peut l'être, malgré tous les signes qui le confirment. Mais, dans le doute, je parie pour le Messie, et je vais mettre ma fortune et mon intelligence à son service. Si je me trompe et qu'il s'avère n'être qu'un imposteur, eh bien le Seigneur, béni soit-Il, Celui qui est en moi, saura que je l'ai fait de grand cœur, comme Il nous a demandé de recevoir son Envoyé. Et si c'est le véritable Messie, ma place doit être à son côté. Je crois que nous, les enfants d'Israël, nous ne pouvons prendre le risque de nous tromper et de repousser celui qui peut être notre sauveur."

Au fil des jours, l'effervescence croissait, menaçant d'exploser. Ce qui avait au début suscité l'intérêt prenait peu à peu des proportions alarmantes et, au bout de quelques mois, la communauté juive d'Amsterdam semblait vivre sur le pied de guerre. Plusieurs des membres les plus riches de la communauté, le très fortuné Abraham Pereira en tête, avaient décidé de liquider leurs affaires, comme l'avait déjà fait Davide da Mantova, pour aller suivre le Messie présumé à travers les déserts de Palestine. Ceux que l'avènement exaltait le plus passaient des heures à prier dans la synagogue, à se purifier par des bains rituels, ils se soumettaient à de longs jeûnes non prévus par les calendriers, et quelques-uns se livraient même à des pénitences : s'étendre nus dans la neige, très précoce cette année-là (autre signal de la fin des temps, disaient-ils), et se flageller dans un étalage exagéré de foi judaïque, ce qui horrifiait les hommes comme Menasseh Ben Israël.

Chez les Montalbo de Ávila, deux factions s'étaient aussi formées, divisées par un conflit glacial : d'un côté le jeune Amos, qui se disait sur le point de partir en Palestine avec le groupe d'Hébreux de l'Est menés par le rabbin polonais Breslau, parcourait la ville en annonçant l'imminence de la fin des temps ; de l'autre, Abraham Montalbo, le père, qui recommandait la prudence, car selon les informations reçues et celles qui continuaient à arriver, les actions et les prêches de Sabbataï Tsevi semblaient davantage ceux d'un déséquilibré que d'un envoyé du Seigneur descendu sur terre : cela allait des déclarations les plus prévisibles, comme d'affirmer que dans un de ses nombreux dialogues avec Yahvé ce dernier l'avait proclamé roi des juifs et lui avait concédé le pouvoir de pardonner tous les péchés, aux plus invraisemblables, comme la promesse de s'emparer de la couronne turque après avoir réuni les tribus ou encore le projet d'épouser, au bord du fleuve Sambatyon, la fille de Moïse, Rebecca, morte à treize ans, qu'il avait ressuscitée. De son côté, Elías bataillait avec ses doutes, mais, chez lui du moins, il essayait de se maintenir à une distance prudente des débats, tandis qu'il déplorait l'absence de son grand-père Benjamín, le plus solide pilier de la famille, dont les conseils dûment réfléchis auraient été d'un si grand secours dans cette conjoncture dramatique où se jouait le destin de tant d'âmes.

L'après-midi de novembre où partait le premier bateau affrété par les juifs, emmenant une centaine d'entre eux à destination des ports palestiniens, le jeune Elías était allé jusqu'à l'embarcadère en compagnie de son ancien *haham*. On savait dans la *Naçao* que Ben Israël, devenu le plus ardent critique de Tsevi, avait beaucoup avancé, au cours des dernières semaines, dans ses négociations avec les autorités anglaises qu'il se proposait de rencontrer très prochainement à Londres pour discuter de la réadmission des juifs dans l'île, d'où ils étaient absents depuis leur lointaine expulsion, trois siècles et demi auparavant.

Le port d'Amsterdam, toujours soumis à un rythme frénétique, semblait définitivement pris de folie en ce jour d'automne. Au trafic ordinaire où se mêlaient arrimeurs, marins, marchands, prostituées, fonctionnaires des douanes, mendiants, acheteurs et vendeurs de lettres de change, voleurs à la tire et trafiquants de tabac bon marché et de fausses épices, s'ajoutait la foule, plus bigarrée que d'ordinaire, des juifs qui s'apprêtaient à partir pour la Palestine (beaucoup d'entre eux vêtus comme s'ils se trouvaient déjà en terre de Canaan), des porteurs avec les malles, les sacs et les paquets qui les accompagneraient, de tous les gens, hommes, femmes, vieillards et enfants, pressés de leur faire leurs adieux, et en plus, des curieux de toujours, attirés en masse par le retentissement d'un spectacle dont on avait tant parlé depuis l'annonce de la vente des places sur le brigantin génois disposé à les conduire vers le Messie autoproclamé.

Le *haham* Ben Israël et son ancien disciple, postés près de marchandises tout juste arrivées d'Indonésie, entendirent la cloche qui annonçait le départ imminent du brigantin et observèrent l'accélération des mouvements de cette fourmilière humaine. "Même dans mes pires cauchemars, et j'en ai fait beaucoup, je n'aurais pu imaginer une telle chose", dit le professeur qui ajouta : "Avoir tant lutté pour arriver à Amsterdam et nous y faire une place, pour que ces fanatiques jettent tout par-dessus bord… Le besoin de croire est une des racines du malheur. Et celui-ci va être grand… Regarde là-bas, Abraham Pereira qui part avec sa famille. Heureusement, son frère Moshé reste encore pour continuer à faire fonctionner l'académie… jusqu'à ce qu'Abraham lui confirme qu'il doit partir." Elías observa le cortège formé par la nombreuse progéniture du riche commerçant, un des hommes qui étaient à l'origine du miracle de l'opulence séfarade à Amsterdam. "Et qu'allez-vous faire si l'académie ferme, *haham* ?" "Je ne vais pas attendre qu'on la ferme… dans deux semaines je pars pour Londres. C'est ma mission devant le Seigneur, béni soit-Il, et devant Israël : ouvrir la porte par où arrivera le véritable Messie et pas un énergumène excité et hérétique comme ce Tsevi."

À peine la cloche qui donnait le signal du départ avait-elle sonné que les deux hommes s'éloignèrent du port et cheminèrent jusqu'au quartier de De Waag où ils occupèrent une table de la taverne Oudezijds Woorburgwal, celle-là même où, quelques années auparavant, Elías avait vu le *haham* retrouver le Maître et eu la certitude que Ben Israël pouvait être son passeport pour l'atelier du peintre. Retranchés derrière leurs verres épais, de couleur verte, emplis d'un âpre vin rouge portugais, Elías eut enfin l'occasion d'expliquer à son conseiller les préoccupations qui le tourmentaient. La semaine antérieure, le Maître avait considéré que le tableau *Les Pèlerins d'Emmaüs* était terminé et avait abordé le sujet qui dernièrement tracassait Elías : sa présence à l'atelier. La situation économique du Maître était de nouveau critique, à cause des dettes jamais apurées du contrat d'achat de la maison et de la compensation qu'il devrait presque certainement régler à Geertje Dircx, car il avait décidé de se passer de ses services et, dans toute la ville, elle accusait le Maître d'avoir violé une promesse de mariage. La source des revenus assurés par les disciples ne pouvait s'amoindrir à cause de la présence privilégiée du jeune juif qui, de plus, disposait désormais des outils nécessaires pour s'engager sur son propre chemin si, comme le lui recommandait le peintre, il obtenait l'accord de la corporation de Saint Luc, indispensable pour commercialiser son travail. Elías comprenait les raisons du Maître, mais le Maître, dans son anxiété et son enthousiasme, semblait avoir oublié celles du garçon qui se trouvait dans l'impossibilité de sortir de sa clandestinité artistique, et encore plus en ces temps agités au sein de la communauté séfarade. "J'ai maintenant le grade de maître imprimeur, poursuivit Elías en s'adressant à son ancien précepteur, et même si je ne gagne pas beaucoup, je peux continuer à travailler avec mon père, ou encore chercher un autre patron. Avec ces salaires, je pourrais épouser Mariam, depuis le temps…" "Je ne te le fais pas dire", confirma le *haham* qui fit remplir son verre. "Mais est-ce cette vie que je veux ?" "Je suppose que non, à en juger par ta façon de me le demander, ou plutôt de te le demander. Mais ta vie n'appartient qu'à toi, comme je te l'ai toujours dit." "Vous êtes le seul à pouvoir m'aider, *haham.* Ou au moins à pouvoir m'écouter… Réfléchissez avec moi, s'il vous plaît. Eh bien, croyez-vous qu'après avoir vécu quatre années au côté du Maître, avoir assisté tant de fois au miracle de le voir atteindre une perfection quasiment divine, l'avoir écouté parler avec vous, Anslo, Jan Six, Pinto, le marchand Hendrick Uylenburg, le peintre Steen et l'architecte Vingboons, ces hommes parmi les plus cultivés et brillants de cette ville ; après avoir eu le privilège de faire mon apprentissage avec des disciples qui mènent maintenant leurs carrières avec beaucoup de succès ; après avoir découvert les secrets de Raphaël et Léonard, les astuces du Flamand Rubens, les façons dont Le Caravage exprime la grandeur ; après avoir supporté ma propre ignorance, avoir vécu à la limite de l'indigence pour remettre chaque mois au Maître les florins qu'il exigeait de moi, mais aussi après avoir eu la grâce et le privilège de l'entendre parler de l'art, de la vie, de la liberté, du pouvoir et de l'argent, avoir senti comment l'entente entre ma main et le pinceau se renforçait, avoir découvert que tout est dans les yeux, parfois au-delà des yeux, et être capable d'en déduire ce mystère dont d'autres n'ont même pas l'intuition… *Haham*, après avoir pénétré dans l'univers fantastique de la création… et après – vous en savez beaucoup à ce sujet – … après avoir vécu avec le poids d'un secret et de toutes ces craintes pour arriver à travailler un jour au côté du Maître et mériter la récompense inestimable que ce même Maître me considère comme un peintre… Après tout cela, *haham*, vais-je renoncer à cette expérience merveilleuse pour vieillir derrière des presses, à tirer des imprimés ou des reçus, comme un homme décent capable de faire vivre sa famille par son travail, mais orphelin du rêve de créer l'œuvre pour laquelle – pardonnez ma vanité certaine, *haham* –, l'œuvre pour laquelle le Seigneur m'a fait venir au monde ?"

L'ex-rabbin vida son verre jusqu'à la dernière goutte et contempla la rue, comme s'il pouvait y trouver, tel le prophète Élie toujours attendu, la réponse que par son discours exalté son ancien et turbulent élève lui réclamait. Cependant, les pensées ne semblaient venir de nulle part, et l'homme sortit la pipe en chêne du Nouveau Monde dans laquelle il aimait brûler et fumer ses feuilles de tabac. Après quoi, il risqua une réponse. "Tu veux que je te dise ce que tu veux entendre, comme ta véhémence le prouve… De ce fait, je ne pourrai pas te dire grand-chose, mon fils… Seulement te rappeler que dans tout l'éventail des comportements humains, l'idéal juif est de pratiquer la continence et la tempérance, plus que l'abstinence. L'atteindre serait beaucoup te demander… Durant plus de quatre mille ans, nous les juifs, nous avons soulevé cette même question que tu te poses maintenant... Pourquoi sommes-nous sur terre ? Et nous avons apporté bien des réponses. L'idée que nous sommes des êtres faits à l'image et à la ressemblance de Dieu nous a donné le privilège de devenir des individus et, grâce à Isaïe et surtout à Ézéquiel, nous est venue l'idée que la responsabilité individuelle est l'essence même de notre religion, de notre relation avec le Seigneur, béni soit-Il... Un de nos ancêtres écrivit le livre de Job, un traité transcendentaliste sur le mal, si mystérieux et si viscéral que les dramaturges et les philosophes grecs ne purent même pas concevoir quelque chose d'approchant... Job exprime une variante de ta question, beaucoup plus douloureuse, plus accablante, lorsqu'un homme animé d'une foi solide interroge le ciel pour essayer de savoir pourquoi Dieu est capable de nous faire les choses les plus terribles, Lui qui est bonté... et Job eut sa réponse : '*Attention, la crainte du Seigneur est sagesse ; s'éloigner du mal est compréhension.*' T'en souviens-tu ?" Le sage posa sa pipe sur la table et regarda le jeune homme dans les yeux. "Prends ce verset comme réponse. Tout est là : préserve ta sagesse et écarte-toi toujours du mal. Ta vie t'appartient... et ne pas la vivre, c'est être un mort vivant, anticiper la mort."

Recherchant toujours l'abri hypothétique des avant-toits et des murs de la maisonnette du gardien d'écluse de la petite place Sint Anthonisbreestraat, supportant de nouveau, les pieds dans la neige, les aiguillons du vent humide qui s'engouffrait sur le Zwanenburgwal, toujours en direction de la mer du Nord, et lui gerçait la peau des joues et des lèvres, supportant l'invincible puanteur arrachée par le vent aux eaux sombres du canal, Elías Ambrosius pensait à son avenir. Comme cinq ans auparavant, sans quitter des yeux la maison qui se dressait de l'autre côté de la Grand'Rue des Juifs, son regard s'attachait à la porte verte qu'il avait franchie tant de fois depuis le jour où il avait réussi à attendrir le cœur du Maître et à pénétrer, par une fente minuscule, dans ce monde qui avait changé sa vie.

Une sensation de satisfaction mêlée de nostalgie douloureuse l'accompagnait en cette occasion, car pour la première fois ce n'était pas en tant que demandeur, serviteur laveur de sols ni élève qu'il franchirait ce seuil, mais comme un proche du Maître. Vestige de son ancienne condition, dans une de ses poches il avait, tel un aide-mémoire, les trois florins et demi qu'il devait au peintre depuis le mois précédent, une quantité inouïe pour ses finances, mais qui, comparée à ce qu'il avait réussi, lui semblait maintenant mesquine et ridicule.

Lorsque enfin il traversa la rue, l'alerte Hendrickje Stoffels, maîtresse de la maison et des passions du Maître, lui ouvrit la porte, arborant le doux sourire qu'elle réservait toujours à Elías, étant donné la familiarité du jeune disciple avec le Maître et le petit Titus, qu'il avait vu grandir depuis le jour de ses premiers pas. Dans la cuisine, tout en buvant une infusion bouillante, la force de l'habitude obligea Elías à jeter un coup d'œil à la réserve de tourbe et de bois et il proposa d'aller prévenir le fournisseur de Nieuwemarkt.

Avec la permission de la jeune femme, Elías monta les étages qui conduisaient à l'atelier du Maître et, malgré sa familiarité avec les lieux, il observa avec mélancolie les tableaux, bustes et objets accumulés dans la demeure. Comme aux jours où il parcourait la maison avec son balai et son seau, Elías frappa trois coups à la porte de l'atelier, et il entendit la réponse devenue habituelle : "Entre, mon garçon", dit le Maître, comme des centaines de fois durant ces années de service et d'apprentissage où ils avaient été proches.

Le peintre était assis devant le panneau de bois sur lequel il travaillait depuis quelques semaines et à sa droite reposait la toile *Les Pèlerins d'Emmaüs*, en attente du degré de séchage qui lui permettrait d'effectuer les retouches finales avant la couche de vernis qu'il avait cette fois décidé d'appliquer. Le nouveau panneau, dont la préparation et l'apprêt s'étaient faits sans l'intervention d'Elías, serait une recréation du bain de Suzanne à l'instant où l'héroïne biblique se voyait harcelée par deux vieillards menaçant de l'accuser d'adultère si elle ne leur accordait pas ses faveurs sexuelles. Les personnages, encore à l'état d'ébauches, apparaissaient dans un cône de lumière tombant de l'angle supérieur droit vers le bord inférieur de l'espace dont le centre serait occupé par le personnage de Suzanne. Le fond, déjà travaillé, offrait une ombre caverneuse où le marron profond tournait prudemment au gris-vert et dans le coin supérieur gauche se trouvait un élément d'architecture massif, couvert d'une coupole, plus fantasmagorique que réel.

Elías lui souhaita le bonjour et le Maître murmura quelque chose tout en ajoutant quelques touches de rouge à ce qui serait, supposa Elías, le vêtement que portait Suzanne avant de se déshabiller. "Tu penses que Suzanne doit être nue ou je la couvre d'un linge ?" demanda le Maître, toujours sans se retourner et après avoir craché dans un coin le bonbon en sucre qu'il avait dans la bouche. Elías réfléchit un instant avant de répondre. "Mieux vaut la couvrir. Il y a deux hommes dans la scène", dit-il, juste au moment où le Maître posait la palette, avec son pinceau, sur une table d'appoint où s'alignaient les couleurs. "Tu as raison. Hendrickje est du même avis… Mais voyons, assieds-toi."

Elías s'assit sur l'un des tabourets sans oser le changer de place. Il savait que même si le Maître lui avait ouvert l'atelier, le temps qu'il lui consacrerait serait bref. "Je suis venu vous apporter l'argent que je vous dois, Maître", dit-il en fouillant dans sa poche. Le peintre sourit. "Ne cherche pas, tu ne me dois rien… Considère que cela te revient pour m'avoir servi de modèle pour *Les Pèlerins* ou comme un prix de résistance… pour tout ce que je t'ai fait endurer pendant ces années." "Ne dites pas ça, Maître… Je ne pourrai jamais vous payer…" "Ça va comme ça, l'interrompit le peintre, oublie ce maudit argent." "Merci, Maître." "Mon garçon, ce ne sont pas trois florins qui vont résoudre mes problèmes. C'est pour cela que je peins cette Suzanne qui a déjà un acheteur, et que j'ai laissé là *Les Pèlerins*, qui n'ont pas encore de prétendant… Deux éventuels clients m'ont dit que c'est un messie trop charnel. Tous deux catholiques, bien entendu." "Alors ils ont vu ce que vous vouliez leur montrer !" "Oui, mais ce que je ne vois pas, ce sont les florins pour rembourser la dette de la maison. Pour l'amour du ciel, jusqu'à quand vais-je devoir travailler avec cette pression ? Heureusement que Jan Six m'a prêté une somme qui me permet de souffler un peu. Une avance pour l'eau-forte qui illustrera sa *Médée.*" "C'est une chance d'avoir de tels amis." "Oui, en effet… Finalement, que vas-tu faire ? Tu pars en Palestine rejoindre le Messie comme Salom Italia ?" demanda-t-il avec un sourire malicieux. “Non, je ne pars pas, mais je n’arrête pas d’y penser et je ne sais pas quoi faire, Maître.” Le peintre, redevenu sérieux, se tourna pour se placer face à Elías. “Tu sais ? Parfois je me dis que je n’aurais jamais dû t’accepter dans l’atelier. Tu étais trop jeune, tu ne savais pas ce que tu faisais, mais moi j’avais bien conscience des problèmes qui en découleraient. C’est peut-être pour cela que j’en ai beaucoup fait pour te dissuader, pour te faire réfléchir aux risques auxquels tu t’exposais… Mais tu as tout supporté parce que tu as énormément de volonté, comme ton défunt grand-père Benjamín. Au point d’apprendre à peindre comme jamais je n’aurais imaginé que ce serait possible en voyant tes premiers dessins. Maintenant c’est trop tard : tu es contaminé jusqu’à la moelle et il n’y a aucun remède à cette maladie. Ou si : peindre.” “Vous avez changé ma vie, Maître. Et pas seulement parce que vous m’avez appris à peindre. Le meilleur de ce qui m’est arrivé dans la vie, c’est à mon grand-père, au *haham* Ben Israël et à vous que je le dois, parce que tous les trois, chacun à votre façon, vous m’avez appris qu’être un homme libre c’est plus que vivre dans un lieu où on proclame la liberté. Vous m’avez appris qu’être libre, c’est une bataille qu’il faut livrer tous les jours, contre tous les pouvoirs, contre toutes les peurs. C’est à cela que je me référais quand je voulais vous remercier pour ce que vous avez fait pour moi durant ces années.” Le peintre, peut-être surpris par le discours du garçon, l’écouta en silence, apparemment oublieux du travail en cours. Mais Elías se leva et l’homme fit un geste, comme s’il retombait soudain dans la réalité. “Vous avez du travail, Maître. Savez-vous la seule chose que je regrette ? C’est que je ne sais pas si je retravaillerai un jour avec vous. Le reste n’est que bénéfice. Au revoir, Maître, un de ces jours je viendrai vous faire une visite et mettre du charbon dans les poêles.” Le Maître abandonna alors son tabouret et, de la main droite, il tapota par deux fois la joue du garçon. “Que Dieu t’accompagne, mon garçon. Bonne chance !”

La neige qui menaçait la ville depuis le lever du jour s’était mise à tomber quand Elías sortit dans la Jodenbreestraat qui, comme d’autres fois, semblait un tapis blanc étendu sous ses pieds. Il marcha dans la Sint Anthonisbreestraat, traversa devant la Zuiderkerk dont la batterie de cloches observait un silence glacial et se dirigea vers la grande esplanade de De Waag où les commerçants les plus opiniâtres, ou les plus désespérés, supportaient la pluie de flocons blancs derrière leurs étalages de marchandises. Le garçon, l'esprit soulagé par sa conversation avec le Maître, avait enfin trouvé quelques-unes des réponses qu'il avait cherchées avec une insistance particulière durant les dernières semaines, même si elles étaient gravées dans sa conscience depuis plusieurs années. Et ces décisions qu'il avait prises, si essentielles pour sa vie, nécessitaient la compréhension ou le refus de Mariam Roca, car elles pourraient l'affecter, grandement même, si elle décidait de rester à ses côtés dans cette bataille qu'il continuerait à mener les armes à la main.

Devant la porte de sa promise, Elías se redemanda si ce qu'il se proposait de faire était juste. Faire porter le poids de ses décisions à d'autres personnes pouvait être une manifestation d'égoïsme. Mais de quoi était fait l'amour si ce n'était de dévouement et de compréhension, d'engagement et de complicité ? De toute façon, la seule solution était de jouer cartes sur table avec Mariam et de la laisser faire son choix librement, aussi librement que possible. Dans cet état d'esprit, il frappa enfin à la porte avec le heurtoir de bronze. Il ne dut pas attendre longtemps car Mariam en personne lui ouvrit, le visage décomposé sous l'effet de la peur, comme il n'allait pas tarder à le comprendre, et lui annonça la nouvelle qui se chargerait de bouleverser sa vie au point de faire basculer son destin de jeune juif : "Pour l'amour de Dieu, Elías, cours vite chez toi… Ton frère Amos a trouvé tes peintures et il t'a dénoncé comme hérétique au Mahamad."

Alors que certains avaient oublié ce qu'était la peur et à quelle profondeur elle pouvait s'enraciner pour affecter l'essence de l'homme, elle revint, comme une gigantesque avalanche prête à tout recouvrir. Les enfants d'Israël avaient connu plusieurs siècles de concorde, toujours tendue mais possible, en côtoyant les califes de Al Andalus et les rudes princes ibériques, c'est pourquoi ils avaient cru trouver en Séfarade, le lieu le plus proche du paradis auquel on pouvait aspirer sur terre. Les villes et les communautés espagnoles s'étaient remplies de célèbres médecins, de philosophes, de kabbalistes, d'orfèvres prospères et de commerçants, et, bien entendu, de rabbins érudits. Mais avec tant de notoriété et de succès, ils avaient finalement forgé la cause de leur perte : ils s'étaient enrichis. Or le pouvoir considère qu'il ne possède jamais assez d'argent. Pour cette raison, avec la suprématie catholique, la peur était revenue et, pour qu'elle fût totale et irréversible, les juifs connurent la torture et la mort, ou un exode nébuleux vers lequel ils ne pouvaient partir qu'avec ce qu'ils avaient sur le dos.

Plusieurs années avant l'application de la royale et catholique solution et du décret qui les expulserait de Séfarade, les juifs avaient vécu une époque difficile, dans la crainte plus que justifiée des procès de l'Inquisition, déclenchés dans une Espagne presque totalement reconquise à la foi catholique. Le grand-père Benjamín avait souvent raconté à Elías qu'au cours des huit premières années seulement du fonctionnement de ce tribunal plus de sept cents juifs, dont ses deux grands-pères – qui ne seraient jamais grands-pères – avaient été condamnés à mourir sur le bûcher (et à chaque fois qu'il entendait parler de cette torture, le garçon se souvenait des paroles du *haham* Ben Israël, témoin de plusieurs de ces spectacles macabres durant lesquels – Elías ne pouvait pas se libérer de cette image – le sang du condamné bouillait durant plusieurs minutes avant qu'il ne perde connaissance et meurt asphyxié par la fumée). Il lui racontait aussi qu'après le décret d'expulsion de 1492 ("et la confiscation de tous nos biens", insistait l'aïeul) des milliers de convertis, réels ou feints, avaient été victimes de toutes sortes de condamnations. Une quelconque dénonciation auprès du Saint Office ou une condamnation de ce tribunal suffisait pour procéder à un autodafé en place publique et appliquer le châtiment choisi. L'accusation la plus fréquente était, ni plus ni moins, la pratique secrète du judaïsme, mais cela pouvait aller jusqu'au prétendu sacrifice d'enfants chrétiens lors de certains rites ancestraux. S'ils avouaient leurs péchés, faisaient publiquement acte de repentance et adhéraient immédiatement à la foi de Jésus, les moines catholiques accordaient un généreux soulagement aux condamnés au bûcher : la mort par le garrot au lieu du supplice par le feu. Devant cette horreur, la peur invincible avait ressuscité et imprégné la mémoire des séfarades, comme ce remugle qui, selon les sages inquisiteurs, émanait du corps des juifs – odeur qui disparaissait avec le sacrement du baptême chrétien. La peur les avait poussés à se réfugier n'importe où en Europe, en Asie et en Afrique, là où on les accepterait et où, même si on les confinait dans des ghettos, on ne les menacerait pas d'être brûlés vifs. La peur les avait conduits jusqu'à cette Amsterdam calviniste où, non seulement ils furent accueillis mais où, de plus, un miracle se produisit : les juifs pouvaient proclamer leur foi sans craindre les représailles de ceux qui croyaient au Christ. Mais, en réalité, la peur les avait suivis. Transfigurée, transmuée, tapie, mais à l'affût et bien vivante.

Les rabbins ne tardèrent pas à consacrer des heures de leurs prières du samedi, jour où tout juif doit fêter la Liberté comme un bien et un droit de la créature créée à l'image et à la ressemblance du Seigneur, pour instruire leur troupeau sur la façon dont les fidèles devaient comprendre et pratiquer cette liberté. Décidés à contrôler les actes de libertinage propices à l'hérésie, y compris les actions ou les simples pensées qui allaient au-delà de la liberté concédée par la Loi et administrée par ses surveillants, les rabbins et les chefs de la communauté réunis dans le Mahamad entretenaient la peur, organisaient des procès et appliquaient des condamnations qui allaient des plus légers *niddui* aux redoutables *hérem.* Comme cela avait toujours été et comme cela arriverait encore dans l'histoire humaine, quelqu'un décidait ce qu'était la liberté et la part qui en revenait aux individus que ce pouvoir réprimait ou protégeait. Même sur les terres de la liberté.

Par décret du conseil rabbinique, le procès pour la très probable excommunication d'Elías Ambrosius Montalbo de Ávila s'ouvrirait le deuxième mercredi de janvier 1648, dans la synagogue des Espagnols, et le Mahamad pressait toute la communauté juive d'Amsterdam d'assister aux séances.

Après avoir écouté les paroles de Mariam, Elías Ambrosius s'était précipité chez lui pour savoir ce qui s'était passé. La première chose qu'il vit en arrivant fut le visage défait de son père où dansaient la colère, la peur et l'indignation, et la silhouette de sa mère, en pleurs, recroquevillée sur elle-même comme un animal terrorisé. Sans prendre le temps de demander des informations ou de donner des explications, le garçon monta dans la petite pièce où s'était toujours trouvé le secrétaire du grand-père Benjamín et découvrit la catastrophe : en forçant la serrure, un morceau du précieux cadre du meuble avait été arraché et tout son contenu vidé. Sur le sol se trouvaient les dessins arrachés des cartons, dont certains maculés par des semelles sales, ses toiles (le portrait de Mariam !) et celles d'autres disciples, en particulier de son grand ami le Danois Keil. Avant de sauver ce qui pouvait encore l'être, Elías remarqua deux absences notoires : ses cahiers de notes et la toile sur laquelle le Maître avait peint son portrait. On les avait sans doute considérés comme les plus grandes preuves à son encontre.

Tourmenté par la honte qu'il allait infliger à ses parents, Elías Ambrosius était revenu au salon pour les affronter. Sa mère, les yeux gonflés de larmes, baissa la tête en le voyant entrer et garda le silence, en bonne épouse juive, ce qu'elle avait toujours été. En revanche, son père se risqua à lui demander s'il avait une idée de ce qui l'attendait. Elías acquiesça et le pria de lui raconter ce qui était arrivé. Abraham Montalbo, après plusieurs inspirations profondes, lui résuma les faits : une fois forcé le compartiment fermé à clé du secrétaire, Amos était parti en courant pour revenir peu après avec les rabbins Breslau et Montera. Le père fit une pause : "Ils sont restés à l'intérieur plus d'une heure et, quand ils sont ressortis, ils m'ont dit que mon fils était un hérétique de la pire espèce. Ils avaient des cahiers à la main et m'ont montré ce portrait de toi où tu ressembles à…" L'homme marqua une pause. "Ils vont te faire un procès, Elías… Mais comment as-tu pu faire ça ?" Elías réfléchit à plusieurs réponses, ses réponses, toutefois il comprit immédiatement qu'aucune ne pourrait satisfaire son géniteur. "Je ne sais pas, père. Mais si vous le pouvez, pardonnez-moi pour ce que je vous fais subir… Si ce n'est pas trop vous demander, permettez-moi de rester encore quelques jours à la maison jusqu'à ce que je trouve une solution. Ensuite je m'en irai", dit Elías, et ce fut seulement à ce moment-là qu'Abraham Montalbo de Ávila sembla mesurer la véritable ampleur de ce qui l'attendait lui et sa famille, qui ne serait plus jamais la même famille (un fils hérétique, un autre délateur, quelle faute avait-il commise ?), et il se mit à pleurer lui aussi.

Les cartons et les toiles enroulées sous son bras, Elías Ambrosius sortit. Comme en d'autres occasions où il avait eu besoin de réfléchir, il se dirigea vers le quartier du port. La nuit prématurée de l'hiver s'approchait en hâte et un petit vent glacial soufflait de la mer. Cherchant le maigre abri des magasins gérés par la puissante Compagnie des Indes orientales qui dirigeait tout le commerce avec les ports de ces lointains confins du monde vers lesquels il avait rêvé de voyager, Elías passa plusieurs heures à évaluer les diverses possibilités. L'absence de son ancien professeur, le *haham* Ben Israël, parti en Angleterre quelques jours plus tôt, le privait, à la croisée des chemins, de l'unique personne dont les conseils auraient pu l'aider à clarifier sa situation, de l'unique homme de la communauté séfarade qui, peut-être, seulement peut-être, aurait osé vaincre la peur et prendre la parole pour sa défense. Elías savait qu'un procès tumultueux l'attendait, où il serait accusé d'idolâtrie, le plus grave des péchés, et qu'à la fin l'excommunication serait décidée, assortie d'un *hérem* à vie, semblable à celui qui avait été prononcé pour Uriel da Costa ou à celui qui menaçait de s'abattre sur Baruch Spinoza... Bien que le portrait que le Maître avait fait de lui fût la preuve la plus éclatante, il avait des arguments déjà tout prêts pour réfuter l'accusation. Mais ses cahiers de notes, auxquels pendant des années il avait confié ses pensées, ses doutes, ses craintes et ses décisions et même le récit de ses expériences dans l'atelier, ne lui laisseraient aucune latitude pour sa défense : aux yeux de ses juges, ces documents constituaient la parfaite auto-accusation d'un hérétique qui avait violé le deuxième commandement de la Loi. Toutes les issues semblaient condamnées et il ne pourrait pas faire grand-chose pour les ouvrir... Mais, avait-il alors pensé : même s'il arrivait à convaincre le Mahamad qu'il n'avait pas commis un péché impardonnable, que serait sa vie dorénavant ? Que serait-il disposé à faire pour vivre comme un homme toléré plus que pardonné au sein de sa communauté ? Devrait-il renier tous les jours ce qu'il pensait, ce qu'il croyait juste, ce qu'il voulait être, pour obtenir un pardon toujours sujet à caution et placé sous surveillance ? Cela valait-il la peine de se soumettre en s'agenouillant une fois, ce qui en réalité reviendrait à s'agenouiller à jamais, pour continuer à vivre parmi les siens, là où il était né, là où reposaient ses chers défunts et où vivaient ses parents, ses amis et maîtres, la femme qu'il aimait ? De quelle liberté jouirait-il en tant qu'individu gracié sur les terres de la liberté ? En se posant ces questions, son esprit se cabrait : s'il n'était pas un idolâtre mais un juif qui avait usé de son libre arbitre, quel être humain pouvait s'arroger le droit de lui prendre tout ce qui lui appartenait seulement parce qu'il avait osé interpréter différemment une Loi, même si cette loi avait été dictée par Dieu ? Et s'il ne demandait pas pardon ? Aurait-il le courage de vivre, à jamais considéré comme un pestiféré par tous ceux de son origine ? Ayant trouvé quelques réponses à ses questions, il revint à la maison paternelle et, contre toute attente, à peine étendu sur son lit (comme ces derniers mois, celui d'Amos demeurait vide, d'autant plus que maintenant la proximité d'un hérétique devait lui inspirer de la répulsion), Elías sombra dans le sommeil. Devant l'imminence du danger, pour la première fois depuis bien des mois il se sentit libéré de la peur.

Le lendemain matin, de nouveau chargé de ses dessins et de ses peintures, le jeune juif se dirigea vers l'unique lieu où il pensait qu'il serait reçu et écouté. Il traversa De Waag sans un regard pour les commerçants, pas même pour les vendeurs de peintures, dessins et eaux-fortes qui occupaient l'angle de la place où commençait la Sint Anthonisbreestraat qui le conduirait, comme des centaines de fois ces dernières années, vers la maison à la porte verte, au numéro 4 de la Grand'Rue des Juifs.

Hendrickje Stoffels lui ouvrit. La fille le regarda droit dans les yeux et, sans qu'Elías eût le temps de réagir, elle lui caressa la joue et lui dit que le Maître l'attendait. Ému par le geste de solidarité d'Hendrickje, il gravit les escaliers, frappa à la porte de l'atelier et attendit la voix du peintre : "Entre, mon garçon." Elías le trouva debout, devant la toile qui reprenait l'histoire de Suzanne, en train de sécher ses mains sur son tablier taché. "Isaac Pinto est venu me voir hier soir. Je sais qu'ils vont te faire un procès, dit l'homme, et il lui indiqua un tabouret tandis qu'il s'installait sur un autre. Que vas-tu faire ?" "Je ne sais pas encore, Maître. Je crois que je vais quitter la ville." "Partir ? Mais où ?" demanda le peintre, comme si une telle décision était inconcevable. "Je ne sais pas, je ne sais même pas comment. Peut-être que je devrais me rendre en Palestine, avec Tsevi. Salom Italia a peut-être raison et cela vaut la peine de vérifier si c'est le Messie ou pas." Le Maître hochait la tête en signe de dénégation, comme s'il n'arrivait pas à admettre quelque chose. "Je n'aurais jamais dû t'accepter à l'atelier. Je me sens coupable." "Surtout pas, Maître. C'était ma décision, et je savais quelles pouvaient en être les conséquences." "Et quand revient ce bon à rien de Ben Israël ? Il faut faire quelque chose !" s'écria l'homme. "C'est pour ça que je suis venu, Maître, parce qu'il faut que j'ose vous demander quelque chose : s'il vous plaît, récupérez mon portrait. Les rabbins l'ont emporté. Mais si vous le réclamez, ils devront vous le rendre. Ils sont capables de le détruire." L'homme commença à dénouer son tablier. "Qui l'a emporté ? Où l'ont-ils mis ?" "C'est Montera et Breslau qui l'ont pris, ils l'ont déposé à la synagogue." "Je vais chercher Jan Six, il faut qu'il m'accompagne." "Maître, Elías hésita, mais il pensa qu'il n'avait plus rien à perdre, ils ont aussi emporté mes cahiers. C'est comme vos *tafelet.* S'il vous plaît, voyez si...", ajouta-t-il alors que le peintre, déjà couvert de son chapeau, criait à Hendrickje Stoffels de lui préparer son manteau et ses bottes pour sortir.

Avec la plus grande délicatesse, Elías caressa la surface de la toile arrachée aux griffes de l'intolérance et sentit sur la paume de sa main l'agréable contact rugueux de l'huile appliquée avec tout l'art du Maître. Il observa son visage représenté sur la toile, le regard situé un peu au-dessus de son propre regard. Imprégné de la beauté qui s'en dégageait, il demeura convaincu que cela avait valu la peine. Avec quatre petits clous, il fixa la toile au mur de la mansarde où il s'était installé, celle-là même où avait vécu pendant trois ans le Danois Keil, et dont Jan Six avait réglé le loyer, sur les instances du Maître.

Deux jours auparavant, il avait quitté la maison de ses parents. Pendant qu'il réunissait ses biens les plus précieux – deux changes de vêtements, un peu de linge de lit, des serviettes et les livres qui avaient appartenu à son grand-père Benjamín – il avait eu une conversation avec son père durant laquelle, tous deux plus apaisés, il lui avait expliqué les origines et les causes de sa supposée hérésie. Son père lui avait alors demandé de rester à la maison, mais Elías ne voulait pas faire subir à ses parents la réalité qu'il était lui-même en train de vivre : celle d'un être marginalisé. Même s'il restait encore plusieurs jours avant l'ouverture du procès où il comparaîtrait, la majorité des juifs de la ville, au courant des faits, voyaient déjà en lui un coupable et devançaient par leur comportement la condamnation à l'ostracisme, à l'éloignement et au mépris. Elías ne fut pas surpris que les portes de la maison du docteur Roca lui fussent fermées et que Mariam, qui connaissait tous ses secrets et en avait même été complice, refusât de lui parler, craignant peut-être d'être impliquée dans l'hérésie, une participation qui pour une raison ou une autre n'avait pas été ébruitée (Amos et les rabbins n'avaient-ils pas reconnu Mariam Roca dans le portrait qu'il avait fait de la jeune fille sur une petite toile ? Elías était-il un si mauvais portraitiste ? Ou la main puissante du docteur Bueno était-elle intervenue pour empêcher l'implication dans l'affaire de la fille de son collègue et assistant ?). Abraham Montalbo, sans chercher à dissuader son fils de partir, lui avait offert une précieuse certitude : "Ces derniers jours, je me suis réjoui que ton grand-père soit mort. Il aurait été capable de tuer Amos. Ce fut toujours un homme pugnace, très pieux, et la fidélité et la raison étaient ce qu'il admirait le plus." "Oui, dit Elías, et ce qu'il détestait le plus, c'était la soumission."

En cette période de célébration de la fête chrétienne de Noël et des huit jours de réjouissances juives de Hanouka, alors qu'il errait sans but et sans joie dans la ville, en essayant de tuer le temps et ses inquiétudes, Elías Ambrosius avait la sensation d'être confiné en un lieu étranger. Les nombreux endroits d'Amsterdam, chargés pour lui de significations, de souvenirs, de complicités, lui semblaient maintenant distants, comme s'ils lui lançaient des harangues guerrières dans une langue inconnue. Mais la certitude de cette distance s'imposait à lui lorsque des juifs qu'il connaissait le croisaient et passaient sans s'arrêter comme s'il était devenu transparent. Elías savait que beaucoup réagissaient ainsi par conviction, mais d'autres se comportaient ainsi sous la pression sordide de la peur. Dans cette ambiance hostile, chargée d'humeurs mauvaises, tout ce qui avait été son univers durant vingt et un ans commençait à s'éloigner de lui, au point de l'expulser de son sein dans un avortement douloureux. Il comprit alors l'ampleur réelle de ce qu'avait souffert Uriel da Costa, frappé d'anathème et transformé en mort civil par ses frères de race, de culture et de religion. Cet état d'invisibilité dans lequel on l'avait plongé, cette négation de son être, cette impression d'avoir disparu aux yeux de ceux qui avant l'aimaient, le remarquaient, l'admettaient, était la plus douloureuse des condamnations que l'on pouvait infliger à un homme. Maintenant, il comprenait même pourquoi Uriel da Costa avait fini par plier en demandant pardon, avant de s'ôter la vie quelques semaines plus tard : sous l'emprise de la peur et de la honte, consécutivement. Mais, comme Baruch Spinoza, Elías ne se suiciderait pas, ne reconnaîtrait pas la moindre faute, ne leur ferait pas le plaisir de le voir souffrir, même si en réalité il souffrait, la vie débarrassée de la peur était tellement plus libre que cela compensait tout. Lui, il ne se soumettrait pas, il ne s'humilierait pas.

La décision de quitter Amsterdam, d'abord diffuse, se renforça dans son esprit : il partirait n'importe où et il ne lui restait plus qu'à trouver le moyen de définir concrètement la direction qu'il prendrait. Car les chefs de la communauté auraient beau faire pression sur lui, il y avait plusieurs choses avec lesquelles Elías Ambrosius Montalbo de Ávila était né, avait grandi et vécu, auxquelles il ne renoncerait pas. La première, c'était sa dignité ; ensuite, sa décision de peindre ce que ses yeux et sa sensibilité lui souffleraient de peindre ; enfin et surtout, il ne renoncerait pas à sa liberté, parce qu'elle impliquait autant sa dignité que sa vocation, qu'elle était l'état le plus élevé auquel le Créateur lui permettait d'accéder et aussi la devise la plus précieuse que lui avait léguée son grand-père, alors qu'il était encore bien loin d'être son grand-père ou celui de son frère Amos. Cette glorieuse possibilité d'exercer sa liberté, Benjamín Montalbo l'avait alimentée chez Elias durant les vingt années qu'ils avaient partagées de leurs respectifs séjours sur terre.

Les jours passaient, nuageux et venteux, sans neige toutefois, et la date du procès approchait. Elías avait découvert que sa décision de partir n'importe où, loin d'Amsterdam, pouvait être beaucoup plus ardue à mettre en pratique qu'il ne l'avait imaginé. La difficulté majeure, comme il s'en apercevait douloureusement, venait de sa situation compliquée de juif menacé d'excommunication, car ceux qui méprisaient sa condition d'israélite lui fermaient certaines portes et les israélites eux-mêmes se chargeaient de lui fermer les autres.

Parmi les destinations envisagées, Jérusalem devint une possibilité qui ne cessait de le tenter. Même s'il avait toujours de nombreux doutes quant à la nature messianique de Sabbataï Tsevi, peut-être poussé par la conjoncture dans laquelle il vivait sa relation avec sa communauté, à certains moments, il lui semblait même opportun de se joindre à un pèlerinage messianique, de mettre sa foi et sa volonté au service d'un présumé Messie, de devenir un militant du dernier espoir… ou de se perdre avec lui. Dans les premiers jours de la nouvelle année chrétienne, le départ d'un deuxième navire affrété par les membres de la *Naçao* ferait route vers Israël, cependant, la simple possibilité d'embarquer, en supposant qu'il eût l'argent nécessaire pour le voyage et les dépenses durant le trajet, était impensable : ces membres exaltés de la communauté ne l'admettraient pas à bord.

Une autre voie séduisante conduisait à une des villes si animées du nord de l'Italie où il pourrait peut-être vivre en marge de la communauté et même, comme l'avait fait Davide da Mantova à son heure, se consacrer à sa passion pour la peinture avec une plus grande liberté. En réalité, il avait envisagé toutes les solutions, y compris celle de s'engager comme marin sur un des navires marchands qui partaient tous les jours pour les Indes occidentales et orientales, mais le marché regorgeait d'hommes expérimentés disposés à partir, ce qui lui vaudrait le refus immédiat des armateurs et des capitaines d'engager un garçon qui ignorait tout des travaux à bord. Par ailleurs, les trajets plus courts vers l'Espagne, le Portugal ou l'Angleterre, si fréquentés à cette époque, étaient exclus pour un juif ordinaire, à moins qu'avant de s'y risquer, il ne changeât de condition grâce à un certificat de baptême catholique, ce qui n'était pas dans ses intentions. Quant aux voyages par voie terrestre, ils étaient infaisables à un moment où les frontières du pays se trouvaient en état d'alerte maximale : l'imminente concrétisation du traité de paix si attendu avec l'Espagne, qui serait peut-être signé dans une ville allemande, avait transformé les chemins en campements militaires en proie à la tension et à la nervosité, et de toute évidence, être considéré comme un hérétique par les juifs d'Amsterdam était moins radical qu'être pris pour un traître ou un espion par ces soldats exaspérés qui se saoulaient aux alcools les plus féroces, dont les effets étaient d'autant plus violents que la certitude de la victoire pour les uns et l'indignation de la défaite pour les autres hantaient leurs cuites respectives.

La neige, comme cela ne pouvait manquer d'arriver, était revenue pour le Noël chrétien. L'ambiance festive des célébrations, renforcée par l'annonce de la fin d'un siècle de guerres contre l'Espagne, s'était emparée de la ville, et ses habitants mettaient en péril les réserves de vin, de bière et d'alcools forts distillés dans les raffineries de sucre. En revanche, la solitude d'Elías Ambrosius se fit plus compacte durant son séjour prolongé dans la mansarde qui lui faisait l'effet d'une cellule et où il n'avait même pas une *hanoukia* où placer les neuf bougies pour le plaisir de célébrer un des grands moments de l'histoire d'un peuple qui, comme le répétait avec insistance le *haham* Ben Israël dans ses leçons (en évoquant le guerrier David, l'invincible Josué, les belliqueux asmonéens), avait un jour été combatif et rebelle avant d'être gagné par la peur et porté à la soumission.

Trois jours avant la date qui indiquait la fin de l'année sur les calendriers chrétiens, des coups à la porte alarmèrent le garçon. Comme un espoir auquel il n'avait pas pu renoncer, il rêvait de voir sa bien-aimée Mariam Roca faire son apparition à un moment ou à un autre. Il connaissait bien l'habileté de la jeune fille pour s'échapper, si souvent mise en pratique pour multiplier leurs rencontres clandestines durant les années de leur relation amoureuse et charnelle. Il savait aussi – du moins, le croyait-il – que Mariam ne serait jamais de ceux qui le condamneraient pour ses actions, il connaissait bien sa façon de penser, mais en même temps son attitude lui révélait à quel point la peur pouvait être paralysante. Tout heureux à l'idée de revoir son aimée, il alla ouvrir et découvrit qu'il ne s'agissait pas de Mariam : il avait devant lui le gros nez en pied de marmite, les yeux d'aigle et les dents cariées du Maître. Elías eut immédiatement une certitude : une porte s'ouvrait enfin.

Le Maître avait une bouteille de vin à la main et plusieurs autres dans le corps. Ce fut peut-être la cause de son salut si chaleureux : une accolade, un baiser sur les deux joues et des vœux de Noël comme en échangent ceux qui croient au Christ. Mais, même ainsi, Elías resta convaincu que l'homme lui apportait une solution.

Avec leurs verres emplis du vin âpre et sombre que pouvait se payer le Maître, ils s'assirent pour parler. Le nouveau venu était en effet porteur d'une bonne nouvelle : son ami Jan Six engagerait Elías qui devrait se rendre dans un port au nord de la Pologne sur un navire marchand déjà affrété. Là-bas, il devrait finaliser l'achat d'un grand chargement du blé que les Hollandais importaient de ces régions depuis des lustres. Comme pour faire cette transaction il faudrait présenter des lettres de change pour une valeur de plusieurs milliers de florins, Six et ses associés préféraient confier cette fortune aux mains du jeune juif plutôt qu'à celles du capitaine, dont l'honnêteté commençait à leur inspirer de sérieux doutes. Une fois le marché conclu avec les agents hollandais établis dans ce port et avec les fournisseurs polonais, Elías remettrait au capitaine les documents de l'achat conclu et les directives pour l'embarquement. Il pourrait alors faire ce qu'il voudrait, rester en Pologne, en Allemagne ou quelque part dans le Nord, ou revenir à Amsterdam où les choses se seraient peut-être calmées entre-temps.

En écoutant les détails de cette mission qui lui offrait une issue aussi étrange qu'inattendue, Elías éprouva un soudain découragement devant l'évidence qu'il allait vraiment abandonner, peut-être pour toujours, sa ville et son univers. Et il comprit qu'au lieu d'une échappatoire, son départ serait une auto-expulsion. Il savait bien pourtant que c'était la seule alternative viable et il remercia le Maître pour son intérêt et son aide.

“Ne me remercie jamais de quoi que ce soit”, dit alors le peintre en posant son verre par terre. À cet instant seulement, Elías se rendit compte qu'il n'avait pas goûté au vin. “Il est impossible de voir ce qui t'est arrivé autrement que comme une défaite… Et le pire c'est qu'on ne peut rejeter la faute sur personne. Ni sur toi parce que tu as osé défier certaines lois, ni sur ton frère Amos et les rabbins parce qu'ils veulent te juger et te condamner : chacun fait ce qu'il croit devoir faire et ils ne manquent pas d'arguments pour justifier leurs décisions. C'est ça le pire : qu'une chose horrible semble normale à certains… Ce qui m'attriste le plus, c'est de voir qu'il faut que des histoires comme la tienne ou des renoncements lamentables comme celui de Salom Italia se produisent pour que nous, les hommes, nous apprenions comment la foi en un Dieu, un prince, un pays, l'obéissance à des commandements, prétendument créés pour notre bien, peuvent devenir une prison pour ce qui nous distingue en tant qu'êtres humains : notre volonté et notre intelligence. C'est un revers pour la liberté et…", il interrompit sa phrase car avec la véhémence qui l'avait gagné, un de ses pieds avait heurté le verre et renversé le vin sur le plancher. "Ne vous en faites pas, Maître", dit Elías, et il se baissa pour ramasser le verre. "Non, je ne m'en fais pas pour si peu, bien sûr que non… Qu'est-ce qu'on en a à foutre maintenant… un peu de vin perdu, un peu de saleté ajoutée… Tu ne peux pas savoir comme j'aimerais que notre ami Ben Israël soit ici pour qu'il essaie de m'expliquer, lui, si docte en la matière, comment Dieu peut comprendre et justifier ce qui t'arrive. Pour sûr, il parlerait de Job et de mystérieux desseins, il nous dirait que les lois sont écrites sur notre corps et il nous démontrerait la perfection du Créateur en nous disant que si, dans la Torah, il existe deux cent quarante-huit prescriptions positives et trois cent soixante-cinq négatives, ce qui fait au total six cent treize, c'est parce que les hommes ont deux cent quarante-huit segments osseux et trois cent soixante-cinq tendons, et que la somme, qui fait de nouveau six cent treize, est le chiffre qui symbolise les parties de l'univers… Je le laisserais terminer et alors je lui demanderais : Menasseh, dans tous ces calculs de merde, où places-tu l'individu fait de ces os et de ces tendons, l'homme concret dont tu aimes tant parler ?" Le Maître tourna ses paumes vers le ciel, pour montrer qu'elles étaient vides. Mais Elías ne les vit pas ainsi : au contraire, pour lui, ces mains-là représentaient la plénitude. Car c'était celles d'un homme qui s'était acharné à créer de la beauté, même à partir de la misère, de la vieillesse, de la douleur et de la laideur, les mains à travers lesquelles la dimension sacrée s'était manifestée et concrétisée tant de fois. Les mains d'un homme qui s'était battu contre tous les pouvoirs pour tailler une cuirasse à sa liberté... "Et quand part le bateau de Six ?" ne put s'empêcher de demander Elías. Le Maître, surpris, dut réfléchir avant de répondre. "Le 4 janvier, dans une semaine, je crois... Six t'expliquera tout ça... J'espère qu'il te payera bien." "Plus tôt il lèvera l'ancre, mieux ce sera..." dit Elías tandis que le Maître se redressait, tanguait et lui offrait son sourire taché en guise d'adieu : "Il n'y a rien à ajouter, murmura-t-il, une défaite, une défaite de plus...", puis il sortit de la mansarde. Alors, le vide se fit vraiment. Elías Ambrosius sentit qu'une partie de son âme venait de l'abandonner. Peut-être la meilleure.

Après avoir beaucoup réfléchi, il décida qu'il irait faire ses adieux à ses parents. Au bout du compte, ils ne méritaient pas un châtiment supplémentaire. Mais il remit cette visite à la veille de son départ, alors qu'il avait déjà reçu toutes les consignes de Jan Six, les documents pour régler l'affaire et l'argent de sa propre paye, une rétribution excessivement généreuse, très certainement grâce aux pressions du Maître.

Quand il sortit de la maison paternelle, après avoir replacé dans le vieux secrétaire presque tous les livres qui avaient appartenu au grand-père Benjamín – il décida de n'emporter qu'un seul volume de Maïmonide, son exemplaire de *De Termino Vitae*, œuvre du *haham* et celui de l'étrange aventure du chevalier castillan qui devient fou en lisant des romans et se prend pour un chevalier errant –, il repassa par la mansarde où il prit ses peintures, ses dessins et ceux que lui avaient offerts ses collègues, tous réunis dans un album relié par ses soins. À part le cahier, il ne laissa que la toile sur laquelle le Maître avait peint son portrait, le dernier et meilleur portrait qu'il avait lui-même fait de Mariam et un dessin de son grand-père, un lavis gris, en plus du petit paysage que lui avait donné son grand ami et confident, le blond Keil : ces quatre œuvres étaient trop significatives pour être abandonnées ; il les roula et les plaça dans un petit coffre de bois qu'il avait acheté au marché à cet effet. Avec le reste, y compris plusieurs portraits à l'huile de Mariam, tous insérés dans l'album, il remplit un carton à dessin et se rendit encore une fois au numéro 4 de la Grand'Rue des Juifs et frappa à la porte verte, convaincu qu'il le faisait pour la dernière fois de sa vie. Lorsque Hendrickje Stoffels lui ouvrit, il demanda à voir le Maître : il voulait lui faire un cadeau pour le nouvel an, comme preuve de son infinie gratitude. Hendrickje Stoffels sourit et lui dit de revenir plus tard : le Maître dormait, il cuvait sa première cuite de l'année du Seigneur 1648. Elías sourit : "Tant pis, dit-il en lui tendant le carton, remets-lui ceci quand il retrouvera ses esprits. Explique-lui que c'est un cadeau… qu'il en fasse ce que bon lui semblera. Et dis-lui que je souhaite que le Seigneur, béni soit-Il, lui donne beaucoup de santé ainsi qu'à toi et à Titus, pendant de nombreuses années." Hendrickje Stoffels lui sourit de nouveau en serrant sur sa poitrine le carton à dessin que le garçon lui avait confié et elle demanda : "Quel Dieu, Elías ?", "N'importe lequel… Tous", répondit-il, après avoir réfléchi un bref instant, puis il ajouta : "Avec ta permission", et il caressa de la paume de sa main la joue rubiconde et lisse de la jeune femme que le Maître avait dessinée tant de fois. Elías Ambrosius descendit les marches vers la rue, immaculée et brillante comme un tapis étendu par la neige qui venait de tomber. Il était de nouveau un homme qui pleurait.

LIVRE DE JUDITH

1.
La Havane, juin 2008

Mario Conde aurait dû apprendre de son grand-père Rufino que la curiosité est un vilain défaut. Mais une fois de plus l'ex-policier, dont on avait touché le point faible, fut incapable de suivre les conseils de l'aïeul qui si souvent s'était vainement efforcé de fignoler son éducation sentimentale.

En cet après-midi torride et visqueux de juin, tandis que Mario Conde rentrait chez lui, cramponné aux deux bouteilles de rhum qu'il venait d'acquérir, il désirait surtout n'avoir aucune visite, quelle qu'elle soit, car rien ne devait modifier son projet de rester une heure sous la douche et une autre à faire la sieste, avant d'aller passer la soirée chez son ami Carlos pour libérer ses tensions, avec l'aide du rhum, bien entendu. Et ce qu'il pouvait le moins imaginer, c'était que cette visiteuse inattendue et inquiétante avec ses coups insistants frappés à la porte, Yadine, la petite-fille du docteur Ricardo Kaminsky, la gothique couverte de piercings rencontrée quelques mois auparavant, l'entraînerait dans un dialogue qui piquerait sa curiosité au vif – ce qui lui vaudrait de se compliquer l'existence et de vérifier, une fois de plus, que les lignes parallèles finissent toujours par se croiser. Elle avait commencé par mettre les choses au point :

– Tu te trompes *complètement*. Je ne suis ni gothique ni freak. Je suis emo.

– Emo ?

Dès les premières heures, ce matin-là, Conde avait commencé une de ces typiques journées pleines de tension par une négociation délicate qui, si elle se concrétisait, pourrait se conclure par des gains juteux pour les parties concernées. Trois semaines auparavant son associé, Yoyi el Palomo, avait reçu une de ces commandes qu'il ne pouvait laisser passer : celle de son client le Diplomate, un homme qui trouvait insuffisant son salaire de fonctionnaire d'un pays du premier monde et améliorait l'état de ses finances en servant d'intermédiaire et en transportant des joyaux bibliographiques pour des collectionneurs et des revendeurs de son pays européen, spécialistes propriétaires de librairies ou de sites Internet, sachant qu'avec de la patience, de bonnes cartes et une bonne dose de chance, on pouvait encore dégoter certaines merveilles dans quelques bibliothèques privées cubaines, survivantes des séismes des années les plus dures et même les plus molles de l'interminable Crise durant laquelle bien des gens avaient dû vendre jusqu'à leur âme pour rester en vie.

La liste que Yoyi avait reçue cette fois-ci était à couper le souffle. Elle commençait, ni plus ni moins, par les deux tomes des *Comedias de Pedro Calderón de la Barca*, dans l'édition havanaise de 1839 très rare et très cotée, illustrée par Alexandre Moreau et Frédéric Mialhe, grands maîtres de la lithographie, et dont le prix de vente à Cuba pouvait atteindre les mille dollars. La personne intéressée réclamait ensuite trois livres du toujours indispensable Jacobo de la Pezuela : le *Dictionnaire géographique, statistique, historique de l'Île de Cuba*, en quatre tomes, édité à Madrid en 1863 et dont Yoyi avait déjà vendu un exemplaire au Diplomate pour cinq cents dollars ; une *Histoire de l'Île de Cuba*, également en quatre tomes madrilènes imprimés entre 1868 et 1878, négociable à un prix équivalent ou supérieur ; et la *Chronique des Antilles*, publiée à Madrid en 1871, susceptible d'être vendue pour trois cents dollars. Mais la perle de la liste était sans doute la polémique *Histoire physique, politique et naturelle de l'Île de Cuba*, une compilation en treize tomes d'un homme aux multiples facettes, Ramón de la Sagra, imprimée à Paris entre 1842 et 1861, avec un supplément de 281 planches dont 158 coloriées d'après nature, et dont le prix, établi sur le marché intérieur de l'île, pouvait atteindre les sept ou huit mille dollars.

Lorsqu'ils négociaient des livres de cet ordre, s'ils voulaient réussir, Yoyi et le Conde devaient marcher sur la pointe des pieds par des sentiers très étroits et déjà excessivement empruntés. Pour commencer, et toujours sans faire trop de bruit, il fallait localiser le filon propice. Ensuite, s'ils trouvaient une piste productive, ils devaient avoir une patience et une habileté de sapeur, car la majorité de ceux qui possédaient encore ce type de livres prétendaient être au courant de leur valeur et, forts de cette certitude, ils mordaient trop à l'hameçon et réclamaient des prix irrationnels, convaincus de posséder un livre aussi précieux que la Bible de Gutenberg. Yoyi et Conde devaient ensuite se montrer très intéressés mais pas impatients, car ces propriétaires n'étaient généralement pas pressés et, même si leurs attentes se situaient dans des limites raisonnables, ils entamaient la négociation en sachant que la balle était dans leur camp. Dans ce cas, la meilleure solution, née du génie mercantile de Yoyi, était de se présenter comme ce qu'ils étaient en réalité, de simples intermédiaires entre quelqu'un qui possédait un livre de grande valeur et l'acheteur présumé et tant attendu, un personnage presque impossible à localiser pour le vendeur quand il s'agissait d'un produit avec ces caractéristiques et à ce prix. Le coût de la démarche pour sceller l'accord entre les parties avait été fixé à vingt-cinq pour cent (non négociables) du montant de la vente (quinze pour Yoyi et dix pour Conde), fondé sur la confiance dans le sérieux et la probité des respectables médiateurs commerciaux. Même si bien des fois la proposition était rejetée, quand elle aboutissait le résultat était très satisfaisant pour toutes les personnes concernées car Yoyi respectait scrupuleusement les termes et les montants de la négociation. Mais si le propriétaire du livre se montrait têtu et méfiant, il ne leur restait qu'une possibilité : que le livre déniché (généralement par Conde) soit acheté par Yoyi (détenteur du capital), qui se lançait dans la tractation avec tout l'attirail du pirate (bandeau sur l'œil, jambe de bois et crochet à la main compris) et se chargeait de ramener à la réalité les attentes du vendeur.

Depuis qu'ils avaient reçu cette fabuleuse commande, Conde avait passé plusieurs heures par jour, au cours des trois dernières semaines, à tenter de localiser les livres en fouillant comme un possédé un sol de plus en plus stérile. Deux jours seulement avant l'apparition de Yadine, l'emo (ni freak ni gothique), alors qu'il était sur le point de renoncer, il avait trouvé la piste qui devait le conduire jusqu'à un vieux dirigeant politique des premiers temps de la Révolution, lequel était disposé (qui l'eût cru !) à discuter de certains joyaux de la bibliothèque dont il avait révolutionnairement hérité.

Pour ses remarquables états de services politiques, peu après le triomphe révolutionnaire de 1959, le dirigeant s'était vu assigner une splendide maison qui, peu de temps auparavant, appartenait à une famille bourgeoise, une parmi tant d'autres qui, dans ces années turbulentes, quittèrent l'île avec seulement deux valises de vêtements. Les bourgeois durent laisser derrière eux, entre autres biens, une bibliothèque bien fournie où, mis à part les œuvres de Calderón, figuraient encore des merveilles aussi alléchantes que le reste des livres commandés par le Diplomate et des centaines d'autres. Même si le vieux camarade avait été discrètement évincé des sphères du pouvoir, plusieurs années auparavant (après avoir anéanti, par son incapacité notoire, plusieurs plans économiques, des entreprises et des institutions), il avait réussi à conserver son niveau de vie en transformant sa luxueuse et vaste demeure ci-devant bourgeoise en une petite pension dirigée par sa chère fille aînée qui louait des chambres à des bourgeois étrangers. Mais la récente décision de ses petits-enfants, tout aussi chers, de partir vers d'autres contrées du monde où la chaleur et l'incertitude de la vie seraient moindres, l'avait décidé à vendre une partie de sa bibliothèque. Cette conjoncture faisait de lui un excellent candidat pour conclure une affaire profitable avec les livres dont la vente aiderait les petits-enfants (des Hommes Nouveaux eux aussi ?) à réaliser leur projet de réinstallation géographique dans des pays de bourgeois, bien entendu.

La veille, les conversations préliminaires entre le Conde et l'ancien dirigeant, au sujet de l'achat des livres spécifiés, en étaient arrivées au point critique, l'évocation de prix concrets, sans que se profile l'accord final entre les possibilités de l'acheteur et le rêve du vendeur. Pour cette raison, la présence de Yoyi el Palomo devenait nécessaire et, ce matin-là, il s'était joint à l'expédition, disposé à abattre ses cartes : soit la vente, avec des pourcentages fixes, fondée sur la confiance mutuelle dans la bonne foi des parties, soit, à défaut, l'achat direct que le Palomo, indigné par le manque de confiance présumé du propriétaire, aborderait avec l'éthique des flibustiers. Vers la fin de l'après-midi et de la discussion tendue, les options demeuraient en suspens et Yoyi avait décidé de se retirer définitivement, en apparence du moins, alors qu'il était plus que convaincu, comme il le dit à Conde en le reconduisant chez lui, que l'ex-dirigeant, frénétique et fondamentaliste à l'époque de sa puissance, et si affectueux avec ses chers petits-enfants après avoir été limogé, avait un besoin urgent de liquidités et qu'il ne tarderait pas à les contacter, disposé à négocier les perles demandées et même le reste du collier si l'occasion se présentait. Le vieux tomberait alors entre leurs mains comme une classique mangue bien mûre.

– Écoute, *man*, de toute façon, prends ça pour voir venir.

Assis au volant de sa Chevrolet Bel Air de 1957, le jeune homme avait sorti plusieurs billets de sa poche pour donner mille pesos à son associé qui les accepta avec l'avidité et la honte habituelles. C'est seulement une petite avance...

En réalité, Conde n'était pas du tout convaincu qu'ils aient brisé la résistance du vendeur, et la redoutable perspective de perdre ce filon l'incitait à la tristesse et à la dépression, propres à la pauvreté continuelle et aux dettes d'argent et de gratitude contractées. Mais, avait-il pensé, il ne se sentirait pas plus minable en acceptant les mille pesos du Palomo, et encore moins maintenant, quand la terre ferme se profilait à l'horizon. Alors, pour éviter tout sursaut de dignité, il s'arrêta au *Bar des désespérés* pour prendre deux bouteilles de rhum bon marché, ce tord-boyaux sans nom et sans étiquette que, depuis quelques mois, Conde et ses amis appelaient l'Haïtien.

Il la reconnut au premier regard. Presque une année s'était écoulée depuis leur unique et brève rencontre mais l'image si particulière de Yadine, encore supposée gothique, était demeurée intacte dans sa mémoire : les lèvres, les ongles et les orbites noircis, les anneaux argentés dans l'oreille visible et le nez, les cheveux rigides tombant comme une aile d'oiseau de mauvais augure sur la moitié du visage, rendaient son image inoubliable, du moins pour un homme de Néandertal comme le Conde.

– Il faut que je te parle, détective, furent les premiers mots de la fille dès qu'il ouvrit la porte.

Logiquement et même détectivesquement surpris par cette phrase à la Chandler, le Conde n'osa même pas se demander ce que la petite-fille de Ricardo Kaminsky attendait de lui, mais il eut toutefois un mauvais pressentiment. Le choix du lieu pour cette conversation le troubla et provoqua sa première hésitation. Dans la maison, seul avec cette jeune fille en fleur, pas question ; sur la terrasse... que diraient les voisins après l'avoir vu avec la fille gothique ? Et merde ! Ils penseront ce qu'ils veulent, se dit-il, et, après avoir demandé à Yadine d'attendre un instant, il ressortit avec les clés du cadenas qui préservait la propriété de ses inconfortables fauteuils de fer.

– Si je me souviens bien, je n'ai jamais dit chez toi que j'étais détective... commença Conde, tout en disposant les sièges pour le dialogue, comme il l'avait fait, quelques mois auparavant, avec le peintre Elías Kaminsky, plus ou moins cousin de la fille.

– Mais tu recherches les gens, oui ou non ?

– Ça dépend qui, pourquoi et dans quel but, répondit l'homme en s'installant, sa curiosité déjà éveillée. Qu'est-ce qui t'arrive ? Il y a un problème chez toi ?

– Non, pas chez moi... Ce que je veux c'est que tu cherches quelqu'un, lâcha alors la fille, et Conde sourit. De la croyance qu'il se consacrait détectivesquement à rechercher des personnes disparues à l'innocence désinvolte sous le sérieux ou l'inquiétude de la jeune fille gothique, dont on pressentait la beauté derrière le maquillage exubérant, la situation lui semblait à la fois hilarante et romanesque. Mais il décida de garder ses distances, dans l'espoir de mettre rapidement un terme à la conversation, même si sa curiosité ne cédait pas complètement.

– S'il s'agit d'une personne qui a vraiment disparu, c'est à la police de la rechercher.

– Mais la police ne veut plus s'en charger et ça fait dix jours qu'*elle* a disparu, dit-elle, pleine de rage et d'angoisse.

Conde soupira. C'était le moment où un verre de rhum serait le bienvenu, mais il écarta immédiatement cette idée. Il préféra allumer une cigarette.

– Dis-moi, qui est cette *elle* qui a disparu ?

Yadine sortit à ce moment le téléphone portable de la poche de sa chemise noire cloutée, appuya sur plusieurs touches et observa l'écran quelques instants. Elle tendit ensuite l'appareil à Conde qui, sur l'engin, put observer

Yadine à côté d'une autre jeune fille, habillée et maquillée de façon très semblable. Alors seulement, en fixant Conde de son unique œil visible, la fille répondit avec une grande conviction :

– C'est *elle*. Mon amie Judy.

Conde lui rendit le téléphone et Yadine le remit dans la poche de sa chemise.

– Mais que lui est-il arrivé à *elle*, à ton amie Judy ? – Le Conde évita d'intercaler un "putain" dans sa question et décida de faire son possible pour avancer un peu. – À ce que je vois, c'est une freak gothique comme toi…

Alors avait surgi l'éclaircissement qui, tel un hameçon, piquerait définitivement la curiosité de Conde.

– Non, tu te trompes. Je ne suis ni gothique ni freak. Je suis emo*.

– Emo ?

– Oui, emo.

– Et on peut savoir ce que c'est ? Excuse mon ignorance…

– Je t'excuse… Ou pas. Seulement si tu m'aides à la chercher. *Elle*, c'est ma meilleure amie, précisa-t-elle, toujours en appuyant sur le pronom.

– Je ne sais pas si tu vas pouvoir me pardonner, parce que je ne peux rien te promettre… Mais maintenant explique-moi ce que c'est qu'être emo…

Yadine arrangea ses cheveux et Conde découvrit dans son unique œil quelque chose comme de la frustration et de la tristesse.

– Tu vois, là on aurait besoin de Judy… *Elle* explique ça mieux que *personne*.

– Être emo ?

– Oui, et d'autres choses aussi. Judy, elle est trop, affirma-t-elle en touchant son front pour indiquer qu'elle se référait à l'intelligence de son amie.

– Bien, mais parle-moi un peu des emos…

---

* Les emos constituent une des "tribus urbaines" apparues vers 2008 dans la rue G à la Havane et dans les années 1980 en Europe. Leur esthétique s'inspire des mangas japonais, on les dit déprimés sans raisons, ils affirment être très sensibles et faire honneur à leur nom : *emo* vient de l'anglais *emotional*.

– Nous, on est des emos, pas les autres. Tu vois, il y a les freaks, les rastas, les rockeurs, les mikis, les reparteros, les gamers, les punks, les skateurs, les métalleux… et nous, les emos*.

– Ah… fit le Conde comme s'il y comprenait quelque chose. Et ?

– Nous les emos on ne croit à rien. Ou presque rien, rectifia-t-elle. On s'habille comme ça, en noir ou en rose, et on pense que le monde est foutu.

– Et vous êtes emos parce que ça vous plaît ?

– On est emo parce qu'on est emo. Parce que ça nous fait mal de vivre dans un monde pourri dont on ne veut *rien* savoir.

– Bon, sur ce dernier point on ne peut pas dire que vous êtes très originaux, ne put s'empêcher de remarquer Conde. Il sentait qu'il pataugeait sur place et il essaya d'orienter la discussion vers un dénouement. Et qu'est-ce qu'il lui est arrivé à *elle*, à ton amie Judy ?

– Elle a disparu, il y a une dizaine de jours. – Yadine semblait se sentir plus à son aise, mais plus triste, dans ce genre de dialogue. – Elle a disparu comme ça, tout d'un coup, sans prévenir personne, même pas moi, ni les autres emos, ni sa grand-mère… Et ça c'est vraiment *très* bizarre, insista-t-elle de nouveau. La police dit qu'on ne la retrouve pas parce qu'elle a sûrement essayé de sortir du pays sur un radeau et qu'elle s'est noyée en mer. Mais moi, je sais qu'elle n'est allée nulle part. Premièrement parce qu'*elle* ne voulait pas partir ; deuxièmement parce que, si elle avait voulu le faire, je l'aurais su et sa grand-mère aussi… ou sa sœur qui vit à Miami et qui n'est au courant de *rien* non plus…

Conde ne put empêcher son ancien professionnalisme de frétiller dans sa tête.

---

* Parmi les spécificités cubaines de ces tribus urbaines, les *reparteros* ou *repas* dont le nom vient de *reparto* – lotissement ou quartier périphérique pauvre de La Havane – sont adeptes de la musique populaire cubaine et aussi du rap, du hip-hop… ils sont qualifiés de marginaux par d'autres groupes comme les emos et les mikis. Ces derniers, issus de milieux aisés, soignent particulièrement leur tenue, aiment les baskets Vans et se disent joyeux, à la différence des emos.

– Et Judy n'a pas de parents ?

– Si, bien sûr qu'elle en a…

– Mais tu ne parles que de la grand-mère. Et maintenant de la sœur…

– Parce qu'elle ne s'entendait pas avec ses parents. Surtout avec son père qui était un… non, qui *est* une crapule, il ne voulait pas qu'elle soit emo…

Conde pensa au possible père. Même s'il ne savait pas vraiment ce que signifiait être emo, et ne partageait pas l'expérience traumatisante d'avoir un enfant, il éprouva une légère solidarité pour le géniteur, aussi décida-t-il de ne pas approfondir la question.

– Écoute, Yadine – il se mit à battre en retraite tout en s'efforçant de rester aimable avec la jeune fille qui semblait réellement affectée par la disparition de sa meilleure amie –, je ne suis pas en mesure de faire une enquête sur une personne disparue, ça c'est la police qui…

– Mais putain, ils la cherchent même pas ! – La réaction de la fille fut viscérale. – Et si ça se trouve, elle a été enlevée…

À ce moment-là, Yadine lui fit de la peine. Les mécréants emos regardaient-ils des séries à la télé ? Les épisodes de *FBI : Portés disparus* ? Cette histoire de séquestration faisait penser à *Esprits criminels*. Qui diable voudrait séquestrer une emo ? Dracula, Batman, Harry Potter ?

– Attends, attends, explique-moi deux ou trois choses… À part être emo, qu'est-ce qu'elle fait ton amie ?

– Elle va au même lycée que moi. Elle est fortiche, dit-elle en se touchant le front comme la fois d'avant. Les examens commencent la semaine prochaine et si elle ne revient pas…

– Alors, c'est ta camarade de classe… Et Judy faisait des choses dangereuses ? – Conde essayait de chercher la meilleure façon, mais il n'y en avait qu'une possible : appeler les choses par leur nom. – Elle prenait de la drogue ?

Pour la deuxième fois, Yadine arrangea sa mèche de cheveux. À cet instant, Conde eut envie de voir toute l'expression de son visage.

– Quelques cachets, comme ça… mais elle n'allait pas plus loin. Sûr que non.

– Et elle fréquentait des gens bizarres ?

– Nous les emos, on n'est pas *bizarres*. On adore la déprime, certains aiment se faire mal, mais on n'est pas *bizarres*, conclut-elle en appuyant sur les mots.

Conde devina qu'il abordait un terrain scabreux. Ils "adoraient" être déprimés ? Se faire mal ? Sa curiosité s'emballa de nouveau. Et avec ça ils n'étaient pas bizarres ?

– C'est quoi se faire mal ?

– Se lacérer un peu, sentir la douleur… pour nous libérer, ajouta Yadine un instant après, et elle passa son doigt sur ses avant-bras couverts de manchons de tissus rayés et sur les jambes de son pantalon sombre.

Conde se dit qu'il n'y comprenait fichtrement rien. Il pouvait admettre que ces jeunes ne croient à rien, accepter même qu'ils se fassent plein de trous pour porter leurs anneaux, mais s'auto-agresser en se tailladant ? Se déprimer pour le plaisir de déprimer et ainsi se libérer ? De quoi ? Non, il ne comprenait pas. Et comme il savait qu'il allait peut-être ne jamais comprendre, il décida de ne plus poser de questions et d'en finir tout de suite avec cette histoire absurde d'emo disparue et même éventuellement séquestrée.

– Bon, bon… pour te faire plaisir je vais voir ce que je peux faire… Écoute – il réfléchit aux diverses possibilités et les choisit avec le plus grand soin, exposant celles qui l'engageaient le moins et qui lui permettraient de s'échapper rapidement –, je vais en parler à un de mes amis, un gradé de la police, on va voir ce qu'il en dit… Et ensuite j'irai parler aux parents de Judy pour voir ce qu'ils pensent de…

– Non, les parents, *non*. Alma, la grand-mère.

– Ok, la grand-mère. – Il accepta sans discuter, sortit un papier de la poche de son pantalon et le stylo accroché à celle de sa chemise. – Donne-moi l'adresse et le téléphone de la grand-mère de Judy… Comprends-moi bien, je ne m'engage à rien. Si j'apprends quelque chose, je t'appelle dans deux jours, ça te va ?

La jeune fille prit le papier et écrivit. Mais quand elle le rendit à Conde, elle lança un dernier appel, tout en relevant ses cheveux tombés sur la moitié de sa figure, découvrant ainsi la vraie beauté et l'angoisse qui caractérisaient son visage de dix-sept ans.

– Allez, retrouve-la... Tu sais, la disparition de Judy me déprime *vraiment*.

Le Flaco et le Conejo, tels les vigies de Colomb, scrutaient l'horizon, assis sur la terrasse de la maison de Carlos. À peine le virent-ils tourner au coin de la rue, avec un sac dont le contenu était facile à imaginer, que Carlos actionna son fauteuil roulant autopropulsé et cria :

– Merde, tu nous snobes !

– On n'aurait pas une petite soif par hasard ?

– T'as vu l'heure qu'il est, mon salaud ? Le Flaco continuait à le réprimander tout en lui arrachant le sac plastique pour voir son contenu, révélant ainsi sa grande soif.

Conde caressa la tête de Carlos et tapa sur la paume du Conejo.

– Charrie pas, sauvage, il est même pas neuf heures... Comment va, Conejo ?

– Le Flaco m'a dit que tu arriverais de bonne heure, que tu avais de l'argent pour acheter du rhum et je... je vais bien, mais cela pourrait aller mieux, dit l'ami, et il prit le sac que lui tendait Carlos avant de disparaître à l'intérieur de la maison.

– Et ta mère ?

– Elle prépare quelque chose.

Dès qu'il prit conscience de cette information prometteuse, Conde sentit ses tripes se rebeller contre la solitude à laquelle il les soumettait.

– Éclaire ma lanterne, réclama-t-il à son ami invalide.

– La mère a dit qu'elle n'était pas d'humeur à se compliquer la vie... *Tamales* de maïs tendre en cocotte... Avec pas mal de farce de porc dedans... Et le Conejo a apporté des bières pour faire descendre tout ça. Avec cette chaleur...

– La nuit s'annonce bien, admit Conde au moment où le Conejo revenait avec les verres pleins de rhum et de glaçons. La distribution faite, ils burent la première gorgée et tous les trois sentirent leurs tensions se relâcher.

– Dis-moi, Conde, pourquoi es-tu arrivé si tard ? Tu ne devais pas finir de bonne heure avec Yoyi ?

Conde sourit et s'envoya une nouvelle rasade avant de répondre.

– Un truc complètement dingue… Voyons un peu, lequel de vous deux sait ce que sont les emos ?

Carlos n'eut pas le temps de hausser les épaules pour confirmer son ignorance.

– C'est une des tribus urbaines apparues ces derniers temps. Ils s'habillent en noir ou en rose, ont les cheveux qui leur tombent sur le visage et ils se complaisent dans la déprime.

Ahuris, Conde et Carlos regardaient le Conejo qui affichait ses connaissances. Ils étaient habitués à l'écouter parler de l'usage des métaux à Babylone, de la cuisine à Sumer ou des cérémonies funéraires des Sioux, mais cette érudition emo les surprenait.

– Ben oui, approuva Conde, les emos sont bien comme ça… Et je suis arrivé en retard parce que j'étais justement en train de parler avec une emo.

– Une ema ? dit Carlos en jouant sur les mots.

– La petite-fille du Kaminsky cubain, le médecin.

– Et de quoi vous avez parlé ? De dépression ?

– Oui, c'est presque ça… répondit Conde, et il leur expliqua la surprenante requête de la fille, due à un malentendu, car elle le prenait pour une sorte de détective tropical travaillant à son compte.

– Putain ! Qu'est-ce que tu vas faire ? voulut savoir Carlos.

– Rien… Je vais appeler Manolo pour lui demander ce qu'il sait et, si j'ai le temps, je vais peut-être passer voir la grand-mère, pour rassurer Yadine qui me fait de la peine. Mais d'où je pourrais bien sortir cette gamine qui doit être dans la nature en train de faire Dieu sait quoi ?

– Et si elle a vraiment été enlevée ? demanda le Conejo, toujours le plus cancanier.

– Dans ce cas, attendons qu'ils réclament la rançon… Ou vous me donnez un freak ou je mange l'emo… ! Moi, pour le moment qu'on me donne un *tamal* en cocotte, putain, je crève de faim ! s'écria Conde, décidé à se libérer de cette histoire qui lui semblait de plus en plus loufoque.

Ils mangèrent comme des Bédouins tout juste revenus d'un long séjour dans le désert : deux assiettes creuses de grains de maïs moulus qui, en passant par les mains de

Josefina, se transformaient en une délicate ambroisie. Elle fut accompagnée d'une salade de tomates et de poivrons, d'un plat de bananes mûres frites, le tout arrosé de plusieurs bières et, en dessert, une crème à la noix de coco sur laquelle reposait un demi-fromage blanc donna le coup de grâce à un éventuel reste d'appétit.

Sur le coup de minuit, tandis qu'il se rendait chez Tamara, Conde eut la certitude qu'il oubliait une chose importante. Il ne savait pas où ni de quoi il s'agissait. Seulement que c'était important…

Il entra dans la maison et, après s'être déshabillé et brossé les dents, il se dirigea vers la chambre sur la pointe des pieds, comme le classique mari qui rentre à pas d'heure. Dans l'obscurité, il entendit le léger ronflement de Tamara, toujours humide et flûté. Avec d'extrêmes précautions, il s'allongea de son côté du lit, pleinement conscient qu'il préférait l'autre côté. Mais dès le début Tamara s'était montrée inflexible quant à sa propriété : si tu veux dormir avec moi, ça, c'est mon côté, toujours, ici et partout, l'avait-elle averti une seule fois, en tapotant le côté gauche du matelas. Étant donné tout ce que cette femme lui apportait, il n'était pas question de se disputer pour une broutille spatiale. Pourtant, il préférait l'autre côté.

L'homme posa sa tête sur l'oreiller et sentit que l'épuisement accumulé au long d'une journée tendue et mouvementée relâchait ses muscles. Le plaisir de la digestion et l'effet des bières et du rhum hâtèrent la décontraction qui précède le sommeil. À ce stade, l'image de Yadine, l'emo Kaminsky, lui revint involontairement à l'esprit. La fille, avec ses piercings et son regard triste, arriva à occuper le premier plan, devant ses préoccupations connues et même pressenties, et l'accompagna dans le glissement vers l'inconscience.

2.

Conde avait à peine mis un pied dans le vestibule du commissariat central des enquêtes criminelles qu'il eut envie de faire demi-tour et de s'enfuir en courant. Même si cela faisait vingt ans qu'il ne courait plus et n'entrait pas dans ce lieu, le souvenir de son passage orageux, durant une décennie, dans l'univers des policiers, tordait les tripes de sa mémoire comme une douleur incorruptible. Tandis qu'il observait le nouvel ameublement, les rideaux de tissu épais caressés par l'air conditionné, les murs récemment repeints, il se demanda si cet endroit, avec son air aseptisé, était bien celui où il avait travaillé et si cette expérience s'était déroulée dans sa vic actuclle ou dans une autre vie parallèle ou achevée depuis longtemps. "Merde alors ! Comment diable as-tu pu supporter d'être flic pendant dix ans, Mario Conde ?"

Il ne reconnut aucun des hommes en uniforme qui passèrent à côté de lui, pas plus qu'ils ne le reconnurent – ou du moins telle fut son impression, pour son plus grand soulagement. Des enquêteurs de son époque, seuls ceux qui étaient alors les plus jeunes devaient avoir survécu, comme le sergent Manuel Palacios, son éternel second qui, après l'avoir fait attendre vingt minutes, sortit enfin de l'ascenseur et se dirigea vers lui. Manolo était en uniforme car il aimait le porter et arborer sur ses épaules son grade de major.

– Viens, on va parler dehors, dit-il en lui serrant la main et en le tirant presque pour le sortir de l'atmosphère climatisée et le conduire vers la vapeur indécente de ce matin de juin.

– Merde, pourquoi on ne peut pas parler ici ?

Manolo chaussa des lunettes mystérieuses derrière lesquelles il prétendait tout au moins dissimuler les rides et les poches sombres suspendues au bord de ses paupières. Manolo n'était plus le maigrichon qu'il avait été, on ne pouvait toutefois pas dire non plus qu'il était gros, même s'il en avait l'air. Conde l'étudia attentivement : le corps de son ex-collègue faisait penser à celui d'un pantin mal gonflé où l'air vicié des années se serait accumulé dans l'abdomen et le visage, lui donnant un aspect mou, tandis que la poitrine, les jambes et les bras étaient restés minces, comme desséchés. "Putain, ce petit salaud est pire que moi !" pensa-t-il.

Sous le même faux laurier que, vingt et quelques années auparavant, Conde observait de la fenêtre de son minuscule bureau, les hommes s'assirent sur un muret, une cigarette à la main.

– Qu'est-ce qui t'arrive encore, mon vieux ? Attention, les moineaux risquent de nous chier dessus... – Le major Manuel Palacios fumait en regardant de tous côtés comme s'il était poursuivi. – Le comble c'est que maintenant on ne peut plus fumer à l'intérieur... Conde, ça devient absolument insupportable, c'est moi qui te le dis...

– Ça ne l'a pas toujours été ?

Manolo essaya même de sourire.

– Tu ne peux pas savoir... ! Le pire, c'est pas la cigarette... Figure-toi qu'ils ont soudain compris que si ceux d'en bas volent, c'est parce que ceux d'en haut leur donnent la clé et leur ouvrent même la porte... Il y a une flopée de grosses huiles en tôle ou sur le point d'y aller. De vrais gros poissons. Ministres, vice-ministres, directeurs d'entreprise...

– Ils se sont enfin décidés à secouer le cocotier. Mais ils ont eu du mal...

– Et ce ne sont pas des noix qui tombent, ce sont de grosses merdes... Et nous, derrière eux... – Manolo fit le geste d'attraper des noix fétides en chute libre. – Les détournements de fonds et les affaires dans lesquelles ils étaient fourrés, c'est une question de millions... Personne ne connaît vraiment le montant de ce qu'ils ont volé, magouillé, offert, dilapidé en cinquante ans.

– Et vous qui vous en prenez aux petits vieux qui vendent des filets à provisions, des glaces à l'eau, et des pinces à linges...

– Maintenant on donne dans la pêche au gros. Mais on est aussi sur l'opération "Samedi Géant", on recherche ceux qui captent le signal par satellite et qui distribuent les câbles pour que les gens puissent regarder les chaînes de Miami… Et ils sont des milliers, des millions… Et on ferme les bordels et les bars à putes, ça aussi il y en a un paquet. On a découvert ça parce qu'une fille a été tuée dans un de ces bars ; on lui a fait prendre de la drogue et son cadavre a été retrouvé dans une décharge. Il y a même des Italiens putassiers impliqués dans cette histoire et…

– C'est beau, non ? Le meilleur des mondes possibles… Et c'est maintenant, tout d'un coup, qu'on découvre que ce monde était rempli de gens corrompus, de putes, de drogués, de dégénérés qui prostituent des gamines et de crapules auxquelles on aurait donné le bon Dieu sans confession parce qu'ils disaient toujours oui !

– Et au milieu de tout ce merdier, comment veux-tu que les chefs envoient des hommes pour savoir où s'est fourrée cette écervelée qui s'est sûrement noyée en essayant d'atteindre Miami sur un radeau ? Tu peux me le dire ?

– Son amie dit que les parents et la grand-mère jurent leurs grands dieux que la petite n'est pas partie… Elle n'a même pas pris contact avec sa sœur qui vit à Miami.

Manolo respira bruyamment.

– Ce matin, quand tu m'as appelé, je suis tout de suite allé chercher le dossier de cette affaire… La gamine était une emo et la plupart d'entre eux ont une mèche de cheveux sur un œil et sont obsédés par les baskets. Mais pas n'importe lesquelles, des Converse, qui coûtent presque cent dollars et…

– Des baskets à cent dollars ?

Là, le major Palacios sourit et souleva ses lunettes noires pour mieux observer son ex-collègue. Dès qu'il fixa son regard sur le Conde, son œil gauche se mit à naviguer pour ne s'arrêter qu'une fois collé à la cloison nasale.

– Dans quel monde tu vis, mon pote ? Écoute, pour être emo, il faut avoir des chaussures de cette marque, ou d'une autre dont j'ai oublié le nom, un téléphone portable, mais pas n'importe lequel, pas de ceux qui ne servent que pour parler et envoyer des petits messages, non, un portable avec une caméra pour photos et vidéos qui permet aussi d'écouter de la musique. Il faut porter des vêtements noirs, plutôt de Dolce & Gabbana, peu importe s'ils sont authentiques ou *made in Ecuador*. Il faut avoir des bracelets, des sortes de tubes en tissu sur les bras comme si c'étaient des manches, des gants, également noirs, avec cette chaleur infernale, et il faut se traiter les cheveux avec un produit chimique qui les rend raides et durs pour pouvoir se peigner comme si l'aile d'un corbeau vous tombait sur la figure... Tu sais comment ils appellent cette mèche de cheveux ? Le bifteck...

– Le bifteck ? Un bifteck ? Mais qu'est-ce que tu racontes ?

– Arrête de déconner et fais le compte : il faut au moins cinq cents dollars pour devenir emo... ce que je gagne en deux ans.

– Et quels sont vos rapports avec les emos ?

– Eh bien... tous ces individus se réunissent dans la rue G : les emos mais aussi les rockeurs, les freaks, les rastas, les métalleux, les danseurs de hip-hop... ah ! j'oubliais les mikis.

– Il y en a de plus en plus... C'est quoi ? *La Guerre des étoiles ?*

– Ils se ressemblent presque tous mais ils ne sont pas identiques. Les mikis, par exemple, ce sont eux qui ont le plus de fric, parce que les parents sont bien placés pour en faire, d'une façon ou d'une autre... Nous, on evite de s'en prendre à eux tant qu'ils ne font que boire du rhum, écouter de la musique, pisser dans la rue, chier devant les maisons du quartier, baiser entre eux dans n'importe quel coin sombre...

Ce fut au tour de Conde de rire.

– Qu'est-ce que vous avez changé ! Quand moi j'étais au lycée, tu te faisais embarquer si tu te baladais en bermuda dans la rue... Et ces gamins, ils en sont où question drogue ?

– Ça, c'est le plus chiant. Là, oui, on montre les dents. Le problème, c'est que les fins de semaine ils sont très nombreux à se réunir et ça nous complique les choses. On remonte à ceux qui la vendent à travers ceux qui l'achètent, et on attrape souvent un gros poisson.

– Et comment vous vous y prenez ?

– Merde, Conde, on n'a pas inventé les informateurs pour rien... On a un mikiflic, un flicmétalleux et un vampiflic. Parce qu'il y a aussi des vampires dans la rue G.

Conde acquiesça comme si ce qu'il venait d'entendre était le plus naturel du monde. Et, apparemment, ça l'était devenu. De toute façon, Manolo lui donnait une raison de plus de se réjouir de pouvoir écouter cette musique dans le fauteuil d'un spectateur et pas comme policier en service, chargé peut-être d'effectuer une chasse aux vampires. Ce pays était-il devenu fou ? Yadine portait-elle des baskets à cent dollars ?

– Alors tu ne peux rien faire pour retrouver la gamine ?

– Ce n'est plus une gamine, Conde, elle a dix-huit ans, elle est un peu montée en graine pour être encore fourrée dans ces groupes à la con, emo ou autre, pour se déprimer par plaisir et pour souffrir en se faisant des coupures et... Après ils disent qu'ils ne sont pas masochistes...

– Merde, Manolo, j'ai l'impression d'aller sur mes cent ans. J'y comprends que dalle. Et dire qu'on nous a tellement fait chier avec les indispensables sacrifices, l'avenir, la prédestination historique et un pantalon par an, tout ça pour en arriver là... Des vampires, volontairement dépressifs et masochistes ? Avec cette chaleur ?

– C'est pour ça que je te dis que, si elle n'est pas allée se faire voir ailleurs, le plus probable c'est qu'elle soit dans le coin, en train de faire des galipettes avec un étranger ou Dieu sait où, en train de se shooter avec n'importe laquelle des drogues qu'ils prennent maintenant. Ou en train de se couper en petits morceaux... Tout ce que je peux demander à ceux qui sont chargés de l'affaire, c'est de ne pas mettre son dossier au fond d'un tiroir. Mais, en ce moment, je suis sûr qu'ils sont trop débordés à chercher des proxénètes, des putes, des trafiquants, des truands, des fonctionnaires corrompus et autres fils de leurs mères, pour consacrer encore du temps à une emo volontairement disparue. En plus, tu le sais bien, au-delà de soixante-douze heures, un disparu qu'on a fait disparaître ne réapparaît pratiquement jamais. Manolo sourit, satisfait de son talent verbal et ajouta : En tout cas, pas vivant.

Conde alluma une nouvelle cigarette et passa le paquet à Manolo qui fit non d'un signe de tête.

– Quel jour est-elle supposée avoir disparu ?

Manolo sortit de la poche de son pantalon réglementaire un carnet tout froissé.

– Le 30 mai... ça fait onze jours, lut-il, il fit le calcul et ajouta : Trois jours après, sa mère a signalé sa disparition. Elle a dit que parfois sa fille disparaissait un jour ou deux, mais jamais trois. Pour l'enquête, tu sais bien que ce temps perdu est fatal.

– Il y a quelque chose d'intéressant dans le dossier ?

Manolo réfléchit quelques secondes. Il avait remis ses lunettes et Conde ne put profiter du spectacle de son strabisme intermittent.

– Tu as déjà rencontré les parents ?

– Non, pas encore.

– Ils ont même envoyé une photo de leur fille à une chaîne de télévision… Mais on a eu du mal à leur faire dire que la petite avait un moment rencontré un Italien, un dénommé… – Manolo consulta de nouveau son carnet qu'on aurait dit sorti d'une poubelle. – Paolo Ricotti… Ce nom est apparu parce que, ce mec, on l'a à l'œil, il fréquente les putes et on le soupçonne de corruption de mineures, mais on n'est pas encore arrivés à l'attraper la main dans le sac.

– Et que fait ce type à Cuba ?

– Homme d'affaires… Ami de Cuba… Il fait partie de ceux qui font des dons solidaires… Mais, dis-moi, Conde, je ne comprends toujours pas pourquoi tu t'es fourré dans l'histoire de cette emo ?

Conde lança un regard vers l'immeuble où il avait travaillé dix ans. Il chercha la fenêtre de ce qui avait été son bureau et, malgré lui, ne put éviter une bouffée de nostalgie malsaine.

– Je crois que c'est parce que j'aimerais bien discuter avec cette Judy… Pour comprendre vraiment ce qu'être emo signifie…

Manolo sourit et se leva. Il connaissait ces réponses évasives de Conde et décida d'enfoncer le clou.

– Ce ne serait pas plutôt que ça te démange parce que tu continues à penser comme un flic ?

– Comme disait mon grand-père : que Dieu nous protège de cette maladie si on ne l'a pas déjà attrapée… Merci, Manolo.

Conde tendit sa main droite à Manolo qui, plus que la serrer, la retint.

– Dis-moi, vieux, et le père, il ne t'intéresse pas ?

Une étincelle éclaira le cerveau de l'ex-policier.

– Si, bien entendu…

– Le type est en train de mariner. C'était un des responsables de la coopération cubaine au Venezuela… Un vrai merdier d'importations frauduleuses…

– Et ?

– Pour le moment, c'est tout ce que je sais... Mais ça m'a mis la puce à l'oreille et je vais faire des recherches.

– Ce que tu trouveras m'intéresse. Même si ça n'a rien à voir avec la fille. Un malheur n'arrive jamais seul... affirma-t-il, et il toucha mécaniquement sa poitrine sous le sein gauche, l'endroit où généralement ses prémonitions se faisaient douloureusement sentir.

– Ah, non, Conde ! Tu vas pas la ramener maintenant avec tes prémonitions... Et puis, au fait, colle-toi de la bouse de vache sur la tête, il paraît que c'est bon... parce que, à ce train-là, tu vas te retrouver complètement déplumé...

Après plusieurs jours menaçants, le ciel se fâcha et ouvrit ses vannes : éclairs, coups de tonnerre et pluie emplirent l'après-midi comme si la fin du monde était arrivée. Lorsqu'il pleuvait de cette façon apocalyptique et que la chaleur cédait, Conde connaissait un excellent moyen pour attendre la fin de l'orage d'été : il se remplissait la panse avec la première chose qu'il trouvait, s'affalait sur son lit, ouvrait le roman asthmatique d'un auteur cubain, toujours à portée de main pour ces circonstances, lisait une page sans rien piger et, le cerveau assommé par l'effort, s'endormait, pelotonné dans le bruit de la pluie – et c'est ainsi qu'il dormit cet après-midi-là – comme un enfant après la tétée.

Lorsqu'il se réveilla, deux heures plus tard, il se sentit humide et lourd. La lourdeur était due au sommeil ; l'humidité, à Basura II qui, en quête d'un refuge pour laisser passer la bourrasque estivale, en avait trouvé un parfait et dormait, le pelage encore mouillé, nez à nez avec Conde. L'homme pensa qu'il devait profiter du sommeil du chien pour le tuer sur-le-champ : c'est ce que méritait cet incorrigible bâtard. Mais en le voyant dormir, la pointe de la langue entre les dents, émettant de légers grognements de plaisir provoqués par quelque agréable rêve canin, il se sentit désarmé et se leva avec la plus grande délicatesse possible pour ne pas interrompre la sieste de... cette espèce de petit salopard qui méritait la mort pour avoir mouillé son lit.

La pluie avait cessé mais les nuages cachaient encore le soleil. Pendant qu'il faisait du café, Conde repensa malgré lui à sa conversation avec Manolo. Y aurait-il un rapport entre ce que le père de l'emo avait fait au Venezuela et l'évaporation de la jeune fille ? La logique disait qu'il ne devait y avoir aucun lien, mais la logique était souvent velléitaire, se dit-il.

Après avoir bu son café et fumé une cigarette, il se décida à remettre la machine en marche et appela Yoyi el Palomo.

– Dis-moi, tu as des nouvelles du dirigeant ?

– Pas encore, répondit le Palomo. Laisse-lui un peu de temps, deux ou trois jours. Tu ne fais plus confiance à mon flair ?

– Au contraire, plus que jamais... Écoute, Yoyi, tu es pris ce soir ou tu peux m'accompagner pour voir une chose qui m'intéresse et à laquelle je ne comprends rien ?

– Ça peut rapporter ? demanda Yoyi el Palomo, comme on pouvait s'y attendre.

– Pas un sou. Mais ton aide serait la bienvenue... Je veux voir si j'arrive à trouver une femme.

– Pour toi ?

– Pas précisément. Trop jeune : elle a dix-huit ans... Une emo.

– Une emo ? Dix-huit ans ? Ok, Je suis de la partie !

Deux heures plus tard, Yoyi passait le prendre dans sa Bel Air. Comme Conde avait appris que le meilleur moment pour observer ces jeunes se situait vers dix heures du soir, son associé l'avait invité à tuer le temps en tuant leur faim ; l'exécution eut lieu à *El Templete*, la vieille auberge portuaire devenue le restaurant le plus cher de la ville dont la clientèle, dans 99,99 pour cent des cas, se composait de personnes nées ou ayant vécu au-delà des mers, et de nouveaux patrons cubains, les seuls capables de franchir la barre des prix exorbitants des délices offerts par l'établissement. Mais Conde ne fut pas étonné de constater que, des voituriers au chef cuisinier, tous accueillaient Yoyi avec les révérences habituellement réservées aux cheiks arabes, lui qui avait poussé dans la rue comme du chiendent.

Après un dîner princier modérément arrosé – deux bouteilles d'un Ribera del Duero rouge, ils laissèrent la Chevrolet devant la maison d'un ami de Yoyi qui se chargerait de la surveiller comme si c'était sa fille encore vierge (façon de parler), et ils s'engagèrent dans la rue 17 en direction de G, l'ancienne avenue des Présidents. Depuis deux ans, les tribus urbaines havanaises, comme on appelait désormais ces rudes habitants de la nuit qui, semblait-il, comptaient même à leur actif des vampires tropicaux, avaient dressé leurs campements sur le terre-plein au milieu de l'avenue.

À plusieurs reprises, Conde avait remarqué, en passant rapidement en voiture ou en bus, toujours dans l'indifférence la plus totale, le rassemblement des jeunes qui étaient devenus maîtres des nuits de la rue G, surtout les fins de semaine. Il trouva tout de suite le spectacle intéressant, peu compréhensible et très singulier. D'après ce qu'il savait, tout avait commencé par une réunion de rue d'un groupe d'amateurs de rock ne sachant où se retrouver, pour devenir peu après une concentration massive de jeunes qui traînaient ensemble leur ennui et leur non-conformisme, plus auto-exclus que marginalisés, et qui, décidés à vider le temps de son sens, se perdaient en discussions, buvaient et finissaient la nuit en se branchant sexuellement sur n'importe quelle prise disponible. Mais il n'en savait guère plus sur ce monde si éloigné et si différent du sien.

Au cours du repas, Yoyi lui avait fourni quelques explications.

– Essaie de comprendre.

– Je ne vais pas comprendre, mais vas-y toujours... accepta le Conde.

– Ces jeunes, tout ce qu'ils veulent c'est qu'on leur fiche la paix pour pouvoir parler de leurs conneries sans que personne ne les embête. Le sujet de conversation varie selon la tribu. Les rockeurs parlent de rock ; les rastas, de la technique pour se tresser les cheveux comme les Noirs ; les freaks, de la façon de s'habiller la plus extravagante ; les mikis, de téléphones portables et de marques de vêtements...

– Des sujets très intellos... Et les emos ?

– Ceux-là oui, ils sont plus tordus, *man.* Ils ne causent pas beaucoup parce que ce qu'ils aiment, c'est la déprime.

– Tout le monde me parle de dépression... Ils aiment vraiment ça ? Ce n'est pas de la pose ? Ça m'intrigue...

– Pour être emo, il faut être dépressif et penser beaucoup au suicide.

– Je t'avais bien dit que je n'allais pas comprendre.

Yoyi, qui évitait les sucreries, s'envoya un plat de crevettes à l'ail en guise de dessert, but une gorgée de vin et chercha comment faire la lumière dans l'esprit de Conde.

– Le problème de tous ces gamins, c'est qu'ils ne veulent pas ressembler aux gens comme toi, Conde. Même pas à des types comme moi. Ils essaient d'être différents, mais surtout ils veulent être ce qu'ils décideront d'être et pas comme on leur a dit qu'ils devaient être, comme c'est le cas depuis longtemps dans ce pays où les gens reçoivent toujours des ordres. Ils sont nés quand tout était beaucoup plus duraille, ils ne croient plus aux bobards et ils n'ont pas la moindre intention d'être obéissants... Ils aspirent à être *out*, en dehors...

– Bon, là ça me plaît davantage. Ça, je comprends...

– Tu vois, *man*. Ils appartiennent à une tribu parce qu'ils ne veulent pas appartenir à la masse. Parce que la tribu est à eux et pas à ceux qui organisent tout et planifient tout, dit Yoyi en faisant un geste vers les hauteurs.

– Je te suis toujours... mais je ne pige pas l'essentiel. Comment tu sais tout ça ?

Yoyi sourit en caressant son sternum saillant comme le bréchet d'un pigeon.

– Parce qu'à mon époque, j'ai été rockeur... j'étais fou de Metallica.

– Voyez-vous ça... moi j'en suis resté à Creedence...

– Mais de mon temps, c'était comme un jeu. Quand je parle avec des rockeurs de maintenant, c'est plus compliqué. – Yoyi se toucha la tête pour situer la complication. – C'est du sérieux. Du moins, c'est ce qu'ils pensent.

Cette nuit-là, rafraîchie par la pluie du soir, la rue débordait de jeunes gens. À première vue, Conde remarqua que la plupart étaient des adolescents à peine pubères. Tous semblaient s'être déguisés pour un carnaval futuriste. Des cercles s'étaient formés autour de quelques jeunes qui jouaient de la guitare ; des garçons déambulaient dans un sens ou dans l'autre le long de la promenade centrale de l'avenue, cherchant quelque chose qu'ils ne trouvaient pas ou peut-être sans rien chercher ; d'autres, assis sur le sol sans doute humide après l'averse, se passaient une bouteille en plastique de deux litres d'un liquide sombre, à l'aspect huileux, apparemment très alcoolisé. Certains portaient des vêtements collants ; d'autres des pantalons larges ; ceux-ci avaient des crêtes de cheveux gominés sur la tête, des bracelets de bourreau médiéval aux poignets, des chaînes avec des cadenas au cou ; et ceux-là, des anneaux aux oreilles, les lèvres maquillées et des vêtements roses. Écœurés et aliénés par une hiérarchie oppressive, revenus de tout, auto-expulsés, asexués obsédés d'anatomie et de musique, candides, irrités, militants tribaux, anarchistes sans bannières, ils étaient à la recherche de leur liberté. Plus que dans une rue cubaine, Conde eut l'impression de marcher dans Port Mars, bien entendu, sans Hilda*. Mais il s'agissait bien de La Havane : une ville qui en s'éloignant enfin de son passé, avec ses ruines physiques et morales, annonçait un avenir imprévisible.

Peut-être poussé par le besoin de faire cette précision planétaire, Conde se souvint malgré lui que dans cette même ville où avaient échoué les dix tribus perdues, quelques années auparavant, quand lui-même était adolescent, certains sorciers au pouvoir illimité descendaient dans la rue pour attraper tout jeune qui exhibait des cheveux un peu plus longs ou un pantalon plus étroit que ce qu'ils estimaient, eux les puissants sorciers instruments du véritable pouvoir, être la norme pour les chevelures et les extrémités d'un jeune garçon immergé dans un processus révolutionnaire qui s'acharnait – par cette méthode entre autres – à forger l'Homme Nouveau. L'arme d'extermination massive la plus utilisée par la garde rouge était les ciseaux : pour couper cheveux et tissus. Plusieurs milliers de ces jeunes, considérés comme des tares sociales inadmissibles dans le cadre de la nouvelle société en construction, uniquement à cause de leurs préférences capillaires, musicales, religieuses, vestimentaires ou sexuelles, ne s'étaient pas seulement retrouvés tondus, avec leurs vêtements rectifiés. Nombre d'entre eux furent internés dans des camps de travail où, soumis à un régime militaire, les durs travaux agricoles étaient supposés les rééduquer pour leur bien et celui de la société. Être considéré comme une "tapette", arborer des

---

* *À Port Mars sans Hilda.* Nouvelle d'Isaac Asimov parue en 1957.

tendances hippies, croire à un dieu ou avoir la cuisse légère constituait un vrai péché idéologique et les hordes de défenseurs de la pureté révolutionnaire, mandatés pour débroussailler le chemin moral et idéologique vers un avenir meilleur, avaient effectué leur très productive moisson de ces présumés pervers qu'il fallait de toute urgence corriger ou éliminer (tandis que la vraie récolte de canne à sucre, celle dont dépendait le développement ou le sous-développement, n'obtenait pas d'aussi bons résultats). Tout en se souvenant, Mario Conde ne pouvait s'empêcher de se demander si toute cette douleur et toute cette répression infligées à des êtres différents, seulement parce qu'ils étaient ainsi, si cette mutilation de la liberté, au pays de la liberté promise, avaient servi à quelque chose : non, du moins à en juger par ce qu'il voyait maintenant. Et il s'en réjouissait, totalement. Mais... les sorciers avaient-ils vraiment disparu ou s'étaient-ils seulement repliés, attendant leur heure, même si la vie leur avait retiré la possibilité de la voir revenir... ? Cependant, de ce monde bigarré et défait dans lequel il avançait maintenant comme un aveugle sans sa canne, ne parvenait à son oreille, comme un bruit désagréable, qu'une certitude : si ces jeunes pouvaient jouir de la dépression et pratiquer l'automutilation qui allait jusqu'à la culture de la mort, leurs attitudes, selon lui l'ex-policier, étaient antinaturelles, plus même, opposées au caractère national. Il était de plus en plus persuadé que c'était cette posture incompréhensible qui l'avait poussé à venir jusque-là.

– Yoyi, dans tout ce cirque comment peut-on savoir qui sont les emos ?

– Putain, *man*, on les reconnaît à leurs fringues et au bifteck... On va les chercher...

– Eh, préviens-moi si tu vois les vampires ! Même si ceux-là, je vais sûrement les reconnaître à leurs canines et aussi parce qu'au lieu de boire du rhum soda ils s'envoient un Bloody Mary.

Yoyi s'approcha d'un groupe pendant que Conde, sans cesser de réfléchir à ce qu'il découvrait, s'expliquait ce monde avec des codes ironiques derrière lesquels il se protégeait de sa perplexité, et observait, dans un coin de la promenade, les nouveaux hommes de ce futur qui était déjà présent. Quand il revint, le jeune homme avait le sourire aux lèvres.

– Ils sont par là, plus bas, avant d'arriver au croisement de la rue G et de la 15…

Ils traversèrent la 17 et, aux abords d'une des nouvelles et toujours plus horribles statues des grands hommes latino-américains érigées pour combler les espaces laissés vides par les effigies disparues des présidents cubains de l'époque républicaine, ils aperçurent les habitants de la minuscule mais souveraine contrée d'Emoland. Les coiffures avec la mèche raide collée sur la moitié du visage, les tenues noires et roses, les manchons rayés comme des peaux de zèbre, les anneaux métalliques dans diverses parties du corps dont les lèvres, les paupières et les ongles, également foncés, étaient les signes qui les distinguaient du reste des indigènes rencontrés précédemment. Le policier qu'il portait en lui, et bien malgré lui, une fois réveillé, Conde arrêta le Palomo pour tenter de localiser Yadine dans le groupe, mais ne la trouva pas. Il en profita alors pour les observer un moment et se faire une première idée du groupe. Tandis que ceux qu'il venait de voir chantaient, parlaient ou se bécotaient, les jeunes emos gardaient le silence, assis dans l'herbe qui devait leur mouiller les fesses, le regard dans le vague ou tourné vers un point quelconque. La structure circulaire du groupe facilitait le mouvement de la grosse bouteille plastique qui tournait en sens inverse des aiguilles d'une montre, comme si elle parcourait un temps impossible vers le néant. En les observant, Conde se dit qu'il commençait peut-être à comprendre l'incompréhensible : ces adolescents en avaient marre de leur environnement. Cependant, ils ne semblaient pas disposés à faire autre chose que se parer, se saouler, et se marginaliser tous les soirs pour remédier à cet état de profonde fatigue, sans trop se préoccuper de trouver une issue qui ne soit pas l'auto-aliénation. Comme le lui avait suggéré la philosophie élémentaire de Yadine, ils n'aspiraient qu'à exister, être là et paraître. Les emos étaient les petits-enfants d'une écrasante fatigue historique et les enfants de vingt ans de pauvreté consciencieusement répartie, des êtres dépouillés de la possibilité de croire, tout juste décidés à s'évader vers un coin qui semblerait leur appartenir davantage, peut-être même inaccessible pour tous ceux qui se trouvaient en dehors de ce cercle mental et physique que, sans plus réfléchir, l'ex-policier décida de briser. Obéissant à une impulsion impertinente et imparable, Conde fit les trois enjambées les plus agiles de ces dernières années, avança vers le groupe et s'assit entre un emo et une ema, peu importe si c'était bien leurs noms.

– Je peux boire un coup ?

Les gamins furent obligés de revenir à l'infecte réalité réelle : un extraterrestre était une chose trop inouïe pour être ignorée. Et, en plus, cet alien culotté et insolent leur réclamait à boire.

– Non, dit l'emo assis en face de lui, cramponné à la bouteille. Conde observa le gamin blond, presque transparent tellement il était blanc, avec ses cheveux tombant sur l'œil droit, les lèvres maquillées d'un pourpre profond, une seule manche postiche et un brillant anneau de bœuf dans le nez. Il était si androgyne qu'une observation minutieuse au microscope aurait été nécessaire pour essayer de déterminer son appartenance sexuelle.

– Ça fait rien. De toute façon, ça doit avoir un goût de chiottes, se défendit le Conde qui se déplaça légèrement vers l'ema qui se trouvait à sa droite. Puis il appela son compagnon. Viens, Yoyi, glisse-toi ici, on va se déprimer un peu…

Yoyi, qui avait observé avec stupeur l'initiative de Conde, totalement étrangère à son caractère, s'approcha lentement. Même pour un ex-rockeur devenu soldat de la guerre quotidienne, le comportement de son associé semblait exagéré. Aussi murmura-t-il "pardon", avant de se laisser tomber à la place que lui faisait son ami. De plus, il semblait évident que Yoyi ne trouvait pas drôle du tout de poser par terre le fond de son jean Armani.

– Mais bordel de merde !

Le blond Visage Pâle récupéra sa condition mâle et entama une protestation. Les autres allaient le soutenir lorsque Conde les arrêta net.

– Je suis venu pour savoir une chose : Judy est vivante ou elle est morte ?

La bombe lâchée par l'astuce de l'ancien flic leur coupa la chique. Mais les regards étaient vivants.

– Précision indispensable... dit le Conde en levant l'index. Nous ne sommes pas flics. Nous voulons savoir ce qui lui est arrivé pour prévenir sa grand-mère, décida-t-il de dire, car il ignorait s'il devait mentionner ou non l'intervention de Yadine. Les flics, les vrais, disent que quelqu'un prétend que Judy voulait quitter Cuba et qu'elle est peut-être montée sur un radeau et... mais excusez mon impertinence et permettez que je me présente : Mario Conde, ravi de vous connaître.

Les jeunes écoutèrent l'intrus puis échangèrent des regards et certains cherchèrent celui de Visage Pâle, sans doute plus ou moins reconnu comme leader. Sous leurs masques, Conde calcula qu'ils devaient avoir entre quatorze et dix-huit ans et s'aperçut que son discours avait eu un certain effet qu'il devait catalyser s'il voulait tirer quelque chose de ce plongeon chez les emos.

– On m'a dit que les emos adorent les radeaux et...

Visage Pâle prit la parole.

– Judy parlait toujours de choses qu'après elle ne faisait pas... Moi, elle m'a parlé de partir sur un radeau...

Le seul emo noir du groupe se racla la gorge. Conde pensa qu'il avait l'avantage d'économiser le rouge à lèvres, mais le bifteck de cheveux raides, collé sur son visage, devait exiger beaucoup d'efforts et de produits chimiques.

– Ça, j'y crois pas, dit le garçon en regardant le leader.

– Eh bien, moi, elle me l'a répété l'autre jour, réagit Visage Pâle comme s'il était gêné. Savoir si elle l'a fait ou pas, c'est une autre histoire. Mais pourvu qu'elle soit partie au diable...

Il murmura ces derniers mots tout en arrangeant l'unique manche rayée qui lui couvrait le bras gauche, du poignet au coude. À qui ressemblait ce garçon presque transparent ? se demanda Conde. Anticipant le silence croissant, il chercha des alternatives pour que les jeunes continuent à parler.

– C'est amusant d'être emo ? demanda-t-il, cherchant à les stimuler.

– On est emo parce qu'on est emo, pas pour s'amuser, dit l'ema assise à côté de lui. Parce que ça nous fait mal de vivre dans un monde de merde, et qu'on veut rien savoir de lui.

Conde nota mentalement la phrase, presque identique à celle que Yadine avait prononcée la veille. Était-ce leur devise tribale, un couplet de leur hymne émotionnel ?

– Et tes parents, qu'est-ce qu'ils en disent ?

– J'en sais rien et je m'en fous, dit l'ema avant d'ajouter, sur le ton de la récitation, dans un anglais plus que correct : "*It's better to burn out than to fade away*", comme a dit Kurt Cobain.

Quelques *yeah, yeah* moroses mais approbateurs ponctuèrent l'intervention de la fille emo et Conde se demanda qui était ce poète ou philosophe mentionné par la pyromane en herbe. Cobain ? Billy Wilder n'était-il pas l'auteur de cette phrase ? Il se souvint alors de la fois où, encore policier, il avait eu une conversation avec un groupe de freaks de cette époque lointaine : les freaks voulaient être libres et s'éloignaient de la société oppressive pour respirer la liberté et baiser comme des damnés. Si ces emos ne voulaient rien mais s'exhibaient comme des phénomènes asexués et que, en plus, ils étaient de ceux qui préféraient brûler pour jouir de l'immolation, les choses ne faisaient qu'empirer.

– Quelqu'un parmi vous a-t-il vu la photo de Judy que sa mère a envoyée à une chaîne de télévision où on parle des personnes et des chiens perdus ?

Il fit son possible pour sembler naturel.

– Oui, moi je l'ai vue ! Peignée comme une petite fille sage… Ça ne lui ressemblait pas du tout, dit une autre ema plus éloignée, souriante même, pour corroborer la supposition de Conde.

– Et c'est vrai que Judy fréquentait un Italien ?

L'emo noir fit non de la tête, sans que le bifteck ne se décolle de son visage.

– Moi je suis un ami de Judy… du lycée, dit le garçon. L'Italien, c'était pas son copain. Comment il aurait pu l'être, c'était un vieux, il avait la quarantaine…

Conde lança un regard à Yoyi : merde alors ! Et lui, qu'est-ce qu'il était avec ses cinquante ans passés ? Et pourquoi Yadine n'en avait-elle pas parlé ?

– Et alors ?

– Elle disait que c'était un ami. Qu'elle aimait discuter avec lui, que lui au moins il la comprenait… Il lui offrait des livres, il les achetait en Espagne…

– Écoutez-moi ça ! protesta l'emo pâle que, pour une raison ou une autre, les opinions de l'emo à peau sombre mettaient mal à l'aise.

Conde jeta un nouveau regard à Yoyi : cette histoire d'Italien vieux et gentil avait des relents bizarres. Il continua à se concentrer sur l'emo noir.

– Et toi, tu dis qu'elle n'a jamais parlé de quitter Cuba ?

Le garçon réfléchit avant de répondre.

– Si, une fois... mais après, elle n'en a plus jamais reparlé. Tout le monde parle de se tirer, et il y en a plein qui s'en vont, mais ici Judy faisait quelque chose qui lui plaisait beaucoup plus : faire chier son père.

– Bon, ça c'est normal... Tu me files à boire maintenant ?

Il s'adressa à Visage Pâle qui était toujours cramponné à la bouteille tout en appuyant sur les touches de son portable et en observant l'écran, comme si la conversation avait cessé de l'intéresser. Le garçon lui tendit la bouteille à contrecœur. Conde huma son contenu : il avait déjà bu du rhum pire que celui-là, se dit-il, et il s'envoya un jet dans la gorge. Il avala, souffla bruyamment et passa la bouteille à Yoyi. Le Palomo refusa, bien entendu.

– Il y a une dernière chose que j'aimerais savoir... pour aujourd'hui... Pourquoi les emos doivent être déprimés pour le plaisir de l'être ? Il n'y a pas assez de raisons dans la rue pour être déprimé ? Vous ne trouvez pas qu'il fait un peu trop chaud à Cuba pour se déprimer à titre personnel ?

Visage Pâle lui lança un regard haineux comme si Conde était un profanateur de dogmes sacrés. Oui, oui, décidément le garçon lui rappelait quelqu'un. Après avoir réfléchi, l'emo lui répondit :

– Y a longtemps que j'avais pas vu un connard dans ton genre. Et j'en ai rien à branler que tu sois flic ou pas. – La rage qui le submergeait l'obligea à marquer une pause. Conde, disposé à tout accepter pour en apprendre davantage, observa la jubilation sur les visages des autres présumés déprimés. – La seule chose que nous voulons vraiment, c'est ne pas avoir une vie de merde comme celle que tu as eue et que tu as encore. Sûr que t'es un aigri parce que t'as jamais fait ce que tu voulais. T'as avalé tous les bobards qu'on t'a racontés... Parce que t'es un lâche et un connard. Et finalement pourquoi ? Qu'est-ce que t'y as gagné ?

L'emo fit une pause ; Conde pensa qu'il attendait une réponse et accepta de la lui donner.

– Je n'y ai rien gagné. J'y ai même perdu sans doute… Parce que je suis un con.

– Vous entendez ça ? dit-il triomphalement en s'adressant à ses congénères. Puis il fixa de nouveau Conde qui avait réussi à conserver le sourire idiot qu'il jugeait nécessaire pour la circonstance. Nous, au moins, on ne se laisse pas traiter comme des moutons, on aura la vie qu'on veut et on ne fera des courbettes devant personne, ni homme ni dieu. Nous ne croyons à rien, nous ne voulons pas croire…

– Mécréants ou hérétiques ? voulut préciser le Conde, sans bien savoir pourquoi, ou peut-être seulement parce que la dernière phrase avait pincé une corde de sa mémoire.

– Peu importe. Ce qui compte c'est de ne pas croire, poursuivit Visage Pâle, affichant ses qualités de leader et transpirant une rage enkystée. C'est pour ça qu'on ne veut rien accepter de leur merde, pour qu'après ils ne puissent pas dire qu'ils nous ont donné quelque chose. Nous ne parlons pas de liberté parce que, ce mot, les fils de putes l'ont pris pour eux et ils l'ont usé : on ne veut même pas ça de vous… On prend ce qui nous revient et basta… Et si on peut, eh bien on se tire d'ici, peu importe pour où, Madagascar ou le Burundi… Et maintenant tire-toi, rien que de voir des types dans votre genre, ça me déprime cent fois plus.

À mesure que le transparent avançait dans son discours de l'orgueil emo, Yoyi s'était relevé comme soulevé par un cric hydraulique. Il le laissa débiter sa tirade jusqu'au bout et alors il explosa :

– Écoute, biberon de lait, je voudrais seulement savoir une chose. D'où tu sors le putain de fric pour te balader avec les Converse que t'as aux pieds et avec ce smartphone Blackberry qui ici, à Cuba, te sert à que dalle ?

– Dis donc, moi je…

– Ou tu me réponds, ou tu la boucles ! Moi je t'ai laissé parler et dans l'Emoland démocratique chacun s'exprime à son tour, tonna Yoyi, au point que d'autres jeunes des tribus adjacentes se retournèrent vers eux. Tu sais ce que je dois faire, moi, pour avoir un portable ? Prendre tous les risques, tous les jours, avec les vrais flics, ceux qui existent pour de bon, et comment ! Dieu sait d'où ton père, ta mère et le pédé qui te branche sortent l'argent pour t'entretenir, t'habiller et te payer tes petits caprices. Alors, arrête de débiter des conneries et de jouer au pur et à l'hérétique. Et si tu veux vraiment déprimer, écoute bien ce que je vais te dire : ce pull Dolce & Gabbana que tu portes, il est plus faux qu'un billet de deux pesos… ! Il te faut encore des raisons d'être déprimé ? Alors écoute : tu ne seras jamais libre ! Et tu sais pourquoi ? Rien de plus facile : parce que la liberté on ne te la donne pas si tu te caches dans un coin. Il faut la gagner, abruti ! Et parce que les imbéciles dans ton genre enrichissent justement ceux qui fabriquent les Converse, les smartphones Blackberry et les MP4 qui d'ailleurs sont des super merdes… – Yoyi reprit haleine et regarda Conde. – Je me casse, *man*, je ne suis pas fait pour ce genre de discussion. Et toi – il s'adressa à l'emo blanc –, si tu n'aimes pas ce que je viens de te dire et que t'as envie de te dégourdir les mains, suis-moi, je vais te dérouiller jusqu'à ce que tu sois déprimé pour de bon…

Conde, encore assis, sentit que l'humidité s'était concentrée sur ses fesses qui étaient maintenant endolories. Il observa les emos, furieux, surpris par l'explosion de Yoyi, et leur leader transparent qui écumait de rage mais sans quitter sa place. Il capta au vol qu'à ce moment du débat, le seul qui semblait déprimé était l'emo noir. Bataillant avec ses muscles, Conde arriva à se mettre debout et afficha son meilleur sourire.

– Excusez mon ami… Il est comme ça, impulsif. C'est qu'il a été rockeur. Et moi… moi j'étais joueur… de base-ball…

Il fit un geste d'adieu, comme s'il annonçait son départ définitif des terrains de jeu.

3.

À l'époque où Mario Conde était joueur de base-ball (ou pour être honnête : essayait de l'être) et consommateur impénitent des Beatles, de Creedence Clearwater Revival et de Blood, Sweat and Tears, il avait lui aussi été victime de la dépression : mais pour des motifs beaucoup plus concrets. Il vivait les derniers jours d'une adolescence dépourvue de charme, sans avoir rien porté à ses pieds ou sur toute autre partie de son anatomie qui ressemble, même de loin, à des Converse ou à un vêtement Dolce & Gabbana, ni même à une contrefaçon. C'est alors qu'il arriva au lycée de La Víbora et, tout aussi naturellement que l'acné disparaissait de son visage, il commença à acquérir certains des éléments qui viendraient enrichir sa vie : des amis, le Flaco Carlos – alors réellement maigre –, le Conejo, Andrés et Candito el Rojo ; l'amour de la littérature, mêlé à de surprenants désirs d'écrire comme certains des auteurs qu'il lisait, comme ce petit salaud d'Hemingway ou ce con de Salinger qui n'avait plus rien publié en quarante ans ; et le premier, le plus douloureux et constant amour de sa vie : Tamara Valdemira, la sœur jumelle d'Aymara. Tamara fut la cause de sa première dépression. (Hemingway le déprimerait plus tard quand il jaugerait mieux le personnage. Salinger le décevrait simplement par son obstination à ne plus publier.)

Les jumelles avaient beau se ressembler autant qu'un être humain peut ressembler à un autre, au point que pour les distinguer plus facilement leurs parents avaient décidé que la couleur de Tamara serait le bleu et celle d'Aymara le mauve (pour les rubans dans les cheveux, les chaussettes, les bracelets...), dès qu'il les vit, malgré leurs uniformes et leurs visages identiques, Conde s'emballa comme un cheval fou et tomba amoureux, manifestement et définitivement, de Tamara. La terrible timidité du garçon, la troublante beauté de la jeune fille et le fait qu'elle provienne d'un monde si différent du sien (elle était petite-fille d'un avocat célèbre et fille de diplomate ; lui, d'un éleveur de coqs de combat et d'un chauffeur de bus) poussèrent Conde à souffrir de sa passion en silence jusqu'au jour où apparut l'irrésistible et expansif Rafael Morín, le grand gagnant qui séduisit la belle, balayant au passage les espoirs de Mario Conde qui sombra pendant plusieurs mois dans une dépression juvénile, malsaine mais parfaitement justifiée, impossible à soulager malgré la pratique fréquente de la masturbation, un art dans lequel il en arriva à se considérer comme un spécialiste et même un novateur.

Presque vingt ans après, cette amère histoire printanière avait entamé son deuxième chapitre d'une façon imprévue et explosive. Rafael Morín disparut et le destin voulut que le lieutenant enquêteur Mario Conde soit chargé des recherches : en fouillant où il fallait fouiller, il s'avéra que l'irréprochable dirigeant était tout sauf irréprochable et il ne réapparut que pour être déposé six pieds sous terre, également couvert de l'ignominie de ses activités frauduleuses*. Dès lors, Tamara et Conde (qui traînait un divorce et une séparation plutôt traumatisante) avaient entretenu une relation agréable et paisible dans laquelle chacun donnait à l'autre ce qu'il avait de meilleur, sans renoncer à ses ultimes espaces personnels. Conde pensait même que la santé de leur liaison était peut-être fondée sur le fait qu'aucun d'eux, même s'il y pensait parfois, n'avait osé prononcer, en vue d'une concrétisation, le mot fatidique : mariage. Même si le fait de ne pas l'utiliser n'empêchait pas que le mot et tout ce qu'il signifiait leur tourne autour comme un vautour à l'affût.

À chaque fois que Conde se réveillait chez Tamara, il se sentait envahi par une chaude sensation de surprise et parfois même par de soudains désirs de mariage. La première cause de ces réactions était d'origine visuelle : comme il se réveillait généralement avant la femme, l'homme avait le privilège de rester quelques minutes au lit à contempler le miracle de sa chance, en se demandant – toujours la même question durant ces vingt années de bonne fortune, du moins dans ce sens

* *Passé parfait*, Métailié, Paris, 2001.

précis – comment il était possible que, la veille au soir, il ait partagé l'intimité d'une femme si belle, capable d'avoir de la classe même abandonnée au réflexe qui la faisait ronfler comme si elle soufflait dans un *oboe d'amore*, typique des cantates de Bach. Tamara, avec seulement deux ans de moins que Conde, avait passé la frontière des cinquante ans avec une dignité stupéfiante : la poitrine, les fesses, le ventre et le visage gardaient encore beaucoup de leur éclat originel, malgré quelques rondeurs qui alourdissaient certains de ces attributs, comme le sein que découvrait sa chemise et qui retenait l'attention de Conde ce matin-là. Tamara s'appliquait à lutter contre les dégâts collatéraux liés à l'âge : exercices quotidiens, cheveux blancs impertinents dissimulés par une teinture de L'Oréal châtain moyen, alimentation contrôlée, de sorte que – selon les calculs de Conde quand il constatait sa propre détérioration et comptabilisait ses excès – elle aurait bientôt l'air d'être sa fille. La seconde cause prenait un tour plus conceptuel : comment Tamara avait-elle pu le supporter tant d'années ? Pour ne pas penser à cette question, la plus difficile, Conde se levait généralement comme un fugitif et allait préparer l'indispensable café du matin à la cuisine. Toutefois, ce jour-là, au lieu d'une prémonition douloureuse, ce fut un éclair de feu qui illumina sa mémoire et le retint quelques minutes près du lit, où il contemplait le mamelon découvert et la salive brillante à la commissure des lèvres de la belle endormie qui... dans deux jours aurait cinquante-deux ans.

Par la fenêtre ouverte, en fumant la première cigarette de la journée, Conde vit s'installer la clarté de ce qui serait encore un infernal jour de juin. Il savait très bien que Tamara n'était pas attachée aux célébrations des anniversaires, encore moins depuis qu'elle avait dépassé la moitié du parcours, ce qui expliquait peut-être pourquoi il avait tant tardé à se souvenir de la date. Mais cette année, la présence à Cuba d'Aymara, établie depuis longtemps en Italie et qui avait bien sûr la même date d'anniversaire que sa sœur jumelle, créait une situation plus que propice pour proposer une réunion. Et s'ils avaient besoin de renforts et de justifications, on pouvait compter sur Dulcita, la meilleure amie de Tamara, également sur l'île en ce moment. Oui, la fête aurait lieu... Le seul problème, c'était qu'avec les deux ou trois cents pesos tout froissés qu'il avait en poche, Conde n'avait même pas de quoi acheter le gâteau d'anniversaire.

Tout en s'habillant, Conde sourit malicieusement : oui, le Flaco Carlos n'était pas au monde pour rien.

En s'éloignant de la maison de Tamara, sa boussole pointée vers celle de la famille de Judy, la disparue, Conde fut obligé de considérer l'emplacement de cet édifice comme une coïncidence en rien fortuite dont il fut incapable de déchiffrer le message mais qui ne cessa pas de le tracasser : Judy habitait à un pâté de maisons et demi de là où Daniel Kaminsky et sa femme avaient vécu plusieurs années.

Une fois arrivé à l'adresse indiquée par Yadine, Conde pensa qu'en d'autres temps ce petit palais de la rue Mayía Rodríguez avait dû appartenir à une famille qui n'avait pas les moyens de faire construire sur la Cinquième Avenue de Miramar, comme les barons cubains du sucre et de l'élevage, mais assez d'argent pour cette maison dans un quartier de classe moyenne aspirant à une ascension sociale, comme l'était Santos Suárez dans les années 1940 et 1950. Deux niveaux, une belle hauteur sous plafond, des grilles solides et bien forgées, un air art déco, entouré d'une galerie aux arcades espagnoles encore à la mode à l'époque, l'édifice avait ressuscité sous les couches bienfaisantes de peintures aux couleurs éclatantes. D'après les informations qu'il avait réussi à soutirer au major Palacios le matin même, le dénommé Alcides Torres, père de Judy, était parvenu à s'approprier cette maison attrayante au tout début des années 1980, lorsque les propriétaires, derniers retardataires, avaient mis le cap sur Miami. Par un moyen ou un autre, le camarade Torres, faisant valoir ses besoins et ses mérites politiques, avait alors fait intervenir ses contacts pour pouvoir y installer ses pénates de dirigeant en pleine ascension.

Conde appuya délicatement sur la sonnette près de la porte. Une personne, qu'il supposa être la grand-mère de Judy, lui ouvrit. C'était une femme dans la soixantaine, très bien conservée pour son âge, mais dont le visage était marqué par un profond chagrin, une douleur apparemment plus ancienne que la disparition de sa petite-fille. Conde, qui avait des idées saugrenues plus souvent qu'on aurait pu le penser, se demanda en la voyant comment un peintre pourrait faire pour capter et reproduire sur la toile ce sentiment si diffus et en même temps si évident : la tristesse d'une femme. S'il avait su peindre, il aurait aimé essayer.

Dès qu'il se présenta, la femme comprit qui il était.

– Le détective ami de Yadine qui n'est pas détective mais qui a été policier…

– Oui, on peut le dire comme ça… Et vous êtes la grand-mère de Judy, n'est-ce pas ?

La femme acquiesça.

– Puis-je entrer ?

– Bien sûr.

Conde entra dans un salon très aéré par de grandes baies vitrées avec des grilles en fer forgé, un espace où les plantes, les décorations, les tableaux et les meubles de bois nobles s'efforçaient de souligner les moyens économiques de leurs propriétaires, pensa-t-il, tandis qu'il acceptait l'invitation de la dame et occupait un des fauteuils en osier, placé près d'une fenêtre.

– Merci, madame…

– Alma. Alma Turró, la grand-mère de…

Et elle s'interrompit, victime d'une bouffée de tristesse rebelle.

Conde préféra détourner le regard dans l'attente que la femme se reprenne. Dans sa vie antérieure de policier, il avait appris à quel point l'incertitude relative au destin d'un être cher affectait généralement d'une façon plus déchirante qu'une douloureuse vérité définitive, souvent ressentie comme un soulagement. Le jeu des déceptions et des espoirs auquel est soumis l'esprit de celui qui attend la confirmation du sort d'une personne disparue prend toujours une dimension pernicieuse et épuisante. Soudain, la femme se leva.

– Je vais vous faire un café, dit-elle, visiblement désireuse de trouver une échappatoire digne.

Conde en profita pour étudier à son aise un décor où ressortait la fausseté évidente de magnifiques reproductions de tableaux accrochées aux murs : la très reconnaissable *Vue de Delft*, de Vermeer, le célèbre intérieur d'une église d'Emmanuel de Witte, et un paysage hivernal, moulin inclus, dont il ne put déterminer l'auteur, bien qu'il fût sans doute aussi hollandais que les deux autres maîtres. Pourquoi ces foutus peintres hollandais s'acharnaient-ils à croiser son chemin comme ça, n'importe où ? Cependant, sur le plus grand mur, le plus visible, il n'y avait aucune œuvre d'art : comme une profession de foi, une gigantesque photo du Leader Maximo trônait là, souriant, au-dessus de la consigne OÙ VOUS VOUDREZ, COMME VOUS VOUDREZ, POUR CE QUE VOUS VOUDREZ, COMMANDANT EN CHEF, À VOS ORDRES ! Il poursuivit son examen visuel et observa, sur une petite table, la photo encadrée de deux petites filles, joue contre joue, souriantes, dont l'une devait avoir dix ans et l'autre quatre : Judy et sa sœur établie à Miami, supposa-t-il... Il essaya d'imaginer une jeune emo, déprimée et rebelle dans cette maison, avec tous ses habitants au garde-à-vous, prêts (du moins prétendaient-ils le faire croire) à recevoir des ordres, quels qu'ils soient. Il n'y parvint pas. Pour cette famille, les attitudes de la jeune fille devaient relever de l'hérésie, évoquée par le furibond emo transparent la veille au soir, et Conde pensa que les raisons de sa disparition, qu'elle soit volontaire ou provoquée par des forces extérieures, pouvaient se trouver dans cette maison.

Alma Turró revint avec deux tasses et un verre d'eau sur un plateau argenté. Elle déposa le tout sur la table, près de Conde, et l'invita à se servir.

– Puis-je fumer ? demanda-t-il.

– Bien entendu. Moi aussi je fume quelques cigarettes par jour. Un peu plus en ce moment, j'ai les nerfs...

Ils burent le café et allumèrent leurs cigarettes. Puis Conde se lança.

– Vous savez que Yadine est venue me voir. Je lui ai expliqué que je ne suis ni détective ni rien de ce genre et que je ne sais pas si je pourrai vous aider à retrouver Judy. Mais je vais essayer...

– Pourquoi ? l'interrompit la femme.

Conde tira deux bouffées de sa cigarette pour se donner le temps de réfléchir. "Parce que je suis curieux et que je n'ai rien de mieux à faire" était une réponse possible mais trop violente. "Parce que je suis un con qui se laisse embarquer dans les histoires compliquées" semblait un peu mieux.

– En vérité, je ne sais pas très bien... Je crois que c'est surtout à cause de ce que Yadine m'a dit au sujet des emos et de la dépression… – La femme acquiesça en silence et Conde reprit. – Le problème, c'est que ça fait déjà douze jours qu'on est sans nouvelles et ça complique les choses. J'ai parlé à un ancien collègue et je sais que la police elle-même est un peu perdue.

La femme acquiesça de nouveau, toujours sans articuler le moindre mot, et Conde décida d'entrer en matière de la façon la plus traditionnelle et en même temps indispensable.

– J'aimerais savoir si Judy a fait ou dit quelque chose d'inhabituel avant de disparaître, un détail qui pourrait révéler ses intentions…

La femme posa un instant sa cigarette sur le cendrier, mais elle la récupéra immédiatement, comme si elle prenait une décision importante concernant le fait qu'elle fumait. Toutefois elle ne la porta pas à ses lèvres.

– Tout semble indiquer que je suis la dernière personne connue à l'avoir vue. Ce jour-là… – Elle fit une pause, comme si elle avait besoin de plus d'oxygène et posa de nouveau sa cigarette. – Oui, ce jour-là elle est rentrée du lycée à l'heure habituelle, elle a picoré un peu en disant qu'elle n'avait pas très faim et elle est montée dans sa chambre. Sur le moment, il m'a semblé qu'elle ne faisait rien d'étrange. En y repensant maintenant, elle paraissait plus repliée sur elle-même ou même déprimée, du moins plus silencieuse que d'autres fois, mais ce n'est peut-être que mon imagination… On finissait par ne plus savoir si elle était déprimée pour de bon ou parce qu'elle le voulait et par discipline… Quelle folie…

– Et ensuite ?

– Elle est restée un moment dans sa chambre, elle en est sortie pour prendre un bain vers trois heures… À quatre heures et demie, elle est descendue, elle m'a dit au revoir et elle est partie.

– Vous êtes la seule à qui elle ait dit au revoir ? Que vous a-t-elle dit ?

– Sa mère était au marché, son père réparait un robinet dans le patio, mais Judy ne m'a pas demandé où ils étaient. Elle est partie comme d'habitude en me disant qu'elle sortait, qu'elle ne savait pas à quelle heure elle rentrerait, et elle m'a embrassée.

– A-t-elle téléphoné à quelqu'un ?

– Pas que je sache.

– Elle n'a rien mangé avant de sortir ?

– Elle n'est même pas passée par la cuisine.

– Peut-être pensait-elle dîner quelque part, non ?

– Je n'en suis pas si sûre. Elle passait parfois une journée entière presque sans manger. Et parfois, elle dévorait comme quatre. Je lui disais toujours que ce n'était ni sain ni normal…

– Comment était-elle habillée ? Elle avait un sac à main, un sac à dos ?

– Non, elle n'avait rien. Elle était habillée comme d'habitude quand elle allait rue G. En noir, avec des manches roses. Très maquillée avec des crayons noirs. Pour les lèvres et les yeux… Avec ses bracelets en métal et en cuir… Ah si ! Elle avait un livre.

Conde sentait que sous cette apparente normalité il y avait quelque chose de révélateur, mais il ne trouvait pas d'où cela provenait ni ce que cela révèlerait. Il lui sembla évident que, pour tenter de suivre les pas de Judy, il devait faire son possible pour la connaître.

– C'était un lundi, n'est-ce pas ? Et elle vous a dit qu'elle se rendait rue G ?

– Oui, le lundi 30 mai, mais… – Alma s'arrêta dans son raisonnement, alarmée par quelque chose qui venait de lui sembler évident. – Non, je vous ai déjà dit qu'elle ne m'a pas indiqué où elle allait. Nous avons tous supposé qu'elle était partie retrouver ses amis… Toutefois, il était encore tôt et, le lundi, ils ne vont presque jamais rue G.

– Mais elle était habillée comme si elle s'y rendait…

– Non, vous ne me comprenez pas. Lorsqu'elle allait rejoindre ses amis, elle s'habillait toujours comme ça. Pas seulement pour aller rue G. Je ne sais pas pourquoi j'ai pensé et dit à l'autre policier qui m'a interrogée qu'elle était partie là-bas. J'ai répondu sans réfléchir… Parfois ils se réunissaient chez l'un d'entre eux.

Conde acquiesça, mais il garda sa question à l'esprit : "Si tu n'es pas allée rue G, où diable es-tu allée, Judy ? Voir un de tes copains ? Retrouver l'Italien ?"

– Judy et Yadine sont très amies ?

– Je ne dirais pas ça... Judy a quelque chose d'une meneuse et Yadine la suivait comme un petit chien, elle l'imitait en tout... La femme marqua une pause et osa ajouter : Comme si elle était amoureuse de Judy... Mais Yadine est une très gentille fille.

Conde en prit note mentalement en ajoutant plusieurs points d'interrogation.

– Alma, j'ai besoin que vous me parliez de Judy. Je voudrais la comprendre. Il y a deux jours, j'ai discuté avec Yadine et hier je suis allé voir ses amis de la rue G et je suis plus perplexe qu'autre chose...

– Voyons... Je crois que Judy a toujours été une petite fille singulière. Je dois vous dire, et n'y voyez pas l'amour d'une grand-mère, qu'elle a toujours été trop mûre pour son âge et trop intelligente. À partir de huit-neuf ans, elle s'est mise à lire beaucoup, mais pas des livres pour enfants, des romans, des livres d'histoire, et moi qui l'ai pratiquement élevée, j'ai encouragé ces goûts... Elle a peut-être mûri trop vite, elle a brûlé les étapes. À quinze ans, elle parlait et pensait comme une adulte. C'est alors que ma fille et mon gendre, Alcides, ont été envoyés au Venezuela pour travailler et ils l'ont emmenée avec eux. À partir de là, tout s'est aggravé. Si vous en avez parlé avec vos amis de la police, vous savez certainement qu'Alcides a été destitué de son poste à cause de ce qu'il a fait ou pas à Caracas et qu'il a été mis en examen... Bon, c'est un autre sujet. Quand on les a fait rentrer du Venezuela, l'année scolaire était sur le point de se terminer et Judy a perdu son année d'études. Mais elle a aussi perdu d'autres choses. On aurait dit qu'on l'avait échangée avec une autre personne : la petite fille prodige qui était partie était très différente de la jeune fille qui est revenue. Elle parlait à peine à ses parents, elle communiquait plus ou moins avec moi, mais elle ne se confiait pas, non... comme si elle était revenue à l'adolescence. Avec Frederic, un ami du lycée, elle a commencé à fréquenter ces jeunes qui se disent emos, elle s'est mise à s'habiller en noir et en rose, elle est devenue emo elle aussi. Heureusement elle n'a pas quitté l'école, et elle me donnait parfois l'impression de fonctionner comme deux personnes, l'une étudiait, l'autre niait tout, rejetait tout. Celle qui étudiait alimentait mon espoir qu'un jour elle surmonterait cette manie du refus et redeviendrait une seule Judy… J'ai même eu peur qu'elle soit atteinte d'une de ces maladies qui apparaissent à cet âge-là, qu'elle soit schizophrène ou bipolaire, et je l'ai emmenée consulter des amis médecins. Ils m'ont rassurée d'un côté et tracassée de l'autre : elle ne présentait pas de signes de bipolarité ni rien de ce genre, mais elle manifestait une très grande révolte et surtout un rejet manifeste de ses parents, ce qui pouvait être à l'origine de sa tendance dépressive, une tristesse qui pouvait devenir dangereuse… Ce n'était pas la pose d'une emo.

– Excusez-moi de vous interrompre – Conde se gratta la tête et se pencha vers elle avant de reprendre – et de vous demander une chose… Judy se blessait-elle volontairement ?

Alma Turró fit un geste vers son paquet de cigarettes mais elle s'arrêta. Conde sut qu'il avait touché une corde sensible. La femme mit du temps à répondre.

– Pas trop… Psychologiquement, oui…

– Vous pouvez m'expliquer ?

– J'ai lu que certains jeunes, surtout ceux qui se disent punks, mais les emos aussi, se lacèrent, se mutilent, se font des tatouages. Ils expriment leur haine envers la société en détestant leur corps. C'est ainsi que Judy en parlait, littéralement… Je ne crois pas qu'elle en soit arrivée à ces extrémités mais elle s'est percé les oreilles, le nez, le nombril, pour porter ces anneaux et elle s'est fait faire un tatouage dans le dos…

– Tout ça après son retour du Venezuela ?

– Oui, après…

– La police est au courant pour le tatouage ? Que représente-t-il ?

– Une salamandre… petite, comme ça… Oui, bien sûr la police le sait… Pour l'identifier si…

Conde soupira. Lorsqu'il devait faire une analyse de sang, il avait toujours été de ceux qui fermaient les yeux en voyant arriver l'infirmière et il demandait à respirer un coton imbibé d'alcool pour ne pas s'évanouir. Son rejet viscéral de la douleur, du sang, de tout acte violent envers le corps, l'empêchait de concevoir ces philosophies auto-agressives. Tout ce qu'il faisait c'était fumer (toujours du tabac cubain), manger et boire (tout ce qui se présentait, peu importaient la provenance et les couleurs du drapeau), faisant confiance à la bonté de ses poumons, de son foie et de son estomac.

– Et vous m'avez dit que psychologiquement...

– Judy s'est peu à peu créé un monde à elle, un monde qui a de moins en moins de rapports avec le nôtre. Il ne s'agit pas seulement de sa façon de s'habiller ou de se peigner, mais de sa façon de penser. Elle mange des légumes, jamais de viande ; elle n'utilise ni déodorant ni crèmes, mais après la douche elle se frictionne à l'eau de Cologne jusqu'à ce que sa peau vire au rouge ; elle lit des livres très compliqués, et à un moment elle était obsédée par des dessins animés japonais, ceux qu'on appelle des mangas. – Alma Turró baissa la voix. – Elle affirme à qui veut l'entendre que tous les gouvernements ne sont là que pour réprimer... Tous, insista-t-elle pour se libérer.

En écoutant ces informations, Conde eut la sensation qu'Alma Turró n'était pas une source fiable. Dans les attitudes de la jeune fille énumérées par la grand-mère, il y avait quelque chose de plus que l'opposition et l'animosité d'une adolescente. Et ce quelque chose pouvait avoir un rapport avec sa disparition. Même si elle pensait bien la connaître, Conde commençait à penser que la grand-mère, bien qu'elle l'ait élevée, ne connaissait pas non plus Judy. Ou alors elle ne connaissait que l'une des deux Judy ? Et l'autre ?

– Alma, cet ami de Judy, Frederic ? – Elle acquiesça. – Comment est-il ?

– C'est un Noir, plutôt grand, très intelligent... Judy et lui sont amis depuis le début de leurs études secondaires. Lui, oui, c'est vraiment un ami, plus que Yadine. Enfin, c'est lui qui l'a convaincue de devenir emo.

– Ce n'est pas Yadine ?

– Non. – Alma hocha la tête. – D'après ce que j'ai entendu un jour, Yadine était gothique ou punk... mais pas emo. Jusqu'à sa rencontre avec Judy...

Conde acquiesça. Frederic était sûrement l'emo noir avec lequel il avait parlé la veille au soir et Yadine était aussi comme un oignon, avec des couches superposées, conclut-il.

– Pourquoi avez-vous transmis à la télévision une photo de Judy sans... sur laquelle elle n'a rien d'une emo ?

– C'est exactement ce que j'ai dit… Une idée d'Alcides. Il ne voulait pas qu'on voie comment était vraiment sa fille…

– Et les études ?

– Oui, elle s'intéressait toujours à ses études et elle avait de très bonnes notes, comme toujours. C'est pour ça que l'une des choses qui me font envisager le pire, c'est que dans quelques semaines les examens de fin d'année vont commencer et si elle ne revient pas…

Elle eut un sanglot profond, déchirant, et de nouveau Conde lui accorda une relative intimité en détournant le regard. Mais ce dernier élément confirma son idée que, dans l'histoire de Judy racontée par sa grand-mère, il manquait une donnée dont il devinait qu'elle était liée non seulement à ses attitudes en public mais aussi à sa mystérieuse évaporation.

– Elle veut aller ensuite à l'université ? demanda-t-il, quand la femme réussit à se calmer.

– Oui… mais elle ne sait pas dans quelle branche.

– C'est normal, dit Conde avec un certain soulagement et la grand-mère le gratifia d'un bref sourire. Et pourquoi dites-vous que les problèmes de votre gendre au Venezuela n'ont rien à voir avec Judy ?

– Rien de ce qu'a fait Alcides n'était en rapport avec Judy. Parce qu'en plus, elle n'avait guère de relations avec son père, depuis longtemps… Il passait sa vie à la critiquer, pour n'importe quel motif. Et pourtant quand on sait ce qu'il fabriquait…

– Qu'est-ce qu'il fabriquait ?

Conde décida de s'engouffrer dans la brèche.

– Ses collaborateurs "gardaient" les kilos de bagages que certains Cubains qui travaillaient au Venezuela ne pouvaient pas ou ne voulaient pas utiliser au moment de leur retour. Je ne sais pas comment ça marchait, mais quand il y avait une bonne quantité de kilos accumulés, ils envoyaient jusqu'à un plein container d'objets qui étaient ensuite vendus ici. Les deux hommes impliqués dans cette magouille étaient des subordonnés d'Alcides, ils sont en prison parce que c'étaient eux qui signaient les listes de ces envois… Il jure qu'il n'était pas au courant de ce que faisaient ces hommes.

– Et vous, vous le croyez ?

Alma soupira.

– Nous parlions de Judy, dit la femme pour éviter de répondre. Il était évident qu'elle ne croyait pas son gendre.

Bien que ce ne soit pas le plus indiqué à ce moment-là, Conde ne put s'empêcher de sourire. Alma, complice, l'imita.

– Alma, pourquoi presque tout le monde semble si persuadé que Judy n'a pas essayé de quitter Cuba ?

La femme se figea. Son air sérieux se fit plus sombre. Elle jeta un regard à la photo des deux petites filles souriantes.

– Elle n'aurait pas fait ça sans le dire à sa sœur María José, qui est à Miami.

– María José ?

Le prénom si espagnol surprit Conde, habitué à entendre les prénoms les plus extravagants des enfants de ses congénères : de Yadine et Yovany à Leidiana et Usnavy.

– Oui. María José est partie sur un radeau et elle a failli mourir… Non, je suis certaine que Judy aurait compté sur moi pour faire ça… Malgré son caractère et ses poses… Non, elle n'aurait pas pris ce risque…

Conde acquiesça. Ce n'était pas la peine de rappeler à la grand-mère que sa petite-fille avait plusieurs visages, comme elle l'avait suggéré elle-même, et que le pays regorgeait de jeunes qui avaient envie de se tirer. Mais il pensa que pour l'instant il ne devait pas continuer sur cette voie qui semblait barrée. Il fallait qu'il trouve des raccourcis vers "l'autre" Judy, peut-être la plus authentique.

– Alma, vous me laisseriez voir la chambre de Judy ?

Dans la pénombre, Kurt Cobain, provocateur, le regarda dans les yeux avec l'insolence dont seuls sont capables ceux qui se croient très sûrs d'eux-mêmes et qui se sentent à l'abri de tout harcèlement. Cependant, la découverte que ce Cobain était musicien lui apporta un certain apaisement car la phrase incendiaire écoutée la veille au soir, qu'il avait réussi à traduire comme "Mieux vaut brûler que s'éteindre lentement", était plus anodine accompagnée d'une mélodie. Sous le portrait blond de Cobain, le poster annonçait son appartenance : Nirvana. Conde savait seulement qu'il s'agissait d'un groupe de rock alternatif, dont il ne conservait à l'esprit aucune image et aucun son, en bon spécimen de Néandertal cramponné au son pur des Beatles et aux mélodies noires de Creedence Clearwater Revival. Mais ce chanteur ne s'était-il pas suicidé ? Il devait s'en assurer.

La chambre à l'étage de la villa était vaste mais elle avait quelque chose d'une caverne. L'impitoyable soleil d'été passait à peine à travers les fenêtres aux rideaux de tissu sombre. Lorsque Conde appuya sur l'interrupteur pour avoir une meilleure vision de la pièce, il remarqua, sous le poster de Cobain, le lit tendu de violet qui confirmait les goûts de sa propriétaire pour les ambiances ténébreuses. Sur les autres murs, il y avait aussi des affiches de groupes, tout aussi inconnus de Conde – un certain Radiohead et 30 Seconds to Mars –, mais il éprouva un véritable choc en découvrant quelque chose de très tordu, lorsqu'il ferma la porte et vit l'énorme poster qui s'y trouvait. Sous des lettres dégoulinantes et écarlates (oui, il pensa au terme écarlate, une couleur étrangère à la palette de son vocabulaire) qui indiquaient DEATH NOTE, se trouvait l'image d'un jeune homme, sans doute japonais, qui avait un regard féroce, une bouche dure, des poings prêts à frapper et une mèche de cheveux noirs sur l'œil droit : un bifteck, un sushi ? Mais le garçon était protégé par la silhouette étrange et grotesque d'un animal indéfinissable, aux ailes de vampire, aux poils hirsutes, avec une énorme bouche ourlée de noir, comme celle d'un clown expulsé du paradis ou sorti de l'enfer. Une image satanique. Ces personnages devaient très certainement appartenir à l'un de ces mangas japonais consommés par Judy. Chaque soir au coucher, avant de trouver le sommeil, la contemplation de ce dessin de fureur et d'horreur ne pouvait absolument pas être salutaire. Ou la petite était-elle en train de se consumer lentement dans ses feux personnels ?

Dans l'armoire, il trouva deux uniformes scolaires tandis que le reste de son vestiaire renfermait une série de modèles emos. Des habits noirs, parsemés de clous brillants, des bottes à plateforme et des Converse, apparemment inutilisables à en juger par l'usure des semelles, des manches amovibles (roses et aussi rayées blanches et noires) et des gants conçus pour découvrir la dernière phalange. D'après Alma Turró, l'après-midi où Judy était sortie pour ne plus revenir, elle était parée de son accoutrement d'emo. Mais les autres tenues de combat de la jeune fille étaient là, ce qui ajoutait des ingrédients inquiétants à sa disparition, car une fugue planifiée aurait impliqué une sélection d'au moins quelques-uns de ces vêtements si particuliers.

Sur les étagères d'une petite bibliothèque, il tomba sur ce à quoi il s'attendait et plus encore. Parmi ce qui était prévisible, il trouva plusieurs romans de vampires d'Anne Rice, cinq livres de Tolkien, dont les plus classiques – *Le Hobbit* et *Le Seigneur des anneaux* –, un roman et un recueil de nouvelles d'un certain Murakami, évidemment japonais, *Le Petit Prince* de Saint-Exupéry, un volume très abîmé de *L'Insoutenable Légèreté de l'être* de Kundera et… *L'Attrape-Cœurs* de ce salopard de Salinger – dont on sait ce qu'il a fait… Mais il trouva aussi des textes beaucoup plus susceptibles d'enflammer l'esprit : une étude sur le bouddhisme et, de Nietzsche, *Ecce homo* et *Ainsi parlait Zarathoustra*, des livres capables de mettre beaucoup plus que des vampires, des lutins et des personnages aliénés ou amoraux dans la tête d'une jeune fille apparemment trop précoce et influençable, extrêmement désireuse de s'écarter du troupeau. Dans le *Zarathoustra*, Conde trouva un bristol rectangulaire, écrit à la main, peut-être par Judy en personne. Ce qu'il lut confirma sa première conclusion et lui expliqua le discours sur l'incroyance de l'emo transparent de la veille : "La mort de Dieu suppose le moment où l'homme a atteint la maturité nécessaire pour se passer d'un dieu qui établisse les règles et les limites de la nature humaine, c'est-à-dire la morale. *La morale est inextricablement liée à l'irrationnel* (avait souligné le copiste de plusieurs traits), aux croyances infondées, c'est-à-dire à Dieu, dans le sens où la morale émane de la religiosité, de la foi axiomatique et, de ce fait, de *la perte collective de sens critique dans l'intérêt des puissants et du fanatisme de la plèbe.*" Était-ce le texte de Nietzsche ? Judy l'avait-elle copié et assimilé ? L'idée soulignée à la fin de la citation indiquait une caractéristique prévisible du portrait qui se dessinait d'une jeune fille opposée à l'ordre établi, obstinée à chercher une singularité qui la libérerait aussi bien de l'influence du pouvoir que de l'appartenance à "la plèbe fanatique". Mais pourquoi avait-elle été attirée par cette première phrase soulignée qui mettait en relation la morale et l'irrationalité ? Qu'est-ce qui avait poussé une fille si jeune à se préoccuper de l'éthique et de la foi ?

Tout en se demandant ce que les policiers chargés de retrouver Judy avaient bien pu penser de cette chambre et de ses révélations, Conde scruta ce qui l'entourait en cherchant une chose qu'il n'arrivait pas à préciser, avec la certitude que la trouver l'aiderait à comprendre le caractère et peut-être même les motifs de la disparition volontaire ou forcée de Judy. Inconsciemment, l'ex-policier réfléchissait de nouveau comme un policier ou, du moins, comme celui qu'il avait été. Il rouvrit l'armoire, regarda dans les tiroirs, secoua les livres sans trouver ce qu'il cherchait. Parmi une vingtaine de DVD, il lut un titre qu'il trouvait très attirant mais qui lui avait échappé lors de sa tentative précédente : *Blade Runner*. Il avait regardé ce film pas moins de cinq fois, mais beaucoup de temps s'était écoulé depuis la dernière projection. Il prit le boîtier et l'ouvrit pour voir si c'était une copie. C'en était une. Pour le savoir il avait dû soulever la fiche blanche posée sur le disque, écrite sur l'envers, de la même main que les notes trouvées dans le livre de Nietzsche ; toutefois l'écriture plus compacte, presque minuscule, l'obligea à plisser les yeux pour adapter sa vue et pouvoir lire : "L'âme est tombée dans le corps où elle se perd. La chair de l'homme est la partie maudite, destinée au vieillissement, à la mort, à la maladie. Le corps est la maladie endémique de l'esprit." Conde lut deux fois ces phrases. Pour autant qu'il sache (et il ne s'y connaissait pas trop sur ces sujets), il n'avait pas l'impression que c'était de Nietzsche, il croyait cependant se souvenir que par la bouche de Zarathoustra le philosophe évoquait le mépris de l'âme pour le corps. Ces phrases étaient-elles une conclusion de Judy, une réplique de *Blade Runner* ou une citation tirée d'un autre auteur dont les concepts étaient destinés à refléter un évident mépris pour le corps humain ? Quelle qu'en soit l'origine, c'était inquiétant, surtout dans cette situation précise d'une disparition peut-être volontaire, et cela justifiait clairement pourquoi Yadine avait dit que personne n'expliquait mieux que Judy ce qu'être emo voulait dire.

Conde mit la fiche dans sa poche et décida de descendre le DVD pour demander à Alma Turró s'il pouvait l'emprunter : il devrait encore une fois se farcir *Blade Runner* s'il voulait vérifier qu'il s'agissait d'une phrase oubliée du film. De toute façon, cette combinaison de nirvanas musicaux et philosophiques, d'emos féroces, de monstres très postmodernes, de vampires, d'elfes et de super-hommes libérés de leurs attaches grâce à la mort de Dieu, le tout arrosé de concepts méprisants envers le corps pouvait conduire à un état mental complexe. L'éventualité d'un suicide se renforçait à la lumière de ces réflecteurs. Il savait déjà par Alma Turró que Judy avait créé son propre monde pour y construire sa maison. Mais maintenant qu'il se faisait une idée des étranges habitants de cet univers où se croisaient autant d'épées tranchantes que dans un manga japonais, Mario Conde avait acquis la certitude que la jeune fille signifiait beaucoup plus qu'une emo disparue, perdue ou volontairement cachée : cela ressemblait à un dramatique avertissement du profond désir qu'éprouvaient les acteurs des temps nouveaux de couper les amarres. Une mort auto-infligée était peut-être apparue à Judy comme le chemin le plus court et le plus expéditif pour satisfaire ce désir de se libérer du corps et de la tristesse maladive que lui causait ce qu'un emo avait appelé "l'environnement".

Dès qu'il aperçut l'esplanade d'asphalte luisant de la dénommée Place Rouge, le buste hiératique du Père de la Patrie, le mât sans drapeau, les vieux hibiscus en fleurs, le perron bas et les hautes colonnes qui soutenaient le porche de l'édifice, Conde sentit que l'histoire de la disparition de Judy commençait à lui appartenir. Comme pour le Flaco Carlos, tout ce qui était en rapport avec le sanctuaire profane de ce qui fut et redevenait maintenant le lycée de la Víbora, prenait une connotation spéciale pour un homme refusant d'arracher les croûtes des instants les plus lumineux de son passé, craignant une perte susceptible de mettre sa mémoire à vif et de l'abandonner dans un présent où il se sentait bien souvent capable de perdre le nord. Sur cette esplanade noire, assis sur les marches du perron ou aux pupitres à l'intérieur de l'édifice qui s'ouvrait derrière les colonnes, Mario Conde avait passé trois années qui l'accompagnaient encore et dont les conséquences étaient toujours présentes dans sa vie, comme il pouvait le constater chaque matin et chaque soir.

Sous le peuplier où il s'était protégé des assauts du soleil, encore plus cruel à midi, quand la vague d'une tiède nostalgie avait envahi son esprit, Conde décida de profiter de l'attente et utilisa le téléphone public ressuscité d'une cabine proche... Il appela d'abord Carlos et le décora de l'ordre du mérite des organisateurs de la fête d'anniversaire des jumelles : il devrait se battre en première ligne où ses responsabilités iraient des invitations à la répartition complexe de ce que chacun des invités devrait apporter, convenablement réparti entre denrées comestibles et buvables. Ensuite il téléphona à Yoyi pour savoir s'il avait des nouvelles de l'ex-dirigeant qui aimait ses petits-enfants (et peut-être aussi les chiens, il devrait vérifier), mais le jeune homme cuvait encore la cuite de furie belliqueuse qui l'avait fait exploser la nuit précédente lors de leur récente rencontre avec Emo World.

À midi et quelques minutes, un troupeau bruyant de jeunes en uniforme descendit les marches du porche pour sortir dans la rue. Se cachant derrière le tronc rugueux du peuplier, il vit passer Yadine qui s'éloigna, seule, vers la Calzada. En l'observant, Conde eut une bouffée de nostalgie et de désenchantement : combien de rêves d'avenir, caressés par lui et ses amis, à l'époque où ils descendaient cette même rue, s'étaient cassé la gueule en se heurtant brutalement à la réalité vécue ? Trop... Yadine, au moins, ne croyait à rien, ou n'avait pas trouvé en quoi elle aurait voulu croire. C'était peut-être mieux ainsi, pensa-t-il.

Quelques minutes plus tard, alors qu'il avait presque perdu espoir, Conde vit sortir et parvint à identifier Frederic Esquivel, le jeune Noir rencontré la nuit précédente, adepte de l'emophilie vers laquelle, selon Alma Turró, il avait entraîné Judy. De là où il se trouvait, Conde le vit prendre à droite, en compagnie de deux filles, et décida de le suivre pour essayer de l'aborder au moment le plus opportun.

À une distance prudente, le poursuivant essaya de deviner ce que l'emo noir avait fait de ses cheveux qui, la veille, couvraient son visage, mais il ne put satisfaire sa curiosité car le garçon avait relevé la mèche pour que ses traits soient visibles, comme l'exigeait le règlement scolaire. Une de ses compagnes s'écarta pour prendre la Calzada du 10 Octobre et Frederic continua avec l'autre, certainement vers l'avenue Acosta, également proche. Par chance pour Conde, ce fut l'adolescente (une blonde bien développée, presque époustouflante) qui jeta l'ancre à l'arrêt du bus 74 où elle se sépara de Frederic après un long baiser, soutenu, impudique, saliveux, et un pelotage réciproque des fesses, chose facile dans le cas de Frederic dont le pantalon laissait voir, à l'arrière-garde, plus de la moitié de son slip. À peine s'étaient-ils séparés que le garçon rectifia la position de son membre, émoustillé par le baiser, puis il reprit son chemin, comme s'il venait de boire un verre d'eau. Quarante mètres plus loin, il traversa l'avenue pour tourner au premier coin de rue vers le lotissement El Sevillano.

– Frederic !

Le garçon se retourna et manifesta son étonnement en reconnaissant Conde. Celui-ci essaya de sourire en s'approchant, pensant que, si le garçon avait un reste d'érection, il venait de le calmer.

– J'ai eu du mal à te reconnaître... On peut parler une minute ? Je voulais m'excuser pour ce qui s'est passé hier soir, pour ce que mon ami a dit et ce que j'ai fait. Nous avons été très impertinents avec vous. Tu m'accordes cette minute ?

L'emo en hibernation garda le silence. La sueur et la méfiance faisaient briller sa peau noire. Il semblait maintenant moins androgyne que la nuit précédente. Conde lui indiqua un muret, à l'ombre d'un arbre, tout en lui expliquant que c'était la grand-mère de Judy qui lui avait indiqué son nom et l'endroit où le trouver. À toutes fins utiles, il lui jura de nouveau qu'il n'était pas flic.

– Écoute, la vérité c'est que je l'ai été, mais dans une autre vie, il y a un siècle... Et avant ça, j'ai fait mes études dans le même lycée que toi... Bon, c'est sans importance... Voilà : je viens de chez Judy, sa grand-mère m'a parlé de toi. Alma m'a demandé de les aider à découvrir ce qui est arrivé à Judy, et je crois que ton amie le mérite bien. Si Judy a tenté de partir sur un radeau...

– Elle n'a pas essayé de partir, sur aucun radeau, je vous l'ai déjà dit, l'interrompit Frederic, presque froissé.

– Alors, elle est très certainement vivante. Mais si elle ne revient pas, il y a bien une raison...

– C'est à cause de son père. Ce type a toujours été un fils de pute. Elle peut pas le voir en peinture.

– Pourquoi dis-tu ça ? Qu'est-ce qu'il faisait à Judy ?

Conde trembla à l'idée que sa disparition était peut-être due à un acte de violence paternelle.

– Il a voulu la foutre à la porte quand elle est devenue emo. Mais la grand-mère de Judy a déclaré que, si sa petite-fille s'en allait, elle se tirait elle aussi. Ça a fait toute une histoire, le père disait que nous, les emos, on est contre-révolutionnaires et un tas d'autres conneries du même genre... Il s'est même pointé un jour chez moi pour m'accuser de détourner sa fille du droit chemin.

– Alors, comme ça, le dénommé Alcides Torres gobe ces idées à la con ?

Frederic sourit.

– Pire que ça... Ce type en chie de trouille...

– À cause de ce qu'il a fait au Venezuela ?

– C'est possible. Il réfléchit un instant et ajouta : Oui, je crois. Il paraît qu'il a mis la main dans la caisse et qu'il s'est bien fait taper sur les doigts...

Le garçon sourit de nouveau, sans grande conviction. Il était peut-être triste, mais pas déprimé, pensa Conde qui continuait à ne rien y comprendre : triste après avoir embrassé cette blonde en fleur ? Lui, à l'âge de Frederic, et aussi à n'importe quel âge, il aurait dansé sur la tête.

– La fille que tu as laissée à l'arrêt du bus, c'est ta fiancée ?

– Non... une amie.

– Quelle bonne amie, murmura Conde, envieux de la jeunesse du garçon et de la chaleur des relations qu'il entretenait avec ses amies, puis il revint à ce qui l'occupait. Écoute, si Judy n'a pas essayé de partir sur un radeau et qu'elle ne revient pas, il y a trois possibilités qui me semblent les plus logiques. Deux sont très mauvaises... La première, qu'il lui soit arrivé quelque chose, un accident, je ne sais pas, et qu'elle soit morte. La deuxième, que quelqu'un la retienne contre sa volonté, Dieu sait pourquoi. La troisième, c'est qu'elle se soit cachée parce qu'elle avait ses raisons. Dans ce cas, si tu m'aides à la retrouver et que je vois qu'elle va bien, qu'elle fait ce qu'elle veut, alors j'oublie tout et on la laisse vivre sa vie. Mais pour écarter les deux premières putains de possibilités, je dois vérifier que c'est bien la troisième. Tu me comprends ?

Frederic le regardait très sérieusement.

– C'est pas parce que je suis emo que je suis con… Bien sûr que je vous comprends !

– Alors… ?

Frederic baissa les yeux sur ses baskets Converse en piteux état. Il les fixa avec une telle intensité que Conde pensa qu'à tout moment les chaussures parleraient, peut-être comme Zarathoustra.

– L'Italien, l'ami de Judith, n'est pas à Cuba, donc elle n'a pas pu partir avec lui… Les autres copains du groupe sont dans le coin, alors je ne crois pas qu'elle se cache chez l'un d'eux. Les derniers qui sont partis sur un radeau, c'était des rockeurs, pas des potes à nous, je crois qu'elle ne les connaissait même pas. Je ne sais pas pourquoi Yovany a parlé de ça et ensuite ils ont tout mélangé en passant d'une chose à une autre… J'ai beaucoup pensé à tout ça et vraiment je ne sais pas où elle peut bien être. Je crois qu'il est arrivé une des mauvaises choses dont vous parlez…

– Yovany, c'est… ?

– Oui, celui de la dispute d'hier soir.

Conde acquiesça et alluma une cigarette. Comprenant qu'il était impoli, il tendit son paquet à Frederic…

– Non, je ne fume pas. Je ne bois pas non plus…

"L'emo-dèle, pensa Conde. En plus, il me vouvoie." Il décida que si Frederic penchait pour le pire, il devait commencer à jouer les notes les plus difficiles de cette mélodie.

– Je te le répète, je te jure sur la tête de ma mère que je ne suis plus flic et que je ne vais pas en parler à la police… Quel genre de drogue prenait Judith ?

Frederic fixa de nouveau ses Converse sur le point de se désintégrer et, cette fois, Conde découvrit trois choses : que les baskets ne parlaient pas, que le silence du garçon était plus éloquent que la réponse la plus explicite et que la tête de Frederic était une œuvre d'art où les cheveux défrisés formaient sur son crâne des couches qui lui donnaient l'aspect d'un chou aux feuilles superposées. Conde insista :

– Sa disparition… Ça pourrait avoir un rapport avec la drogue ?

– J'en sais rien, finit par dire le garçon. Moi je ne prends rien de tout ça… Je suis emo parce que j'aime le groupe, mais je ne fais pas comme les autres. Je ne bois pas, je ne me drogue pas, je ne me coupe pas...

Conde attrapa au vol la remarque sur ce que "faisaient les autres", et décida de continuer à jouer les imbéciles.

– Couper quoi ?

– Le corps... Les bras, les jambes... pour souffrir.

Pour le prouver, Frederic montra ses bras dépourvus de cicatrices. Même s'il était déjà au courant de ces pratiques, Conde ne put éviter de sentir comme un coup de fouet. Mais il feignit l'étonnement.

– C'est pas possible...

– C'est une façon de comprendre la douleur du monde : en l'éprouvant dans sa chair.

– Et moi qui me demandais si vous étiez fous. Mais putain, vous l'êtes vraiment !

– Judy s'automutile et se drogue. D'après moi, seulement avec des comprimés. Les comprimés et l'alcool, ça fait planer.

– Et il y en a qui prennent d'autres drogues, en plus des comprimés ?

Frederic sourit.

– Je suis emo, je ne...

– C'est bon... La grand-mère dit que Judy s'est mis des anneaux partout mais qu'elle ne se fait pas de mal.

– La grand-mère, elle sait rien...

– Et toi qu'est-ce que tu sais qui pourrait m'aider ?

Frederic leva les yeux et les planta dans ceux de Conde.

– Judy est très compliquée, trop... Elle prend les choses au sérieux.

– À cause de ce qu'elle lit et tout ça ?

– Aussi pour ça. Je n'avais pas prévu qu'être emo allait l'entraîner si loin... Elle s'est mise à chercher des livres, elle en savait un par cœur, de ce Nietzsche, celui des surhommes, et alors elle s'est mise à dire que Dieu était mort... Mais en même temps elle croit au bouddhisme, au nirvana, à la réincarnation et au karma. – Conde préféra ne pas l'interrompre pour laisser filer l'énumération jusqu'à un point révélateur. – Elle disait qu'elle vivait sa vingt et unième vie, qu'avant elle avait été un soldat romain, un marin, une fille juive à Amsterdam, une princesse maya... et que, si elle mourait jeune, elle reviendrait avec un meilleur destin, dit Frederic avant de se remettre à interroger ses Converse.

– Elle parlait de mourir ? De se suicider ?

– Oui, bien sûr. Vous croyez qu'elle est devenue emo par hasard ?

– Et toi aussi tu en parles ?

Frederic eut un sourire malicieux.

– Oui, comme les autres...

– Mais tu n'y crois pas. Et tes copains ?

– Yovany et Judy discutent beaucoup de ces choses-là, je vous l'ai dit, ils prennent tout au sérieux. Il se blesse lui aussi. En ce moment, il a une entaille dingue sur un bras.

– Je ne l'ai pas vue...

– Il avait mis sa manche.

Conde se souvint du manchon de tissu qui couvrait le bras de Yovany, l'emo pâle qui lui rappelait toujours quelqu'un. Il en conclut que, d'après ce qu'il avait vu jusqu'à présent, malgré son aspect, la personnalité de Frederic ne collait pas avec l'attitude de quelqu'un de préoccupé par le suicide ou par une possible réincarnation. Il sortit alors la carte qu'il avait dans sa poche et lut le texte au garçon.

– Qu'est-ce que tu peux me dire de ça ?

– Judy lisait un certain Cioran. Elle l'avait trouvé sur Internet quand elle était au Venezuela. Je crois que c'est de lui, dit-il, et il commença à chercher dans un de ses carnets tout en parlant. Elle aime discuter de ce qu'elle lit, nous passer des citations, elle veut nous éduquer, à mon avis... Écoutez ça, elle l'a écrit dans mon carnet, dit-il quand il finit par trouver ce qu'il cherchait : "Dépouiller la douleur de tout sens équivaut à laisser l'être humain sans ressources, à le rendre vulnérable. Même si c'est l'événement qui semble le plus étrange à l'homme, le plus opposé à sa conscience, celui qui avec la mort semble le plus irréductible, la douleur n'est autre que le signe de son humanité. Abolir la faculté de souffrir serait abolir sa condition humaine."

En écoutant Frederic, Conde se rendit compte que cette histoire se compliquait davantage à chaque nouvelle tentative d'approcher l'esprit de Judy et, surtout, qu'elle s'éloignait vers un territoire insondable et inconnu de lui : un terrain traversé par des sens opposés marqués de signes incompréhensibles.

La jeune fille pouvait avoir suivi n'importe lequel car, s'il comprenait quelque chose à tout ce pétrin, la citation lue par Frederic semblait indiquer une autre direction. Mais bordel, comment avait-il pu se laisser embarquer dans cette affaire ?

– Elle aimait et elle valorisait la souffrance, mais elle méprisait le corps, en plus, elle prenait des drogues pour vivre dans un autre monde, elle ne croyait pas en Dieu mais au karma et à la réincarnation et en plus au caractère humain de la douleur ?

– Avant de partir au Venezuela, elle n'était pas encore emo à fond, et je crois qu'elle ne prenait pas de drogues. Quand elle est revenue, elle y avait déjà goûté, mais je ne crois pas qu'elle était dépendante : c'était comme une expérience, ou du moins c'est ce qu'elle disait. Pourtant, au Venezuela, il lui est arrivé d'autres choses, et elle ne voulait pas en parler, ni de ce qu'avait fait son père, même si elle disait que c'était un fameux hypocrite... Ce que je sais, c'est que là-bas, comme elle pouvait se connecter à Internet, elle a découvert plusieurs sites emos et punks où il était beaucoup question du corps et de la souffrance physique, et elle chattait avec eux. Quand elle est revenue, elle était plus emo que moi, plus que tout le monde, et elle a commencé par se faire des piercings, ensuite un tatouage et, chaque fois qu'elle pouvait, elle parlait de ces choses, des marques, de la douleur...

Conde supposa que le militantisme emo-masochiste de Judy pouvait avoir entraîné une fugue, mais pour y parvenir elle avait sans doute eu besoin d'un appui. Surtout en fonction de l'endroit où elle voulait aller. Et si elle était vivante, à Cuba, où diable s'était-elle fourrée ?

– Si elle avait voulu se cacher ou partir quelque part... elle disposait de l'argent nécessaire ?

– Elle avait toujours de l'argent sur elle, cinq-dix dollars, mais pas plus. J'imagine que petit à petit elle les volait à son père, enfin, à mon avis...

Conde prit note de l'indication et poursuivit.

– Et l'Italien ? Parle-moi de cette histoire. Il avait à voir avec la drogue ? Il lui donnait de l'argent ?

– C'était bizarre parce que Judy n'aime pas les hommes et...

Conde ne put se retenir.

– Attends un peu ! Tu es en train de me dire qu'en plus Judy est lesbienne ?

Frederic n'arriva pas non plus à se retenir. Il sourit de nouveau.

– Mais merde, qu'est-ce qu'ils vous ont raconté, les parents et la grand-mère de Judy ? Ils ne vous ont pas dit qu'elle est gay, qu'elle se mutile, qu'elle prend de la drogue et qu'elle va se réincarner ? Et, avec ça, ils veulent que vous la retrouviez ? Ça m'a l'air vraiment mal barré...

Conde sentit qu'il était ridicule au plus haut point ou, plus clairement, il comprit le rôle d'abruti qu'il jouait devant le garçon. Il fut alors convaincu que s'il voulait arriver au cœur du personnage de Judy, ce ne serait pas une opération facile. Avec l'image de Yadine en tête, il lança une question :

– Elle avait une relation sérieuse, une petite amie ou quelque chose de ce genre ?

Frederic consulta de nouveau ses Converse.

– Oui, mais je ne peux pas vous dire qui c'était.

– Bordel de merde ! explosa Conde en entendant la réponse du garçon, et il en profita pour laver son image en jouant les offensés. Mais putain qu'est-ce qui se passe ? Tout le monde ici joue au mystère, on me balance juste un petit morceau de l'histoire pour mieux me couillonner ?

S'il avait encore été policier, Conde aurait disposé d'autres moyens pour secouer Frederic. La peur peut généralement soulever des montagnes, comme aurait pu dire le Buddha Siddhartha Gautama, peut-être ami de Judy dans l'une de ses vingt vies antérieures. Mais, entre autres nombreux motifs, c'était justement pour cette raison que Conde avait cessé d'être policier. Il alluma une cigarette et regarda Frederic. Il eut la certitude qu'au moins pour le moment l'oracle s'était fermé. Il décida cependant de jouer la carte-surprise quand il lui demanda :

– Judy était seulement la copine de Yadine ou il y avait autre chose entre elles ?

Frederic sourit.

– Yadine est une idiote qui veut être emo, en réalité elle n'est rien. Mais elle est raide dingue de Judy...

Frederic se caressa le menton et Conde acquiesça. Il regarda le garçon et s'adressa à lui sur un ton suppliant :

– Alors, tu n'as vraiment aucune idée de l'endroit où elle pourrait se trouver, de ce qui lui est arrivé ou de ce qui ne lui est pas arrivé ?

Frederic médita quelques secondes.

– Il y avait un autre Italien. Je l'ai vu une fois. Je ne sais pas si quelqu'un d'autre dans le groupe l'a connu. Elle l'appelait "Bocelli", parce qu'il ressemblait au chanteur aveugle. Et ce que je sais aussi, c'est que Judy ne voulait plus être emo. Il y a un mois, elle m'a dit qu'on était trop vieux pour ça, qu'on devait faire autre chose, mais elle ne savait pas encore quoi...

Conde tira sur sa cigarette puis l'écrasa sur le trottoir. Cette dernière révélation semblait prometteuse.

– La super-emo voulait abandonner la tribu ? Et elle allait être quoi, alors ?

– J'en sais rien... je vous jure...

L'homme regarda le garçon et comprit que le dialogue était sur le point de se terminer. Mais il avait besoin d'éclaircir encore deux points. Il essaya.

– Aide-moi à comprendre quelque chose, mon gars... Tu crois que Judy voulait vraiment se suicider, pour de bon ? Ou tout ça c'est un personnage qu'elle s'est fabriqué ?

Frederic réfléchit et finit par sourire.

– Judy ne s'est fabriqué aucun personnage. C'est la fille la plus authentique du groupe. Elle s'habillait en emo, elle parlait comme une emo, mais elle réfléchissait énormément... C'est pour ça que, moi, je n'ai pas l'impression qu'elle ait voulu se suicider... Mais si ça la prenait, elle pourrait bien le faire. Judy est capable de tout... Mais non, je ne crois pas qu'elle...

– Allez, Frederic, aide-moi encore à comprendre... Dis-moi pourquoi un garçon comme toi décide d'être emo ?

Le jeune homme hocha la tête, comme s'il refusait quelque chose, ce qui entraîna la chute d'une des feuilles de son chou capillaire qui, défaillante, tomba sur son visage.

– Parce que j'en ai marre qu'on me dise ce que je dois faire et comment je dois être. Rien qu'à cause de ça. Je crois que ça suffit, non... ? Aussi parce que ça me donne un air plus mystérieux et ça m'aide à attirer plus de petites nanas.

– Ah ! Là je te comprends... J'ai déjà vu quelques résultats... Et ce Bocelli ? Qu'est-ce qu'il fout ce type ?

– J'en sais rien, je ne le connais qu'à travers ce que Judy en disait... Celui-là il se droguait, ça oui...

“Tu te compliques bien la vie, Mario Conde”, pensa-t-il, et il se sentit épuisé, désirant autant laisser tomber cette histoire que lui trouver un sens.

– Merci beaucoup pour ce que tu m'as dit. Si on ne retrouve toujours pas Judy, je viendrai peut-être te voir de nouveau... dit Conde, et il tendit la main. Il serra celle du garçon et, avant de la lâcher, il lui souhaita bonne chance dans son passage par le nirvana d'Emoland.

4.

– Bien sûr que c'est moi… Comment va ?

– Amène-toi en vitesse, ça y est ! Le dirigeant s'est effondré comme le socialisme au pays des Soviets…

En dépit des affirmations de Nietzsche et de ce qu'il avait lui-même pensé durant des années, ces derniers temps Conde était sur le point de croire à l'existence de Dieu. Peu importe lequel, puisque de toute façon ils étaient tous à peu près pareils, au point qu'il s'agissait parfois du même, bien que, du fait de leurs différentes façons de comprendre ce Dieu, à tout moment, les gens se tombaient dessus à bras raccourcis (dans le meilleur des cas). Il lui semblait maintenant évident qu'un quelconque Dieu avait dû faire une apparition au ciel et, dans un moment d'ennui, avait exercé sa volonté divine. Ce Dieu, prenant son rôle très au sérieux, semblait avoir décidé : je vais donner un coup de main à cet abruti qui est toujours dans la merde et qui n'a pas un peso pour faire un beau cadeau d'anniversaire à sa fiancée… Dans le bus, en allant chez Yoyi, il se mit à calculer, sans trop de succès, combien d'argent pouvait lui revenir de la répartition, au pourcentage, des bénéfices sur la vente des livres, et de là, il passa à la très difficile réflexion sur ce qu'il conviendrait d'offrir à Tamara pour son anniversaire… puisqu'il aurait de l'argent. Dans ce processus, chaque fois qu'un scrupule relatif au destin des livres tentait de pointer son nez, Conde l'envoyait promener mentalement, s'appliquant ainsi à l'éloigner de sa conscience. Et, pour rester dans les meilleurs termes avec lui-même, il brandissait l'argument plus pragmatique du Palomo : s'ils ne s'en chargeaient pas, d'autres s'empresseraient de conclure l'affaire. Dans ce cas, mieux valait que Yoyi et lui s'en occupent et pas les autres – comme ceux qui s'étaient emparés de plusieurs joyaux bibliographiques de la merveilleuse bibliothèque découverte par le Conde quelques années auparavant, qu'il n'avait pas voulu vendre par la faute de ces mêmes scrupules, refusant d'être complice de leur irrémédiable sortie de Cuba – car il se trouverait toujours d'invisibles malfrats de ce genre pour finalement concrétiser les tractations et s'engraisser avec les bénéfices obtenus, heureux comme plusieurs papes.

Presque à son insu, de façon sibylline, ses réflexions théologiques, bibliographiques et ses projets commémoratifs furent remplacés dans son esprit par le roman d'emo et de mystère dans lequel Yadine Kaminsky l'avait propulsé avec l'aide solidaire et désintéressée de son incontrôlable curiosité. Quelque chose lui échappait à chaque fois qu'il voulait élaborer une définition qui lui servirait de point de départ : qui était Judith Torres ? Sans cette réponse, il lui semblait impossible de trouver la cause de sa disparition. Le fait qu'elle fût emo pouvait être essentiel, mais c'était peut-être aussi une composante secondaire de la construction du personnage. Il y avait au moins une certitude : Judy n'était pas la simple (façon de parler dans un domaine où la simplicité n'existait pas) adolescente rebelle et emmerdante de la famille. Ce qui obsédait le plus Conde concernait la relation de Judy avec elle-même : ses lectures, ses goûts musicaux, sa perception du monde qui, au dire de sa grand-mère, était un univers créé par elle. Toutes les connexions étaient plus embrouillées qu'elles ne l'étaient généralement à l'âge de la jeune fille. Il y avait chez elle quelque chose de beaucoup plus incompréhensible, comme l'indiquaient les quatre visages qu'il avait réussi à lui composer : l'ébauche transmise par une Yadine amoureuse, le portrait qu'avait dessiné sa grand-mère, celui que connaissaient Frederic et peut-être ses autres amis emos, et celui que le Conde avait esquissé pendant qu'il fouillait la chambre de la jeune fille et approchait certaines de ses obsessions les plus complexes. Sa certitude que Dieu était mort (ce qu'à cet instant précis, Conde, l'athée, se refusait tout bonnement à admettre) était plus complexe qu'une incapacité à croire aux desseins divins, ou différente d'une absence de foi en des vies et des pouvoirs extraterrestres. Judy semblait avoir élaboré toute une philosophie, capable d'inclure en même temps la croyance en l'existence d'une âme immortelle et la foi dans la libre volonté de l'homme pour la guider, et plus encore, dans la nécessité de cette liberté comme unique moyen d'assurer l'épanouissement de l'individu, sans les interférences de pouvoirs castrateurs religieux ou profanes, maîtres de la foi et de la morale établies.

La découverte de l'homosexualité de la jeune fille avait modifié, d'une certaine façon, l'angle sous lequel Conde avait commencé à la considérer. Si elle avait décidé d'être lesbienne, pourquoi une fille comme Judy, qui idolâtrait la liberté, décidait-elle de garder secrète l'identité de sa partenaire ? Sur ce point quelque chose clochait... Pour achever de compliquer le tableau, il y avait la fréquentation des deux Italiens, le bon et le méchant, une piste pour comprendre comment elle se procurait de la drogue, entre autres possibilités scabreuses. Et le mystère des événements au Venezuela ? S'agissait-il d'une expérience susceptible d'affecter personnellement Judy ou était-ce le fruit des manœuvres troubles qui avaient valu à son père la destitution et l'enquête en cours ? Était-ce seulement à cause de sa rencontre dans le cyberespace avec les philosophes de l'emophilie, théoriciens tribaux des pratiques physiques douloureuses comme châtiment du corps et quête d'humanité ? Conde savait qu'il accumulait trop de questions pour un flic qui n'en était plus un et dont les seuls instruments de travail étaient la langue, les yeux et l'esprit. Et Judith Torres lui échappait chaque fois qu'il prétendait la mettre dos au mur...

Yoyi venait de prendre sa douche ; il l'attendait sur la terrasse, bien parfumé, torse nu, et s'adonnait à sa manie en caressant l'os saillant de sa poitrine de pigeon déplumé. Quand son associé s'approcha, il laissa libre cours à son enthousiasme.

– Sacrée victoire, *man* ! s'écria-t-il. Si on vend ces bouquins comme je l'espère, tu sais ce qui te revient ?

– Cela fait deux jours que je fais les comptes mais je ne... Quatre cents dollars ? dit-il en se risquant à prononcer la somme impressionnante.

Yoyi enfila sa chemise de lin, immaculée et fraîche. Son meilleur sourire aux lèvres et la clé de la Chevrolet dans une main, il attrapa l'oreille de Conde de l'autre, pour mieux lui susurrer :

– Voilà pourquoi tu te faisais coller en arithmétique... Ta part se monte à presque mille dollars, *man*... Un-zéro-zéro-zéro !

Conde sentit ses jambes flageoler, son estomac bondir et son cœur s'arrêter. Mille dollars ! Il dut se retenir pour ne pas embrasser le Palomo.

– Yoyi, Yoyi, rappelle-toi que je suis vieux, ma santé… Tu vas me tuer d'une crise cardiaque, putain !

– Le vieux dirigeant m'a appelé et il dit que, comme nous sommes des gens sérieux, il accepte la vente aux pourcentages. Mais il exige la discrétion et préfère que l'affaire ne soit pas conclue chez lui. Et comme nous sommes si sérieux, il m'a demandé, comme marque de bonne volonté, de lui déposer deux mille dollars.

Et il tapota sa poche où l'évidence d'une boursouflure confirmait l'excellente santé des affaires du jeune homme. Tu parles d'une vedette !

Avant de monter dans la Bel Air, Conde regarda le ciel de juin et leva l'index vers les hauteurs, dans le plus pur style sportif, et il fit part de sa conviction à l'habitant des sphères célestes. Finalement, un Dieu avait bien dû s'en tirer et il se baladait là-haut.

– Nietzsche était un abruti, dit-il alors.

– Et c'est maintenant que tu le découvres ? sourit Yoyi en appuyant sur l'accélérateur.

– Je te revaudrai ça, mon vieux. Cet argent me sauve la vie… C'est que… tu vois… Il finit par se lancer : Si Tamara était ta compagne, qu'est-ce que tu lui offrirais pour son anniversaire ?

Yoyo réfléchit sérieusement.

– Une bague de fiançailles.

– Une bague de… ? Mais je ne veux pas me marier… pour l'instant.

– Tu n'as pas besoin de te marier. Mais une bague de fiançailles, c'est parfait… En or blanc, avec de belles petites pierres semi-précieuses… Je peux même te la vendre, *man*. Une très jolie, et à un prix d'ami !

À la chaleur atmosphérique du mois de juin cubain s'était ajouté un feu intérieur provoqué par l'entrée fracassante du diable dans son corps. La proposition lâchée par Yoyi quant à la bague de fiançailles avait eu un impact aussi profond qu'inattendu sur la conscience de Mario Conde. L'idée de rendre hommage à Tamara avec ce cadeau que, sans aucun doute, elle apprécierait beaucoup – elle si sensible aux attentions, aux formes et aux coutumes anciennes – était tentante. Mais en même temps dangereuse, car s'il y avait une chose dont Conde et Tamara avaient peu et mal parlé au cours de ces vingt années d'intimité, c'était de la possibilité de se marier. Tamara risquait-elle de voir dans ce cadeau un acte comminatoire ? Lui en parlerait-il avant de la lui offrir, perdant ainsi l'effet de surprise ? En vérité, voulait-il se marier ? Et elle, le désirait-elle ? Offrir une bague impliquait-il *l'obligation de se marier* ? Comment Yoyi avait-il deviné que ces jours-ci cette possibilité l'avait travaillé ?

Après s'être rassasié avec le repas que Josefina lui avait préparé au cas où – et c'était toujours le cas –, Conde et Carlos sortirent sur la terrasse en quête d'un peu de brise rafraîchissante. Mais pendant que Carlos lui expliquait la stratégie pour l'organisation de la fête qui aurait lieu dans deux jours, pour laquelle il avait déjà distribué les invitations verbales et les responsabilités inaliénables destinées à garantir les quantités suffisantes de nourriture et de boissons, Conde n'arrêtait pas de penser à la fameuse bague.

– Nous serons neuf : le Conejo, Aymara, Dulcita, Yoyi, Luisa, la dentiste plutôt moche, amie de Tamara, toi, Candito, la reine de la fête et votre serviteur.

– Candito viendra ?

– Et comment ! Il m'a précisé que ce soir-là il va fermer l'église parce qu'il ne veut pas rater la fête. Ma mère va préparer quelques petites choses convaincantes à se mettre sous la dent avec les vivres que Dulcita et Yoyi, qui se sont proposés pour ces contributions, vont apporter… Qu'est-ce que t'en penses ?

– Depuis quand Yoyi est-il au courant pour la fête ?

– Je lui ai parlé un peu après ton appel.

Conde calcula : Yoyi avait eu plusieurs heures pour penser à cette histoire de bague. Ce laps de temps faisait de sa proposition un acte prémédité et déloyal.

– Tu as dit que je devais me charger de quoi ? demanda Conde, essayant de revenir à la réalité de l'instant. Pour faciliter la chose, il s'envoya une bonne gorgée de rhum.

– Le gâteau, les fleurs et deux ou trois bouteilles de rhum. Et du vrai rhum, avec une étiquette, pas celui que tu achètes au *Bar des désespérés*…

Conde mit la main dans sa poche et en sortit un billet de cinquante pesos convertibles.

– Yoyi m'a fait une avance, en attendant qu'on nous paie les livres que nous sommes en train de négocier. Toi et Candito, qui s'y connaît en fleurs, vous allez m'en commander. Toi, achète le rhum... Moi je suis empêtré dans l'histoire de cette sacrée emo et...

– Raconte-moi un peu... Tu as une idée de l'endroit où elle a bien pu se fourrer ?

Carlos imita Conde et but un coup.

– J'ai une foule d'idées, mais aucune sur le lieu où peut se trouver cette petite. Je me suis bien compliqué la vie, Flaco. Maintenant, c'est moi qui me tracasse le plus pour savoir ce qui a bien pu lui arriver... On ne voit pas tous les jours disparaître quelqu'un qui annonce que Dieu est mort et qui philosophe sur la liberté de l'être humain. Demain, je vais voir si je peux en parler avec Candito. De nous tous, c'est lui qui en sait le plus sur Dieu...

– Il n'est pas pasteur remplaçant pour rien, non ?

Conde acquiesça, évaluant de nouveau la présence persistante d'un dieu dans l'histoire de la jeune fille disparue. Oui, peut-être que son ami Candito el Rojo, devenu une sorte de pasteur évangélique adjoint, pourrait l'aider à démêler l'embrouillamini d'acceptations et de négations de la transcendance dans lequel la jeune fille l'avait plongé. Mais Conde pressentait, sans connaître la raison exacte de cette sensation, que dans la vie et la disparition de Judy, il y avait d'autres aspects ténébreux qu'il n'avait pas même approchés et que ce n'était pas en traversant les chemins du ciel qu'il atteindrait les zones d'ombre qui entouraient Judy. Oui, il avait besoin de comprendre davantage de choses. Qui pourrait l'aider ?

– Attends, laisse-moi appeler le Conejo. Je viens de penser à quelque chose, il va peut-être pouvoir me donner un coup de main.

Conde prit le téléphone sans fil qui était resté sur la petite table de la terrasse. L'appareil était aussi un cadeau de Dulcita, de plus en plus généreuse et attentive aux besoins de Carlos. Il appela le numéro préenregistré et, quand le Conejo répondit, il lui expliqua la raison de son appel : il fallait qu'il lui indique à qui il pouvait s'adresser pour comprendre quelque chose aux jeunes qui se marquent et s'auto-agressent. Et si cette personne existait, qu'il essaie, si possible, de lui avoir un rendez-vous, le plus tôt serait le mieux. Le Conejo accepta de s'en occuper.

– C'est vraiment un sujet ardu, dit Carlos. Je ne peux pas comprendre que cela les fasse jouir de souffrir et de se déprimer... Quelle hérésie ! Sur la tête de ma mère, je ne... !

– Le monde est fou, Flaco... Et moi aussi, reconnut Conde, il vida son verre et se leva. Mais après tout, pas tant que ça : Judy sait ce qu'elle veut, ou du moins ce qu'elle ne veut pas, et moi je sais que tu dois me rendre l'argent qui restera de ce que je t'ai donné... Sur ce, je m'en vais, Il faut que je parle d'un truc à Tamara.

Carlos regarda la bouteille de rhum que le Conde avait apportée. Il en restait la moitié. Quelque chose de beaucoup plus grave qu'une emo disparue devait tourmenter l'esprit de son ami pour qu'il lui réclame de l'argent et abandonne un combat corps à corps dont le meilleur était à venir.

– Bon sang, Conde... Tu vas me dire ce qui t'arrive ? Tu as débarqué ici avec une tête d'enterrement et maintenant tu as tellement une tête à chier que ça pue ! Mais bordel, aujourd'hui tu as réalisé une affaire qui va te remplir les poches, tu es en train de faire, sans être flic, ce qui te plaisait le plus quand tu l'étais, dans deux jours on va organiser une fête du tonnerre pour l'anniversaire de Tamara et, à part Andrés, on sera tous réunis, tous les survivants... Qu'est-ce que tu veux de plus, sauvage ? Dis-moi, de quoi tu te plains, Tête de Nœud ?

Conde sourit de l'invective finale de Carlos qui lui faisait penser à la petite histoire du guerrier peau-rouge, appelé Tête de Nœud, qui fait part au grand chef Tête d'Aigle, fils du légendaire Tête de Taureau et frère de l'aguerri Tête de Cheval, de l'éternel mécontentement que lui cause son nom. Et il en conclut que Carlos avait raison : de quoi tu te plains, Tête de Nœud ? Cela semblait évident : il était indécrottable. D'une certaine façon, sa capacité à souffrir pour la moindre chose qui le tourmentait faisait de lui un précurseur de la philosophie emo. Mais il ne se laissa pas aller à la confidence. Même avec Carlos, il ne pouvait aborder cette question pressante avant de l'avoir réglée avec Tamara, parce que cela la concernait autant que ses propres doutes.

– Je ne me plains pas, animal. C'est que je suis décidément trop con… Si le Conejo m'appelle, il peut me joindre chez Tamara.

Conde s'approcha de Carlos et se pencha sur son anatomie répandue, à peine contenue par les bras du fauteuil roulant, et ne put éviter la vague de tendresse qui le poussa à entourer de ses bras le corps humide de sueur de son ami invalide. S'il manquait au Flaco une preuve de l'état lamentable de Conde, ce dernier la lui offrait avec cette accolade dénuée d'impulsions éthyliques : il était évident que quelque chose l'avait blessé. Contre son habitude, Carlos préféra cette fois rester silencieux tandis qu'il répondait à ce geste d'amour.

Conde décida de se rendre à pied chez Tamara. Il voulait se donner le temps de méditer pour chercher le moyen de résoudre son nouveau conflit. Ce qui l'embêtait le plus dans cette situation, c'était sa vulgaire origine financière, car si les mille dollars promis par Yoyi ne se profilaient pas à l'horizon, rien de tout cela ne pourrait arriver. Et après on dit que les riches n'ont pas de problèmes ! Mais son problème était-il la bague en elle-même ou ce qu'elle impliquait pour lui ? se demanda-t-il, philosophe.

Sur le sofa, Tamara, toute fraîche après la douche, vêtue d'une chemise de nuit, regardait un de ces documentaires sur les animaux que les programmateurs de la télévision nationale aimaient tant. Rien que de la voir dans cette ambiance familière, quotidienne, routinière, Conde eut une bouffée d'angoisse. Se marier pour toujours ? Mais en s'approchant pour l'embrasser, lorsqu'il se pencha sur le décolleté généreux et respira l'odeur de propreté que lui offrait la peau de Tamara, l'angoisse fut remplacée par une placide sensation d'appartenance qui lui fit concevoir des projets immédiats.

– Continue à regarder ça. Je vais prendre une douche, dit Conde en se dirigeant vers la salle d'eau.

Pendant qu'il se débarrassait de la sueur et des chaleurs de la journée, tout en imaginant de lui donner une conclusion sexuelle satisfaisante, Mario Conde pensa qu'en vérité il pouvait considérer qu'il avait beaucoup de chance : des milliers de choses lui manquaient, le monde entier partait en couilles, mais il possédait encore quatre trésors qu'il pouvait considérer, dans leur magnifique conjonction, comme les meilleures récompenses que lui avait données la vie. Parce qu'il avait de bons livres à lire ; un chien fou et voyou à soigner ; des amis à emmerder, à embrasser, avec lesquels il pouvait se saouler et se lâcher en évoquant les souvenirs d'autres temps qui, sous l'effet bénéfique de la distance, semblaient meilleurs ; et une femme à aimer qui, s'il ne se trompait pas trop, l'aimait également. Il jouissait de tout cela – et même maintenant d'une somme d'argent – dans un pays où bien des gens n'avaient presque rien ou sacrifiaient le peu qui leur restait : chaque jour, en travaillant au hasard des rues, il en rencontrait qui vendaient leurs livres dans l'espoir de sauver leurs estomacs, alors qu'ils avaient déjà perdu jusqu'à leur dernier rêve.

Selon sa coutume de loup solitaire, Conde suspendit dans la douche le slip qu'il venait de laver et récupéra celui qu'il y avait laissé la veille. Dans la chambre il prit le tee-shirt troué et gigantesque avec lequel il dormait. Tandis qu'il écoutait la voix télévisuelle raconter l'histoire d'un éléphant hermaphrodite, ami des petits oiseaux, qui aimait manger des fleurs jaunes (ce ne serait pas tout simplement un éléphant homo ?), il prit la petite cafetière et se prépara un café. À cette heure-là, Tamara ne l'accompagnerait pas, aussi se servit-il dans un verre puis, une cigarette à la main, il se dirigea vers le salon et la télévision, une ferme intention à l'esprit : et puis merde, il demanderait à Tamara si elle voulait se marier avec lui. Finalement, avait-il pensé, j'ai déjà envie de lui offrir une bague, pourquoi ne pas me lancer une fois pour toutes ?…

Lorsqu'il entra dans le salon, il la trouva endormie sur le canapé. Pour ne pas la réveiller, il occupa le fauteuil de cuir que bien des années auparavant le père de Tamara avait acheté à Londres, à l'époque où il était ambassadeur au Royaume-Uni. Il éteignit le poste avec la télécommande : il n'était pas d'humeur à supporter des histoires d'éléphants souffrant de traumatismes sexuels. Il but son café et alluma la cigarette. Il comprit que c'était le meilleur moment pour lancer sa proposition :

– Tamara, murmura-t-il, et il osa poursuivre : Et si on se mariait, qu'est-ce que tu en dis ?

Le premier ronflement de la femme fut l'unique réponse que reçut sa terrible question.

5.

Le soleil se réverbérait sur le sol noir de l'esplanade, baptisée depuis longtemps la Place Rouge par quelque promoteur halluciné et enthousiaste de l'indestructible amitié cubano-soviétique. Ils laissèrent la voiture dans une rue latérale et, dès qu'ils se refugièrent à l'ombre salutaire d'un arbre, Conde et Manolo ne manquèrent pas d'évoquer l'épisode aberrant de la mort d'une jeune prof de chimie qui, vingt ans plus tôt, les avait obligés à monter et descendre plusieurs fois la Place Rouge pour aller au lycée de la Víbora ou en revenir. L'enquête les avait conduits à découvrir une montagne de saloperies – duplicités morales, opportunismes, arrivismes, abus sexuels, académiques et idéologiques – et, cerise sur le gâteau, un assassin qu'aucun d'eux n'aurait désiré démasquer*.

Conde avait localisé le major Manuel Palacios, tôt le matin, avant qu'il ne sorte de chez lui (il vivait maintenant avec sa huitième épouse officielle) pour se rendre au commissariat central. Manolo avait protesté autant que possible, mais avait finalement accepté de le retrouver vers onze heures pour l'accompagner dans ce voyage vers un présent débordant de connexions avec le passé. Comme Tamara était partie à l'aube, car c'était le jour où elle participait avec les chirurgiens aux opérations maxillo-faciales, Conde se risqua à lui laisser un mot sur la table de la salle à manger. Il s'arrangerait pour rentrer de bonne heure car il voulait lui parler d'une chose importante, écrivit-il. Il savait qu'il avait rédigé ce mot avec la pire des intentions : ne se laisser aucune échappatoire possible. Puis il rentra chez lui se changer et donner à manger à Basura II qui l'accueillit avec un grognement de reproche pour l'avoir ainsi abandonné. S'il épousait Tamara et allait

* *Vents de Carême*, Métailié, Paris, 2004.

vivre chez elle, dans une maison beaucoup plus confortable que la sienne, que ferait-il de ce chien fou qui aimait dormir sur les lits et les canapés après avoir passé la journée dans la rue à se rouler par terre avec les autres chiens et même avec des éléphants hermaphrodites, si des pachydermes de cette sorte se présentaient ? S'il l'emmenait avec lui, il était fort probable qu'au bout d'une semaine Basura II et son maître seraient déclarés indésirables et expulsés tous les deux (et l'éléphant s'il était avec eux) d'une maison où l'on vivait en respectant certaines règles d'urbanité que ces sauvages sans foi ni loi méconnaissaient. Cause admise du divorce : cohabitation impossible à gérer avec un homme et son chien.

Au commissariat, Conde avait expliqué à son ancien adjoint les étapes de sa recherche de la fille emo et pourquoi il sollicitait son aide : il avait besoin d'identifier et, si possible, de localiser l'Italien auquel Judy avait donné le surnom de "Bocelli". Pour calmer Manolo, toujours aussi stressé, il avait présenté la chose en lui disant qu'il s'agissait d'un homme intéressant pour lui et ses collègues, car d'après ce qu'il savait, il était très probablement lié, à un degré ou à un autre, à la consommation et à la vente de drogues dans la ville. Il lui fallait l'appui de Manolo, car la seule façon tangible de l'identifier consistait à demander au service de l'immigration les renseignements concernant les Italiens âgés de moins de quarante ans, venant fréquemment dans l'île, qui seraient arrivés ces derniers mois. Ils soumettraient ensuite cette information à Frederic, auquel le major Palacios, par sa condition de vrai policier, de ceux qui vous interrogent et vous arrêtent, devrait aussi faire avouer l'identité de la mystérieuse fiancée de Judy, tentatrice comme une île encore inexplorée. Entre cet Italien et la fiancée cachée pouvaient se trouver les raisons de la disparition, forcée ou volontaire, de la jeune emo.

Pendant qu'ils attendaient les informations sur les Italiens, Conde, comme si c'était sans importance, tenta d'aborder l'autre sujet pour lequel Manolo pouvait l'aider : l'histoire vénézuélienne d'Alcides Torres qui apparaissait constamment en toile de fond des rébellions de sa fille. À sa grande surprise, ce jour-là Manolo avait réagi comme si on lui avait planté une banderille : eux, les simples officiers enquêteurs de toujours, ne savaient rien de cette affaire. Sous prétexte qu'il ne s'agissait pas d'un crime de droit commun, elle avait été confiée à un corps spécial qui s'occupait de ce cas et d'autres du même genre. Mais ce qui était clair pour "les simples officiers" comme Manolo, c'était qu'il s'agissait de corruption pure et dure. Si Alcides Torres était toujours en liberté et cherchait sa fille au volant de sa Toyota, c'était uniquement parce qu'on n'avait pas pu l'impliquer directement dans ces pratiques louches de containers remplis de postes de télévision à écran plat et d'autres *delicatessen* technologiques achetées au Venezuela pour être revendues à Cuba. Mais, de l'avis du major Palacios, quand deux de tes subordonnés mangent du gâteau, ils te laissent au moins y goûter, non ?

Avec les photos de trente-deux Italiens qui réunissaient les critères exigés, Conde et Manolo attendaient la sortie des élèves. Comme cela lui arrivait dans ce genre de circonstances, Conde éprouvait une certaine amertume, car sa décision opportuniste confronterait Frederic au dilemme de révéler un secret qu'il s'était engagé à garder. Il avait procédé de la sorte dans l'affaire de la prof assassinée, lorsqu'il avait pratiquement obligé un élève du lycée à lui révéler une information susceptible de placer le garçon dans la catégorie, peu agréable, des mouchards. Mais putain pourquoi avait-il accepté de se fourrer dans cette histoire ? se reprochait l'ex-policier quand ils entendirent la sonnerie qui mettait fin aux cours du matin.

Comme la veille, Yadine sortit parmi les premiers, toujours seule, pressée, comme obnubilée par quelque chose, elle descendit vers la Calzada. Quelques minutes plus tard, ce fut le tour de Frederic, avec son look scolaire. Mais ce jour-là, au lieu de deux filles, trois l'accompagnaient, y compris la blonde spectaculaire qu'il avait embrassée la veille simplement parce qu'ils étaient bons amis. Avec une régularité bien établie, la première ne tarda pas à les quitter et, un peu plus tard, ce fut la blonde qui – après un baiser moins appuyé, mais labiolingual – laissa Frederic avec l'autre fille. Les poursuivants durent marcher plusieurs blocs derrière eux, car à peine débarrassés de leurs accompagnatrices, les jeunes gens s'étaient mis à se bécoter avidement en pleine rue, ce qui les obligeait à s'arrêter tous les dix mètres et renvoyait Conde à son incapacité à y comprendre quelque chose. Lorsqu'ils arrivèrent au square des Chivos et occupèrent un banc, l'intensité et la profondeur des caresses passèrent à la vitesse supérieure. Les langues s'affolèrent, les mains des jeunes gens, comme des serpents habiles, se glissèrent sous les vêtements et ils s'appliquèrent à mordre les points névralgiques, provoquant de convulsives altérations musculaires dans leurs organismes respectifs. Conde et Manolo, à une distance prudente, durent se résigner à fumer, à transpirer et à évoquer des temps et des amours passés, espérant que les gamins n'en arriveraient pas à se jeter dans l'herbe pour aller plus loin (la fille avait déjà une main dans le pantalon de Frederic et celui-ci une des siennes sous la jupe de son amie qui, à un moment donné, courba tellement son dos en arrière que Conde craignit de la voir se briser en deux. La chaleur avait peut-être soulagé un peu rapidement sa fougueuse ardeur). À un moment, Conde détourna son regard du spectacle, observa Manolo et découvrit que ses yeux, trop longtemps fixés sur le porno habillé qui se déroulait dans le square, avaient atteint leur état de strabisme maximum.

Vingt minutes plus tard, après un très long baiser, les jeunes gens se séparèrent, non sans peine. La fille (celle-là était grande, mince, très bien proportionnée, avec une peau couleur cannelle) traversa le square avec une démarche de convalescente et Frederic, après avoir déplacé son sexe pour pouvoir marcher sans risquer une fracture, descendit la pente qui conduisait à l'avenue Acosta. Manolo, déjà persuadé qu'il avait investi trop de temps dans cette filature voyeuriste qui semblait avoir troublé ses hormones, décida de ne pas attendre davantage et il pressa le pas pour rattraper le garçon.

– Frederic, attends, cria-t-il, et il profita de la pente pour accélérer. Derrière lui, Conde ne put s'empêcher de sourire. Ni lui ni Manolo n'étaient désormais capables de réaliser des courses poursuites dans la rue.

Le garçon s'était retourné et son visage exprima clairement ce qu'il éprouvait en voyant apparaître Conde accompagné d'un policier en uniforme, un gradé en plus.

– Qu'est-ce que vous me voulez encore ?

Conde essaya de garder le sourire.

– Tu as taché ton pantalon… Nous avons besoin d'une petite aide supplémentaire… Pas pour nous, pour ton amie.

La phrase initiale fit mouche. Frederic baissa sa garde et son regard pour voir l'étendue des dégâts. Conde savait qu'en lui faisant remarquer cette évidence, il le rendait plus vulnérable.

– Qu'est-ce que vous voulez ? murmura-t-il, tout en utilisant son sac à dos pour dissimuler la tache sur son entrejambe.

– Écoute, le major Palacios – Conde fit un signe vers Manolo – cherche aussi à retrouver Judy.

– Et nous voulons voir si tu peux identifier l'Italien qu'elle appelait Bocelli, intervint le major. Voici les photos. Regarde si c'est l'un de ces hommes...

Frederic observa Manolo, puis Conde, et prit la chemise contenant les photos. Il tourna les feuilles lentement, sans qu'aucune expression n'altère son visage. En arrivant à la quinzième, il appuya sa réaction d'une ratification verbale.

– C'est celui-là. Sûr. Je ne l'ai vu qu'une fois, mais c'est lui... Vous ne voyez pas que c'est le portrait craché du chanteur ?

Conde prit la chemise et observa la photo : un homme d'environ trente-cinq ans, avec beaucoup de cheveux et un teint olivâtre. Il retourna la feuille et lut : Marco Camilleri, douzième séjour à Cuba ; il était entré dans le pays pour la dernière fois le 9 mai et il était reparti le 31, trois semaines plus tard... Le lendemain du jour où Judy était sortie de chez elle pour une destination inconnue.

– Il était à Cuba lorsque Judy a disparu, mais... murmura Conde, tandis qu'il tentait d'imaginer ce que cette coïncidence pourrait signifier. Et il ne put qu'envisager le pire.

– Mais quoi ? voulut savoir Frederic.

– Eh bien si Judy est à Cuba, il est impossible qu'elle se cache avec lui... Mais si avant de quitter Cuba, ce Bocelli... – Conde avait à l'esprit ce que sa bouche se refusait à formuler : que Judy n'avait pas disparu pour une quelconque raison, mais que son absence pouvait être aussi irréversible que la mort. Bocelli était-il arrivé au terme de son voyage à Cuba ou l'avait-il interrompu pour une des raisons que le Conde envisageait ? Presque automatiquement il regarda Palacios qui fit un léger signe affirmatif. Ils pensaient la même chose. – Cet homme a pu faire beaucoup de mal à Judy.

– Il l'a tuée ?

La question de Frederic fut un cri.

– On ne peut pas encore le savoir, affirma Conde, et il décida à cet instant de profiter de l'émotion du garçon. Mais celle qui doit encore se trouver ici, c'est la petite amie de Judy, et il faut que tu nous dises qui c'est.

– Pas la moindre idée... commença-t-il, disposé à s'en aller.

Manolo, avec tous ses sens en alerte rouge, décida de sauter dans l'arène.

– Écoute, Frederic, c'est pas un jeu. Au cas où tu ne le saurais pas, il s'agit d'une enquête criminelle... Judy a disparu depuis treize jours, et le plus probable, c'est qu'elle soit morte. On parle ici, dans la rue, parce que mon ami m'a dit que tu es un bon gars, mais je n'ai pas de temps à perdre. Alors, ou bien tu nous dis tout de suite qui est la copine de Judy, ou on va poursuivre cette conversation dans un endroit beaucoup moins agréable et je te jure que là-bas tu vas nous le dire... Tu n'imagines pas à quel point nous pouvons être convaincants quand n...

– Ana María, la prof de littérature, dit Frederic, et, sans attendre les commentaires, il partit en courant dans la descente.

Conde le regarda s'éloigner et il éprouva plus de honte que de soulagement.

Elle devait avoir vingt-sept, vingt-huit ans et elle affichait une beauté fascinante. Les cheveux d'un noir profond, les yeux tragiques, d'un vert de forêt vierge, couronnés de sourcils fournis haussés par un léger étonnement, les lèvres pulpeuses, comme botoxées, mais en réalité gonflées par la nature de complexes croisements ethniques. Conde se sentit menacé par de petits seins, dressés vers le ciel en position de canons anti-aériens, et il vit dans les hanches de la femme un havre de paix ou un champ de bataille. Au sommet de sa splendeur, toute sa peau brillait d'un éclat nuancé par cette couleur obtenue avec quelques gouttes de café dans le lait. Angelina Jolie ? Comme cela ne pouvait manquer d'arriver, le machisme de Conde l'obligea à considérer ce beau brin de femme, qui aimait d'autres femmes, comme un douloureux gaspillage de l'évolution.

Depuis que Frederic leur avait donné l'information, Conde avait pensé que cette conversation devait se dérouler avec une certaine apparence d'intimité. Par chance pour lui, il arriva facilement à se débarrasser de Manolo. Le policier, également alarmé par la proximité des dates de la disparition de Judy et du départ de Marco Camilleri, alias "Bocelli", avait décidé que les enquêteurs devaient suivre cette piste, en fouillant dans les archives et en tirant sur les fils du réseau d'informateurs susceptibles de savoir quelque chose sur les points chauds qui palpitaient le plus dans cette histoire : Italiens, drogues, très jeunes filles. Et il était parti mettre la machine en route, avec la promesse de prévenir son ex-collègue s'il en sortait quelque chose d'intéressant.

Lorsqu'il revint au lycée et trouva la professeure Ana María, Conde sentit son pouls s'accélérer devant le spectacle esthétique hautement raffiné que lui offrait cet exemplaire de couverture de magazine, capable de balayer tous ses préjugés et tout ce qu'il avait imaginé en partant à la recherche d'une virago (nom de Dieu, elle est encore plus bandante qu'Angelina Jolie !). À sa surprise, à peine Conde avait-il énoncé le motif qui l'amenait que la femme accepta de sortir pour lui parler en privé.

Grâce aux pesos convertibles qu'il lui restait en poche, Conde put l'inviter à prendre un rafraîchissement dans une cafétéria récemment ouverte, en général déserte et heureusement climatisée. Tandis qu'ils parcouraient les rues du quartier de la Víbora vers l'endroit proposé, l'homme préféra laisser la conversation sur le terrain aseptisé et agréable de ses souvenirs des jours où il avait étudié dans le lycée où Ana María enseignait maintenant, des évocations d'un temps antérieur à la naissance de la jeune femme.

En réalité, son corps lui réclamait une bière. Mais son sens professionnel le poussa à se limiter à un Coca, comme la jeune femme, après avoir supplié qu'on nettoie la table poisseuse. Tout en sachant qu'il attentait à sa santé et à ses principes, il but une gorgée du liquide sombre et douceâtre au goût de sirop, puis il expliqua à Ana María les détails de son intérêt pour Judith et, presque sans ambages, la raison pour laquelle il avait sollicité cette conversation : on lui avait dit qu'elle et la jeune emo entretenaient une étroite relation – dont il ne qualifia ni la qualité ni l'étroitesse... Mais quel gâchis, bon Dieu ! Ana María l'écouta en buvant à petites gorgées dans le verre en plastique où on l'avait servie et Conde se tut lorsqu'il vit deux grosses larmes jaillir de la fontaine verte de ses yeux et couler sur son visage lisse. En gentleman, il attendit qu'elle se reprenne, après avoir séché ses larmes dans un geste très féminin qui lui permit de voir, à l'intérieur de son avant-bras, le petit tatouage d'une salamandre avec la queue repliée en forme d'hameçon.

– Je vais supposer qu'en réalité vous n'êtes ni policier ni assez malhonnête pour enregistrer cette conversation, commença la femme avec autorité, une fois qu'elle eut retrouvé la maîtrise d'elle-même. Je veux bien croire que vous voulez retrouver Judy pour son bien et pour celui de sa grand-mère. Et je vais bien sûr vous demander, si vous tirez quelque chose de cette conversation, de ne l'utiliser que pour récupérer Judy, sans en révéler la source. Cela pour trois raisons que vous allez comprendre : parce que je suis lesbienne et que ça me plaît de l'être, mais nous vivons dans un pays où ma préférence sexuelle est encore un stigmate ; parce je suis enseignante et que j'aime mon métier ; et surtout parce qu'un professeur ne doit pas avoir de relations intimes avec une élève, et j'en avais, ou plus exactement, j'en ai eu, avec Judy. Si vous révélez l'existence de cette relation, je vais nier. Mais même si je pouvais continuer à enseigner cela me ferait un tort irréparable. Vous comprenez ce que je vous dis ?

– Bien entendu. Vous avez ma parole que si vous me dites quelque chose qui m'aide à localiser Judy, je ne l'utiliserai que pour la retrouver ou informer sa famille. Je dois toutefois vous prévenir : je peux oublier un écart de conduite sentimental ou pédagogique, mais je ne pourrais pas dissimuler un délit si j'apprenais que vous êtes impliquée d'une façon ou d'une autre et si l'histoire de la disparition de Judy se complique.

– Que voulez-vous dire par là ?

Conde pesa ses mots, mais il se décida pour les plus directs et les plus catégoriques.

– Dans le cas où elle serait séquestrée ou s'il lui est arrivé pire encore et que vous êtes liée à tout cela.

– Alors nous pouvons parler, conclut-elle d'un ton professoral avant d'ajouter : Mais ne vous faites pas d'illusions, j'ai beau y penser, je n'ai pas la moindre idée de l'endroit où Judy peut bien se trouver et encore moins de ce qui a pu lui arriver. Quelques jours avant qu'elle… – Elle hésita, cherchant le mot le plus approprié. – … s'en aille, nous avions rompu, elle et moi, et nous ne nous parlions plus qu'en classe, comme professeure et élève.

"Judy s'est glissée dans ma vie par l'entrebâillement d'une porte non gardée : celle qui mène droit au cœur. Dit comme cela, c'est pathétique, ridicule, mais c'est ainsi… Ça fait six ans que je suis professeure titulaire, neuf que j'enseigne, et jamais, pas même quand j'étais encore étudiante, je n'avais eu ne serait-ce que la tentation d'avoir une aventure avec une élève, encore moins une relation durable. Peut-être parce que j'ai eu une partenaire stable, une histoire très satisfaisante qui a duré douze ans et s'est terminée il y a un peu plus d'un an… Peut-être parce que j'enseigne par vocation, pas par obligation ou engouement passager, comme beaucoup d'autres, et que je respecte, j'ai respecté, pour être plus précise, les codes académiques et éthiques de la profession qui me semblent sacrés, vous me comprenez ?

"Quand Judy est arrivée dans ma classe, elle venait de rentrer du Venezuela, et je me suis rendu compte que ses qualités et ses problèmes en faisaient une fille très spéciale. Elle avait une intelligence supérieure à la moyenne, elle avait lu ce que le reste des élèves ne liraient jamais, en quantité et en profondeur, et elle pouvait être à la fois si mûre et si infantile qu'on aurait dit deux personnes en une. Seulement la Judy mûre et la Judy enfantine aspiraient à la même chose, depuis des perspectives différentes, bien entendu : ne pas se comporter comme une personne banale, être aussi libre qu'on peut l'être à son âge, en particulier dans un pays où ce qui n'est pas interdit, on ne peut pas le faire non plus… et être prête à se battre pour cette liberté. À sa façon. La fille mûre le faisait avec sa tête et elle ne manquait pas d'arguments ; l'autre, sur une scène, avec un déguisement, je dirais en s'inventant un personnage. Mais les deux cherchaient la même chose : un espace d'authenticité, une façon de pratiquer librement ce qu'elle désirait pratiquer…

"Vous savez que Judy est emo. Elle l'est par choix, je dirais aussi par conviction, pas pour une question de mode ou d'imitation, comme la plupart des gamins qui se fourrent dans ces groupes, vous comprenez ? Être emo lui permettait de penser en emo et aussi d'agir comme une emo, avec tout cet attirail qu'elle exhibait… D'après ce que je sais, avant de partir au Venezuela, Judy portait déjà en elle la graine de sa révolte ou de son désaccord. Elle avait vu trop de fausseté, entendu trop de mensonges, découvert les magouilles de son père et d'autres personnages du même genre, mais elle était encore trop jeune pour comprendre l'ampleur de ce réseau d'opportunismes. Il est évident que, là-bas, elle a mûri à toute allure et qu'elle a découvert deux choses : qu'en réalité son père et d'autres hommes comme lui ne mettaient pas en pratique ce qu'ils affirmaient dans leurs discours. En deux mots : que c'était une bande d'individus corrompus de la pire espèce, des socialistes corrompus, imbus de rhétorique sur la solidarité, parce qu'il faut bien nommer les choses par leurs noms, ou plutôt les mal nommer. Et cela a fait naître chez elle un terrible sentiment de rejet, de dégoût, de haine… Elle a alors découvert l'autre chose qui l'a fait changer : le monde virtuel dans lequel les emos évoluent, un espace où les jeunes, en quête de leur individualité, parlent en toute liberté de leurs expériences culturelles, mystiques et même physiologiques. Elle a compris qu'une philosophie sous-tendait tout cela, plus compliquée qu'il n'y paraît à première vue, car elle est liée à la liberté individuelle qui part du niveau social et va jusqu'au désir de se libérer de la dernière attache, le corps. Mais attention, ne vous y trompez pas : cette libération n'est pas en rapport direct avec une attitude suicidaire, mais avec une volonté physique et spirituelle. Vous me comprenez ? Judy n'a pas disparu parce qu'elle s'est suicidée, j'en suis plus que sûre. Ou assez sûre. Parce que, en plus, elle avait décidé de cesser d'être emo…

“Le fait est qu'à peine arrivée dans ma classe, elle est devenue mon élève de référence, académiquement parlant. Mais d'une étrange façon : elle pouvait aussi bien lire à fond une œuvre au programme que décider de ne pas en terminer une autre et, en plein cours, elle expliquait les raisons de son attitude qui n'étaient jamais banales, ce n'était pas parce qu'un livre était ennuyeux ou qu'il ne lui plaisait pas. Cela me mettait vraiment dans l'embarras mais je pense que c'était très stimulant.

Comme vous pouvez l'imaginer, en réalité Judy est devenue un défi, oui, un défi plus qu'une référence. Dans tous les sens du terme, vous me comprenez ? Et, un jour, elle m'a vraiment lancé un défi, elle m'a provoquée. C'était il y a environ six mois, nous étions restées seules dans la classe, à discuter de *La Vie est un songe* de Calderón, elle s'intéressait à la relation entre la vie réelle et la vie rêvée, le rôle du destin ou de la prédestination de l'individu, toute cette histoire de karma défini pour chaque être humain, et à un moment elle m'a dit qu'elle rêvait de faire l'amour avec moi et… d'autres choses que je ne vais pas répéter maintenant, bien entendu. Comment avait-elle découvert que je suis lesbienne et même qu'elle m'attirait énormément ? Cela m'a beaucoup déconcertée car, en classe, j'ai toujours fait abstraction de mes préférences sexuelles et de mes attirances. Je lui ai alors demandé comment elle osait me dire ça, à moi, sa professeure… Et elle m'a dit que j'étais transparente, qu'elle pouvait voir ce que j'étais à l'extérieur et à l'intérieur, que toute ma personne lui plaisait et… Elle s'exprimait comme une femme de cinquante ans.

"Nous avons commencé à nous voir, mais avant j'avais cependant exigé d'elle la discrétion la plus absolue. Je vois qu'elle n'a pas tenu parole, puisque vous êtes venu me voir. Quelqu'un vous a mis au courant, et elle est forcément à l'origine de cette information.Peut-être son côté puéril… mais, malgré ça, nous avons eu une relation très adulte. Jusqu'au moment où, soudain, elle a décidé d'y mettre fin…

"Judy avait besoin de se libérer ou elle allait exploser. Elle s'était libérée de Dieu, elle voulait se libérer de sa famille, elle s'est libérée de moi, elle allait quitter les emos, elle voulait couper toutes les amarres de ses engagements… Elle traînait partout ses insatisfactions face à ce qui l'entourait, aux mensonges parmi lesquels elle avait grandi. Tout ce qu'elle lisait, écoutait, voyait, aggravait cette sensation de devoir se défaire du moindre fardeau dans sa quête d'une libération totale, même si elle ne savait pas très bien comment la canaliser… Attendez, j'ai ici un exemple. Elle a écrit ça sur une fiche de lecture…"

La professeure sortit une enveloppe d'un dossier et en extirpa plusieurs feuilles écrites à la main. Elle en fit défiler plusieurs et, quand elle trouva celle qu'elle cherchait, elle lut :

“La littérature sert à nous présenter des idées et des personnages comme celui-ci : ‘… il était toujours prisonnier, et sa geôle était une ville entière, un pays tout entier. (…) Seule la mer était une porte, et cette porte était verrouillée par d’énormes clés de papier, les pires qui soient. On assistait à cette époque à une multiplication, à une prolifération universelle de paperasses, couvertes de cachets, de sceaux, de seings et de contreseings dont les noms épuisaient les synonymes de *permis*, *sauf-conduit*, *passeport* et tout terme pouvant signifier l’autorisation de se rendre d’un pays à un autre, d’une région à une autre, parfois d’une ville à une autre. Les receveurs de droits, des octrois, de la dîme, des douanes et les percepteurs de jadis n’étaient plus guère qu’une pittoresque préfiguration de l’essaim de policiers et de politiciens qui s’appliquaient partout (certains par peur de la révolution, d’autres par crainte de la contre-révolution) à restreindre la liberté de l’homme dès qu’il s’agissait de sa primordiale et féconde possibilité créatrice de se déplacer à la surface de la planète qu’il lui avait été donné d’habiter. (…) Il se fâchait, trépignait de fureur, en pensant que l’être humain, reniant un nomadisme ancestral, dut, pour se déplacer, soumettre sa volonté souveraine à *un papier…*’ Qu’en dites-vous ?”

– Formidable, admit le Conde. J’ai l’impression que je connais… De qui est-ce ?

– Devinez.

– Là, de but en blanc… Ça me dit quelque chose, mais non, je ne sais pas.

Conde se sentit dépassé.

– Carpentier, *Le Siècle des lumières*. Publié en 1962…

– On dirait que cela a été écrit spécialement pour maintenant.

– C’est écrit pour toujours. Aussi pour maintenant. Judy savait à quoi servait la littérature… Parce qu’elle a ajouté ceci : – et elle se remit à lire – “Si un pays ou un système ne te permet pas de choisir où tu veux être et vivre, c’est parce qu’il a échoué. La fidélité par obligation est un échec.”

– Encore plus formidable ! reconnut Conde, fasciné par les raisonnements et la témérité de Judy. À cet âge-là, j’étais un abruti… Enfin, encore plus que maintenant…

– De cela non plus je n'ai parlé à personne. – Elle agita la feuille avant de la remettre dans le dossier et elle esquissa un sourire. – Vous imaginez le raffut que cela aurait provoqué ? Bon, le fait est que les choses ont commencé à empirer quand elle a rencontré Paolo Ricotti, un vieux libidineux qui a essayé de la séduire en lui racontant des histoires sur ses voyages à Venise, Rome, Florence, sur les musées, les ruines romaines, la Renaissance. Ils parlaient surtout de la spécialité de Ricotti, la peinture baroque... Elle adorait discuter avec lui, et rêver de ce qu'il lui promettait... mais sans aller plus loin, très consciente de ce qu'elle faisait. Ensuite un ami de Paolo a fait son apparition, Marco Camilleri, le type qui, d'après elle, ressemblait à Andrea Bocelli, et les choses se sont compliquées encore plus, car ce type prenait je ne sais quelles drogues et elle, qui mourait d'envie d'essayer, eh bien... J'ai du mal à en parler, je n'arrive pas à prendre du recul, ça me rend jalouse, j'enrage en pensant à tout ça. J'ai beau savoir qu'il n'y avait rien de sexuel dans cette relation avec les Italiens, il s'agissait d'amitiés trop dangereuses pour une fille qui n'a en réalité que dix-huit ans, même si elle paraît si libérale et si mûre.

"J'ignore si c'est à cause de ma jalousie ou de quelque chose qui évoluait en elle, mais le fait est que Judy a décidé de mettre fin à notre relation. Et, sans y réfléchir à deux fois, par dépit ou par sagesse, je ne sais pas, je lui ai dit que oui, que c'était le mieux à faire. Même si je savais à quel point j'allais souffrir, je préférais en finir le plus vite possible avec une liaison qui, de toute façon, allait se terminer un jour, et mieux valait le faire sans plus de complications. C'est seulement au lycée que j'ai appris que personne ne savait où était Judy et, à dire vrai, au début cela ne m'a pas trop étonnée, parce que j'ai pensé, et je le pense encore, qu'elle devait être la principale responsable de sa disparition, elle vivait certainement une expérience qui était la véritable cause de sa décision de se séparer de moi et même des emos, et je pensais qu'au bout de quatre ou cinq jours elle reviendrait parmi nous, sans donner d'explications, contente d'elle-même, comme chaque fois que son comportement bousculait les schémas de pensée. Dès le début, j'ai écarté l'idée suggérée par la police et dont m'a fait part sa grand-mère quand je suis allée la voir, car je sais que Judy n'allait pas s'embarquer sur un radeau avec d'autres jeunes. L'idée ne l'avait pas effleurée, ça ne l'intéressait pas, et elle n'est pas non plus du genre, comme certains gamins, à agir sous la pression du groupe ou sur un coup de tête... D'ailleurs, vous avez vu à quel point elle réfléchit. – Elle soupira en tapotant son porte-documents. – Et si elle n'avait pas tenté de s'en aller, qu'elle n'était pas avec les Italiens, qu'elle ne s'était pas suicidée et qu'on ne l'avait pas séquestrée... alors, elle se cachait. La seule chose qui m'étonnait dans ce cas, c'est qu'elle ne nous ait rien dit, ni à sa grand-mère ni à moi. Pourtant cela impliquerait trop son côté puéril, ce serait terriblement irresponsable, mais avec Judy tout est possible. Comme vous pouvez l'imaginer, à mesure que les jours passent, sans aucune nouvelle d'elle, je commence à penser à d'autres choses, de mauvaises choses, je ne sais pas... Vous me comprenez ? Non, je suis sûre que vous ne me comprenez pas."

Conde se leva et réclama des serviettes au garçon de la cafétéria qui lui en donna deux, en les comptant bien et de très mauvaise grâce. Les serviettes faisaient partie du butin de guerre du garçon. Conde les déposa entre les mains de la professeure et il remarqua que, même en pleurant, cette femme était d'une beauté bouleversante. Peut-être plus encore. Vous me comprenez ? Ça, Conde le comprenait très bien. Il le ressentait même : comme une lamentation génitale, impropre à son âge. Et il comprenait aussi que pour la deuxième fois quelqu'un de très proche de Judy lui parlait d'une personnalité double ou capable de se dédoubler, d'une aptitude à changer de visage qui rendait plus insondable cette jeune fille irrévérencieuse et téméraire.

Ana María une fois calmée, Conde la remercia de sa sincérité et lui dit qu'elle l'avait beaucoup aidé à comprendre Judy (ce foutu mot répété par l'enseignante était contagieux) et peut-être à trouver le chemin par lequel elle s'était éloignée.

– Je voudrais seulement vous poser encore deux ou trois questions... C'est que je ne comprends pas très bien, ajouta-t-il, pour la flatter en abondant dans son sens, ce qui lui réussit.

– Dites-moi...

– Qu'est-ce que c'est cette histoire, Judy ne voulait plus être emo ? On entre dans le groupe et on en sort comme ça : je le suis ou je ne le suis plus ?

– C'est le bon côté des militantismes volontaires. Quand tu ne veux plus, tu renonces et voilà... Pour autant que je sache, car avec Judy rien n'est simple, elle est devenue emo en cherchant un espace personnel de liberté. Elle l'a trouvé, mais il ne lui sert plus à rien. La liberté est devenue pour elle une rhétorique, et elle avait besoin de quelque chose de beaucoup plus réel.

– Et toutes ces idées... que Dieu était mort, qu'elle allait se réincarner, que le corps est une prison ?

– Elle y croit encore, bien sûr qu'elle y croit encore. Mais elle avait besoin de quelque chose de plus. J'ignore quoi, mais il lui fallait plus que ça.

– Et ce que vous m'avez lu de Carpentier, ça n'a pas un rapport avec l'idée de partir ? Ce n'est pas la raison de son intérêt pour ce texte ?

– Non, vous vous trompez... Partir ou rester, ce n'est pas ça qui compte le plus. C'est la liberté de partir ou de rester dont disposent les gens qui est importante. Ou l'absence de cette liberté... Et d'autres aussi. Vous me comprenez ?

Conde hocha la tête, comme s'il comprenait, même s'il en était toujours au même point. Ou pas : en vérité il en savait davantage et, malgré ses contradictions, il trouvait Judy de plus en plus attirante. Cela valait la peine de la retrouver, se dit-il, et il se lança de nouveau.

– Judy vous a parlé de ce qui est arrivé au Venezuela et qui l'a tellement affectée ?

La femme but une gorgée de son Coca, peut-être pour se donner le temps de réfléchir à sa réponse.

– Je vous l'ai déjà dit : elle a approfondi sa connaissance de la philosophie emo et aussi de son père...

Ana María hésita un instant avant de poursuivre :

– Judy a appris que son père préparait quelque chose qui devait lui rapporter beaucoup d'argent...

– Ce que lui et ses subordonnés faisaient passer à Cuba ?

– Non, ça c'était des broutilles et il n'avait quasi rien à voir avec cette histoire. Il s'agissait de quelque chose qu'il a sorti de Cuba.

Conde, alarmé, en trembla.

– Quelque chose qu'il a sorti de Cuba et qui lui rapporterait beaucoup d'argent ? Judy vous a dit ce que ça pouvait être ?

– Non… mais elle a parlé d'une grosse somme… de beaucoup de dollars.

Conde ferma les yeux et pressa ses paupières avec l'index et le pouce. Il voulait regarder en lui-même : combien ça faisait *beaucoup* de dollars ?

– Judy ne vous a donné aucun indice sur ce que… ?

– Non, et je ne lui ai pas posé de questions non plus. Je ne voulais ni ne veux rien savoir de ce genre de choses. Ça me rend nerveuse…

– Oui, bien sûr, remarqua Conde, et il décida de remettre à plus tard une réflexion sur cet élément inquiétant qui modifiait certaines de ses perceptions de l'affaire. Aussi décida-t-il d'attaquer sur un autre front. – Et Yadine, l'amie de Judy, c'est une de vos élèves ?

– Non, elle est dans la classe en dessous.

– Que savez-vous d'elle ?

Ana María essaya de sourire.

– Qu'elle était tombée amoureuse de Judy… elle en est folle, insista-t-elle, presque avec satisfaction, peut-être parce qu'elle l'avait emporté sur sa rivale. Cependant, la confirmation plus que fiable de la véritable nature de la relation de Yadine avec Judy et la découverte des causes profondes de sa tristesse constante pouvaient être un élément révélateur, peut-être trouble, que Conde ne pouvait pas encore préciser. Mais, cette fois, il maintint le cap.

– La salamandre tatouée sur votre bras… ?

– Une bêtise. Disons que c'est une preuve d'amour. Judy la porte sur l'épaule gauche, sur l'omoplate…

– Bien sûr, dit l'homme, et il s'interrompit quelques secondes. Il hésitait quant à la façon d'aborder un autre sujet, et de nouveau il choisit de le faire frontalement : Comment savez-vous que Judy ne couchait avec aucun de ces Italiens avec lesquels elle discutait et apparemment allait même jusqu'à se droguer ?

Pour la première fois, Ana María sourit ouvertement, puis elle laissa de nouveau couler ses larmes. Malgré ses pleurs, elle parvint à dire :

– Parce que Judy n'aime pas les hommes et parce que je sais que Judy est vierge. Vous me comprenez ?

Le Conde, qui avait supporté avec élégance l'impact des autres informations, fut surpris par ce direct au menton. Étendu sur le ring, il entendit l'arbitre compter jusqu'à cent. Au moins. Là, vraiment, il y comprenait que dalle.

– Dis-moi une chose, pour que j'y voie bien clair... Dieu pardonne à tout le monde ?

– À tous ceux qui éprouvent du repentir et qui se tournent humblement vers lui.

– Il pardonne même aux fils de pute les plus tarés ?

– Il ne fait pas ce genre de distinguos.

– Distinguos... ? Il faut toujours que tu parles comme ça maintenant, avec des mots pareils ?

– Va te faire foutre, Conde !

Conde sourit. Il avait amené son ami Candito el Rojo là où il le voulait : plus ou moins au point où il en était quand il avait fait sa connaissance et que Candito était une publicité pour la délinquance. Toutefois, Conde savait bien que ce retour en arrière réussi n'était que transitoire, car depuis des années le mystique de leur bande de copains avait trouvé dans la foi religieuse un soulagement permanent et pleinement satisfaisant à ses tourments et à ses doutes. Conde s'en réjouissait pour lui, car une chose était très claire à ses yeux : mieux valait un Candito chrétien qu'un Rojo en prison.

Ces deux dernières années, de plus en plus engagé dans les manifestations de la foi, Candito était devenu une sorte de prédicateur "de secours", de ceux qui entrent sur le terrain quand le match devient chaud. La croissance du troupeau (ce mot appartenait aussi au vocabulaire du mulâtre poivre et sel qui avait eu un jour une tignasse hirsute couleur safran) avait obligé les pasteurs officiels à former plusieurs enthousiastes pour qu'ils travaillent dans certaines des maisons dites "maisons de culte", où atterrissaient les désespérés en nombre toujours grandissant, hommes et femmes en quête d'une solution, tangible ou intangible, à une existence minable qui s'effritait entre leurs mains. Cela expliquait peut-être pourquoi non seulement les maisons de culte et les temples protestants étaient pleins, mais aussi les églises catholiques, les consultations des spiritistes, *santeros*, *babalaos* et *paleros**, et même les mosquées et les synagogues dans un désert inhospitalier sans arabes ni juifs. Tout ça dans un pays où, après avoir imposé l'athéisme, on récoltait finalement la méfiance et le désir d'autres consolations que la réalité ne procurait pas.

Candito était un de ces presque pasteurs de secours et, s'il n'avait pas de grands dons d'orateur, sa foi était à l'épreuve des balles ou même des boulets de canon. Pour ceux qui étaient disposés à croire, le mulâtre pouvait être une voix et même un exemple convaincant. Ses convictions étaient si viscérales et sincères que Conde en était arrivé à dire que, si Candito lui garantissait l'existence d'un miracle, il l'accepterait. Mais de là à admettre que n'importe quel fils de pute comme cet Alcides Torres, pour ne pas chercher bien loin, méritait aussi le divin pardon ? Non, ça, Conde ne pouvait pas le croire même si Candito ou Dieu en personne descendait du ciel pour le lui confirmer.

– Rojo, ça correspond à quoi *beaucoup* de dollars ?

– De quoi tu parles, Conde ?

– Dis-moi, si je te dis que je vais gagner *beaucoup* de dollars, à ton avis ça fait combien ?

– Cent, répondit Candito, avec conviction.

Conde sourit.

– Et si je te dis qu'un type qui est dans les affaires va gagner *beaucoup* de dollars ?

L'autre réfléchit un instant.

– Je penserais en millions, non ? Tout est relatif. Sauf Dieu.

Les hommes s'étaient installés dans les fauteuils qui occupaient presque tout l'espace du réduit faisant office de salle de séjour. Derrière la cloison se trouvaient la cuisine et une petite salle d'eau, tandis que par une ouverture pratiquée dans l'autre mur on accédait à la chambre qui, en réalité, avait été une des chambres de l'étroit *solar* jusqu'au jour où le père de

---

* Officiants de la *santería*, la religion afro-cubaine.

Candito avait réussi à s'approprier la pièce voisine. Les deux amis se balançaient, parlaient de *beaucoup* de dollars et buvaient même un jus de goyave bien froid, servi par la maîtresse des lieux. Conde avait annoncé sa visite mais il avait plusieurs heures de retard, Candito l'avait pourtant attendu, avec cette capacité de patience qu'il avait développée, grâce à Dieu (disait-il).

Peut-être du fait de l'insupportable chaleur, le *solar* où Candito était né et avait grandi et où la promiscuité était si grande se montrait à cet instant sous un jour plus calme : les habitants de plusieurs des logements répartis le long du couloir de ce qui avait été le patio d'une maison bourgeoise se tenaient immobiles, comme des lézards du désert attendant le coucher du soleil pour se mettre en mouvement. Cependant, les radios et les lecteurs de CD, comme des engins animés d'une intelligence propre, se livraient une éternelle guerre musicale dont ces êtres entassés, au dur passé, au présent difficile et à l'avenir trop imprévisible s'étourdissaient pour vivre sans reconnaître leurs douleurs. Le volume sonore qu'ils absorbaient rendait la conversation si difficile que Candito dut fermer la porte et mettre le ventilateur en marche au maximum de sa puissance.

– Ce troupeau est vraiment incontrôlable. Et toi comment fais-tu pour supporter ça ?

– Avec l'entraînement de bien des années et l'aide de Dieu.

– Heureusement qu'il te donne un coup de main…

Après l'avoir mis au courant des détails de l'enquête qu'il menait pour son compte personnel et par la faute de son impardonnable curiosité, Conde expliqua à son ami pourquoi il avait besoin de lui. Les choses avaient tellement changé dans la vie de Candito qu'au lieu de lui demander des informations sur les délinquants, il le consultait maintenant sur les étranges relations qu'une jeune fille disparue entretenait avec Dieu, un domaine mystique qui échappait à ses compétences.

– Cette fille semble trop intelligente. Mais elle souffre d'une grande confusion mentale, annonça finalement Candito, et Conde leva la main pour le freiner.

– Rojo, tu n'es pas en train de prêcher.

Candito le fixa intensément. Les restes étincelants de l'homme insoumis et agressif qu'il avait été pouvaient encore briller dans ses yeux, également rougeâtres, en général voilés par une expression de paix spirituelle.

– Tu vas me laisser parler ou… ?

– Oui, c'est bon, je t'écoute…

– La petite a le ciboulot cafouilleux, oui ou non ?

– Oui, reconnut Conde. Il n'osa pas le dire mais il préférait que son vieux copain parle de cafouillis dans le ciboulot plutôt que de confusions mentales.

– Ton jus de goyave va être chaud, l'avertit le mulâtre en indiquant le verre à moitié plein.

– C'est bien comme ça. Je viens de prendre un demi-Coca. Je ne veux pas risquer l'overdose…

– C'est vrai, admit Candito. Bon, pour revenir à notre sujet… Je ne vais pas te dire que ce cafouillis mental est l'œuvre du diable, quoique… Je préfère te dire que c'est le résultat de ce que nous vivons, de ce que nous avons vécu, Conde. Cette petite n'a qu'une envie, c'est de croire, mais elle ne veut pas croire comme les autres parce qu'elle rejette l'ordre établi, alors elle s'est inventé sa propre foi : elle aime l'idée que Dieu est mort, mais elle croit en la réincarnation, elle méprise le corps mais tente de sauver l'âme, elle s'agresse de toutes les façons possibles, elle est lesbienne mais reste vierge, elle ne supporte pas la fausseté de son père et en même temps elle est l'amie d'Italiens qui puent les égouts à cent lieues à la ronde… et tout ça pour ne pas être semblable aux autres, ou plutôt, pour être différente des autres, parce qu'elle en a marre d'entendre qu'on est tous égaux alors qu'elle voit bien que nous ne le sommes pas du tout.

– Alors tu crois que ce n'est pas Dieu, son problème ?

– Non. Elle se sert de Dieu pour paraître encore plus différente… Ne t'engage pas sur cette voie. Ce qui lui arrive est lié à des choses d'ici-bas, j'en suis certain. Écoute, ce n'est pas qu'elle ne croit pas en Dieu : c'est seulement parce que ça lui semble plus génial de dire qu'il est mort. Être athée, ce n'est pas la même chose que croire que Dieu est déjà mort et désactivé… Ou avoir perdu la capacité de croire, comme c'est arrivé à tant de gens que nous connaissons. C'est très moche, Conde, mais c'est ce que nous vivons. C'est moi qui te le dis... Une gamine comme celle-ci n'apparaît pas par génération spontanée, elle a besoin d'un engrais pour grandir et cet engrais est dans l'atmosphère. Si tu ne me crois pas, regarde autour de nous : combien de jeunes gens de son âge s'en vont n'importe où ? Combien sont des prédélinquants ou de complets délinquants, combien de filles sont devenues des prostituées et combien de garçons sont leurs proxénètes ? Combien de gens vivent en regardant les signes avant-coureurs sans se tracasser pour autant ? Combien se préoccupent davantage d'avoir un téléphone portable, ou un MP je ne sais combien, plutôt que de travailler, parce qu'ils savent qu'en travaillant ils n'arriveront à se payer ni le portable ni le MP... ? Ce qui se passe dans le royaume du Danemark est foutrement grave. Et, d'après toi, c'est Shakespeare qui l'a dit.

Conde acquiesça. Le panorama était peut-être plus lugubre qu'il n'y paraissait. La rue G avec ses tribus urbaines n'était, en réalité, que la partie visible de l'iceberg... Mais cette réflexion de Candito sur l'incapacité à croire lui était-elle destinée ? Et puis merde ! pensa-t-il, ce n'était pas lui qui était important. Parce qu'une fois arrivé au point culminant de la conversation, il pouvait obtenir ce que Candito était vraiment capable de lui offrir : la confirmation d'une idée qui lui était venue dès sa visite de la chambre de Judy et dont l'acuité était renforcée par la conversation, pleine de révélations inquiétantes, qu'il venait d'avoir avec l'enseignante.

– Rojo, toi qui parles avec beaucoup de gens en crise qui cherchent une issue, tu crois que quelqu'un comme Judy pourrait en arriver au suicide ? C'est ce qui m'inquiète le plus maintenant... La prof pense que non...

Candito reposa son verre sur la petite table de bois.

– Je ne peux rien te dire, ni dans un sens ni dans l'autre, mon vieux, parce que chaque personne est un monde... Mais moi je ne serais pas étonné qu'elle n'ait pas reparu parce qu'elle s'est suicidée ou, si elle est vivante, qu'elle tente de le faire. Alors, s'il est encore temps, le mieux serait de la retrouver, parce qu'elle en est capable...

– Et si elle revient, on la fait exorciser ?

Conde ne pouvait s'empêcher de saisir au vol ce genre d'occasions.

– Dans le cas particulier de cette gamine, mieux vaut l'envoyer tout droit chez un psychiatre, dit Candito, et l'autre sentit combien son ami le surpassait avec élégance. Je viens de te dire que son problème, ce n'est pas Dieu, pas même le diable... Elle en veut au monde entier.

Découragé, Conde acquiesça.

– Et tous ces dollars, qu'est-ce qu'ils viennent faire dans cette histoire ? demanda Candito.

Conde se gratta la tête.

– J'en sais rien, justement... Mais mieux vaut que je n'y pense pas trop parce que alors je vais souffrir du syndrome du cafouillis cérébral... Mais dis-moi un peu, pourquoi faut-il toujours que je me fourre dans des situations fâcheuses, hein, Rojo ?

Candito sourit en prenant son expression la plus béate et la plus pastorale.

– Parce que tu as beau dire et même être convaincu de ne pas croire en Dieu, au fond tu es un croyant. Et tu es surtout un homme bon.

– Moi, un homme bon ? demanda Conde sur le ton de l'ironie.

– Oui, et c'est pour ça que, malgré tout, je suis toujours ton ami...

– Pourtant, même si je suis bon et que je suis ton ami, je ne connaîtrai pas le salut, parce que je ne me suis pas tourné vers Dieu. Et si un autre salopard le fait, lui, il va aller au paradis, non ? Tu trouves que ça tient debout ?

– Telle est la justice divine.

– Eh bien, excuse-moi, mais il faut que je le dise : quelle justice de merde !

Candito sourit, sans prendre une expression béate mais ce fut un vrai sourire.

– Tu es incorrigible, mon vieux... Tu cours tête baissée vers l'enfer...

Conde l'observa. Depuis qu'il s'était marié pour la deuxième fois, qu'il ne buvait rien et ne fumait plus, Candito avait pris presque dix kilos. Malgré les cheveux blancs qui avaient remplacé ses boucles rouges, il semblait en réalité en meilleure santé et comme décrassé comparé au Candito d'autrefois, pécheur, magouilleur, querelleur et violent.

– Et si j'épouse Tamara, j'ai davantage de chances d'assurer mon salut ?

La question prit Candito au dépourvu. Par le Flaco Carlos, il était au courant de la fête d'anniversaire qui se préparait et avait confirmé sa présence non alcoolique. Mais en fait il s'agissait d'une noce, avec tout le tralala… ?

– Tu parles sérieusement ou tu déconnes ?

– Je crois que c'est sérieux. Le Conde regretta de devoir l'admettre, il précisa toutefois : Mais ce n'est qu'une idée…

Candito s'appuya au dossier de son fauteuil et sécha de la main la sueur qui, malgré le ventilateur, commençait à couler de son front.

– Conde, mon frère, fais ce que tu veux. Mais réfléchis à deux fois, quand les choses sont bien parties, mieux vaut ne pas y toucher.

– Il y a une exception, non ?

En fin de compte, Candito était toujours Candito…

– Si tu y touches c'est meilleur… mais c'est plus vite fini, non ?

De l'unique banc survivant (auquel il manquait déjà une planche) du square de Reyes, agressé par les relents nauséabonds provenant d'une canalisation qui refoulait des détritus dans la rue, Conde vit grandir la silhouette de Yadine, à moitié déguisée en emo, mais avec les cheveux tombant sur son visage.

Pour éviter qu'on entende sa voix adulte et masculine, une demi-heure plus tôt, Conde avait demandé à la femme de Candito d'appeler la jeune fille chez elle pour lui fixer un rendez-vous qui devenait urgent pour lui.

– Comme vous ne m'aviez pas appelée, hier je suis allée chez vous mais vous n'y étiez pas… Après ce reproche, elle poursuivit : Dites-moi, vous avez du nouveau pour Judy ? demanda-t-elle en arrivant à deux mètres du supposé détective. Sur son visage sans maquillage noir, il y avait autant de tristesse que d'anxiété.

– Viens, assieds-toi.

– Conde s'efforça de la calmer tandis qu'il tapotait le banc qui avait bien mal accueilli ses fesses.

– Alors, qu'est-ce que vous savez ?

L'impatience anxieuse de Yadine était vraiment très grande.

– Rien et beaucoup... Je ne sais pas où elle est ni ce qui a pu lui arriver, mais j'ai appris d'autres choses... Et il alla droit au but : Pourquoi ne m'as-tu pas dit quel genre d'intérêt te poussait à me demander de chercher Judy ? Ne me raconte pas d'histoires, je connais la vérité sur ce point...

Yadine avait de beaux yeux profonds. Toute l'intensité de son regard apparaissait mieux ainsi, sans les cercles noirs du maquillage.

– La vérité est terriblement simple... Les gens *n'aiment pas* les lesbiennes. Mais la seule chose importante, c'est d'avoir des nouvelles de Judy, pas ce que j'éprouve pour elle...

Conde avait plusieurs réponses à ces affirmations, mais il décida de ne pas attaquer la jeune fille avec les armes de l'ironie.

– Elle a rompu avec sa copine pour toi ?

L'impatience de Yadine disparut et il ne resta sur son visage que la marque de sa tristesse.

– Non... c'est moi qui en ai profité et j'ai tellement insisté qu'à la fin j'ai réussi à être avec elle. C'est que Judy me rend *fooolle...*

Elle appuya sur le mot comme pour souligner le fait qu'elle lui faisait perdre la tête.

Ces révélations alarmaient toujours Conde, cubain hétérosexuel et machiste, de la branche militante quoique compréhensive. Mais entendre deux confessions lesbiennes le même jour, venant de deux femmes jeunes et belles, dépassait sa capacité d'assimilation. Il devait se contrôler, pensa-t-il.

– Depuis quand date cette relation plus intime ?

– C'est arrivé une seule fois. La veille du jour où Judy a disparu... Mais c'est ce qui m'est arrivé de mieux dans la vie.

Conde fut sur le point de demander des détails mais il comprit que ce n'était pas le plus indiqué.

– Mais il y a longtemps que tu étais amoureuse d'elle, non ? C'est à cause d'elle que tu es devenue emo ?

– Oui, j'étais presque emo, mais je suis devenue emo-emo à cause de Judy. Et elle m'a plu dès que j'ai fait sa connaissance. Non, ce n'est pas seulement qu'elle m'attire, elle me rend *folle*, vraiment *folle*...

Conde aurait voulu savoir la différence entre être emo et être emo-emo, mais il garda le cap.

– Et tu n'as vraiment aucune idée de l'endroit où elle peut se trouver et pourquoi elle a disparu ?

– Bien sûr que non... Pourquoi croyez-vous que je suis venue vous trouver ? Ce n'est pas facile d'aller raconter comme ça, n'importe où, ce que vous êtes et ce qui vous plaît. Mais j'étais affolée... Ce lundi-là, on devait se voir et on avait décidé que Judy m'appellerait. Vers sept heures, c'est moi qui ai téléphoné chez elle et Alma m'a dit qu'elle était sortie depuis un moment. Elle pensait qu'elle allait rue G, mais le lundi presque personne n'y va. De toute façon, j'y suis passée pour la rejoindre mais il y avait très peu de monde, pas un emo, et elle n'y était pas non plus. Alors j'ai appelé des copains...

– Qui ?

– D'abord Frederic qui était chez lui avec une autre fille du lycée. Ensuite Yovany, mais il n'a pas répondu sur son portable... Ensuite... ensuite son ex...

– La prof.

Yadine souleva un sourcil puis acquiesça.

– Elle ne l'avait pas vue, à ce qu'elle m'a dit.

– Et que sais-tu des Italiens ? De Bocelli, par exemple ?

– Ça, c'était une folie de Judy. Elle savait ce qu'ils voulaient, ces vieux, mais elle jouait avec eux. Je l'ai prévenue que ça pouvait être *très, très, très dangereux.*

– À cause de la drogue ?

– À cause de tout. Bocelli est un fils de pute, drogué et à moitié *fooouuu.*

Conde réfléchit un instant.

– Judy devait lui trouver quelque chose de différent à cet homme, tu ne crois pas ? Ou tu es jalouse de lui ?

Yadine soupira, de nouveau triste.

– Oui, je suis *très* jalouse... Elle aimait discuter avec Bocelli et dire qu'un jour elle irait lui rendre visite en Italie. Judy était *très* rêveuse...

– Dis-moi Yadine... et je veux la vérité : Judy était amoureuse de toi ou elle a eu une relation sexuelle avec toi juste comme ça ?

La fille sourit enfin.

– Judy ne faisait jamais rien... comme ça... Mais non, elle n'était pas amoureuse de moi, du moins pas comme je le suis d'elle. Elle a eu une relation sexuelle avec moi parce qu'elle était trop déprimée et qu'elle avait besoin de quelqu'un qui l'écoute, et moi j'avais une envie *folle* de l'écouter. Judy ne voulait plus être emo, elle a commencé à me dire qu'elle irait en Italie avec Bocelli, que sa vie lui répugnait et qu'elle devait faire quelque chose pour en changer.

– Sa vie lui répugnait... pourquoi ?

– Pour un tas de raisons... le monde, son père...

– Elle t'a raconté quelque chose sur son père, au Venezuela ? Sur une très grosse affaire ?

– Elle m'a dit qu'il avait fait des choses... Beaucoup. Mais pas *quelles* choses.

Conde pensa que le moment était venu et il lâcha la question :

– Et elle t'a parlé du suicide comme d'une issue possible ?

Yadine réagit immédiatement.

– *Non*, Judy n'a pas pu se suicider.

– Pourquoi en es-tu si sûre ?

La jeune fille sourit, cette fois plus franchement. Elle ajouta avec conviction :

– Parce que Judy voulait changer de vie, pas la perdre. Je vous répète que Judy ne faisait rien au hasard... Il y avait une raison à tout ce qu'elle faisait. Et les raisons de continuer à vivre ne lui manquaient pas. Elle en avait plein...

Conde acquiesça, satisfait. Pourquoi ceux qui lui avaient parlé de Yadine la considéraient-ils comme une fille un peu bête ? Ou est-ce que Yadine, en plus de son apparence emo, savait utiliser d'autres masques ?

– Encore une question, dit Conde en se levant pour soustraire ses fesses meurtries à la torture du banc incomplet. Combien de livres de Salinger tu as lus, toi ?

Yadine fut aimablement surprise. Elle sourit. Sans aucun doute elle était *très très belle*.

– Tous, *tooouuus.*

– J'ai fini par deviner pourquoi tu parles comme ça. C'était incroyablement facile à savoir… Moi aussi je les ai *tooouuus* dévorés. Et un *tas* de fois. Avec amour et fragilité…

6.

Lorsqu'il se retrouva sous le toit de zinc brûlant du *Bar des désespérés*, Conde, submergé par les jus de fruits, les Coca, les projets d'anniversaire et les révélations embrouillées (y compris deux confessions lesbiennes qu'il avait affrontées comme un gentleman pour ne pas laisser son imagination en colorier les images), observa, avec la tendresse du fils prodigue, l'humble simplicité des bouteilles de mauvais rhum et des paquets de cigarettes infâmes disposés sur une table. Il se sentit finalement proche de ce territoire plus favorable et compréhensible, où les choses étaient ce qu'elles étaient, et même ce qu'elles semblaient être, sans plus de complications. Mais, ce soir-là, sur la table où était appuyée une des fesses molles du patron noir que les distingués clients du lieu appelaient Gandi, pour Gandinga, s'étalait aussi une affichette propre à rompre le charme d'une identité bien établie : "*Distingué client : payez* AVANT *de vous faire servir ! La* ADMON."

– C'est quoi ça, Gandi ? demanda Conde en désignant la surprenante directive administrative. On ne fait plus confiance à la distinguée clientèle ?

– M'en parle pas, Conde... Hier je me suis fait avoir. J'ai donné deux bouteilles à un type et ce gros salopard est parti en courant. Je me suis bien fait baiser !

– Puuutain... ! Les désespérés se déchaînent... remarqua-t-il. Bon, sers-moi un double rhum et donne-moi un paquet de cigarettes, demanda Conde.

– Tu sais pas lire ? Allez, quinze pesos, paie d'abord, dit le bistrotier, et, sans bouger sa lourde fesse, il attendit que le distingué client mette les billets sur le comptoir. Après les avoir pris, comptés et rangés dans la vieille caisse enregistreuse, il lui lança enfin les cigarettes puis se mit à verser le rhum dans un verre d'une propreté qui parut plus douteuse à

Conde qu'à un marxiste orthodoxe, en théorie prêt à douter de tout, ou plutôt de tous.

Alors qu'il allait goûter au rhum que son humeur lui réclamait avec tant de véhémence, il sentit à sa droite une présence fétide. Il tourna la tête et rencontra un œil qui l'observait et, très près de l'œil alerte, une paupière tombée, irrémédiablement vaincue. L'homme ne se rasait plus depuis des jours, et il semblait aussi en très mauvais termes avec sa douche. La pupille insomniaque, rougie, étudiait Conde, jusqu'au moment où elle crut trouver ce qu'elle cherchait.

– T'as vu ça Gandi ? lâcha l'homme au patron. Un type douché… Ça mérite un coup à boire. Je veux dire, deux. Et il éleva la voix vers le bistrotier : Gandinga, un pour le douché et un autre pour moi.

Conde pensa que même s'il se douchait tous les jours, il ne se serait jamais qualifié de type particulièrement douché. Encore moins après avoir passé la journée dans la rue, accablé par la chaleur humide de juin.

– Et qui paye ? demanda Gandinga, par déformation professionnelle.

– Le douché, bien sûr…

– Non, mon pote, merci, dit Conde qui ne voulait pas parler, seulement boire un coup. Et pas boire pour penser mais plutôt pour oublier.

– Tu déconnes ? Tu vas pas m'inviter à un petit coup ?

Et il ne le regarda pas seulement avec son bon œil, la paupière tombée trembla aussi, comme si elle réalisait un suprême effort pour ressusciter. Le cyclope avait une haleine de vautour.

– C'est bon, c'est bon, mais à une condition… Non, deux.

– Vas-y, dégaine, tu as devant toi un homme, un vrai.

– Si je te paye un coup, après, tu me fiches la paix ?

– D'accord. Continue…

– Ah, la deuxième : un seul verre…

– D'accord, d'accord… Allez Gandi, sers généreusement… réclama N'a qu'un Œil.

Conde posa l'argent sur le comptoir et Gandinga le prit avant de servir l'homme. N'a qu'un Œil l'attrapa au vol, but une petite gorgée, avec un grand sens de l'économie, et se tourna finalement vers Conde. D'où pouvait bien sortir cet épouvantail ?

– Remarque, moi non plus j'avais pas envie de te parler... T'as une sacrée tronche d'enculé... Parce que t'as été flic.

En entendant le premier argument de N'a qu'un Œil, Conde eut envie de lui donner des coups de pieds au cul, mais il reçut sa conclusion comme une décharge électrique. Sur le qui-vive, il observa de nouveau l'homme, en essayant de situer ce qui pouvait rester de ce visage dans le fichier archivé des têtes qu'il avait connues au long des dix ans, bien lointains déjà, où il avait travaillé dans la police et s'était vautré dans la merde. Avec difficulté – sa mémoire n'était pas la seule responsable – il découvrit que cette épave humaine n'était autre que le lieutenant Fabricio, expulsé de la police pour corruption, avec lequel il avait eu tous les différends possibles, couronnés par une bagarre en pleine rue.

Maudissant son sort, Conde vida son verre sur le trottoir, décidé à prendre le large. Fabricio, ou ce qui en restait, était toujours un pôle repoussant.

– Écoute, Gandi, dit Conde en rendant le verre au bistrotier, n'aie aucune pitié pour ce type. C'était, c'est et ce sera toujours un enfoiré de fils de pute. Et celui-là au moins, quoi qu'il fasse, il ne connaîtra pas le salut éternel.

Et il sortit dans l'habituelle canicule de juin qu'il trouva bienfaisante.

La rencontre avec Fabricio n'était pas précisément un prologue favorable au chapitre que le Conde devait entamer à ce moment-là : une conversation avec Alcides Torres, le père de Judy. Parler avec deux salopards de ce calibre le même jour, pire encore, le même soir, lui semblait dépasser ses capacités de résistance gastrique. Encore plus depuis qu'Ana María lui avait parlé d'une certaine affaire de millions et que, pour couronner le tout, Candito l'avait averti de la possible rédemption de ce type de personnages. Mais le sentiment d'urgence qui le poussait à trouver une piste susceptible de le conduire jusqu'à Judy et, en même temps, à s'éloigner au plus vite de cet épisode trop trouble et pourtant attirant, l'emporta finalement et il décida d'affronter les risques d'une overdose de dialogues avec tous ces fils de pute patentés.

Ils avaient décidé de se rencontrer à sept heures, chez Alcides, mais lorsque Conde arriva, l'homme n'était pas encore rentré. Alma Turró le reçut, lui offrit un siège, un café, l'air du ventilateur, et lui fit la conversation.

– Parlez-moi de ma petite-fille, s'il vous plaît, demanda-t-elle après avoir placé le plateau près de lui.

Tandis qu'il buvait son café, Conde réfléchit à une réponse, car il n'avait pas grand-chose à lui dire. Une partie de ce qu'il aurait pu lui révéler était trop inquiétante, il préférait ne pas en parler avec elle.

– Alma... Je n'ai pas encore la moindre idée de l'endroit où elle peut se trouver et de ce qui a pu lui arriver. La police en est au même point. Ils n'ont même pas une piste, un soupçon, rien. Nous ne savons pas quoi faire, ni eux ni moi... Quand quelqu'un disparaît ainsi, en général, il y a deux raisons : ou il lui est arrivé quelque chose de grave, ou il a lui-même tout fait pour qu'on ne suive pas sa piste...

Alma l'écoutait en silence. Elle avait posé ses mains sur ses genoux et les frottait comme pour calmer une démangeaison.

– Vous allez renoncer à la chercher ?

– Non... Je vais parler à votre gendre, j'ai besoin de savoir certaines choses pour continuer... Et demain j'ai rendez-vous avec quelqu'un qui a beaucoup étudié les jeunes comme Judy, les emos, les freaks. Surtout ceux qui portent des tatouages, des piercings ou qui se blessent volontairement... Et ensuite je ne sais pas, je ne sais vraiment pas. Judy est une sorte de labyrinthe, et le pire c'est que j'ignore complètement sur quoi il va déboucher car je n'arrive même pas à y entrer.

La femme appuya le menton sur sa main ouverte et le coude sur le bras du fauteuil. Son regard était tourné vers le jardin, à peine visible à cause de la lumière qui provenait de la terrasse.

– Vous avez rencontré sa professeure de littérature ?

– Oui, dit le Conde, et il attendit.

– Il y avait entre elles... quelque chose d'autre.

– Je ne sais pas.

– Je vous le dis. Elles étaient... fiancées. Ou elles l'ont été...

Conde garda le silence. Mais il finit par capituler.

– Elle n'a pas non plus la moindre idée de ce qui a pu arriver.

La femme le regarda.

– Que vous a-t-elle dit ?

Conde réfléchit à ce qu'il convenait de révéler à la grand-mère.

– Une chose qui m'a surpris, dit-il, en s'engageant sur la voie la plus tentante. Judy ne voulait plus être emo. Vous le saviez ?

– Non, je l'ignorais. Il fallait pourtant s'y attendre. Judy est trop intelligente…

– Mais, tout son fondamentalisme emo… Au fait, il y a un garçon du groupe de Judy qui s'appelle Yovany. Savez-vous où je pourrais le trouver ?

– Elle a un petit carnet avec les numéros de téléphone et les adresses. Attendez, je vais voir… La police a fouillé les affaires de Judy, d'ailleurs on ne nous a toujours pas rendu son ordinateur.

Alma se leva et monta vers les chambres à l'étage. Conde put enfin allumer la cigarette que la saveur du café réclamait. Depuis qu'il avait parlé avec Yadine, il lui semblait qu'une deuxième rencontre avec l'emo nivéen pourrait être intéressante. Son regard se concentra pourtant sur les magnifiques reproductions de peintures hollandaises sur les murs du salon. Vermeer de Delft, De Witte et, en s'approchant d'un paysage, il lut la copie de la signature : Jacob van Ruysdael. Le fait que quelques mois auparavant Rembrandt fût entré dans sa vie et que maintenant il se soit laissé entraîner dans celle d'une gamine qui habitait une maison où on affichait un goût pour la peinture hollandaise lui sembla un concours de circonstances de l'ordre de ces mystères cosmiques dont le Polonais Daniel Kaminsky avait tant de fois parlé à son fils Elías. Est-ce que ce genre de choses arrivait tout bonnement comme ça ou était-ce le fruit d'une volonté insondable ?

Quelques minutes plus tard, la femme revint, un papier à la main.

– Alma, lui demanda Conde, resté debout près du paysage hivernal de Ruysdael. Comment se fait-il que vous ayez ces reproductions de peintures hollandaises ?

La femme observa aussi le paysage avant de répondre.

– Ce sont des reproductions de première qualité faites en Hollande par des étudiants en peinture comme exercice académique. Coralia, la mère d'Alcides, les a achetées à Amsterdam pour trois fois rien, dans les années 1950. C'était avant l'accident qui l'a laissée invalide. Et lui, il en a hérité quand elle est morte, il y a quatre ans… Coralia a vécu dans son fauteuil roulant jusqu'à l'âge de quatre-vingt-six ans, sans jamais vouloir se défaire de ses fausses peintures. Mais elles sont belles, n'est-ce pas ? Surtout ce paysage… Je dirais que, de nos jours, ces reproductions valent pas mal de dollars…

Conde observa un peu plus les copies et il ne put éviter que l'histoire du faux Matisse, qui semblait authentique et avait éveillé la convoitise de plusieurs personnes, ne lui revienne à l'esprit*. Comme le destin cubain, encore incertain, du portrait d'un jeune juif peint par Rembrandt et dont la propriété faisait l'objet d'un procès intenté par Elías Kaminsky… Une de ces reproductions pouvait-elle valoir *beaucoup* de dollars ? Non, étant donné les hautes sphères dans lesquelles évoluait Alcides Torres, cela ne devait pas représenter *beaucoup* de dollars.

Alma Turró tendit finalement le papier à Conde.

– Tenez, c'est sans doute ce Yovany… voici l'adresse et le téléphone.

Au moment où il allait mettre le papier dans sa poche, Conde comprit que quelque chose clochait.

– Ce carnet d'adresses était dans la chambre de Judy ?

– Non, je le garde dans ma chambre… En fait, j'ai appelé tous les numéros qu'elle y a inscrits. Pour voir s'ils savaient quelque chose à son sujet.

– Et qu'avez-vous trouvé ?

– Rien qui puisse m'aider à la retrouver, soupira la femme en se rasseyant et en fixant Conde. Écoutez, si vous cessez de la chercher, je vais avoir l'impression qu'elle a disparu pour toujours. Vous comprenez ? Vous me donnez un espoir de…

– La police va continuer. L'affaire suit son cours.

---

* *L'Automne à Cuba*, Métailié, Paris, 2000.

– N'essayez pas de me tromper…

– Je vais continuer… mais, je vous l'ai dit, je suis dans une impasse. Ou quelqu'un m'y retient. Peut-être Judy elle-même, dit Conde qui, en voyant qu'il arrivait au bout du chemin, eut la soudaine prémonition qu'en réalité quelqu'un l'empêchait de passer. À cet instant, Alma releva le menton et eut une expression sauvage qui réussit à surprendre Conde.

– Voici Karla et Alcides, annonça-t-elle en se levant pour prendre le plateau et l'emporter à la cuisine. Avant de quitter la pièce, elle ajouta : Je vais vous donner le carnet d'adresses de Judy. Cela vous servira peut-être.

– Bien sûr, merci…

Alcides Torres entra et se répandit en excuses, un appel téléphonique au dernier moment, la circulation. Karla, sa femme, tendit la main à Conde et s'installa dans le fauteuil que sa mère venait de quitter. Karla avait la quarantaine très bien portée, du nez vers le bas de son visage et du front vers le haut : la zone de ses yeux était un puits de douleur, de tristesse et d'insomnies. Alcides, peut-être plus âgé que Conde de quelques années, finit par s'asseoir dans un fauteuil droit et soupira de fatigue. Juste derrière lui se trouvait l'affiche où on demandait au Leader Maximo d'ordonner tout ce qu'il voulait.

– Conde, n'est-ce pas ? Alma nous a parlé de vous et je vous remercie, nous vous remercions de votre intérêt…

– Je ne peux pas faire grand-chose…

– Alors, vous ne savez toujours rien ? lui demanda Alcides.

– J'en ai appris pas mal, mais rien sur ce qui est arrivé à Judy.

– Et que devez-vous savoir pour continuer ? intervint Karla, anxieuse.

Conde réfléchit quelques instants avant de répondre :

– Pourrais-je avoir une conversation en tête à tête avec Alcides ?

La réponse de la femme fut une flèche qui le transperça et le cloua au fauteuil.

– Non. Nous vous écoutons. – Et elle fixa l'ex-policier sans regarder son mari. – Dites-nous tout. Il s'agit de ma fille…

Conde ne s'attendait pas à cette situation précise pour avoir une conversation avec Alcides Torres et lui demander ce qu'il avait besoin de savoir, mais on ne lui laissait pas le choix... Il se lança.

– Bien... Je n'ai aucune preuve pour étayer mes conclusions, mais il me semble que maintenant il ne reste que trois possibilités : la meilleure, c'est que Judy est partie parce qu'elle le voulait, et qu'elle est quelque part où elle ne veut pas qu'on la retrouve, surtout pas vous ; la deuxième, c'est qu'il lui est arrivé une chose très grave... mais ce serait étonnant qu'il n'y ait aucune piste. Enfin, la pire serait qu'elle ait fait quelque chose contre elle-même.

– Non, ma fille n'est pas suicidaire. Elle a beau être très bizarre, elle n'est pas suicidaire. Prenons la meilleure hypothèse, proposa Karla tandis qu'elle avalait ce que Conde estima être une gorgée bien amère. Que peut-on faire ?

– Attendre, poursuivre les recherches... énuméra Conde, et il décida de s'engager sur la voie qu'on venait de lui ouvrir. Ou, si vous êtes si certains qu'elle ne se ferait pas de mal elle-même, la laisser tranquille. Car, quoi qu'il soit arrivé, une chose est sûre : Judy ne voulait plus vivre avec vous, selon vos règles. C'est pour cela qu'elle s'est forgé son propre monde et qu'elle s'y est lancée tête baissée. Un monde d'emos, de philosophes allemands, de bouddhas, de n'importe quoi pourvu que ce soit très éloigné de vous, de ce que vous défendez ou prétendez défendre. Elle voulait se libérer de ce poids et en même temps se sentir plus en accord avec elle-même... dit-il en regardant en face Alcides Torres. – Conde se sentit poussé par sa conscience et par les idées de Judy et ne put s'arrêter. – Parce qu'elle était dégoûtée par ce que vous faisiez, Alcides. Ce que Judy a découvert au Venezuela et qui vous a coûté votre emploi a seulement fait sauter le couvercle de la marmite... Votre fille a découvert votre pire visage et elle ne pouvait ni ne voulait vivre auprès de vous.

Alcides Torres regardait et écoutait Conde avec une attention soumise, comme s'il ne le comprenait pas ou comme s'il s'agissait de quelqu'un d'autre. Cette avalanche imprévue des griefs de Judy, vomis par l'âme de l'ancien policier, semblait l'avoir surpris au point de le paralyser. Sa femme avait baissé les yeux et remuait la pointe du pied droit, en décrivant de petits cercles, sans oser intervenir, peut-être déchirée par ses propres sentiments de culpabilité ou par quelque reste de dignité. Faisait-elle partie du réseau de corruption de son mari ? Une fois lancé sur la pente de ses animosités révélées, Conde continua à mitrailler :

– Le pire, c'est que pour ne pas en arriver à cette conclusion, Judy a vécu son propre enfer. Mais quand vous êtes partis au Venezuela et qu'elle a vu ce qu'elle a vu, elle n'a pas pu en supporter davantage. Et vous savez ? Je ne serais pas surpris qu'elle vous ait dénoncé… – Le sang qui était monté au visage d'Alcides Torres sembla disparaître, laissant sur sa peau une pâleur maladive. Conde décida alors de l'achever. – Ensuite, Judy a maltraité son corps et son esprit, elle s'est jointe aux emos, elle s'est droguée, elle a noué une amitié avec des gens plutôt dangereux qui l'aidaient à s'évader, elle a débuté une relation sentimentale qui l'éloignait de vous et de toute cette merde dont vous profitez pour voler tout ce qui se présente et pour vous fourrer dans une affaire qui pourrait vous rapporter beaucoup, beaucoup de dollars…

Alcides Tores sc lcva, poussé par le dernier ressort de sa dignité en miettes ou par le premier de sa très évidente surprise, et leva le bras droit, prêt à frapper. Conde, préparé à une réaction de ce genre, se leva en repoussant le fauteuil et se mit hors de portée du coup éventuel qu'Alcides retint, peut-être à cause du hurlement d'Alma Turró.

– Alcides ! Bon sang, qu'est-ce qui te prend… ? Tu n'aimes pas la vérité… ?

Le bras encore levé, Alcides Torres fixait Conde, tandis que ce dernier prononçait une phrase qui n'avait pas passé ses lèvres depuis bien des années, mais qu'à ce moment critique il prit plaisir à lâcher :

– Si tu me touches, je t'arrache le bras…

Conde, qui n'avait jamais arraché une patte à un cafard, fit un pas en arrière, libéré du poids de sa rancœur et de sa frustration, plus disposé à éviter qu'à provoquer : en fin de compte, il avait dit ce que, pendant des années, il avait voulu balancer à des types comme Alcides Torres. Juste au moment où il allait continuer à reculer, la voix d'Alcides l'arrêta.

– Excusez-moi, dit-il en baissant le bras. Puis il se tourna vers sa belle-mère. Alma, j'aime ma fille, je veux qu'elle revienne, je veux lui demander pardon… Tout ce que j'ai fait…

Alcides en resta là et quitta la pièce pour monter les escaliers qui conduisaient aux chambres, à l'étage.

Karla, toujours dans son fauteuil, n'avait cessé d'observer Mario Conde qui découvrit que son regard avait en partie récupéré sa vitalité perdue.

– Il fallait bien que quelqu'un d'autre le lui dise un jour, commenta-t-elle enfin. Judy a été la première, il y a trois ou quatre mois… Alcides en est venu à lui dire que sa façon de vivre et son comportement étaient préjudiciables pour lui, qu'il n'allait pas tolérer qu'elle s'exhibe ainsi, pas plus qu'il n'admettait ses discours sur la liberté, qu'avoir une fille à Miami, c'était déjà un problème suffisant… alors, Judy a explosé. Elle lui a lâché tout ce qu'elle pensait de lui, c'était encore pire que ce que vous venez de dire, surtout parce qu'il l'entendait de la bouche de sa fille… À partir de ce jour-là, elle a cessé de lui parler.

Conde sentit que son rythme cardiaque revenait à la normale.

– Ce qu'elle a découvert au Venezuela a beaucoup affecté Judy, dit Conde, et il porta une cigarette à ses lèvres qu'il n'alluma pas. Il y a une autre chose importante, Karla. Combien d'argent Judy a-t-elle pu emporter ?

Il était évident que la femme ne s'attendait pas à cette question.

– Je ne sais pas…

Elle essaya d'éluder la question.

– C'est qu'avoir de l'argent ou pas peut faire la différence entre avoir disparu et être cachée…

Karla soupira et regarda sa mère avant de prêter de nouveau attention à Conde.

– Elle a volé à sa grand-mère cinq cents dollars que lui avait envoyés ma fille Marijó, María José, de Miami…

Conde réfléchit : cinq cents dollars, c'était peu pour acheter une place sur un bateau et quitter Cuba, mais *beaucoup* pour quelqu'un qui n'avait besoin que de quelques laitues pour survivre. En même temps, à Cuba, pour cinq cents dollars, il y avait des gens disposés à faire *beaucoup* de choses, de mauvaises choses. Dans cette histoire où il n'entendait que des demi-vérités, toute nouvelle information, plus qu'une certitude, soulevait d'autres interrogations. Et ce foutu adverbe de quantité…

Karla agita de nouveau son pied quand elle réclama l'attention de Conde.

– Je vais vous demander une chose, un service : si vous pouvez retrouver Judy, ou si vous découvrez qui peut savoir où elle est, je veux qu'elle sache que sa grand-mère et moi, nous l'aimons beaucoup, que, malgré tout, son père l'aime aussi, et que nous ne nous pardonnons pas ce que nous lui avons fait. Nous ne voulons pas qu'elle revienne, nous voulons juste savoir qu'elle va bien. Nous avons déjà une fille qui vit loin de nous, qui a décidé de s'éloigner de nous, alors nous pouvons comprendre que Judy choisisse la même solution. Mais il faudrait qu'elle sache que, quoi qu'elle fasse et où qu'elle soit, nous l'aimerons toujours.

Conde avança sur le trottoir éventré de la rue Mayía Rodríguez et sentit dans l'air la puanteur de la ferraille, de l'essence brûlée et des crottes de chien. La crotte était collée à la semelle de ses chaussures et l'odeur de ferraille et d'essence provenait d'une Chrysler de 1952 que deux Noirs, dont la couleur était accentuée par la graisse et la suie qui les recouvraient, tentaient de ressusciter. C'était des odeurs réelles, de la vie de tous les jours, à laquelle il avait tellement envie de revenir.

La demande de Karla, faite avec le consentement visuel d'Alma Turró, le poussait de nouveau sur le chemin qu'il aurait voulu abandonner. Mais le sentiment de libération apporté par la conversation avec Alcides Torres le surprenait encore. Il était venu chercher des informations et il avait fini par exorciser de vieilles rancœurs, des frustrations, des haines enkystées envers des personnages comme cet Alcides Torres qui lui rappelait tellement Rafael Morín, le défunt mari de Tamara. Avait-il dit, en réalité, à Alcides ce qu'il aurait aimé crier à Rafael ? Il devrait creuser la question quand il rencontrerait un de ses amis psychologues.

Cet après-midi-là, avant de sortir de chez lui, en essayant d'adopter la perspective de Judy, il s'était risqué à relire le prologue de *Ainsi parlait Zarathoustra*, ce galimatias transcendantaliste et mystificateur de Nietzsche – auteur dont la prétention de prophète illuminé, au même niveau lamentable que Harold Bloom, Noam Chomsky et André Breton, entre autres, lui faisait l'effet du classique et fameux coup de pied dans les parties les plus vulnérables de son anatomie. Pendant qu'il lisait, il essaya, juste un essai, de comprendre la relation de sympathie que, malgré le siècle qui les séparait, une emo cubaine de dix-huit ans pouvait établir avec l'Allemand qui avait réclamé un homme nouveau libéré du poids de Dieu et de toutes les soumissions que ce Dieu exigeait. C'est alors qu'il se mit à réfléchir plus sérieusement aux expressions emo-fondamentalistes de Yovany, le garçon capable de faire sortir Yoyi de ses gonds. Tandis qu'il déglutissait Nietzsche à grand-peine, il était de plus en plus persuadé que le garçon était peut-être la personne la plus indiquée pour lui expliquer les confusions mentales de Judy, comme les qualifiait gentiment Candito. Presque au moment où il terminait la lecture du prologue, il reçut un appel de Yoyi qui avait toujours le don de le ramener à la réalité de sa propre vie : le lendemain, lui expliqua le Palomo, le Diplomate solderait sa dette, et ensuite ils devraient rendre visite à l'ancien dirigeant politique pour lui régler sa part et, bien entendu, répartir les gains.

– Au fait, tu as encore la bague ? lui avait-il demandé en prenant un ton détaché.

Yoyi avait ri de bon cœur.

– Tu la veux finalement ?

– Je pensais... Je ne sais même pas ce que je pensais, putain... dit-il, car c'était la vérité.

– Écoute, à ta place je penserais que c'est un beau cadeau d'anniversaire et...

– Ça, mon pote, j'y ai déjà pensé, l'interrompit Conde.

– Alors, elle est à toi, *man*... Je vais te la laisser à un prix très intéressant. Mais à une condition.

– Commence pas à faire chier, Yoyi. C'est déjà assez compliqué comme ça pour qu'en plus tu y mettes des conditions et...

– Écoute, *man*, le rabais dépend de cette condition, ou il n'y a pas de rabais, avait poursuivi l'autre. C'est facile : je veux que tu me laisses l'offrir à Tamara, en ton nom, bien sûr... Et si vous vous mariez, je veux être le témoin.

– Mais où tu vas, personne ne va se marier !

– J'ai dit si, *if* pour les angloph...

– Si, *if*, le Flaco ne me pardonnerait jamais de lui ôter le plaisir de se foutre de moi pour la deuxième fois. Il est mon témoin de mariages et de divorces *ad vitam*.

– Personne ne dit qu'il ne peut pas y avoir deux, trois témoins, tous ceux qui te passent par la tête.

– *If*... Demain j'ai quelque chose à onze heures.

– Je passe te prendre à neuf heures et en une heure on liquide l'affaire. Dis au revoir à ton petit témoin...

– Ne me les casse pas, Yoyi... avait rétorqué Conde avant de raccrocher.

Devant chez Tamara, en observant les sculptures en béton, inspirées de Picasso et Lam, qui couvraient la façade de la maison et la distinguaient des autres, Conde conclut que son temps de grâce était écoulé et qu'il devait tenir sa promesse, écrite sur la note laissée à Tamara le matin. Avant d'entrer, il vérifia que ses chaussures étaient propres. Impossible d'aborder ces thèmes en puant la merde. Ou valait-il mieux ne pas remuer les choses ?

Comme il s'y attendait, Tamara, qui n'était pas trop portée sur la cuisine, faisait l'effort de préparer quelque chose de comestible : riz, omelette aux oignons et salade de tomates. Un menu lamentable. Si la vieille Josefina voyait ça, elle pourrait avoir une crise d'apoplexie. Et c'est la femme que tu penses épouser, là, comme ça, seulement parce qu'elle te plaît et parce qu'il t'est venu à l'idée que tu as peut-être envie de te marier ? Conde fit griller quelques tranches de pain qu'il améliora avec de l'huile d'olive apportée d'Italie par Aymara et il en fit des *delicatessen* en ajoutant quelques feuilles du basilic italien semé dans le jardin et une pluie de parmesan râpé.

Une demi-heure plus tard, alors qu'ils avaient épuisé le sujet des préparatifs de la fête du lendemain et buvaient le café, préparé par Conde, l'homme se dit qu'il avait assez abusé de cette technique dilatoire...

– Tamara, ça fait des jours que je...

Elle le regarda et sourit.

– Vas-y, je t'écoute. Laisse-moi tirer une bouffée de ta cigarette, demanda-t-elle, pour s'approprier sa saveur, après avoir bu quelques gouttes de café. Elle tira deux fois sur la cigarette, la rendit à Conde et l'encouragea immédiatement à poursuivre. – Oui, ça fait des jours que quoi… ?

Conde flaira le piège : son instinct dépoussiéré de policier le prévenait du danger.

– Tu es au courant de la chose ?

– Moi ? La chose ? Quelle chose ?

Son étonnement exagéré la trahit.

– Le Flaco ? Dulcita ? Yoyi ? Qui n'a pas su tenir sa langue ?

Tamara rit ouvertement. Elle était encore plus belle quand elle riait.

– Comme c'est ton anniversaire et que presque tous ces petits salopards vont être là, eh bien, j'ai pensé…

La femme ne résista pas davantage. Elle était trop indulgente avec Conde et le faire souffrir de la sorte, même si c'était drôle, lui semblait cruel.

– Hier soir, quand tu m'as parlé de "la chose", je ne dormais pas. J'ai fait semblant, après t'avoir entendu… j'ai même ronflé un petit peu.

– Alors, comme ça…

– Et aujourd'hui Yoyi est passé à la clinique avec la bague pour voir s'il fallait la modifier pour la mettre à mon doigt. Elle me va parfaitement. Et elle est superbe !

– Mais comment a-t-il osé… ? Alors… ?

– Eh bien si tu me le demandes, je deviens officiellement ta fiancée. Et si tu me le redemandes après, je réfléchirai pour savoir si cela vaut la peine de se marier ou pas. Mais d'abord, les fiançailles, comme il se doit. Le reste, il faut que j'y réfléchisse… Beaucoup. Ce n'est pas n'importe quelle "chose".

Conde sourit, il se leva et se glissa derrière Tamara, toujours assise. Avec délicatesse il lui souleva le menton et l'embrassa : sa salive avait un goût d'huile d'olive, de parmesan et de basilic avec une pointe de café et de tabac. Tamara avait le goût des choses réelles, des meilleures choses de la vie. L'homme sentit qu'une autre "chose" s'éveillait, malgré la fatigue et les confusions mentales accumulées au cours d'une journée trop longue et trop chaude.

De la table, ils allèrent directement dans la chambre où les futurs fiancés mirent en pratique leurs connaissances respectives des besoins de l'autre pour s'adonner à une séance apaisée et profonde d'amour mature, et, comme tel, plus doux et délicieux. Conde qui à certains moments avait vu défiler dans son esprit pervers les images recomposées d'Ana María, Yadine et Judy, passionnées, fraîches, se livrant à leurs ébats féminins, pensa, à la fin, que c'était la dernière fois qu'il faisait l'amour avec une Tamara de cinquante et un ans, célibataire et sans engagements. La prochaine fois ce serait avec une femme très semblable et à la fois différente.

7.

Conde imaginait Basura II chez Tamara, en train de courir sur la pelouse du patio qu'il apercevait par la fenêtre de la cuisine. Dans sa rêverie, il était horrifié (en vérité, c'était une horreur avec du rire au coin des lèvres) de voir le chien creuser la terre, souiller la pelouse, arracher les arbustes et les fleurs avec ses dents, chier sur les chaises longues en plastique disposées sous la pergola. Ce serait sa façon d'exprimer que vivre enfermé, même dans une cage dorée, n'était pas sa conception de la belle vie. Pour lui, la liberté c'était la liberté sans plus d'élucubrations philosophiques dont il jouissait en errant dans les rues du quartier à la poursuite des chiennes en chaleur – et Conde, son propriétaire, l'avait toujours accepté ainsi. Ce mode de vie, choisi par son libre arbitre, était plus important pour l'animal que deux repas par jour et des bains contre les tiques.

L'odeur du café qui commençait à passer sortit Conde de sa problématique méditation zoologique. Il attendit que tout le café soit passé, ajouta du sucre et, au moment où il allait boire la première gorgée, le téléphone sonna. "Qui que ce soit, qu'il attende !" pensa-t-il. Il but le café, indispensable à sa résurrection quotidienne, et finalement, à la douzième sonnerie, il décrocha.

– Oui ?

– Conde ? demanda une voix connue qu'il n'identifia pas sur le moment.

– Oui…

– Écoute, c'est moi, Elías Kaminsky, dit la voix lointaine. Conde le salua alors avec une authentique affection tout en s'installant dans le fauteuil du salon. – Je t'ai d'abord appelé chez toi mais…

– Qu'est-ce qui se passe ? Tu as des nouvelles ?

– Oui, et bonnes en plus… Le recours juridique en vue de la restitution du tableau à la famille Kaminsky va être instruit prochainement. J'ai obtenu qu'il soit présenté devant le tribunal civil de New York et j'ai déjà engagé des avocats spécialisés dans la récupération des œuvres d'art. Ils ont même réussi à faire rendre à des familles juives des biens confisqués par les nazis. Alors j'ai beaucoup d'espoir.

– Ils doivent te coûter la peau des fesses, commenta Conde, incapable d'imaginer comment fonctionnait ce monde d'avocats et de tribunaux du premier monde.

– Ce Rembrandt mérite bien ça, affirma Elías. Je t'appelle parce que je voudrais que tu me rendes le service de parler à Ricardito…

– Et pourquoi tu ne l'appelles pas toi-même ?

– C'est que ça me gêne de lui dire que, si je récupère le tableau, je vais lui donner la moitié de l'argent… J'ai peur qu'il ne veuille pas accepter…

– Ah, mais tu peux me le donner à moi et l'affaire est réglée… Allez, dis-moi, que veux-tu que je lui dise à ton parent ?

– La nouvelle du procès pourrait lui parvenir et je ne veux pas qu'il se sente mis à l'écart ou qu'il se figure que je manigance quelque chose dans son dos avec le Rembrandt… Dis-lui seulement que le procès va s'ouvrir, que ça va sûrement durer des années, et que nous ne sommes pas absolument certains de gagner, mais j'espère que si, qu'on va gagner… Et si c'est le cas…

– Quand tu dis des années… combien à ton avis ?

– Personne ne le sait, tout ça c'est lent et compliqué… Parfois il faut plus de dix ans. Dis-le à Ricardito.

– Dix ans… Putain ! D'accord, je vais le prévenir… – À cet instant seulement, il se rappela son accord avec Yadine et chercha une alternative. – Elías, je peux attendre quelques jours pour parler à Ricardo ?

– Oui, répondit l'autre. Mais pourquoi ?

– Rien, mes occupations. – Conde préféra ne pas mélanger les histoires et chercha une façon d'éluder l'explication demandée. – Et quand penses-tu revenir à Cuba ?

– Pour l'instant, je ne sais pas, mais à tout moment c'est possible. Souviens-toi que tu me dois un repas avec tes amis, chez Josefina… Ah, au fait, finalement tu épouses Tamara ?

La question surprit Conde qui mit quelques secondes à découvrir l'origine de la rumeur : Andrés via Carlos.

– Eh bien, je ne sais pas. Je ne suis pas persuadé qu'elle veuille se marier avec moi…

– Félicitations, de toute façon.

– Félicitations à toi pour le procès… Et t'en fais pas, je vais aller voir Ricardo.

– Merci, Conde. Je te dois un jour de paye.

– Marque ça comme travail volontaire pour gagner l'émulation socialiste…

– Je note. Merci, je t'embrasse. Bon…

– Attends… l'interrompit Conde, poussé par la force d'un doute imprévu.

– Dis-moi…

– Ton père, Daniel, il n'a vraiment plus jamais cru en Dieu ?

Elías mit quelques secondes à répondre.

– Je pense que non…

– Oui… C'est bien ce que je me disais. Bon, je me charge de parler à Ricardo, sois tranquille.

– Je ne t'avais pas expliqué ça au sujet de mon père ? Pourquoi est-ce que tu me le demandes ?

Cette fois ce fut Conde qui dut réfléchir à sa réponse.

– Je ne sais pas très bien… Parce que, ces jours-ci, certaines choses m'ont fait penser que c'est plus facile de croire en Dieu que de ne pas y croire… Tu te rends compte, si Dieu n'existe pas, aucun Dieu, alors que les hommes se sont toujours détestés et entretués pour leurs dieux et pour la promesse d'un au-delà meilleur… si, en vérité, il n'y a ni Dieu, ni au-delà, ni rien… Ne fais pas attention, Elías, c'est qu'en ce moment je ne suis pas dans mon assiette et je me mets à penser à ces conneries…

– Ce ne sont pas des conneries, mais je viens de comprendre que tu vas vraiment mal…

– Oui, mais ce n'est pas seulement à cause de moi…

Elías Kaminsky fit silence à l'autre bout de la ligne et Conde regretta de lui avoir transmis cette sensation, aussi se disposa-t-il à le saluer.

– Bon, ne t'en fais pas, je vais aller parler à Ricardito... Et quand tu as du nouveau, appelle-moi... pour savoir...

– Bien sûr que je t'appelle... commença Elías et il s'interrompit. Conde, je voudrais encore te remercier.

– Pourquoi ? Avec ce que tu m'as payé...

– Parce que tu m'as fait réfléchir... bon, je t'appelle très prochainement.

Il lui dit au revoir et raccrocha.

Conde reposa le combiné et découvrit qu'après le café, il n'avait pas fumé. Il s'empressa d'allumer sa première cigarette. Il eut alors la certitude que cette conversation altérait quelque chose dans son esprit. Quelque chose d'indéfinissable, tapi dans quelque recoin obscur, mais qui était bien là.

– Bordel de merde, protesta-t-il en écrasant son mégot. Comme si je n'avais pas déjà assez de problèmes...

– Nietzsche, *Death Note*, Nirvana et Kurt Cobain, un peu de bouddhisme. – Elle commença à énumérer et prit son élan pour la montée. – *Blade Runner* avec ses réplicants, piercings, tatouages, lacérations sur les bras et les jambes, drogue, un peu ou beaucoup, échanges en ligne avec des groupes d'emos fondamentalistes et leader de tribu à Cuba mais décidée à cesser de l'être : emo et leader. En plus lesbienne et vierge, écœurée par ce que faisait son père, un homme corrompu et, d'après ce que tu me dis, un fieffé salopard d'une espèce très répandue. Convaincue que Dieu est mort et que c'est ce qu'il a fait de mieux pour libérer l'humanité de sa dictature... Mais cette petite est une bombe ambulante ! conclut le docteur Cañizares, en parcourant ses notes, après que Conde lui a détaillé la personnalité et les caractéristiques vitales et existentielles de la jeune fille disparue. Conde, qui cherchait des éclaircissements salutaires, avait essayé d'être le plus explicite possible, c'est pourquoi il avait seulement caché le fait que la relation homosexuelle la plus durable de Judy s'était concrétisée avec une professeure du lycée, car il lui semblait que c'était anecdotique, mais dangereux à révéler.

Eugenia Cañizares était considérée à Cuba comme l'autorité suprême sur la question de la relation à leur corps des jeunes adeptes des philosophies punk, emo, rasta et freak. Elle avait consacré des années à échanger ses opinions avec des spécialistes, comme le Français David Le Breton, selon elle un homme charmant et le plus cohérent des chercheurs dans ce domaine. Le livre de la doctoresse sur l'histoire et l'actualité de la pratique du tatouage à Cuba était une des conséquences de cette proximité.

La femme, qui naviguait dans la petite soixantaine, portait les traces de l'influence que ses objets d'étude exerçaient sur elle. Elle avait quatre anneaux à chaque oreille, sur la main un petit papillon tatoué, et une quantité de bracelets et de colliers de toutes les couleurs et de toutes les matières imaginables, plus de couleurs et de matières que ne pouvait le supporter son âge sans friser le ridicule. D'une certaine façon, avec cet étalage de pacotilles et ses yeux d'un vert agressif, plus qu'à une sociologue, elle faisait penser à une des sorcières de *Macbeth*, selon les critères schématiques de Conde.

– À la base de ces comportements, on trouve toujours une grande insatisfaction, bien souvent en rapport avec la famille. Mais de ce cercle elle se projette sur la société, également oppressante, avec laquelle ces jeunes gens essaient de rompre, de prendre de la distance tout au moins, pour chercher d'autres alternatives familiales et sociales : de là, l'appartenance à une tribu. La tribu est en général démocratique, personne ne t'oblige à en faire partie ni à y rester mais, en tant que groupe, elle renforce le sentiment de libre choix, et avec lui, la sensation de liberté, ce qui est le but de ces quêtes. Une liberté à n'importe quel prix et sans aucune pression, ni familiale, ni sociale, ni religieuse. Et pas question de parler de politique… Mais il ne s'agit pas seulement de libérer l'esprit des idées imposées par un système de relations caduque, ils prétendent aussi le libérer du corps qu'il habite. Tu comprendras que vouloir tout ça dans un pays socialiste, planifié et vertical… c'est chaud !

"Tu sais, depuis l'époque des gnostiques le corps est considéré comme un mauvais réceptacle pour l'âme, ce que Nietzsche a repris ensuite, et maintenant les postévolutionnistes. Cela explique pourquoi un fondement important des philosophies assimilées par ces jeunes consiste à dire que l'homme ne sera pas totalement libre tant qu'il n'aura pas fait disparaître en lui toute préoccupation concernant le corps. Pour commencer à se distancier de ce corps, ils accentuent sa laideur, ses zones d'ombre, ils le blessent, le marquent, le souillent, même si souvent ils le droguent pour s'en échapper sans en sortir."

Conde l'écoutait et tentait de la suivre dans le dédale de révélations qui le confrontait au concept d'une quête de liberté qui débouchait finalement sur sa négation, car il ouvrait les grilles d'autres prisons, d'après lui, militant agnostique et, sans aucun doute, pré-évolutionniste. Le plus cuisant était de découvrir que, ces dernières années, il avait vécu dans la même ville que ces jeunes, sans guère s'attarder à les observer car il les voyait comme des espèces de clowns de la postmodernité, acharnés à s'écarter des codes sociaux en s'affichant *notablement* différents, et il ne leur avait jamais concédé la profondeur d'une réflexion et d'objectifs libertaires (libertaires plus que libérateurs, il se conforta dans cette idée, convaincu du caractère anarchique de leurs quêtes). Malgré les fers qu'ils se mettaient eux-mêmes. Mais c'était les leurs, et cela faisait toute la différence. La différence dont Candito lui avait parlé. La différence que semblait chercher Judy. La différence dans un pays qui prétendait les avoir effacées et qui dans sa réalité quotidienne s'emplissait de strates, de groupes, de clans, de dynasties qui détruisaient la supposé homogénéité conçue par décret politique et par obligation philosophique.

– Les gnostiques, qui mélangeaient christianisme et judaïsme pour prétendre arriver à une connaissance de l'intangible, sont à l'origine de toutes ces philosophies juvéniles, même si leurs adeptes n'en ont pas la moindre idée… Ceux qui réfléchissent un peu considèrent que l'âme est prisonnière d'un corps soumis à la durée, à la mort, à un univers matériel et donc sombre. C'est pourquoi ils nourrissent cette haine du corps au point de le considérer comme une indignité sans remède. On appelle ce processus l'ensomatose : l'âme est tombée dans un corps décevant et périssable où elle se perd. La chair de l'homme constitue la partie maudite, condamnée à la mort, au vieillissement, à la maladie. Pour atteindre l'intangible, il faut libérer l'âme : toujours la libération, toujours la liberté, comme tu vois… Mais tout ce raisonnement, mal saisi et encore plus mal ficelé, fonctionne de bien des façons différentes dans les esprits de ces jeunes. Car s'ils méprisent le corps, bien souvent ils redoutent la mort. Ils s'obstinent à vouloir corriger le corps, à surmonter ce que Kundera (pourquoi crois-tu que Judy le lit ?) a appelé l'insupportable légèreté de l'être. Tu te souviens de *Blade Runner* et de ses créatures au physique parfait mais condamnées à mourir… ? Ces jeunes se félicitent de vivre dans ce que Marabe appelle le temps postbiologique, et Stelare le temps postévolutionniste, même si en vérité la plupart d'entre eux n'ont pas la moindre idée de ces synthèses, ils ne connaissent que leurs conséquences, parfois uniquement leurs fanfaronnades… Mais d'une façon ou d'une autre ils partagent la certitude de vivre le temps de la fin du corps, ce lamentable engin de l'histoire humaine que maintenant la génétique, la robotique et l'informatique peuvent et doivent corriger ou éliminer…

– Et on va finir avec une grosse tête et des bras tout maigres ou avec de gros bras et une tête creuse ? Parce que les réplicants de *Blade Runner* sont grands et athlétiques…

Et il arrêta là ce flot de bêtises au moment où il allait donner son opinion machiste sur les femmes réplicantes qui, dans son souvenir, étaient vraiment canon.

– Ce que je veux te dire, c'est que se saouler à tous ces concepts peut avoir de très mauvais résultats. La recherche de la dépression peut ouvrir les portes à la véritable dépression, le désir de liberté peut conduire à la libération mais aussi au libertinage, qui est le mauvais usage de la liberté, et le rejet du corps conduit parfois à des extrémités plus ténébreuses que des trous dans les oreilles, le clitoris ou le gland, ou des coupures sur les bras. L'inexistence de Dieu peut conduire à la disparition de la crainte de Dieu… Il faut retrouver cette gamine, car quelqu'un dans son genre est capable de n'importe quoi. Même d'agir contre elle-même.

"Merde !" pensa Conde qui se sentait déjà faiblir sous le poids de ces nouveaux fardeaux.

– Le pire, poursuivit Cañizares, intarissable une fois lancée sur le terrain de sa réflexion et de ses obsessions, le plus terrible, c'est que même s'ils semblent constituer un groupe réduit, ces jeunes expriment un sentiment générationnel plutôt répandu. Ils sont le résultat d'une perte de valeurs et de repères, de l'épuisement des paradigmes crédibles et des espoirs d'avenir qui traversent toute la société, ou presque… ou toute la partie de cette société qui dit ou fait plus ou moins ce qu'elle pense vraiment. Le fossé entre le discours politique et la réalité s'est trop élargi, chacun marche de son côté sans regarder l'autre, même si c'est le discours qui devrait observer la réalité et la redéfinir…

– Vous pouvez me redire tout ça d'une autre façon, docteur ? supplia Conde. C'est que je deviens vieux et stupide…

La femme fit cliqueter ses bracelets et sourit :

– Écoute, le problème c'est que ces jeunes ne croient plus à rien parce qu'ils ne trouvent rien à quoi ils puissent croire. Cette histoire qu'il fallait travailler pour un avenir meilleur qui n'est jamais arrivé, eux ça ne leur fait ni chaud ni froid, parce que pour eux ce n'est plus une histoire… c'est un mensonge. Ici, ceux qui ne fichent rien vivent mieux que ceux qui travaillent et ceux qui étudient, qui sortent de l'université avec leur diplôme, ont un mal de chien à obtenir l'autorisation de quitter le pays s'ils veulent partir, quant à ceux qui se sont sacrifiés pendant des années, aujourd'hui ils meurent de faim avec une retraite qui ne leur permet même pas de s'acheter des fruits. Alors eux, les jeunes, ils ne calculent rien : certains partent où ils peuvent, d'autres veulent le faire, d'autres encore vivent de la débrouillardise ou font n'importe quoi pourvu que ça rapporte de l'argent : prostituées, chauffeurs de taxi, souteneurs… Et d'autres deviennent freaks, rockeurs, emos. Si tu additionnes tous ces “autres”, tu verras que le compte est sévère, ils sont extrêmement nombreux. Voilà la situation. Ne cherche pas davantage. Voilà où nous en sommes arrivés à force de seriner ces histoires de rivalité fraternelle pour être le collectif vainqueur de l'émulation socialiste et brandir la bannière de l'avant-garde nationale et de l'ouvrier exemplaire.

– Putain ! dit Conde, maintenant accablé. Ou, comme il préférait toujours dire, a-câblé : lui, il avait débranché…

– Toi, tu es postbiologique ou postévolutionniste ?

La pâleur épidermique de Yovany prit presque immédiatement une nuance rosée, comme si le garçon revenait à la vie.

– Tu connais ça ? lui demanda-t-il, en guise de réponse, incapable de concevoir que ce personnage insistant, préhistorique et ancien flic soit au courant de ces possibles militantismes post-n'importe quoi…

Le Conde eut alors une illumination : mais oui, nom de Dieu, ce garçon presque transparent lui rappelait décidément Abilio le Corbeau, son camarade d'école primaire ! Abilio était si blanc, presque fantomatique que, pour une raison oubliée de Conde, ils l'avaient surnommé du nom de l'oiseau noir qui, de plus, était considéré comme un oiseau de mauvais augure. Qu'était devenu ce type revêche et mystérieux qui haussait les sourcils, comme Yovany, quand il posait une question sur une chose à laquelle il ne croyait pas ? Des années sans voir le Corbeau, sans même s'en souvenir, et soudain…

Après s'être fait intellectuellement terrasser par le docteur Cañizares qui avait analysé ses présomptions d'un point de vue scientifique, Conde s'était rendu chez Yovany, sans grand espoir de le trouver. Il avait été poussé dans cette direction, le quartier du Vedado, convaincu de la dangerosité patente que Judy représentait pour elle-même et par le désir de frapper à la dernière porte visible à l'horizon, peut-être celle qui donnait justement accès au labyrinthe perdu de l'emo égarée. Et s'il ne trouvait rien derrière cette porte, alors le mieux serait d'envoyer tout promener et de reprendre sa vie habituelle, avec plus d'enthousiasme maintenant qu'il disposait de mille dollars.

Devant l'opulente demeure, encore plus impeccable et mieux repeinte que celle d'Alcides Torres, Conde avait commencé à se perdre en conjectures sur l'origine et les moyens du jeune Visage Pâle porteur de Converse, MP4 et smartphone BlackBerry. En observant la maison au toit très haut, le jardin entretenu avec un soin japonais, les vastes terrasses couvertes, les grilles travaillées avec une délicatesse artistique et les boiseries brillantes sous le récent vernissage, l'homme eut deux certitudes : que les propriétaires d'origine avaient sans doute appartenu à la bourgeoisie cubaine aisée prérévolutionnaire et que les habitants actuels militaient dans la même portée de nouveaux riches postrévolutionnaires, née au cours des dernières années comme une maladie récidivante, considérée comme éradiquée pendant les décennies de socialisme niveleur, égalitaire et pauvre, mais déjà bien disposée à refleurir. Le discours d'un côté et la réalité de l'autre ?

Après avoir appuyé sur le bouton de l'interphone encastré dans le mur extérieur et demandé à la voix électrique si Yovany était à la maison, il avait même expliqué qu'il venait voir le garçon car il était (il n'hésita pas à mentir) un ami du père d'une copine de Yovany. La grille du palais s'était alors ouverte avec un grincement théâtral, et il avait immédiatement vu venir à sa rencontre la classique femme qui aidait au ménage comme le bon goût socialiste avait baptisé les ci-devant bonnes ou servantes. La femme, blanche, robuste, avec une allure d'institutrice venue d'Allemagne (fédérale ou démocratique ? ne put s'empêcher de se demander le Conde, toujours aussi passionné d'histoire), l'avait fait entrer dans le salon, aussi vaste qu'un court de tennis, et lui avait ordonné de s'asseoir avant de lui parler avec la même voix électrique que le Conde avait attribuée à l'interphone.

– Monsieur, café, thé indien noir ou chinois vert ? Soda, jus de fruit naturel, bière, eau minérale plate ou gazeuse… ?

– De l'eau avec des bulles et un café, merci, murmura Conde, presque convaincu que la femme était une réplicante de dernière génération, peut-être achetée dans le même magasin que le BlackBerry de Yovany.

Abandonné dans l'immense salon au sol immaculé de dalles de marbre en damier, au plafond décoré d'arabesques de plâtre où étaient suspendus plusieurs ventilateurs décidés à conserver une atmosphère aérée, Conde éprouva l'évidence palpable de sa petitesse et s'appliqua à réaliser une nouvelle vérification de la distance qui existait entre la maison de Judy, produit d'un enrichissement rapide, avec ses copies et ses posters politiques, et cette demeure écrasante et prétentieuse : sur les murs brillaient des peintures originales des peintres cubains les plus cotés des cinquante dernières années. Un éphèbe nu, très gâté par la nature, de Servando Cabrera, une ville sombre de Milián, une femme aux yeux exorbités de Portocarrero, une sirène allongée de Fabelo, une poupée désarticulée de Pedro Pablo Oliva, un paysage parfait de Tomás Sánchez, une mangue de Montoto ; il faisait le compte de ces œuvres mais s'arrêta lorsque *Frau* Bertha (elle devait s'appeler ainsi) revint avec le café servi dans une tasse de porcelaine, accompagnée de cuillers en argent et d'un assortiment de sucre blanc, noir et artificiel (Splenda), de petits chocolats, d'un verre d'eau gazeuse et d'une serviette en fil. Tandis qu'il buvait ce café incomparable, peut-être préparé avec une machine expresso et du café moulu acheté en Italie, il promena de nouveau son regard sur les toiles et il évalua à plusieurs dizaines de milliers, ou à des centaines de milliers, les dollars suspendus à ces murs. Tellement de dollars qu'ils étaient capables de rire au nez de mille petits dollars, cette fortune grâce à laquelle le Conde se sentait dans la peau d'un nabab. Tout ça commençait vraiment à faire *beaucoup* de dollars.

Au milieu de ce luxe de tableaux, de porcelaines, de boiseries ouvragées, de lampes Tiffany, de bronzes sculptés et de meubles de style, l'allure de Yovany faisait penser à celle d'une tique sur un fox-terrier avec pedigree. Le garçon, les cheveux dégoulinant de chaque côté de son visage incolore, avec un pantalon dépenaillé et une chemisette trouée, s'était assis en face de Conde sans le saluer, en le regardant avec une intensité corrosive que l'ancien policier, aguerri dans ce domaine, avait désarmée avec sa question sur la filiation "post" du garçon qui lui avait finalement rappelé Abilio le Corbeau.

– J'en sais plus que tu ne l'imagines… Une fois j'ai même été postmoderne, maintenant je suis postpolicier… Pourtant, je ne sais pas qui sont tes parents… dit-il, et il fit un geste de la main, comme s'il caressait de loin les objets et les peintures.

– *My father* s'est tiré quand j'étais môme. Pendant une escale au Canada, il est sorti en courant de l'avion qui le ramenait de Russie et il ne s'est arrêté qu'en arrivant au Chili… *My mother*, qui est maligne comme un singe et qui a la peau plus dure que Bruce Willis, s'est ensuite collée avec un Espingouin qu'on dirait échappé d'un asile de vieillards, mais qui a des affaires ici, de grues et de merdes de ce genre, et il est propriétaire d'un énorme bateau… tu vois le tableau.

– Et c'est l'Espagnol qui t'achète des Converse ?

Le garçon sourit. Il avait retrouvé sa pâleur vampirique.

– Pourquoi tu crois que le vieux est riche ? Il est plus grippe-sou que sa putain de mère. Les choses que j'ai, c'est mon père qui me les envoie du Chili. Pour emmerder *my mother*...

Conde sourit, non pas à cause de ce qu'il découvrait de la vie des habitants du palais, mais parce que les paroles de *A Whiter Shade of Pale*, de Procol Harum dans la version espagnole de Cristina et les Stop, lui traversèrent l'esprit ; il y était question d'un être aimé qui, mort et enterré, apparaissait au chanteur avec une "blanche pâleur", ce que Conde avait toujours trouvé répugnant et nécrophile. Une pâleur comme celle de ce garçon que Yoyi avait traité de "biberon". Une blancheur sur laquelle éclatait comme un hurlement la cicatrice rougeâtre d'environ dix centimètres que Conde avait réussi à voir sur la face antérieure de son avant-bras gauche.

– Je vois, je vois, dit Conde, cherchant à gagner du temps pour se concentrer de nouveau sur ce qui finalement l'intéressait. Cette cicatrice sur ton bras...

La réaction de Yovany fut électrique. Il cacha son bras dans son dos, comme un enfant surpris avec une friandise interdite.

– C'est mon problème... Qu'est-ce que vous voulez ? Je suis pas d'humeur à discuter...

Conde supposa qu'il avait touché un point névralgique et décida de réorienter ses questions.

– Tu sais qu'on n'a toujours pas retrouvé Judy ? Et j'ai appris quelque chose que j'aimerais vérifier.

– Quoi ?

Yovany dissimulait toujours son bras.

– On m'a dit qu'elle ne voulait plus être emo...

– Ça c'est un mensonge, un mensonge !

La réaction avait été cette fois plus qu'électrique, elle était explosive, comme si, au lieu de toucher un point douloureux, Conde l'avait tailladé en lui enfonçant un scalpel.

– C'était la plus emo de nous tous ! poursuivit Yovany, encore altéré. Qui peut bien dire ça ? Ce con de Noir, ce Frederic ?

– Non. La grand-mère de Judy.

– Eh bien, la vieille elle est au courant de rien... Judy n'allait pas nous laisser tomber. Judy, c'était un cerveau, celle qui en savait le plus sur les emos, celle qui parlait toujours de liberté et qui disait que nous ne devions pas nous laisser raconter des bobards ! Par personne, personne !

– Depuis quand tu la connais ?

– Du jour où elle a débarqué rue G. J'étais moitié emo, moitié miki, moitié rockeur, mais un jour j'ai parlé avec elle et paf… emo complet, dit-il, et, de façon apparemment inconsciente, il ouvrit les bras pour donner une idée de l'ampleur de son appartenance emo.

Conde revit la cicatrice, récente, verticale, typiquement suicidaire. Seulement, ceux qui veulent vraiment se suicider se tailladent généralement les deux avant-bras. Et ils en meurent, non ?

– Comment t'a-t-elle convaincu ?

– En parlant de l'hérésie qu'implique la pratique de la liberté.

– Ce sont ses paroles ?

– Oui. Et elle m'a prêté des livres pour que j'apprenne. Des livres qui ne sont pas publiés à Cuba, parce que, ici, la police de la pensée ne veut pas qu'on sache ce genre de choses. Des livres qui expliquent que Dieu est mort, mais le Dieu qui est mort, ce n'est pas seulement celui du ciel : c'est le Dieu qui veut nous gouverner. Des livres sur la réincarnation que nous connaîtrons tous. Et elle parlait beaucoup de ce qu'on peut faire avec la seule chose qui nous appartient vraiment, l'esprit. Parce qu'elle disait que même le corps pouvait leur appartenir : ils pouvaient le frapper, l'emprisonner. Mais ils ne pouvaient rien contre ce que l'on pensait, si on était certain de ce qu'on voulait penser. C'est pour ça que nous devions être nous-mêmes, être différents, et ne nous laisser dominer par personne, par aucun salaud, ni ici – il indiqua le sol –, ni là – il montra le plafond où les ventilateurs tournaient toujours –. Et ne jamais, jamais écouter les salopards qui te parlent de liberté, parce que ce qu'ils veulent, c'est te la prendre et te couillonner…

Conde sentit qu'il avait de plus en plus envie de discuter avec Judy. Ses idées sur la liberté et l'appartenance tribale, même après avoir traversé la steppe cérébrale de ce garçon qui disjonctait, lui semblaient provocantes, plus complexes et profondes que les réactions d'une révolte postadolescente.

Écouter tout cela de la bouche de Judy pourrait être une véritable expérience. Conde se souvint de Daniel Kaminsky et de ses quêtes d'espaces de liberté pour se redéfinir lui-même. Encore une étrange convergence, pensa-t-il.

– Quand l'as-tu vue pour la dernière fois ?

– Je sais plus, ça doit faire une quinzaine de jours, elle est passée me chercher et on s'est promenés sur le Malecón avant d'aller rue G.

– De quoi avez-vous parlé ?

Yovany réfléchit un instant, peut-être trop long, avant de répondre.

– Je ne sais plus très bien. De musique, de mangas... ah, de *Blade Runner*. Elle en était *crazy*, de ce film, et elle l'avait revu.

– Et elle a parlé de partir ou pas ?

– Je crois pas. Elle en parlait souvent, de foutre le camp, sur un radeau ou n'importe quoi. Mais non, ce jour-là il me semble que non. Je ne m'en souviens pas...

– L'autre soir tu m'as dit qu'elle avait abordé ce sujet il n'y a pas longtemps.

– Ah, je ne sais pas ce que j'ai dit ce soir-là... protesta-t-il, et il fit un geste circulaire avec son doigt sur sa tempe droite. J'avais plané dans un hélico. Peut-être pour vérifier que, là-haut, Dieu s'était bien rangé des voitures.

– Parle-moi des Italiens... Elle était très amie avec ce Bocelli ?

Yovany observa Conde comme s'il était sur le porte-échantillon d'un microscope. Son observation scientifique semblait vouloir dire que, pour un ancien flic, il en savait trop et qu'il faisait trop chier.

– Je ne sais rien de ce Bocelli dont tu parles, et je ne sais pas non plus comment une fille aussi géniale que Judy pouvait fréquenter ces types dégueulasses et sans scrupules...

– Pourquoi dégueulasses et sans scrupules ? Si tu ne les connaissais pas...

– Mais je sais que tout ce qu'ils voulaient, c'était la baiser. Qu'est-ce qu'ils pouvaient vouloir d'autre ? Tiens, vas-y, cherche ces types, si ça se trouve, ils l'ont même peut-être violée et tuée...

– Tu crois qu'ils auraient pu faire ça ?

– Et pire encore.

Conde était d'accord. Il hésita alors quant à la question suivante, mais finit par se lancer.

– Tu ne penses pas que Judy n'est pas revenue parce qu'elle s'est suicidée ?

Le mot suicide provoqua un nouveau choc électrique chez le garçon qui cacha encore plus son bras gauche. S'il y avait une chose sur laquelle il n'avait aucun doute, pensa Conde, c'était sur l'origine de la blessure : Yovany ne recherchait pas la souffrance emo, il avait tenté de se suicider. Mais sa blessure avait-elle été recousue ? Les doutes l'envahirent de nouveau. Conde avait l'impression que la cicatrice ne portait pas les points classiques d'une suture. Elle était donc si superficielle qu'un simple bandage avait pu arrêter le saignement. De quel genre de suicide s'agissait-il ? Un essai sur le terrain ?

– C'est possible... murmura enfin Yovany, plus pâle que dans son état naturel. Elle aussi, elle en parlait beaucoup. Elle aimait se taillader, goûter à la douleur, parler du suicide. Comment tu peux croire que quelqu'un comme ça va cesser d'être emo du jour au lendemain à cause d'un vieil Italien libidineux ou pour n'importe quelle raison ? Non, Judy ne pouvait pas nous abandonner, insista-t-il, avec une véhémence qui révélait à Conde le degré de dépendance mentale qu'exerçait sur lui la philosophie téméraire et dangereuse de Judy.

– Elle t'a parlé des affaires de son père ?

Conde tenta sa chance sur ce point obscur qui avait affleuré tant de fois au sujet des désaccords sociaux et familiaux de la jeune fille.

– Elle m'en a un peu parlé... mais je ne me souviens pas bien. Une affaire avec beaucoup d'argent à la clé...

– C'est tout, sans préciser ?

– Oui, comme ça, c'est tout...

Frustré, Conde soupira.

– Une dernière chose, Yovany, et je m'en vais... Où est ta mère ?

– En Espagne, en Italie, en France, par là-bas... en train de s'envoyer en l'air et de dépenser le fric de l'Espingoin. *My mother* a trente-huit ans et le vieux, deux mille...

Conde acquiesça et se leva. Il ne savait pas s'il devait tendre la main à Yovany pour prendre congé de façon classique. Ce qu'il sut, c'est qu'il devait lui tirer dessus, à brûle-pourpoint…

– La blessure que tu caches… tu as voulu te suicider ?

Yovany le regarda avec haine. Une haine pure et dure.

– Va te faire foutre ! Tu me rends malade ! cria-t-il en laissant Conde seul dans le salon, avec sa dernière question lancée en direct : ton père ne s'appellerait pas par hasard Abilio González, surnommé le Corbeau… ?

Sa solitude ne dura que quelques secondes. Comme un spectre en surpoids, la silhouette de *Frau* Bertha fit son apparition, se dirigea vers la porte d'entrée et l'ouvrit. Il ne lui manquait que l'épée flamboyante pour indiquer le chemin que devaient emprunter ceux que l'on chassait du paradis terrestre.

Une des promenades que Conde affectionnait le plus le conduisait dans le quartier du Vedado où il se perdait dans les rues ombragées, autrefois majestueuses. Entre la maison de Yovany et l'endroit où il pouvait prendre un taxi collectif pour se rendre dans son quartier poussiéreux et agreste s'interposait justement ce paysage magnétique où, quelques années auparavant, il avait découvert la plus fabuleuse des bibliothèques privées qu'il aurait pu imaginer, et la trame du plus mélodramatique des boléros que certaines vies réelles peuvent cependant incarner.

Ce jour-là, il n'était pas d'humeur à jouir de l'agréable panorama décadent pour lequel il n'avait aucun regard et c'est à peine s'il sentait la chaleur étouffante de juin, atténuée par les peupliers, les faux lauriers, les flamboyants en fleurs et les acacias plantés le long des rues. Dans son cerveau, deux préoccupations inflexibles se relayaient et s'affrontaient, sortaient leur tête l'une par-dessus l'autre, au risque de l'aveugler : elles portaient toutes les deux un nom de femme. Judith et Tamara.

Le matin, après sa conversation avec Elías Kaminsky, il était sorti de la maison de sa presque fiancée avant qu'elle ne s'éveille. Tamara s'était arrangée pour prendre deux jours de congé qui lui assuraient, avec le dimanche, une fin de semaine prolongée et reposante que son corps, de cinquante-deux ans ce jour-là, réclamait à grands cris. Contrairement à Conde, Tamara avait l'enviable capacité de pouvoir dormir le matin quand elle n'était pas obligée de se lever de bonne heure. Sentant ses désirs sexuels comblés et ses attentes spirituelles satisfaites, elle avait ordonné à son esprit de dormir le plus longtemps possible, pour que tout son être, âme, esprit et corps, se trouve dans les meilleures conditions pour affronter une journée qui lui réservait très certainement de nombreuses émotions.

Conde se demandait ce que pourrait être sa vie à partir de ce jour précis. Quand le soir, Tamara et lui rendraient publique – devant le seul public qui leur importait – leur intention de commencer à réfléchir à la possibilité de se marier (c'était plus ou moins la formulation retenue), ce serait le début de quelque chose de différent. Ou pas ? À leur âge et à ce stade de leur relation, après tant d'années partagées, rien ne devait changer : seulement se stabiliser. Car si tout allait bien comme ça, le mieux était de ne rien modifier. Mais Conde se disait, tenté par l'aventure et dans l'intention de se leurrer lui-même, au point d'en être surpris, qu'en fin de compte ce n'était qu'une simple formalité qui ne concernait qu'eux et les années qu'il leur restait à vivre. Le fils de Tamara et de Rafael avait déjà vingt-six ans et, comme tant de jeunes de sa génération, il avait décidé d'installer ses pénates hors de l'île – depuis plusieurs années, il était en Italie où il avait d'abord vécu sous la protection de sa tante Aymara et de son mari italien ; désormais indépendant, il travaillait comme spécialiste en marketing pour Emporio Armani – aussi était-il une présence lointaine qui ne se manifestait que par quelques appels téléphoniques, des photos transmises par mail et, de loin en loin, l'envoi d'une valise de vêtements pour sa mère (pas même un slip Armani pour Conde !) et deux ou trois cents euros. Le reste des intérêts humains de Mario Conde se limitaient à l'avenir de Basura II (cage dorée ou vagabondage dans la rue ?) et à la vie du groupe d'amis qui ce soir-là ferait la fête avec eux.

De cette tribu de fidèles, le plus vulnérable était le Flaco Carlos, dont le cœur, le foie ou l'estomac pouvait (pouvaient, tous à la fois) éclater d'un moment à l'autre, même si dernièrement leur propriétaire semblait fonctionner à un rythme plus posé et agréable. Il fumait moins et mangeait même avec une certaine retenue. Car, à la suite du veuvage de Dulcita, Carlos et elle tentaient, avec des stratégies d'adolescents, de garder un secret qui n'était un mystère pour aucun des amis. Malgré la limitation physique du Flaco, il était évident que, comme ils pouvaient et chaque fois qu'ils le pouvaient, ils devaient de nouveau s'ébattre frénétiquement selon la coutume acquise à l'époque de leurs études dans le lycée omniprésent de La Víbora.

Alors, qu'est-ce qui tracassait Conde ? Le pays, qui se désintégrait à vue d'œil et accélérait sa reconversion en un pays différent, plus ressemblant que jamais à l'enclos de combats de coqs auquel son grand-père Rufino comparait souvent le monde ? Sur ce point, il ne pouvait rien faire ; pire encore, on ne lui permettait pas de faire quoi que ce soit. S'inquiétait-il de voir que ses amis et lui vieillissaient, les mains vides comme toujours, ou avec moins que ce dont ils avaient disposé car ils avaient perdu leurs illusions, la foi, la plupart de leurs espoirs alimentés par les promesses de tant d'années, et, inutile de le dire, la jeunesse ? En vérité, ils étaient déjà habitués à cette situation qui les avait marqués et avait fait d'eux une génération plus cachée que perdue, plus réduite au silence que muette. Était-ce parce que son affaire de livres était de plus en plus aléatoire ? Mais elle rapportait parfois des dividendes inattendus et très avantageux. Ou même parce que l'équipe nationale de base-ball n'était plus jamais championne dans les tournois internationaux ? Sur ce terrain il pouvait faire beaucoup : pour commencer, maudire les mères de ceux qui foutaient en l'air une dimension nationale aussi sacrée pour les Cubains que le base-ball qui avait toujours été quelque chose de plus viscéral qu'un simple divertissement… Et s'ils décidaient de se marier et que la routine matrimoniale le confrontait à l'évidence que les conditions étaient enfin réunies pour qu'il cesse de remettre lui-même la chose à plus tard, avec mille arguments et prétextes, et qu'il se voie obligé de s'asseoir enfin pour écrire le roman fragile et émouvant dont il avait rêvé pendant des années ? Alors, il devrait peut-être l'écrire, un point c'est tout.

Malgré lui, l'histoire de Judy, intraitable, bouscula ces réflexions et remonta à la surface. En réalité, chaque pas que Conde faisait vers la jeune fille avait pour résultat de l'en éloigner encore plus, comme si des voiles, décidés à la dissimuler et même à la faire disparaître, recouvraient son image. Les idées de Candito et du docteur Cañizares, ajoutées aux transcriptions de la pensée de la jeune fille élaborées par Yovany, avaient renforcé une inquiétude patente dans l'esprit d'ancien policier de Mario Conde. Si, au début, il était persuadé que Judy se cachait volontairement, décidée à vivre sur une planète où elle trouvait la liberté tant désirée, cette certitude avait été consciencieusement minée. La complexité de l'esprit de la jeune fille pouvait impliquer, en fait elle impliquait sûrement, des composantes explosives. S'était-elle vraiment suicidée ? Fallait-il considérer la haine envers son père seulement comme une réaction éthique ? S'était-elle volontairement jetée dans les griffes d'un loup italien, comme le suggérait Yovany ? Il espérait vraiment se tromper, mais chacune de ces questions éveillait en lui un mauvais pressentiment.

Maintenant, Conde trouvait curieux que l'association des hérésies de Judy et de Daniel Kaminsky, renforcée par la présence insistante de copies de grands peintres hollandais et encouragée par la réapparition d'Elías, lui ait rappelé que la sœur disparue du juif polonais portait le même prénom que la jeune emo envolée. L'image qu'Elías Kaminsky lui avait offerte de cette autre Judith, une vision née de l'esprit tourmenté de son père, Daniel, et, à son tour, liée à la Judith biblique, s'était mise à évoluer dans l'esprit de Conde avec les clairs-obscurs et le dramatisme qu'avait illustrés Artemisia Gentileschi : Judith exécutant Holopherne, juste à l'instant où elle décapitait le général babylonien et sauvait ainsi la liberté du royaume. Conde pensa que cette image lui plaisait, mais la fusion de l'héroïne biblique avec la petite Polonaise disparue dans l'Holocauste, vue à travers une peinture célèbre du XVIIe siècle, ne pouvait guère aider à résoudre le mystère d'une Judith perdue dans le présent cubain, torride et chaotique, car il n'imaginait pas l'emo exécutant quelqu'un… sauf elle-même. Ou existait-il un autre câble susceptible de connecter la petite fille polonaise à la jeune Cubaine qui partageait le même prénom biblique ? Pourquoi y pensait-il ?

Non, il n'avait pas de réponse… Mais il pressentait qu'il devait y avoir une raison à cela.

Le problème pour le détective indépendant et, supposait-il, pour les policiers professionnels qui, comme c'était prévisible, recherchaient la jeune fille disparue avec de moins en moins d'ardeur, c'était l'absence du moindre indice susceptible de les orienter. La voie indiquée par les Italiens semblait la plus prometteuse, bien que bloquée par l'absence de ces personnages. C'est pourquoi le manque d'indices était d'autant plus frustrant, tout comme l'abandon de certaines suppositions qui l'avaient conduit à parler avec les autres emos et même avec la professeure, amante de Judy.

Ce que Mario Conde savait en revanche, un soupçon qu'il avait pu maintenant vérifier, c'était que Judy et ses amis n'étaient que la partie visible de l'iceberg, la partie la plus visible et la plus criante d'une génération d'hérétiques à juste titre. Ces jeunes étaient nés dans les années les plus dures de la crise, quand on parlait le plus de l'Option Zéro qui, au pire moment du désastre, risquait d'envoyer les Cubains vivre dans les campagnes et les montagnes comme les indigènes chasseurs-cueilleurs du néolithique insulaire, à l'époque des voyages dans l'espace et de l'ère numérique. Ces jeunes étaient nés et avaient grandi sans rien, dans un pays qui commençait à s'éloigner de lui-même pour devenir autre, où les vieilles consignes, de plus en plus inappropriées, sonnaient creux, tandis que la vie quotidienne se vidait de ses promesses et se remplissait de nouvelles exigences : avoir des dollars (par n'importe quel biais), survivre par ses propres moyens, ne pas prétendre participer à la chose publique, observer, comme on regarde un bonbon, le monde qui se trouvait au-delà des limites insulaires et aspirer à sauter vers lui. Et ils exécutaient le saut sans romantisme, sans se raconter de bobards. Comme le lui avait dit le docteur Cañizares à sa façon, le manque de foi et de confiance dans les projets collectifs avait entraîné la nécessité de se créer des objectifs personnels et le seul chemin entrevu par ces jeunes pour parvenir à les réaliser passait par la libération de tous les fardeaux. Ne croire en rien, sauf en eux-mêmes et aux exigences de leur propre vie, personnelle, unique, volatile : en fin de compte, Dieu est mort – pas seulement le Dieu du ciel – les idéologies ne sont pas comestibles,

les engagements vous enchaînent. La profondeur et l'ampleur de cette philosophie avaient réussi à dévoiler à Conde la charpente la plus douloureuse de ce monde que, supposait-il, son regard avait à peine pu scruter. Bien des fois, il est vrai, Yoyi s'était attaché à lui montrer cette réalité à coups de cynisme pragmatique et d'absence de foi. Et quelqu'un comme la *mother* de Yovany, le couteau entre les dents, avait goûté au paradis de la bonne vie sans que la bouchée vieillie qu'elle avait dû avaler ne lui donne la nausée. Mais on aurait dit que les quelques années qui séparaient la génération de Yoyi et de la mère de l'emo pâle des jeunes comme Judy étaient des siècles, presque des millénaires. Les désastres dont ces jeunes avaient été les témoins et les victimes avaient forgé des individus décidés à refuser tout engagement et à créer leurs propres communautés, des espaces réduits où ils se trouvaient eux-mêmes, loin, très loin de la rhétorique des victoires, des sacrifices, des nouveaux départs programmés (toujours destinés à triompher, exigeant toujours plus de sacrifices), sans leur demander leur avis, bien entendu. Le plus terrible c'était que les étroits sentiers sur lesquels ils s'engageaient semblaient flanqués de précipices sans fond, mortels dans bien des cas. Une composante antinaturelle éclairait même la quête de certains de ces jeunes gens : l'auto-agression par les drogues, les marques corporelles, la prétendue dépression et l'exclusion ; la rupture des limites éthiques traditionnelles par la pratique effrénée du sexe collectif, alternatif, vide et dangereux, bien souvent dépourvu d'émotion et de sentimentalisme. Et même de préservatifs, en des temps immunodéprimés.

Si c'était là le chemin de la liberté, il s'avérait que c'était une voie douloureuse, comme la plupart de celles qui ont prétendu conduire à la rédemption, qu'elle soit profane ou transcendante. Mais, malgré ses nombreux préjugés et sa morale pré-évolutionniste, maintenant qu'il en savait davantage sur cette entreprise émancipatrice, Conde ne pouvait s'empêcher d'éprouver une vive admiration pour des jeunes qui, comme Judy, leader et philosophe, se sentaient capables de tout jeter au feu, même leur corps – "Mieux vaut brûler que s'éteindre lentement", dixit Cobain. Parce que leurs âmes étaient incombustibles, plus encore, insaisissables. Pour l'instant du moins.

Fâché avec ce monde qui l'obligeait à faire ces découvertes si peu agréables, il glissa la pièce dans le téléphone et fit le numéro du bureau de Manolo. Il voulait lui dire de transmettre aux enquêteurs spéciaux (ou étaient-ils spatiaux ?) le renseignement sur l'affaire qui devait rapporter beaucoup de dollars dans laquelle Alcides Torres semblait tremper, mais surtout pour qu'il exige des enquêteurs un nouvel effort pour rechercher Judy, si elle était encore localisable. Qu'ils fassent tout leur possible pour la retrouver vite et vivante. Car, à en juger par les renseignements réunis et malgré ses amitiés dangereuses, le plus grand danger qui menaçait Judy, c'était elle-même.

Au lieu d'une secrétaire, comme dans le temps, ce fut une machine qui lui répondit avec l'éternel “À vos ordres !”. Le major Palacios n'était pas disponible. S'il appuyait sur la touche un, il pouvait lui laisser un message. Deux, une opératrice allait lui répondre. Trois, pour… Il allait raccrocher mais il appuya sur le un. Il fut sommé de laisser son message.

– Manolo, finalement, tu louches ?

Il raccrocha et envoya tout se faire foutre. Judy comprise. Il avait bien assez avec ses propres problèmes.

8.

– Qu'est-ce que tu veux écouter ?
– Les Beatles ?
– Chicago ?
– Fórmula V ?
– Los Pasos ?
– Creedence ?
– Va pour Creedence.

Une fois de plus, ils tombèrent d'accord. Il y avait des années et des années qu'ils aimaient écouter la voix compacte de John Fogerty et les guitares primitives de Creedence Clearwater Revival.

– C'est toujours la meilleure version de *Proud Mary*.

– Ça ne se discute même pas.

– Il chante comme un Noir, non : il chante comme un dieu, je te jure… C'est pour ça qu'il ne s'est jamais marié.

Conde lança un regard à Carlos, mais le Flaco, comme s'il n'avait rien dit, s'appliqua à placer le CD dans l'espace prévu à cet effet, appuya sur la touche qui le fit disparaître puis sur celle qui libéra la musique.

L'idée était de Dulcita : ils fêteraient un anniversaire classique, dans le plus pur style "chichiteux", selon elle très en vogue à Miami. Excepté les reines de la fête et Conde, les autres, y compris la vieille Josefina, arriveraient tous ensemble, les uns à bord de la voiture louée par Dulcita, les autres dans la Bel Air décapotable de Yoyi, en jouant du klaxon. Ils entreraient dans la maison, des ballons à la main et des chapeaux pointus sur la tête, avec le bouquet de fleurs et le *cake*, couronné des cinquante-deux bougies allumées. En chantant le *Happy Birthday to You*. Le gâteau d'anniversaire avait été élaboré en deux parties : l'une couverte de meringue bleue pour Tamara, et l'autre de crème violette pour Aymara, le tout traversé par les lettres blanches de l'immanquable

“Bon anniversaire”, mais cette fois avec un 2 au bout, chiffre destiné à élever les félicitations au carré.

Candito, le Conejo et Yoyi, sous le regard sévère de Josefina – également coiffée d'un chapeau pointu et portant un sifflet autour du cou –, s'étaient chargés de sortir les plats préparés par la vieille dame : un gigot de porc rôti, une marmite de *moros y cristianos** tout brillants de l'huile parfumée des olives toscanes, des yuccas dépravés, ouverts comme le désir avec leurs entrailles humides d'une marinade d'oranges amères, d'ail et d'oignon, et une salade fleurie aux couleurs vives. Ils laissèrent pour la fin les bouteilles de vin, les bières, le rhum et même une bouteille de soda – une seule, au citron, comme l'aimait Josefina – car ce n'était pas le jour pour boire ce genre de conneries gériatriques, comme le fit remarquer le Flaco.

Une fois la table mise, Dulcita ordonna au Conejo et à Luisa de servir, mais personne ne devait se mettre à manger, car il fallait d'abord porter un toast. Elle sortit alors de son sac deux incroyables bouteilles de Dom Pérignon et chercha dans l'héritage familial de Tamara les verres de Baccarat les plus appropriés pour le champagne. Même Candito, désormais abstème absolu, accepta une coupe débordante du liquide mousseux, car il savait qu'il allait être témoin d'un grand événement. Presque d'un miracle.

Lorsqu'ils eurent tous leur coupe à la main, Carlos fit teinter un verre avec une fourchette pour exiger le silence que les autres observèrent immédiatement. Il demanda alors qu'on remplisse une autre coupe et qu'on la pose sur la table. Dans le fauteuil roulant qui avait gâché les vingt dernières années de sa vie, il ne commença son discours qu'une fois le verre placé devant lui :

– En septembre 1971, six de ceux qui sont présents ici et un absent dont le verre est servi – et il indiqua la fine coupe sur la table – se sont engagés sur un chemin imprévisible, plein d'ornières et même de précipices, le plus beau que peuvent emprunter les êtres humains : celui de l'amitié et de l'amour. Trente-sept ans plus tard, les ruines physiques et les

* Littéralement : *maures et chrétiens,* il s'agit d'un plat de riz et de haricots noirs.

âmes indestructibles de ces sept magnifiques sont ici réunies pour célébrer la persévérance de l'amour et de l'amitié. Nous avons vécu bien des choses au cours de ces années. L'un d'entre nous nous regarde et nous écoute de loin, mais je sais qu'il nous regarde et qu'il nous écoute. Les six autres, certains plus mal foutus que d'autres, sont ici (même s'ils se baladent parfois par là-bas), certains devenus ce qu'ils rêvaient d'être, d'autres, ce que la vie et le temps les ont obligés à être. Comme nous sommes sectaires, mais de tendance démocratique, nous avons même accepté de mauvais gré, mais accepté tout de même, des adhésions ultérieures qui nous enrichissent. C'est pourquoi, aujourd'hui, des amis tels que Luisa et Yoyi partagent avec nous cette histoire, nos nostalgies et nos joies ; ils sont désormais indispensables bien que condamnés à l'éternel grade de soldats sans possibilité d'avancement, désolé... Et en reconnaissance pour les jours de grande faim où elle nous a rassasiés et pour tous nos travers qu'elle a supportés, ma mère est aussi présente...

Sifflets, applaudissements et vivats spontanés pour Josefina. Nouveau rappel au silence de la part de Carlos.

– Comme je le disais : nous avons la grande chance de pouvoir nous réunir aujourd'hui pour faire la fête, manger, boire et constater que nous avons fait le bon choix le jour où nous avons décidé de nous aimer et de nous soumettre aux épreuves de l'amitié. Mais aujourd'hui, c'est un jour exceptionnel, c'est pour ça que le toast que je porte est aussi exceptionnel, avec un Dom Pérignon que même Candito va boire, que même l'absent Andrés devrait boire... et boira, avec son âme. Car en ce jour de l'anniversaire des jumelles, aujourd'hui, mon frère de cœur Mario Conde va dire les paroles qu'il rêvait de dire il y a trente-sept ans et que, par chance, nous allons entendre encore ici-bas...

À cet instant le téléphone sonna et Carlos dit au Conejo de répondre. Il demanda qui c'était et mit le haut-parleur en souriant.

– Merde alors, qu'est-ce que le Conde va dire ? – Tamara se mit à pleurer en entendant la voix d'Andrés au téléphone. – Qu'il le dise vite, je n'ai pas encore souhaité un bon anniversaire aux jumelles ni prévenu Josefina que je lui envoie des médicaments...

– Conde, ordonna Carlos.

Mario Conde regarda chacun des membres de l'auditoire, téléphone compris. Il posa son verre sur la table et s'approcha de Tamara. Il prit la main de la femme entre les siennes et de la façon la moins ridicule qu'il put, il prononça la phrase :

– Tamara, tu prendrais le risque de te marier avec moi ?

Tamara le regarda sans rien dire.

– Ah mon Dieu ! laissa échapper Josefina, la plus excitée par cette scène aux allures de feuilleton télé.

– Qu'est-ce qui se passe, qu'est-ce qui se passe ? s'exclama la voix téléphonique d'Andrés.

– Tamara réfléchit, lui cria le Conejo. On réfléchirait à moins…

La femme sourit et se disposa enfin à parler.

– Mario, la vérité c'est que je ne veux me marier avec personne… – Les paroles de Tamara surprirent les autres qui demeurèrent tendus, dans l'attente d'une explication ou du désastre. – Mais puisque tu en parles, je crois que si un jour je devais me remarier, ce serait avec toi.

Brouhaha de hourras, bravos, cris de "Génial, Tamara est fantastique !" Pendant que les fiancés s'embrassaient, soulagés de s'en être aussi bien sortis, les autres levaient leurs verres et Carlos, anticipant ce qui pouvait arriver ou n'arriverait peut-être jamais, lançait des poignées de riz.

Ils parvinrent à entendre la voix d'Andrés au téléphone :

– Joyeux anniversaire, Tamara. Joyeux anniversaire, Aymara. Puis il ajouta : Josefina, ces jours-ci, je t'envoie de nouveaux médicaments pour la circulation, ils sont très bons. Sur un petit papier je t'explique comment les prendre…

– Merci, mon petit, cria Josefina vers le téléphone.

– Conde, poursuivit Andrés, Elías Kaminsky dit qu'il va t'appeler.

– C'est déjà fait, cria Conde. Et un mouchard lui a parlé de ce qui se passait ici, maintenant…

– Ah bon ? Tu ne penses tout de même pas que je… ? – Andrés éclata de rire. – Qu'importe, Conde… Bon, je vous laisse, je vous embraaaaasse, dit l'ami lointain, et le clic résonna, coupant la communication et le flux de dollars qu'elle coûtait.

Yoyi s'approcha alors de Tamara.

– De telles fiançailles – il mit la main dans sa poche et en sortit un écrin – méritent une bague comme celle-ci... C'est mon cadeau de mariage.

Et il donna la bague sertie de pierres précieuses à la fiancée, qui la regardait avec tout l'émerveillement dont elle était capable, comme si elle ne l'avait jamais vue, et la montrait ensuite aux autres femmes, avec l'orgueil prématrimonial le plus féminin. Une typique scène de l'esthétique "chichiteuse" la plus raffinée et classique.

– Tout ce tintouin fou et ridicule, c'est vraiment à moi que ça arrive ? demanda Conde à Candito, en observant le spectacle des femmes avec leurs chapeaux pointus, les coupes de champagne, la bague, les félicitations.

– J'en ai bien l'impression... Et tu sais ce qui est pire ?

– Il y a encore pire ? Tamara n'a même pas dit qu'elle allait se marier avec moi...

– Si, elle l'a dit... À sa façon. Le pire, tu vois, c'est que ça m'a tout l'air d'être irréversible. Tu as bousculé les choses, et maintenant, mon frère, personne ne peut les arrêter...

Le réveil fut des plus terribles, comme Conde le méritait : le sang battait dans ses tempes, sa nuque était brûlante, son crâne opprimait perfidement sa bouillie encéphalique. Il ne se risqua pas à palper la zone du foie par crainte que le viscère ne se soit échappé, lassé des abus. Quand il put ouvrir les yeux, défiant la torture, il se rendit compte qu'il avait dormi tout habillé et même avec ses chaussures. Tamara, de l'autre côté du lit, la bague au doigt, semblait morte. Elle ne ronflait même pas. Le mélange explosif de champagne, de vin, de rhum et de crème de whisky avait provoqué une réaction atomique qui avait pulvérisé leurs sens respectifs du ridicule et avait entraîné des combustions internes dévastatrices. Les tout nouveaux fiancés payaient maintenant le prix des excès de la nuit.

Comme un homme blessé par balles dans un mauvais film de gangsters, Conde réussit à atteindre la salle de bains en s'appuyant aux murs. Il prit les aspirines dans l'armoire à pharmacie, s'en lança deux dans la bouche et but au robinet du lavabo. Il se déshabilla comme il put et se mit sous le jet froid de la douche, en se tenant au porte-savon encastré dans la cabine. Durant dix minutes, l'eau essaya de laver son corps et les parties lavables de son esprit.

Il se sécha consciencieusement la tête puis fouilla dans la poche de son pantalon, d'où il sortit le petit pot de pommade chinoise dont il se frotta les tempes, le front, la base du crâne. La chaleur du baume commença à pénétrer dans sa peau, tandis que, la serviette sur les épaules et les roubignoles à l'air, il allait préparer le café dans la cuisine. Il dut s'asseoir pendant que le café passait, conscient toutefois que l'armée recrutée pour soulager sa migraine était déjà en route. En buvant le café, il sentit que l'amélioration devenait plus nette, mais la cigarette provoqua une quinte de toux caverneuse, et il préféra l'éteindre pour éviter les secousses encéphaliques. Je me fais vieux, se lamenta-t-il à voix basse, et pour le confirmer son regard s'abaissa sur son scrotum qui pendait, parsemé de poils blancs.

Alors seulement il évalua l'ampleur du désastre domestique survenu la veille au soir. Mettre de l'ordre dans cette cuisine et dans la salle à manger serait une mission titanesque. Combien de personnes avaient dîné là, neuf ou quatre-vingt-dix ? Sa première réaction logique fut de retourner dans la salle de bains, de s'habiller et de s'enfuir le plus vite possible. Mais un étrange et nouveau sens des responsabilités l'empêcha de le faire. Malgré le mauvais état de son cerveau, il réussit à comprendre cette attitude imprévisible et en fut horrifié. Était-il possible que, du jour au lendemain, il soit devenu une personne différente ? Ou était-ce encore les effets de la pire cuite de sa vie ? Et si c'était les symptômes les plus alarmants de l'entrée dans le troisième âge ? Les réponses étaient toutes pires les unes que les autres. Comme toujours, Candito avait raison.

Il retourna à la chambre et, de la porte, vérifia que Tamara semblait toujours défunte, même si maintenant elle ronflait. Une autre tasse de café à la main, il prit la cigarette que son corps lui réclamait et fit une nouvelle tentative. Cette fois, il réussit à fumer sans se mettre à tousser et sentit qu'il redevenait un être humain. En réalité, différent. Parce qu'il noua le tablier de Tamara et, les fesses à l'air, commença à faire la vaisselle avec la même volupté que certains croyants lorsqu'ils pratiquent la pénitence : avec la conscience qu'ils le font pour se faire chier, se souiller, se punir. Par ma faute, par ma faute, par ma très grande et unique faute… et il continua à laver la vaisselle.

Deux heures plus tard, une Tamara ressuscitée et, de plus, émerveillée par l'attitude de son présumé mari, lui donna un baiser puis, après l'avoir fait frémir par une caresse accordée à ses fesses nues, elle annonça qu'elle se chargeait de ranger la vaisselle, les verres et les couverts, de nouveau brillants. Conde, surpris de lui-même, retourna dans la salle de bains chercher ses vêtements, mais avant il s'arrêta devant le miroir pour se regarder avec le tablier et les fesses à l'air. Pathétique et irréversible, telle fut sa conclusion.

Comme si les sources mêmes de son pathétisme lui transmettaient l'impulsion d'une nécessité péremptoire, il alla directement au salon et plaça dans le lecteur de DVD la copie de *Blade Runner* prise dans la chambre de Judy quelques jours auparavant. Perdu dans ses propres tribulations, il avait complètement oublié la jeune emo disparue et son intention de rappeler Manolo, mais l'exigence inattendue de devoir avaler de nouveau ce film sombre et pluvieux lui avait révélé que son inquiétude n'était que momentanément submergée et qu'un profond appel la faisait remonter à la surface. L'idée qu'il n'avait plus d'idées, la certitude de ne plus savoir à quelle porte frapper pour s'approcher de la jeune fille le poursuivirent avec une insistance malsaine tandis qu'il avançait dans l'histoire de la chasse aux réplicants (vraiment très bien faits, se dit-il, émerveillé par la beauté de Sean Young et de Daryl Hannah) qui prennent conscience de leur condition d'êtres vivants et, avec elle, du désir de conserver cette extraordinaire qualité que pourtant leur démiurge leur a refusée. Vers la fin, quand le dernier des réplicants prononce ses paroles d'adieu au monde, Conde sentit que ces phrases du film dont sa mémoire s'était emparé éveillaient en lui un étrange écho qui l'affectait comme une de ses douloureuses prémonitions : "J'ai vu des choses que vous autres, humains, ne croiriez pas. Des vaisseaux en flammes sur le baudrier d'Orion. J'ai vu des rayons cosmiques scintiller près de la porte de Tannhäuser. Mais tous ces instants se perdront dans le temps comme les larmes dans la pluie. Il est temps de mourir."

Avec la sensation désagréable que cette lamentation était porteuse d'un écho lugubre qui parvenait jusqu'à lui, Mario Conde sortit dans le patio de la maison qui probablement serait bientôt la sienne et, sous l'avocatier chargé de fruits verts à la peau brillante, prometteurs des délices absolus de leur chair, il s'assit pour fumer et attendre. Cette fois il ne pensa pas à Basura II saccageant le jardin… Car si sa prémonition ne le trompait pas, il était certain que cela allait arriver. C'est pourquoi, lorsque Tamara apparut sur le pas de la porte et lui cria que Manolo l'appelait, il sut que l'heure était venue. *It's time to die.*

9.

Il alla à la fenêtre, alluma une cigarette et se mit à observer le panorama, comme aseptisé par la perspective qu'offraient la distance et la hauteur. Il vit la couverture verte formée par le feuillage des faux lauriers et les moineaux qui, en groupe ou solitaires, y entraient et en ressortaient. Il regarda au loin, au-delà des maisons et des immeubles couronnés d'antennes, de pigeonniers et d'étendoirs où séchaient des draps si usés qu'ils en étaient presque transparents. Comme des années auparavant, il aperçut un coin de mer, très certainement étincelante et magnétique sous le soleil de juin. Bien que ce cadre que l'on pouvait contempler de la fenêtre ait à peine changé, Conde savait qu'il s'agissait d'une perception trompeuse. Tout était en marche. Parfois vers un précipice : car cela aussi se perdrait dans le temps, comme les larmes dans la pluie.

Manolo revint au bureau, un dossier à la main et l'ombre d'une fatigue viscérale sur le visage.

– Éteins-moi cette putain de cigarette, tu sais bien qu'ici c'est interdit de fumer.

– Fais pas chier, Manolo. Je vais la fumer, dit Conde. Arrête-moi si tu veux.

Manolo hocha la tête et s'assit derrière son bureau. Il ouvrit le dossier et en sortit une photo qu'il tendit à Conde.

Près du tronc rugueux d'un arbre, sur l'herbe, enroulés n'importe comment, se trouvaient le pantalon et le corsage noirs et, à côté, ce que Conde pensa être les tubes de tissu rayé que les emos utilisaient en guise de manches, et sur lesquels il était possible de distinguer des taches plus sombres. Écarlates ?

– Passe-moi les autres, exigea Conde.

Manolo lui tendit les deux photos sensibles. Sur la première on ne voyait guère qu'un pré hirsute couvert de mauvaises herbes, qui s'enfonçait et devenait plus sombre à l'endroit qui s'avéra être l'orifice d'un puits. Sur la troisième photo, sur le même sol, dans les herbes folles, déposé sur une couverture en nylon, le corps putréfié, enflammé, rongé par les fourmis et autres insectes, de la jeune fille qu'avait été Judith Torres. Après avoir observé durant quelques minutes cette image de la mort, toujours en silence, Conde laissa tomber les photos sur la table. Il se sentait minable et frustré.

– C'était vrai qu'elle n'était partie nulle part… En fait, si. Bordel de… Allez, explique-moi, exigea-t-il alors du major Palacios.

– Il y a quelques jours, un homme qui cultive un lopin de terre dans le coin a aperçu des vautours. Il a plusieurs fois cherché ce que ça pouvait être mais sans plus, pensant qu'il s'agissait d'un animal mort, et il n'a rien trouvé.

– Où est-ce ?

– À la sortie du Cotorro, à deux kilomètres par la Route Centrale. C'est une zone très peu habitée…

– Comment diable cette petite est-elle arrivée jusque-là ? Tu as remarqué qu'elle était nue mais avec ses Converse aux pieds ?

Manolo acquiesça et tendit la main par-dessus la table pour prendre une cigarette dans le paquet de Conde. Il le regarda, ne se décida pas à l'allumer mais la garda.

– Hier, en rentrant du travail, l'homme s'est remis à chercher parce que ça l'intriguait. Il dit qu'il s'est alors souvenu qu'il y avait un puits sur ce terrain. En s'approchant, il a senti l'odeur de chair pourrie… et il a trouvé les vêtements. Il est reparti en courant appeler la police. Ils en ont bavé pour la sortir de là… Le puits est profond d'au moins une dizaine de mètres. Il paraît qu'il a été asséché il y a très longtemps…

– Que dit l'autopsie ? On a trouvé des traces de drogue ?

– Ils travaillent encore, regarde dans quel état est le cadavre. – Manolo se décida et alluma la cigarette avec un briquet caché dans un tiroir du bureau. – Mais ils savent déjà qu'elle est morte par perte massive de son sang.

– À cause de la chute ?

– Oui et non. Quand le corps est tombé dans le puits, la fille était encore vivante. Mais il semble qu'elle avait déjà perdu beaucoup de sang. Elle avait deux blessures longitudinales, une sur chaque bras. Comme celles que se font les gens qui se suicident vraiment. Et une très forte contusion à la nuque, peut-être provoquée par la chute dans le puits, mais qui pourrait aussi être prémortem.

– Sa mort remonte à quand ?

– Entre douze et quinze jours. Difficile d'avoir plus de précisions. Ces derniers jours il a fait très chaud, il a plu à plusieurs reprises, la température au fond du puits monte et descend plus lentement qu'à la surface, le degré d'humidité…

– Il y a quelque chose qui ne colle pas, murmura Conde, déplorant le mauvais état physique de son cerveau. Elle s'est ouvert les veines et après elle s'est jetée la tête la première dans le puits ?

– C'est possible. Mais ils sont en train d'analyser tout ce qu'on a trouvé. Parce que sur les vêtements de Judy, il y a deux types de sang.

– Mais bordel Manolo ! protesta Conde en entendant l'information qui remettait en cause l'agencement de sa construction mentale.

– Je te dis ce qu'on a, mon vieux ! Une chose à la fois…

– Il y a son sang à elle. Et l'autre ?

– Celui de quelqu'un qui était peut-être avec elle, je suppose. Mais va savoir comment ce sang est arrivé sur ce vêtement… Parce que ça continue à ressembler davantage à un suicide.

– Mais elle était nue, pourquoi ?… Avec quoi elle s'est tailladé les bras ?

– Avec un bistouri… On l'a cherché jusqu'au fond du puits et on l'a finalement trouvé près des vêtements. Il porte des traces de sang, mais aucune empreinte digitale. S'il y en a eu, la pluie les a lavées.

Le cerveau du Conde grinçait tandis qu'il essayait de placer chaque évidence à des endroits logiques.

– Qu'est-ce que vous avez trouvé d'autre ?

– Ce papier.

Manolo ouvrit le dossier et en sortit la pochette transparente contenant une demi-feuille de papier blanc plus très blanc. Il la tendit à Conde qui lut : “En d'autre temps, l'âme contemplait le corps avec mépris : et ce mépris était alors ce qu'il y avait de plus élevé. L'âme voulait un corps maigre, laid, famélique. Elle pensait ainsi s'échapper du corps et de la terre."

– *Ainsi parlait Zarathoustra*... Mais je ne sais pas si c'est la lettre de quelqu'un qui va se suicider... Elle écrivait tout le temps ce genre de choses, elle les prenait dans les livres qu'elle lisait.

– C'était dans une poche de son pantalon, avec sa carte d'identité, dans une enveloppe en plastique. Mais il n'y avait ni argent ni quoi que ce soit...

– Il n'y avait pas d'argent ?

– Non, certain. L'homme qui a trouvé les vêtements a vu qu'ils étaient tachés de sang, il ne les a pas touchés.

– Elle avait volé de l'argent à sa grand-mère. Environ cinq cents dollars.

– Les enquêteurs l'ignorent. On ne leur a rien dit...

– Eh bien c'est une piste...

– Oui, l'argent.

Manolo nota quelque chose dans son carnet tout défraîchi.

Conde, de son côté, essayait de digérer cette information et de l'intégrer à celles qu'il avait déjà réunies.

– Combien de temps faut-il maintenant au laboratoire pour faire le test ADN ?

– Cinq jours.

– Merde, Manolo ! Cinq jours ?

– Écoute, ici t'es pas dans un épisode des *Experts*, c'est Cuba et c'est la réalité... En plus, à l'époque où tu étais policier, les tests ADN n'existaient même pas et pourtant on élucidait bien les affaires. Ils vont continuer à travailler en attendant les résultats du labo... De toute façon, nous n'avons pas de banque d'ADN, alors le test sur l'autre sang ne va pas nous servir à grand-chose. À moins qu'on le compare à celui d'un suspect et que ça coïncide.

Conde acquiesça de mauvaise grâce.

– On ne peut pas trouver des empreintes digitales, des traces de pas ou de sang ?

– Je viens de te dire que c'est arrivé il y a pas mal de jours et que les averses ont tout emporté. On ne peut même pas déterminer précisément depuis quand elle est morte.

Conde récupéra son paquet de cigarettes, en alluma une et se mit de nouveau à regarder par la fenêtre.

– Si seulement elle était montée sur un radeau… peut-être qu'elle ne serait pas morte… Mais dans tout ça, il y a quelque chose qui sent mauvais.

– Tu crois que quelqu'un lui a tailladé les poignets et l'a ensuite déshabillée et jetée dans le puits ? Que ce même individu a pris l'argent, si elle l'avait sur elle ce jour-là, mais qu'il a laissé les vêtements tachés, peut-être même de son propre sang, et avec la carte d'identité de Judy ?

– C'est à ça que je pense, oui.

– Mais qui peut organiser toute cette mise en scène et en même temps faire la connerie de laisser les vêtements, la carte, le bistouri ?

– Quelqu'un qui est presque devenu fou en voyant qu'il arrivait ce qui est arrivé. Quelqu'un qui ne voulait peut-être pas la tuer mais qui l'a tuée… je ne sais pas… Il faut que le légiste vérifie si Judy était vierge ou si elle avait eu des relations sexuelles… si elle en a eu peu avant de mourir.

Manolo soupira. Il se frotta la tête avec force en se servant de ses ongles.

– Conde… pas la peine de compliquer les choses. Les légistes savent ce qu'ils doivent faire…

– Je pense à l'Italien Bocelli… Je n'imagine pas un personnage de cet acabit en train de jouer au copain désintéressé d'une fille de dix-huit ans…

– Moi non plus, mais… – Manolo adopta son ton le plus ferme. – Écoute, je t'ai appelé pour te dire que Judith Torres avait été retrouvée morte. – Il fit une pause, regarda par la fenêtre et prit une décision. – File-moi une cigarette.

Conde lui passa le paquet. Manolo en alluma une et souffla la fumée.

– Je t'ai appelé pour te dire que nous enquêtons sur tous les indices… Mais aussi pour te prévenir d'une chose. S'il te plaît, écoute-moi bien. – Manolo leva ses deux index vers ses oreilles, pour insister sur son exigence. – À partir de maintenant tu ne dois plus intervenir dans cette histoire. Il ne s'agit plus d'une gamine disparue, cachée ou je ne sais quoi. Maintenant c'est une fille morte, et tant que le suicide ne sera pas prouvé, l'enquête criminelle suivra son cours. Et toute interférence peut foutre l'affaire en l'air, ça tu le sais fichtrement bien. Son amie t'a demandé de l'aider à la retrouver et la famille était d'accord... Eh bien, tu as fait tout ce que tu pouvais, et si tu n'as pas pu en faire davantage, c'est qu'il y avait déjà plusieurs jours qu'elle était morte... À partir de maintenant, reste à l'écart, pour le bien même de cette enquête et de la vérité. Nous devons agir avec beaucoup de prudence... Tu comprends bien ce que je te demande et tu sais aussi que de ton côté tu ne peux plus rien faire.

Conde s'était déplacé pour s'arrêter de nouveau devant la fenêtre et il tournait le dos au major Palacios. Sa propre expérience d'enquêteur lui disait qu'il n'avait aucun argument pour discuter l'exigence de Manolo. Mais cela le contrariait.

– S'il y a du nouveau, poursuivit Manolo, si on trouve une piste, ou si nous concluons à un assassinat ou à un suicide, de toute façon je t'appelle pour te le dire. En plus, tu sais bien que si tu te mêles de cette enquête et que ça se sait, le premier auquel on va demander des comptes, c'est moi et ensuite celui qui va se faire botter le cul, c'est toi. Tu comprends ? Fini de jouer au détective pour ton compte personnel...

Conde se retourna et regarda son ancien subordonné.

– Qui va prévenir les parents ?

– Le patron et le capitaine chargé de l'enquête. Ils sont déjà partis.

Conde pensa à Yadine, Frederic, Yovany, la prof Ana María. Mais non, il ne les préviendrait pas de ce qui était arrivé. À l'époque où il était flic, il avait toujours détesté cette situation.

– On va m'interroger ?

– Certainement. Le père, la mère ou la grand-mère vont leur parler de toi. Et ce que tu sais peut aider l'enquêteur.

– Et Frederic, Yovany, la prof ?... Et Yadine ? On va tous les interroger ?

– Aussi. C'est indispensable. On va leur mettre la pression...

– Quelle merde ! Non ?

Manolo tira sur sa cigarette.

– Le merdier total, confirma le policier.

Basura II était très fâché d'avoir été abandonné par Conde ces derniers jours. Pour apaiser ce sentiment, l'homme lui lança seulement quelques mots d'excuse et lui servit une assiette débordante des restes de luxe de la veille. Le chien, plus qu'affamé, tourna le dos à son maître et se concentra sur ce qui était important.

Le mal de tête tourmentait de nouveau Conde mais il savait bien que ce n'était plus les effets de la cuite. Bien que l'heure du repas soit passée, il n'avait pas envie de manger et décida d'envoyer une autre aspirine dans son estomac dévasté, il se frotta les tempes et le front avec une bonne quantité de pommade chinoise et, après avoir mis le ventilateur en marche, il se laissa tomber sur son lit qui faisait plutôt penser à un nid abandonné. Il ne regarda même pas le soporifique feuilleton asthmatique qui l'aidait à s'endormir.

Il ressentait une profonde fatigue au niveau des bras, des épaules et des jambes. Et aussi un vide dans la poitrine, une incapacité à bouger ou même à réfléchir. Il était tenaillé par un sentiment de culpabilité parce qu'il n'avait pas réussi à trouver la voie qui l'aurait mené à Judy et, même s'il savait que lorsque Yadine lui avait demandé de l'aide, il était déjà impossible de lui porter secours, cette certitude ne le soulageait pas. Il ne pouvait s'empêcher de ressasser, comme un jeu macabre, l'idée que livres, dollars, bagues, noces, anniversaires et Rembrandt perdus avaient occupé ses pensées, pendant que le corps de cette petite qui avait tant rêvé de toutes les libertés et qui les avait cherchées sur tant de chemins, pourrissait dans un puits sec, après avoir vu de ses yeux comment la terre buvait son sang et sa vie de dix-huit ans. Par sa propre volonté ?

Conde avait toujours eu du mal à concevoir qu'un être jeune puisse attenter à sa vie, même s'il n'ignorait pas que cette attitude était fréquente. Mais si Judy s'était tuée, ce qui était inconcevable prenait dans son cas des proportions tragiques : le fait d'avoir tant réfléchi à la mort, joué avec elle, méprisé la vie et la seule chose qui la soutenait, le corps, avait peut-être défriché ce sentier absurde. La jeune fille croyait-elle vraiment à la réincarnation ? Pensait-elle en réalité que ce genre d'issue apportait des solutions ? Peut-être même qu'en cessant d'exister, elle serait libre ? N'avait-elle pas compris que même les réplicants ne veulent pas mourir une fois qu'ils ont goûté au miracle de la vie, ce privilège éphémère mais fantastique de penser, de haïr, d'aimer ? Non. Judy, comme Frederic le disait de lui-même, pouvait être emo, mais pas si conne. Ou si ? Si elle s'était suicidée, elle devait avoir une raison, et une raison de poids : un poids beaucoup plus lourd qu'un militantisme emo en train de se déliter ou qu'une philosophie autodestructive avec laquelle elle flirtait. Mais si quelqu'un l'avait conduite vers ce dénouement, rien de ce qui était connu ne serait important : uniquement les raisons occultes de l'assassin. Mais qui pourrait vouloir la mort de Judy au point de se risquer à satisfaire ce désir ? Pourquoi tenter de faire disparaître le corps et laisser des vêtements tachés de sang qui, une fois retrouvés, l'accuseraient, ou du moins, fourniraient une piste pour de nouvelles recherches ? Si ce Bocelli était derrière cette mort, pourquoi la déguiser en suicide ? Et l'argent, Judy l'avait-elle emporté ce jour-là ? Pendant qu'il réfléchissait avec son pauvre cerveau endolori, Conde comprenait qu'une pièce n'avait pas sa place dans le puzzle des différents visages de Judy découverts au cours de ses recherches qu'il avait eu tant de mal à reconstituer... Par sa volonté, ou victime d'une main assassine, Judy était morte, et sa sortie de ce monde devait avoir un rapport avec la façon dont elle avait prétendu y vivre : libre. Cette certitude était la seule dont Conde disposait. Peut-être que pour Judy c'était la seule chose importante. Trouver le coupable ne la rendrait pas à la vie, à sa famille, à ses lectures inquiétantes et à ses militantismes passionnés. Rien ne pourrait plus la faire revenir de son nirvana rêvé. Du moins jusqu'à sa réincarnation. Ou, après tout, serait-elle en réalité plus libre désormais ?

Dans l'après-midi, les fatigues physiques et mentales eurent raison de Conde. Comme tant de fois, il se sentit glisser dans l'assoupissement jusqu'au moment où il entra dans le rêve qui lui restituait l'image de son grand-père Rufino. Cette fois, le vieil homme lui apparut de façon très nette et convaincante, comme s'il était vivant et qu'il ne s'agissait pas d'un rêve. Il était venu tirer son petit-fils préféré de son état d'âme malsain en usant de son éternel recours pour lui rappeler que, finalement, le monde avait toujours été et serait à jamais comme un enclos de combats de coqs.

Tandis qu'il vieillissait inexorablement, à une vitesse épouvantable, Mario Conde aurait d'innombrables occasions de vérifier, grâce à des rêves comme celui de cet après-midi-là, et à beaucoup d'autres exemples fournis par la plus tangible réalité, qu'il n'avait vraiment presque rien appris de son grand-père. Il ne pouvait accuser de ce gâchis pédagogique Rufino el Conde qui avait été prodigue de conseils, démonstrations pratiques et tentatives d'enseignements, parfois même métaphysiques, destinés à entraîner son petit-fils à l'art si complexe de vivre sa vie. Le vieil homme avait entrepris cet entraînement consciencieux, quasiment socratique, dès que le garçon avait eu l'usage de la raison, en commençant par l'emmener sur les lieux où il élevait et préparait ses coqs et dans les combats officiels, puis clandestins, à partir de leur interdiction révolutionnaire et socialiste ; ces enclos circulaires, pâle imitation des arènes romaines, où il faisait ses paris et emmenait ses féroces élèves combattre jusqu'à la mort.

En observant et en écoutant son grand-père, en essayant de répondre à ses questions constantes, il aurait eu l'enviable opportunité de s'approprier une philosophie pratique affûtée que Rufino el Conde, déjà âgé à l'époque, avait cultivée dans toutes les circonstances de sa vie. L'aïeul enjolivait ses leçons par des maximes aussi glorieuses que "la curiosité est un vilain défaut" (comme le petit-fils venait de le constater personnellement et pour autrui) ou "Je ne sais qu'une chose : il faut jouer quand on est certain de gagner, sinon mieux vaut s'abstenir", une opinion généralement proclamée avant le début d'un combat dont le pronostic était réservé. Pendant qu'il donnait ce conseil, il plaçait presque toujours, dans les endroits les plus inconcevables de son corps ou de ses vêtements, les gouttes de vaseline au poivre ou au piment bien fort dont, comme un prestidigitateur aux tours indéchiffrables, il enduirait en quantité pratiquement indétectable mais suffisante, les plumes de son coq, pour faire suffoquer l'ennemi et l'affaiblir. Jouer pour gagner.

– Mais tu sais, cette aide additionnelle, il ne faut l'utiliser qu'en ultime instance, affirmait, assis sur son tabouret et appuyé contre un poteau de bois, ce fils d'un déserteur canarien échoué à Cuba à l'époque lointaine encore appelée "le temps de l'Espagne". Le plus important c'est que tu travailles tes possibilités toi-même, comme on prépare un coq : à partir du moment où tu choisis les parents jusqu'à son entraînement pour en faire une machine parfaite. Ça veut dire que tu lui apprends à ne pas se faire avoir par l'autre coq... Tu me comprends, mon petit ? Je te demande si tu comprends parce que c'est important que tu apprennes ceci : dans la vie, il faut s'imaginer qu'on est un coq... Je parie que tu ne sais pas pourquoi ? – Arrivé à ce point de son discours, il insistait pour que son interlocuteur, même s'il comprenait parfaitement et connaissait la réponse pour l'avoir entendue des centaines de fois, hausse les épaules et fasse non de la tête, prêt à la surprise de la révélation. – Parce que le monde est une putain d'arène dans laquelle on entre pour en finir avec l'autre et qu'un seul des deux en ressort avec toutes ses plumes : celui qui ne se laisse pas baiser par l'adversaire, concluait Rufino, avant d'ajouter : Le reste... ce ne sont que des histoires pour passer le temps.

Comme coq, Mario Conde aurait été un désastre. Peut-être parce que malgré le grand-père et l'arrière-grand-père qu'il avait eus, il était plein de gènes défectueux. Pour commencer, il n'avait pas d'ergots et il était trop mou, comme une femme le lui avait dit avec raison, il y avait bien longtemps. Ensuite, il ne savait se servir ni de son bec ni de ses ailes, car il était un foutu sentimental comme il le disait lui-même avec tout autant de raison. Ce n'était pas par hasard ou malchance mais à cause de ses incapacités flagrantes que son âme était marquée de tant de coups : de becs, d'ergots, de pieds au cul reçus tout au long de sa vie. Tellement que si le grand-père Rufino l'avait vu, il lui aurait retiré son nom de famille et peut-être même tordu le cou, comme à ces poulets qu'il préférait mettre dans la marmite plutôt que de les lâcher dans la sciure d'un combat car, rien qu'en les voyant, il savait qu'ils seraient perdants dans les affrontements de la vie.

Dans un pays qui devenait, jour après jour, un enclos entourés de très hautes palissades où, selon une étrange pratique, beaucoup de coqs se battaient entre eux, chacun essayant de prendre quelque chose à l'autre et s'assurant qu'on ne lui prendrait rien à lui, Conde avait l'impression d'être un pantin qui esquivait les coups à grand-peine, cherchant un espace minime où survivre. Le plus terrible c'était sa certitude que ses défauts étaient incurables : dans l'arène de la vie, son destin manifeste serait toujours de recevoir des coups de bec, même ceux qui ne lui étaient pas destinés.

Si dans la réalité de ce jour-là ou dans l'univers flexible de son rêve il avait su prier, Conde aurait aimé prier pour l'âme immortelle de Judith Torres. Mais devant son incapacité à invoquer les dieux, il dut se contenter de lui souhaiter bonne chance pour la transition vers son prochain séjour terrestre. Peut-être pourrait-elle atterrir à un endroit et dans une ère où la vie ne serait pas réduite aux limites oppressantes d'un enclos de combats de coqs.

10.
La Havane, juillet 2008

Son invincible penchant pour la nostalgie avait déterminé le choix : presque sans y penser, il avait opté pour le point où le Paseo del Prado se défait, comme une fleur fanée, après sa brutale rencontre avec les intempéries toujours agressives du Malecón. Vingt ans auparavant, à ce même carrefour, Mario Conde, encore lieutenant enquêteur, avait donné rendez-vous à l'écrivain de théâtre Alberto Marqués pour entreprendre un parcours hallucinant dans la nuit homosexuelle havanaise, une virée nocturne qui le submergerait de révélations sur les stratégies de survie et d'affirmation de soi de ces individus ignorés, plus encore, marginalisés et parfois condamnés*. Sa mémoire, que cette nuit-là avait marquée d'une encoche indélébile, l'avait poussé, par génération spontanée, à fixer sa prochaine rencontre avec le major Manuel Palacios à cet endroit.

Pendant qu'il l'attendait, Conde s'imposa de ne pas céder aux élucubrations. Le fait qu'après cinq jours de silence, son ex-collègue l'ait appelé pour lui proposer de prendre une bière pouvait impliquer trop de détours scabreux pour qu'il s'y engage déjà. Ce qui de toute façon était clairement ressorti de leur conversation téléphonique, quelques heures plus tôt, c'était que six jours après avoir trouvé le cadavre de Judith Torres, la police était toujours incapable de donner une explication définitive des circonstances de la mort de la jeune fille.

Au fil des jours, Conde avait en partie retrouvé le moral. L'ordre policier de rester en dehors de l'affaire de Judith Torres, ajouté à sa décision personnelle d'essayer d'oublier cette histoire lamentable, s'étaient associés à une conjoncture favorable, car au lieu de prendre les vacances prévues (dans son cas il s'agissait du *dolce far niente* le plus compact

* *Électre à La Havane*, Métailié, Paris, 1998.

possible), il s'était vu obligé de travailler et de se concentrer sur des sujets moins douloureux. Le Diplomate ami de Yoyi, en apprenant que la bibliothèque de l'ancien dirigeant renfermait encore des merveilles juteuses, leur avait demandé une liste des ouvrages que le vieux serait disposé à vendre et une estimation des prix. Comme il fallait s'y attendre, Yoyi l'avait chargé de cette mission ennuyeuse mais salvatrice, qui l'avait obligé à garder ses cinq sens en alerte. De plus, Conde s'était strictement interdit d'autres réjouissances malsaines dont l'idée l'avait effleuré : assister à l'enterrement de Judy ou avoir une dernière conversation avec la très certainement inconsolable Yadine, d'où sa décision de reporter à une date indéterminée le moment de transmettre à Ricardo Kaminsky le message de son parent Elías au sujet du procès dont le tableau était l'enjeu.

Pour essayer de s'en tenir à sa décision de ne pas anticiper ce que, de toute manière, il allait apprendre (ou pas) grâce à la conversation avec Manolo, Conde s'appliqua à observer l'ambiance et à essayer de définir à quel point le panorama avait changé depuis cette lointaine nuit du *gay* savoir. Les restes du vieux fronton basque avaient disparu et à sa place l'hôtel, qu'un panneau publicitaire avait promis pendant des années, n'avait jamais été édifié ; à l'entrée de la baie, la petite place de la vieille forteresse de La Punta était restaurée et maintenant occupée par une statue de Francisco Miranda. Au rez-de-chaussée de l'édifice triangulaire qui occupait le coin formé par Prado et l'abominable Calzada de San Lázaro avait surgi un bar sur lequel Conde avait jeté son dévolu grâce aux dollars gagnés dernièrement. Les autres éléments restants étaient toujours échoués dans le temps, avec leurs dramatiques avertissements : il y avait là le même modèle de petit pédé prédateur en quête de proies – qui ignora totalement Conde –, les faux lauriers marqués par le sel et le vent marin encore survivants, les immeubles agonisants ou définitivement défunts, les restes de la vieille prison havanaise et l'énigme insoluble du buste de Juan Clemente Zenea, avec son visage de bronze sur lequel l'artiste avait tenté d'exprimer la tragédie sans issue d'un barde devenu l'objet de toutes les haines : accusé de trahison, aussi bien par les indépendantistes cubains que par les autorités coloniales espagnoles, cet être éthéré avait mal évalué ses possibilités en se risquant à jouer ses cartes sur le terrain de la politique, pour finir fusillé dans les fossés de la forteresse de La Cabaña, visible de l'autre côté de la baie.

Le soleil amorçait sa descente finale quand le major Palacios sortit de sa voiture et s'approcha. Certain que Conde allait l'inviter à boire quelques bières, Manolo s'était débarrassé de sa veste d'uniforme et portait un tee-shirt sans manches, très usagé, qui le faisait ressembler à l'épouvantail qu'il était.

– Quoi de neuf, mon vieux ? lança-t-il en lui tendant la main.

– Pauvre type, dit l'autre en indiquant le buste de Zenea. Il a cru qu'il était capable de penser tout seul et que les poètes pouvaient jouer à faire de la politique. Ça lui a coûté très cher. On a dit des horreurs sur lui et ensuite on lui a érigé un buste. Quel pays de merde…

– Bon, je vois qu'aujourd'hui tu es de bonne humeur et même patriotique.

– Oui, par chance… Quand je suis mal luné, je pense que ce pays est une merde et demie. Allez, viens, on va s'asseoir en face.

Ils occupèrent la table la plus éloignée, sur l'aile de la terrasse qui donnait sur le Prado, où la brise venue de la mer circulait plus librement. Ils commandèrent une bière et, pour l'accompagner, de supposées croquettes de poulet qui, du moins, étaient comestibles.

– On voit que t'as du fric… remarqua Manolo en remplissant de nouveau son verre de bière blonde.

– Pas beaucoup… rétorqua Conde qui avait presque autant honte d'avoir de l'argent que d'en manquer – situation plus fréquente.

– De toute façon, ne m'oublie pas sur ton testament.

– Non, ça jamais. – Conde sourit et but une gorgée avant de pousser immédiatement l'autre à parler. – Alors ?

Manolo soupira.

– Le légiste a découvert que Judy avait eu des relations sexuelles, peut-être peu de temps avant de mourir. Elle avait dans le vagin des restes de lubrifiant d'une marque de préservatifs en vente ici.

– Et quoi d'autre ?

– Rien de plus. Il n'y a pas de signes de violence, comme s'il s'agissait d'une relation consentie… En fin de compte, l'enquête en est toujours au même point…

– Et c'est pour me dire ça que tu m'as appelé ?

Manolo lança un regard au buste de Zenea, comme s'il ne se décidait pas à parler.

– Enfin, pas vraiment au même point… Il y a trois jours, Bocelli est revenu à Cuba…

– Sans blague !

L'étonnement de Conde fut énorme et libéra pas mal de décibels.

– Il était allé au Mexique pour affaires et il est revenu… On l'a arrêté à son arrivée à l'aéroport. – Manolo fit une pause et but sa bière jusqu'à la dernière goutte, plus assoiffé que désireux de la savourer. D'un geste, il en commanda une autre. – Tu peux imaginer le foin que ça a fait. L'ambassadeur, le consul d'Italie et sa putain de mère, ils s'y sont tous mis… Mais le type a accepté qu'on lui fasse le test ADN…

– Alors, il est *clean* ? demanda Conde, anticipant la réponse prévisible.

– Le résultat du labo vient d'arriver. Le sang sur les vêtements de Judy, ce n'est pas le sien… On dirait bien que le type est *clean*, oui.

– Mais ça n'exclut pas qu'il a pu avoir un rapport sexuel avec elle.

Conde tentait d'avancer un peu, dans le brouillard.

– On n'a aucun moyen de le prouver, rappelle-toi qu'ils ont utilisé un préservatif. Voilà, il a fallu le relâcher. Il part demain… il dit qu'il ne mettra plus jamais les pieds à Cuba.

– Tant mieux, dit Conde. Je ne crois pas qu'il va beaucoup nous manquer.

Conde regarda la rue où la nuit était soudain tombée. L'abandon de cette piste ne laissait même pas l'enquête au point mort, elle la faisait reculer. Tout ce qui concernait Judy était décidément compliqué.

– Il y a autre chose… Les gars du labo ont fini par établir que la substance que Judy avait dans l'organisme était un hallucinogène.

– De quelle drogue s'agit-il ?

– C'est bien ça le problème… ils n'ont aucune certitude. C'est une substance bizarre, pas une drogue habituelle par ici.

– Mais putain ! De quoi tu parles ?

– Tu as bien entendu : elle avait avalé un stupéfiant qui ressemble à l'ecstasy, mais il est rarement utilisé par ceux qui prennent ce genre de choses, ici à Cuba. C'est comme de l'ecstasy à la puissance deux, avec encore plus de merde chimique.

– Ça se complique…

Conde se gratta les bras, comme s'il était lui-même en manque.

– Et la dernière : le père de la fille, ton ami Alcides Torres, il a été arrêté hier, lâcha Manolo comme s'il parlait de la chaleur de l'été.

– Accouche, Manolo ! Tu ne pourrais pas dire les choses une bonne fois pour toutes, merde !

– Je ne peux pas… je n'ai qu'une bouche ! Et on va me la coudre si on apprend que je t'ai raconté tout ça…

– Alors, ce type, qu'est-ce qui s'est passé ?

– On l'a mis en examen. Mais c'est sûr qu'il est dans la merde jusqu'au cou…

Conde ne se sentit pas mesquin pour autant : il se réjouissait vraiment et profondément de cet acte de justice historique. Pour une fois, un fils de pute payait quelques-unes de ses fautes. Et il essaya d'imaginer la réaction de Judy si elle avait pu connaître la fin prévisible de la carrière de son père.

– Judy savait qu'Alcides était sur une affaire qui pouvait lui rapporter beaucoup de dollars.

– Avec ce qu'ils envoyaient du Venezuela, je ne crois pas qu'ils auraient pu devenir millionnaires, assura Manolo, les sourcils froncés, en louchant au maximum. Mais ils s'assuraient une bonne part de gâteau…

– Alors le type était sur un autre coup et pas dans les affaires que vous imaginez… Un coup qui lui rapporterait beaucoup de dollars.

– Qu'est-ce que ça pourrait bien être ? – Manolo avait mordu à l'hameçon. – Qu'est-ce que t'entends par beaucoup de dollars ?

– C'est bien ça le problème... Combien ça fait *beaucoup* ? Plus que ce que j'ai, pour sûr... Parles-en à tes potes, pour voir s'ils trouvent quelque chose, dit Conde, satisfait de rajouter de l'huile sur le feu où mijotait déjà Alcides Torres. Et qu'est-ce que tu m'annonces maintenant ?

– Rien de plus. Les nouvelles sont finies pour de bon.

– Et l'enquête sur la mort de Judy ?

Manolo haussa les épaules comme s'il voulait atteindre ses galons de major et qu'il ne les trouvait pas.

– L'affaire reste ouverte, mais...

– Il n'y a pas d'autres pistes ?

– Non. L'ADN dit que le sang sur les vêtements de Judy est celui d'un homme de moins de cinquante ans, blanc... Avec ça, on ne va pas loin...

– À moins de savoir par où passer.

Manolo, sur le point de s'envoyer une croquette dans la bouche, resta le bras levé et fixa Conde. De nouveau, ses yeux lâchèrent les amarres pour aller se nicher près de la cloison nasale.

– De quoi tu parles, Conde ?

– De rien. De chercher...

Manolo avala la croquette presque sans la mâcher.

– Écoute, ce que je t'ai dit l'autre jour est toujours valable. Tu ne peux plus t'en mêler. Si j'ai décidé de t'informer sur Bocelli, la drogue, les autres détails et même au sujet d'Alcides Torres, c'est parce que je crois que je te le devais bien, tu sais pourquoi ?

Conde le regarda.

– Parce que tu es mon ami ? Parce qu'il y a des années j'ai été ton chef ? Parce que je suis plus intelligent que toi ?

– Non... parce que tu as été sage. C'est comme une récompense pour bonne conduite.

Conde hocha la tête.

– Manolo, cette affaire en est encore plus au point mort que Judy. Qu'est-ce que ça peut bien vous foutre que j'enquête un peu pour mon compte ?

Ce fut alors Manolo qui fit non en secouant la tête.

– C'est la commission spéciale qui mène l'enquête sur Alcides Torres, ça change tout. Vraiment. Ces histoires sont suivies par ceux d'en haut. – Et il fit un signe vers l'étage le plus haut de l'immeuble. – Alors il vaut mieux que tu te tiennes tranquille. Et s'il y avait un rapport quelconque entre l'affaire du père et la mort de la petite ?

Cette fois, Conde acquiesça. Après une pause, il se lança.

– Ces jours-ci je me suis souvenu du major Rangel, commença-t-il, mine de rien. Je crois que si j'ai tenu le coup pendant dix ans à travailler comme flic, c'est parce que nous avions un chef comme lui. Avec le vieux Rangel, le capitaine Jorrín et même ce fils de pute corrompu de Contreras, j'ai appris quelques petites choses... D'abord, qu'être policier est un métier de merde. Et, bien que tu sois un vrai flic, je pense que tu es d'accord avec moi sur ce point, non ? Ensuite, que cette merde est tristement nécessaire. Surtout avec des affaires comme la mort de Judy Torres... Parce que, s'il y a un élément dont je suis certain, c'est qu'il y a quelque chose de louche dans l'histoire de cette jeune fille. Et tu es certainement d'accord avec moi, non ? – Manolo ne dit ni oui ni non, et Conde poursuivit. – Des flics comme le major Rangel, ou comme Jorrín, ou comme le Gros Contreras n'auraient jamais méprisé leur flair. Qu'est-ce que tu as appris de ces hommes-là, Manolo ?

Au lieu de se diriger vers l'une de ses tanières habituelles, en quittant Manolo, Conde s'était senti poussé à errer sans but, même s'il savait bien qu'un nord prédéterminé l'attirait. Il se mit à marcher le long du Malecón, en direction du Vedado, et laissa son cerveau s'emballer et se livrer aux élucubrations qu'il avait voulu éviter. Sachant maintenant que Bocelli, celui qu'il soupçonnait avec le plus de ténacité d'une relation trouble avec Judy, ne semblait pas être impliqué dans le destin final de la jeune fille, il s'était mis à réorganiser les pièces survivantes de son jeu d'échec mental, pour trouver, comme il le prétendait de nouveau, et en dépit des avertissements répétés de Manolo, une voie qui lui ferait découvrir ce qui était arrivé dans la ferme, à l'extérieur de la ville, où avait été retrouvé le corps défloré, drogué, mutilé et mort de Judy.

Le fait maintenant prouvé que la jeune fille avait perdu sa virginité, apparemment quelques heures avant de mourir, la certitude que sur ses vêtements il y avait le sang d'un homme blanc et plutôt jeune, l'évidence qu'elle avait consommé des drogues inhabituelles dans l'île, la macabre confirmation de son agonie au fond du puits, ajoutés à l'impossibilité de déterminer si la contusion crânienne s'était produite durant la chute ou avant, donnaient forme à une prémonition qui devenait de plus en plus douloureuse dans la poitrine de l'ex-policier : quelqu'un avait aidé Judy à mourir. Il en était certain. Mais la question était de savoir qui ? Et pourquoi ?

Perdu dans sa réflexion sur ces réalités et ces possibilités, la distance entre le carrefour de Prado avec le Malecón et le début de l'avenue des Présidents s'était envolée sous ses pieds. Une chose lui semblait de plus en plus indiscutable : Judy s'était rendue de son plein gré jusqu'à l'endroit désert où on l'avait retrouvée. À moins que la drogue l'ait laissée sans défense. Cette dernière éventualité impliquerait l'existence d'une voiture et, peut-être, de deux personnes pour la transporter du chemin jusqu'au puits. Mais, en toute logique, cette préméditation ne collait pas avec le bricolage criminel que révélaient les vêtements tachés de sang laissés sur place par la personne ou l'une des personnes qui l'avaient conduite jusqu'à cet endroit. Ou, par pur acharnement, n'était-il pas en train de détourner une information qui tendait seulement à accréditer le suicide ? N'avait-il pas été convaincu que Judy était porteuse de toutes les caractéristiques mentales capables d'alimenter cette possibilité ? Droguée jusqu'aux yeux, elle s'était peut-être déshabillée, laissé pénétrer par le vagin, et ensuite tailladé les bras avant qu'on la jette dans le puits ? La perte de sa virginité aurait-elle agi comme le catalyseur de ses attitudes ? Le mot trouvé dans ses vêtements ne pouvait-il pas se lire comme une déclaration d'intention préliminaire ou plutôt finale ?

Lorsqu'il quitta le Malecón et tourna dans la rue G, Conde rencontra les premières avancées d'explorateurs juvéniles, isolés dans ces confins obscurs, plus propices aux jeux sexuels auxquels ils s'adonnaient avec un appétit pantagruélique. Quand il traversa la rue Línea et entra dans la zone de plus grande concentration tribale, il se demanda ce qu'en fait il cherchait là. Ou ce qu'il prétendait y trouver. Et il ne put se donner de réponse, car il se laissa surprendre par une autre question sournoise : pourquoi Manolo, après lui avoir interdit toute intervention, à deux reprises, lui avait-il balancé ces informations ? Une façon de l'appâter ? Il y avait quelque chose de suspect dans ce changement de politique jamais annoncé comme tel.

La chaleur et l'obscurité semblaient s'être concertées pour faire sortir à la surface et rendre visibles des centaines de ces jeunes qui s'exhibaient comme les spécimens d'un catalogue. Conde fut forcé de se rappeler les carnavals de son enfance, encore authentiques à l'époque, pour lesquels les gens prenaient plaisir à choisir des déguisements ridicules, à s'acheter des masques grotesques et à se maquiller outrageusement. Mais ce qui dans les carnavals se consumait avec la fin de la fête impliquait pour la mascarade juvénile dans les rues des temps nouveaux une transfiguration plus profonde qui, de la surface, descendait jusqu'aux profondeurs mentales de ces jeunes, obstinés à affirmer leur singularité. Ce spectacle, c'était la réalité. Les attitudes des jeunes incarnaient le présent, plus encore, le glorieux avenir tant de fois promis, qui avait fini par se convertir en carnaval sans fête, malgré l'excès de masques. Un avenir triste comme un emo convaincu de son militantisme.

En proie à ses doutes et méditant ses conclusions, il continua à remonter l'avenue par une des allées latérales et, du coin de la rue 15, où s'installait généralement Emoland, il essaya de trouver un visage identifiable malgré les crayons noirs et les maquillages foncés, les biftecks capillaires et les parures sombres. Il ne distingua pas Yadine qui continuait certainement à porter le deuil de la fille qui la rendait *fooolle* ; Frederic n'était pas non plus dans les parages, peut-être parce qu'il se livrait dans un endroit moins visible à ses débordements sexuels ; il ne rencontra même pas Yovany, l'emo ultra blanc, peut-être parce qu'il parcourait de nouveaux territoires indigènes à la recherche d'autres frères égarés. Mais il y avait là deux-trois douzaines d'adolescents, habillés en emo des pieds à la tête, jouissant de leur prétendue dépression, rêvant de nirvanas musicaux et de nirvanas religieux, exhibant leurs corps troués sans pitié mais avec plaisir, se sentant appartenir à une chose en laquelle ils croyaient et qui leur permettait de se sentir libres… Et il ne comprit pas comment il était possible que Judy ait pensé à renoncer à son engagement et il comprit encore moins que lui, Mario Conde, ait accepté l'exigence de rester en marge de l'affaire. Judy était un cri qui l'implorait du fond d'un puits sec.

11.

Ils avaient pris le petit-déjeuner à table. Tamara, un café au lait dans lequel elle trempa les biscottes tartinées de beurre ; Conde, une tranche de pain grillé, baptisée à l'huile d'olive qu'il avait saupoudrée de sel et d'ail écrasé. (Le lait était un luxe que Tamara pouvait se permettre grâce aux euros envoyés par son fils ; l'huile d'olive arrivait d'Italie par l'intermédiaire de sa presque belle-sœur Aymara.) Puis, pour finir de forger cette sensation de confortable routine, ils burent un autre café, tout frais (sans mélanges – ou moins mélangé à d'autres poudres ignobles), acheté grâce aux dernières opérations mercantiles du négociant en livres précieux. Mais tous deux savaient que ce genre de routine était une possibilité inaccessible pour de trop nombreux habitants de l'île.

– Tu as un goût de vampire, lui dit Tamara en sentant l'arrière-goût de l'ail quand elle l'embrassa avant de partir.

– Et toi, tu sens l'herbe fraîche que l'on vient de couper...

– Yves Saint-Laurent... Cadeau d'un patient. Tu n'es pas jaloux ? Je file...

Conde la regarda s'en aller et il éprouva de façon intempestive le poids de l'absence de Tamara. Quelque chose devait aller très mal dans son esprit pour qu'un ermite endurci comme lui sente le frôlement de la solitude dans une situation si courante, et qu'en même temps il ne soit pas effrayé de découvrir qu'il donnait forme à un rite, fort agréable certes, mais finalement un rite, même enjolivé par un motif de jalousie. Il n'eut pas trop à réfléchir pour découvrir la raison de son malaise : le mystère de la vie, mais surtout de la mort de Judy Torres.

Une demi-heure plus tard, alors qu'il s'apprêtait à sortir, la sonnerie du téléphone l'arracha à ses méditations.

– Conde, c'est moi, Elías Kaminsky...

Conde le salua, avec l'affection qu'il éprouvait désormais pour le mastodonte.

– J'ai appelé chez toi mais… poursuivit le peintre. Tu es déjà installé chez Tamara ?

– Non, je suis toujours là-bas, ici, je ne sais plus, mon vieux… Bon, il y a du nouveau ?

– Quelque chose d'intéressant. Ou du moins qui me paraît intéressant… Les avocats ont découvert que le tableau n'était pas parti de Los Angeles mais de Miami.

– C'est plus logique.

– Mais pourquoi cette manœuvre ? Pourquoi avoir caché sa provenance ? fit remarquer Elías Kaminsky, et Conde fut d'accord avec lui. Pourquoi cette dissimulation ?

– Et ils ont trouvé qui l'avait ? Un parent de Román Mejías ?

– Eh bien, on ignore si c'est quelqu'un de la famille de Mejías, mais c'est une femme jeune, cubaine, et le plus bizarre c'est qu'elle est arrivée aux États-Unis il y a quatre ans sur un radeau. Si ça se trouve, elle l'a emporté avec elle, ce qui voudrait dire que le tableau était resté à Cuba jusqu'à…

Une décharge électrique traversa le cerveau de Conde quand il entendit le mot radeau. Deux câbles, activés, restés distants jusqu'à ce moment, s'étaient à peine effleurés, permettant le passage du courant qui le secouait. Mais il pensa que non, ce que son esprit était en train d'élucubrer était impossible…

– Merde, Elías, merde, merde !!!

Conde interrompit la réflexion de l'autre, mais il resta coincé, parce que ses pensées tournoyaient sur une surface où elles ne trouvaient aucun point d'appui.

– Mais qu'est-ce que tu as ?

Elías semblait inquiet.

Conde se frappa trois-quatre fois le front, et prit quelques secondes pour remettre ses idées en place et pouvoir parler.

– Tu sais comment s'appelle la Cubaine ?

Et il ferma alors les yeux comme s'il ne voulait pas voir l'avalanche qui s'approchait, décidée à l'ensevelir…

– Son nom, c'est Rodríguez, dit Elías, le nom de son mari…

Sans soulever ses paupières, Conde respira tout l'air qu'il put trouver autour de lui et demanda :

– Et son prénom c'est María José ?

Le silence qui se fit à l'autre bout de la ligne, à trois mille kilomètres de là, révéla à Conde que son lancer avait atteint le peintre en plein visage. Lui-même, le combiné collé à l'oreille, il sentait ses mains transpirer et son cœur s'accélérer.

– Comment tu connais son prénom ?

Les paroles d'Elías lui parvinrent enfin, révélatrices de son incapacité à comprendre ce qui se passait.

– Je le connais parce que… commença-t-il, mais il s'interrompit. Avant, réponds-moi. Ton père t'avait bien dit qu'en plus du Rembrandt, Mejías possédait d'autres reproductions de peintres hollandais, n'est-ce pas ?

– Oui, d'autres… – Elías devait être en train de fouiller dans sa mémoire pour répondre à une question dont il ignorait encore où elle le menait. – Une église de De Witte…

– Un paysage de Ruysdael et la *Vue de Delft* de Vermeer, l'interrompit Conde qui enchaîna : et il avait une sœur qui était devenue invalide à la suite d'un accident ?

– Mais, bon Dieu, comment… ?

– C'est que je connais cet homme qui a gardé le tableau, Elías… C'est le père d'une jeune fille qui… bon, c'est le père de María José et je suis certain que c'est le neveu de Román Mejías. Je suis allé chez lui. Maintenant je suis pratiquement convaincu que l'authentique Rembrandt n'est jamais sorti de Cuba jusqu'au jour où il a pu l'emmener au Venezuela, je pense, et de là-bas il a pu l'envoyer à sa fille établie à Miami pour qu'elle le vende… Et cet homme espérait gagner *beaucoup* de dollars, vraiment beaucoup. Putain ! Maintenant je sais combien ça fait beaucoup de dollars : plus d'un million…

À chaque bout du fil, le silence se fit durant un moment qui sembla infini, jusqu'à ce qu'Elías réagisse.

– Mais comment est-ce possible que tu…

– C'est possible parce que Yadine, la petite-fille de Ricardito, m'a mis sur la voie, sans imaginer où cela allait me conduire… Moi non plus d'ailleurs…

Du mieux qu'il put, Conde lui raconta l'histoire à laquelle l'avait mêlé Yadine Kaminsky, qui, en passant par la disparition de Judy et sa mort, reliait dans un lointain passé et de la pire des façons les familles des jeunes emos à travers une tragédie qui remontait à la cabine d'un paquebot ancré dans le port de La Havane en 1939.

– Elías, ça doit vraiment être une de ces conjonctions cosmiques dont parlait ton père... conclut Conde avant d'ajouter : Tu vois comme c'est plus facile de croire que Dieu existe ?

– Conde, dit enfin Elías, évidemment remué par le récit, y a-t-il un moyen de prouver que cet Alcides a sorti le tableau de Cuba ?

– Seulement s'il l'avoue, il me semble... et je ne crois pas qu'il le fasse, parce qu'il ne doit pas y avoir de preuve qu'il ait eu le tableau... Et parce qu'il y a beaucoup d'argent en jeu. Alcides a attendu la mort de sa mère pour le sortir et tenter de le vendre... Non, sans autres preuves, ça m'étonnerait qu'il avoue.

– Tant pis, accepta Elías. De toute façon, je vais en parler aux avocats.

– Oui. – Conde continuait à penser à ce que pouvait provoquer cette révélation inattendue. – Mais je ne vais pas le dire à Ricardito. Sa petite-fille y est mêlée...

– D'accord. Tu lui as déjà parlé du procès et de l'argent ? Et que ça va prendre beaucoup de temps ? Pas la peine de lui en dire plus.

– Non, excuse-moi, je ne lui ai encore rien dit... Et, oui bien sûr, ce n'est pas la peine de...

Après un nouveau silence, long et dense, Elías demanda :

– Qu'est-ce que tu vas faire ?

– Je n'en sais rien... Franchement, je n'en sais rien...

– Ne t'en fais pas. La façon dont le tableau est sorti de Cuba ne change pas beaucoup les choses... Toutefois, en avoir la certitude pourrait aider...

– Oui, c'est toujours mieux de savoir...

– Oui, savoir...

Le silence retomba et Conde se sentit épuisé. Déçu, en réalité. Car connaître la vérité sans pouvoir la prouver ne pouvait assurer que justice serait faite.

– Bon, Elías, appelle-moi quand tu voudras... et passe le bonjour à Andrés de ma part.

– Merci, Conde. Je ne sais pas comment te remercier pour ce que tu m'as dit…

Conde réfléchit quelques instants avant de lui répondre :

– Aujourd'hui j'aurais préféré que tu n'aies pas à me dire merci. Cela aurait signifié que Judy était peut-être encore vivante…

Le silence interrompit de nouveau la communication. Conde se rendit compte qu'il avait parlé de Judy et qu'Elías avait peut-être fait le rapprochement avec Judith Kaminsky, la petite-fille disparue dans l'Holocauste qui n'était jamais devenue sa tante.

– Au revoir, dit Elías, et Conde s'empressa de raccrocher pour en finir avec cette conversation qui renforçait son malaise envers le monde et certains des habitants de ce monde. Plus qu'il n'était salutaire.

Il revint dans la cuisine et but le reste de café froid. Il ne se sentait pas mieux après cette découverte de l'itinéraire qu'avait pu suivre le tableau de Rembrandt que le vieux Joseph Kaminsky avait cru détruire et que les héritiers de l'infâme Román Mejías avaient caché pendant presque un demi-siècle, peut-être au courant de la façon dont Mejías s'en était emparé. Ou l'ignorant. Mais rêvant d'en tirer *beaucoup* de dollars.

Tandis qu'il s'éloignait de la maison de Tamara, sentant les idées s'entrechoquer dans sa pauvre tête, Conde se demanda si le mieux ne serait pas d'envisager très sérieusement d'envoyer se faire foutre toute cette histoire d'un tableau de Rembrandt et de juifs blancs, noirs, mulâtres, et de se saouler à en perdre conscience.

Il fut plus facile pour Mario Conde de taire les révélations récemment découvertes et d'expliquer à Ricardo Kaminsky uniquement ce qu'il devait lui dire de la possible mais lointaine récupération du tableau de Rembrandt et des intentions futures de son cousin Elías que d'avoir la conversation dont, depuis des jours, il avait privé Yadine.

Juste au moment où son grand-père répétait à Conde qu'il n'avait aucun droit de propriété sur le tableau et que, de ce fait, il ne voyait aucune raison d'accepter l'argent que pourrait lui envoyer Elías Kaminsky, la jeune fille était sortie sur la terrasse et, après avoir salué froidement Conde, elle avait lancé un message codé, dans le plus pur style Kaminsky.

– Grand-père, je vais un moment au square Reyes.

Et elle s'achemina vers l'endroit où elle avait rencontré la dernière fois le détective qui n'en était pas un. Conde fut d'autant plus persuadé de la difficulté d'avoir une conversation avec elle qu'il la vit s'éloigner sans son accoutrement emo et peignée avec une queue de cheval qui lui tombait sur le cou.

– Cette petite nous tracasse, dit Ricardo Kaminsky quand elle ne risquait plus de l'entendre.

– Les jeunes de maintenant... commenta Conde pour rester neutre.

– Ça fait des jours qu'elle ne mange presque rien et qu'elle ne se déguise plus en emo... Je crois qu'elle est déprimée pour de bon.

– C'est malheureux...

Lorsqu'il arriva au square, Conde l'aperçut, assise sur le même banc défoncé où ils avaient parlé quelques jours plus tôt. Sans maquillage, Yadine était une jeune fille d'une indéniable beauté, car les apports des divers sangs qui coulaient dans ses veines avaient atteint chez elle le meilleur équilibre. Mais une immense tristesse abîmait cette harmonie palpitante.

– Tu n'es plus emo ? fut l'entrée en matière de Conde, attendant que s'éclaire le meilleur chemin sur lequel s'engager.

– Si Judy ne voulait plus l'être, pourquoi je le serais ?

– Tu es certaine qu'elle voulait abandonner ?

– Oui. Elle l'a dit à *tout* le monde...

– Et pour devenir quoi ?

– Ça, elle n'en a parlé à *personne.* Judy pouvait être terriblement *mystérieuse*... quand elle le voulait.

Alors, Yadine s'effondra. Elle était secouée de profonds sanglots et les larmes ruisselaient sur ses joues.

– C'est bien vrai. Beaucoup trop mystérieuse, se risqua à ajouter l'ancien policier, capable de lâcher n'importe quelle bêtise quand il se sentait désarmé. Judy savait-elle quelque chose de la source d'où jailliraient les nombreux dollars que son père attendait ? se demanda-t-il de nouveau, poussé par son intention d'interroger Yadine sur ce point, mais il décida de n'en rien faire : de toute façon ce qu'avait pu savoir Judy ne changeait rien, et il n'allait pas révéler à Yadine les détails de cette autre histoire sordide. De plus, les pleurs de la jeune fille l'affectaient tellement qu'il faillit l'accompagner pour former un étrange chœur de pleureuses.

Conde alluma une cigarette pour se calmer et laisser le temps à Yadine de se reprendre.

– Tu ne l'as pas bien cherchée… l'accusa-t-elle, entre deux sanglots, tout en séchant son visage de ses mains.

– J'ai fait ce que j'ai pu, se défendit-il, sans pourtant brandir sa meilleure excuse : Judy était déjà morte quand il avait entrepris ses recherches.

– Elle a été tuée, je te dis, elle a été tuée…

Et elle se remit à sangloter.

– La police ne sait pas…

– La police ne sait rien… Elle ne s'est pas suicidée, sûr que non !

Conde hésitait, se demandant s'il devait essayer de consoler la jeune fille ou lui expliquer ce qu'il en pensait, lui dire ce qu'il savait et croyait au sujet de la mort de son amie, car s'il était convaincu d'une chose, c'était bien que Yadine était la personne au monde qui déplorait le plus la mort de Judy. Car, non seulement elle l'aimait et elle avait eu l'occasion de lui exprimer physiquement cet amour : Yadine idolâtrait Judy. Et dans ces pleurs Conde savait bien qu'il n'y avait pas le moindre sentiment de culpabilité. C'était seulement de la douleur, pure et dure.

– Tu vas toujours au lycée ?

Il fallait bien qu'il trouve une échappatoire.

La jeune fille se calmait et elle acquiesça.

– Oui, les examens commencent la semaine prochaine…

– Ton grand-père dit que tu ne manges presque rien.

Elle haussa les épaules en étouffant un sanglot. L'homme sentit que sa tristesse était contagieuse.

– Je suis désolé, Yadine, dit-il après avoir jeté son mégot. Il faut que j'y aille, parce que…

Yadine le regarda ; ses yeux rougis étaient encore plus tristes.

– Tout le monde s'en va… ils en ont rien à faire… elle a été tuée et tout le monde s'en fout, dit-elle en se remettant à sangloter, avec de grosses larmes, tandis qu'elle se levait et lançait à Conde un regard nettement accusateur. Tout le monde s'en fout, répéta-t-elle, et elle partit en courant pour rentrer chez elle, dans la rue Zapotes, celle-là même où, cinquante ans auparavant, étaient arrivés ses arrière-grands-parents, Caridad Sotolongo et Joseph Kaminsky, avec l'adolescent Ricardito qui portait déjà un nom juif polonais.

En la regardant partir, Conde eut l'impression de s'asphyxier, il sentit une boule monter dans sa gorge et les larmes brouillèrent sa vue. Même s'il n'était pas responsable, il sentait le poids de la faute, la part qui lui revenait, parce qu'il faisait partie de l'environnement. "Il ne me manquait plus que ça !" pensa-t-il, alors qu'une crampe faisait souffrir son postérieur, mal installé sur la planche cassée du seul banc survivant du square Reyes. Il pensa alors que l'amour de Yadine et Judy était né sous le signe de la tragédie la plus classique : elles étaient les descendantes des familles Montaigu et Capulet.

Définitivement, Conde connaissait une meilleure méthode que la réflexion lorsqu'il devait s'éclaircir les idées et se libérer de pesantes préoccupations spirituelles. La formule était simple et avait souvent prouvé son efficacité : deux bouteilles de rhum, des bouches et des oreilles bienveillantes et une bonne conversation. Quelques années avant de mourir, son vieil ami, le Chinois Juan Chión, lui avait appris que, dans la sage philosophie tao, ces secousses spirituelles étaient généralement appelées la purification du *tsin**.

Avant de s'adonner à la nécessaire ablution asiatique, Conde se décida à faire son devoir, le dernier : il appela Manuel Palacios et lui raconta ce qu'il savait de la probable filière qui avait permis de sortir de Cuba un tableau de Rembrandt, peut-être exporté par Alcides Torres. Si les super-flics chargés de l'affaire de l'ancien dirigeant parvenaient à le

* *Mort d'un Chinois à La Havane*, Métailié, Paris, 2001.

faire parler, eh bien tant mieux. Sinon, qu'ils aillent tous se faire foutre. Et il sortit dans la rue.

Comme presque toujours, la terrasse devant la maison du Flaco Carlos s'avéra être le meilleur endroit pour la purification prévue du *tsin*. Malgré l'arrivée un peu tardive de Conde car, de façon imprévue, le *Bar des désespérés* avait été fermé ce jour-là pour cause de FUMIGATION !!!, selon l'affiche écrite avec tout l'art de Gandinga, toujours amoureux des points d'exclamation. Conde imagina que si le produit chimique répandu dans le local s'avérait vraiment efficace, le lendemain matin il serait possible d'y trouver des cadavres, même d'espèces considérées comme disparues depuis longtemps. Des mégathériums, par exemple !!! Des tyrannosaures sûrement !!! Et aux alentours, comme dommage collatéral, plusieurs des chers ivrognes du quartier sur le point de périr déshydratés.

Cette nuit-là, Carlos et le Conejo semblaient assoiffés car ils poussèrent Conde à se dépêcher de servir la première bouteille, étiquetée, de rhum blanc vieux de sept ans, achetée en pesos convertibles. En vertu de sa retraite éthylique, Candito accepta la canette de Tropicola que son ami lui avait apportée.

Pendant qu'ils faisaient chauffer les moteurs avec le combustible approprié, ils parlèrent du coup de fil d'Elías Kaminsky, toutefois Conde préféra ne pas révéler encore l'extraordinaire connexion qu'il avait découverte. Après les premiers verres, il se lança enfin dans ce qui était vraiment son but et raconta, malgré les interruptions dues aux questions de Carlos, les derniers détails connus de la disparition de Judy et de sa réapparition fatale, car c'était la question qui travaillait le plus sa conscience.

Comme il ne pouvait en être autrement, la nouvelle que le père de la petite était mis en examen focalisa l'intérêt de l'assistance qui détestait, à l'unanimité et avec passion, cette race de personnages ténébreux, représentants d'un fléau national résistant et endémique. Et ce, sans connaître la meilleure partie de l'histoire !

Candito, plus lucide que les autres, continuait cependant à penser que la jeune fille s'était suicidée : il le croyait depuis qu'il avait eu connaissance de la confusion mentale qui affectait l'explosive Judy et tout le rituel qui avait entouré sa mort le lui confirmait. Carlos, quant à lui, se débattait entre l'issue suicidaire et l'option criminelle, et il supposait que la défloration de Judy avait beaucoup à voir avec n'importe laquelle de ces deux solutions. Le Conejo, en revanche, appuya davantage la thèse de l'assassinat soutenue par Conde et Yadine, même s'il pensait aussi que Judy s'était rendue volontairement jusqu'au lieu éloigné où on l'avait retrouvée : là-bas, elle s'était droguée avec son accompagnateur et volontairement ou involontairement (volontairement, lui rappela Conde), elle avait eu des relations sexuelles avec lui, et ensuite... S'était-elle tailladé les bras ou le lui avait-on fait ? Et pourquoi y avait-il le sang de quelqu'un d'autre sur ses vêtements ? D'où sortait cette drogue bizarre ? Et le fameux argent qui avait disparu ?

Il était presque minuit lorsque Conde les quitta pour rentrer chez Tamara. Il avait à peine bu mais se sentait pourtant ivre et frustré, car plus que de certitudes susceptibles de mener à des solutions, il s'était encombré de nouveaux doutes. Les conversations de la journée avec Manolo, Elías et Yadine avaient fait remonter l'obscure histoire de la mort de Judy avec une pression impérieuse, définitivement insupportable, et Conde eut la conviction que cette insistance obsédante ne céderait qu'avec une réponse catégorique. Mais putain de merde, où et comment je vais la trouver ? se dit-il, et, grâce à l'alcool qui avait altéré son habileté, il rata le coup de pied destiné à la borne en granit qui identifiait les rues et tomba à la renverse sur le trottoir, d'où il découvrit, tout content, l'énorme dimension de la lune ce soir-là.

Comme un voleur, il entra chez la femme qu'un jour il prétendait épouser et, pour ne pas interrompre son sommeil, il décida de dormir sur le canapé du salon. Il se déshabilla et à peine avait-il adopté la position horizontale qu'une nausée soudaine et surprenante l'obligea à se relever. Inquiet de cette réaction, il essaya de réfléchir : comment est-il possible que je sois si bourré avec si peu de rhum ? Je deviens vieux pour de bon ? Est-ce que je serais vraiment alcoolique ? Non, non... Quand son cerveau cessa de tourner en rond, il alla dans la salle de bains, mit la tête sous la douche et une serviette en turban, comme un hindou aspirant à la béatitude du nirvana, il alla à la cuisine et posa la cafetière sur la cuisinière.

Avec un demi-verre de café, il revint au salon. En buvant, il sentit que le sommeil l'abandonnait et que la brume de son esprit commençait à se dissiper, comme un ciel après la pluie. J'étais bourré et je ne le suis plus ? Il alluma une cigarette et, en allant chercher le cendrier, il le vit. Là, parmi les disques, se trouvait la copie de *Blade Runner* qui appartenait à Judy. Comme il n'avait rien de mieux à faire, il alluma le lecteur et y plaça le disque puis alluma la télé.

Assis dans son fauteuil préféré, il se mit à regarder le film sans le voir. Au fur et à mesure que l'intrigue avançait et que son cerveau se posait davantage et retrouvait un meilleur équilibre, il se concentra de nouveau sur le récit. Cette fable futuriste lui transmettait quelque chose de secret, ou plus encore, d'intime. Sa sympathie pour les réplicants et leur exigence désespérée d'avoir le droit de vivre fut cette fois plus dramatique et viscérale, peut-être à cause des derniers effets de l'alcool, ou peut-être seulement parce que ce drame le préparait à recevoir une chose encore impossible à préciser. Vers la fin, quand le chasseur de réplicants et le dernier exemplaire de ces créatures condamnées se battent dans un duel à mort sanglant, Conde sentit qu'il était au bord des larmes. Tout lui donnait envie de pleurer, maintenant ? La silhouette épique, à la peau très blanche, de la créature humanoïde, si parfaite et si puissante, se transforma en une image familière, presque connue, tandis que le réplicant arrivait au bout du compte à rebours inscrit dans ses mécanismes vitaux, traîtreusement programmés par son créateur.

Cinq heures plus tard, alors que le jour se levait à peine, Conde ouvrit les yeux et, du canapé où il s'était écroulé, il fixa le plafond du salon. La force explosive d'une conviction, née dans quelque recoin resté éveillé de son cerveau, l'avait sorti du sommeil d'une bourrade et même de plusieurs coups de pieds. Mario Conde savait maintenant où chercher le mystère de la mort de Judith Torres. Et il comprenait aussi que ses prémonitions avaient changé intempestivement leur façon de se manifester : au lieu de la douleur dans la poitrine juste au-dessous du mamelon gauche, elles apparaissaient maintenant comme un malaise semblable à celui que pourrait provoquer une vulgaire cuite. Rien n'évolue dans le bon sens, pensa-t-il.

Il appuya sur le bouton de l'interphone et se retourna pour observer l'expression de Manuel Palacios. Fasciné, le policier regardait la demeure qui, grâce à quelques milliers de dollars bien utilisés, avait retrouvé sa splendeur originelle. Ce n'était pas la sueur, due à la chaleur de juillet, qui sortait de chaque pore de la peau de l'enquêteur, mais de l'envie liquéfiée devant la magnificence et la sensation de paix et de bien-être qu'exhalait la maison, au milieu d'une ville de plus en plus sale et bruyante.

Conde avait eu du mal à convaincre Manolo de l'écouter, mais ensuite il avait facilement obtenu qu'il l'accompagne jusqu'à la maison. À la première heure, lorsque Conde s'était présenté au commissariat central et avait demandé le major Palacios, Manolo avait répondu par le téléphone interne qu'il était en réunion et qu'il ne pouvait pas le recevoir. Conde, à voix basse, pour que la femme sergent qui faisait office de réceptionniste n'entende pas la conversation, lui dit d'arrêter de dire des conneries et de descendre deux minutes : si ce qu'il avait à lui révéler ne l'intéressait pas, alors lui, Mario Conde, il oubliait tout et s'en allait au diable pour toujours. Manolo, après un silence, lui dit de l'attendre dans la rue, sous le laurier. Il descendrait dans dix minutes.

Le policier portait l'uniforme avec ses galons et arborait une mine accablée dont il ne se départait presque jamais ces dernières années.

– Alors ? l'attaqua Conde. Tu ne veux pas que ceux de la boutique te voient me parler ?

– Fais pas chier, Conde. J'ai pas le temps de…

– Eh bien, prends-le, l'interrompit l'autre. Parce que je suis plus que certain de savoir qui était avec Judy le jour de sa mort… ou de son assassinat.

Manolo avait intensément fixé son ancien collègue en louchant comme d'habitude. Il connaissait suffisamment Conde pour savoir qu'il ne jouait pas avec les choses qui comptaient vraiment pour lui.

– De quoi tu parles ? – Manolo commença à s'adoucir. – Ça a quelque chose à voir avec le tableau de Rembrandt dont tu m'as parlé hier ?

– Non, je ne crois pas qu'il y ait un lien entre les deux... Mais, avant de continuer, il faut que je te dise quelque chose... Manolo, tu es un salopard de bigleux. Tu m'as appelé il y a deux jours et tu m'as raconté tout et rien sur l'affaire de Judy pour que...

– Pour que tu t'en mêles sans avoir à te le dire. Et tu t'en es occupé... Bon, d'accord, j'ai été un peu salaud. D'ailleurs, comme tu me l'as demandé l'autre jour, je dois te dire que c'est une des choses que tu m'as appris à faire... Ça a servi à quelque chose ?

– Je crois que oui, admit l'autre, et il lui fit part de sa prémonition.

À partir de là, ils entamèrerent la partie facile de leur démarche. C'est pourquoi, une heure plus tard, un Manuel Palacios en sueur se trouvait à côté de Conde quand la voix métallique de l'interphone s'enquit de l'identité du visiteur. Manolo répondit.

– Police, ouvrez...

Les mots fonctionnèrent comme par enchantement et le bruit électrique de la serrure télécommandée se superposa presque à l'exigence finale de Manolo. La silhouette de *Frau* Bertha apparut près de la porte aux solides boiseries de l'éblouissante demeure.

Manolo, décidé à prendre le commandement des opérations, s'approcha de la femme et lui montra sa plaque.

– Bonjour. Nous venons parler à Yovany González.

Le visage germanique de la femme virait à l'écarlate.

– Qu'est-ce qu'il a encore fait ?

– C'est ce que nous voulons vérifier, se limita à dire Manolo.

– Et ce monsieur, il est policier ou pas ? demanda la bonne de luxe en désignant Conde.

– Non, *Frau* Bertha... je l'ai été, je vous l'ai déjà dit, lui rappela Conde.

– *Frau* Bertha ? – La femme ne comprenait rien, mais elle préféra ne pas tenter de le faire. – Ce garçon, il faut toujours qu'il cherche les complications... Je vais le chercher. Asseyez-vous.

Si l'extérieur de la demeure avait fait transpirer le major Palacios, l'intérieur, malgré l'acharnement cyclonique des ventilateurs du plafond, fut sur le point de le faire fondre.

– Il y a combien d'argent sur ces murs, Conde ? demanda-t-il en observant les œuvres d'art qui les entouraient.

– Des centaines de mille, je dirais... Moins que *beaucoup*... ajouta-t-il.

– Et tu crois vraiment que ce garçon... ? Alors qu'il habite cette maison ? De quoi manquait-il... ?

– Les mystères de l'âme humaine, Manolo. Au fait, laisse-moi les dévoiler, allez...

Manolo, qui adorait interroger les suspects, accepta de mauvaise grâce, peut-être convaincu qu'il n'avait pas une pratique suffisante du territoire sur lequel devait se dérouler la conversation.

Yovany, avec son bifteck de cheveux clairs sur l'œil droit, les observa du seuil de la salle à manger. Il était pieds nus et portait un short à fleurs et un tee-shirt mauve. Au cou, comme un instrument de torture postmoderne, il avait des écouteurs avec des oreillettes rembourrées. La présence d'un officier de police en uniforme contribua à augmenter sa pâleur, pour autant que cette dégradation chromatique soit possible. "On dirait un putain de réplicant", pensa Conde et il le laissa approcher.

– Il faut qu'on parle, Yovany... si ta mère n'est pas là, nous préférons que la dame soit présente, dit-il, et il désigna un siège à *Frau* Bertha qui les observait à une distance respectueuse mais intéressée.

– Qu'est-ce qu'il y a encore ? demanda le garçon.

Conde attendit que la bonne, violant sans doute les ordres des propriétaires, occupe un siège du salon.

– Que ce soit bien clair, il s'agit juste d'une conversation, d'accord... ? Bon, il y a une chose que je veux te demander depuis plusieurs jours, commença Conde. Ton père s'appelle Abilio González ?

En entendant la question, les visages et les couleurs de Yovany et de la supposée institutrice allemande retrouvèrent leurs équilibres altérés.

– C'est pour ça que vous êtes venus me voir ? Qu'est-ce qui lui est arrivé au vieux ? demanda Yovany, qui avait déjà un petit sourire aux lèvres.

– Tu ne m'as pas répondu… son nom, c'est bien Abilio González Mastreta ?

– Oui… c'est ça, il est mort ?

– Je le savais, nom de Dieu ! Mais non, pourquoi il serait mort ! s'exclama Conde, jouissant de sa victoire. Yovany sourit, détendu, *Frau* Bertha s'installa plus confortablement dans le fauteuil interdit, Manolo regarda Conde comme on observe un fou ou un enfant, et il en loucha même quand l'autre s'adressa à lui, tout exalté. – Je le vérifie tous les jours, putain : le monde est un mouchoir de poche ! Yovany est le fils d'Abilio le Corbeau ! Et en s'adressant au garçon : – Ton père était un de mes camarades de classe à l'école primaire… On l'appelait le Corbeau parce qu'il était très blanc et pénible… Quand le Conejo va le savoir, il ne va pas y croire.

Ils sourirent tous, même Palacios, habitué à être témoin des méthodes de l'homme qui l'avait tellement aidé à comprendre ce que peu avant il avait qualifié de "mystères de l'âme humaine".

– Bon, Yovany. – Conde reprit la parole sans cesser de sourire. – Le bon côté de la fête est terminé. Maintenant on va ramasser la merde… – Son ton changea imperceptiblement quand il demanda : – Et si tu nous racontais ce qui s'est passé dans la ferme du Cotorro le soir où Judy Torres est morte ?

Frau Bertha haussa les sourcils et Yovany retrouva sa pâleur maximum. Presque la blanche pâleur macabre que chantaient Cristina et les Stops.

Sans demander la permission, Conde prit une cigarette et l'alluma. Il semblait détendu.

– Écoute, pour t'aider à réfléchir et à te décider… nous avons l'ADN du sang qui était sur les vêtements de Judy. En te faisant le test, dans quatre heures…

Il regarda Manolo qui intervint aussitôt.

– Dans une heure… rectifia le policier, en mentant de façon éhontée.

– Dans une heure, nous pourrons savoir si ce sang est le tien… Alors… si on gagnait du temps ? Tu nous racontes ?

D'un geste mécanique, Yovany enleva les écouteurs qu'il avait au cou et les déposa à côté de lui sur le canapé. Ses mains tremblaient lorsqu'il essaya de coincer derrière son oreille le rideau de cheveux tombé sur son visage.

– La maman de Yovany ne devrait-elle pas être là… ? demanda *Frau* Bertha, mais Conde ne la laissa pas terminer.

– Ce serait bien… mais comme Yovany a dix-huit ans depuis deux mois… C'est un homme maintenant, responsable devant la justice. Qu'est-ce que tu as à nous dire, Yovany ?

Le garçon regarda Conde en adoptant une attitude provocante et inattendue.

– Je ne sais pas de quoi tu me parles…

En l'écoutant, Conde sentit souffler un vent de panique. Se serait-il trompé dans ses conjectures ? Cette histoire de test ADN n'était-elle pas suffisante ? Il n'y avait qu'une façon de le savoir. En lui mettant la pression.

– Tu le sais parfaitement, mon garçon… La cicatrice que tu as au bras gauche et que tu as essayé de me cacher l'autre jour… Je suis certain que c'est de là que vient le sang sur les vêtements de Judy… dit Conde, et il put lire dans l'expression du garçon qu'il avait mis le doigt sur une blessure ouverte. Il décida de se lancer dans le vide, avec l'espoir de retomber sur ses pieds. – Je suis sûr qu'avec l'argent que tu voles à ta mère et celui que t'envoie ton père, tu as acheté la drogue que Judy et toi vous avez prise ce soir-là, la drogue qui vous a rendus fous, celle qui t'a poussé d'abord à violer Judy et, quand tu as réalisé dans quelle histoire tu t'étais fourré ou quand elle te l'a fait comprendre, tu lui as proposé de vous lacérer les bras pour sceller un pacte d'emos ou je ne sais quelle connerie, peu importe, et tu t'es coupé toi le premier, mais en sachant bien ce que tu faisais, parce que ce n'était pas la première fois. Et ensuite tu l'as blessée, elle. Mais tu lui as vraiment tailladé les bras pour lui ouvrir les veines… Et quand tu as cru qu'elle était en train de mourir, tu l'as jetée dans le puits qui se trouvait là par hasard. Ou pas par hasard, c'est ce que tu vas nous dire quand tu nous raconteras l'histoire et que tu nous diras pourquoi vous êtes allés jusque-là, même si je l'imagine… Vous êtes allés là-bas parce que tu lui en voulais beaucoup, parce que Judy, rien de plus rien de moins que Judy, celle qui t'avait fait emo et t'avait fourré dans la tête toutes ces idées sur les nirvanas, la douleur, la haine du corps, la liberté à tout prix, cette même Judy… ne voulait plus être emo.

Frau Bertha avait commencé à glisser dans le fauteuil de cuir authentique, au risque de se retrouver à tout moment les fesses sur le sol aux dalles immaculées. De son côté, Yovany semblait s'être consumé en quelques minutes, une fois dépouillé de son arrogance et de son aplomb. Conde l'observait et, sans pouvoir l'éviter, il se sentit gagné par le découragement habituel qui l'envahissait généralement dans ces situations. Ce garçon, qui avait eu toutes les possibilités et même plus, qui avait joui dans sa jeunesses de privilèges et de luxes dont la majorité de ses congénères ignoraient jusqu'à l'existence – et dont Conde et son propre père, Abilio le Corbeau, n'auraient pas même rêvé à leur époque d'écoliers condamnés à traîner la même paire de chaussures toute l'année – ce garçon, enrôlé dans une croisade tribale libertaire, avait foutu sa vie en l'air. Pour toujours. "Les chemins de la rédemption et de la liberté sont généralement ardus", pensa Conde.

– Je l'ai jetée dans le puits… mais elle s'est coupée toute seule. Et je ne l'ai pas violée, on a couché ensemble comme ça, parce que c'est arrivé…

Manolo, assis tout au bord de son siège, décida que son tour était venu.

– Mais tu lui as donné la drogue…

– Non plus… C'est son ami italien qui la lui avait vendue… Bocelli… C'est Judy qui a eu l'idée d'aller à cette ferme. Elle s'y était rendue une fois, avec une excursion d'enfants explorateurs, et ils avaient trouvé le puits… Elle aimait cet endroit, je ne sais pas pourquoi, c'était un champ en friche comme n'importe quel autre. Des trucs à elle… Une fois arrivés là-bas, on a pris les comprimés en question et… c'est là que tout a foiré. On a perdu le contrôle, on était plus sur orbite… On a couché ensemble, on a parlé de lacérations, d'autres vies et de toute cette merde. Alors, elle m'a dit qu'elle ne voulait plus être emo, parce qu'elle avait trouvé une autre forme de spiritualité. Elle avait découvert que Dieu n'était pas mort, ou qu'Il avait ressuscité, je ne sais plus très bien, mais qu'Il existait. Que Dieu existait… ! Et comme preuve elle m'a défié de me taillader le bras. Elle avait le bistouri, elle se baladait avec… Je planais tellement avec les pastilles que je me suis coupé n'importe comment… Mais elle, elle s'est vraiment blessée, elle s'est ouvert les veines de haut en bas. Judy était folle, elle voulait se tuer, elle voulait voir Dieu... C'était sa façon de cesser d'être emo...

– Mais quand tu l'as jetée dans le puits, elle était vivante...

– J'ai cru qu'elle était morte, je vous le jure... Elle perdait tellement de sang, elle ne bougeait plus... Qu'est-ce que je pouvais faire ? La laisser là pour que les chiens et les vautours la dévorent ?

– Mais bordel, il te sert à quoi ton portable ? Tu aurais pu appeler la police ! On t'aurait cru plus facilement à ce moment-là que maintenant.

– Mais vous devez me croire, merde ! Dans cette campagne pourrie les portables ne passent pas ! Judy était comme folle, elle avait complètement décollé avec la drogue, elle s'est elle-même tailladé les bras ! Je ne sais pas si elle a été trop loin sans faire exprès ou si elle voulait vraiment se foutre en l'air... se bousiller pour de bon...

Yovany vociférait et pleurait.

– J'aimerais te croire, mon gars, mais je ne peux pas, dit Manolo, à voix basse, comme s'il parlait de questions sans importance. Je crois qu'en plus tu as volé les cinq cents dollars de Judy. Ce n'est pas pour ça que tu l'as tuée ?

– Non, bien sûr que non... il lui en restait trois cent quarante, le reste elle l'avait dépensé en drogues. J'ai gardé cet argent en haut dans ma chambre. J'y ai même pas touché. Je l'ai mis dans le livre qu'elle avait.

Conde se souvint de ce détail perdu : Alma s'était souvenue qu'en lui disant au revoir, le dernier jour, Judy emportait un livre.

– Quel livre c'était ? voulut-il savoir, peut-être pour boucler la boucle et finir par comprendre Judy Torres.

– *Le Purgatoire*, de Dante.

Conde médita une seconde : ni ce Cioran postévolutionniste, ni les leçons de Bouddha, et encore moins Nietzsche. Pas non plus *L'Enfer* ou *Le Paradis*, mais *Le Purgatoire*, peut-être parce que c'était là qu'elle pensait aller. Non, ce n'était pas possible de cerner la pensée de Judy : elle s'enfuyait toujours par quelque interstice. En revanche, Yovany n'échapperait pas à Manolo.

– Tu n'étais pas si défoncé que ça quand tu as pris l'argent et si pour coucher avec elle tu as utilisé un préservatif avant de…

– Je le mets toujours ! Toujours ! Même si je suis bourré ou si je plane, je l'utilise ! Vous devez me croire ! Tout l'argent est là-haut !

Manolo faisait non de la tête. Conde avait tendance à croire le garçon. Mais cette histoire qu'il avait relancée alors qu'elle allait s'effacer ne lui appartenait plus. Avoir tellement réfléchi, cherché, rêvé de liberté, et finir, l'un en prison et l'autre exsangue au fond d'un puits pour errer au Purgatoire en quête de Dieu. Quel désastre…

– Yovany – Conde revint au dialogue –, Judy t'a parlé d'une grosse affaire que son père voulait faire ?

– Oui… au Venezuela.

– Et elle savait de quoi il s'agissait ?

– De postes de télé et d'ordinateurs, non ?

– Elle ne t'a jamais parlé d'un tableau de grande valeur ?

Yovany fit la lippe, de nouveau incapable de résister plus longtemps aux larmes.

– Non, non, elle ne m'a parlé d'aucun tableau et je ne l'ai pas blessée, je ne l'ai pas blessée…

Yovany pleurait maintenant, comme l'enfant qu'en réalité il était encore. Conde était plus touché par les larmes et les sanglots d'un homme que par les pleurs d'une femme. Il imagina Yovany en prison. Les porcs s'offriraient un banquet avec cette pâle marguerite. Alors, il se sentit malade, rattrapé par un vertige révulsif, comme si la cuite de sa prémonition de la veille au soir s'emparait de nouveau de sa tête et de son estomac pour lui faire payer ses infinis excès. La vomissure de café, d'alcool et de tristesse dessina une étoile sombre et irrégulière sur les brillantes dalles de marbre.

12.
La Havane, août 2008

Vers le mois d'août, l'été cubain peut devenir exaspérant. La chaleur sans trêve, l'humidité poisseuse qui renforce la transpiration et les mauvaises odeurs, les pluies qui, en s'évaporant, transforment l'oxygène en un gaz sur le point de s'enflammer, souillent et agressent tout : les peaux, les allergies, les regards, et surtout le moral.

Conde savait que cette atmosphère météorologique prédatrice n'était pas la meilleure pour prendre certaines décisions. Mais cela faisait trop de jours qu'il traînait cette exigence et, pendant qu'il effectuait le trajet si habituel entre la maison du Flaco Carlos et celle de Tamara, il prit sa décision : il parlerait.

Il avait passé la première partie de la soirée à discuter avec Carlos et le Conejo, à l'ombre d'une bouteille de rhum. La conversation déboucha sur un dialogue sans charme, trop chargé de nostalgies pour être salutaire, comme si aucun des amis ne voulait sortir des agréables cavernes des souvenirs pour affronter la lumière aveuglante d'un présent vieilli, pratiquement dépourvu d'expectatives, et pour couronner le tout, soumis à cette canicule infernale. À un moment de la conversation, alors que la sueur coulait vers ses yeux, Conde avait senti, sous l'effet d'une impulsion d'origine imprécise, que son esprit ne pouvait pas continuer à supporter le fardeau qu'il lui avait imposé. Il avait alors sombré dans un long mutisme.

Carlos, qui le connaissait comme personne et qui, de plus, ne pouvait contrôler son besoin de vouloir résoudre les conflits personnels de ses copains, décida d'aborder celui-ci, de la façon la plus subtile dont il disposait.

– Mais bordel qu'est-ce qui t'arrive, sauvage ? Pourquoi tu ne dis plus un mot ? Hein ?

Il avait beau se doucher trois ou quatre fois par jour en s'aspergeant avec le tuyau du patio, le Flaco exhalait une pénétrante odeur acide issue de la combustion de ses graisses corporelles. Conde le regarda et se sentit dévasté. Mais il n'abritait pas le moindre désir d'ouvrir les vannes, même s'il savait que son copain ne s'avouerait pas vaincu si facilement. Soit il lui disait quelque chose, soit il le tuait. Il chercha une solution intermédiaire dans l'espoir de s'échapper.

– Je suis de mauvais poil… Ça doit être à cause de cette putain de chaleur…

– Oui, cette année la chaleur est insupportable, renchérit le Conejo, le plus ivre des trois. Le changement climatique… le monde est foutu, complètement foutu…

– Mais toi, tu as autre chose… affirma Carlos, lui coupant la retraite par la brèche apocalyptique que le Conejo venait d'ouvrir.

Conde but une gorgée. Il devait vraiment être haïtien, ce rhum infâme.

– C'est au sujet de mon mariage avec Tamara…

Carlos regarda le Conejo avec l'air de se demander "Qu'est-ce que ça vient faire là ?"

– Elle t'en a parlé ? demanda-t-il.

– Non, elle ne m'a rien dit…

– Ben alors ?

Carlos exprima ainsi son incapacité à comprendre.

Depuis que Conde avait abordé le sujet du mariage avec Tamara et que ce qui avait toujours été un rêve, une possibilité, une fin plus ou moins prévisible, était devenu un projet formel grâce à cette impulsion, il avait éprouvé une sensation d'asphyxie et, dernièrement, des contractions à l'estomac qui lui coupaient le souffle. Le problème majeur, c'était qu'il ne comprenait pas clairement pourquoi il réagissait ainsi. Parce qu'il ne savait pas non plus très bien pourquoi il avait fallu qu'il frappe à cette porte. Maintenant, il ignorait encore plus s'il devait la franchir ou s'en retourner. Son désir inchangé de continuer à partager la vie de cette femme était toujours aussi inaltérable et décisif. De plus, il savait parfaitement que le mariage ne serait guère qu'une formalité légale ou sociale, cela revenait au même, aussi facile à réaliser qu'à dissoudre, au moins en ce lieu et à ce moment. Pourquoi alors cette crainte profonde, mesquine et insidieuse ? Conde avait pour lui et pour les autres une seule réponse : qu'il veuille se marier ou non, qu'il accepte plus ou moins les défis de la cohabitation et même s'il ne doutait pas que Tamara l'accepterait avec tous les boulets qu'il traînait (y compris le boulet canin, incarné par Basura II), une fois qu'elle deviendrait son épouse, la relation écornerait l'une des rares choses qui lui appartenaient encore : sa liberté. La liberté de se saouler ou pas, de partager son lit avec un chien errant, d'acheter des livres ou pas, de mourir de faim ou de manger, de ne pas se décider à écrire, de vivre comme un paria, de sombrer dans la mélancolie sans avoir à donner d'explications à personne… et même de passer son temps à la recherche d'une emo qui de son côté était en quête d'un Dieu ressuscité, qu'apparemment elle avait l'espoir de trouver. Le problème se compliquait encore lorsque Conde confrontait ces possibles pertes aux éventuelles aspirations de la femme à jouir de la vie paisible qu'elle avait toujours désirée et à laquelle, il en était persuadé, elle ne voudrait pas renoncer. Et l'amour ? Cette histoire que l'amour pouvait tout, c'était vrai ? Était-il capable de surmonter la routine ? Il ne le croyait pas. Pourquoi diable avait-il touché à ce qu'il valait mieux ne pas remuer ?

– Alors, rien, Flaco… Je ne veux pas me marier mais je ne veux pas perdre Tamara. Et si je lui dis qu'au fond je ne veux pas me marier, qu'une nouvelle tentative me fait peur, elle risque de…

Carlos vida son verre. Il regarda le Conejo puis Conde.

– Tu veux que je te dise une chose ?

– Non ! affirma l'autre précipitamment.

– Eh bien, je vais te la dire quand même : tu es allé tout seul au-devant des complications, maintenant t'es dans la merde. Mais essaie de t'en sortir sans trop te faire mal, mon frère. On est déjà assez mal barrés comme ça, pas besoin que ça empire…

Une heure plus tard, devant chez Tamara, en observant les formes en béton, volées à l'imagination de Picasso et de Lam, qui exerçaient sur lui une attraction permanente, Conde donna forme à sa stratégie. Il allait essayer de ne pas trop se faire de mal.

Tamara était dans le bureau qui avait appartenu à son père puis à son mari, le défunt Rafael Morín. Le lieu où on pouvait supposer que Conde pourrait disposer des commodités et de la tranquillité nécessaires pour entreprendre ses projets littéraires toujours remis à plus tard : écrire des histoires fragiles et émouvantes, comme ce salopard de Salinger qui... La climatisation soustrayait dix degrés à la température ambiante et remontait le moral.

Tamara remplissait des imprimés qu'elle devait présenter le lendemain à la clinique dentaire.

– S'ils pouvaient réparer les fauteuils de travail, mettre les éclairages dont nous avons besoin, nous donner du savon pour qu'on se lave les mains et des serviettes pour les essuyer, nous éviter les coupures d'eau, compléter nos instruments, nous procurer des gants...

– Mais putain, comment vous faites pour arracher les dents de vos patients ? Avec des fils, comme pour les dents de lait ?

Conde ne comprenait pas.

– Presque, reconnut Tamara.

Il soupira et se lança, sans attendre la prochaine occasion.

– Tu sais, je voulais te demander quelque chose... Ça me fait peur mais je n'ai pas le choix, parce que... Tamara, tu éprouves vraiment *beaucoup* d'envies de te marier ?

Conde insista sur l'adverbe de quantité qui dernièrement le poursuivait avec acharnement. Ça faisait combien *beaucoup* d'envies de se marier ? La femme posa son stylo et enleva ses lunettes de lecture, afin de mieux se concentrer. Lui, il se sentit parcouru par un tremblement. De peur, bien entendu.

– Pourquoi tu me le demandes ?

– Ne commence pas, Tamara. Réponds-moi...

Alors, ce fut elle qui soupira.

– La vérité, c'est que ça m'est égal... Pour moi c'est déjà comme si nous étions mariés ou presque... Mais c'est toi qui veux signer des papiers... Et c'est pour ça que, plutôt que de gâcher notre relation, je préfère me marier avec toi si tu me le demandes, si c'est important pour toi...

La sensation de soulagement descendit comme du sang neuf dans tout le corps de Conde. Il se sentit au bord du bonheur.

– Écoute Tamara, voilà ce que je te propose : si on est bien comme ça, tu ne crois pas qu'il vaut mieux ne rien changer ?

– Et la bague ? lâcha-t-elle inquiète.

– Elle est à toi. Continue à la porter.

– Et le café du matin ?

– J'en fais mon affaire, comme d'habitude.

Tamara sourit.

– Et le reste ?

– Le reste est tout à toi… À chaque fois que tu le voudras, nous pourrons l'utiliser.

Tamara se leva.

– Pourquoi es-tu si conciliant et si compliqué, Mario Conde ?

– Quel abruti je fais, oui ! dit-il, et il l'embrassa. Ce fut un long baiser, mouillé, excitant, plus pour le soulagement mental que pour la sollicitation hormonale. Et, à ce moment, Conde éprouva *beaucoup* de désirs de se marier avec cette femme que le plus bienveillant des plans cosmiques avait placée sur son chemin. Mais, immédiatement, il écarta d'un coup de pied ce désir et se concentra sur les autres.

Dehors la chaleur brûlait la ville, ses rues, ses maisons. Elle brûlait même ses habitants et le peu de rêves qu'ils pouvaient encore avoir.

De l'autre côté de l'asphalte, du coin de la rue Mayía Rodríguez, Conde pouvait contempler, d'un seul coup d'œil la maison à deux niveaux où, quelques semaines auparavant, habitait encore Judy Torres et, au loin, la future ruine qu'était devenue la maison où Daniel Kaminsky avait vécu les années les plus heureuses de sa vie, mais où il avait aussi renoué avec la peur. Depuis plusieurs années, Conde ne s'était pas senti contraint de fouiller dans la vie d'autrui, mais à peu de mois de distance, deux histoires de mort avaient surgi devant lui, mues par le même ressort : celui qu'avait libéré un juif polonais qui ne croyait plus en Dieu, qui s'était imposé de devenir cubain et, arrivé devant le pire dilemme de sa vie, avait cru avoir assez de forces pour tuer l'homme qui avait tenu entre ses mains la vie de ses parents et de sa sœur. Un des points communs de ces histoires apparemment éloignées était visible, justement de ce carrefour de La Havane, un espace physique que Conde observait maintenant tout en séchant son visage, humide de la sueur que l'insolente chaleur d'août tirait de ses entrailles, et il se demandait comment pouvaient se dessiner, avancer, dévier, et même converger les trajectoires de personnes différentes, éloignées les unes des autres. Le plus inquiétant, toutefois, n'était pas le voisinage fortuit des deux maisons, ni même la connexion que la jeune Yadine avait établie sans le vouloir, pas plus que la présence récurrente d'un tableau peint par Rembrandt trois siècles auparavant. Ce qui le troublait le plus, c'était la coïncidence des motivations que lui avait révélées sa connaissance des existences et des aspirations de Daniel Kaminsky et de Judith Torres, deux êtres acharnés, chacun à leur manière et avec leurs possibilités, à trouver leur propre territoire, choisi en toute liberté, un refuge où se sentir maîtres d'eux-mêmes, sans pressions extérieures. Sans oublier les conséquences, parfois si douloureuses, que de tels désirs de liberté pouvaient entraîner.

Il était en désaccord avec lui-même et avec le monde entier depuis la découverte des dernières vérités concernant Judy, un sentiment qui l'avait accompagné durant plusieurs semaines, même si au fil des jours il avait commencé à céder, comme cela ne pouvait manquer d'arriver. Pour accélérer ce processus et délivrer son âme de ce poids sordide, Conde avait décidé de se défaire des uniques preuves matérielles qui le reliaient à la jeune fille et il s'apprêtait à rendre à la grand-mère, Alma Turró, l'agenda de la jeune morte et la copie de *Blade Runner* qui, par une association d'idées quasiment poétique, l'avait mis sur la piste de la vérité. C'est pourquoi, de ce coin de rue, il regardait les deux maisons, l'agenda et la pochette en plastique du DVD à la main, en réfléchissant sans oser agir.

S'il entrait dans la maison et parlait à Alma Turró, que pourrait-il lui dire ? Judy était morte, en partie en exerçant sa propre volonté, en partie à cause des fondamentalismes libertaires qu'elle avait été capable d'éveiller chez les autres, mais elle était morte et enterrée, et sa grand-mère connaissait déjà les détails du dénouement. Quant aux consolations, pour autant qu'il sache, elles n'avaient jamais ressuscité personne. Les habitants de la maison, qui auraient pu être une famille banale, avaient été victimes de la dispersion. Une fille morte, l'autre à Miami, un homme en prison, accusé d'une longue liste de délits de corruption, Alma et sa fille déchirées, certainement déprimées, avec toutes les raisons de l'être. Une vengeance céleste pour des péchés commis par le passé et prolongés dans le présent ? Le prix satanique que doivent ou devraient payer la tromperie et l'arrivisme ? Une semonce divine pour l'insistance de Judy à croire que Dieu était mort et enterré et finalement recyclé… ? L'athée que Conde portait toujours en lui n'était pas disposé à admettre les organisations transcendantes venues de l'Olympe, tout au plus, les liens de cause à effet beaucoup plus terre à terre. On ne peut pas jouer avec l'argent qui ne nous appartient pas et encore moins avec l'âme et les espoirs des autres. Si on le fait, à un moment ou à un autre (parfois beaucoup plus tard, il est vrai), la flèche du châtiment atteint son but, conclut-il, philosophe.

Il décida alors de s'en sortir comme un braconnier. Il entra dans le jardin, marcha jusqu'à la porte d'entrée de la maison en s'efforçant de ne pas faire de bruit, et déposa le DVD et le petit agenda contre le bois peint en blanc. Et il s'enfuit comme un transfuge. Il éprouvait le besoin de courir, de s'éloigner le plus possible de cette histoire lamentable.

Il alluma une cigarette et s'engagea à grands pas dans la descente de Mayía Rodríguez vers la maison de Tamara, redevenue simplement sa fiancée, en sentant qu'il se libérait d'un fardeau. En arrivant, haletant et trempé de sueur, il salua les sculptures en béton et ouvrit la porte. Il n'eut qu'à franchir le seuil pour reconnaître que ce petit territoire était le meilleur des mondes possibles, du moins pour lui. De quoi te plains-tu… ? De la vie : il faut bien que je me plaigne de quelque chose, se dit-il, et il referma la porte derrière lui.

GENÈSE

La Havane, avril 2009

À presque cinquante-cinq ans, Mario Conde n'était jamais allé à Amsterdam (ni nulle part ailleurs en dehors des quatre murs de son île). Curieusement, au cours de sa déjà longue existence, il ne l'avait même pas envisagé, de façon plus ou moins sérieuse et possible. Enfant, il est vrai qu'il avait rêvé d'aller en Alaska. Oui, en Alaska, avec une expédition pour chercher des filons d'or. Adulte, lecteur et aspirant écrivain, il pensa qu'il aimerait un jour visiter Paris, mais surtout voyager en Italie, comme avait aussi rêvé de le faire son défunt ami Iván. Mais ce ne furent jamais que de simples rêves, irréalisables avec ses moyens économiques et pour un citoyen comme lui d'un pays aux frontières pratiquement fermées par des remparts de décrets et d'interdits, comme Judy le lui avait rappelé. Et il le savait, les rêves ne sont que des rêves. Alors, comme d'autres voyageurs immobiles, il se mit à parcourir le monde à travers les livres, et en fut satisfait.

Mais la lettre qu'il venait de lire avait remué en lui le désir inopiné de connaître Amsterdam, une ville saturée de mythes présents et passés où, disait-on, une atmosphère de liberté avait un jour régné et dont l'aimable tolérance envers les vices et les vertus, les croyances et les incroyances, faisait encore la fierté. La ville où Rembrandt, le rebelle, avait un jour promené son orgueil, sa célébrité, son mauvais caractère et aussi sa marginalisation et sa pauvreté finale, peut-être conscient, cependant, qu'un jour il reviendrait en triomphateur et serait même en mesure de regagner la maison d'où ses créanciers l'avaient expulsé. Car cette demeure dont il avait dû sortir tête basse, vaincu, ne pouvait être que la maison de Rembrandt. Le destin est toujours en retard pour rattraper ses mauvais coups.

Bien que Mario Conde n'ait jamais eu un grade supérieur à celui de lieutenant, il n'y avait pas de lettre pour lui non plus*. En cent ans, il n'avait pas reçu une *vraie* lettre. Non pas une facture de téléphone ou un message comme celui que lui avait envoyé Andrés deux ans auparavant. Non. Une *vraie* lettre : avec une enveloppe, des timbres, des cachets, l'adresse du destinataire et celle de l'expéditeur, bien entendu avec des feuilles écrites à l'intérieur et... apportée par un facteur.

L'expéditeur de l'enveloppe jaune, format demi-feuille, n'était autre qu'Elías Kaminsky et, sous son nom, apparaissait l'adresse de l'hôtel Seven Bridges, à Amsterdam, Royaume des Pays-Bas. Sans ouvrir l'enveloppe déposée par le facteur dans ses mains reconnaissantes, Conde était allé à la cuisine, pour se faire un café et chercher son paquet de cigarettes. Il était si intrigué par la lettre cachée dans cette enveloppe de papier kraft qu'il fit intentionnellement durer le plaisir et tarda à l'ouvrir pour jouir d'une sensation si inhabituelle. Depuis son départ de Cuba, le peintre l'avait appelé plusieurs fois. D'abord pour le remercier de son aide durant son séjour havanais qui l'avait libéré du poids de ses doutes ; ensuite pour lui annoncer qu'il avait entamé une procédure légale pour obtenir la restitution du tableau de Rembrandt ; enfin, pour lui raconter les péripéties du litige qui avait été relancé par l'information concernant le probable trajet emprunté par le fameux tableau, de La Havane à un hôtel des ventes britannique.

Après avoir rempli sa tasse de café, Conde déchira l'enveloppe avec précaution et en sortit une carte postale et une liasse de feuilles, certaines écrites à la main recto verso. Pendant quelques instants, il observa la carte, une photo de la maison, dans la rue alors connue sous le nom de Grand'Rue des Juifs, depuis longtemps transformée en musée, où Rembrandt avait passé le plus d'années de sa vie. Sa soif de connaissance, toujours à l'affût, éveilla son désir de découvrir plus intimement le sanctuaire où ce peintre si troublant avait créé tant d'œuvres, y compris ce portrait d'un jeune juif trop semblable à la représentation chrétienne de Jésus de Nazareth que, malgré lui, Conde avait toujours gardé en tête. Son

* Allusion à G. García Márquez, *Pas de lettre pour le colonel.*

humeur, peut-être radoucie par cette sensation de proximité, l'amena, quelques minutes plus tard, alors qu'il lisait les pages de la lettre, à se sentir entraîné puis plongé dans ces mondes lointains qu'il ne connaissait que pour en avoir entendu parler ou par ses lectures. Il penserait un peu plus tard, "il faut absolument que je relise maintenant *Cavalerie rouge*. Isaac Babel n'était pas juif lui aussi ?"

Le printemps s'offre à Amsterdam comme un cadeau du Créateur. La ville revit et s'ébroue pour sortir de l'engourdissement de la glace et des vents froids de l'hiver qui, des mois durant, agressent la ville et accablent ses habitants, ses animaux, ses fleurs. Même si les températures sont encore outrageusement basses, l'éclat du soleil d'avril brille plusieurs heures par jour et une évidente sensation de renaissance se répand sur la ville. Elías Kaminsky qui connaissait déjà, pour l'avoir savourée, cette épiphanie qu'offrait la nature, avait décidé d'attendre l'arrivée de cette saison pour se rendre dans la ville où tout avait commencé, avant que la moitié du XVIIe siècle ne se fût écoulée, alors qu'Amsterdam forgeait les glorieux moments de l'âge d'or de la peinture hollandaise.

Elías pensait, et écrivait, qu'un de ces plans cosmiques, si souvent apparus tout au long de l'histoire juive et de l'intrigue qui l'avait lui-même impliqué et à laquelle il avait aussi mêlé Conde, avait dû organiser son séjour dans la ville, exactement au moment où un événement insolite venait d'être révélé : juste à côté de la maison de Rembrandt, au petit marché aux puces de Zwanenburgwal, où on vendait de vieux pichets en étain, des candélabres amputés d'un bras, des pieds de lampe en bronze et des services de vaisselle et de verres aussi vétustes qu'incomplets, un collectionneur de documents anciens avait acheté deux mois plus tôt, pour une somme ridicule, un *tafelet* ou livre de notes graphiques d'un présumé étudiant en peinture du XVIIe siècle, à en juger par la qualité du dessin et le style dominant. Sur la couverture en cuir du cahier, fort maltraité par le temps, étaient gravées les lettres E. A.

Le *tafelet* renfermait plusieurs études de la tête d'un vieil homme barbu, juif de toute évidence, car sur plusieurs des dessins réalisés à la plume ou au crayon il était coiffé de sa kippa ou éclairé par une ménorah. Suivant un ordre quantitatif, apparaissaient, plus ou moins élaborés, les portraits d'une jeune fille d'une vingtaine d'années, dessinée sous plusieurs angles, où ressortaient toujours l'harmonie des traits, l'insistance sur le dessin des yeux et la transmission du regard. Le cahier contenait aussi plusieurs paysages, plutôt des esquisses, d'une campagne marécageuse, peut-être proche d'Amsterdam, qui rappelaient beaucoup le style de certains dessins et gravures de Rembrandt sur ce thème. Mais ce qui devait éveiller le plus grand intérêt de l'acheteur et ensuite des spécialistes en peinture classique hollandaise auxquels il avait immédiatement confié le cahier pour qu'ils l'étudient et l'analysent, c'était les neuf portraits d'un jeune homme aux traits clairement hébreux dont le visage offrait une surprenante similitude avec le modèle anonyme utilisé par Rembrandt pour sa série de *tronies* du Christ ou *Portraits d'un jeune juif*, comme il les avait indistinctement intitulés. Se pouvait-il qu'il s'agisse du même modèle utilisé par Rembrandt et son apprenti ? Le doute naquit et grandit immédiatement dans une direction inattendue. La rumeur concernant l'existence de l'étrange cahier, porteur d'autres secrets et de mystères, était parvenue aux oreilles d'Elías Kaminsky juste à son arrivée dans la ville.

Car en désassemblant le *tafelet* pour que les spécialistes du Rijksmuseum puissent le soumettre à divers examens de laboratoire, une porte secrète s'était ouverte : sous l'une des faces abîmées de la couverture en cuir, on avait découvert plusieurs plis manuscrits. Il s'agissait à l'évidence d'une lettre dont le début manquait, mais tout le déroulement jusqu'à la fin était conservé. Le texte, écrit en néerlandais du XVIIe siècle, délicatement calligraphié, était signé du même E. A. auquel, à en juger par la couverture, devait avoir appartenu le *tafelet*. La narration concernait un épisode du massacre des juifs perpétré en Pologne entre les années 1648 et 1653, dont E. A. avait été témoin et dont, pour une quelconque raison, il désirait informer son "Maître", comme il appelait le destinataire de sa missive. Arrivé à ce point de sa narration, Elías Kaminsky, avant de faire part de ses suppositions et de ses conclusions à Conde, lui transcrivait le texte trouvé dans le *tafelet*, selon la traduction d'une spécialiste de la culture séfarade hollandaise de l'époque… et il lui demandait pardon pour ce qu'il lui faisait lire. Encore plus intrigué par cette demande de clémence, Conde se plongea dans la lecture, sans pouvoir deviner les ténèbres de la condition humaine qu'il se verrait obligé de côtoyer, des premières aux dernières lignes du manuscrit.

"… les cris de panique d'hommes rendus fous de peur, poussés à entreprendre une fuite désespérée, ne cessent de parvenir à mes oreilles. Des êtres épouvantés par la vision des tortures les plus atroces auxquelles un homme peut soumettre son semblable, avertis de leur destin par la puanteur de la chair humaine brûlée, du sang et de la charogne, qui s'est emparée de ce malheureux pays. Vous comprendrez bientôt les raisons de leur fuite, mais sachez que tous mes efforts seront incapables d'exprimer ce que ces hommes ont vécu, ni de dessiner les images que leurs récits ont accrochées à mon âme. Même le grand Dürer, qui nous alarma tellement avec ses visitations infernales, que beaucoup virent comme les sécrétions d'un esprit malade, n'aurait eu le talent suffisant pour peindre ce qui est arrivé et se poursuit encore sur ces terres. Aucune imagination n'aurait réussi à voyager aussi loin dans l'horreur que ne l'a fait ici la réalité. Comme eux, je vais partir, le plus tôt possible, mais dans la direction opposée, à la recherche d'un passage improbable qui me conduira peut-être à l'expiation de toutes mes erreurs ou me fera assister, qui sait, au plus grand des miracles. Ou alors la mort m'emportera.

"Mais avant, permettez que je vous révèle les antécédents de cette situation. Grâce aux conversations échangées au cours des premières semaines de mon séjour dans ce pays, j'ai pu acquérir une relative connaissance des coutumes des israélites qui vivent en très grand nombre dans ce royaume. Grand fut mon étonnement lorsque j'appris la situation très avantageuse dont ils ont joui pendant des années sur ces terres, raison pour laquelle de nombreux ashkénazes provenant des territoires de l'Est, y compris de la Russie des tsars, étaient venus s'installer dans les villes, où beaucoup semblent avoir amassé des fortunes considérables. Parmi eux circulait une curieuse formulation, une sorte de synthèse qui, selon leurs affirmations, reflétait fort bien leur position : la Pologne, disaient-ils, était le paradis des juifs, l'enfer des paysans et le purgatoire des plébéiens… le tout contrôlé au sommet par les nobles, ceux que l'on appelle les princes, seigneurs des terres et des âmes. D'après ce que j'ai réussi à savoir, la croyance en l'existence de ce paradis juif était fondée sur la confirmation que leur statut politique y était beaucoup plus bénéfique que dans les autres pays d'Europe. Car dans ce royaume les enfants d'Israël ont joui d'une très remarquable liberté pour pratiquer leur religion, dirigée par une infinité de rabbins, des hommes sages, connaisseurs de la Torah et commentateurs de la Kabbale, considérés comme les chefs communautaires. Cependant, contrairement à ce qui se passe à Amsterdam, il existe ici envers ces juifs, tant de la part des chrétiens byzantins, appelés orthodoxes (ce sont généralement les Polonais les plus pauvres), que des chrétiens de l'Église romaine, une hostilité qui prend son origine dans le fait que le labeur le plus connu de ces ashkénazes est celui de bailleurs de fonds pour la caste des princes et, en même temps, de collecteurs des impôts et des redevances des paysans. La méthode appliquée s'avère très simple et sordide : les nobles prennent l'argent des hébreux et ensuite ils les paient avec les dettes des hommes qui travaillent leurs terres, abandonnant la gestion du recouvrement aux mains des hébreux. Vous pouvez imaginer que les juifs étant les encaisseurs d'onéreuses gabelles, dans l'esprit des paysans, ce sont eux les oppresseurs et non les princes, qui sont polonais, nobles et croient au Christ, même s'ils paient leurs luxes et leurs excentricités avec de l'argent emprunté aux enfants d'Israël.

"Le récent décès du monarque du pays, le roi Ladislas IV de la maison royale des Wasa, avait déjà suscité l'inquiétude des ashkénazes. Durant son règne de plus de cinquante ans, le roi avait soutenu une politique de tolérance à l'égard des juifs. À sa mort, il était le monarque de la communauté polaco-lituanienne, roi de Suède et, par le passé, il fut même tsar de Russie. Les Polonais disent que sa mort les a laissés comme un troupeau sans berger, car tant que les graves problèmes de succession ne seront pas réglés, le pays n'a personne à sa tête ; le cardinal catholique Casimir, que mes frères dans la foi ont toujours considéré comme un homme sage et pieux, porte le sceptre par intérim.

"Lorsque l'hiver commença à céder, j'entrepris enfin ce voyage vers le sud, un temps ajourné. Chevauchant encore sur la neige, j'eus pour guides des ashkénazes qui se rendaient dans la capitale du royaume. Après deux jours de repos dans la ville de Varsovie, je repris mon chemin, toujours dans la direction qui me conduirait le mieux vers la Crimée, baignée par ce que l'on nomme ici la mer Noire, d'où je tenterais de réaliser mon rêve de rejoindre l'Italie.

"Il me fallut deux semaines pour parvenir jusqu'à la ville où je me trouve aujourd'hui, appelée Zamosc, que j'atteignis peu avant la fête de Pourim, dont la célébration était préparée dans l'allégresse par la très nombreuse communauté hébraïque établie ici. Mais j'étais à peine arrivé qu'une nouvelle alarmante se propagea : les cosaques du Sud s'étaient soulevés, avaient pris les armes contre les princes polonais et, avec l'aide des hordes des Tartares de Crimée, ils avaient mis en fuite les détachements frontaliers de l'armée royale. Je fus surpris par la terrible inquiétude provoquée par la nouvelle, aussi bien parmi les Polonais que parmi les juifs. Je sais aujourd'hui que, s'agissant de ces cosaques, les conséquences de la rébellion pouvaient être beaucoup plus graves.

"Monsieur, ces hommes que l'on nomme les cosaques sont comme des centaures de la guerre. On dit que leur origine en tant que force militaire est due au roi Simon qui gouverna la Pologne il y a une centaine d'années. Sachant que la frontière avec le pays des Tartares avait toujours été un problème pour le royaume, le monarque ordonna de choisir quelque trente mille serfs de cette région pour constituer une armée : celle des cosaques. En échange de leurs services, ces hommes reçurent le privilège de ne payer aucun tribut, ni au roi ni aux princes. Mais la concession de ces privilèges fut justement la cause des révoltes que les cosaques ne tardèrent pas à organiser, revendiquant ces mêmes droits pour d'autres hommes engagés dans leurs bandes.

"La rébellion actuelle couvait depuis plusieurs années à cause des querelles entre le prince Choraczy, général de l'armée polonaise et un chef militaire, les cosaques disent un *ataman*, un certain Bogdan Chemielnicki. Cet homme, plus connu sous le nom de Chemiel, appartient, comme presque tous les paysans, à l'Église de Byzance, bien qu'il ait étudié chez les jésuites et qu'il parle, dit-on, le polonais, le russe, l'ukrainien et le latin, et il a réussi à devenir *ataman* grâce aux razzias et à sa férocité, mais aussi à l'immensité de ses possessions. Sa prospérité était telle que le prince le jalousa et se proposa de l'éliminer. Choraczy confisqua à Chemiel la moitié de son bétail. Le cosaque ne protesta pas mais jura de se venger. Les juifs de Zamosc racontent que l'*ataman* se rendit au sud pour alerter les Tartares de Crimée quant aux intentions secrètes du général polonais qui, leur dit-il, allait très prochainement les attaquer. Une fois les Tartares sur le pied de guerre, Choraczy dut fuir car ses forces étaient très inférieures à celles de ses voisins.

"En découvrant ce mauvais tour, le prince fit emprisonner Chemiel et ordonna sa décapitation pour actes de trahison. Mais les cosaques décidèrent de payer une caution pour sauver l'*ataman*. Alors Chemiel se proclama rebelle et, avec ses acolytes, il organisa une grande horde de paysans dépossédés de leurs terres, de plus de vingt mille hommes, sous la bannière de la lutte contre le despotisme des princes et les abus de leurs alliés juifs, enrichis sur le travail des paysans de confession orthodoxe.

"Avant de se lancer dans le combat contre les troupes des princes, Chemiel fit une alliance avec le roi des Tartares – qu'ils appellent le Khan – et, à eux deux, ils levèrent une légion de soixante mille hommes qui leur permit de lancer la rébellion en attaquant l'armée réunie par Choraczy qu'ils mirent en déroute. Comme il fallait s'y attendre, les vainqueurs, ivres de victoire, donnèrent libre cours à leur impiété et se livrèrent à un grand nombre d'exactions – décapitations, viols, réquisitions de biens – sur les catholiques comme sur les juifs. Pour arrêter le massacre, plusieurs princes de la petite Russie décidèrent de pactiser avec Chemiel et en vinrent à jurer fidélité à l'*ataman* comme jadis au roi.

"Je vous laisse imaginer, Maître, la tension qui s'empara des habitants de cette ville, lorsque de telles nouvelles arrivèrent... Elle augmenta encore lorsque, quelques jours après la fête de Pourim, Chemiel et ses cosaques se lancèrent dans ce que certains d'entre eux appellent une guerre sainte qui, comme l'annonce leur chef, ne s'arrêtera que lorsqu'ils en auront fini avec l'exploitation des princes parasites et de leurs hommes de paille juifs...

"Toute l'information que j'ai obtenue depuis lors m'a été transmise de vive voix par quelques juifs qui réussirent à s'échapper des villes de Némirov, Tulczyn ou Polanov, et ont trouvé refuge à Zamosc, où je suis retenu, pris au piège par ces événements. Au début, en les écoutant, je refusais d'accepter que les actes de barbarie qu'ils racontaient fussent une réalité et non un cauchemar forgé par les confusions dues à ma mauvaise compréhension... Car l'horreur s'est déchaînée le 20 Adar dernier, jour de Shabbat, lorsque plus de cent mille cosaques et Tartares approchèrent de la ville de Némirov où vivait, m'a-t-on dit, dans un climat de prospérité (et je n'emploie pas par hasard le temps passé), une communauté juive très importante et très riche, agrémentée par la présence d'éminents écrivains et savants. En apprenant qu'une armée, si grande qu'ils n'en avaient jamais vu de semblable, approchait de la ville, ces juifs décidèrent de se réfugier avec leurs familles et leurs richesses dans la citadelle fortifiée, même s'ils ignoraient s'il s'agissait des troupes polonaises ou des hordes de cosaques et de Tartares. D'autres hébreux, plus méfiants, préférèrent abandonner leurs foyers et la plus grande partie de leurs biens pour attendre de loin la suite des événements.

"Alors qu'ils ne pouvaient plus être sauvés, les juifs de Némirov apprendraient que, pendant qu'ils s'enfermaient dans la citadelle avec les princes, l'*ataman* Chemiel avait envoyé des émissaires en ville pour demander aux habitants de l'aider contre les juifs, responsables de tous leurs malheurs. Une fois cette alliance conclue, les cosaques, brandissant des drapeaux polonais, s'approchèrent des fortifications, déguisés en soldats du roi, tandis que les habitants de la ville annonçaient que les arrivants étaient des soldats polonais et ouvraient les portes de la citadelle.

"Ce fut alors que, comme un seul homme, les cosaques, les Tartares et les habitants de Némirov donnèrent libre cours à leur haine et à leur soif de butin et s'en prirent aux juifs avec toutes les armes possibles. Ils massacrèrent immédiatement un grand nombre d'hommes juifs et violèrent les femmes quel que fût leur âge. On dit que bien des jeunes filles, pour éviter le déshonneur, se jetèrent dans la citerne qui alimente la citadelle en eau et périrent noyées. Mais alors que les attaquants avaient pris la ville, tué beaucoup d'hommes et violé les femmes, la véritable horreur se déchaîna : l'horreur froide et perverse du crime inhumain... Ivres de haine, d'alcool et de désir de vengeance, les cosaques s'adonnèrent aux plus incroyables façons de faire souffrir et de causer la mort. Ils furent capables de dépecer un homme puis de lancer sa chair aux chiens ; à d'autres, ils coupaient les mains et les pieds avant de les jeter sur le chemin de la citadelle pour qu'ils soient piétinés par les chevaux jusqu'à ce que mort s'ensuive ; d'autres encore, obligés de creuser des fosses, y étaient jetés vivants et frappés ensuite pour leur arracher jusqu'à l'ultime gémissement de douleur ; d'autres furent écartelés vivants, ou bien fendus en deux comme des poissons et pendus au soleil... mais l'escalade de la cruauté n'était pas terminée : aux femmes, si elles étaient enceintes, ils ouvraient le ventre et en sortaient les fœtus ; à d'autres, ils ouvrirent le ventre et y mirent des chats mais, avant, ils avaient pris la précaution de leur couper les mains pour qu'ainsi elles ne puissent sortir les animaux qui se débattaient dans leurs entrailles. Des enfants furent tués à coups de bâton ou fracassés contre les murs et ensuite grillés sur le feu et apportés à leurs mères pour les obliger à les manger, tandis que leurs bourreaux annonçaient 'C'est de la viande kasher, de la viande kasher, nous les avons d'abord saignés'... D'après le rabbin qui apporta la nouvelle à Zamosc, il n'y eut pas une façon de donner la mort qui ne fût utilisée contre eux. Plus de six mille enfants d'Israël furent assassinés à Némirov au cours de cette orgie de bestialité et de sadisme, au nom d'une foi et d'une justice. Le plus terrible c'est qu'ils furent massacrés sans qu'aucun d'eux n'opposât de résistance, car ils voyaient en leur malheur une décision céleste.

"De nombreuses femmes furent emmenées en captivité par les Tartares, pour en faire des servantes, des épouses ou des concubines, en annonçant qu'elles pourraient être libérées contre rançon... Mais tandis que des cosaques et des Tartares se livraient à des exécutions ou à des viols, d'autres s'emparèrent des rouleaux de la Torah qu'ils déchirèrent pour en faire des sacs et des chaussettes. Quant aux phylactères, ils les enroulaient sur leurs pieds, comme des trophées. Avec les Livres Saints, ils firent des passerelles sur les routes.

"Alors que nous écoutions le récit de Samuel – tel est le nom du rabbin survivant arrivé à Zamosc – le pire était que nous savions tous que ce massacre, survenu dans la communauté sainte de Némirov, n'était que le début d'une boucherie sans fin prévisible, car la force des cosaques et des Tartares pourra difficilement être arrêtée par les fortifications les plus imprenables et pas avant longtemps par la présence de l'armée polonaise dont on guette en vain l'arrivée. Il faut que je vous dise maintenant que le tragique destin de Némirov, comme nous le pressentions, s'est avéré n'être que le prologue d'une histoire d'horreur dont le chapitre suivant se déroula dans la ville de Tulczyn.

"Tandis que Chemiel, que l'on commence à appeler 'le Persécuteur', se chargeait de dévaster les petites communautés des abords du fleuve Dniepr, un de ses lieutenants, connu sous le nom de Divonov, marcha sur Tulczyn avec la mission de s'en emparer. En apprenant les intentions de Divonov, les deux mille juifs réfugiés à Tulczyn et les princes polonais décidèrent de s'allier pour les combattre, après avoir juré de ne pas se trahir mutuellement. Ils renforcèrent la citadelle et se postèrent sur la muraille avec leurs armes, alors que les orthodoxes se joignaient aux rangs des envahisseurs. Pendant ce temps, les cosaques apportèrent des béliers : on dit que c'était comme une marée humaine, des milliers et des milliers d'hommes qui avançaient en proférant d'incroyables hurlements, effrayant à eux seuls les plus valeureux. Mais comme ceux qui défendaient les remparts de Tulczyn se battaient pour leurs vies, ils parvinrent à les repousser.

"Devant cette résistance inattendue, Divonov décida de changer de tactique. Les rusés cosaques proposèrent la paix aux princes, en leur promettant non seulement qu'ils auraient la vie sauve mais qu'ils pourraient garder le butin des juifs. En voyant que leur situation ne serait pas tenable bien longtemps, les princes acceptèrent le marché, à condition de garantir la vie des juifs. Ces derniers, comprenant vite la trahison dont ils faisaient l'objet, décidèrent de résister par la force, mais le chef de la communauté les réunit et leur dit que si la prise de la ville était une décision de Dieu, ils devaient l'accepter avec résignation : ils ne valaient pas plus que leurs frères de Némirov, morts dans le martyre... Ainsi, contraints par le rabbin d'accepter leur destin, ou écrasés par l'évidence que leur sort était scellé par l'absence d'une réelle possibilité de fuite, les juifs remirent tous leurs biens. Les princes, satisfaits de leurs gains, ouvrirent finalement les portes de la forteresse aux cosaques. Le duc qui faisait office de chef des nobles, un homme si gros qu'il pouvait à peine bouger, dit aux vainqueurs : voici la ville, voilà notre paiement. Immédiatement, les princes prirent ce qui leur revenait selon le pacte conclu et mirent les juifs en prison, soit-disant pour mieux les protéger.

"Trois jours plus tard, les cosaques exigèrent des princes qu'ils leur livrent les prisonniers, ce qu'ils firent sans trop hésiter car ils ne voulaient pas se brouiller avec les envahisseurs. Les cosaques conduisirent les juifs dans un jardin entouré de murailles et les y abandonnèrent un certain temps. Parmi les prisonniers se trouvaient plusieurs éminents maîtres qui exhortèrent le peuple à sanctifier le nom de Dieu et à ne pas changer de religion, en aucune circonstance, leur rappelant que la fin des temps était proche et que le salut de leurs âmes était entre leurs mains. Pourquoi ne les incitèrent-ils pas à se battre pour leurs vies, avec des bâtons, avec des pierres, avec leurs mains ? Pourquoi la résignation, la soumission plutôt que l'insurrection... ? Les cosaques, au courant de ces prêches, décidèrent de mettre à l'épreuve la force morale des israélites et ils leur dirent que ceux qui changeraient de religion seraient sauvés, et que le reste mourrait dans d'indicibles supplices. Ils le répétèrent trois fois, mais aucun de ces juifs, qui ne s'étaient pas rebellés, n'accepta de renier son Dieu. Les cosaques, furieux, entrèrent dans le jardin et, sans plus attendre, s'adonnèrent au massacre de ces gens sans défense... En quelques heures, ils liquidèrent quelque mille cinq cents personnes, en tuant de toutes les façons les plus incroyables, que je m'abstiens de mentionner car elles sont connues et que le seul fait de les écrire est par trop douloureux. Grâce à l'intervention des princes, les cosaques épargnèrent dix rabbins et sortirent de la ville en les emmenant, ainsi que les femmes jeunes et une partie du butin, principalement de l'or et des perles amassés par les israélites. Quelques jours plus tard, on apprit que ces rabbins avaient été sauvés grâce à une très forte rançon envoyée par la riche communauté de Polanov.

"Mais les cosaques étaient mécontents, car hormis le sang qu'ils s'amusent tellement à voir couler, le bénéfice qu'ils tiraient de la prise de la ville leur semblait insuffisant. De ce fait, décidés à tout récupérer, ils rompirent le pacte avec les princes. Pour marquer le début de leurs macabres divertissements, ils mirent le feu à la forteresse, puis ils s'emparèrent du butin des juifs accaparé par les catholiques et laissèrent pour la fin le supplice des princes. Comme ils aimaient tant le faire, Divonov et ses hommes s'acharnèrent sur certains d'entre eux, surtout sur le duc de la ville, celui-là même qui leur avait ouvert les portes. Devant le noble, ils violèrent son épouse et ses deux filles ; ensuite ils s'amusèrent à l'humilier, jusqu'au moment où un meunier orthodoxe le prit en charge et, après lui avoir rappelé l'esclavage auquel il avait réduit les pauvres de la région, l'exhiba nu à travers la ville, comme un cochon engraissé, le fouetta jusqu'à s'en lasser, le sodomisa avec un bâton et finit par le décapiter avec une épée, en pleine rue.

"À peine avions-nous reçu les nouvelles de ce massacre qu'arrivèrent à Zamosc plusieurs juifs qui avaient fui les incursions des cosaques de l'autre côté du Dniepr, où s'étaient reproduits les événements de Némirov et de Tulczyn. D'après ces survivants, Chemiel le Persécuteur rassemblait déjà une armée de cinq cent mille âmes et, de fait, dominait toute la Petite Russie. Sur son passage, comme le dixième fléau, il tuait non seulement des juifs mais détruisait aussi des églises et soumettait les prêtres au supplice. Cette dernière nouvelle résonna comme un chant d'espoir aux oreilles des juifs, car, en l'apprenant, les princes décidèrent de ne plus croire aux demandes de paix de Chemiel et de ne pas refaire l'erreur de Tulczyn qui les avait amenés à livrer les juifs à leurs ennemis communs.

"Après avoir écouté ces nouvelles provenant du camp polonais, je pus comprendre dans toute sa dimension pourquoi les habitants du pays avaient pleuré la mort du roi Ladislas IV et eu l'impression que le royaume était comme un troupeau sans berger. Il fallait peut-être les malheurs survenus ces dernières semaines pour que le cardinal Casimir décidât l'intervention de l'armée et donnât l'ordre à tous les princes de rassembler leurs hommes et de se préparer à la guerre, en menaçant ceux qui refuseraient de leur faire perdre leur condition et leurs biens. Le destin des nobles de Némirov et de Tulczyn et celui des pères de l'Église assassinés influença très grandement la prise de ces dispositions, mais je présume qu'a également pesé, comme cela s'est produit dans d'autres pays connus, une réalité qui a fait tant de mal aux enfants d'Israël : être les prêteurs du royaume. Car si les cosaques et les Tartares s'emparent de l'argent des juifs, ce pays court à sa ruine. Il est clair que la mort et la fuite des israélites, ajoutées au pillage de leurs biens, affecteront grandement la vie du royaume et tout spécialement celle des nobles et des gouvernants. Pourvu qu'aujourd'hui l'argent soit la source de notre salut et non la cause de notre perdition, comme cela arriva en Espagne.

"Il y a quelques jours, après avoir pris connaissance des événements de Tulczyn et d'autres villes de la rive orientale du Dniepr, le rabbin survivant de Némirov qui répond au nom de rabbi Samuel accepta de s'entretenir avec moi. Nous nous assîmes au pied des tours de guet, dans la partie haute de la ville. Le paysage qui s'étendait à nos pieds m'apparut d'une beauté insolente, car une sensation de paix s'en dégageait, dans ce panorama de douleur que vit le pays. L'été, dans toute sa splendeur, est arrivé dans cette région de la Petite Russie, territoire de plaines immenses et de grands fleuves, où la richesse jaillit de la terre avec prodigalité, mais où l'injustice, la misère et la faim ont été capables d'engendrer parmi les hommes la haine, le fanatisme et les désirs de vengeance les plus cruels.

"J'ai devisé pendant des heures avec le rabbi Samuel. Depuis que je l'avais écouté à la synagogue, il m'était apparu comme un homme miséricordieux. Cet homme se sent coupable d'avoir réussi à s'échapper et d'avoir sauvé sa vie alors que sa famille était dévorée par la fureur qui a dévasté Némirov. Pour ces raisons, tout en lui parlant, j'ai été convaincu qu'il pouvait être la personne indiquée pour accomplir un acte qui, pour moi, devenait une urgence : avouer à quelqu'un les véritables raisons pour lesquelles je me suis retrouvé ici, dans cette contrée d'où, j'en suis de plus en plus persuadé, je ne pourrai jamais m'échapper. À moins que le Seigneur n'en dispose autrement et me permette de mener à bien ce qui est maintenant mon unique dessein, après tout ce que je viens d'apprendre ici : rejoindre le cortège de Sabbataï Tsevi. Maître : la barbarie et l'horreur déchaînées ici m'ont persuadé que, comme l'annoncent certains kabbalistes, la fin des temps pourrait être proche et que Sabbataï Tsevi pourrait bien être le Messie, descendu sur la terre quand elle gémit de douleur comme une mère qui voit mourir son enfant... Je ne peux pas m'expliquer autrement que le Tout-Puissant Dieu d'Israël permette que ses enfants soient victimes de la cruauté la plus inconcevable. Sauf si le châtiment fait partie du plan cosmique qui conduit à la rédemption... N'est-ce pas ?

"Lorsque j'entrepris le récit de mon histoire, le rabbin m'écouta en silence et à la fin il me dit qu'il compatissait à tout ce qui m'était arrivé et que – selon lui – j'aurais pu éviter si facilement, en acceptant mes erreurs et en faisant publiquement une demande de pardon pour mes interprétations confuses de la Loi. Alors que j'allais le contredire, la bonté que j'avais cru percevoir en lui se manifesta car il ajouta qu'à son avis la possibilité de rejoindre les suiveurs de Tsevi, en Palestine, lui semblait la plus judicieuse : avec cette preuve de foi, je pourrais surmonter mes problèmes personnels avec Dieu. Et, pour m'ôter tout motif de controverse, il m'expliqua qu'après ce qu'il avait vu à Némirov, après ce qui était arrivé aux communautés du Dniepr et de Tulczyn, mes hérésies lui semblaient une faute si mineure que personne ne devrait même s'y arrêter et qu'en revanche il faudrait méditer davantage sur les raisons pour lesquelles les humains sont si portés à se dévorer entre eux.

"Quand le rabbin me confia qu'il avait choisi de continuer son voyage vers le nord, je lui demandai s'il pouvait me rendre le service de sortir de Zamosc, en la remettant à un courrier fiable, une lettre que je voulais faire parvenir à mon Maître. Le rabbin me posa alors une question sur un point qu'il ne semblait pas approuver : 'Pourquoi écris-tu tout cela à ton Maître et pas au professeur Ben Israël ou à un autre rabbin de ta ville ? Ils comprendraient mieux ce qui se passe ici et pourraient en faire un enseignement pour leur communauté.' Sur le moment, je pensai qu'il avait raison, et j'en conclus même qu'en vérité je n'avais pas une idée très claire de ce qui me poussait à écrire cette lettre et, de plus, pourquoi vous avais-je choisi et pas, par exemple, mon propre père ou ma bien-aimée Mariam, sans parler de mon *haham* ? Dans cette conjoncture, je me risquai à faire un pas de plus et je sortis de ma besace le coffret où se trouve votre peinture, le paysage dont le Danois Keil me fit un jour cadeau et deux de mes travaux que j'avais décidé de conserver parce que je les aime tout particulièrement. En lui montrant le portrait que vous avez fait de moi, je lui répondis : 'Parce que le Maître est un homme capable de peindre ceci.' Le rabbin prit la toile et s'adonna à sa contemplation. Son silence fut si prolongé que j'eus le temps de concevoir de folles idées, la première, que cet homme allait m'accuser d'idolâtrie pour avoir accepté de servir de modèle et surtout pour avoir gardé et préservé cette peinture. Mais la réponse qu'il me fit fut un soulagement énigmatique : 'Maintenant je te comprends', et il me rendit la toile, en me demandant de lui montrer mes propres œuvres. Très gêné, mais aussi avec orgueil, je déroulai la feuille cartonnée où j'avais dessiné mon grand-père et la toile portant le visage de Mariam, conscient que je me soumettais à une inévitable comparaison à laquelle je n'oserais jamais me livrer. Prenant pour l'observer le dessin où j'avais représenté mon grand-père, il m'interrogea à son sujet et je lui racontai quelques épisodes de sa vie. Finalement, il contempla le portrait de Mariam Roca et, en observant mon état d'âme, il me dit qu'il savait bien qui était pour moi cette jeune fille, puis il rassembla les toiles et les papiers, tout en me recommandant de ne pas les montrer, encore moins en ce moment.

"Deux jours plus tard, après les prières du matin de Shabbat, le rabbi Samuel demanda à me parler un moment et nous allâmes sur une petite place de la ville qui porte, en son centre, une grande croix de pierre. Nous nous assîmes sur des marches et, logiquement, sa première phrase me surprit : 'Tu veux bien me montrer de nouveau la toile de ton Maître ?' Sans imaginer le sens de cette requête, je la sortis du coffret et la déroulai avant de la lui tendre. 'J'ai beaucoup réfléchi à ce que tu m'as confié de ton rêve d'être peintre', me dit-il, après avoir contemplé la toile un instant. 'Et qu'en pensez-vous ?' lui demandai-je. 'J'ai pensé à toutes ces choses que nous, enfants d'Israël, nous devons changer pour avoir une vie plus heureuse durant notre passage sur terre… Si mes collègues rabbins de Némirov m'avaient entendu dire cela, ils auraient pensé que j'étais fou ou que j'étais devenu hérétique. Mais c'est du moins ce que je pense : nous, les hommes, ne pouvons vivre en nous condamnant les uns les autres seulement parce que les uns pensent d'une manière et les autres d'une façon différente. Il y a des commandements inviolables, en rapport avec le bien et le mal mais il reste aussi beaucoup d'espace dans la vie qui ne devrait appartenir qu'au seul individu. Il serait bon que l'homme en dispose en toute liberté, selon son libre arbitre, en prenant cela pour ce que c'est vraiment : une affaire entre Dieu et lui…' dit-il, et il se perdit de longues minutes dans la contemplation de la peinture avant de reprendre : 'Je connais bien peu cet art. Je n'avais jamais entendu parler de ton Maître. D'après ce que je vois, je comprends que ce soit un homme célèbre, que les rois et les riches le paient pour son travail… Et je comprends maintenant pourquoi tu veux en faire le dépositaire de tes pensées et des expériences de ces derniers jours terribles… Depuis que tu m'as montré cette peinture, tu insistes sur le fait que ce n'est que la reproduction de ton visage de juif. Mais, pendant que je la contemplais de nouveau, j'ai découvert que c'est beaucoup plus, parce que devant elle on s'emplit de sensations étranges. Oui, telle peut être l'image que ton Maître se fait de celui qui fut pour lui le Messie. Moi, comme je pense différemment de lui, je n'en ai pas la même vision et c'est ce qui m'attire dans cette toile… Il y a quelque chose d'intime, de mystérieux, comme un substrat inquiétant qui se dégage de ce visage, de ce regard. C'est un mélange d'humanité et de transcendance. À l'évidence ton Maître a un pouvoir. Il arrive si loin avec si peu que selon moi il ne fait aucun doute que la volonté du Créateur guide sa main. Je ne suis pas étonné que tu aies voulu l'imiter. L'attrait qu'éprouve l'être humain pour la beauté infinie de ce qui est sacré doit être intenable. Parce que cela, c'est sacré', conclut le rabbin en caressant la toile.

"Cher Maître : à ce moment, cet homme sage vint confirmer la réponse que j'avais cherchée pendant des années. En regardant votre œuvre, une chose lui avait semblé évidente : l'art est pouvoir. Seulement cela ou surtout cela : le pouvoir. Non pas pour dominer des pays et changer des sociétés, pour provoquer des révolutions ou opprimer les autres. C'est le pouvoir de toucher l'âme des hommes et, à la fois, d'y semer les graines de son amélioration et de son bonheur… C'est pourquoi, dès que j'entendis le rabbi Samuel parler ainsi de votre œuvre, je fus convaincu qu'il ne pouvait y avoir de meilleur homme au monde pour faire sortir cette lettre de Zamosc. Je lui ai aussi demandé de vous envoyer, avec elle, la peinture qui vous appartient. De mes pauvres travaux, que je lui confierai aussi, je lui ai dit qu'il peut faire ce qui bon lui semblera, ce à quoi il répondit : 'Les conserver jusqu'à ce que nous nous retrouvions. Dans ce monde ou dans l'autre, si nous sommes appelés…'

"Hier, le rabbi Samuel nous a fait ses adieux, à nous, enfants d'Israël, qui nous trouvons encore à Zamosc, avec une prière dans la synagogue de la ville haute. À tous, il a recommandé de fuir la ville et il semble que beaucoup suivront son conseil. Les événements dont nous avons eu vent ces derniers jours indiquent très clairement que demeurer sur ces terres serait un acte suicidaire, car il y a quelques jours, comme nous venons de l'apprendre, ce fut le tour de la communauté sainte de Polanov d'endurer le supplice ; quelque douze mille juifs, ainsi que deux mille hommes des princes polonais décidèrent de résister à l'attaque des forces cosaques et tartares. Ils firent confiance aux doubles remparts et aux fossés emplis d'eau qui, disaient-ils, rendaient la ville imprenable. Mais les serfs des princes, de religion orthodoxe, aidèrent les assiégeants à entrer. On parle de dix mille juifs morts en un seul jour…

"En apprenant le destin de Polanov et la défaite subie par l'armée polonaise, les juifs établis dans la ville voisine de Zaslav décidèrent de fuir. La plupart atteignirent Ostrog, place forte et métropole de la Petite Russie, et d'autres sont arrivés ici, à Zamosc, porteurs de ces nouvelles décourageantes et d'une autre qui confirme les avertissements messianiques et apocalyptiques de certains : une épidémie de peste s'est déclarée, nourrie de la chair humaine morte laissée sans sépulture, elle s'accroche maintenant à la chair des vivants.

"Les nouveaux arrivants disent que les juifs de Zaslav s'enfuirent en débandade. Ceux qui le pouvaient partaient à cheval ou en charrette, les plus pauvres à pied avec femmes et enfants. Comme cela se produit déjà ici, ils abandonnèrent dans la ville la plupart de leurs biens, tout ce qu'ils avaient amassé durant leurs vies de labeur, dans le respect de la Loi. Et, alors qu'ils fuyaient, la panique la plus irrationnelle s'empara d'eux lorsque quelqu'un annonça que leurs bourreaux étaient sur leurs talons. Affolés, pour avancer plus rapidement, ils lancèrent dans les champs des vases en or, des ornements d'argent, des vêtements, et aucun des juifs qui suivaient ne s'arrêta pour les ramasser… Mais, ils avaient beau courir, le moment vint où ils sentirent que les cosaques étaient sur le point de les rattraper et, pour sauver leurs vies, ils fuirent en désordre dans les bois, laissant même derrière eux femmes et enfants, car ils ne pensaient qu'à échapper aux mains du Persécuteur. Mais le souffle fétide de la mort la plus atroce qu'ils sentirent sur leurs nuques ne fut qu'un aspect de ce qu'aujourd'hui ces juifs considèrent comme un châtiment céleste. Tout cela n'avait été que le fruit de la panique car, en réalité, ils n'étaient pas poursuivis par ces ennemis si redoutés. Pas encore.

"Maître, dès que je terminerai ce récit auquel je me suis consacré ces deux derniers jours, j'irai confier cette lettre au rabbi Samuel, ainsi que votre peinture et celles que j'ai emportées avec moi. J'ai fabriqué un étui en cuir pour mieux les préserver. Je veux croire que cet homme saint et sage sauvera sa vie et, avec elle, les trésors que je lui confie. Pour ma part, à partir d'aujourd'hui, j'ignore ce que sera mon destin. J'espère que le Seigneur, béni soit-Il, me permettra de traverser les hordes des barbares et d'arriver à destination. Apprenant que mes finances agonisaient dans un pays où mon séjour s'est prolongé beaucoup plus que prévu, rabbi Samuel m'a donné une somme importante d'argent pour que je puisse vivre et même payer mon voyage sur un des navires qui font route vers le pays des Turcs ottomans, d'où je forme l'espoir de pouvoir me mettre en chemin pour trouver les suiveurs de Sabbataï Tsevi, là-bas en Palestine. Dieu veuille que je puisse traverser l'enfer et fouler la terre promise par le Créateur aux enfants d'Israël, pour me joindre à la troupe du Messie et annoncer avec lui le renouveau du monde. Je sais que dans cette aventure je suis soutenu par ma foi, jamais affaiblie, et par la volonté et l'ambition d'atteindre les buts que mon inoubliable grand-père Benjamín m'a appris à me fixer, lui dont j'ai aussi retenu que Dieu aide avec plus de joie celui qui se bat que celui qui est passif… Je ne peux cependant pas m'empêcher de penser, du fait de ma médiocrité, à la vie que j'aurais pu avoir, peut-être même à ce qu'elle aurait dû être si, après avoir eu la chance de voir la lumière dans cette ville que mes frères dans la foi considèrent comme *Makom*, le bon lieu, j'y avais moi aussi trouvé un espace de liberté. Si j'avais pu là-bas donner à mon existence l'orientation qu'exigeait le meilleur de mon âme. Ce que je demandais était-il si terrible ? En proie aux pensées délirantes qui traversent mon esprit tandis que j'entends les lamentations de ceux qui s'enfuient, je crois seulement que mon destin personnel fut écrit il y a bien longtemps. Je crois aussi que l'annonce de l'avènement de la fin du monde que provoquera le Messie servira au moins à rendre les hommes plus tolérants envers les désirs des autres hommes et leur liberté de choix, du moment qu'elle ne fait aucun mal à son prochain, ce qui devrait être le premier principe de la race humaine. Et si aucun de ces désirs ne se réalise, en vous écrivant, j'éprouve au moins la consolation que ces lignes vous parviendront peut-être, et que les hommes d'aujourd'hui et de demain pourront avoir un vivant témoignage de ce qu'a été la souffrance de certains êtres et des extrémités atteintes par la cruauté des autres. Si, par une voie ou une autre, cette connaissance parvient à être révélée, je me sentirai rétribué et je saurai que ma vie a eu un sens, quoique très différent de celui auquel j'avais pensé lorsque je rêvais de pinceaux et d'huiles. Un sens nécessaire et utile, peut-être pour dévoiler les abîmes de la condition humaine sur lesquels j'ai pu me pencher…

"Maître, je pars aujourd'hui vers le sud à la recherche du Messie. Je prie Dieu de vous accompagner, vous, le jeune Titus et la douce Hendrickje, pour que vous jouissiez à jamais de la bonne santé et du bonheur que vous méritez, comme je l'ai si souvent demandé dans mes prières, car vous faites partie de mes plus chers souvenirs. Je les garde comme un trésor de cette vie qui fut la mienne et dont me sépare aujourd'hui beaucoup plus que la mer, je le sens…

"Celui qui aura à jamais une dette envers vous,

E. A."

Le cœur serré, Conde sentit une sorte de fébrilité parcourir son corps et il regarda fixement ces deux initiales à la fin de la lettre : E. A. Un nom qu'il attribua à un homme. Un homme qui était descendu aux enfers et qui, de là-bas, avait envoyé un message pour sonner l'alarme.

Il dut s'accorder quelques minutes avant de continuer la lecture de la lettre qui contenait ce récit extraordinaire.

Car Elías Kaminsky se livrait alors aux réflexions et aux conclusions annoncées : comme on pouvait le lire, écrivait-il, cet E. A. était un séfarade qui, fuyant Amsterdam, s'était retrouvé en territoire polonais en 1648, juste au moment où le pays était dévasté par les cosaques et les Tartares, et, comme il l'affirmait, il était décidé à poursuivre son voyage vers le sud pour se joindre à la horde des suiveurs de ce Sabbataï Tsevi qui, peu après, révélerait son imposture de déséquilibré hypocrite quand, pour sauver sa peau, il se convertirait à l'islam après avoir prétendu renverser le sultan de Turquie. Selon l'histoire, le sultan, après l'avoir fait prisonnier, avait su résoudre avec la plus grande facilité l'énigme de Sabbataï – était-il le Messie ou pas – en lui offrant le choix entre deux options : "L'islam ou la corde ?" Ce à quoi Tsevi répondit immédiatement : "L'islam."

Mais les questions que ce cahier avait soulevées parmi les spécialistes de l'histoire et de la peinture hollandaises de l'époque étaient infinies, comme il fallait s'y attendre. La première se référait à l'identité de cet E. A. qui réunissait les difficiles conditions de juif séfarade et de peintre, alors que les juifs jetaient l'anathème sur cet art. La deuxième de la série, bien entendu, avait à voir avec l'origine et le destin postérieur de ce *tafelet* devenu une antiquaille vendue sur un marché aux puces. Ensuite venait la question de savoir pourquoi il n'y avait qu'un fragment de la lettre, adressée sans le moindre doute à Rembrandt, comme le confirmait l'allusion à son fils Titus et à sa femme d'alors, Hendrickje Stoffels. Et, entre autres interrogations, palpitait la plus incisive concernant la série de visages, dessinés dans le cahier, qui ressemblaient tellement à celui du juif qui avait servi de modèle à Rembrandt pour ses études de la tête du Christ. Études et peintures qui, précisément à ce moment-là (hasard ou plan cosmique ?) faisaient l'objet d'une exposition organisée par le

Louvre… où manquait le tableau retenu à Londres, objet du litige.

Dès que Conde avait commencé à lire la missive d'Elías Kaminsky, et surtout après avoir parcouru la lettre de cet E. A., la sensation croissante d'assister à la révélation d'un secret s'était emparée de lui, puis renforcée en arrivant à la partie finale du texte qui se mit immédiatement à hanter son esprit, l'obligeant à relire plusieurs fois les propos d'Elías Kaminsky destinés à décrire un panorama énigmatique dont il se doutait déjà qu'il serait impossible d'établir une carte définitive. L'image que Conde s'était faite de ce marché de vieux objets dévalués, installé en plein air, au bord d'un canal d'Amsterdam alors que la ville jouissait des faveurs de son printemps, fit naître en lui le désir imprévisible de parcourir ce lieu magique où on pouvait trouver comme ça, en pleine rue, les vestiges de lointains mystères – solubles ou insolubles, peu importait désormais.

À la fin de sa lettre, Elías Kaminsky (peut-être en tiraillant sa queue de cheval, pensait Conde) se lançait clairement dans des suppositions, à partir des données connues et plausibles. Le plus frappant était pour lui la confirmation de l'existence réelle du séfarade hollandais E. A., errant en Pologne à l'époque du massacre des juifs, et de son lien avec le tableau. Combien de séfarades hollandais passionnés de peinture pouvaient se trouver en Pologne à cette époque ? Il ne faisait presque aucun doute, affirmait Elías, que E. A. était, *ne pouvait qu'être* le personnage énigmatique qui avait remis trois peintures et des lettres au rabbin malade de la peste, mort à Cracovie dans les bras de son ancêtre Moshe Kaminsky. Si E. A. était cet homme et Rembrandt son "Maître", cela expliquait alors que E. A. soit en possession du portrait du Christ ou d'un jeune juif (apparemment lui-même) peint et signé par Rembrandt, une des toiles que le médecin Kaminsky avait reçues des mains du rabbin moribond.

La découverte de cette histoire ne prouvait rien qui pût aider à une éventuelle récupération du tableau, affirmait Elías. Mais en même temps elle démontrait tout et les avocats de New York sauraient en tirer profit. Et si finalement elle ne l'aidait pas à récupérer le tableau de Rembrandt, elle apportait au mastodonte la certitude de son origine et de son authenticité et elle confirmait la véracité du récit familial sur la façon rocambolesque dont il était devenu la propriété des Kaminsky de Cracovie, trois siècles et demi auparavant.

L'autre question restée en suspens était l'existence et les tribulations, presque impossibles à reconstituer, du *tafelet* qui avait livré toutes ces révélations inespérées. D'où sortait-il ? Où était demeuré ce carnet de croquis que le vendeur du marché aux puces avait acheté avec un lot de vieilleries poussiéreuses, bradées par les héritiers d'une vieille dame qui ne voyaient aucune raison de les conserver ? Elías Kaminsky avait une réponse tentante : il pouvait être sorti d'une des caisses d'objets de Rembrandt vendus aux enchères fin 1657, lorsque l'artiste se déclara en banqueroute et perdit sa maison avec presque tous ses biens matériels. Toutes les autres questions possibles (Qui était E. A. ? Quel avait été son sort final ? Pourquoi son carnet de croquis avait-il atterri, comme cela semblait être le cas, dans les archives saisies chez Rembrandt ?) risquaient de rester à jamais sans réponse.

Cependant, à certaines de ces interrogations, Elías Kaminsky avait déjà donné *sa* réponse : le jeune juif, qui ressemblait trop à l'image du Jésus des chrétiens, *était forcément* E. A., insistait-il, ainsi, son visage, toujours sans nom, avait accompagné pendant trois cents ans les membres de sa famille. C'est pourquoi Elías promettait, ou se promettait à lui-même, de faire tous les efforts possibles pour récupérer ce tableau, car c'était un devoir moral pour un descendant des Kaminsky. Mais, quand la probable récupération se produirait (une décision qui pouvait être influencée par la découverte de Conde sur l'identité de cette María José Rodríguez qui avait mis la peinture en vente, et sur son lien avec Román Mejías, son grand-oncle), Elías confierait l'œuvre au musée de l'Holocauste. Il disait qu'il ne pouvait ni ne voulait tout simplement pas faire autrement : si Ricardo Kaminsky ne voulait rien savoir de l'argent d'une possible vente, lui non plus. En réalité, ce tableau n'avait jamais servi à rien dans sa famille et, juste au moment où il aurait pu avoir une utilité concrète, il fut la cause d'une tragédie qui avait marqué la vie de son oncle Joseph et de son père Daniel. “Tu penses que je suis vraiment con d'avoir pris cette décision ?” lui demandait Elías dans les dernières lignes de la lettre, avant de lui donner une réponse rapide : “Oui, peut-être. Mais, Conde, je suis certain qu’à ma place, tu ferais la même chose. Ce tableau et son véritable propriétaire, E. A., peut-être mort en Pologne, victime d’un des nombreux déchaînements antisémites de l’histoire, le méritent bien…” Et il prenait congé en promettant d’autres lettres, des nouvelles fraîches, et, bien entendu, un retour certain à La Havane dans un avenir proche.

Conde ne remit les feuilles dans l’enveloppe jaune qu’après avoir terminé une seconde lecture. Il se resservit une tasse de café, alluma une cigarette et observa le sommeil paisible de Basura II qui était rentré pendant qu’il lisait. Puis il écrasa son mégot, se leva et alla jusqu’aux étagères du salon où il prit le volume de Rembrandt publié, plusieurs années auparavant, par les Éditions Nauta. Il tourna les pages jusqu’au chapitre des illustrations et s’arrêta sur celle qu’il cherchait. Il était là cet homme réel peint par Rembrandt, avec une chemise rouge, les cheveux châtains séparés par une raie, la barbe frisée et le regard concentré sur l’infini. Pendant de longues minutes, il contempla la reproduction de l’œuvre, proche parente de celle qu’il avait vue sur la photo de Daniel Kaminsky et de sa mère Esther, prise chez eux à Cracovie avant le début des malheurs de leur famille, exterminée par une haine plus cruelle que celle des cosaques et des Tartares. Tout en regardant le visage du jeune juif que l’on pouvait maintenant associer à des initiales et aux lambeaux d’une histoire de vie, Conde se sentit enveloppé par la grandeur et l’influence invincible d’un créateur et par l’atmosphère d’une mystique dont les hommes avaient, depuis toujours, eu besoin pour vivre. Il perçut alors que le miracle de cette fascination, capable de survoler les siècles, résidait dans les yeux de ce personnage, fixé pour l’éternité par le pouvoir invincible de l’art. “Oui, tout est dans les yeux”, pensa-t-il. Ou peut-être dans un espace insondable derrière les yeux ?

Il emporta cette question sur le toit en terrasse de sa maison. Comme chaque soir, les vents chauds et agressifs du Carême qui marquent le printemps cubain avaient faibli, comme s’ils se repliaient, disposés à reprendre des forces avant de se remettre à leur tâche énervante dès le prochain lever du jour. La ville, plus triste qu’attrayante, s’étendait vers la mer, invisible à cause de la distance et de la nuit. Derrière les yeux de Mario Conde, dans son esprit, étaient ouverts ceux du jeune juif E. A., apprenti peintre, mort trois siècles et demi auparavant, comme tant d'hommes en tant de lieux et tout au long des âges, vraisemblablement dans le sillage d'un autre messie, un sauveur autoproclamé, capable de tout promettre alors qu'il n'était finalement qu'un imposteur, malade de sa soif de pouvoir et de son désir dévastateur de dominer les hommes et leurs consciences. Conde trouvait cette histoire plus que familière et proche. Et il pensa que dans ses quêtes libertaires, à un moment donné, Judy Torres s'était approchée, plus que beaucoup de gens, d'une désolante vérité : il n'y a plus rien en quoi on puisse croire ni de messie à suivre. La seule chose qui vaille la peine, c'est de militer dans la tribu que tu te choisis librement. Car, s'il est possible que même Dieu soit mort, en supposant qu'Il ait existé, et si on a aussi la certitude que tant de messies sont finalement devenus des manipulateurs, tout ce qui te reste, la seule chose qui en réalité t'appartient, c'est ta liberté de choix. Pour vendre un tableau ou le donner à un musée. Pour être du nombre ou ne plus en être. Pour croire ou ne pas croire. Et même pour vivre ou pour mourir.

Mantilla, novembre 2009 – mars 2013

Remerciements

Comme tous mes romans, celui-ci est une œuvre que d'autres yeux, d'autres intelligences, beaucoup d'autres capacités et de multiples aides ont contribué à écrire.

Comme ces dernières années, trois lectrices fidèles et dévouées ont participé avec moi à la révision des différentes versions par lesquelles est passé le roman. Vivian Lechuga, ici à La Havane ; Elena Zayas, à Toulouse ; et Lourdes Gómez, à Madrid, ont mis à ma disposition leur temps et leur esprit critique, dont j'ai tiré un grand profit. De même, Alex Fleites, mon frère, s'est vu obligé d'avaler bien des pages de ce livre.

Au cours des différentes recherches réalisées sur le terrain et dans ma quête de données précises, la collaboration, à Amsterdam, des amis Sergio Acosta, Ricardo Cuadros et Hellen Sittig, s'est avérée indispensable, sans eux je n'aurais pas eu une compréhension suffisante de cette merveilleuse ville ; de même, en Floride, l'ami Wilfredo Cancio et le vieux compagnon des rêves de base-ball Miguel Vasallo furent mes guides dans Miami Beach, sur les traces de Daniel Kaminsky, et dans les cimetières de Miami, pour y situer la tombe de José Manuel Bermúdez.

Les apports inestimables et indispensables pour comprendre l'essence des coutumes et de l'histoire juives m'ont été fournis par la professeure Maritza Corrales, la meilleure spécialiste de l'ancienne juiverie cubaine ; par Marcos Kerbel, juif cubain établi aux États-Unis, qui a élaboré pour moi la meilleure carte du Miami Beach judéo-cubain ; par le collègue Frank Sevilla, dont l'expérience pratique et la connaissance intellectuelle du judaïsme ont été décisives ; par mon cher Joseph Schribman, alias "Pepe", professeur à l'université de *Saint Louis*, Missouri, qui a bien des fois évoqué pour moi les péripéties de son enfance et de son adolescence dans le quartier juif havanais ; et par mon vieil et bon ami, le romancier Jaime Sarusky, qui fut un des moteurs pour faire avancer cette machinerie. De son côté, mon cher copain Stanislas Vierbov s'est chargé de mettre entre mes mains la bibliographie la plus complète et la plus choisie qui me permettrait de comprendre ce qui est pratiquement inintelligible.

Comme toujours, les lectures et les discussions de travail avec mes éditeurs espagnols, Beatriz de Moura et Juan Cerezo, furent providentielles et salvatrices. Tout comme leur appui moral, si nécessaire à mes hésitations. De même, la lecture et les opinions de Madame Anne Marie Métailié furent un soutien décisif.

Enfin, et comme d'habitude, je tiens à remercier publiquement Lucía López Coll, mon épouse, son esprit critique et sa capacité de résistance. Sans ses lectures, ses opinions, ses déjeuners et ses dîners, ce livre n'existerait pas. Et moi non plus, je crois.

Cet ouvrage a été composé par
FACOMPO
à Lisieux (Calvados)

Achevé d'imprimer en juillet 2015
dans les ateliers de Normandie Roto Impression s.a.s.
61250 Lonrai
N° d'édition : 16122006 – N° d'impression : 1503305
Dépôt légal : août 2014

Imprimé en France